啓功先生舊藏楹聯秘本

上册

章正 主編

北京师范大学出版集团
BEIJING NORMAL UNIVERSITY PUBLISHING GROUP
北京师范大学出版社

图书在版编目（CIP）数据

启功先生旧藏楹联秘本 / 章正主编. -- 北京 : 北京师范大学出版社，2024.1
ISBN 978-7-303-29415-2

Ⅰ. ①启… Ⅱ. ①章… Ⅲ. ①对联－作品集－中国－清代 Ⅳ. ①I269.6

中国国家版本馆 CIP 数据核字 (2023) 第 195351 号

图书意见反馈：gaozhifk@bnupg.com　010-58805079
营 销 中 心 电 话　010-58807651
北师大出版社高等教育分社微信公众号　新外大街拾玖号

QIGONGXIANSHENG JIUCANG YINGLIANMIBEN
出版发行：北京师范大学出版社 www.bnupg.com
北京市西城区新街口外大街 12-3 号
邮政编码：100088
印　刷：北京盛通印刷股份有限公司
经　销：全国新华书店
开　本：787mm×1092mm　1/16
印　张：81.25
字　数：1050 千字
版　次：2024 年 1 月第 1 版
印　次：2024 年 1 月第 1 次印刷
定　价：398.00 元（全三册）

策划编辑：卫　兵　责任编辑：陈佳宵
美术编辑：焦　丽　李向昕　装帧设计：焦　丽　李向昕
责任校对：段立超　责任印制：马　洁

編委會

（按姓氏筆畫排序）

行文简浅显
做事诚平恒
启功

前言

楹聯，是人們所熟知的一種文學形式，其産生於唐之後，從唐格律詩中發展演變而來，把詩、賦中對偶語句獨立成爲對仗的上、下兩聯。最早的對聯當是五代蜀主孟昶之桃符題詞，『新年納餘慶，佳節號長春』。對聯的運用，是非常廣泛的，在廳堂、名勝、寺院、飯店之中隨處可見，婚喪嫁娶、節日祝壽也頗爲常見，可以説無處不在，無處不有。

對聯的規矩，其實是非常嚴格的，語言、聲調、内容、形式上都要求對稱，這很像格律詩中的頷聯和頸聯，也像駢文中的對偶句。古人作對，都是少年的功夫，先讀《笠翁對韻》和《聲律啓蒙》，如同小學的語文課，慢慢熟悉了，就開始學作對聯。學對的過程中，還要讀詩，以《杜工部集》爲基礎，這樣才會有妙聯呈現。

現在的時代，如果單從作對這一方面來説，我們與古人相比確實差距較大，讀的書不一樣，有差距當然也正常。現在不妨看看公共場所的對聯，很多連上下聯都是倒置的，更不用説對仗工整了。有些書法家寫對聯，把詩的上下兩句寫成聯，比如，『欲窮千里目，更上一層樓』，這按照古人作對的原則是不允許的。

我們在整理啓功先生藏書之時，將先生所藏聯語的書籍集得一匣，今擇選六部，以《啓功先生舊藏楹聯秘本》爲名，付梓出版。這些楹聯，皆爲集聯，即古人摘取前人詩詞文章中的詩句集成對聯，類似集句詩，這樣可以另出新意。這類方式，古人都特别擅長，如恭忠親王，有一部全是集唐人詩句的作品，叫《萃錦吟》，是利用類似《唐詩韻匯》這類工具書集結而成的，題裁博大，相當值得驚嘆，這都可以盡顯古人在吟詩作對上的功夫。

再者，這些集聯，還有以碑帖集字者，類似周興嗣集千文，即把某碑的字，集成對聯，書者可以找到碑的原字臨習，寫成作品，慢慢地脱手可以寫成某碑的風貌了。現將六部楹聯集本，説明如下：

《楹聯集錦》　同治甲戌新鐫，宏道堂藏板，八卷四册附原函，永康胡鳳丹月樵輯，録集對及各家集碑帖字。

《古今集聯》　光緒十八年春鐫，板藏京都琉璃廠，兩册，雙魚罌齋録集對及各家集碑帖字。

《楹聯集韻》　清刊本，兩卷兩册，湖上常麟仙珊輯，恩鑾校字，以韻分編，集得唐宋詩爲聯。

《讀史集聯》　光緒戊申陝西學務公所圖書館鉛印，兩册，楊調元輯。

《椀鞠録》　宣統元年十月南陵徐乃昌重刊小扶風館本，兩卷一册，歸安朱祖謀編，集清詩爲聯，前有金壇馮煦集清詩、文、賦句爲叙。

《衲詞楹帖》　民國間鉛印本，四卷兩册，杭邵鋭茗生集，以宋詞爲聯，卷尾附録宋詞人姓氏。

上六種之中，有圖書館館藏未見者，有啓功先生批校者，彌足珍貴；啓功先生在世之時，曾借與友人《楹聯集錦》以供參考，友人存複印件，後複本又輾轉流傳，此本影響廣泛。先生家藏《楹聯集錦》另一種亦爲四册本，與前者爲原刊與重刊之别，因重刊本有先生書字，故本書收録後者。

讀者得此書，擇選佳聯，書之於紙上，爲人生樂事。

《啓功先生舊藏楹聯秘本》編委會

目録

楹聯集錦　一
古今集聯　三〇三
楹聯集韻　四八七
讀史集聯　六八一
梡鞠録　八二五
衲詞楹帖　九一七
編委寄言　一二八三

對聯集雅
全函四本
小琴藏

天上碧桃和露種
日邊紅杏倚雲栽

數點梅花為我春
半窗松雪印天倪

雲影天光千古秀
花香鳥語四時春

簾外風和鶯語歡
堂前日暖燕泥香

光緒乙酉葭月廿一日購於隆福寺聚珍堂連啓甕集一部共錢六千五百文詳見啓甕集

廿一日鐙下記於汪家胡同新居之秋好軒　小琴記

雲呈五色文明盛
運際三陽世澤長

威鳳絢綵嘉禾遂生
榮光出河甘露被野

余曩於坊肆嘗見此書以為不過坊間俗刻
未之經意嗣於蒿盦草堂遇
蔣仲仁前輩正書楹帖堆垛滿室案頭印
此稍一翻閱其中尚可擇取數聯於臨池不無
小助遂購於廠肆攜來留作案頭備員可耳
光緒十一年乙酉九秋三日小蓉識於秋好軒

楹聯集錦 一

共四本計八卷

同治甲戌新鐫

楹聯集錦

宏道堂藏板

序

夫韞輝於山藪以共璞爲寶淬鋒於水劍以同鑄稱神離〻則兩傷合〻則雙美奇耦之相生固翕闢〻自然已惟文章之體則原流行於對儷詞華要聯製繁興遠逮桃符之文

小變春帖之例酌參學海叙玉峽之
分流擷秀肆條蔚瓊柯之交挺壇
墳森穆江山清芟古賢名蹟真靈奥
區一經品題燭標勝槩至於友朋贈
答存亡契闊託意規頌寄情悲愉庶有
當於箴銘諒無乖於風雅若乃壽碑

摘字緝句略文俯仰千古瞻對一室推巧斧斤之外銳思毫芒之内截竹餘管雙聲自諧繅絲織錦五色交錯成文香艸之結佩盈卷芳詩蕙花之點綴深洽天趣鑒而人握蛇珠家珍鴻秘多極孤詣匪云錐叙龍目之

序　二

韻經百和而始名狐裘之燠集千腋而為美愜心者貴當夸目者尚奢譬猶元圃積玉方圓咸備其材都肆陳奇取求之邃於用月推觀譬以測懸之才為閎通之學洞條百氏覃年羣言條興所託雅為所製甄采況富都

為一書洵足為選樓之別譜添藝林之韻事先是福州梁氏有叢話之刻徵引繁博論辯詳贍敘詧此偏拾遺補逸領異標新集其清英加以精覈在搜巖採榦之餘極披沙揀金之力更乎其難於此為盛蒙與敘詧蘭茝

合髮黃文愾別涯上題襟有倡必和
鄂州俞羽隱鄒重續出宋全帙詫為
棠觀碑句偶掇謬儕大雅弁端虛
牘更嘗荒言戡此偍筆聿堦煙墨〻
華不淺抑章再展雲霞〻契云爾
丙寅冬月下澣平湖厲仙甫張炳堃

拜序

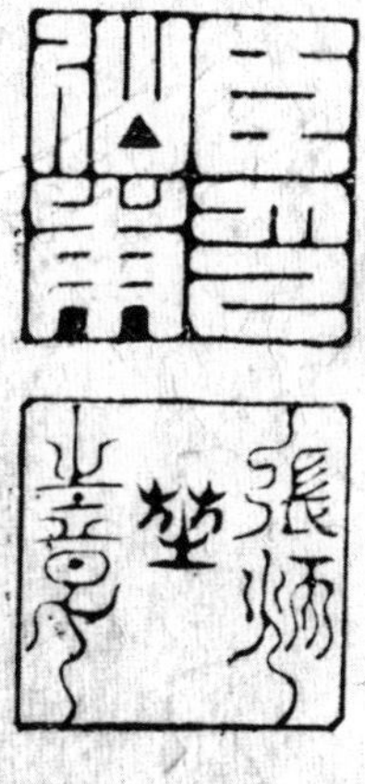

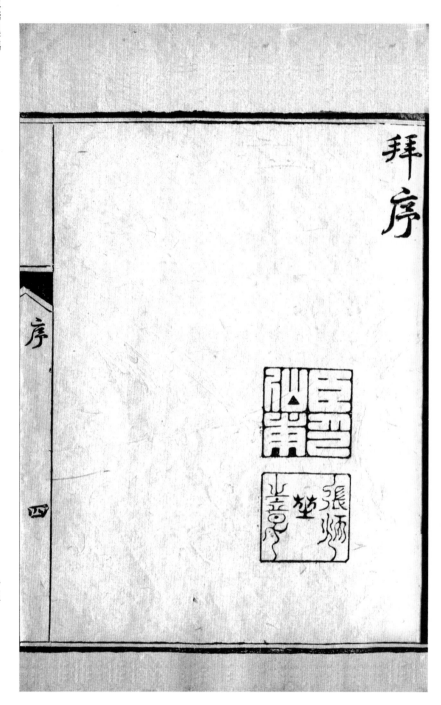

序

原夫天之造物兩儀以配合而成人之賦形四體以對名而具故無獨有偶之理著而少二宜雙之說離推之細流不捐水成其大纖塵不讓山致其高事雖萬端義由一族此　月樵先生楹聯集錦之所由編乎是編也能盡所長兼收人慧多輯明哲成兹大觀固知遊藝之微包天地之樞機焉匠心之運萃古今之鎔鑄焉炳矣

茂矣唐哉皇哉葢楹聯之興也肇自桃符類夫
春帖宋元以降獨耀
皇朝星輝雲爛之章
絲綸式煥月恆日升之頌布濩聿昭獻酬時豔
於公卿投贈亦抒之儕友或園亭小築助花月
而增華或風雨遐期攬江山而寫抱或揄揚發
藻武仲銷聲或危苦摛英子山減色至於工墨
妙騁筆姸家摹染翰之精人擅臨池之勝莫不

落落宜合陳陳相因求其風雅別裁獨立平機
杼包羅羣有彙聚乎菁華寂矣無聞范焉莫覯
迺　先生負雕龍之願逞繡虎之才化作神奇
工成刻畫其集蘭亭也則氣清天朗如在山陰
而察夫品類焉其集聖教也則文顯義幽如歸
石室而攝於豪釐焉其集坐位也則尚書之草
頃刻生花乙乙如珠之貫焉其集坡詩也則學
士之詞居然易體珊珊如璧之合焉折來片段

都成七寶樓臺剪出煙霏即是一城錦繡四美具而二難幷五花圍而八門啓鏤膽鉥肝之候著手成春鉤心鬭角之餘控物自富而且薈羣賢之枝派傳鈔而不疲采大雅於風流攀附而不雜狐皮非一雞蹠必千叢沓區分肝膽皆照乎顔色嵯峨類聚形聲不隔於性靈臭味同珍笙簧競奏抽絲絲而如荅搴葉葉以相當固已壘對騷壇駢飛文囿淋漓濡染使伸紙以疾書

鼓舞盡神每開卷而有益極殊塗同歸之樂洽倡予和汝之懷張燕國美玉良金誠有以也裴行儉精墨佳筆豈徒然哉若夫廟祀表心儀之壯遊觀開眼界之雄巨奪雲霞細談風月雖習聞而習見皆如取而如攜劇有因緣片長足錄是爲佳話無善弗臻人第見　先生之精於勤吾又見　先生之整以暇也夫　先生五戎內寄讀武庫之書六察外膺持繡衣之斧忠孝既

隆於家乘言語必討其淵源餘事雕蟲關心轤
轆開情刻鵠妙緒迴環匠石不廢於十年几案
可推夫萬疊謂非精神飽滿函不息之機志氣
清明操自然之勢者而能若是乎擴斯量也綜
億載大文縱橫腕下洩雨開秘笈富有行間架
儷鄴侯全歸甲乙室符崔氏悉付丹鉛豈僅壁
上品題標明月揚州之句楹開羅列懸水雲仙
府之情而已哉至若叢話一書先民有作類助

文人之談柄非關志士之取裁意推陳以出新名其訓以殊跡合之雙美不妨異曲而同工傳之千秋其亦齊驅而竝駕也已是爲序

同治五年歲次丙寅先中秋五日鉛山愚姪熊金觴拜撰

楹聯集錦　冊

寶綸板

楹聯集錦目錄

卷之一　五言
五言集對
吳平齋太守集褉帖
集爭坐位帖
吳平齋太守集爭坐位帖
卷之二　五六言
六言集對

吳平齋太守集禊帖

集蘭亭序

何子貞太守集禊帖

卷之三　七言

丁心齋觀察集蘭言

集聖教集

張漉仙觀察集聖教序

卷之四　七言

何子貞太守集爭坐位帖
張海門侍讀集華山碑
卷之五　七言
何廉昉太守集蘇
集義山碑字
集米海岳語
集軾塔銘
集爭坐位帖

卷之六　七言
集古詩句
卷之七　八言
集蘭亭序
丁心齋觀察集蘭言
張鹿仙觀察集聖教序
何子貞太史集爭坐位帖
張海門侍讀集華山碑

卷之八　八九言長聯
集雜文語句
九言集對
長句楹聯

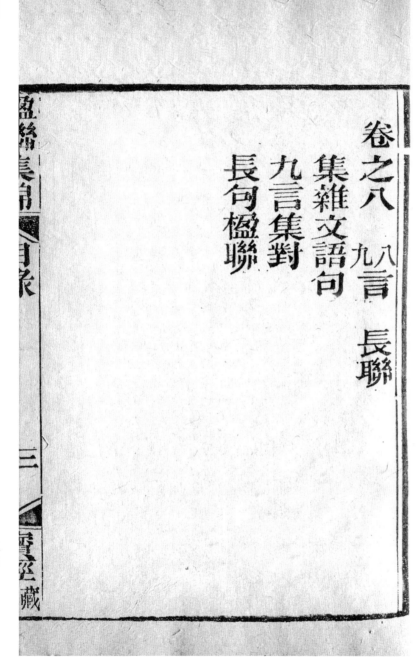

楹聯集錦　目錄　一

板

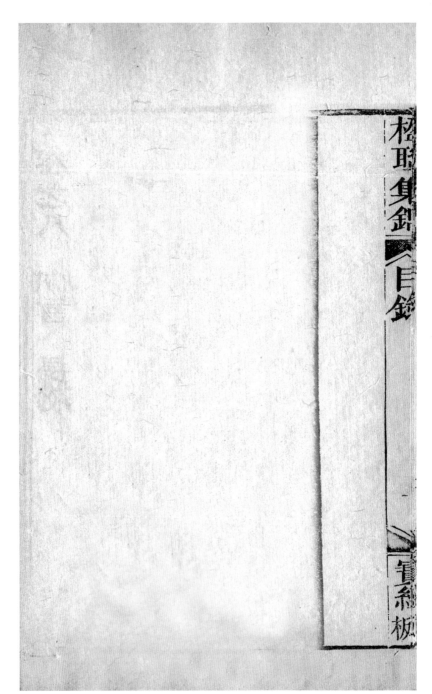

楹聯集錦卷一　　永康胡鳳丹月樵輯

五言集對

采菊東籬下　詩書敦夙好

讀書秋樹根　山水有清音

秀語奪山綠　瀟灑送日月

奇情破天慳　昂藏出風塵

廊廟非庸器　驊騮開道路

瑾瑜發奇光　鵬鶚在秋天

汲古得修綆　明月照積雪

盪胸生層雲　平疇交遠風

幾人得其趣　靜者心多妙

卽事多所欣　飄然思不羣

江山澄氣象　舉杯邀明月

冰雪淨聰明　盪胸生層雲

饒有山林趣　琴淡得古趣

而無車馬喧　心清聞妙香

靜坐觀衆妙　至寶不雕琢

良晨入奇懷　經訓乃菑畬

春秋多佳日　無事此靜坐

山水含清暉　有山且閒遊

至樂非有假　直木有恬翼

賞心不可忘　靜流無躁鱗

小庭亦有月　明者獨有月

高枕乃無廬　時人無此心

獨高有妙理　時有溪山興

瑤草寄幽心　能爲松石歌

裁詩花作骨　埽地樹畱影

攬鏡玉爲神　拂牀琴有聲

新寒壓酒後　無事此靜坐

微雨種花時　有福方讀書

詩卷尋蕉葉　鳥啼詩夢醒

茶鐺拂石花　茶熟故人來

竹粉有新意
松風含古姿

不俗即仙骨
多情乃佛心

竹屋低於艇
梅花瘦似詩

埽石月盈帚
攄泉花滿篩

石欄斜點筆
桐葉坐詩題

道心一明月
人境幾浮雲

高懷同霽月
雅量洽春風

天趣閑中得
心花靜裏開

書案浮花影
琴牀倚月明

不俗人皆竹
聞香我亦蘭

澄懷惟皎月
快友是奇書

明月松間照
春風柳上歸

春風千斛酒
明月半牀書

慷心皆樂事
容膝即安居

此心無楚越
何地不羲皇

相與觀所尚
時還讀我書

折藕露華白
采菱秋水香
美花多映竹
好鳥不歸山
勳業頻看鏡
行藏獨倚樓
落日邀雙鳥
晴天養片雲

袖中有東海
嶺上多白雲
暗水流花徑
春星帶草堂
流水心不競
雲在意俱遲
雜花分戶映
嬌燕入簾回

驊騮開道路
鷹隼出風塵

竹嶼見垂釣
茅齋聞讀書

村點千家小
天圍萬嶺低

多情懷酒伴
餘事作詩人

移花兼蝶至
買石得雲饒

茅亭宿花影
藥院滋苔紋

竹石得幽趣
壺觴多雅遊

微雲淡河漢
疎雨滴梧桐

野翠生松竹
潭香閙菱荷

風暖鳥聲碎
日高花影重

山光悦鳥性
潭影空人心

松風吹解帶
山月照彈琴

琴將天籟合
幔卷浪花浮

遠山花作伴
近岸柳爲城

楹聯集錦　卷一

吳平齋太守集禊帖

一生大自在　知足隨所遇

萬事將無同　無事不可言

作者今猶昔　古懷言外得

虛懷有若無　此曲世間無

情可不言喻　斯文在天地

文期後世知　至樂寄山林

相契外形迹　得山水清氣
放懷無古今　極天地大觀
會得無弦趣　人生有樂地
曾爲向若觀　流水無盡期
引觴春日永　聽樂不知倦
極目暮山幽　得人斯與言
向長外人事　斯人猶在抱
彭修豈時流　於世大有爲

靜坐得幽趣　至人無異趣

清遊快此生　靜者得長生

清猶臨水竹　一亭俯流水

惠若當風蘭　萬竹影清風

詠懷當世事　天和隨所寄

敘致古人文　風氣若無懷

清遊向天目　隨時有述作

幽抱託風懷　於事陳天人

樂天有清致　後世有述者

次山長古風　斯人無異情

自得同人樂　風靜帶蘭氣

咸歌大有年　日長娛竹陰

羣生遊化宇　蘭若一以靜

一室坐春風　竹林相與遊

同文懷盛事　述錄萬斯大

大樂感人情　風流陳其年

文品及於古
清言足可聽

山靜蘭初放
亭幽竹與淸

幽蘭間修竹
流水抱春山

管絃亦盛事
山水有閒情

大樂同天地
斯文自古今

不隨時俯仰
自得古風流

山林無世事
俛仰悟長生

有情天不老
無事日斯長

其人得春氣　世事若流水

所知盡時賢　古懷足春風

臨文齊作者　生事若與可

引觴懷古人　懷抱同次山

亭林今作者　古今不相及

樂事豈時流　述作豈無人

感時嘗有作　觀水悟天趣

知己得斯人　臨觴懷古人

山水豈託足　隨地託幽抱

俯仰不隨時　臨文遇古人

宇宙靜無事　至哉觀古樂

山林大有人　大矣會人文

清閒無世事　幽蘭得春氣

管領有春風　修竹引清風

林間春有信　觀水得其趣

竹外水生風　臨文暢所言

詠懷山水趣
觀感古今交

集古盡其致
察人觀所由

作者情交茂
斯人取舍同

風和春日永
水映暮山清

靜觀欣有得
閒抱不猶人

崇蘭殊暢茂
峻宇亦清幽

觴詠得天趣
山林無世情

風清人坐行
水抱室當山

集爭坐位帖

直節思君子　於此得眞意
清言中聖人　終朝無雜言
一片光明藏　檢身若不及
十分眞率心　知命更何疑
齊心同所願　開思參佛座
尚論得其人　清悟品心香

終身爭一息
每事必三思

大座香如海
開門月滿天

吳平齋太守集爭坐位帖

大文師吏部　南冠亦君子

古畫愛將軍　東里眞名臣

眾人貴苟得　東海居高士

君子無所爭　南國有至言

才名高書省　高臺明月滿

位置合金臺　古寺晚煙藏

修己得天爵　直哉史魚節
披書校魯魚　至矣公羊文
書宜濤畫校　東里長辭令
尊爲故人開　南史能直言
見利無苟得　此才非百里
居官莫辭難　其志淩三軍
書城容跋扈　省身若不及
澤國可張魚　修辭立其誠

海天明月上　校書人對月
城郭晚煙藏　品畫座然香
大戴傳三禮　書言皆聖道
左司長五言　易理即天心
清香迴月地　名士戴安道
高讌敘煙寮　清官何易于
書習張長史　大文開日月
文如顧野王　盛業紀尊彝

據榻翻書目
聞香見道心
德行比三古
才名橫九州
一尊對明月
三徑來故人
微言藏柱下
野史排齋東

獨藏定武本
喜見右軍書
富貴郭尚父
勛名王伯安
梵理右丞畫
清標大令書
立身當極頂
尚古得同心

高名郭有道
介節王無功
行修而名立
理得則心安
地位如安道
天文應少微
升高必自下
謹始惟其終

清節比師魯
高才抗子瞻
俛仰三古士
縱橫半榻書
其人傳獨行
此志淩三軍
清言宜對月
高興欲升天

得意入書聖　微香開末利

前身應畫師　初日對芙容

文品清時貴　異書傳海國

功名晚節難　高行紀清門

清詞張子野　野煙横古寺

古畫李將軍　初月上書臺

逼眞道子畫　獨據幼安榻

喜近清臣書　常麾少伯金

三長參左史　功名一行傳

五古抗裴王　事業等身書

命官分九扈　異香分晝省

積德紀三魚　清蔭列書寮

校書天祿閣　一行傳名德

紀事紫微郎　三長貴史才

品畫師三李　百城據書史

論書仰二王　滿座列尊彝

三國亦正史
六朝無古文

開徑求三益
藏書等百城

有才同八友
作史得三長

高士戴安道
清名宗少文

子瞻深佛理
魯直挺書名

修業勤爲貴
行文古自高

清言宜至理
古意發高文

古徑無人到
深堂有月來

足跡半天下　故人家澤國

心知惟古人　終日坐書城

人才列扈閣　坐對初升月

海國指羊城　清然百合香

楹聯集錦　卷一

[illegible]經板

楹聯集錦卷二

六言集對

讀書隨處淨土　守有度節有禮

閉門即是深山　尊所聞行所知

一片秋香世界　挹林壑之清曠

幾層涼雨闌干　樂琴書以消憂

未能一日寡過　竹葉於人無分

恨不十年讀書　梅花笑我來遲

前身定是明月　何所獨無芳草

幾生修到梅花　幾生修到梅花

倚南窗以寄傲　竹雨松風梧月

臨清流而賦詩　茶煙琴韻書聲

大富貴亦壽考　領取十年宰相

蓄道德能文章　胸有數萬甲兵

支公乃真鶴也　紅藕香中酒味

老子其猶龍乎　碧蘿陰裏琴心

樂無事日有喜
飲且食壽而康

考亭半日靜坐
歐陽方夜讀書

廣文有梅花賦
少陵無海棠詩

夜月琴聲書韻
春風鳥語花香

雲夢氣吞八九
滄溟水擊三千

結幔亭而梯月
開瓊筵以坐花

讀書不求甚解
鼓琴足以自娛

桃紅復含宿雨
柳綠更帶朝煙

楹聯集錦 卷二

寶綸板

吳平齋太守集禊帖

集古得未曾有　山林豈無作者

作事無不可言　宇宙不少清流

室有惠崇山水　言或自生天趣

人懷與可風流　事當曲盡人情

其人賢於管樂　時事每生感慨

斯文品是隨和　古人無妄短長

人或與蘭同化
水以在山爲清

幽室在山自古
短亭臨水長清

知者所樂在水
幽人託迹於山

間時觀與可竹
靜次詠山陰文

人生當自知足
靜修可與齊賢

作文當有清氣
臨事終期虛懷

其文得在集古
此老長於觀人

至言當係于帶
閒日無虛此觴

取人錄長含短　臨事咸期無妄
攬古異世同情　隨時觀取同人
大同無少長老　事有一長可取
至樂合天地人　氣與萬化同流
不管古今世事　此地集同人會
永爲天地間人　今歲當大有年
一室靜修已事　慨世風之不古
萬山快引人遊　盡人事以合天

靜坐自然有得　盡日遊山不倦
虛懷初若無能　此懷與水同清
大水流爲九曲　樂天不外知足
春風又是一年　修己自能及人
閒時少坐無躁　弦管可知風化
靜極一妄不生　林亭足暢情懷
期一言之取信　至化與人同樂
化萬類以大同　大和隨地生春

一生修得至此
萬事聽其自然

此地不可無竹
是山也大有人

放懷于天地外
得氣在山水間

作文可無清氣
閒詠也有古風

古今人不相及
天地間有至文

大賢有惠於世
古化至今在人

臨事有長有短
與人不激不隨

少言不生閒氣
靜修可致永年

萬事盡隨流水
一時同坐春風

天外諸山若抱
坐間九老齊年

山林不知世故
將相亦在人爲

無事此間靜坐
有時亦樂清遊

與古人爲知已
集斯文之大觀

畢生無不快事
隨地作自在觀

長日靜無一事
清風化及羣生

放懷形骸以外
浪迹山水之間

聽曲能生萬感
作文不放一絲
長老能言古迹
山人大有閒情
迹事感懷之作
引今稽古爲文
世事不言自喻
天文有迹可稽

詠懷大有寄託
迹古初無異同
虛室自生靜氣
清風若遇故人
靜室與蘭同化
清風遇竹有情
相契不在形迹
有情亦託風流

聽水可當古曲
遊山嘗遇異人

係幽蘭於其帶
取古竹以爲觴

觀化風和日永
懷人言短情長

人豈虛生此世
事無不合於時

騁此長風快浪
欣然臨水觀山

文氣曲於流水
天懷和若春風

古風足以風世
賢相爲能相人

無弦亦足生悟
有竹可以娛情

集蘭亭序

靜氣崇情娛此日
清文朗詠快當時

能當大事時同仰
自極清修古與齊

山靜水流取舍異
和風日朗古今同

敘次賢人取諸左
放懷作者契於彭

情文相與極其致
俯仰感欣得未曾

虛室向山生靜趣
幽亭臨水得閒情

無事在懷爲極樂　清和極品同齊惠

有長可取不虛生　俛仰文情及左遷

錄叙古文述者事　九曲文情春水長

清和天氣惠人風　一流人品古風多

人於水竹得古趣　竹因臨水情猶暢

天將風日娛清懷　蘭以當風氣愈和

朗抱與蘭言齊暢　遊於無外觀天地

虛懷將竹趣同清　樂在其間品古今

峻嶺齊山巒所仰
崇蘭映水喻其清

文由興至天懷暢
樂與時隨古趣生

清詠攬齊陳以後
大文稽遷固之間

大地清幽山水會
此生懷抱管弦知

無係於懷爲古致
得欣所遇故長言

懷抱自然娱水竹
歲時於此樂春風

文或虚無觀老列
品因清峻録隨和

當世賢能欣激引
異時作述足興觀

此日幽觀稽古事
其人品地契清流

和氣春風賢者坐
靜山流水至人懷

林外春流隨水曲
山間古竹引人清

崇蘭短竹觀生趣
清室幽林托靜懷

賢者所懷虛若竹
文人之氣靜於蘭

可樂每因於古會
致和以暢其天遊

斯人與山水爲契
其品在管樂之間

人是幽蘭清氣足
亭當春水惠風和

有時朗詠春生管　觀風快聽同和曲

每聽清言氣若蘭　與世齊遊極樂天

流水春山懷作者　風人所詠託諸古

崇蘭幽竹契風人　作者之懷期自今

靜後攬觀當日事　與幽人自生妙趣

閒時錄取昔賢文　惟靜者爲能永年

爲文當得初春氣　引觴自得賢人趣

觀化能知萬類情　觀水足娛靜者懷

修竹幽蘭欣靜契　有足春隨惠風至

和風朗日喻天懷　無懷人合盛時生

情文俯仰懷遷固　放水流長觀其曲

述作風流契老彭　爲文氣盛集於虛

隨羣流觀極盛事　山水之間有清契

欣樂歲述古初言　林亭以外無世情

相隨永日情殊暢　清風有信隨蘭得

坐嶺春風興不羣　激水爲湍抱竹流

人品清於在山水　室因抱水隨其曲

天懷暢若當春風　竹爲觀山不放長

絲竹放聲春未暮　世間清品至蘭極

清和天氣日初長　賢者虛懷與竹同

得趣在形骸以外　文生於情有春氣

娛懷於天地之初　興之所至無古人

靜坐不虛蘭室趣　遇事虛懷觀一是

清遊自帶竹林風　與人和氣察羣言

虛懷視水人咸悟
和氣爲春天與遊

流水情文曲有致
至人懷抱和無同

大文間世有述作
至樂在人無古今

亭間流水自今古
竹外春山時有無

得山水樂寄懷抱
於古今文觀異同

爲人不外修齊事
所樂自在山水間

作文每期與古合
寄懷時或契天隨

老可清懷嘗作竹
少文樂事在遊山

時契幽蘭同靜氣
因觀流水悟文情

今古畢陳殊樂趣
天人興感暢情文

峻品既爲時所仰
清懷嘗與古同遊

每於山水觀虛靜
自得風流映古今

林間虛室足觴詠
山水清流無古今

隨時靜錄古今事
盡日放懷天地閒

萬類靜觀咸自得
一春幽興少人知

人品若山極崇峻
情懷與水同清幽

一室風生與可竹
萬言氣盛大年文

室當靜坐蘭爲契
人有虛懷竹與同

修已可知有樂地
作文自合舍陳言

和風靜契一林竹
文致幽隨九曲流

室臨春水幽懷朗
坐有賢人躁氣無

羣生咸若春風暢
盛世娛遊化日長

室有清言娛永日
人將短詠品流風

言能有當因無躁
事不妄爲終在初

樂山自得靜者趣　山間日靜蘭言暢

品竹會與幽人期　亭外風生竹氣清

每坐春風引其趣　列坐陳觴間寄日

或稽古事暢於文　品蘭遷竹自生春

靜坐爲文期合古　每坐風亭聽萬竹

此生作事不因人　相期日觀俯諸山

臨流靜竹虛爲抱　蘭竹與人同契合

映日崇蘭朗若懷　山林隨地足清幽

俯臨流水樂今日
靜向春風懷古人

蘭室和風生靜趣
竹亭朗日寄清娛

自昔清文崇作者
於今峻品俯時賢

夕遊興每因山水
清坐言能引古今

抱古無言攬幽趣
臨流有會暢清懷

何子貞太史集禊帖

老竹亭間生古趣　為遷幽室將隨竹

初蘭天氣得春陰　自引春觴又會蘭

無事時不可或惓　不放形骸固其會

臨人者視其自修　將齊氣類致以和

一亭盡攬山間趣　能得古人所未至

幽室能觀世外天　每期賢者盡同遊

觀盡古今山感慨　以遇大賢爲至樂

化將靜躁水虛無　每懷春信亦閒遊

盡錄其長舍所短　遊山聽水無虛日

初若爲異終於同　感遇陳情有至交

得氣自天固至足　遊者當知山所向

無情於世遇長生　靜時猶有水能聽

欣觀咸若羣生暢　春山有氣作猶浪

靜悟隨時萬事和　靜室無風虛若天

春水初漲羣類樂　為稽管樂當年迹

風弦一曲萬山聽　盡攬幽齊一帶山

春風有形在流水　萬感盡隨春氣化

古賢寄迹於斯文　羣賢齊抱古懷陳

長此無言一室靜　故作曲亭隨曲水

欣然遊目萬山春　暢生初竹與初蘭

惠風能以無言感　知者為其無所事

初竹齊懷盛氣生　後生得與於斯文

與人同之無盛氣　懷古人若不可及
以天合者少虛文　生今世豈能無情
蹔時流水當今世　每於同品得殊趣
隨地春山是故人　期與今人崇古修
集古人文爲目錄　流水相娛觀聽外
攬當世事察時風　春風時在有無間
興會不將陳迹視　與可自有竹外竹
風流期與古人同　少文不遊山間山

未能有事若無事　羣流所會生修竹

不樂長閒取暫閒　萬嶺之間一短亭

初日將臨山氣朗　閒時坐聽水流竹

清風暫至水文生　靜極不知人在山

春風不放遊絲倦　流水悟將天地事

生氣能將短竹齊　春風老盡世間人

此懷猶有春風喻　與幽人言自生悟

無事殊隨永日閒　得靜者相能永年

流水抱古懷於內
春風得生氣之初
與可為能騁其氣
亥山自信老於文
盡陳古事觀同異
不與時人列短長
曲室一間在此坐
長風九萬極其遊

足不可至託之目
情有所得形於言
修竹氣同賢者盡
春山情若故人長
此地得林亭幽趣
其人抱水竹清修
靜悟古今無趣事
能為天地有情人

覽托無弦契流水　天外萬山臨短室

有時朗詠引天風　亭間一竹領羣蘭

作古文當有生氣　坐觀時事若流水

遇賢者自無妄言　欣遇賢人陳古風

暮後遊山然短竹　初春自得觀生趣

春初修禊攬崇蘭　大水欣懷向若情

極陳萬言古今盡　初春和惠蘭生日

俯視一氣天地同　一氣修長竹有年

流水時引知者樂
清風日與幽人言

竹陰在地若流水
山氣向人能引年

賢能咸以虛和集
感慨知由娛樂生

春事在懷蘭作帶
山間一曲水爲弦

靜者不知山外事
幽情有悟水間天

嘗將間日觀當世
又抱春風坐一年

生氣惓時春與引
羣情靜極悟斯生

九曲天遊山抱水
萬年日觀嶺爲亭

風竹能言蘭靜聽
春山騁氣水間流

有萬夫不當之氣
無一事自足於懷

春初人盡懷生氣
老至文當異少時

少年文帶春生氣
虛己人無自足懷

在地竹陰清若水
向人山氣古於天

幽竹盡懷太古致
春山咸若少年人

茂林清映內外室
遊絲閒帶短長亭

諸山遊盡足猶騁
萬事悟時懷自虛

品類聞咸抱天趣
清風能感水能化

時賢內大有古人
修竹有情蘭有懷

情文萬古極羣趣
萬事猶陳左右契

風浪一天當大觀
羣言齊列古今文

老彭作述大年合
虛竹有情隨曲水

遷固情懷自敘殊
幽蘭寄興託清風

欣然悟及形骸外
情懷託水流幽地

靜極自知今昔因
足迹隨風騁大虛

坐室觀天文曲朗　快坐崇山觀大水

臨風品水惠山清　慨陳古事悟時人

斯之未信斯能信　流水抱山猶帶曲

有所不爲有可爲　淸風感竹喻弦和

九曲長流天地外　羣賢遇合古風盛

羣山坐攬詠遊間　萬宇淸和化日長

九宇同春爲至樂　今人能爲古人事

一時極盛係斯文　述者當知作者情

諸事隨時若流水
此懷無日不春風

流水無人自弦管
幽懷隨地足山林

文詠錄爲閒氣集
山林大有無懷人

隨地山林諸老會
一天弦管萬人春

引山寄水羣觀化
攬古懷今一仰天

爲文暢茂有春氣
其品清峻猶崇山

山當曲時水羣會
日已暮後天猶清

萬有不齊天地事
一無可寄古今情

言或無文事可錄
趣雖未足懷殊清

時爲後生陳古事
閒聽長老述前因

有山可觀水可聽
於室得靜亭得閒

山盡無言水自喻
蘭因有信竹相懷

林亭以外盡閒事
天地之間一快人

大竹林間無躁氣
激流水外有閒人

水初生時氣極靜
竹既老後懷猶虛

蘭氣清和引羣品
水懷虛靜寄一天

風因得竹若殊遇　山閒水靜天無事

水不在山無激流　竹少蘭初日有情

水外有人閒聽竹

春初隨地自生蘭

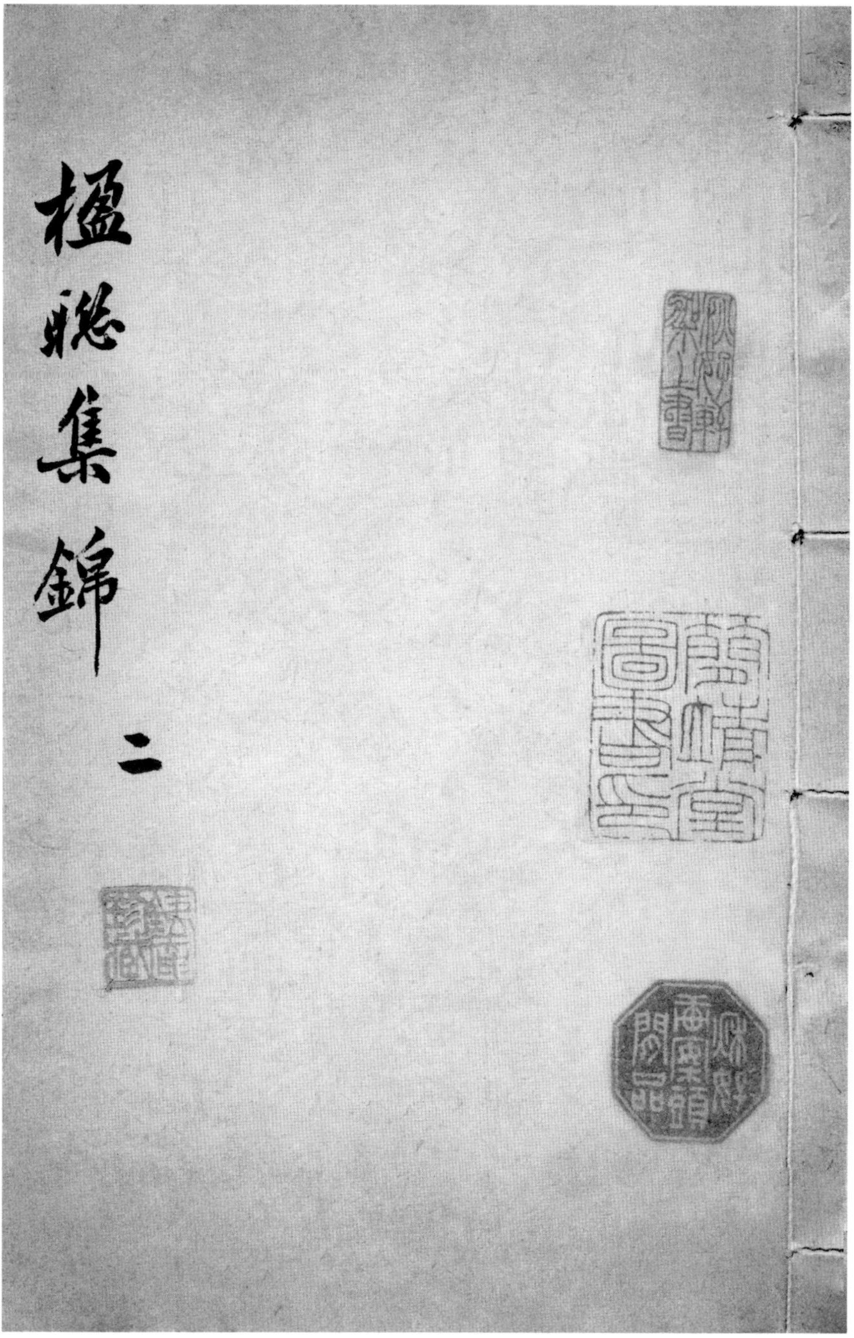
楹聯集錦
二

楹聯集錦卷三

丁心齋觀察集蘭言

坐觀清趣臨春水　文不取隨陳以後
室有賢人仰古風　品嘗齊管樂之間
每以放懷虛萬有　事以當然爲盡已
嘗於託詠暢羣言　情之所至不猶人
日永風和春不老　蘭室清言懷古契
竹修蘭茂趣同欣　竹林幽趣得天和

文品自當崇盛世　盛會當年懷九老

賢流終合遇清時　暢遊此地仰羣賢

嘗因流水懷今日　極目水天欣一攬

每託清風感故人　暢懷風日快初春

永日閒觀清異錄　坐聽清流林映水

懷人每在短長亭　詠懷修竹室生風

情生夫文得春氣　相契在形骸不放

興陳其事爲古風　其人得山水之清

天地大觀極遊攬　靜者清言極有致

山林異致得清幽　古賢峻品將無同

每因感激懷知己　茂矣崇蘭生靜室

爲樂清虛寄可人　快哉修竹引清湍

流品當爲賢者仰　流水當爲賢者樂

清言不與世人同　清風時至快哉亭

興會之文生古致　靜宇俯臨流水外

情懷所感在天和　清風時引茂林間

稽古興懷有述作
與人和契樂遊觀

修竹趣生文與可
幽蘭靜契管夫人

人事天時相契合
古風今世每遷流

萬類靜觀無異致
九流清品在斯文

攬古爲懷期異地
臨流託詠有同情

當於人事知天事
能以今文作古文

文品當知今日盛
流風猶與古時齊

同流自慨少殊品
今世猶知崇古人

取懷能與斯爲惠
知足相娛自不羣

所抱自當爲將相
斯人豈合老山林

事每虛懷觀所以
情由朗抱察將然

取抱自知能事少
放懷每託詠言清

古風斯在爲清品
間氣所生有異人

能與諸賢齊品目
不將世故係情懷

古昔今萬言不盡
天地人一氣相同

敘事之文有生氣
寄情所作無陳言

盡以賢能爲己有
長將和惠與人同

文風欣遇清時盛
和氣能生大地春

稽古每期於可信
取人當盡其所長

山帶清流相暎合
人將永日託娛遊

風化自當因地異
人情所至與天隨

短詠長言爲一集
感今述古可齊觀

山靜水流觀大化
天清日朗契虛懷

極目清湍天在水
暢懷虛室地當風

林間日暮風初靜
亭外春陰水自流

古人之風清與惠
賢者所樂和不流

每以清修觀萬品
時因靜契悟諸天

古人作文由氣盛
賢者所抱與天遊

幽竹亭臨流水地
遊絲風引暮春光

化宇靜觀欣朗日
幽林坐詠激清風

至樂所生長在己
虛懷相契不猶人

以清虛化其迹相
得幽靜永此歲年

靜坐竹林觀自在
閒遊蘭若悟文殊

有生可悟長生樂
今世當知後世因

少長同遊隨所向
古今異趣信其然

得趣在山林以外
觀人於取舍之間

天若有情常不老
世爲極樂可同遊

修己自當無躁氣
觀人可與寄虛懷

長者所懷言有信
至人與世和無同

爲文不期與古會
作事咸可向人言

能將有事爲無事
可以今人及古人

情於致曲觀其次
事以能終信有初

每仰天文觀舍次
時因人事感生初

每以斯文相契合
覽於此地得清娛

亭外放懷娛化日
林間坐詠激清風

娛觀盛事隨諸老
管領春風是此人

知者欣懷臨水曲
幽人託足在山間

左相日興觴自引
少遊風詠趣同長

一春樂趣林間水
九日清遊竹外山

天地同和爲大樂
古今異世視斯文

遷固爲文能永世
老彭所作不隨時

靜觀自有天然者
樂事無殊古所云

古今每云不相及
風氣所在得無同

至言所會無同異
盛事相因有古今

室外清湍曲有致
坐間修竹靜無言

賢者天懷虛若竹
幽人風致靜於蘭

臨水觀山情不倦
攬今稽古興無殊
相喻以天無所事
有爲於世不虛生
萬感不生斯是靜
羣形無係故爲虛
有述豈當期後世
無言亦足喻同人

大作當爲一品集
清時同引萬年觴
詠懷流水風期古
極目春山趣自幽
萬古在懷日有得
一生知足天與遊

楹聯集錦　卷三

寶經板

集聖教序

七寶合成天上鏡　衆翼高飛空翠內

五雲昇起海中輪　孤煙遠出半虛中

素月懸天光永夜　九天露湛金盤重

蒼雲觸石起崇朝　五色雲垂翠蓋凝

尋源漢使行天上　天開朗月千年鏡

倒影金山在鏡中　日照名花五色雲

九春欲降蒼生雨
六律能來廣莫風

百卉生時多雨露
萬峯高處起煙雲

度是春風常長物
心如清水不沾塵

雲霞詞彩珪璋度
川岳精神松桂身

賢明不愧山公啟
博達見長水利書

心在公庭明若水
民懷我澤自同春

仁慈性是長生海
靈妙心如九曲珠

含宏大海千川受
空洞長天一鑑垂

天機清曠長生海
心地光明不夜珠

萬里長空開眼界
一川春水潤心田

眼界高時無物礙
心源開處有波清

天經地義無今古
知水仁山有性情

二月風光清眼耳
百年書味潤心身

知人鑑若山濤朗
愛石情如海岳顛

靈珠匿水光於漢
至寶含巖燄在天

宏通應在藏書室
經濟端歸射策人

才思欲高燕許上

形蹤常在光黃間

智者虛懷如水淨

高人清品與山齊

長城才重無雙品

太室名藏不朽人

含毫不意驚風雨

論世真能鑑古今探將日月篋中出

識得乾坤海上浮

運璽早登鍾傅室

馳才真比茂林風

機雲才思非人力

王謝風流本性生

八體六書生奧妙

五山十水見精神

託興閑翻廿四品
洗心常探十三經
燈開蓮炬遲歸舍
露潤霜毫早校書
口慧有言皆敏妙
心香無事不精奇
八體竟同鍾太傅
五言眞比謝中書

無盡波濤歸學海
長春花木在詞林
書學晉唐方古法
文除遷固總凡才
無力東風花半露
有情春水燕雙飛
風定鐘聲花外度
月明人影鏡中來

煙花象外生幽趣
風雨聲中度遠鐘

峯前異石能懸鏡
巖上眞仙愛積書

曠野孤煙依遠岸
空山朗月照幽人

雲出無心猶作客
花開有意不能言

三春花滿香成海
八月濤來水作山

山川靈妙能作慧
花木精神亦永年

空山野卉閒行處
細雨黃花獨對時

蒼松古桂皆仙侶
明月清風是故人

山林習靜聞仙梵　使我開懷惟夜月
風雨論文想故知　令人深省是晨鐘
峯煙遠出三山翠　林深幽靜無尋處
洞色空含萬象虛　松老清奇不問年
十里水光心地朗　遠岸煙飛長日永
一林花色性天空　空庭人寂古書多
滿室光明邀朗月　知味人當風月夕
一庭珠麗對名花　多情心愛雨花天

松以有濤添潤色
月如無桂不清香

半嶺細黃山桂影
一川深綠水波文

松室夜燈禪影靜
莎庭春雨道心空

鐘聲遠度僧歸早
花葉微翻月上遲

名花照眼春光滿
奇想開天妙論多

常於良夜倚花立
更有清詞對雨成

菩提心性長生海
幽隱山林小有天

春光顯露花開未
山色黃昏月上無

張鹿仙觀察集聖教序

內典相傳唐翰墨
清言猶見晉風流

山川卉木化不息
風雲月露天何言

書中自啟七寶藏
海外豈有三神山

情人對月空懷遠
異地觀花不當春

生天成佛謝靈運
曠世知音鍾子期

添香對月永今夕
翦燭論文來故人

遠道山川通夢想
素心晨夕見交期

門掩梨花深見月
寺藏松葉遠聞鐘

託興要於山水外
論交不在風塵中

洞門靜掩梨花月
古寺深藏松葉雲

大翼垂天九萬里
長松拔地三千年

風雲際會日三接
雨露恩光年九遷

桂花松子有仙意
葛嶺孤山無俗人

論古不外才識學
博物能通天地人

高寒惟有月中桂
清拔無如雪外松

不知有晉漢間世
自謂是羲皇上人

王右軍感懷今昔
謝太傅託興中年

十年燈火因依久
萬里風雲際會奇

遷固齊名足千古
機雲接翼稱二難

梨雲滿地不見月
松濤半山疑有風

古書無人識奇字
大易有象窺先天

會心處正不在遠
非其人未可與言

海中大佛八寶蓋
雲端仙人雙翠翹

方書古有金匱略
奇字今無石室文

明月前身本相識
清風故人殊未來

相如遺書有三篋
子瞻對策稱萬言

五倫之中有至行
六經以外無奇書

彌天雪月空中色
寒夜霜鐘悟後心

御風而行誠善也
遺世獨立其仙乎

自昔茂才稱異等
要知道德是門風

漢庭文物遷固重
晉室門才王謝多

古石蒼松見貞性
行雲流水皆天機

二分明月維揚夜
十里名花茂苑春

老子五千言道德
大令十三行法書

廣庭有露桂花溼
空山無風松子香

至行豈能外名教
高文遂欲無古人

蓮花忽現我佛相
松身如覩眞仙形

聞鐘未可虛淸夜
攬鏡還應及妙年

若以空花觀我相
早知明月是前生

傳神古有李思訓
識字今無揚子雲

問道難尋廣成子
迷途豈獨武陵人

雲潤早含及物意
水清不易在山心

武陵源世外春色
寒山寺夜半鐘聲

立身苦被浮名累
涉世無如本色難

山林自有不朽業
今古無多獨行人

夜月歸來王子晉
天風獨立步非煙

遠思愛隨流水曲
野情多爲夕陽深

文當妙處風行水
夜正中時月滿天

十里煙花雙燕影
半天風雨一蟲聲

春歸花外燕相識
雨洗林間翠欲流

照眼山花春世界
稱身雲葉小神仙

人影在地忽見月
天香滿袖知有風

佛爲多情方見性
仙能不俗即超凡

浮雲自在太虛際
蒼雲飛來曠古前

楹聯集錦　卷三

寶綸樓

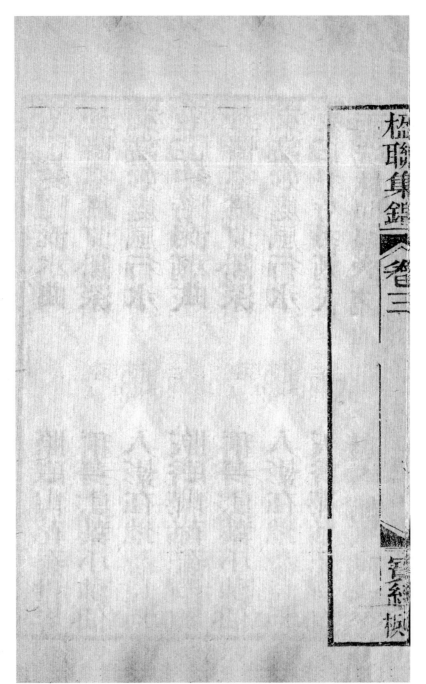

楹聯集錦卷四

何子貞太史集爭坐帖

心同佛定香煙直
目極天高海月升

直諒喜來三徑友
縱橫富有百城書

美富文才傳左國
清微書品類南宗

未須百事必如意
且喜六時長見書

貞輔相才葵向日
大光明地月當門

聖業須參齊魯論
尚書並校古今文

今旣見心卽見福　家藏古史存疑是

子安知我不知魚　天與高才割愛難

畫本紛披來野意　同心不隔一片月

文辭古怪亦天眞　時論唯高尺五天

子瞻不喜東野作　兩京六朝富文史

伯思極論右軍書　三高八及挺才名

指麾文府才思盛　人定佛從心上見

冠冕人倫道德尊　天高月射海東明

莫倚才名淩屈宋　金臺名士高前席
且將品地校裴王　紫府眞人校異書
俛仰情文今與昔　明月正當同席坐
縱橫論列直而和　故人還喜致書來
心光明定見初月　情文欲其尊彝古
畫本依微來晚煙　志節應爭日月光
升高喜見諸天月　月寮烟閣標淸興
八座微聞百和春　文府書城縱道心

長官且喜傳三異　子瞻卻喜交與可
宰相還聞論十思　魯直深知李伯時
特立獨行有如此　李郭才名傳諒節
進德修業欲及時　裴王家世極清標
烟清一見怱勾月　一家言是等身業
入定微聞百和香　三古書傳尚友心
正直居中皇極貴　悅心厭目情交極
危微知儆道心尊　入地參天理數明

前席爭傳宣室貴
等身唯守魯堂書

五香佛海眞無地
百尺書城半倚天

東海高門見天道
南州一榻冠人倫

名書古畫不易得
月閣煙霞相與淸

習勤不置能省欲
聞過則喜眞得師

愛道天開文府寶
無心月到畫堂深

綱紀振聲崇道揆
勳名標列見臣才

心存見見聞聞地
理悟非非是是堂

敬謹身修葵向日
光明心事月當天

率意不知行徑晚
遂心時得異書藏

尚論情深容竊比
清修道合悟眞如

柱下書思須檢校
席前論事莫張皇

欲從月地參初佛
自據書城作寓公

才名挺出如東野
佛理清深是予瞻

立德功言三不朽
書思對命一於誠

功名蓋世不矜伐
道德積身唯敬誠

十里晚煙含古寺
五更明月到書堂

輔德唯須直諒友
致身恃有太平書

兩世勳名郭僕射
一家書畫李將軍

置身古人敢不勉
美利天下終無言

九品論存中正意
六書理悟史皇初

開尊忽見前身月
用世猶存半部書

誠存修省取諸震
德積高大貴能升

才名震溢李供奉
畫理清深王右丞

同心傳習二三子　道心倘見今猶古
古澤分披六一堂　辭令能無抗與卑
宗師合與抗東野　敬守聖言參古禮
子敬安能到右軍　勤修吏事理官書
直友之言可爲錯　名將用心唯地理
眞心不壞能比金　聖門傳業只官書
志節只傳眞御史　宣德道情文乃貴
威名應仰故將軍　明徵謹始禮爲宗

校理異文天祿閣　不見古人眞恨晚

從容清節蓋公堂　力當時事莫辭難

牛李何傷高士介　古聖名言常自省

一葵猶見相臣清　文人積習豈能無

別開畫閣安香榻　宣室安排前席對

正倚書臺作射堂　書堂檢理獨居心

獨坐悟開天一畫　忽命清尊才士到

據地作等身大書　卻披書本古人來

九州半倚東南海

三古初無道佛書

古德須從心上悟

天香眞自月中來

與其過縱何如謹

到得能誠自會明

友人愛我斯聞過

臣志無他敢責難如張子野眞詞伯

是李將軍乃畫師

道子至今猶有畫

初平當日本無羊

文人扈從張安世

才子修書宋子京

野堂古度含煙立

異國名香並海來

不言時事非常士
能顧身家上等官

長大才知須有用
平常莫等指無名

古徑煙深屈子廟
高城月滿定王臺

敢倚文才凌屈宋
參來史意比裴顏

大海溢爲天上月
眞香屈作地中金

子美才名高畫省
右丞淸興滿終南

倫理只從天事見
功名貴自本心來

藏異書貴得初本
收古畫須檢裂文

屈兩足坐悟本始　和平應事猶能介

悅衆人目非至文　姑息存心不是恩

誠意功夫唯謹獨　願得大端斯世足

匡時事業貴知人　破將積習本心明

高士野人皆入畫　書城高大能藏道

名香古爵忽披書　心地光明始愛才

守正行權眞事業　王大令書從父出

平矜節欲大功夫　李將軍射本家傳

當失意時眞長進
應非常事貴和平

有古尊彝常保用
得名書畫謹收藏

開徑喜來三益友
升高還得九能才

欲共向平參損益
昔聞齊相論和同

所貴立身無苟且
豈容應世太分明

聖言輒與世情合
天事亦須人力爲

古文自有初中晚
益友時來一兩三

九思尤貴事言謹
一介深知取與難

欲論古來興廢事
須平自己是非心

莫言前路無知己
但恐此心難對天

野煙有路知依寺
明月無心也進城

節用愛人能道國
正心誠意乃修身

高才貴本誠心積
柔念須將道力提

獨坐只應天可對
野行常有月相從

對月三人李供奉
縱情八極宗少文

但願此身常自足
不知行路有何難

眞人守道居姑射　但到盛時須儆省

高士藏身應少微　就行平路且從容

論事人非能行事　割取晚煙來畫本

無言時深於有言　收將片月到書堂

人各有能我何與　行事莫將天理錯

理所未得情難安　立身當與古人爭

聖言不我眞當畏　三傳何容置高閣

至德使人無可言　五言亦自守長城

然名香宜對古畫
見明月又來故人

六書難得同文盛
三易知從太始來

縱目古今還自省
側身天地一無言

太極悟從三易始
菩提長在眾香中

於人何不可容者
凡事當思所以然

爾雖未言我已悟
足所自到心不知

有爲者常若無事
謹言人亦輒能文

榻橫左右書三尺
門向東南月一窗

行文若師心自得　兩地但容明月共
守道如國書爲城　一官爭到此心清
崇德能師郭有道　聖功不伐天同古
論書直逼顏清臣　大度能容海並深
崇臺高閣將軍畫　爲居名士開東閣
深意微辭太史文　列敘時人仰右軍
立身衞道有城郭　聖有微言須理會
行部宣威崇節麾　身當大事莫張皇

安得開門常對月
更思作室爲藏書

半榻名香三徑友
一天明月百城書

對月橫安高士榻
論文喜得故人書

行道當從聞道始
過情與不及情同

清香滿室佛入定
明月出海天爲高

煙藏古寺無人到
榻倚深堂有月來

張海門侍講集華山碑

養其氣日益宏大
尊所聞至於高明

郭公夏五書有闕
神君仙人世未聞

功崇六宇郭中令
交到二游蘇長公

到門猶有秦時月
設案應無漢後書

建和元年武氏闕
中平立石張遷碑

春秋三傳惟從左
周易諸書不廢虞

唐時其識偃壇記
漢代猶存石闕銘

至理本從三古起
大文都自六經來

自求太極書中義
都是邯鄲道左人

公誠天下能文者
我亦年時刻玉人

世人于我亦安有
之子不來長相思

承宮於事有古義
郭大之碑無過辭

書有精靈王大令
文無假飾蔡中郎

古經道德五千字
丞相成都八百桑

世欽長者尊元禮　古字猶傳秦燎後

我識昭明字德施　宏辭都在漢興初

漢水長存南國紀　荒碑自紀熹平歲

風人時有西方思　頑石猶書元狩年

興來輒改二典字　有相逢而若故者

年往乃成三都辭　亦不使其無傳焉

唐時通典猶傳佑　平生猶是思公子

漢代大文惟有遷　後世安能定我文

我道惟以精思得　詞人古有垣崇祖

公文若有元氣存　書佐今無王仲宣

西京明詔皆高古　理得精深京氏易

南極祥光兆吉昌　文兼今古恭王書

蘇公春月若有會　夏時周禮守前典

張掾秋風應及時　漢壁秦璆餘古香

思周民事道州守　修書瑤殿文皆典

功冠中興高密侯　奉詔承明望若仙

人日嘉辭高仲武
春山新本郭河陽

事惟能省思長定
人到無求品自高

前人之游各有記
今我不樂其焉思

令肅惟聞京兆尹
人高應在霸陵山

未信秦皇能得道
不聞漢武重登仙

位業應思天下雨
文章信有古人風

改年曰載唐神武
舉世工文漢建安

世事亦猶雲迭起
我思長與月相摩

秋雲共識瑩邱本
春水乃有山中辭
親民惟有二千石
制用應通三十年
紀武歌傳七德舞
銘功事載八公碑
舉尊但就甘興霸
求道猶傳陰長生

七星共仰文昌氣
一葉自成天下秋
歲星漢帝尊方朔
書字唐人重世南
立業惟思到仲舉
得仙信有王方平
穹精光德成陽刻
嘉石昭章都尉銘

通神古有三公祀　六國惟傳四公子

主禮今垂百石碑　一時頓有兩玉人

朱公經義祭公傳　文康詞若豐年玉

周子通書張子銘　信本書餘太古香

三年不滅來書字

廿載重登君子堂

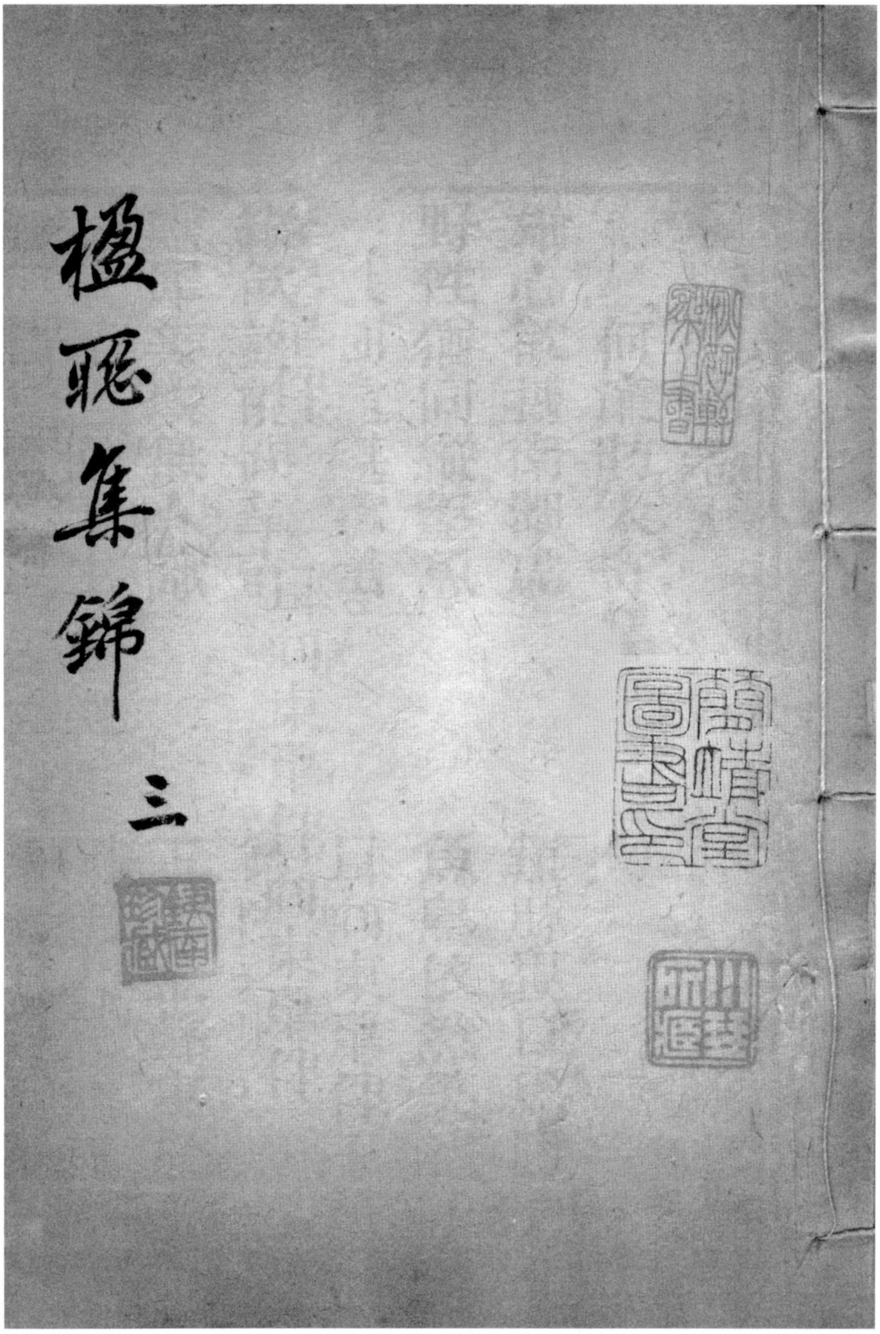
楹聯集錦
三

楹聯集錦卷五

何廉昉太守集東坡詩句

雄心欲搏南澗虎
野性猶同縱壑魚

踞床到處堪吹笛
縱飲誰能問挈壺

靈犀美璞無人識
琴草元芝匝地生

雞豚異日爲同社
魚鳥依然笑我頑

且向東皋伴王績
欲師老圃問樊遲

玉德金聲寓於石
明窗大几清無塵

欲把筆歌暖鋒鏑　百尺深潭數魴鯉
盡將錦綉裹山川　三軍喜氣挾狐貂
讀破萬卷詩愈美　還從舊社得心印
行盡千山路轉賒　喜見新橙透甲香
未肯將鹽下蓴菜　只恐先移北山檄
爲君援筆賦梅花　不妨還作輞川詩
小詩試擬孟東野　落筆已吞雲夢客
後學過呼韓退之　疊鼓誰摻漁陽撾

萬里烟波濯紈綺
千章杞梓蔭雲天

霧帳銀床初破睡
玉堂金殿要論思

杖藜曉入千花塢
扁舟歸釣五湖春

清詩不敢私囊篋
明月豈肯畱庭隅

朱絃初識孤桐韻
綠衣倒挂扶桑暾

微官共有田園興
晚歲猶存鐵石心

年來漸識幽居味
歸去先傳樂識詩

文字鬱律蛟蛇走
劍鋒新瑩鸊鵜膏

六翮如雲豈長鎩
兩鬢斫雪勸加餐

天下幾人學杜甫
詩中自合愛陶潛

東風吹開錦綉谷
春江漾漲葡萄醅

舊事眞成一夢過
新詩說盡萬物情

萬里烟波濯紈綺
三年京國厭藜蒿

綺羅勝事齊三國
竹石風流各一時

電眉虎齒霹靂舌
珠簾玉案翡翠屏

大本百圍生遠籟
明窗一榻共秋間

但見香烟横碧縷　更開幽室養丹砂

要使名駒試千里　同駕飛鴻跨九州

無事不妨長好飲　此生何止畧知津

尊前白酒傾雲液　澗底松根斷雪腴

欲從抱朴傳家學　爲愛揚雄作酒箴

著書多暇眞良計　妙意有在終無言

尙書淸節衣冠後　吏部文章日月光

勝概直應吟不盡　老來專以醉爲鄉

閑吟繞屋扶疏句
且作淩雲合抱看

讀徧身籤三萬軸
坐想蓬山二十秋

長江繞郭知魚美
小軒臨水爲花開

多情好事餘習氣
千變萬化皆天機

我懷汝陰六一老
氣壓鄴侯三萬籤

獨立千載誰與友
往看萬壑爭交流

芳草不鋤當戶長
明月未出羣高山

收拾小山藏杜甕
安排春事滿幽欄

此聯有奇趣

多情明月邀君共
無主荷花到處開

且待淵明賦歸去
不如東野以詩鳴

君當置酒我當賀
鳥能歌舞花能言

落筆已吞雲夢客
披衣閒咏舞雩風

庭下已生書帶草
玉中自有辟邪香

願君淨埽清香閣
更望重新畫舫齋

臺閣山林本無異
魚鳥江湖只自知

褰衣步月踏花影
撥雪披雲得乳泓

狂吟醉舞知無益　臥聽風鸞鳴鐵鳳

累盡身輕志莫違　欲將燒燕出潛虬

花時千圃堆紅錦　長廊靜院燈如月

世間萬事寄黃粱　引杯看劍坐生風

勸君且吸杯中月　閒看書冊應多味

許我時逃醉後禪　喜人燈花欲鬭妍

一川秀色明花柳　囊傷久藏蝌蚪字

兩首新詩爭劒鋩　詩壇欲歛鸛鵝軍

清詩爲洗心源濁
神妙獨到秋毫顛
鈴索不搖鐘漏永
玉堂正對金鑾開
青山有約常當戶
秋水爲文不染塵
雨過潮平江海碧
風高月暗水雲黃

沽酒獨教陶令醉
著鞭從使祖生先
到處溪山如舊識
此間風物屬詩人
樂全老子今禪伯
龍眠居士本詩人
得我新詩喜折屐
與君飲酒細論文

三吳行盡千山水
一詩換得兩尖團

綠棹紅船舞澎湃
野梅官柳任欹斜

詩無定律君應將
易可忘憂家有師

無數雲山供點筆
滿江風月不論錢

欲過叔度畱終日
須信淵明是可人

忘懷杯酒逢人共
無價青山爲我賒

野店初嘗竹葉酒
勸農曾入杏花村

清風掃地收殘暑
明月入戶尋幽人

詩筆離騷亦時用
文章爾雅稱吾宗

分光御燭星辰爛
舊踏松枝雨露新

呼吸湖光飲山綠
卷藏天祿包石渠

叙歷疏松欹晚照
招呼明月到芳尊

半雨半晴寒食後
江南江北青山多

風定軒窗飛豹腳
睡餘齒頰帶茶香

應敵縱橫如急雨
落筆璀璨傳新詩

臨風有客吟秋扇
舞雩何日著春衣

眼淨塵空無可掃　風來震澤帆初飽
水清石瘦便能奇　春到江南花自開
官事無窮何日了　瓊林花草聞前語
年來已覺此生浮　瑞霧香風滿後塵
瀉湯舊得茶三昧　未應愚谷能留柳
家書新報橘千頭　莫向長沮更問津
落筆縱横盤走汞　詩豪正直安仁在
寒窗孤坐凍生瓶　太史曾探禹穴新

十分瀲灩金尊凸
兩本新圖寶墨香

錦囊玉軸來無趾
絳闕雲臺總有名

清詩已入新歌舞
絕品難逢舊畫圖

瓦鈎卻勝黃金注
羽扇斜揮白葛巾

莫笑官居如傳舍
盡攜書畫到天涯

彭澤漫知琴上趣
賀監偏工水底眠

夢中舊事時一笑
醉裏題詩字半斜

未能便乞勾漏令
不妨仍帶醉鄉侯

江上青山如削鐵
水中明月卧浮圖

規模簡古人爭看
豪氣崢嶸老不除

寒牕冷硯冰生水
開門看雨月滿湖

海爲瀾翻松爲舞
花有清香月有陰

夢裡花仙覓奇句
山中木客解吟詩

讀徧牙籤三萬軸
更看銀山十二回

正如春風弄羣卉
且邀明月伴孤斟

聞道鵷鸞滿臺閣
要使珠璧棲牕櫺

竹簟涼風眠晝永
裙腰芳草抱山斜

詩成書燭飄金燼
夜撥寒灰聽雨聲

十年讀易費膏火
兩首新詩爭劍鋩

集義山碑字

長笑右軍稱草聖
要知摩詰是文殊

林下對床聽夜雨
尊前侑酒只新詩

玉堂修史文皆典　唐碑漢識文皆古

香案承書望若仙　雲葉風光致自嘉

歲星仙氣原方朔　使節望高尊海岱

壁月新詞是義山　省垣職重夜星辰

康樂文兼雲水致　和平望峻中書令

義山詞有廟堂風　典則文高太史公

集米海岳語

天分秋暑資吟興
晴獻溪山入醉哦

品藥不以甘爲上
襲桐乃於焦亦宜

旖旎雲錦秋花起
清照湖山皎月圓

寶晉齋前題洞石
垂虹亭下破霜柑

路不拾遺知政肅
野多滯穗是時和

集磚塔銘

文字遠播如長吉

書窗精求得永和

氣節爲眞金介石

心神如秋月春風

集爭坐位帖

開得書香心自悅
深於畫理品能高

士也置身宜尚志
佛之入世只無爭

指揮古人必如意
標致此身誠獨高

心當有悟香微入
聖欲無言月自高

香國可容分一座
書城曾與將三軍

畫郎供奉開天祿
香吏從容侍紫微

書以功深能跋扈
畫惟興到見紛披

論心每下高人榻
得意還過開士寮

咫聞每易爭家數
目論從來有異同

香不知名惟定品
月如相愛可長來

世上何人能滿願
就中有地何安心

第一香應名士品
初三月是美人修

半階明月初來地
滿郭朝烟欲上時

人倚畫寮初月上
徑迴平野晚烟橫

書到疑時須遜志
事當難處但平心

無人自數初三月
可意相思十二時

魚魚入世難爲海
燕燕依人別有天

此身自命居何等
並世論才大有人

高閣欲淩天尺五
清階全得月三分

香徑携來三月半
清思應滿六時中

此志時存常敏勉
我身天已與安排

易到祇知身是燕
會心莫道子非魚

曾來畫閣香臺地
每度披烟戴月還

此心平比成田海
一室高於倚蓋天

承家清德尊彝古
命世眞才省閣香

名美尚欣聞過友
業高不廢等身書

○

古佛香臺參一指
美人畫閣見全身

對君眞意滿階月
酬我高情半榻書

月簷烟閣標清興
文府書城縱道心

修道定當尊益友
誠身敢不畏嚴師

清時盛德人同仰
名世高文衆所師

此地祇應明月到
有書合共古人披

○清蔭滿階開書本
古香一榻坐書城

一榻只同明月坐
百城長與古人居

楹聯集錦　卷五　十二　寶經板

楹聯集錦卷六

集古詩句

翠靄欲成威鳳舞　脫俗書成一家法

青松先作老龍吟　寫生卷有四時春

呼龍耕煙種瑤草　一樽濁酒有妙理

招鶴下雲眠古松　半牕梅影助清歡

筠館綠侵孺子榻　短蓬載月娥江夜

藥欄紅映鄴侯書　小蹇尋詩禹穴秋

青天以水爲銅鏡
白鷺前身是釣翁

人得交遊是風月
天開圖畫即江山

觀天地生物氣象
尋孔顏樂古心源

無多風雨閒敲句
小有壺觴可對花

奇文應世三千牘
古鏡宜宮十八秋

種花密似連畦菜
結屋寬於着岸船

墨池香藹花閒露
茗鼎烟浮竹外雲

作聖之徒定而靜
見壽者相和且平

春秋風月供新賞
左右圖書結古歡

芝草瑶林新几席
玉杯珠柱古琴書

石間坐久春雲起
花底吟成夕照收

洗硯春波臨禊帖
調琴夜雨和陶詩

疎影滿牕梅得月
涼雲在地竹生陰

異花向客情猶笑
芳草爲人意自閒

種竹野塘春筍脆
採蘭幽澗露芽肥

佳時燒笋洋川畫
長日臨流逸少書

春天詩思行花徑
月夜書聲坐竹樓

愛畫有情常拜石
學書無日不臨池

十畝蒼烟秋放鶴
一簾涼月夜橫琴

池荷雨後衣香起
庭草春深綬帶長

樓中飲興因明月
江上詩情爲晚霞

日晚愛行深竹裏
日明多上小橋頭

三餘素業青箱秘
六代豪華綵筆收

孫子亦知名下士
樂人多唱卷中詩

王猷愛竹非無宅
山簡觀魚別有池

柳塘波漫知魚樂
松塢雲深企鶴蹤

一派水清疑見膽
數重山翠欲留人

昂藏獨鶴閒心遠
寂歷秋花野意多

風標想見瑤臺鶴
詩韻如聞淥水琴

流水斷橋芳草路
淡雲微雨養花天

隔竹見籠疑有鶴
捲簾看畫靜無人

地占百灣都是水
樓無一面不當山

花影一欄吟夜月　圍棋已訪生雲石
松聲半榻送秋風　把釣先尋急雨灘
疎種碧松通月朗　襟度靜懸秋月影
多栽紅藥待春還　文章高振海濤聲
山中習靜觀朝槿　有時出郭行芳草
松下清齋折露葵　長日臨池看落花
疎通竹徑將迎月　文揮錦繡垂珠靄
埽掠莎臺欲待春　興逸江天燦綺霞

風領藕花來洞口
月將松影送溪東

樹影便爲廊廡屋
草香權當綺羅茵

看盡好山春卧穩
醉殘紅日夜吟多

明璣良玉榮光起
嘉木名花瑞氣專

秋月冰壺映懷抱
汀蘭洲杜交芬芳

樂意恩波魚在藻
清標壽色鶴依松

繞岸白雲終日在
傍松黃鶴有時來

碧莎裳下携詩草
黃篾樓中挂酒篘

純有英華爲國寶
貴無雕琢是天眞

雲裏引來泉脉細
雨中移得藥苗肥

雲護屏山開畫本
雨催花氣入吟牋

春風顛似唐張旭
天氣和於曾展禽

樓館雲晴空翠濕
汀洲花暗夕陽多

莫放春秋佳日去
最難風雨故人來

楊柳畫船深淺水
桃花春岸往來人

涵星硏取幽花露
沈水香浮小閣雲

寶經板

舊書常誦出新意
俗見盡除爲雅人

玉潤金生窺帖意
高山流水會琴音

古墨半濃評硯譜
新泉初沸補茶經

觀書到老眼如月
得句驚人胸有珠

名園綠水環修竹
古調清風入碧松

一篝落紅春滿地
半篙新綠水連天

隱几松風生鶴夢
捲簾秋水望鵝羣

新詩江上題霞綺
清露桐陰理玉琴

詩妙盡從言外得　侵階碧水流桐雨

易微誰見畫前眞　入暮青山擁竹雲

梅月橫牕成畫本　雨後雙禽來占竹

蘭風度檻入詩情　秋空一蝶下尋花

常吟卷裏相酬句　露引松香來酒盞

自畫湖邊舊任山　雨催花氣潤吟牋

水通曲岸橋依竹　勝事肯教饒沈謝

路入重林屋傍花　雄文眞欲傲班揚

學於古訓乃有獲
樂夫天命復奚疑

林泉到處資清賞
翰墨隨緣擬古懽

引鶴徐行三徑曉
約梅同醉一壺春

淨明居士書三卷
彭澤先生酒滿般

袖裏虹霓衝霽色
筆端風雨駕雲濤

篇章自愛陳無已
經義多推雋不疑

花邑紅雲春句麗
月梅疎景夜香清

古紙硬黃臨晉帖
矮牋勻碧錄唐詩

修竹最宜和月映
好禽端愛隔花聞

野寺石泉秋煑茗
松窻雪屋夜論詩

雞足觀書挑夜雨
鶴頭臨帖寫春雲

愛看春山疑讀畫
靜研古墨試聽香

海鷗戲墨朝臨帖
螢火凌雲夜校書

曉日花深揚子宅
夜凉尊滿習公池

雪牕讀易天機靜
露墅彈琴古調寒

清談三尺竹如意
燕坐一枝松義和

四照花開承麗日　潑碧初斟家釀酒
九天霞起引春風　小紅新試手栽花
一簾花影雲拖地　竹伸舊節當階碧
半夜書聲月在天　葵抱初心向日紅
好山入座清如洗　雪牕快展時晴帖
嘉樹當窗翠欲流　山館閒臨欲雨圖
楊柳風裁王孝緒　圖山墨潰西湖雨
芙蓉詩和謝臨川　煮水茶生北澗濤

茂林修竹蘭亭帖
流水桃花笠澤詩

青山城郭紅泉磴
黃絹才華綠綺琴

璧十五城方待價
桃三千歲始開花

小詩試擬孟東野
大草閑臨張伯英

居身不使白玉玷
立志直與青雲齊

詩與青山俱秀色
人將白鶴共流年

梅花香逹琴心古
瑶草春深鶴夢閒

詞源倒流三峽水
花氣渾如百合香

巖桂高凝仙掌露
畹蘭清映玉壺冰

翁之樂者山林也
客亦知夫水月乎

詩情逸似陶彭澤
易理深於梅子真

清談久領陳驚坐
俊句新傳趙倚樓

經術淵源千載上
恩光出入五雲中

書幌露寒青簡濕
墨花香潤紫毫圓

萬堞晴霞烘柳色
一犁春雨種梅花

烏絲欄寫黃庭帖
綠綺琴彈白雪詞

自公燕事推風雅　彝鼎圖書自典重

當局鴻猷重雨膏　蘭苕翡翠相新鮮

玉林泛露談三雅　書倉經史鎔才氣

綉幄圍香讀六朝　性地芝蘭蘊德華

海中珊網得琪樹　初日芙蓉謝康樂

天上玉堂森寶書　微雲河漢孟襄陽

琴調相鶴風生竹　輕研竹露裁唐句

書就籠鵞水滿溪　細嚼梅花讀漢書

肝胆照人如雪色
書篇擲地作金聲

六經讀罷方拈筆
五岳遊歸不看山

自有文章眞杞梓
不須雕琢是璠璵

嘗官要耐氷蘗味
傳賦能成金石聲

朱晦翁半日靜坐
歐陽子方夜讀書

對客漫題招鶴賦
臨池常寫換鵞經

顧視清高氣深穩
文章彪炳光陸離

蘭澤風和魚在藻
桐柯日暖鳳鳴岡

褚虞著述唐貞觀　滄海六鰲瞻氣象

王謝風流晉永和　青天一鶴見精神

識略從容能處事　才華舒展臨風錦

精神灑落見揮毫　意氣昂藏出岫雲

研經曉滴桐牎露　蒼松翠柏看顏色

讀畫晴披竹徑雲　秋水春山見性情

龍虎風雲眞氣象　星輝雲縵中天瑞

鳳麟毛羽大文章　玉節金和大雅宗

鶴鳴雲路三珠曉
鴻翥星台九仞高

寶露春涵芝圃秀
喬雲晴護玉階明

仙露長凝瑤草碧
彩雲深護玉芝鮮

智府朗懸仁壽鏡
福田普爲吉祥雲

湛露凝珠滋翰墨
卿雲流彩煥絲綸

滄海日含琪樹茂
蓬壺雲繞玉芝榮

金鐘大鏞在東序
冰壺玉鑑懸清秋

珠斗恩承仙露渥
瑤階慶擁瑞雲濃

心含元氣波千頃
座攬清輝月萬川
鐘鏞律應鈞天奏
黼黻文承復旦華
修身豈為名傳世
作事惟思利及人
滿地綠陰飛燕子
一簾晴雪捲梅花

書藏大美修身益
座有微香一室清
琴臨秋水彈月明
酒向東山酌白雲
琴含六氣妙於潤
鳳翔千仞極其遊
自以文章供潤色
未應風月負登臨

文笏石存山思意

一簾花得月精神

玉尺紗廚量汗簡

紅螺春雨讀梅花

滿襟和氣春如海

萬頃文瀾月在天

才華春水蜀江錦

氣味秋風桂樹林

書從芸館分香秘

花傍瑶林浥露多

銘帶每思恭則壽

研經常守益由謙

寶篆凝香藏睡鴨

絲牋和墨寫來禽

道德光華温潤玉

文章和氣吉祥花

真讀書人天下少
不如意事古來多

讀書身健方為福
種樹花開總是緣

能將忙事成閒事
不薄今人愛古人

碧松影裏天常靜
紅藕池邊水亦香

閒埽白雲尋鳥跡
自鋤明月種梅花

竹裏靜消無事福
花間補讀未完書

筆健乍臨新穫帖
手生重理舊時絃

露華浸月臨梧院
雲葉隨風近竹樓

松花搗藥分高士
柿葉題詩寄遠人

事能知足心常泰
人到無求品自高

天人一切大歡喜
花木四時皆吉祥

曉汲清湘燃楚竹
自鋤明月種梅花

齒牙吐慧艷如雪
肝胆照人清欲秋

供石略存稽古意
養花都是愛才心

梅花萬樹鼻功德
竹葉一樽心太平

簾外淡烟無墨畫
林間疎雨有聲詩

握以明珠堪待月
拾其香草自生春
百花開處松千尺
衆鳥喧時鶴一聲
無瑕品格珍同璧
有價聲名重若金
畫懸古木棲鴉影
琴譜平沙落雁聲

道事無疑徵道力
讀書有得見天機
得好友來如對月
有奇書讀勝看花
焚香埽地清閒課
煑茗澆花快活忙
尋春曳屐踏花徑
釣月執竿過柳橋

雲霞標格神仙度　含毫南垞右丞畫
冰玉襟懷風雅宗　賭墅東山太傅棋
梅雪松風清几榻　佳名冠以青瑣闥
天光雲影護琴書　妙語付之烏絲蘭
蓬萊文章建安骨　小紅燈火讀周易
米家圖畫鄴侯書　大白香醪下漢書
三徑菊松陶靖節　吟思白社傾家釀
一船書畫米襄陽　坐對青山讀異書

於此間得少佳趣
亦足以暢敘幽情

衣冠安雅瞻風度
几席精嚴見性情

虎尾春冰眞學問
鳥啼秋水大文章

友如作畫須求淡
山似論文不喜平

綠印苔痕留鶴篆
紅流花韻愛鶯簧

閒刪蕉葉書唐句
細嚼梅花讀晉詩

種樹如培佳子弟
擁書權拜小諸侯

話到口頭留半句
理從是處讓三分

碧海游龍觀氣象
丹峯儀鳳著精神

一庭花發來知已
萬卷書開見古人

滿襟和氣春如海
萬丈文瀾月在天

隔樹鳥聲風引細
侵簾花影月來清

梅是幾生修得到
竹貞一日不能無

諸葛一生惟謹慎
呂端大事不糊塗

一庭花影春留月
滿苑松風夜聽濤

風流人物東西晉
臺閣文章大小蘇

爲愛鳥聲多種樹
因畱花氣久垂簾

除卻詩書何有癖
獨於山水不能廉

欲無後悔須修己
各有前因莫羨人

斗酒縱橫廿二史
瓣香供奉十三經

惟大英雄能本色
是眞名士自風流

五色天章雲爛熳
九華春殿語從容

高士秋心飛作蝶
美人春夢化爲雲

飲酒美如花漸放
讀書樂似客初歸

閒看秋水無心事　詩因先得我心好

曾爲梅花醉幾場　事要盡如人意難

夜合帶烟籠曉月　上策祗應扃戶坐

小窗和雨夢梨花　遣閒莫若借書看

甚欲以眞還我僞　觀書欲得未曾有

不堪將淺遇人洪　對竹須知不可無

過如秋草芟難盡　格比梅胎詩品淡

學似春冰積不高　書參釵股墨痕奇

宮戶小山如舊識　瓶花落硯香歸字

半床春月在天涯　牕竹挑琴韻入書

偶逢新語書紅葉　避俗花猶堪作史

閒與仙人掃落花　著書茶亦可名經

蕉衣試仿來禽帖　深院抄書桐葉雨

竹粉閒披相鶴經　曲欄聯句藕花風

袖中異石未經眼　月明滿地看梅影

海上奇雲欲盪胸　露下隔溪聞鶴聲

散花夢醒論詩客
燒葉人吟讀易窓

萬種相思對誰說
一生變好自天然

先後筍爭滕薛長
東西鷗定晉秦盟

竹間樓小窓三面
山裡人稀樹四鄰

詩情島佛非嫌瘦
書法坡仙不礙肥

順時自保千金體
與爾同消萬古愁

道心靜似山藏玉
書味清於水養魚

多留隙地補明月
不築高墉礙遠山

茶聲響雜花梢雨
簾影情通竹塢烟

幽甫落花多擁徑
短籬修竹不遮山

曉案濤光研竹露
夜飄明月籟松濤

乳鼎餘香醖竹葉
膽瓶新月浸梅花

硯紙靜臨新獲帖
膽瓶閒浸欲開花

潸徑苔紋疎雨後
小闌花韻午晴初

三徑偶開因舊雨
十年可讀有奇書

書成蕉葉文猶綠
吟到梅花句亦香

愛書護似連城璧
藏硯多於負郭田

風月一庭爲良友
詩書半榻是嚴師

庭餘花色披文藻
座有蘭言愜素心

半窗疏影梅花月
一榻清風柏子香

澹如秋水閒中味
和似春風淨後功

氣洽春風敦愷悌
神同秋水靜聰明

鶯花客夢三千里
風雨家書一萬金

鐘鼎山林各天性
風流儒雅是吾師

兩岸綠烟新柳葉
一庭香雪古梅花

一榻只同明月坐
百城爭擁古人書

立脚怕隨流俗轉
留心學到古人難

書田菽粟饒眞味
心地芝蘭有異香

春山似欲留人住
晚稻何妨爲客舂

綠陰煮茗閒評畫
翠袖焚香靜檢書

圖書萬卷草堂古
花木一庭春景深

紅滴硯池花濕露
綠藏書榻樹凌雲

竹環窗外圖書潤
花落池中硯水香

文章惟讀周秦漢
儒術兼通天地人

盡化今情期以古
時修人事聽諸天

古劍不磨留養氣
異書多讀當加餐

我書意造本無法
此老胸中當有詩

繙書有味似諫果
飲酒此心同活雲

劍匣之中有龍氣
酒杯以外皆鴻毛

好友恨難終日對
異書喜是故人藏

長覺胸中春意滿
須知世上苦人多

多畫要如詩句讀
古琴兼作水聲聽

花裡簾櫳晴放燕
柳邊樓閣曉聞鶯

銀漿惠露修香篆
石磴松風試水經

愛敬古梅如宿士
護持新筍似嬰兒

晝長梁燕從容語
風靜瓶花自在香

老圃地寬花富貴
醉鄉天潤酒神仙

芳春山影花連寺
午夜清歌月滿樓

鶴硯曉沾清露潤　紙絸凝霜供小草

蠶池春漲綠波長　膽瓶吹雪試新茶

樽中酒入高賢品　雨後靜陪沙鳥坐

几上花如絕代人　日長閒數砌花開

三升花露春臺滿　墨花點筆濃雲黑

一片風漪午枕涼　瑤草入簾春雨香

從政人知經術貴　月色橫分窓一半

得閒天與著書緣　秋聲正在樹中間

蕉雨墨池吹黛綠　半榻茶煙春雨後

梨花春露瀉鵞黃　小欄花韻午晴初

春山北苑屏間畫　清閒人品温如玉

秋水南華架上書　不俗文章淡若仙

正欲清談逢客至　曉窗晴光研竹露

剛思小飲報花開　夜窗明月煮松濤

品似梅花香在骨　不除庭草畱生意

神如秋水淡爲神　愛養池魚悟化機

萬頃澄波容物海
一團和氣養花天

有小洞天堪大隱
是眞名士不虛來

拳石畫臨黃子久
膽瓶花發紫丁香

雨砌稚花移帝女
晴窻小草拓官奴

柳搖臺榭東風軟
花壓欄干春晝長

紅黃霜葉珊瑚海
黑白雲華玳瑁天

白雲明月能相識
行酒賦詩樂未央

烟樹遠浮春縹緲
風船解與月徘徊

石鼎茶温風味冽
玉壺冰暖露華新

把鈎笠分梅子雨
刪詩人上海棠樓

我以詩書爲麯蘖
天教桃李作輿臺

水能性淡爲吾友
竹解心虛是我師

雲生磵戸衣裳潤
窓近花陰筆硯香

論文席上一尊滿
隔座分香百和清

清讌但從三益友
高文欲廢百家書

洞天一品元章石
明月三人太白杯

讀書臨帖我所樂
抱甕灌花心自閒

行不尚同居品貴
言皆足據用功深

身依日月光華旦
地接蓬瀛咫尺天

露氣曉連青桂苑
珮聲遥在紫薇天

家藏瑤草香延客
人與梅花淡結隣

天開萬象登仁壽
雲在中天覩吉祥

元圃玉光千丈曉
金莖珠露九霄清

象尊物表瞻喬岳
春盎胸中養太和

山川出雲即霖雨
日月合璧爲文章

金鼎吉雲文炳蔚
琅函玉宇藻繽紛

凡事但求過得去
此心總要放平來

天臨奎壁星辰近
雲接蓬萊雨露多

朱絲叶律薰風曲
玉醴傳甘湛露詩

佳氣曉凝金掌露
淸標朗映玉壺氷

閉門擇友盡三益
借水看花是一奇

知多世事胸襟潤
閱盡人情眼界寬

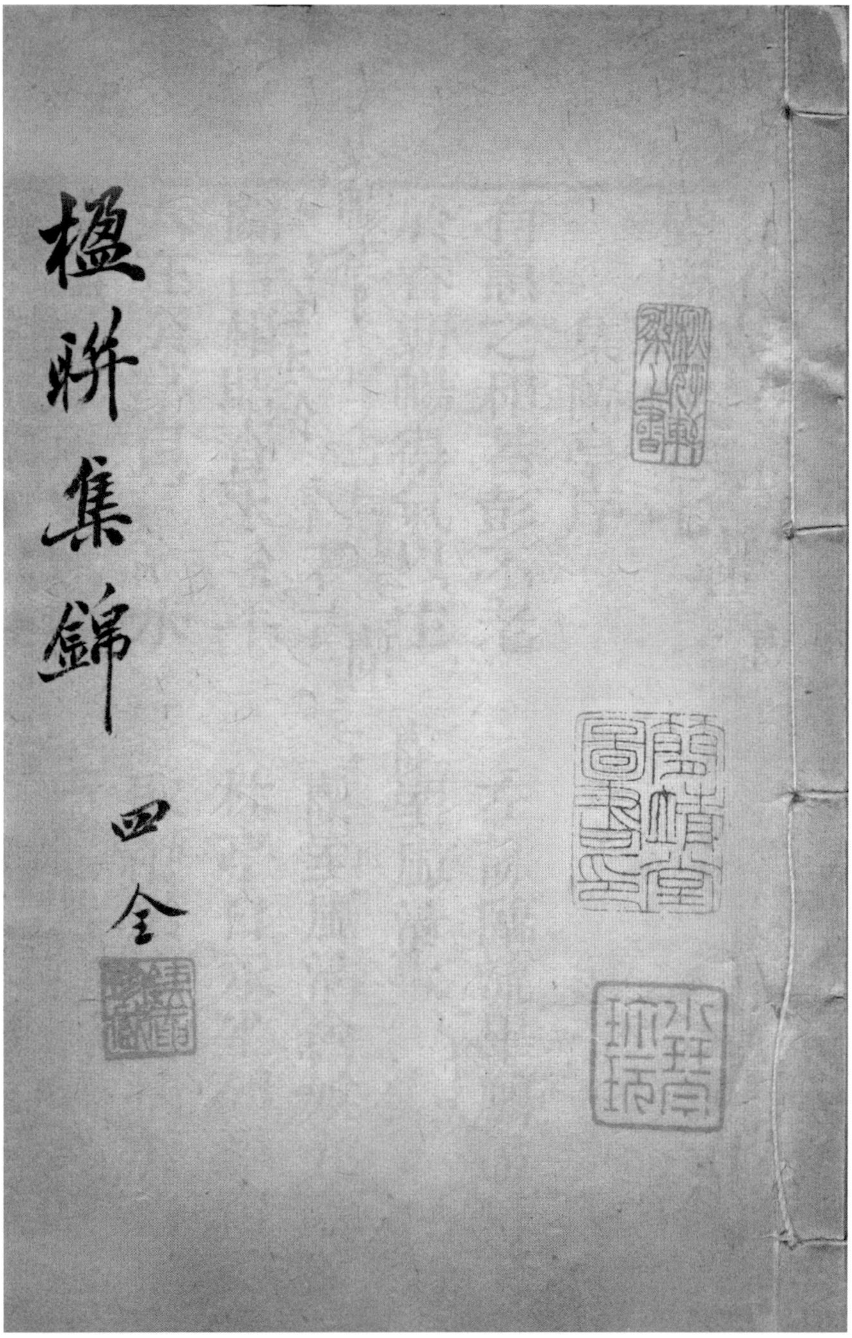
楹聯集錦
四全

楹聯集錦卷七

集蘭亭序

有惠之和若彭不老　左詠臨流畢觴盡日

於春斯暢得氣以生　期情寄水列趣當風

竹氣初流山靜若古　蘭室風清會娛九老

蘭言相晤春永於年　林亭日永坐列羣賢

人在癸亭自能品水　取靜於山寄情於水

時當丑歲可與流觴　虛懷若竹清氣若蘭

賢者所爲亦殊靜躁
風人之作可以興觀

竹林諸賢相與俛仰
蘭亭之會豈有古今

賢者風期清和在抱
至人天趣山水與遊

品仰咸賢懷齊管樂
文崇遷固年永老彭

茂竹亭虛修蘭室靜
寄懷天峻流詠水長

老竹當先清陰可託
崇蘭在室和氣所生

修竹崇蘭靜觀其趣
和風朗日足暢斯懷

文峻若山品清於水
事稽在古賢取諸今

朗日映懷和春在抱　觀化樂天與山同靜

崇蘭臨水古竹當風　遊和抱朗隨地爲春

春水有情可以自喻　萬有不齊放懷自得

萬山之氣皆由足生　一無所取知足猶能

流水激絃仰與古會　亭攬快哉長流自在

清風生座暢若天遊　室陳修況古樂可聽

坐有賢人清言大契　樂水娛山與彭不老

室臨朗日和氣生春　清言靜氣得惠之和

和氣當春清風拖帶　文管生風自然有竹

朗懷映日盛地流觴　詠觴得趣可以無絃

水次羣賢形骸放浪　朗日和氣得天之樂

山間九老懷抱古風　崇山曲水隨地可娛

言有短長取足於氣　崇蘭一山短竹列坐

文無今古在暢其懷　曲流引帶清風激絃

既然得水豈可無竹　帶領之間盡山水氣

時或觀山亦當有亭　觴詠所會有將相人

何子貞太史集禊帖

天清地和若在古宇　相遇無言流水今日

情至氣盛是爲今文　不期而至淸風故人

興賢與能於斯爲盛　修之自長察之爲在

及時作事自古有年　言者能信感者得咸

水靜能湍風淸自感　觀天地事萬殊一致

山崇故俯竹老猶虛　會古今文諸賢同羣

風雖無形猶有可聽　萬年老竹化爲與可

地固至靜故能大生　大地流水盡是天隨

騁列之遊託會之詠　春風感人有形無迹

寄老之放抱惠之和　後賢懷古與世同情

每年一隻自爲目錄　無遇於今必得於古

終日萬觴以娛情懷　能修夫已自極夫人

水趣初生山懷自古　集羣人文咸古作者

觴情既暢詠事斯與　有一間室與竹同之

風日無言一觴自足　每懷古人自知不足

山水所會萬竹猶虛　既生斯世豈能無情

春至無形因時生迹　大化同流合少長老

天長不老以古爲年　風人所詠可興觀羣

於文人懷管列遷固　陳情之文感足天地

察天事在隨臨觀咸　集古有錄合取羣言

古氣向人風生列座　崇蘭一山短竹列坐

幽懷在巳日暎清流　清流引帶和風激弦

趣舍萬殊若合一契　峻嶺崇山羣類咸俯

少長咸集列敘時人　清流靜水萬形畢陳

嶺曲風長亭幽水會　得一以清自無終極

懷虛趣得情至文生　遇羣能化是謂大同

稽古述文快猶同世　取諸懷知人已一致

詠懷託事陳以觀風　足其氣與天地同流

春山暢遊有足有目　氣靜同蘭懷虛喻竹

流水靜聽亦竹亦絲　目清若水竹快生風

會合盛與諸賢同氣　賢矣老彭述夫作者

情文茂暢一日萬言　大哉林放契於至人

天地之初由無生有　虛斯能崇靜斯能永

山水所會以曲爲幽　清不至激和不至流

春風無形激水生浪　懷古賢慨虛生一世

大地至靜長天自清　臨崇山當俯視羣流

知者取懷以喻萬類　氣之所感不因情至

大賢虛已得盡羣能　時有可爲亦由人興

所以所由爲觀爲察

亦風亦詠可興可羣

丁心齋觀察集蘭言

述古喻今大觀在是　室內生春懷虛修竹

向風隨化異地同然　林間得趣氣靜崇蘭

觀化天人放懷世宙　絲竹娛情風流自詠

寄情山水極目林亭　山林幽致俛仰同觀

騁目放懷古有作者　蘭室風清言無異致

清修峻品今之賢人　竹林日永坐有同羣

詠竹清娛興隨情寄　樂足自娛會之無極

引觴和會趣與春長　情有所契喻於不言

遊攬天人萬合爲一　九宇流觀朗於天日

詠懷古昔情生於因　一言相契情若絲蘿

引契昔賢古今一致　竹契蘭言春因日永

自喻清況懷抱不羣　水幽山靜樂與天隨

終古相期與言作述　和氣春風惠流九有

羣情所樂取抱和同　清天朗日樂及羣生

異世殊時流風自在　情與人同有懷畢暢

賢人盛地樂事相因　風隨世異無感不興

林與山幽不知年歲　時事遷流今猶古若

竹隨風靜可以晤言　天懷欣暢已與人同

樂以和之人情斯暢　言足感人古風同仰

咸者感也氣類相因　惠以及世大化羣遊

賢以化興於斯爲盛　以古今大文爲述作

氣由和致自古有年　與天地淸氣相娛遊

靜者所懷感於無與　萬化同流古風永茂

賢哉之樂聽其自然　羣生在抱世宙咸和

歲時若流古今異趣　无妄之懷品齊修竹

天地爲室俯仰同懷　同人所樂言契幽蘭

目極九流懷觀一致　樂與人同後天不老

類陳萬有迹化羣言　情隨迹化流水爲懷

歲得九遷崇觀目極　稽古右文羣生咸仰

惠流萬類朗察羣形　時和人樂化宇同遊

會集羣賢風斯永暢　樂事引年虛懷觀化

惓懷古昔情抱同欣　清言若水和氣當春

迹因夫形言陳夫事　事在修齊期於盡已

感寄於抱文生於情　言無躁妄可以知人

春水初生清湍相暎　古今大年老彭合契

和風時至盛地同臨　宇宙崇抱管樂相期

九宇同文會其有極　流品既清風期自古

萬流仰化咸與爲懷　至情相契樂趣能長

和氣所流風隨日永
曠情盡化水在山清

盡人合天清虛無極
同時感事和樂不流

靜可觀人虛能修已
賢當述古知足察今

言無短長氣有靜躁
事殊今昔情合異同

詠古述懷文人樂事
遊山臨水宇內極觀

和惠所懷咸臨大有
靜虛在抱隨觀同人

其所遇極一時之盛
得可爲與萬世相期

虛靜之懷長年無極
清和在品萬數咸欣

虛室清幽人無躁氣
賢流會遇坐有春風

集攬賢能引爲同列
修和宇宙期諸永清

樂此幽閒與年無盡
化其躁妄得氣之和

每靜坐修一己不定
於仰觀得萬化自然

賢者情懷自然和氣
古人風詠可以興觀

和惠所流羣情是仰
知遇之感永世相期

文有清峻古茂之氣
人以和樂虛靜爲懷

會遇羣賢清流趣永
時當樂歲化日春長

天地之間一言可盡　稽和古文期於至是
古今所遇萬有不齊　流觀世事盡所當爲
品當齊於賢能之列　人有同然爲天所與
事不可以虛妄相將　事無異致以古爲期
視聽自天修能在己　情生情感於不自已
清虛可抱朗峻爲懷　事無事得其所以然
趣向不同期於得當　化異爲同修之在己
云爲或異喻其所懷　以舍得取聽諸自天

風浪不異天臨水暎　遊古聘今文爲樂事

山林向抱地曲春幽　仰觀俯察世有能人

日至之時猶能坐致　天不言所以流大化

風氣所在豈是人爲　時雖異可與觀古風

古人所言錄諸坐右　寄觴外情懷人所水

賢者之樂暢於天懷　得弦間趣詠古臨風

竹静觀山林幽聽水　茂矣羣生期於咸若

蘭修暎日室曲當風　盛哉斯世是爲大同

於羣賢得人生至樂　盛世爲文能及於古

合萬古爲宇內極觀　風人感世曲盡其情

舍外諸山朗列在目　向日有懷感於遇合

林間一水暎合生情　臨風致詠抱此清幽

畢世清修情無或放　品峻於山懷虛若水

羣類欣仰惠以爲和　風清在竹氣靜爲蘭

合氣於形可盡天地　其風化可永於斯世

以生爲化是有古今　所觀攬能次夫古賢

懷清抱幽喻天然趣　寄託之情嘗在言外

舍躁悟靜作化外觀　契合無迹當於古初

時敘清和羣流向化　觀水有情不言自喻

天懷朗暢一室生春　遊山託興未盡所懷

知昔日斯可喻今者　舍短取長人無古今

觀已事所以察未然　得一類萬事有初終

不以異時殊其趣向　於古人所爲知其大

當於臨事觀所修爲　不異己相視故可羣

臨水悟虛仰天知峻　察天文自當稽所信

觀山得騁因地能遷　觀時事猶可大有爲

山峻極天水流無地　山水湍流快人清聽

時遷爲世事異因人　天風激浪暢此虛懷

日永春長同遊此地　述古信今文無妄作

林幽水曲自樂其天　觀天察地人不虛生

興所及雖萬言不盡　天地同流至人無已

文之茂在一氣相生　古今異世大時不齊

畢萬在期知其將大　懷與惠和歲同彭永

隨會至是可與有爲　文隨遷歲弦得稽清

古人之文盡在於是　攬古迹於云亭以外

世宙雖大若視諸斯　託清遊在絲竹之間

少得清閒攬古自樂　引喻古人稽合同異

隨其時地修已內觀　流觀時事幽暢懷清

致和爲春朗抱若日　託興永言情文盡致

合氣於靜遊情在初　和懷虛抱將相齊能

癸丑春初臨流作叙

已未歲暮集古爲文

張鹿仙觀察集聖教序

太華奇觀萬古積雪　見道精深天人三策

廣陵妙境八月驚濤　體物宏麗東西二京

水流花開得大自在　山高水長中有神悟

風清月朗是上乘禪　風朝雨夕我思古人

志託慈良萬福所會　之子遠行古人不見

心懷利濟眾善之門　流水今日明月前身

雲行雨施是大神力

風清月朗如良夜何

山高水深斯人不出

煙情霞想其志可知

仙佛因緣名山慧業

明良際會蓋世宏圖

論世歷唐晉漢而上

述古綜才識學之長書法鐘王文窺左圖

緣深仙佛契通神明

可以栖遲蒼松古石

不知漢晉無懷葛天

桂花開時香雪成海

月輪高處廣寒有宮

黃葉半林所思不遠

明月千里我勞如何

羅浮括蒼神仙所宅
圖書金石作逃之林
清風滿懷朗月在抱
萬慮皆息一塵不驚
天上勝遊日清虛府
人間仙境有武陵源
樂哉斯遊仰見明月
超然有悟時聞清鐘

王謝門才機雲世德
神仙福慧山水因緣
我佛所宗貞如貝葉
衆經之長妙法蓮花
四世傳經是謂通德
一門訓善惟以永年

楹聯集錦 卷七

寶經板

何子貞太史集爭坐位帖

古聖經天官分九扈　清宴初開才人忽到

將軍紫電威震五羊　名香始縱大月還來

名畫高縣古書平列　據榻然香卽同供佛

天光直射月意橫來　合目數息便是修眞

朝廷侍讌禮惟三爵　海東日南就贍王會

太史紬績書及百名　佛書道藏依據聖言

宰相知人將軍善任　古畫清香長天大日

太常紀績右史書勳　名師益友盛業高文

魚有百金乃澤國長　聖業顏曾清名李郭

爵唯三足自日中來　相才文富士品裴王

揆高度深九數所極　天地者君初哉者始

指事會意六書之綱　言思皆事禮知皆才

對月披書來哉益友　尺書可當十部從事

然香品畫佐以清言　名作便是五言長城

振作清勤就將僶俛　天爵崇高初無階級

從容正直會合光明　書城割據各異門塗

獨坐堂階天高月滿　正直光明臣心戴日

忽披書本古到今來　齊同振作眾志如城

德意和平事權振作　守獨悟同別微見顯

才情藏固地心光明　辭高居下置易就難

畫閣淩烟高標迴日　損於益勤震於大過

金臺論士紫府藏書　升才比德師我同人

高堂二戴知古今禮　坐榻橫書升臺校射

太室三塗居天地中　然香品畫對月開尊

見人之過若已有失　聖人畏微必謹其獨

於理既得卽心所安　君子行禮乃尊而光

天大故高海深益下　有功不伐聞過而喜

香初已縱月朗猶明　爲道日損積德能升

居安思危以貴下賤　雖無師保可對天地

有容乃大不怒而威　不立城府自振紀綱

力排異端將軍破賊　及階升室自有次第

心存天理行子還家　仰天俯地何事安排

縱橫百家才大如海　習八分書得陝本貴

安坐一室意古於天　存百家目自隋志傳

思深責難別微謹始　一道同文謹權正度

存疑儆忿抑滿振衰　興賢尚德敬友師尊

開誠布公明道興事　到海得深瞻天見大

立名崇節尚德錯刑　升階有級入室知門

武將宣威自天而下
文臣紀盛如日之升

若知者行其所無事
故君子名之必可言

豈獨安分守身爲事
欲作頂天立地之人

道合天人以無用用
心有權度以不平平

天地皆君初哉是始
損益治己師比安人

就已然情知未來事
於獨居地見大眾心

六書同文五禮明道
八能言事九德官人

勾深攫微理紛振廢
破疑儆怒節憂平矜

行道應時立身得地　衛道論功比於武事

倚天有力畫日須才　應時作事止合天人

直度三古橫抗八極　道積於身得錄乃貴

友取十室書據百城　德修自下習禮斯崇

八分盛作自東京世　道不可卑德唯自下

三古道言皆右史書　言思爲則行必有威

將相公侯蓋亦有命

射御書數皆謂之文

楹聯集錦　卷七

寶經
板

張海門侍講集華山碑

無事張皇德宏斯大　文高九能道重三物

不高明察誠至則通　風宣八節氣備四時

職方之司川嶽垂典　豳國古風梁州明月

馮相所掌陰陽應時　柴桑時雨潁川德星

理定於一思起以位　長明天文道元地理

事從其朔人得所宗　大邱義行子雲宏章

長吉詞章可加以理　報國以誠不辭過舉

德明字義嘉惠斯文　求民之莫是謂惠人

道神於虛理精以密　安國傳書說經義古

義得所王文易其辭　樂天紀事風世辭新

偃闕玉堂風雲所會　周監夏殷乃備所制

故人瑶札河漢相望　原傳玉勒各存其辭

禮制昭垂諸侯圭璧　元方之行高於一世

樂章損益六代宮商　仲長所樂極之百年

人自天來玉皇香案
文應世用國是民風
岱用燔柴乃嶽之長
河傳望秩亦川所宗
行樂及時輒思少日
以書遺興易過中年
平子十年二京辭就
令君一至三日香餘

風自南來玉殿無夏
雨從西至仙都乃秋
子由所欽惟有太尉
文節之字亦本平原
事其時遷雲今月古
理通禪悅山虛水深
其德在人定有興者
不嘗於世焉用文之

惟公明而一其神也
有功德於民則祀之

一事一物康成立說
三月三日元常有辭

人極所能武侯集益
事得其理文子深思

百載門基王氏故物
三國人物周郎少年

漢京得人惟崇孝義
唐代命職乃用文辭

著德就封各得所樂
歆原共重但識其初

王霸理文不樂所職
袁安辭舉自遂其高

修行立義仲和垂望
定時察刻佐公成銘

通易書禮以求古制　不崇虛無自得禪理

過春秋夏猶有歲餘　遍識邱典深通漢書

行茲四德乃立天則　辭有其祖河梁五字

斂時五福訖用康年　思之所觸少陵七歌

豐樂古亭是用文地　祭遵王梁各垂令望

中和嘉節乃登農書　周嘉張武是謂聞人

十字長存延陵碑石　道備一宗遹經用大

千年刻紀武梁祠堂　文起八代原道辭高

日月光昭人其所仰　嶽華定鎮雲雨乃會

風雨和會歲其有秋　文武舉職神人以和

山澤精誠三靈輒會　國安民悅令行事舉

文章光氣百世常新　歲豐時若功成業昭

嘉業用光安平康樂　天行地生百物以殖

芳猷所立德惠福祥　河深嶽峻諸神乃來

歌辭益新後有來者　風和雨甘人得其樂

山水相樂前無古人　文通武達功靡不成

春以澤之克宣乃德　書府芳馨今古集會

秋者揫也不肅而成　玉京雲月神仙往來

文能不磨新於百世　易成萬物書備百事

武有所用紀之千年　禮修五典樂奏六歌

楹聯集錦　卷七

會稽板

楹聯集錦卷八

集雜文語句

鸞鳳清音通乎律呂
餐勝如歸聆菩若始

鼎彝古色燦若雲霞
乘德而處虛己以游

蘭芷升庭沆瀣一氣
農夫不怠越有黍稷

琳琅滿目笙磬同音
儒者立志佩服蕙蘭

春日同和秋蟾共朗
得山水情其人多壽

丹芝作圖翠柏爲林
饒詩書氣有子必賢

元澤旁流仁風潛扇　玉振金聲於時爲瑞

瓊林繁映圓海廻淵　和風甘雨惟世之祥

東魯雅言詩書執禮　玉粹金和渾然元氣

西京明詔孝悌力田　禮耕義種必有豐年

抗心希古任其所尚　廼有圖書博覽典雅

研精躭道安有幽深　皓爾太素栖峙幽深

好音時交微風清扇　露流烟裁林巒如繡

流詠太素栖志浮雲　窗明几凈筆硯同懽

刻燭拈題閒人忙事焚香默坐儒者禪修余曾見萬藕舲書此聯

春意遂爲詩人所覺　好學深思心知其意

夜坐能使琴理自深　反本修古不忘乎初

柔日讀經剛日讀史　刻竹題詩閒人忙事

無酒學佛有酒學仙　横經說劍俠骨佛心

存儼若思養浩然氣　佳興忽來詩能下酒

覩已成事讀未完書　豪情一往劍可贈人

守獨悟同別微見顯　山水幽深襟懷妙遠

辭高居下置易就難　詩書夙好心氣和平

愼言其餘毋行所悔　德樹心田家常種福

淡泊明志莊敬日強　香浮學圃人盡鋤經

清閟雲林倪迂畫閣　風月高情南華秋水

英光寶晋米老谿堂　琹樽遠契北苑春山

朗月滿懷春風在抱　心徹冰壺神凝秋水

梅花作骨秋水爲神　堂開綠野室接青雲

宮商既調風神諧暢　荇藻交横蓋竹栢影

雅頌所被英華日新　水火相濟得笙簧音

華藻雲浮五色爲瑞
鴻才海富百川所都

國品圭璋家聲麟鳳
皇猷黼黻祖武箕裘

丹霞表襟慶雲扶質
柏葉長壽梅花古春

入瑤林瓊樹中皆寶
有謙德仁心者爲祥

喫墨看茶聽香讀畫
吞花臥酒喝月擔風

匪石不移如玉斯琢
爲善最樂在福則沖

好花四時明月千古
遠峯一角奇書半床

絕唱高蹤入無嗣響
秉理照物初必研幾

玉質金相當時之寶　擲地金聲和鸞玉度

頌經風緯冠世而華　持繩直節置水平心

慈孝友恭家庭禮樂　清露晨流新桐初引

煙霞山水今古文章　太華夜碧大河前橫

精金百鍊良驥千里　崇山峻嶺茂林修竹

黃河九曲太華三峯　晨煙暮靄春照秋陰

修辭立誠以居其業　玉樹臨風冰壺暎日

服田力穡乃亦有秋　芝畦養秀桂苑翔華

華燈百枝光彩滿目　夏鼎商彝雲霞色澤

神鳥五色文德在身　金枝瑤草雨露精神

詠歌所含包蘊六義　文成規矩思合符契

倫理無爽枝條五經　居無塵雜家有素書

春風比和秋月儷潔　大海有眞能容之度

東岳量峻西溟測深　明月以不常滿爲心

山暖當春水涼知夕　器重南金才横東岳

字瘦題石詩寒說雲　辨雕春圃德瑩秋天

綴響蘭深緝言瓊秘　閉戶自精開卷有益

沈思泉湧華藻雲浮　垂露在手清風入懷

蘊智成囊含明作鏡　如筠斯清比蕙又暢

憑春灑翰席月抽琴　逢岑愛曲值石憐欹

天半朱霞雲中白鶴　德惠旁流暢芳遠布

山間明月江上清風　雅度宏緯廣學甄微

平理若衡照詞如鏡　謳吟坰野金石雲陛

動墨橫錦搖筆散珠　棟梁文囿冠冕詞林

○

山水有靈亦驚知已　碧山人來明月作畫

性情所得未能忘言　金樽酒滿奇花初胎

紅杏在林幽鳥相逐　烏囀歌來花濃雪聚

碧桃滿樹淸露未晞　雲隨竹勁月共水流

赤野生姿青田矯翰　薜引山茵荷抽水葢

白雲怡意淸泉洗心　琴號珠柱書名玉杯

白雲初晴幽鳥相逐　春水兩派晴山數曲

流水今日明月前身　朱輪十乘紫誥千篇

金石千聲雲霞萬色　銜其山川拾其香草

樓臺先曙鶯花早春　蒸以靈芝潤以醴泉

赤壁泛舟七月既望　快雪時晴佳想安善

蘭亭修褉暮春之初　惠風和暢游目騁懷

香海書名怒猊抉石　束身如圭澄懷似鏡

滄浪詠趣香象渡河　種德類樹養心若魚

張衡高文聚爲玉海　蘭意松心神與古會

孫綽麗賦擲作金聲　珠光劍氣文爲國華

小琴戲集
朗月滿懷春風在抱
雜花生樹群鶯亂飛
景星慶雲於時為瑞
珊瑚碧樹周阿而生

經濟博通言達於行　桂林一枝崑山片玉
家庭和樂質有其文　黃河九曲泰華三峯
景星慶雲於時爲瑞　白雲在天蒼波無極
沐日浴月甞代之華　雜花生樹羣鶯亂飛
王子猷小住亦種竹　著手成春閙與道合
郭林宗每夜必焚香　用心若鏡淸恐人知
善氣謙光爲福所肇　義路懸規禮門植矩
和風甘雨被物遂生　和神當春淸節爲秋

文章以六經爲註脚　膏雨自天雲興四岳
忠恕乃一貫之源頭　春風生物桂馨一山
玉壺買春酒爲懽伯　存澹泊懷殊俗嗜好
琅函吐秘詩雜仙心　得雄直氣爲古文章
小窗多明俯拾即是　徵聖立言書文載質
衆山倒影乘空欲飛　感物吟志勵德樹聲
抱璞守貞蓄爲玉寶　牡丹一株開成魏紫
論仁議福完若金城　雌黃千卷校出姚紅

綠綺鳳皇梧桐庭院
青春鸚鵡楊柳樓臺

志逸九霄風度凝遠
心統羣理器宇閎深

謝安石有山澤間度
蘇東坡是神仙中人

春水方生花明鏡裏
吾廬可愛酒滿床頭

特達圭璋君子之德
雕蟲篆刻壯夫不爲

清流激湍映帶左右
朝暉夕陰氣象萬千

秋樹讀書春樓聽雨
虛室生白排闥送青

大河喬嶽蓄洩雲雨
渾金璞玉輝暎山川

品峻山崇守廉冰潔　良玉潤珠精神流照

德涵玉潤智美珠圓　吉金樂石左右交輝

妙幾其微猶春於綠　孝友初心詩書夙好

性情所至與古爲新　春秋佳日山水清音

民生在勤勤則不匱　學有經法通知時事

慮善以動動惟厥時　語已神悟自參上流

度己以繩接人以枻　文質相合濟以學問

守口如瓶防意如城　潔清自守造於高明

行神如空往來千載
比德於玉圭璋特達

控物自富吞吐大荒
如松有節枝葉貫時

文炳丹青道潤金石
炳蔚凝姿藻繪呈瑞

名昭圖史德被歌鐘
圭璋特達黼冕所興

日月疊璧山川煥綺
瓊掌凝香壽星高朗

雲霞雕色草木賁華
瑤池介福慈月光輝

鸞鳳游行福祚之聚
圭璋特達黼冕所興

九言集對

種十里名花何如種德
修萬間廣廈不若修身

幾百年人家無非積善
第一等好事還是讀書

香桂一叢賞古人明月
長松百尺對君子淸風

如璞玉渾金莫名其寶
非名紙佳墨未嘗輒書

長句楹聯

公昔登臨想詩境滿懷酒杯在手
我來依舊見青山對面明月當頭　胡書農作

何時黃鶴重來且共倒金樽看沙岸十年芳草
此日白雲飛去問誰吹玉笛落江城五月梅花

傑閣鎮層城看山雨江雲朝飛暮捲
淮流當佛面對春風秋月汐去潮來　楊州城樓

東閣聯吟有客憶千秋詞賦　仝上
南樓縱月此間對六代江山

守經達權是社稷之臣也　于少保
知來藏往以神明其德夫

久要不忘平生之言古誼若龜鑑忠肝若鐵石
敢問何謂浩然之氣下則爲河嶽上則爲日星

晚受國恩封花誥春深已見東窗事發　岳武穆祠
早蒙家難死寒泉秋碧好同西市魂歸

燕市宅依然兩疏共傳公有膽
鈴山堂在否十年不出彼何心　楊忠愍公祠

赤手挽銀河君自大名垂宇宙
青山埋白骨我來何處哭忠魂　于忠肅公祠

下筆千言正桂子香時槐花黃後院中丞題浙
出門一笑看西湖月滿東浙潮來江貢院

古硯雲濃繞榻光陰臨畫本
重簾風細隔窗竹韻送書聲

珠箔舞春風清晝地閒看幾點落花聽數聲啼鳥
金猊香夜月畫闌人靜酌半酣綠蟻撫一曲瑤琴

紹祖宗一脈眞傳克勤克儉
教子孫兩行正事惟讀惟耕

鶯鶯燕燕翠翠紅紅處處融融洽洽
雨雨風風花花草草年年暮暮朝朝

能與山水爲緣俗吏便成仙吏
不受簿書束縛忙人即是閒人

高峯入雲清流見底何處更着點塵
茶煙乍起鶴梦未醒此中得少佳趣

不作公卿非無福命都緣懶
難成仙佛爲讀詩書又戀花

文與可放曠爲懷是知竹趣
林亦之清崇其品因契蘭修　集禊帖

謝宣城何許人祇憑江上五言使先生低首
韓荊州差解事肯借階前尺地容奇士揚眉

此地有崇山峻嶺茂林修竹
是能讀三墳五典八索九邱　隨園聯

功在睢陽昔尚齩牙思啖賊
蔭垂蠡水今猶挽手欲迴瀾　文文山祠

中原戰伐老圃棲遲往蹟惟餘秋水白
今日樓臺昨宵烽火一尊猶對暮山青

聞說有天堂盡吾心以報吾本
也知無地獄從乎俗不儉乎親　追薦聯

經云佛祖慈悲闇室虧心厚地高天翻苦海
漫道閻羅利害回頭是岸刀山劍樹也菩提

看庭前草綠苔青無非生意
聽墻外鴉鳴鵲噪恐有寃魂　臬署

任憑爾無法無天到此孽鏡懸時還有膽否
須知我能寬能恕且把屠刀放下回轉頭來

俗陋待文民貧待富相寅寅靡所瞻依有愧堂
皇稱父母

德積幾分孽造幾件須刻刻自加檢點不須果報問兒孫

出張蓋入鳴騶似此衆目昭彰倘一有偏私奚逃民鑒

污吏多清官少敢告四鄉父老非萬難忍耐莫到公門

抛離父母妻子遠宦邊陲倘棄我如遺眞覺一身如贅物

收拾才華意氣勤求吏治但於民有補敢羞七
品是卑官

第一嚴自已關防其餘則門內家丁堂前胥吏
凡百爲斯民打算即此是告天心事報國經綸

定論到葢棺當年角酒評花錯道是風流名士
榮褒特建廟此日愛棠敬梓應無忝板蕩忠臣

瞰遠山吞長江其西南諸峯林壑尤美
送夕陽迎素月當春夏之交草木際天　岳陽樓

倩人抓背上些上些再上些闗癢處全憑自已
對客猜拳着了着了又着了眞消息還在他家
亦知吾故主尚存乎只今日遊遍天涯不戀萬
鍾千駟
原許爾立功乃去也倘他年相逢歧路無忘樽
酒綈袍 許州八里橋闗帝辭曹廟聯
大江東去浪淘盡千古英雄看檻外青山山外
白雲何處是秦宮漢闕

小苑春回鶯喚起一簾景色望池中綠樹樹中
紅雨此間有舜日堯天
江水滔滔洗盡千秋人物看閒雲埜鶴萬念都
空說什麽晉代衣冠吳宮花草
天風浩浩吹開大地塵氛倚月石危欄一關獨
閉又何須故人祿米鄰舍園蔬永濟寺
滄海日赤城霞峩眉雪巫峽雲洞庭月彭蠡煙
瀟湘雨廣陵濤匡廬瀑布合宇宙奇觀繪吾齋壁

青蓮詩摩詰畫左傳文馬遷史薛濤箋右軍帖
南華經相如賦屈子離騷收古今絕藝置我山窗
常如作客何問康綏但使囊有餘錢甕有餘釀
鑿有餘糧取數葉賞心舊紙放浪吟哦興要闊
皮要頑五官靈動勝千官過到六旬猶少
定欲成仙空生煩惱假令耳無俗聲眼無俗事
胸無俗物將幾枝隨意新花縱橫穿插睡得遲
起得早一日清閒似兩日算來百歲已多

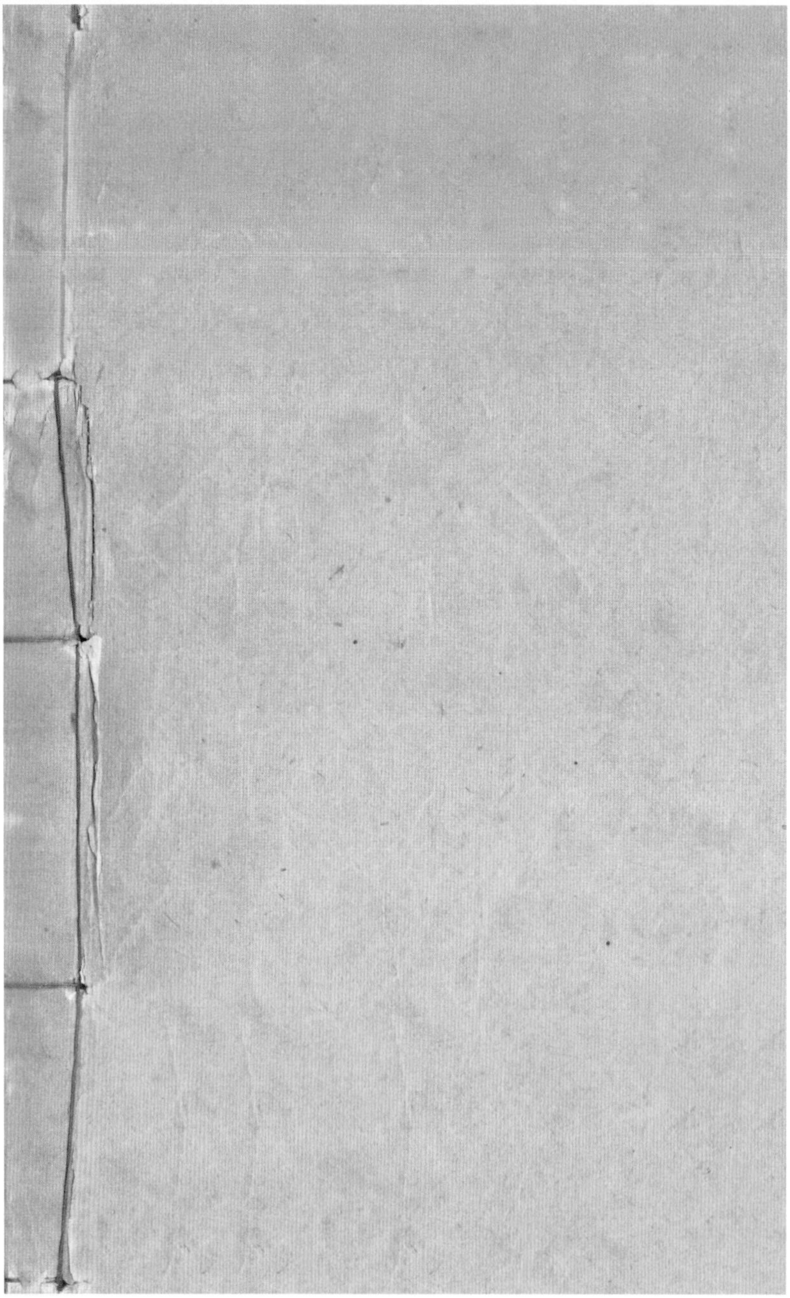

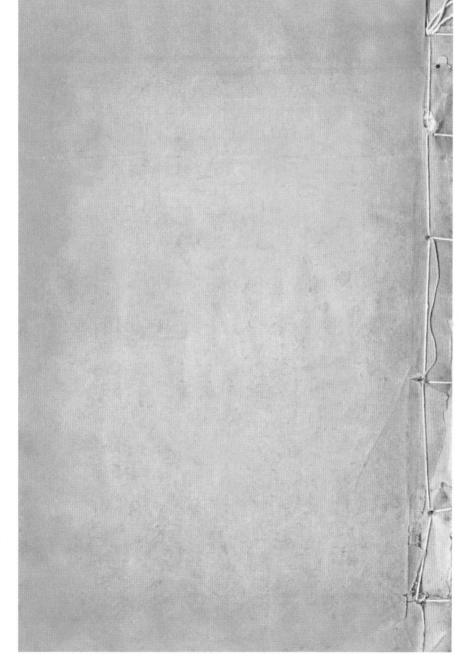

光緒十八年春鐫

古今集聯

京都琉璃廠藏板

雙魚罌齋錄莫子偲友芝集漢碑聯

耀此聲香雖遠猶近 衡方 張遷
納我鎔範有實若虛 司空殘 孔彪

印紱相承夙夜匪懈 堯廟 陳球
圭璧之質光容有輝 景君銘 孫根

奉魁承杓垂後不朽 石門 夏承
鉤河摘洛爲斆者宗 史君 高彪

掬精極微雅藝攸載 陳球後 張表
著道修德先民是程 景君銘 孔彪

虔恭竭力圭璧之質　鄭固　景君銘

栖遲樂志琴書自娛　楊君　魯峻

列于風雅筆墨敏疾　尹宙　戚伯著

和其寒暑草木芬芳　三公山　桐柏廟

閉門靜居仙遁比跡　魯峻　嚴訢

聆聲樂附童冠相娛　校官　李翊

祖講詩易有朋自遠　校官　婁壽

婆娑尊俎與世無爭　司空殘　婁壽

左琴右書相樂終日　馬江　史晨後

芝草茂木有馥其馨　張公神　張表
躭詩說書好學不厭　衡方　婁壽
推賢達善秉心惟常　費鳳　尹宙
俾爾熾昌孰可爲比　校官　張休涯涘
聞君風曜永流無窮　韓勅　堯廟
處靖衡門無文不綜　楊君　曹全
貢德王室匪祿是榮　李翊　度尚
攬英接秀有朋自遠　衡方　婁壽
探賾窮神爲斅者宗　祝睦　高彪

尅亮天功嘉瑞踵武　衡方　孔羨

勤恤民隱頌聲作謠　殽阬神祠　祝睦後

清以自修忠以自勗　鄭固

敬而不怠淡而不盈　唐扶頌

瀸潤品物政隆上古　修華嶽　熊君

排啟閶闔道牟羣仙　帝堯　唐公房

卷舒委隨敬詠其德　劉能　韓勅

驩樂壽考還歸于嬰　孔躭神祠　老子銘

通經綜緯雅蓺攸載　李翊　張表

遵矩踏規曲徑不由　靈臺陰　王政
修身踐言深究聖指　孔彪　孔謙
案經考典率由舊章　靈臺　白石神君
少習家訓文艷彬郁　孔宙　祝睦後
並受福賜化洽剛柔　堯廟　丁魴
嘉禾神芝天與厥福　受禪表　韓勑
翔風膏雨化行如神　堯廟　景君銘
深明籍傳文艷彬郁　譙敏　祝睦後
宜參鼎鉉化洽剛柔　景君銘　丁魴

秉心惟常行爲士表　尹宙　魯峻
立言不朽象與天談　楊統　史晨

家富人喜順如流水　孫叔敖　孔彪
時言樂笑穆若清風　王政　魯峻

祖述家業先以敬讓　孔謙　景君
覃思舊制稽之中和　樊敏　韓勑

帥禮不爽師訓之範　孔彪　劉衡
臨民則惠頌聲作謠　魯峻　祝睦後

下筆流藻言必華麗　張平子

濯冕題剛嘉其寵榮　樊敏

仁知約身無文不綜　戚伯著　曹全

政教稽古斯民以安　孔和　孔彪

素絲羔羊敬詠其德　衡方　韓勑

翔風羔雨來臻我邦　堯廟　劉熊

所在爲雄文彰彪炳　曹全　劉熊

及其從政化洽剛柔　曹全　丁魴

仁知約身當享眉壽　戚伯著　孔彪

靖共祈福以芘後昆　帝堯　圉令趙君

智含淵藪列于風雅　度尚　尹宙
化速置郵惠我黎烝　衡方　校官
乾坤所挺國之良幹　史晨　張遷
風雨時節歲獲豐年　曹全　曹全
夙夜惟寅若涉淵水　衡方　西狹
遐邇僉服甚于置郵　楊君　曹全
陰陽協和仍致瑞應　堯廟　郙閣
遐邇携負咸歌頌聲　三公山　靈臺
操潔冰雪威神霆電　夏堪　朱龜

智含淵藪德及草蟲　度尙　唐扶頌
頤親誨弟五品用訓　鄭固　帝堯

彈琴擊磬八音克諧　孔彪　史晨
道牟羣仙當享眉壽　唐公房　孔彪

天降雄彥則致升平　武榮　上尊號奏
閑門靜居雪白之性　魯峻　張遷

摛翰著作蘭生有芬　元賓　張遷
種德收福永享年壽　張公神　韓勑

敦詩說禮動履規繩　西狹　劉熊

莅政清平詩云愷悌　雍勸闕　張遷

受性淵懿事得禮儀　夏承　韓勑

斯民以安欽若嘉業　孔彪　華山

歆君之美僉然同聲　唐扶頌　張遷

翹節建志藐然高厲　侯成　武榮

種德收福俾爾熾昌　張公神　校官

實柔實剛乾坤所挺　景君　史晨

克忠克力福祿攸同　楊統　曹全

體性敦仁黎庶賴祉　周憬功勳銘　桐柏廟

含紘履軌先民是程　尹宙　孔彪

廉孝相承世載其德　武榮　張遷

剛柔攸得功加於民　楊統　華山廟

履該顏原進退以禮　衡方　夏承

政猶豹產綏御有勛　任伯嗣　張遷

登班敘優遷於喬木　張壽　三公山

處正好禮穆若清風　桐柏廟　魯峻

受性淵懿積德勤約　夏承　夏承

建筴忠讜莅政清平　景君　雍勸闕

襲衮繼業　下筆流藻　袁良　張平子

彈繩糺枉　濯晃題剛　夏承　樊敏

既惇既純　永作憲矩　張遷　孔羨

克忠克力　當陟台階　楊統　張表

琴書自娛　綿之日月　魯峻　婁壽

松喬協軌　宜乎昆侖　樊敏　張休涯涘銘

和氣絪緼　瀸潤品物　受禪表　修華嶽

天資醕嘏　擊斂吉祥　孔宙　華山廟

發號施憲　順如流水　孔彪　孔彪

綴紀撰書穆若清風　史晨　魯峻

躬潔氷雪夷然清皓　祝睦後

情發蘭石生自馥芳　帝堯廟

學爲儒宗行爲士表　魯峻

愛若慈父畏若神明　劉熊

内懷温潤外撮强虐　魯峻

功綿日月名勒管絃　帝堯

威隆秋霜恩踰冬日　樊毅

言合雅謨慮中聖權　譙敏

集漢碑八言聯　七

以義抑彊以仁恤弱　唐扶頌

乃台吐曜乃嶽降精　楊震

粉澤大猷元黃褘説　曾賓谷集鹽政

雲霞萬影絲竹千聲　戲臺

言不失典術行不越矩度　楊統

威以懷殊俗德以化圻民　費鳳

令儀令色　逢盛　爲國楨幹　范鎮

允武允文　魯峻　配曜岳嵩　郭仲奇

種德收福　張公神　智名淵藪　度尚

幹國棟家　州輔　絜如珪璋　唐扶頌

敦詩說禮　西狹　廣祈多福　孟郁

含謨吐忠　孔彪　博覽羣書　魯峻

比蹤豹產　魯峻　剛毅多畧　丁魴

膺姿管蘇　范鎮　文雅少疇　郭仲奇

姿兼申甫　張納　爲國楨幹　郭仲奇

德侔產奇　劉熊　作主股肱　樊安

翔風膏雨　孟郁　鉤河擿雒　史晨

左書右琴　馬江　奉魁承杓　石門

天與厥福 禮器 行誼高劭 費鳳

世有令名 耿勳 體性溫仁 孟郁

躭樂術藝 丁魴 應運挺度 郭究

孳斂吉祥 華山 通神達明 祝睦後

文艷彬彧 趙圉令 部演奥藝 校官

風曜穆清 祝睦 恬忽世榮 侯成

篤禮崇義 高彪

抱淑守貞 景君

雙魚罌齋錄莫子偲友芝集易林聯

駕福乘喜與天相保　仁德大隆吉慶長久

履階升墀拜壽無窮　和氣所舍福祿光明

姣好孝弟各得其願　陶朱白圭眾利安宅

道德神仙常歡以安　喬松彭祖駕福盈門

買魴與鯉可以饒有　鵲笑鳩舞大喜在後

求兔得麞過其所望　麟子鳳雛和氣所居

內外和睦不憂飢渴　麟子鳳雛生長家國

道利易通為吾福功　鹿鳴鴻飛光見善祥

年歲息長歡悅日喜　安仁上德貴壽無極
祿祜洋溢父子俱封　入和出明動作有光
常樂永康與歡飲酒　高明淑仁千秋起舞
增榮益譽積福上堂　福祜封實萬歲長安
伯歌季舞燕樂以喜　喜至慶來鼓翼起舞
左酒有漿與福相迎　名成德就拱手安居
蹈和履中福善並作　福喜上堂與歡飲酒
依天倚地堅固不傾　慶賀盈戶使君延年
鳳凰在左麒麟處右　○富饒豐衍快樂無已

朱鳥道引靈龜載莊　藩屛輔弼福祿來同

陶朱白圭金玉滿匱　春城夏國生長和氣

西門子產升擢有功　伯歌季舞坐立歡門

干柱百梁安樂富有　執恭除患禦衛致福

五利四福光明盛昌　登高望時見樂無憂

被珠懷玉遨遊嘉國　更旦初歲拜受利福

典冊法書藏閣蘭臺　啟戶開門先見善祥

比目附翼歡樂相得　載喜抱子得利過母

增祿益壽堅固不傾　執禮見王與福爲兄

把珠載金榮寵受祿　六喜三福常居安樂

騎龍乘鳳飛騰上天　五方四維所之吉昌

年歲時熟不憂飢渴　松柏棟梁歡喜堅固

祿身安全以成功名　麟鳳室堂福祿光明

明允篤誠蔭國受福　小窗多明使我久坐

舞蹈欣躍使君延年　入門有喜與君笑言

心平意正　德義淵閎　遨遊仁宇

耳聰目明　履祿綏厚　坐立歡門

集石鼓字

不華不樸同所好　時兹雨暘導康樂

旣安旣寧樂乃時　櫜乃弓矢趨安平

集萬安橋

造道行義以爲利

圖功易危而成安

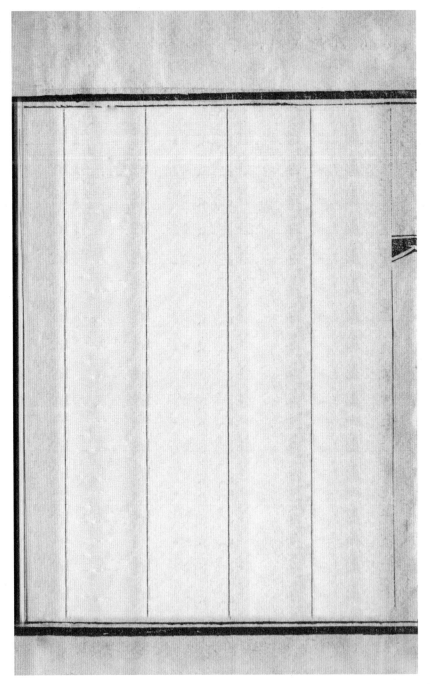

雙魚罌齋錄莫子偲友芝集漢魏六朝五言聯

俯仰終宇宙 陶 詩書敦夙好 陶 高志局四海
懷抱觀古今 謝 山水有清音 左 英名擅八區 左太沖
桑竹垂餘蔭 陶 桑竹垂餘蔭 春秋多佳日
山水含清暉 謝 陵岑聳逸峰 陶 林園無俗情 陶
雲鶴有奇翼 且共歡此飲 猛志固常在
神鸞調玉音 陶 詩還讀我書 陶 高操非所攀 陶
昏旦變氣候 懷新道轉迴 白雲抱幽石
溟漲無端倪 謝 慮澹物自輕 謝 孤嶼媚中川 謝

雲日相照媚　異音同至聽　神飈接丹轂
山水共澄鮮謝　密林含餘清謝　明月照高樓曹子建
相與觀所尙左　努力崇明德　良田無晚歲子建
聊復得此生陶　隨時愛景光　令德唱高言古詩
白雲把幽石謝　朝霞開宿霧陶　積善有餘慶
綠酒開芳顏陶　緣條媚清漣謝　膏澤多豐年子建
芳菊開林耀　猛志逸四海　但道桑麻長
青松夾路生陶　和澤周三春陶　而無車馬喧陶
一觴雖獨進　得歡當作樂　天高風景徹

千載乃相關　非道故無憂　山氣且夕佳

虛室絕塵想　芳草亦未歇　挂席拾海月
良晨入奇懷　陶　空踪難強名　謝　披雲臥石門　謝

連障疊巘崿　江山共開曠　結念屬霄漢
長林羅戶庭　謝　明哲垂經綸　謝　開顏披心胸　謝

抗言談在昔　揮杯勸孤影　近澗涓密石
放意樂餘年　擁褐曝前軒　援蘿聆青崖

乘流玩迴轉　山桃發紅萼　明月照積雪
瓌洲亦玲瓏　新蒲含紫茸　石磴瀉紅泉

懷新道轉迥
意愜理無違

雙魚罌齋錄莫子偲友芝集太白五言聯

素心自此得　片石寒青錦　長風入短袂
幽賞亦何窮　雙橋落彩虹　白露溼青苔

桂子落秋月　快意且爲樂　綠水繞飛閣
荷花羞玉顏　銜杯惜未傾　青天掃畫屏

青雲當自致　笑吐張儀舌　夕來秋興滿
白髮不能除　空吟謝朓詩　朝坐落花閒

空思羊叔子　橫壓楚山斷　六代帝王國
多愧魯連生　平鋪湘水流　一朝風化清

天長落日遠　飛文何洒落　明豔光雲海
意重太山輕　搖筆起風霜　分輝照雪崖

寸心於此足　酣歌激壯士　邀遮相組織
兩鬢各成絲　談笑却妖氛　起舞亂參差

何日更携手　長歌盡落日　去國難爲别
臨岐空斷腸　懷古醉餘觴　捫心空自悲

閑吟步竹石　野竹分青靄　但見瀑泉落
長醉歌芳菲　疎楊挂綠絲　都無人世喧

回頭笑紫燕　相思無晝夜　素手掬青靄

游目送飛鴻　托宿話胸襟　低頭禮白雲
山光搖積雪　水閑明鏡轉　秋山宜落日
帆影挂清川　山逐泛舟行　春思結垂楊
金尊沽美酒　紅顏愁落日　登高望遠海
瓊樹有芳枝　白雨映寒山　倚樹聽流泉
林煙橫積素　江湖發秀色　蘿月挂朝鏡
溪月湛芳尊　山水多奇蹤　荷花發古池
題詩留萬古　淸輝照海月　夔龍一顧重
持斧冠三軍　白首臥松雲　鸑鷟有時鳴

入洞過天地 三山動逸興 欹鞍憩古木
爭池奪鳳凰 四座醉清光 彈劍拂秋蓮
秋山入遠海 石徑入丹壑 石徑入舟壑
明月出高岑 羅衣曳紫煙 飛泉挂碧峯
白髮高千丈 組練明秋浦 却顧失丹壑
黃金買尺薪 霓旌捲夜雲 相携上白樓
瀟洒青霞賞 平生多感激 湖清雙鏡曉
優游丹禁通 醉後發清狂 濤落浙江秋
山將落日去 綠水明秋月 瀑水灑天半

雲繞畫屏移　青山謁梵筵　青山落鏡中

掃厓去落葉　隴寒惟有月　登艫望遠水

抱甕灌秋蔬　溪午不聞鐘　拂劍照嚴霜

殺氣橫千里　迥出江山上　白雲還自散

英風凌四豪　觀空天地間　黃葉向人飛

清風洒六合　風流自簸蕩　水荇綠如髮

大畧駕羣才　才術信縱橫　山花開欲然

綠竹入幽徑　鼓琴亂白雪　起舞拂長劍

青松交女蘿　弃劍學丹砂　贈言鏤寶刀

高松來好月　心懸萬里外　秀句滿江國
疊嶂憶芳尊　興在一杯中　芳聲騰海隅
綠樹聞歌鳥　月下飛天鏡　露浩梧楸白
青軒祕晚霞　丘中有素琴　風揚絃管清
長劍一杯酒　知音不易得　三杯容小阮
孤篷萬里征　惜別且爲歡　七步繼陳思
蘿月掩空幕　青山橫北郭　高樓當此夜
松風鳴夜弦　綠水接柴門　明月落誰家
自然成妙用　擊筑落高月　風雲激壯志

誰可比光輝　開簾當翠微　禮樂秀羣英
願言弄倒景　對酒忽思我　榮去老還逼
不惜買陽春　清光獨映君　酒酣心自開
意氣遙相託　春風我我意
功名安所存　江草不知愁

付七言聯

我醉欲眠君且去　淸晨鼓櫂過江去

人家有酒我何愁　薄暮垂鞭醉酒歸

新鶯飛繞上林苑　三山半落青天外

明月還過鳷鵲樓　千里相思明月樓

陽春欲奏誰相和　死生一度人皆有

白首爲儒身被輕　意氣相傾山可移

浣溪石上窺明月

向日樓中吹落梅

雙魚罌齋錄莫子偲友芝集杜工部五言聯

潄揚音韻澈　明月生長好　清風左右至
歌舞歲時新　浮雲薄未歸　苦調短長吟
倚杖看孤石　翳翳桑榆日　滄海先迎日
開林出遠山　陰陰桃李蹊　行藏獨倚樓
層巔餘落日　野畦連蛺蝶　雲溪花淡淡
絶壁上朝暾　沙僻舞鵾雞　石瀨月涓涓
山晚半天赤　天高雲去盡　英雄餘事業
峽乾落日黃　山迥日初沈　棟宇自齊梁

久露晴初徑　幽事供高臥　野橋分仔細
留門月復光　清風獨杖藜　水鶴去低徊
悠悠委薄俗　簷軒皆面水　暗水流花徑
處處待高人　喬木上參天　斜暉轉樹腰
森羅移地軸　如聞馬融笛　南極風濤壯
冰雪耀天衢　應在仲宣樓　春城草木深
燈花散遠近　書亂誰能帙　紅入桃花嫩
沙草得微茫　詩成覺有神　青懸薜荔長
天地空搔首　甘從千日醉　書籍終相與

文章實致身　恥與萬人同　文章敢自誣
窮愁但有骨　雪嶺界天白　用拙存吾道
詩興不無神　高山擁縣青　隨春入故園
蓬鬢稀疎久　星垂平野濶　坐接春杯氣
風花高下飛　月傍九霄多　高吟寶劍篇
百年歌自苦　塤篪鳴自合　素琴將暇日
一字買堪貧　嵇阮逸相須　佳句染華箋
聽歌驚白鬢　野雲低度水　江水流城郭
久客借黃金　老樹飽經霜　風帆數驛亭

江城帶素月　山花相映發　興來猶杖屨
風岸疊青琴　梯徑遶幽深　客至罷琴書
花蘿封蛺蝶　興趣江湖迥　倒影垂澹瀨
江檻俯鴛鴦　提携日月長　忘形向友朋
每恨陶彭澤　道爲詩書重　名豈文章著
宜憂阮步兵　官因老病休　貧嗟出入勞
月出山更靜　計疎疑翰墨　逍遥有能事
秋來興甚長　情在强詩篇　感激在知音
雪雲虛點綴　有客過茅宇　聞說江山好

詞氣浩縱橫

青雲猶契闊
白日到羲皇

風鴛藏近渚
宿鷺起圓沙

無錢對菊花

山晚浮雲合
江鳴夜雨懸

終嗟風雨頻

陰陽相主客
歌笑輕波瀾

雙魚罌齋錄莫子偲友芝集杜工部七言聯

謝安舟楫風還起　細柳新蒲爲誰綠

庾信文章老更成　投壺散帙有餘清

窮巷峭然車馬絶　歲暮陰陽催短景

誰家數去酒杯寬　春來花鳥莫深愁

浩落古今同一體　三年奔走空皮骨

風流儒雅亦吾師　萬里風煙接素秋

秋花錦石誰能數　絶壁過雲開錦繡

高棟層軒已自涼　石門斜日到林邱

水光風力俱相怯　澗道餘寒歷冰雪
落絮游絲亦有情　洞口經春長薜蘿

縱使盧王操翰墨　白沙翠竹江村暮
遠開山岳散江湖　碧水春風野外昏

厚祿故人書斷絕　煙綿碧草萋萋長
凌雲健筆意縱橫　雨浥紅蕖冉冉香

更爲後會知何地　深山大澤龍蛇遠
且盡生前有限杯　古木蒼藤日月昏

晴浴狎鷗分處處　更爲後會知何地

清秋燕子故飛飛　自斷此生休問天
萬里秋風吹錦水　老去詩篇渾漫與
九重春色醉仙桃　天涯風俗自相親
不知明月爲誰好　天下友朋皆膠漆
更有澄江消客愁　故園池臺今是非
魚龍寂寞秋江冷
關塞蕭條行路難

雙魚罌齋錄莫子偲友芝集唐七言聯

顧視清高氣深穩 杜甫　文翁勸學人應戀 薛能
文章彪炳光陸離 李白　劉表爲邦客盡依 許渾

詩情逸似陶彭澤 劉禹錫　閒臨靜案修茶品
癡號多於顧愷之 皮日休　高敞吟軒近釣灣 陸魯望

鳥啼碧樹閒臨水 儲嗣宗　舍南有竹堪書字 李賀
竹映高牆似傍山 薛能　馬上逢人亦說山 張籍

縱橫聯句長侵夜 楊巨源　貪廣異蔬行徑窄 陸龜蒙
屈曲登高自有山 方干　多栽紅藥待春還 劉禹錫

琴曲少聲重勘譜 許渾　閒看秋水心無事 皇甫冉

歌詞自作別生情 劉禹錫　每見同人眼暫明 韓偓

江郡謳吟誇杜母 白居易　登臨許作煙霞伴 僧皎然

漢廷文采有相如温　嬾慢遲修鴛鷺書 劉兼

傾壺待客花開後 李中　湖館翛然無俗客 裴夷直

出竹吟詩月上初 杜荀鶴　人家大抵傍山嵐 郎士元

隔窗雲霧生衣上 王維　實事漸消虛事在 白居易

半樹梅花似嶺南 方干　長年方悟少年非 韋莊

吟處落花藏筆硯 方干　醉凭危檻波千頃 羅隱

宅邊秋水浸苔磯趙嘏　暗養清陰竹數科譚用之

閒憐鶴貌偏能畫張籍　致身不似笙簧巧李山甫

欲算棋圖却望雲皮日休　所得須憐雅頌同杜荀鶴

重裝墨畫數行竹王建　塵機消盡話元理劉滄

靜對芳齋一炷香僧曇域　夙昔修來得慧根劉禹錫

春近帶煙分短蕙陸　閒留賓客嘗新酒白居易

月明憑檻數跳魚徐寅　共引家僮拾野蔬盧綸

麗事肯教饒沈謝陸　珠玉會應成咳唾牛僧孺

世情誰是舊雷陳元稹　樓臺亦要數躋攀白居易

昔日繁華今日恨 司空圖　春風莫逐桃花去 儲嗣宗
南家歌吹北家愁 汪遵　世事方看木槿榮 皇甫曾
一路沿溪花覆水 陶雍　長愛謝家能詠雪 徐凝
幾家深樹碧藏樓 牟融　始知嬴女善吹簫 杜
小橋連驛楊柳晚 温　溪雲雜雨來茅屋 錢起
野岸維舟春草齊 韋莊　庭竹移陰就小齋 李紳
清曉自傾花上露 宮人韓氏　雉飛鹿過芳草遠 韓
濃香染著洞中霞 韓偓　鷺渚鶖梁溪日斜 牧之
祇道詩人無佛性 杜荀鶴　義士要教天下見 孫元晏

自憐清格笑塵心 徐彥伯　高情自與俗人疎 張籍

閒尋野寺聽秋水 劉兼　偶嘗旨果求枝去 方干

特酌山醪讀古書 劉滄　移得閒花用意栽 李中

方木長承新雨露 文房　却把漁竿尋小徑 劉方平

四鄰多是老農家 魯望　更將樵叟對閒扉 周賀

松陰繞院鶴相對 姚鵠　牧笛自由隨草遠 冬郎

柳絮蓋溪魚正肥 韓偓　玉簫遥度隔花微 袁聖

須知日富爲神授 魯望　陶潛見社無妨醉 皮日休

不可家貧與善疎 杜荀鶴　宓賤之官獨抱琴 文房

數間茅屋閒臨水 夢得
一枕秋聲夜聽泉 牟融
滿庭詩景飄紅葉 雍陶
舊館秋陰生綠苔 賈至
雲外軒窓通早景 許渾
門前堤路枕平湖 飛卿
千樹梨花百壺酒 曹唐
半潭秋水一房山 李洞
著書笑破蘇司業 鄭谷

無伴偶吟溪上路 錢翊
有人曾見洞中仙 黃滔
蒼苔白露生三徑 文房
月色江聲共一樓 雍陶
竹裏橋鳴知馬過 李洞
柳邊人歇待船歸 飛卿
風吹畫角孤城曉 郎士元
月滿寒江夜笛高 羅鄴
花枝入戶猶含潤 武元衡

論舊惟存盛孝章 夢得　山色逢秋始可登 杜荀鶴

得劍乍如添健僕 表聖　殷勤斗酒城陰暮 文房

尋芳多共謁東鄰 劉兼　寂歷秋花野意多 皎然

窓下覆棋殘局在 栁　碧莎裳下攜詩草 皮日休

闌邊清酒落花多 張喬　綠藻潭中繫釣舟 白

雲盡獨看晴塞雁 劉滄　遠放歌聲分白紵 夢得

秋來倍憶武昌魚 岑　近炊香稻識紅蓮 魯望

寄身且喜滄洲近 冬郎　流水斷橋芳草路 牟融

無事始知春日長 文房　粥香餳白杏花天 義山

但將酩酊酬佳節 杜牧　登閣共看彭蠡水 伍喬
自有風流助少年 方干　滿瓶同坼惠山泉 皮日休

人間歲月如流水 蕭徹　豈獨愛民兼愛客 白
鏡裏雲山若畫屏 鮑溶　敢言知命且知非 牧之

落花相逐去何處 陸　江村竹樹多於草 姚台
清鏡無情未我嫌 白　古縣棠梨也作花 韓翃

幾處早鶯爭暖樹 白　樓中飲興因明月 夢得
頻來語燕定新巢 杜　才子風流詠曉霞 牧之

明月過溪吟釣艇 李中　惜竹不除當路筍 貫休

夕陽和樹入簾櫳　韋莊　伐薪教護帶巢枝　杜荀鶴

近來詩思清於水　陳陶　銅瓶淨貯桃花雨　陸

大抵花顏最怕秋　汪遵　木甑朝蒸紫芋香　韋莊

碧草暗侵穿苑路　義山　生野潛雁初下　温

清泉閒洗種花泥　皮日休　簾捲春風燕復來　胡曾

古人花爲今人發　陳陶　樵客出來山帶雨　劉威

上界鐘清下界聞　白　遠帆歸處水連雲　許渾

陳琳漫自稱雄伯　孫元晏　典琴賒酒吟蕭寺　張喬

方朔虛傳是歲星　杜　問柳尋花到野亭　杜

近水方閒梅市隱 司空曙　池傍坐客穿叢篠 蘇頲
知音還有子期聽 僧元孚　林外遥山接翠嵐 牟融
月色滿林兼滿地　高齋既許陪雲宿 薛逢
花枝臨水復臨堤 元稹　吟句偏宜選竹題 鄭谷
樹影不隨明月去 方干　偶逢新語書紅葉 王建
詩題閒上小樓分 陸　便好携家住白雲 李洞
風生野渡河聲急 劉滄　萬頃白波迷宿鷺 鄭谷
霜落秋郊樹影疎 權德輿　一星幽火照叉魚 李羣玉
揚雄宅在惟喬木 鄭谷　野船著岸偎春草 温

潘令花繁賀板輿羅隱　沙鳥帶聲飛遠天李羣玉

莫著妄心消彼我元稹　黃花助興方携酒白

閒將詩句問乾坤杜荀鶴　芳草侵階獨閉門李中

茗爐盡日燒松子　老去不知花有態韋莊
竹徑遶床避筍芽皮日休　客來應是酒頻賒戴叔倫

鶴尋常繞三珠樹表聖　橫雲嶺外千重樹錢起

燕子嗔垂一桁簾牧之　秋色牆頭數點山夢得

但令心似蓮花潔貫休　凭欄卻憶騎鯨客徐月英

誰料心爲白髮催李頻　漉酒多招採藥翁劉兼

浮雲心事誰能識 白　暑天移榻就深竹 方干

明月襟懷只自知 錢起　小鼎烹茶面曲池 義山

四面常時對屏障 元稹　祇聞留客教沽酒 杜荀鶴

一年今日最芳菲 白　何用將金別買山 朱慶餘

風巧解吹松上曲 翊髹徐氏　時和始見陶鈞力 白

月高誰共酒家樓 羅隱　風便那知道路長 姚合

諸葛大名垂宇宙 杜　下藥遠求新熟酒 張籍

楊雄託諫在文章 盧綸　刈田應得自生瓜 薛能

山中童子燒松節 顧況　不共世人爭得失 韓偓

河上老人坐古槎 王昌齡　須逢精鑑定妍媸 鄭谷
明鏡嬾開長在匣 白　欲就麻姑買滄海 義山
好雲無處不遮樓 羅隱　暑邀王母話長生 曹唐
顧渚一甌春有味 鄭谷　門前學種先生柳 右丞
東風百里雪初晴 李紳　日暮聊為梁父吟 工部
前輩不須輕後輩 柳棠　子山園靜憐幽木 陸
忙人應未勝閒人 白　杜甫臺荒絕舊鄰 鄭谷
數派清泉黃菊盛 盧　守愚不覺世途險 韓偓
一行斜字早鴻來 張繼　吟苦須經白髮催 譚用之

舍南舍北皆春水 杜　野性平生唯愛月 陸暢
他席他鄉送客杯 王勃　花時暫出亦提壺 白
窮達盡爲身外事 劉滄　誰家見月能閒坐 崔液
升沉不改故人情 張籍　浮世除詩盡強名 杜牧
斜陽映閣山當寺 趙嘏　豈關名利分榮路 溫
寒夜歸村月滿溪 韓偓　猶恐行藏墮俗流 冬郎
仙道最高黃玉籙　簾前春色應須惜 岑
方諸還拜碧琳侯 曾望　身外浮名好是閒 朱慶餘
常共酒杯爲伴侶 方干　文字豈容諸子重 許渾

書札到公卿　方干
乖疏還有正人知　袁聖

鳥鳴花發空山裏　李端
流水帶花穿巷陌　韋莊

日暖風和種苗時　文房
歸雲擁樹失山村　杜

一飯未曾留俗客　杜
睫在眼前長不見　牧之

亡書久似憶良朋　袁聖
詩傳身後亦何榮　薛能

畫榼倒懸鸚鵡觜　章孝標
乍爲旅客顏常厚　韓偓

碧梧棲老鳳凰枝　杜
唯有故人心不疎　方干

微紅幾處花心吐　韋莊
欲携刀筆從新幕　許渾

烈日方知竹氣寒　呂温
誰斬樓蘭獻未央　翁綬

園林一半成喬木 白　誰家綠酒歡連夜 白

節概猶誇似古人 高駢　時有白雲邀獨行 張南

柳門竹巷依依在 夢得　大抵南朝皆曠達 牧之

樵唱漁歌日日新 杜荀鶴　勝於東晉是文章 薛能

陳琳草奏才還在 僧太易　桃花細逐楊花落 杜

衛玠清談性最強 韋渠牟　山色初明水色新 王貞白

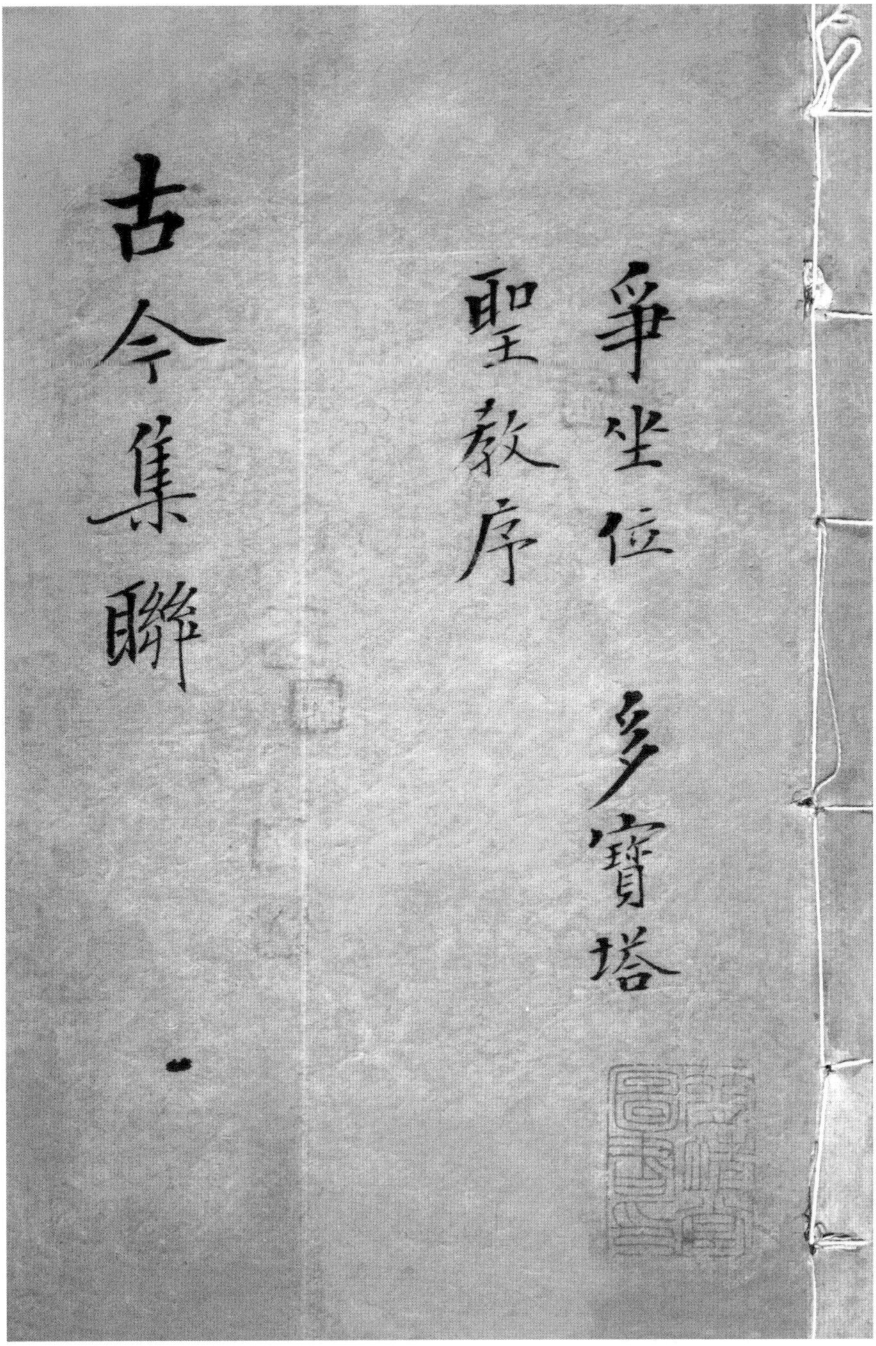
爭坐位　多寶塔
聖教序
古今集聯
一

雙魚罌齋錄何子貞紹基集爭坐位稿字

同心席地二三子　心同佛定香煙直

直節參天十八公　目極天高海月升

書堂喜見三魚異　美富文才傳左國

野士能傳九扈名　清微畫品類南宗

直諒喜來三徑友　未須百事必如意

縱橫富有百城書　且喜六時長見書

眞輔相才葵向日　聖業須參齊魯論

大光明地月當門　尚書並校古今文

今既見心卽見佛　知人其難九德貫
子安知我不知魚　聞過則喜百世師
家藏古史存疑是　畫本紛披來野意
天與高才割愛難　文辭古怪亦天眞
同心不隔一片月　子瞻不喜東野作
時論唯高尺五天　伯時極論右軍書
兩京六朝富文史　指麾文府才思盛
三高八及挺才名　冠冕人倫道德尊
入定佛從心上見　莫倚才名凌屈宋

天高月射海東明　且將品地校裴王

金臺名士高前席　俛仰情文今與昔

紫府真人校異書　縱橫論列直而和

明月正當同席坐　人品比南極出地

故人還喜致書來　此心如大月當天

心地光明見初月　情文欲共尊彝古

畫本依微來晚煙　志節應爭日月光

無端開合電明野　人傳三異真名吏

不事安排月到天　古者九能可大夫

升高喜見諸天月　正言須比曾宗道

入坐微聞百合香　高士爭如張志和

月寮煙閣標清興　長官且喜傳三異

文府書城縱道心　宰相還聞論十思

入世須才更須節　身修天爵貴無比

傳家積德還積書　心有菩提香與清

子瞻猶喜文與可　特立獨行有如此

魯直深知李伯時　進德修業欲及時

百二名家論次定　李郭才名傳諒節

六一居士情文深　裴王家世極清標

當如曾子日三省　悅心未厭無名畫

更爲張公加半思　積行惟收有用書

煙清忽見一鈎月　一家言是等身業

入定微聞百合香　三古書傳尚友心

正直居身皇極貴　悅心厭目情文極

危微知儆道心尊　入地參天理數明

前席爭傳宣室貴　習勤不置能省欲

等身唯守魯堂書　聞過則喜眞得師

五香佛海眞無地　居安思危介節見
百尺書城半倚天　積疑得悟淸光來
愛道天開文府貴　東海高門見天道
無心月到畫堂深　南州一榻冠人倫
綱紀振興崇道揆　謹其常而觀自足
勳名標列見臣才　深於情者才始眞
名書古畫不易得　須念微言參魯論
月閣煙寮相與淸　莫矜咫見等齊人
聞道何時常恐莫　心存見見聞聞地

置身有地未辭高　理悟非非是是堂

事到從容能合度　卻爲今疑思昔悟

路當偏側敢依人　須從異論得同心

書有魚傳人咫尺　敬謹身修葵向日

門惟爵到地清高　光明心事月當天

百城書富承家守　聞禮須從柱下史

五尺門還對月開　放情時到野人居

古香合守書城犬　高士還如戴安道

清節還傳海上羊　鄉侯合置王無功

欲從月地參初佛　九扈猶傳官秩古

自據書城作寓公　五羊中得相才難

清香滿堂佛應喜　率意不知行徑晚

明月出海天爲高　遂心時得異書藏

史官今有勾中正　立德功言三不朽

書聖昔聞王右軍　書思對命一誠於

尚論情深容竊比　桂下書思須檢校

清修道合悟眞如　席前論事莫張皇

同振綱常存禮意　才名挺出如東野

不矜塗澤見文心　佛理清深是子贍
功名蓋世不矜伐　藏書卻恐天攫取
道德積身唯敬誠　對月常同佛喜欣
十里晚煙含野寺　九品論存中正意
五更明月到書堂　六書理悟始皇初
心上菩提日應長　輔德唯須直諒友
前身明月故依然　致身特有太平書
開尊忽見前身月　既立之監佐之史
用世猶存半部書　共入其室升其堂

兩世勳名郭僕射　誠存修省取諸震

一家書畫李將軍　德積高大貴能升

清光不損是明月　置身古人敢不勉

美蔭能長變晚葵　美利天下終無言

同心傳習二三子　心地清明眞有宰

古澤分披六一堂　青城割據尚能侯

古文獨祖衞東海　才名震溢李供奉

八分特數師宜官　畫地清深王右丞

魯史既修三傳作　道心尚見今猶古

文言未暨九師興
思將志願酬今日
不敢和同向古人
敬守聖言參古禮
勤修吏事理官書
名將用心唯地理
聖門傳業只官書
志節只傳眞御史
威名應印故將軍

辭令能無亢與卑
宗師合與抗東野
子敬安能到右軍
直友之言可爲錯
眞心不壞能比金
今日是非當自度
古人同異不須論
晚節思同士武子
矜才莫作宋襄公

宣德道情文乃貴　校理異文天祿閣
明徵謹始禮爲宗　從容清節盡公堂
不見古人眞恨晚　牛李何傷高士介
力當時事莫辭難　一葵猶見相臣清
莫當怪事常書咄　古聖名言常自省
貫度同心自守中　文人積習豈能無
聞道終葵眞進士　別開畫閣安香榻
當初古侗出王家　正倚書臺作射堂
同異固然公論有　不願擠排爲合僕

是非莫使此心無　當思勤謹率州鄉

野煙一路聞行扈　宣室安排前席對

明月三更照大魚　書堂檢理獨居心

居鄉半月不聞犬　獨坐悟開天一畫

倚郭爲家也足魚　據地作等身大書

忽命清尊才士到　九州半倚東南海

卻披書本古人來　三古初無道佛書

如張子野眞詞伯　濤天日月迴環出

是李將軍乃畫師　盛世才能次第來

道子至今猶有畫　古得須從心上悟
初平當日本無羊　天香眞自月中來
日月豈容人畫得　三尺徑爲容月地
地天還是聖分開　五更天有取魚人
文人扈從張安世　與其過縱何如謹
才子修書宋子京　到得能誠自會明
友人愛我斯聞過　野堂古度含煙立
臣志無他敢責難　異國名香並海來
言堂太偪唯何甚　百尺臺從平地起

謙會無端敢固辭　九州路自大門分

衆力就功知不日　聞常言輒有至理

詞臣書事紀非煙　愛別致便非本心

宋齊異地情猶合　高堂大戴相終始

呂霍同光理自分　左傳公羊各屢興

上功乃有官名扈　升天攬月五更反

用愛須從禮及羊　度海傳書三日迴

不言時事非常士　子合危須今佛國

能顧身家上等官　王城太室古中州

大海溢爲天上月　長大才知須有用
眞香屈作地中金　平常莫等指無名
子美才名高畫省　淸心便到太平國
右丞淸興滿終南　直道當如厭次人
及門羣相文中子　事恐過明同見跛
家世天官太史公　人當謹始念加官
奉爵相訓監史立　有功不伐如臣扈
大侯旣抗射夫同　直節能爭是史魚
莫道安排有天數　古徑煙深屈子廟

須知振作恃人心
高城月滿定王臺

直欲訓還君父事
猲破晚煙明月出

時須提破利名心
撿開雜史古書尊

倫理只從天事見
縱目瞻天初不隔

功名貴自本心來
迴心向道有何難

敢倚文才凌屈宋
藏異書貴得初本

參來史意比裴顏
收古畫須撿裂文

屈兩足坐悟本始
和平應事猶能介

悅衆人目非至文
姑息存心不是恩

集字坐位字七言聯　九

正論不迴唯謹爾　誠意功夫唯謹獨

矜情難抑且柔之　匡時事業貴知人

顧得大端斯世足　野烟向晚忽橫路

破將積習本心明　明月有情迴故人

高士野人皆入畫　書城高大能藏道

名香古爵忽披書　心地光明始愛才

習勤能使一身振　守正行權眞事業

悟道須教雜念清　平矜節欲大功夫

王大令書從爻出　當失意時眞長進

李將軍射本家傳
所貴立身無苟且
豈用應世太分明
聖心輒與世情合
天事亦須人力爲
明月懷人八九尺
古書傳世兩三朝
曾從古佛國中過
又坐大魚身上行

應非常事貴和平
閒徑喜來三益友
升高還得九能才
曾國所傳唯士禮
東京以前無佛書
欲共向平參損益
昔聞齊相論和同
海大更無魚可取
天高只有月能明

三足曰能定非怪　家世藏書皆祖本

百金之魚亦可張　文人奉佛喜宗門

目未嘗見莫言怪　九思尤貴事言謹

心所不言斯爲危　一介深知取與難

有三尺地身可坐　未可正冠來李下

到五更時心自清　常思衛足守葵心

晚煙三逕喜聞扈　行微月地足無縱

初月一鈎常誤魚　坐亂書中心自清

有友五人從屈指　欲聞古來興廢事

得書一部文開顏　須平自己是非心

莫言前路無知已　高才貴本誠心積

但恐此心難對天　柔念須將道力提

獨坐祇應天可對　野煙有路知依寺

野行常有月相從　明月無心也進城

但使古人來從我　時有高天提命我

忽疑此日不是今　權將明月應酬人

葵取半匡魚作泊　對月三八李供奉

月明十里大傳書　縱情八極宗少文

二三里獨行明月　扆閣清高聞節足

百五日品類含和　官縣排列見之而

古易九家皆見聖　節用愛人能道國

曾論半部足匡時　正心誠意乃修身

眞人守道居姑射　所到入煙紛不隔

高士藏身應少微　別來天末正相思

但願此身常自足　但到盛時須儆省

不知行路有何難　就行平路且從容

論事入非能衍事　割取晚煙來畫本

無言時深於有言　收將明月到書堂

太史升臺紀時日　九功惟敘使勿壞

將軍橫海立功勲　百度得數而有常

九日升高宜挾射　故事聞從柱下史

八能言事爲班時　高人收得海南香

合目屈足悟自始　時聞其過我尤喜

仰天俯地極高深　願同此心君莫疑

初日半城行扈喜　海右辭宗文獨古

晚烟十里野葵香　汝南名士節猶高

長有令名惟士會　人各有能我何與

能師前事是曹參　理所未得情難安

行事莫將天理錯　忽其本難齊其末

立身當與古人爭　足於情乃富於文

爲紀桓文魯史作　儆過於初還毖再

不傳皇古尙書尊　愛才無厭更裕長

明月有情相爾汝　三德貴高明正直

異人初見只平常　九容有行立坐言

積德日崇天所縱　獨居深念常自懼

取人不苟古之矜　出門同人應何從

太史公修今上紀　聖言示我眞當貫

魯共王得古文書　至德使人無可名

三傳何容置高閣　然名香宜對古畫

五言亦自守長城　見明月又來故人

古本書當十世守　意而來有故人念

清天月與九州同　日及開當三月時

長天大月清高世　天保九如崇日月

文府書城美富才　地官六行率州鄉

淸坐使人無雜念　六書難得同文盛

野行所至寓高情　三易知從太極來

爲之甚難言則易　一畫開天三易作

得且勿喜失亦恬　五官佐聖九邱興

有畫滿山魚滿澤　心惟誠若能存禮

以月和目書和心　道貴威如自返身

必正顏言端冕立　居鄉不廢容臺禮

亦屈足坐側身行　愛佛還收道藏書

時事可爲無自挫　欣承明月來三請

友八有過亦宜匡　欲至清尊且一行
勤理破書知念故　明月同行如故友
能存本志比迴家　異書難得比高官
大作室堂容日月　縱目古今還自省
勤收書史列尊彝　側身天地一無言
五射六御進乎道　心情雜念麾之出
三事九思同一誠　天地清光畫不來
深參皇極五行傳　時事亦當參古禮
更進明堂大道書　人爲不敢恃天功

坐據書城容跋扈　心思忽欲出天地

平分月地足相羊　行胥依然守室堂

師比同人王道合　豈爲高才過屈宋

射御相見禮文傳　勤思大道仰會顏

勤始深思士冠禮　於人何不可容者

敘時無忽天官書　凡事當思所以然

爾雖未言我已悟　有爲者常若無事

足所自到心不知　謹言人亦輒能文

忽聞清梵從開士　一事當爲數世利

時欲高官作道人
片言能得兩端中

太極悟從三易始
自古聖人其揆一

菩提長在衆香中
即今天下有尊三

欲論定大官地禮
禮有以文爲貴者

且勤習九數六書
武不得已而用之

迴思昨事已如古
論心尚友二三子

安得此身長是今
比室同居五百家

當平等深參世事
榻橫左右書三尺

莫自謂挺出古人
門向東南月一寮

金臺論古文辭富　行文若師心自得

紫閣當門畫本開　守道如國書爲城

得書貴取異同校　崇德能師郭有道

見月能令喜怒平　論書直逼顏清臣

聖功不伐天同古　兩地能容明月共

大度能容海並深　一官爭到此心清

曾得古書來日本　崇臺高閣將軍畫

且收野史紀南朝　深意微辭太史文

野堂古度高百尺　豈必無言惟謹爾

初日夫容開兩三　當思有美且藏諸
武公自儆抑乃作　聖門子路喜聞過
尙父爲師書亦尊　衛國武公能謹言
月明東海大魚出　野堂清晝聞夫不
地卑南極天柱尊　大海明月紛之而
清畏人知名益顯　野史未嘗無作者
抑然自下德斯崇　古書相對若端人
禮文致敬而誠若　張謂心存高士傳
令德率常唯友于　李斯力破古文書

道塗作室何時就　始作八分傳太史

冠蓋論心恐少眞　謹修三禮祖高堂

易禮書聖功大顯　射者須知比禮意

齒德爵天下皆尊　書家乃師爭路人

一士獨行可爲特　知過其師業乃進

兩夫合作是曰襄　有而不伐道斯存

時悟微言可乎可　禮貴不矜天尚右

將謂聖道人其人　時當作事定之中

西京時事王伯雜　立身衛道有城郭

尚書家言今古分　行部宣威崇節麾

安得開門常對月　得意能令長卿貧

更思作室爲藏書　裴公乃屈子安才

自奉雖微能敬友　爲居名士開東閣

此中有欲是藏書　列敘時人仰右軍

一事能令公喜怒　作事固宜崇古禮

此身能共道行藏　平情不敢厭時人

心參佛國非開士　文雖即事不傷古

身倚書城作寓公　書自爲家始偪眞

未願擠排升九列
且當力作及三時

美人名士情如海
直節高才心有天

聖有微言須理會
身當難事莫張皇

衆力難成爭一柱
六時自守到三更

仰天忽悟難爲海

坐思身世若行路
願得容顏還少時

時從長者得名論
坐有貴人無佞辭

理家未可厭委雜
應世唯當守直誠

高堂只能傳士禮
曾史猶聞書郭公

從來不作二三志

論古竊疑皆異今　何止能容數百人
高爵古傳齊尚父　且自思立足何地
微言今守魯東家　豈可輒抗顏爲師
仰天知海大於地　古意清深忽到目
愛古疑身不是今　昔時美少今有須
論古同分三尺席　行道當從始聞道
易書何愛一勾金　過情與不及同情
兩足不出門半尺　明月與天分一半
一席坐擁書百城　衆香爲國坐其中

一片光明心比月
十分欣喜我知魚

一時錯誤當知儆
衆論和同且自思

明月到天高不驟
香煙入座直如縣

名論縱橫直跋扈
異書撿挍不藏魚

淸晝六時書過目
天心七日道存身

目力還能及百里
心光自可滿諸天

率意作書知力長
升高見月使心淸

竊書名士豈爲賊
入室門人半可卿

目光倘可十行下

紫金一時何足貴

足力猶能百里迴　勳名百世乃爲高
兩目如電理不隔　書橫滿座猶云少
五指齊力書名家　月到中堂不厭深
高天喜見積煙破　兩目無側邃常直
危邃曾無半里平　五指齊力書八能
半榻名香三徑友　淸香滿室佛入定
一天明月百城書　明月出海天爲高
劉月常安高士榻　一事能令本未見
論文喜得故人書　衆情難得是非齊

行百里者半九十
唯一德人無二三

明月不辭來座右
野人時亦到城中

野人亦可與爲禮
高士未嘗不論文

天府供官傳古尺
尚書家世守今文

煙藏古寺無人到
榻倚深堂有月來

雙魚罌齋錄何子貞紹基集爭坐位稿字聯

古聖經天官分九扈　清閣初開才人忽到

將軍紫電威震五羊　名香始縱大月還來

名畫高懸古書平列　據榻燃香卽同供佛

天光直射月意橫來　合月數息便是修真

朝廷侍讌禮唯三爵　海南日東就贍王會

太史紀績書及百名　佛書道藏依據聖言

宰相知人將軍善任　古畫清香長天大日

太常紀績右史書勳　名師益友盛業高文

魚有百金乃澤國長　聖業顏曾淸名李郭

爵惟三足自日中來　相才文富士品裴王

揆高寢深九數所極　天地者君初哉者如

指事會意六書之綱　言思皆事禮知皆才

對月披書來哉益友　尺書可當十部從事

然香品畫佐以淸言　名作便是五言長城

振作淸勤就將儷俛　天爵崇高初無階級

從容正直會合光明　書城割據各異門途

獨坐堂階天高月滿　得見聖人願爲之僕

忽披書本古到今來　忽來野士才亦可卿

德意和平事權振作　正直光明臣心戴白

才情藏固心地光明　齊同振作衆志如城

畫閣凌煙高標迴日　守獨悟同別徵見顯

金臺論士紫府藏書　辭高居下置易就難

損欲益勤震於大過　思深責難別微謹始

升才比德師我同人　存疑儆忽抑滿振衰

書史前橫心中和悅　開誠布公明道興事

門堂大作地上光明　立名崇節尚德措刑

意之所忽過從此長　武將宣威自天而下

眾有同欲功不可居　文臣紀盛如日之升

一道同文謹權正度　到海得深瞻天見大

興賢尚德敬友尊師　升階有級入室知門

天地皆君初哉是始　若知者行其所無事

損益知已師比安人　故君子名之必可言

豈獨安分守身爲事　道合天人以無用用

欲作頂天立地之人　心有權度於不平平

鄉人得官開士見佛　就已然情知未來事

獨夫有子行路還家　於獨居地見大衆心

六書同文五禮明道　勾深攫微理紛振廢

八能言事九得官人　破疑儆忽飭憂平矜

情深文明大月出海　高堂二戴知古今禮

心安理得行子還家　太室三塗居天地中

見人有過若已之失　天上故高海深益下

於理既得即心所安　昏初已縱月晚猶明

有功不伐聞過則喜　聖人畏微必謹其獨

爲道日損積德能升　君子行禮乃尊而光

力排異端將軍破賊　坐榻橫書升階校射

心存天理行子還家　然香品畫對月開尊

居安思危以貴下賤　縱橫百家才大如海

有容乃大不怒而威　安坐一室意古於天

百十里中鄉人會合　力排眾論乃見獨是

二三月節天氣同和　心師古人自為一家

天爵在身無官自貴　雖無師保可對天地

異書滿室其富莫京　不立城府身振紀綱

及階升堂自有次第　十室之中豈無名士

仰天俯地何事安排　九能既有可為大夫

習八分書得陝本貫　行道應時立身得地

存百家目自脩志傳　倚天有刀畫日須才

衛道論功比於武事　直度三古橫抗八極

應時作事自合无人　友取十室書據百城

八分盛作自東京世　道積於身得祿乃貴

三古道言皆右史書　德修自下習禮斯崇

道不可卑德唯自下　瞻言古人便若同世

言思為則行必有威　錯置難事亦如平時

將相公侯蓋亦有命
射御書數皆爲之文

雙魚罌齋錄唐詩甫李杜集爭坐位稿字聯

屈子辭爲六朝祖　才子古聞李供奉
右軍書是百家師　將軍今見郭令公
臺閣才宜崇上國　南州愛才常懸榻
彝尊品自貴明堂　東魯傳家不廢書
座列古書如對友　才情橫溢文同海
席分明月共開尊　心地光明月在天
守道藏時高士節　海以能容始見大
含天蓋地聖人心　天雖共戴不知高

中天明月尊前滿　欲使畏威須戴德
異國名香海上來　但能無過不言功
半城臺閣參天出　佐史立監修士懼
滿室香煙隔座聞　居高御下古人難
晝省高凌天尺五　海含初日煙光紫
清光微見月初三　月滿長天晝省清
高閣倚天宜對月　愛書不厭情難割
宣城無地不藏書　居易無疑意自恬
異書過目見猶少　日用常行皆至道

別恨藏心積更深　功名事業本修眞

是非不校藏入海　但修天爵從人爵

出入無時守意城　唯恐欲心雜道心

三徑煙深開別業　興到披書横榻坐

半階月上見清光　情來攬月向天行

澤依大海魚常縱　功過兩端唯自省

門少行人犬不聞　言行一誤更難收

家傳事業承冠冕　煙横寺頂時將曉

國倚長才輔聖明　月到天心念共清

分得名香來海國
喜無官事到書堂

論世知人思尚友
修身行道是家傳

無他事業書常檢
極盛勳名史共傳

愛古敢言文史足
居官唯願德威平

廳前有地能容足
座上無書不悅顏

天未晚煙藏古寺
海中初日射高臺

獨對一尊披蓋本
高凌百尺據曾臺

大才未必天能挫
清節從來晚更高

得意無言唯見道

座供清香非佞佛

清心獨坐忽聞香　書藏古本可名侯

道大公卿非所願　尺地尚容明月入

德高富貴更何如　一尊還共故人開

班固文猶存兩陝　居無別業開三徑

魯公書可比諸王　家有藏書過百城

欲共一尊權置榻　天以盛名傳國士

爲開三徑且辭官　人於錯節見才尤

高人不見煙橫郭　叅天事業師裴度

益友初來月滿城　加海才情愛子瞻

立命何須天位置　大端不過綱常事
修身自與道從容　志士唯存恐懼心
十里天開疑入畫　參何相業今無比
數行書就只如煙　郭李文名古共知
座上常懸高士榻　須知富貴皆前定
門前喜到故人書　便到王侯亦固然
天高月滿開尊對　畫苑三家唯道子
日出煙微入畫難　文高百世獨長公
行藏有道唯安命　曾聞書聖張長史

射御雖微可得名　又見高人王右丞

三侯共習君子射　別向三家開畫本

十日猶聞令公香　微聞百合雜書香

且禮梵王請六欲　獨有直臣能抗節

相傳史祖貴三長　從來才士只爭名

人能安命終無過　行從野徑披煙出

天亦愛名不易加　坐數人家倚郭居

振挺文如曾子固　論績今宜崇紫閣

淸高品是席君從　愛才古已有金臺

昂貴南金思顧衆　亂披坐上古書本

謙開東閣念何郎　獨對階前明月光

一尊晚對含煙閣　大才自古難爲用

百尺高淩倚日臺　盛德從來貴有容

明道固當爲世用　相臣度仰裴公美

辭金豈但畏人知　高士名傳宋令文

顧和自是興宗子　裴度名還高郭李

班伯眞爲直抗臣　左思交可竝班張

名標今古傳三異　禮從戴聖始能定

美合東南見一邱　路入王遵不懼危

朝有直臣君益聖　曉來出郭煙橫徑

家承令子澤尤長　獨坐檢書月到廳

行道敢容片念息　安排高閣藏書畫

居官難得一身安　檢點名香供佛天

極目長天疑隔海　道本平常非怪異

無心明月自當階　心從恐懼得安恬

修到明心卽見佛　志士豈爲威武屈

合將衆志便成城　才人不以下寮卑

史臣直節崇文介　東魯廟堂人共仰
相父勳名仰武侯　南州冠冕世同尊
悟到前身眞是月　人喜使君有令子
喜聞名士過於香　世尊安定是名師
明月半城高下郭　世澤承家書百本
晚煙十里有無天　淸光如晝月三更
滿城土比公門李　月上高城微見閣
八月人分野徑葵　煙深古寺不知門
半榻亂橫書畫本　莫含才可參軍國

一尊來就野人家　魯直書直冠古今

承家令德唯清直　文名應共三都貴

蓋世勳名懼滿矜　才子還同八顧傳

父子三公今更少　行雖無過心常恐

君臣一德古猶難　事到難平意貫和

有願難酬當世用　名從太盛世爭毀

無才敢恨少人知　位到過高心益平

家不藏金無守犬　倚榻聞香終日坐

室唯容榻有懸魚　披書對月古人來

人與官階皆第一　才比南州非百里

交同事業兩無加　名高東海等三河

事唯不苟微尤畏　欲無喜怒須參佛

心可無疑毀亦安　極大勳名不過王

門有高人應下榻　願向如來齊頂禮

座無明月不開尊　竊從子固奉心香

侍有史書傳盛節　盛德眞難如子相

從知富貴少閒人　高才未易得君平

名眞如月誰能毀　人貴有爲須有守

道本猶天不可階　事當師古莫師心

誠身恐懼存三省　晉城貫與諸侯等

傳道危微守一中　佛海深從一指參

下榻唯存容足地　爭名不若藏名貴

傳名特有等身書　廢事都從喜事來

其人如左史倚相　忽從海上見明月

所友皆子敬文同　又向天南思故人

公羊傳似文中子　大澤煙收初見日

史魚直比左邱明　高臺人到欲齊天

名聞當時爭傳盛　左史傳聞中都伯
才比明公數見難　右軍書出衞夫人
業高平眾意豈滿　恩澤深知三輔戴
澤及於人功不居　德光上應六階平
我奉子瞻爲畏友　十里煙開張畫本
人尊安定是名師　一官事少比鄉居
相業入同尊太傅　地介城鄉當古道
淸才我更仰宣城　門承冠蓋入長安
位列三階光宰輔　直閤人居淸美地

家傳百世守書香　當階月對紫薇郎

同來古寺無人徑　愛國心如葵向日

獨坐平臺向晚時　含香意共李無言

名論震人天欲破　人倫必自三綱定

大文傳世日爭光　天地都從一畫開

書聖今之王大令　列坐欣開文士讌

畫師古有李將軍　匡居願上太平書

魯直須子瞻畏友　爲來益友開三徑

邱明乃文宣功臣　難得才名共一臺

酬恩未易唯君父
守業無難貴節勤

人能節用家常足
士不爭名品自高

五言自比長城固
片念能令欲海清

文事可爲知者道
路塗須問過來人

我奉明公爲畏友

書堂坐對初三月
佛國傳來第一香

太上高居無欲地
如來合是有情人

長公節挫思修佛
子美才高忽作王

大道初無人我見
常情只爲利名爭

刮目欣從三日別

人能節欲得長生　論文喜共一尊開

廳前坐列彝尊古　三分明月初生海

海上人居日月長　一柱清香上告天

莫以利名紛汝志　卿思不盡三更月

須知權度任人心　畫意都含一片煙

文得中和品尤貴　德能輔世何須貴

官居清美名亦香　居可容身便是安

不盡修身崇德願　家有太和惟積德

常存利世愛人心　世無難事在能勤

海上無人羊共對　能知命者爲君子

廳前有喜爵爭宣　喜聞過人可直言

誠且修齊有其本　禮可同行和有節

射御書數之謂文　師能自取德無常

心含衆理無非道　堂開別業來高士

史有三長不獨才　座供清香檢異書

節過九日香猶在　不到古人終是恨

行有三人道可師　常存天理自然安

德盛從知諸美並　崇高莫大乎富貴

時和喜見六階平　家國之本在身心

與曹班屈宋爲友　是非每以三思亂

升高明正大之堂　取與當從一介分

難得高人時共榻　王侯不事眞高尚

喜開別業爲藏書　富貴無加見大才

雙魚罌齋録唐詩甬李杜集爭坐位稿聯

大海有眞能容之度　畫祖三皇易開一畫

明月以不常滿爲心　禮傳二戴史紀百家

天地相始終存乎道　禮以和行敬爲德本

國家之興廢唯其人　名唯道積功必志崇

於心能安於理亦得　作聖何難爭於一念

唯勤有益唯公乃明　論道非易責以三公

以文爲富以道爲貴　世不可無名師益友

居安者危居高若卑　人安容有滿志矜心

行無不可對天之事　品貫廟堂人爲冠冕

思必有益於世乃言　光爭日月德紀史書

高爵排天數行直上　輔世以德傳世以道

大魚縱海一向無前　常人畏明聖人畏微

事當從衆亦當畏衆　與人無過三必自反

人恐不明猶恐太明　應世但須兩如之何

世仰文宗人尊易聖　積德之家三光共蔭

傳爲史祖家守書城　藏書既富滿室皆香

行藏合時進退可度　君子有容其德乃大

喜怒中節應對有詞　聖人無欲此心常恬

對命書思一朝所倚　公則生明誠能御衆
修身行道百世之師　和而有節立可與權
師道守官介淸獨守　無伐無矜眞富貴相
子瞻作畫古致橫生　有爲有守是廟堂文
其人爲當世知名士　蓋世功名輒從滿損
所藏皆古聖有用書　參天事業都自敬終
爵入高天非人可攫　文仰長公才高兩宋
魚藏大海與世無爭　史傳子美盛極三唐
咄怪文情煙橫大海　愛唐宋來名書古畫

光明心事月到中天　友鄉國中異士高人

取與雖微何分一介　畫閣生香張侯習射

行藏有道不易三公　金尊滿座對月論文

世故能明葵猶衛足　名士如香前身是月

人言可畏李不正冠　大人安命君子知天

辭之典貴清高者上　崇德獨行人思御李

文以縱橫排挫爲難　修身明道我欲瞻顏

至理名言深如煙海　禮至不爭有威可畏

和光大度仰若天階　身安爲富無欲常恬

爲天子師與諸侯友
下高人榻上宰相書
倪月臺高城煙半隔
藏經閣對海日初升
到知非時聞過則喜
能自卑者益尊而光
獨坐平臺煙收月上
高淩畫閣自極天長

友會以文身修以道
功崇於志業積於勤
東野清思若五言古
南州高士非百里才
道以反身而誠者上
人唯中立不倚爲難

雙魚罌齋錄唐詩甫李杜集多寶塔字聯

人能輔世無如德　圓荷出水初浮葢
學可傳家止有經　古木含煙欲化雲
萬壑朝宗歸大海　天上玉樓森寶氣
五雲環繞近三台　雨中春樹住人家
衣香近拂爐煙重　萬里人歸常筭日
樹影初含海日高　一函書遠每題年
從古可珍唯筆墨　習禮傳經知俗古
此身如傳是衣冠　安居樂業覺官清

花垂畫檻雲容麗　無求自得安心法
水滿華池石髮生　不動須憑養氣功
恩泛銀河通上界　依樹爲亭迎夜月
愛依碧樹覆清陰　鑿池通水養名花
欲同流俗終違道　畫疊千峰雲樹隱
不懼人言自信天　書成萬帙墨池香
萬丈文章光日月　山無玉積非爲寶
千秋浩氣壯山河　水有龍潛不在深
羣鳥知春聲滿樹　得意千言文湧水

大鵬運海翼垂天　探懷五色筆生花
未有逢迎能血性　材取楨幹超凡木
須從本色見英雄　座繞旃檀生妙香
流水垂楊含畫意　尋春忽入羅浮夢
養花微雨愛春陰　講法當爲解脫神
無官我自能成佛　一錢不用囊中積
有福人方許讀書　五色都從筆上開
惟載福人能忍受　愛字珍藏千帙草
合流俗意是陰柔　遊山滿載一航書

檻外三花高映日　千家月落秋無影
山中百果獨先春　萬字爐溫夜有香
唐人雜畫稱程雅　萬象空明同鑒抱
漢世經書授伏生　一心高下若衡特
難得明經師趙德　雲山有主身常隱
有誰清雅匹徐宣　水月無塵念共清
我欲山前開戶對　從古愛人須學道
人從海上泛航來　自來明善可誠身
所寶惟賢安問玉　觀書有得情難捨

以銅爲鑑不如人　處世無求夢不驚

淸思昔憑銀漢寫　當階月色明于書

壯懷今託玉毫宣　滿地花陰密若煙

門愛楊時同立雪　喜見三春生福草

座依樂廣若披雲　恩承五色賜金花

樹無雜木人無俗　有時泛月來天漢

花有淸香月有陰　何日觀濤望海門

門對西山多爽氣　春深玉砌花迎面

書藏東壁有光輝　晝靜琅玕樹悅顏

東山行樂思安石　雲夢波涵千頃水

小草臨書學伯英　岳衡秀起九疑峰

春草難尋靈運夢　春花拂雨彌生灧

高山孰識伯牙心　秋水爲文不染塵

海樓高湧三山水　玉檢琅函光日月

塵世深藏一粒中　銀毫墨寶動煙雲

亭前對月開三雅　萬象澄清分納芥

座上披書共一鐙　三峰秀媚宛披蓮

名世文章驚立海　日照平池花氣動

壯年意氣欲拏雲　雲藏遠樹鳥聲柔

大遠人懷千里月　高情願附雲中鳥

夜深字照一囊螢　大筆如觀海上濤

獨立水池迎夜月　修持妙悟傳燈錄

誰來玉檻望春雲　懷抱清如注月瓶

雲垂海立文章伯　立品當如山有岳

王粹山輝道學宗　持身要比玉無瑕

鑪煙夜靜香猶爇　花飛玉砌春將去

燈火春深漏欲沉　月上書齋夜欲分

稱體香羅疑疊雪　浮雲自得行藏意

含毫妙墨化飛煙　流水如傳去住心

塵劫靜開三昧觀　大雅當爲文士冠

月華高度萬門秋　高懷直與古賢徒

天上月圓三五夜　目遊心想書千卷

應前樹滿八千春　雨散雲收事百年

春樹曉雲開宿景　修木自生千丈幹

秋階夜雨動歸思　夜光常照十明竹

歸鳥飛來山頂雨　身博一官文字發

遊人插遍帽簷花

圓陰覆樹雲垂蓋
水荷逼池月湧波

觀水應知源有本
畫沙可悟筆藏鋒

一夜秋來人不覺
萬家春至鳥先知

欲得名流同海岳
重開雅會繼香山

事經千變道心精

波動忽驚花影散
山行不猒鳥聲殊

何人慧目光如佛
示我明心悟入禪

尋花欲就山中住
泛月將爲海上遊

海鳥浮波殊自樂
山花滿地不知名

世事雄才能預算
人生後福固難量

千樹雲開衡岳曉
半階木落漢宮秋

雅量空含滄浪水
飛音遠度碧雲岑

斯人可謂純而幹
其德居然粹以精

萬里澄懷秋月對

樓入曉光開太華
樹浮秋色近終南

事業當同天地並
文章要得性情眞

聲名豈獨當時重
家學還期後世賢

記我夜遊明月府
懷人朝上暮雲亭

雨氣遠含千里樹

半生清興夜燈知　煙光微見萬家樓

塵中孰是知音目　脫落塵凡高世度

海內空懷濟世心　旁通經史妙文心

靈雨當爲天下福　我生自信浮沈數

故人常記日南遊　流俗誰知造化功

聲音樹共千光覆　座對瓶花開鏡內

道德符同百福兼　鳥驚山果落階前

丹尋遠水夜將半　太華三峰浮碧落

月隱前山人未歸　大河萬里走黃流

雲樹秋山開戸見　鑪火純時剛繞指
月波春水入門流　垢塵爭處道生心
朝開草舍尋花出　品高近世昭華玉
夜泛蓮舟載月歸　生愛清流麗水金
積德天將增福算　能使慈悲常在念
著書人自愛春華　應知聖佛本同心
天心月湧香輪滿　居官每以文爲業
樹頂峰含落日圓　繼此推遷墨是莊
盛業光承書府詔　信天即是安心法

清香祕檢石樓經　無我眞爲度世符
雜花生樹春三月　對面岩花如識我
明月在天秋萬家　多情山鳥欲依人
立志應同金石固　巖石自含今古色
澄心共對玉冰清　山雲忽變有無峰
布衣自古多名世　無月難窮千里目
巖石於今有異材　有書不負百年身
遷居每欲尋山水　學可染人書有色
對月何須問主賓　文能超世筆無塵

行無過事如解縛
得未見書勝遷官

有水能淸分古井
無花可插罷空瓶

淸淨福從三昧悟
聖賢心止一誠該

覺悟初開天意得
淸明不雜俗情空

山中自號煙花主

天上明河銀是水
海中寶樹玉爲花

池上月來天在水
檻前雲起樹爲山

花夜亭逢何水部
山樓題遍謝宣城

談驚列座逢王猛
世爲蒼生起謝安

窺簷小鳥人如識

世外誰同鳥獸羣　照雨秋螢火獨絲

名山已遂平生願　月上碧空雲盡散

香火重開後會因　煙生滄海日初昇

獨抱澄思能證果　煙開月映千峰色

天開妙悟許超禪　雨過濤生萬壑聲

鳥立深池窺夜月　澄心頓覺前非悟

人從遠水識歸舟　壯志還驚去日多

伯起四知人共我　千樹飛花疑散雪

廣文三絕畫兼書　一經教子勝遺金

伏海潛龍思隱德
盤空摯鳥想雄姿

二分明月同遊樂
百歲流年獨住難

樹繞歸雲藏宿鳥
書成小字卷秋蛇

勞人塵世何日息
問我雲心自在無

平生樂事青燈共

山多盤古年來樹
俗是無懷世後人

知己每因文字得
此生難必史書傳

異書誦遍三千卷
名墨藏逾二十年

夢驚斷漏聞朝雨
秋入高樓見遠山

果樹垂金明若火

異地懷人碧草多　荷花出水過于人

千秋業本生前定　清陰共託萬年樹

萬化心從用後靈　秋色初開十丈蓮

持石歸來滄海色　龍潛大壑分雲住

落花飛人墨池香　鳥雜飛花下樹來

儀如岳立徐行父　雲影曉浮金井水

志在雄飛趙子昂　樹聲秋捲玉門沙

鑪煙繞戶香潛度　相思明月登樓夜

雪水通池澮欲盈　倘記空階對雨時

永晝有書能度日　朝天已荷金泥賜

高樓無月不成秋　登岳高尋玉檢封

相如望重千金璧　十年養氣如修佛

道濟身爲萬里城　一壑藏身即是家

披書夜問蓮華漏　並世文章無巨手

過雨朝聞木筆香　當年聲望此東山

學明義利羅春伯　樓依大海滄溟近

經識源流戴侍中　人住深山世界淸

絕壑雲煙皆有主　巖公畫地能爲界

空山草木自知春　謝氏藏書尚有樓

妙悟何人同謝尚　海岳樓空迎落照

文思令我想羅含　天合樹古拂秋雲

山居不問花開落　高樓月上初歸鳥

身隱惟同鳥去來　古木雲深欲化龍

夜雜秋聲千樹雨　樹動秋聲沙外雨

天開畫本萬山雲　池含月色水中樓

通經俗尚春秋學　水可通靈雲雨驗

愛士誰如六一賢　心能絕俗海天空

大戴今傳徐氏學
伯英獨著草書名

艸愛高僧眞入聖
文如靈運獨驚人

英雄未必難成佛
隱士何嘗不愛名

心將流水同清淨
身與浮雲無是非

春艸滿池人入梦

入夜忽乘中散興
何時還續永嘉遊

世承禮樂咸儀盛
人想衣冠意氣雄

春去落花疑若夢
興來走筆疾如飛

落日雲同飛鳥盡
春山樹雜曉煙多

明月半樓人共對

雜花生樹鳥羣飛　異書千卷我重披

三萬里河東入海

五千丈岳上通天

雙魚罌齋錄唐詩甫李杜集多寶塔字　八言聯

聖賢爲骨英雄爲膽　讀未見書有驚人句

肝腸如雪意氣如雲　栽花招蝶坐石得雲

不貪爲寶不辱爲富　觀書要能自出見解

自知乃英自勝乃雄　處世無過善體人情

我於臨水登山取樂　於不覩聞時能戒懼
古以隱居求志為高　可從行習內得精微
合遊息藏修皆是學　王伯義眞人中賢智
通陰陽造化謂之文　楊用修乃海內宗工
於世俗中見本來面　深岩絕壑中多異士
處家庭內無利已心　獨寐寤居處見眞修
立身必要從最高處　上下能知三千餘歲
行事還須想難受時　文字合成八十一家
古聖雖生知猶學問　遊南朝四百八十寺

雅人以餘事爲文章　樂東方三萬六千春

絶世文心羣驚慧業　處世多言金人所戒

寫生妙手獨得圓光　動心忍性玉汝于成

德性內含玉温金粹　積壤成山積學成聖

英華外發水媚山輝　其空如鑒其平如衡

爲帝者師相尙以道　高士藏名心空俗垢

法天之利咸得其宜　散人賜號啻倍官家

靜則生明養心有主　牙慧襲人中無創義

温而能斷臨事無疑　心花成樹目具化工

水抱空靈山分起伏
艸知朔望花應春秋

浮海興思心超世表
觀雲起悟意在筆先

感以中孚誰負其化
學無大過天假之年

碧玉池深圓如映日
金花色古疊或成雲

千古文章東漢西漢

敬直義方藏身之固
業修德進見善則遷

經寫黃庭超然筆墨
碑傳碧落炳若煙雲

從善如登升高自下
浮生若夢行樂及時

筆墨精良人生樂事
氣質變化學問深時

字出僧樓智永所寶

一門秀氣大南小南 家傳顏氏庭誥之文

聖人用心明須若鏡 石證三生花開四照

巨靈運掌力可開山 峰羅羣玉樹映恒春

二十四賢山陰並集 傳世之文先取其識

三百六日勝會難逢 觀人所忽每在於微

散盡復來千金何愛 寶樹三花銀毫五色

遍遊歸去五岳亦卑 金山萬疊玉海千尋

石號丈人花稱隱士 石鏡含輝冰心共照

雲青太史樹封大夫 銀瓶注水花氣初浮

集多寶塔字八言聯 四十八

學無常師歸於主善　楚書有言惟善爲寶

時有養夜要在澄源　莊子所謂藏金于山

山水清音如聞天樂　天下爲家大道旣隱

煙雲變色絕勝畫工　人心之動因言以宣

海氣如樓雲肰如樹　如海之深如山之靜

造化爲水天地爲舟　繪月有影繪水有聲

滿樹含黃龍芽玉粒　世事彌空道理彌實

盈階映碧海髮山衣　心氣倍下識見倍高

精理道心微尋妙旨　以禮爲羅廣求賢士

文宗學府獨秀當年　其文異水盡脫陳言

水月清華陰森庭砌　積善餘慶自求多福

巖壑蒼古氣納雲煙　修身行道惟以永年

善事陰行其門必大　見善則遷聞過則喜

德心克廣降福旣多　愛日以學及時以行

禮樂其文金石其質　所寶惟賢同資輔翼

道德爲父清爭爲師　以銅爲鑒可正衣冠

開元初年上干秋鏡　卷寫黃庭樓開碧玉

永平中歲置五經師　書鏡東觀學繼西河

萬福來同三光並照
二儀既判四運誰驅

秋月當樓春花繞檻
流螢入戶宿鳥窺簷

上九華樓迎千古月
圍三尺檻對四時花

雲淨秋容天心漏碧
夜開書帙卷目披黃

著實飛聲絕無依有

六欲能空無非生佛
一塵不染乃是福人

水廣自源山崇積壤
聖生乘運賢出應期

流水垂楊天生畫景
曉煙微雨人愛花朝

色界香塵正觀不起
雄文直道當世誰同

海日初昇千門雪曉

含章表質懷信力行　庭花盡發五夜香溫

海貝咸登山車並至　九萬鵬飛前程倍遠

元音既備大禮彌昭　三千士集後學彌多

臨水登山時有真樂　列宿麗天三台並正

養花觀書外無俗情　羣流歸海四瀆可分

聚學飾身修誠利用　文德武功光昭世業

獨行崇德脫俗乘高　雄材盛烈名蓋當時

大道含元精心抱一　悟至文生言思入妙

殊文共會遠志騫羣　筆與手會意象俱超

德重玉山智超海藏　賜對盡情因能致用
雲迷曉楚水滿春吳　潛心悟道順理成章
碧落清都上界之府　此心具衆理應萬事
名山大岳羣眞所居　其文通諸華該百家
實至名歸言文行遠　諸子以南子爲絕妙
禮宏化定樂贊功成　列傳惟太史得沈雄
中夜有得亦須超寫　太史文得山水之助
平居無事相與品題　南宮畫非筆墨所能
學古入官於人有濟　人家在水抱山環處

尊賢樂義其德克明　我心如天空月上時

英氣逼人目中有火　此心如海水照秋月

高文入古筆下無塵　其度想春雲出遠峰

姓字冠英雄三百倍　學道人能精明世故

家聲傳道德五千言　性天內見涵養工夫

處世未嘗有勝己色　世未嘗見先生之狀

所爲無不可對人言　人當敬奉大上所言

大文章毫無煙火氣

眞人品體會聖賢心

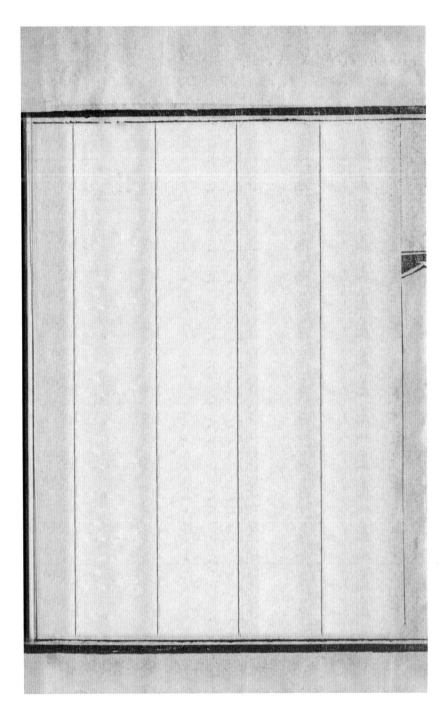

雙魚罌齋錄張鹿仙炳堃集聖教序字七言聯

內典相傳唐翰墨　山川卉木化不息
清言猶見晉風流　風雲月露天何言
情人對月空懷遠　生天成佛謝靈運
異地觀花不當春　曠世知音鍾子期
書中自啟七寶藏　門掩梨花深見月
海外豈自三神山　寺藏松葉遠聞鍾
遠道山川通夢想　添香對月永今夕
素心晨夕見交期　剪燭論交來故人

大冥垂天九萬里　風雲際會日三接

長松拔地三千年　雨露恩光年九遷

漢庭文物遷固重　廣庭有露桂花濕

晉室門才王謝多　空山無風松子香

古石蒼松見貞性　至行豈能外名教

行雲流水皆天機　高文遂欲無古人

二分明月維揚夜　蓮花忽現我佛相

十里名花茂苑春　松身如覩眞仙形

老子五千言道德　若以空花觀我相

大令十三行法書
傳神古有李思訓
識字今無楊子雲
武陵源世外春色
寒山寺夜半鐘聲
詩興要於山水外
論交不在風塵中
洞門靜掩黎花月
古寺深藏松葉雲

早知明月是前生
聞鍾未可虛清夜
攬鏡還應及妙年
立身若被浮名累
涉世無如本色難
桂花松子有仙意
葛嶺孤山無俗人
論古不外才識學
傅物能通天地人

高寒惟有月中桂
淸拔無如雪外松
不知有漢習聞世
自謂是羲皇上人
王右軍感懷今昔
謝太傅託興中年
十年燈火因依久
萬里風雲際會奇
海中大佛八寶蓋

遷固齊名足千古
機雲接翼稱二難
聚雲滿地不見月
松濤半山疑有雨
古書無人識奇字
大易有象類先天
會心處正不在遠
非其人未可與言
方書古有金匱略

雲端仙人雙翡翠　奇字今無石室文

五倫之中有至行　彌天雪月空中色

六經以外無奇書　寒夜霜鍾悟後心

明月前身本相識　御風而行誠善也

清風故人殊未來　遺世獨立其仙乎

相如遺書有三篋　自昔茂才稱異等

子贍對策稱萬言　要知通德是門風

問道難尋廣成子　神理所會若有悟

迷途豈獨武陵人　今昔之感將無同

聖世重光日月合
天道至教風雨時

得意當爲三日雨
問心可對十年燈

雲潤早含及物意
水清不易在山心

浮雲自在太虛際
蒼雪幾來曠古前

諸天花雨菩提讀

不可無松石間意
所願爲名教中人

漢諸葛名垂宇宙
唐宣公學爲帝師

天半朱霞想高致
山中黃葉有遐心

山林自有不朽業
今古無多獨行人

遠思愛隨流水曲

大地煙雲顛素書　野情多爲夕陽深

風雨羅浮夜離合　文當妙處風行水

眞靈嵩華時往還　夜正中時月滿天

應接如山陰道上　幽人獨往貞素履

興曠若華陽洞中　虛室靜掩觀黃庭

佛爲多情方見性　花時自謂香雪海

仙能不俗卽超凡　月夕疑是淸虛宮

威揚外域漢諸葛　要撥浮雲窺海月

業定中興唐令公　願因微雨墜天花

遊蹤莫學浮雲子　夜燭晨燈故人意
歷世眞如春夢婆　夕陽古道遠行圖
道力神通華元化　明珠出海光照乘
佛心仙骨許眞人　微雲觸石雨崇朝
後世興懷其致一　雲本無心隨起滅
古人立志不朽三　月如有意來窺簷
花有生香黄子久　天風海濤中即曲
山多遠意李將軍　露花煙葉小山詞
靈迹空傳八公桂　孤雲豈合人間住

虛名何異大夫松　奇翼端應海外來

人影在地忽見月　春水綠波添遠思

天香滿袖知有風　空山黃葉感離蹤

十里煙花雙燕影　遊子永懷京口月

半天風雨一蟲聲　詞人愛說洞庭波

心與桂花同皎潔　子夜能爲四時曲

身如蓮葉忽西東　朝雲妙悟六如經

春庭月爲離人照　水仙雙翅作細步

夜雨燈隨遠夢孤　大師隻履能飛行

夜月歸來王子晉　漢朝人物數有道
天風獨立步非煙　唐室威名稱令公
春歸花外燕相識　夜久不知桂露濕
雨洗林間翠欲流　夢長惟見黎雲垂
漢宮飛燕歸風曲　照眼山花春世界
唐苑太眞浣露花　稱身雲葉小神仙
春花東風眞是夢　願託微波達誠素
人來南國易相思　空教明月照流黃
可有心期託明月　香翰無憑傳翠翼

要將顏色比朝霞　燈花有意墜金蟲

春夢有無半空色　機中顛倒明珠字

神光離合作陰陽　花下迷離墜葉蹤

黃花略比離人影　古意猶傳羅敷曲

翠袖應知昨夜寒　麗情還紀薛濤詞

自比黃花李清照

高然翠燭薛夜來

雙魚罌齋錄張鹿仙

集聖教序字八言聯

太華奇觀萬古積雪　見道精深天人三笑

廣陵妙境八月驚濤　體物宏麗東西二京

水流花開得大自在　山高水長中有神悟

風清月朗是上乘禪　風朝雨夕我思古人

志許慈良萬福所會　之子遠行古人不見

心懷利濟衆善之門　流水今日明月前身

雲行雨施是大神力　書法鍾王文窺左國

風清月朗如良夜何　緣深仙佛契通神明

山高水深斯人不出　可以棲遲蒼松古石

攄情霞想其志可知　不知漢晉無懷葛天

仙佛因緣名山慧業　桂花開時香雪成海

明良際會蓋世宏圖　月輪高處廣寒有宮

論世歷唐晉漢而上　王射門才機雲世德

述古綜才識學之長　神仙福慧山水因緣

黃葉半林所思不遠　清風滿懷明月在抱

明月千里我勞如何　萬慮皆息一塵不驚

羅浮括蒼神仙所宅　我佛所宗真如貝葉

圖書金石作述之林　眾經之長妙法蓮花

天上勝遊曰清虛府　四世傳經是謂通德
人間仙境有武陵源　一門訓善惟以永年
衆香國中廣植異卉　尚德引年香山九老
大羅天上領袖羣仙　撫今思古曲水羣賢
學宗象山期於習靜　內聖外王隨感而應
教遵鹿洞先在明倫　窮理盡性載道之文
子游子夏聖門文學　照古騰今不朽之業
之奇之武小國賢才　傳世行遠斯文在茲
我武惟揚山河重定　受人以虛求是於實

斯文未墜教澤宏敷　所見者大獨爲其難

金匱石室圖書之府　通德名高金根十一

太山嵩岳靈奇所鍾　禮賢風古珠履三千

南極洞庭西通漢水　山水性靈端由神悟

古人不見勝境重開　煙波情味不可言傳

九日登高大書雲物　荒莊一區素履獨往

三川攢勝略紀土風　名門萬石朱輪十人

蓮香翁清松貞而固　勝地不常以永今夕

山虛能受水實乃流　清時有味閒愛孤雲

九曲武夷如往而復　人比黃花靜意相對
千尋學海則資之深　天流素月清光大來
西川子雲多識奇字　以大其門宏圖斯啟
南陽諸葛廣集眾思　爰相我宇仁里可依
大雲出山潤及萬物　人影在地仰見明月
朗月在水清無一塵　超然有悟時聞清鐘
羲之法書兼有眾妙　香滿桂庭德門後起
千古奇作前無古人　光騰蓮炬翰苑先聲
夕陽在山蒼翠四合　松濤作鄰悟靜中妙

皎月出海長煙一空　蓮香自在得聖之清

百世可知其唯聖者　敘民常經備於周禮

九能咸備是謂大夫　治河良法載在漢書

重譯來朝一人有慶　情生於文前緣可續

中興定業四海永清　言不盡意異日爲期

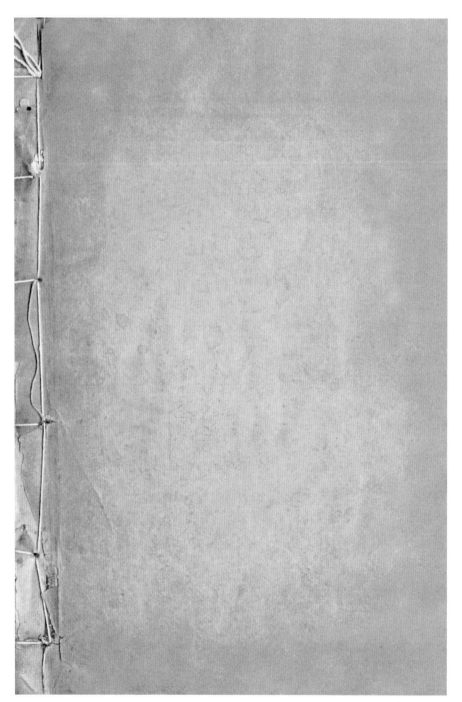

啓功先生舊藏楹聯秘本

中册

章正　主編

北京师范大学出版集团
BEIJING NORMAL UNIVERSITY PUBLISHING GROUP
北京师范大学出版社

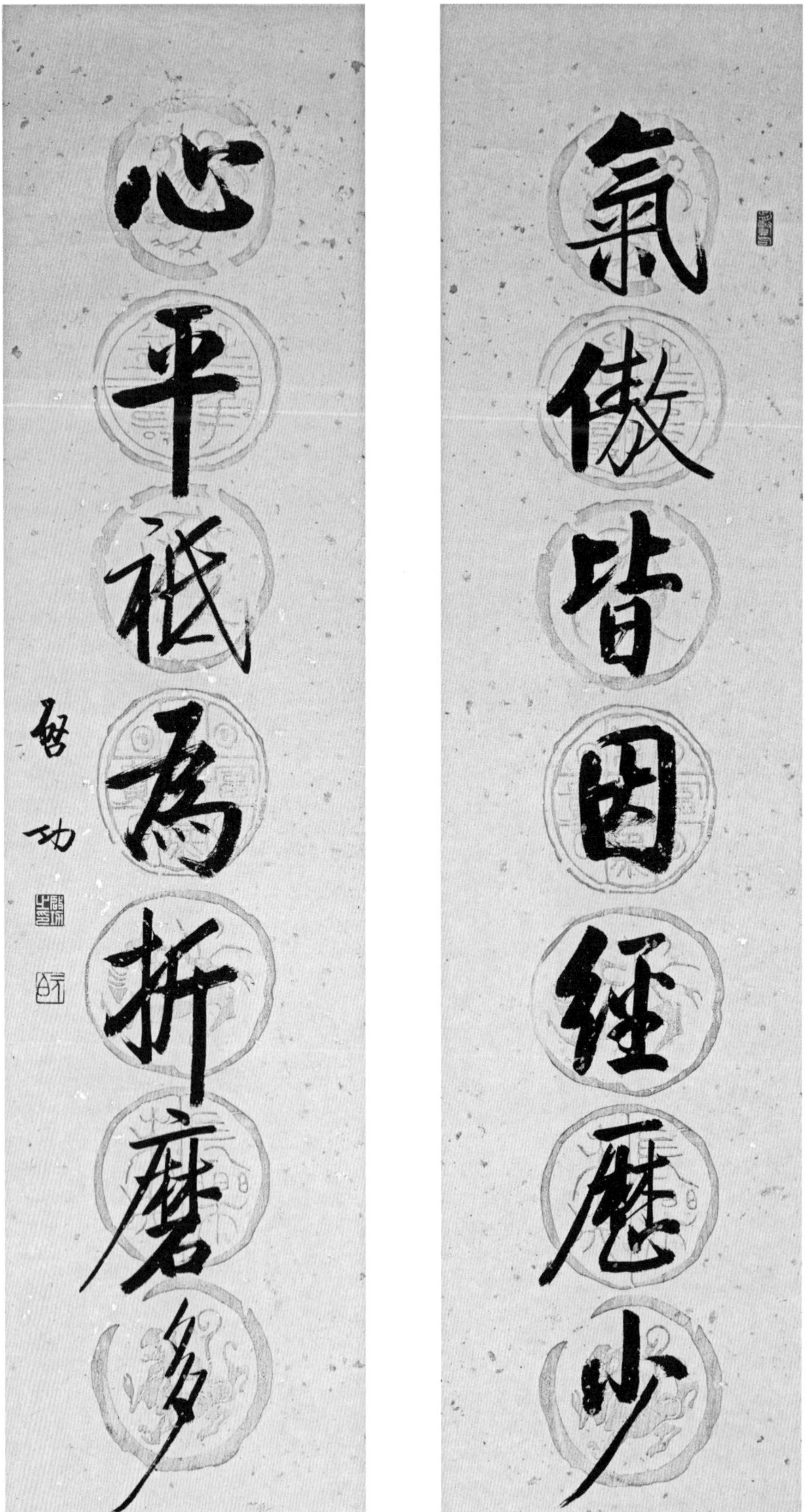
氣傲皆因經歷少
心平祇為折磨多
啟功

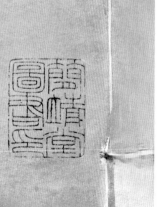

楹聯集韻

楹聯集韻卷之上

湖上常　麟仙珊輯　　恩鑾校字

東

已抽身向園林下　白居易
猶寄形於逆旅中　白居易　集香山

劉伶避世惟沈醉　韋莊
平子歸田不必窮　韋莊　集端己

差勝嵇康養王烈　蘇軾
況逢孟簡對盧仝　蘇軾　集東坡

年拋造物甄陶外　蘇軾
春在先生杖履中　蘇軾　集東坡

安得青絲絡駿馬　蘇軾
空餘白棘網秋蟲　蘇軾　集東坡

千里農桑歌子產　蘇軾
一時冠蓋慕蕭嵩　蘇軾　集東坡

春回柳眼梅鬟裡　陸游
人在紛紅衆綠中　陸游　集放翁

闕中相國資王猛　貝瓊
鑾府參軍見郝隆　貝瓊

川原繚繞浮雲外　盧綸
城郭參差曉樹中　皇甫曾　集唐

半榻茶煙新雨後
數聲雞犬翠微中　劉威

兩岸紅旂數聲鼓　白居易
一枝長戟六鈞弓　羅隱　集唐

草木盡能酬雨露　王維
山河無力爲英雄　歸仁　集唐

下國臥龍空悟主　溫庭筠
中原逐鹿更爭雄　劉兼　集唐

玉帛不朝金闕路　劉禹錫
旌旂還待錦帆風　方干　集唐

有興不愁詩韻險　牟融
集唐

劉綱有婦仙同得　白居易
集唐

澆愁惟怕酒杯空

伯道無兒跡更空　杜牧

北極朝廷終不改　杜甫
西江波浪遠吞空　杜牧
集唐

九州有路休爲客　杜荀鶴
七子論詩誰似公　杜牧
集唐

四皓有芝輕漢祖　杜牧
將軍打門驚周公　盧仝
集唐

絕壁過雲開錦繡　杜甫
夕陽和樹入簾櫳　韋莊
集唐

但經春色還秋色　李山甫
可愛深紅映淺紅　杜甫
集唐

臉似芙蓉胸似玉　白居易
文如日月氣如虹　皮日休
集唐

料得也應憐宋玉　李商隱
未知何以報文翁　羅隱
集唐

朱實摘時天路近　方干
荷花深處釣船通　白居易
集唐

風生使者旌旂上　秦　觀　　已約葛洪迎鮑靚　區大任

春在先生杖履中　蘇　軾　　況逢孟簡對盧仝　蘇　軾

集宋　　集古

花如識面香仍在　蘇　軾　　春色已生微雨外　陳子升

詩到無題句便工　陸　游　　漏聲遙在百花中　皇甫曾

集宋　　集古

四塞山河歸版籍　高　啟　　元老規模妙天下　耶律楚才

百年天地變華風　黎民表　　武帝旌旂在眼中　杜　甫

集明　　集古

四時嵐彩飛瓊雪　劉　基　　風引漏聲過枕上　無名氏

萬炬金蓮鬬綵虹　孫　蕡　　酒浮山色入樽中　歐陽修

集明　　集古

共看明月皆如此　李　白　　欲爲聖明除弊政　韓　愈

集古　　集古

纔有梅花便不同 張道洽　祇憑天地鑒孤忠 李東陽

詩人舊夢三刀喜 柳　貫　未必柳間無謝客 吳　融

集古

相國新兼五等崇 韓　愈　豈知花底活秦宮 邱　吉

叔孫禮樂蕭何律 杜　甫　飯顆山頭逢杜甫 李　白

集古

吳邁文章馬亮弓 袁　凱　金瓶花裡活秦宮 楊　愼

諫草尚留青瑣闥 黎民表　薄有文章傳子弟 李東陽

集古

天書遙借翠微宮 王　維　由來勳業屬英雄 張　籍

春風吹開錦繡谷 蘇　軾　敢謂詩書非閥閱 李東陽

集古

寶日獨照琉璃宮 鮑　溶　由來勳業屬英雄 張　籍

天地尚知酬節義　蘇　軾　　直與雪霜娛暮景　朱　子
集古
山河無力爲英雄　歸　仁　　不將顏色託春風　白居易

復有樓臺搖暮景　杜　甫　　銀管瑤函開麗日
集古
儘依樹石弄清風　韓　駒　　羅屛繡幕鬭香風　李長吉

但將酩酊酬佳節　杜　牧　　苑裡麒麟郊裡鳳　白居易
集古
自有琴樽對晚風　明瀋王　　雨後芙蓉霜後楓　趙　珍

五更鐘鼓半山月　于　石　　老至尚誇詩力健　李東陽
集古
落日樓臺一笛風　　　　　　愁來惟怕酒杯空

復有樓臺搖暮景　杜　甫　　惟應范叔猶憐我　元　稹
集古

且移桃李開春風　元好問　那識辛毗不作公　陸　游

終勝嵇康羨王烈　蘇　軾　文章幻作雲霞色

集古

須知元度待支公　黎民表　雨露何私造化工　楊萬里

楚詞已不饒唐勒　李商隱　何以報之青玉案　張　衡

集古

蜀道終須謁鄭公　鄭　昂　而今始得碧紗籠　王　播

祇因誤識林和靖　王莱漪　珠玉會應成咳唾　牛僧孺

集古

曷不走投陳孟公　蘇　軾　文章自足振盲聾　蘇　軾

崚嶒會有風雲氣　黎民表　珠簾繡柱圍黃鵠　杜　甫

集古

正直元因造化工　杜　甫　暮靄朝嵐如白虹　楊　慎

生理祇憑黃閣老 杜甫　臺上霜威淩草木 岑參
集古
秋來欲見紫髯翁 劉豫　人間榮願付苓通 王安石
集古

殺雞未便邀子路 蘇軾　尋山但可如康樂 黎民表
集古
天馬何須問塞翁　乞火無人作蒯通 杜牧
集古

冬

靜對仙人騎白鹿 黃哲　欲爲聖明除弊政 韓愈
集唐
仍隨軒后駕蒼龍 黃哲　肯銷兵甲事春農 杜甫

曲閣牽風入楊柳 陳子升　能以忠貞酬重任 白居易
集喬主　集唐
銀池引水種芙蓉 陳子升　肯銷兵甲事春農 杜甫

集唐

欲減煙花饒俗世　趙　璜　　可憐故國三千里
敢謂衰弱付强宗　羅　隱　　更隔蓬山一萬重　李商隱

集唐

豈謂盡煩回紇馬　杜　甫　　曾於太白峯前住　白居易
何如驚起武侯龍　韓　偓　　會向瑤臺月下逢　李　白

集唐

文章高韻傳流水　李　玖　　雨露初承青紙詔　白居易
行止堅貞比澗松　黃崇嘏　　旌旆長繞綵霞峯　錢　起

集唐

水爲絃管松爲蓋　李咸用　　下藥遠求新熟酒　張　籍
雲想衣裳花想容　李　白　　步虛時上最高峯　秦　系

繖蓋低垂金翡翠　白居易　　欲向蛟龍覓雲雨　蘇　軾

集唐

麝薰微度繡芙蓉　李商隱

青山缺處月初上　陸游

集宋

野菊開時酒正濃　歐陽修

樵柯爛盡棋方劇　陸游

集宋

野菊開時酒正濃　歐陽修

有子才如不羈馬　蘇軾

集古

知君官屬大司農　李頎

鐘鼎山林各天分

文章爾雅稱吾宗　蘇軾

集宋

故將霜雪換形容　陸游

君王別繪麒麟閣

集古

先生莫負琉璃鍾　趙必瑑

初學水仙騎赤鯉　王安石

集古

仍隨軒后駕蒼龍　黃哲

忽見伯時畫天馬　蘇軾

集古

仍隨軒后駕蒼龍　黃哲

豈無軒車駕熟鹿　蘇軾

集古

祇合深山作卧龍　辥能

靈運子孫俱得鳳 蘇軾　敢謂詩書非閥閱 李東陽
集古　集古
李膺門館爭登龍 杜甫　故將霜雪換形容 陸游

右丞才子王摩詰 楊慎　薄有文章傳子弟 李東陽
集古　集古
南國詞人陸士龍 韓翃　故將霜雪換形容 陸游

養竹不除當路筍 貫休　絲管每隨淮水月 陳子升
集古　集古
結茅常愛住雲松 楊慎　旌旆長繞綵霞峯 錢起

未必柳間無謝客 吳融
集古
定從床底拜梁松 蘇軾

江

集東坡
小窗虛幌相嫵媚　蘇　軾
珍禽瑰產爭牽扛　蘇　軾

集宋
吾子幾時歸鳳閣　王禹偁
何人得雋窺魚矼　蘇　軾

集東坡
參軍新婦覺相敵　蘇　軾
魏徵封倫憾不雙　蘇　軾

集宋
終閉玉關辭馬武　蘇　軾
直傳單騎馘王雙　劉　敞

集唐
細水浮花歸別浦　韓　偓
暗風吹雨入寒窗　元　稹

集宋
移家但有四立壁　黃庭堅
載酒眞將百斛艭　陸　游

集唐
同心梔子休誇豔　雍　陶
並蒂芙蓉總是雙　杜　甫

集明
萬里關河明落照　顏　宣
一天鳧雁共秋江　錢　宰

披扇當年解溫嶠　蘇　軾

古琴彈罷風生座　蘇　軾

集宋
養生不復問王江 蘇轍
溪風送雨過秋寺 張泌
集古
古徑穿雲到石窗 李東陽
萬國雲霞開壽域 宋宛
一天鳧雁共秋江 錢宰
風吹落葉塡空井 劉長卿
雲擁春流入遠江
細水浮花歸別浦 韓偓
高雲隨雁渡長江

集古
詩草成時月滿江 楊慎
雙樹爲家思舊壑 楊巨源
集古
兩鳧相倚睡秋江 黃庭堅
萬戶樓臺臨渭水 崔灝
一竿風月釣桐江
芳草綠遮仙尉宅 韋莊
集古
麯塵紅映辥濤窗 楊慎
回望白雲生翠巘 蘇軾
集古
自調綠綺背紅窗 宋元

幾縷炊煙恆繞屋　陸　來　四塞山河歸版籍

集古

一枝梅影正橫窗　陸　游　五天龍象護經窗　梅堯臣

山童隔竹敲茶臼　柳宗元　玉樓冰簟鴛鴦錦

集古

老儒投筆謝書窗　劉　敞　瑤席珠簾玳瑁窗

老妻畫紙爲棋局　杜　甫　水之江漢星之斗

集古　集古

翠娥持燭侍吟窗　梅堯臣　慶在家庭譽在邦　王安石

黃土築牆茅蓋屋　揭傒斯　故人從軍在右輔　韓　愈

集古　集古

霜氣侵帷月瞰窗　楊　慎　重臣分陝殿南邦　張以甯

萬國煙花隨玉輦　李　白　薄有文章傳子弟　李東陽

集古

五天龍象護經窗　梅堯臣　　早知憂樂繫家邦

敢謂詩書非閥閱　李東陽　　隋堤風月三千里

早知憂樂繫家邦　　樂府鴛鴦七十雙　楊慎

坐覺風雷生謦欬　蘇軾　　天上麒麟原有種　明太祖

早知憂樂繫家邦　　斗南人物應無雙

坐看蕉葉題詩句　　玉室金堂餘漢士　蘇軾

集古

多種桃花照酒缸　　黃笙藤枕夢吳艭　袁宏道

有興不愁詩韻險　牟融　　安得千金遺侍者　文茂

集古

壯心甯受酒杯降　　直欲一口吸老龐　蘇軾

終閉玉關辭馬武　蘇軾　　已攀若木爲華表　丁鶴年

集古　　集古

卻掩禪扉對老龐　楊慎　　閑讀仙書倚翠幢　馬戴

楹聯集韻卷之上

湖上常　麟仙珊輯　　恩鑾校字

支

況當霽景涼風後　白居易　　欲求摩詰一轉語　蘇軾
集香山　　集東坡
正是登山臨水時　白居易　　卻愛韋郎五字詩　蘇軾

但令上將揮神筆　李商隱　　欲求公瑾一囷米　蘇軾
集義山　　集東坡
會共山翁把酒卮　李商隱　　卻愛韋郎五字詩　蘇軾

不知庾嶺三年別　蘇軾　　玉奴絃索花奴手　蘇軾
集東坡　　集東坡
惟欠梅花一首詩　蘇軾　　蜀人文賦楚人詞　蘇軾

趙叟近聞還印綬 蘇軾　君平且莫下簾帷 蘇軾　集東坡

蝶銜紅蕊蜂銜粉 李商隱　枝鬬纖腰葉鬬眉 韓琮　集唐

載酒數呼狂客醉 李東陽　負暄終抱野人私 李東陽　集西涯

閒倚屏風笑周昉 元稹　枉將心地託牢之 孫元晏　集唐

禪室宜從雲外賞 張說　樓船直向鏡中移 劉憲　集唐

城隅綠水明秋日 李白　門外青山似舊時 李頎　集唐

謝尚自能鸜鵒舞 李白　誌公偏賞麒麟兒 李山甫　集唐

人世幾回傷往事 劉禹錫　勞生何處是閒時 杜牧

言詩幸遇明公許 左偃

共說元規惟愛月

集唐

採藥惟教道者知

不學潁川空使酒　王維

集唐

也知光祿最能詩　嚴武

莫道謝公方在郡　韋應物

集唐

也知光祿最能詩　嚴武

空懷濟世安人略　劉禹錫

集唐

塗改清廟生民詩　韓愈

叔孫禮樂蕭何律　杜甫

集唐

高適歌行李白詩　貫休

集唐

也知光祿最能詩　嚴武

百年不惜千回醉　翁綬

集唐

長日惟消一局棋　李遠

欲滅煙花饒俗世　趙璜

集唐

安排雲雨費新詞　繁知一

有酒惟澆趙州土　李賀

集唐

何人更立智瓊祠　劉禹錫

隴禽有意猶能說　吳融

集唐

海鷗何事更相疑　王維

莫道風流無宋玉 韓偓　西走咸陽東遼水 區大相

集唐　閒尋任俠報袁絲 吳融
集明　左攜青童右瑤姬 黎遂球

下國卧龍空悟主 溫庭筠　上究天文下地理 黎民表

集唐　中原得鹿不知誰 齊己
集明　左攜青童右瑤姬 黎遂球

自種黃花添野景 謝伯初　綠窗朱戶圖書滿 胡儼

集宋　細傾白墮賦新詩 陸游
集古　紅泉翠壁薜蘿垂 錢起

寶帳香中卧韓壽 楊慎　問羊獨怪方平在 蘇軾

集明　靈巖山下弔西施 陳子升
集古　射虎曾聞李廣奇 楊慎

四塞山河歸版籍 高啟　著書合稱崔亭伯

集明

兩河父老望旌旆 歐大任　擊筑誰知高漸離 黎明表

集古

復有樓臺搖暮景 杜甫　祗誇相國知韓信 陳第
獨攜風月作新知 晁沖之　終恐君王怒偃師 李商隱

集古

街西借宅常臨水 韋應物　作客又驚三月暮 朱琳
堦下埋盆便作池 陸游　論交已悔十年遲

集古

香山居士畱遺跡 蘇軾　誰解乘舟尋范蠡 溫庭筠
金粟如來是本師 劉禹錫　欲師老圃問樊遲 蘇軾

集古

宋玉羅含俱有宅　高横自勵嚴顏節 楊愼
商彝周鼓眞吾師 錢思復　搖落深知宋玉悲 杜甫

偷來香麝薰周史　陳子升　　莫憂世事兼身事　韓　愈

集古

不用黃金鑄牧之　　懶欲今時似昔時

身如倦鳥還無定　　爲問莫愁能度曲　陳子升

集古

家似浮雲任所之　戎　昱　　也知光祿最能詩　嚴　武

朱門漫設三杯酒　陸　游　　自是遠公偏好客　陳　璉

集古　　集古

玉洞遥探五色芝　韋應物　　也知光祿最能詩　嚴　武

澗邊黃葉自秋色　周式南　　但見元暉曾拆簡　秦　觀

集古　　集古

門外青山似舊時　李　頎　　也知光祿最能詩　嚴　武

笙歌到處疑三月　曹　唐　　他日試尋王粲宅　蘇　軾

集古　人物他年記一時　蘇　軾　　集古　無人解說鮑家詩

有客能歌丞相柏　無名氏　　鸜鵒未知歸客醉　許　渾

集古　無人解說鮑家詩　　集古　海棠猶待老夫詩　陳與義

且欲近尋彭澤宰　崔　曙　　芳草有情皆礙馬　羅　隱

集古　不妨還作輞川詩　蘇　曙　　集古　海棠雖好不吟詩

三尺焦桐七條線　李山甫　　憾無揚子一區宅　蘇　軾

集古　五言宮體六朝詩　楊　慎　　集古　下盡羊曇兩路棋　李　郢

自有風流堪證果　　欲求公瑾一囷米　蘇　軾

集古　將除習氣不吟詩　蘇　軾　　集古　下盡羊曇兩路棋　李　郢

四塞山河歸版籍　高啟
集古
中原父老望旌旂　趙孟頫

積德已是三世種　蘇軾
集古
辨才須待七年期　白居易

閉戶自爲千歲計　劉克莊
集古
辨才須待七年期　白居易

偏請玉容歌白雪　方干
集古
醉移銀燭寫烏絲　陸游

偏請玉容歌白雪　方干

自言官長如靈運　蘇軾
集古
敢有文章替左司

應逢學士修花史　陳子升
集古
曾共山翁把酒巵　李商隱

誰向江湖懷北闕　何喬新
集古
更將絃管醉東籬　岑參

一身作客如張儉
集古
到處逢人說項斯　楊敬之

今朝有客稱何尹　陳同

集古 正圍紅袖寫烏絲 黃庭堅　集古 到處逢人說項斯 楊敬之

縱酒欲謀良夜醉 杜甫　綠棹紅船舞澎湃 蘇軾

集古 負暄終報野人私 李東陽　集古 琳宮貝闕相透迤 黎民表

水清石出魚可數 蘇軾

集古 蝶黃花紫燕相追 梁簡文帝

微

沽酒獨教陶令醉 蘇軾　將隨羽節朝朱闕 陸龜蒙

集東坡 畫圖尚覺周昉肥 蘇軾　集唐 復見金輿出紫微 李邕

貧憐范叔猶塵甑 李東陽　呼兒登山收橡實 張籍

輿比王猷祇布衣　李東陽　　與客攜壺上翠微　杜牧
集西涯　　集唐
但將酩酊酬佳節　杜牧　　九華道士渾如夢　杜荀鶴
集唐　　集唐
閒倚欄干望落暉　元稹　　五柳先生自識微　司空圖
近郭亂山橫古渡　郎士元　　晨搖玉佩趨溫室　權德輿
集唐　　集唐
野煙喬木弄斜暉　羅隱　　夕捧天書拜瑣闈　王維
龍銜寶蓋承朝日　盧照鄰　　我欲因之夢吳越　李白
集唐　　集唐
蝶繞花枝戀晚暉　權德輿　　君今何處訪庭闈　杜甫
綵筆昔曾干氣象　杜甫　　空懷濟世安人略　劉禹錫
集唐　　集唐
文昌新入有光輝　白居易　　未肯平蕪淺草飛　高越

流水帶花穿巷陌 韋莊
遠風吹雨入巖扉 胡宿 集唐

何用獨尋方外去 韓翃
果然奪得錦標歸 盧肇 集唐

萬井樓臺疑繡畫 李山甫
五陵裘馬自輕肥 杜甫 集唐

君王別繪麒麟閣 李
御史新裁錦繡衣 王佐 集明

莫愁前路無知己 高適
曾向長生說息機 李白 集唐

暮雲捲雨日初落 孫一元
秋草滿城人未歸 劉儼 集明

白絹斜封三道印 盧仝
綵雲新換六銖衣 韋莊 集唐

萬戶笙歌連落日 李時行
千家山郭靜朝暉 杜甫 集古

繞籬野菜飛黃蝶 長生佐輔

百斛珍珠瀉秋露 馬賁

采唐

隔水殘霞見畫衣 曹　唐

千家山郭靜朝暉 杜　甫

集古

抗疏共看任伯雨 賀萬祚

寶帳香中臥韓壽

題詩空憶謝元暉

水晶宮裡見江妃 丁鶴年

有井獨名賈太傅 李東陽

三家五家村舍出 劉　儼

集古

何人敢和謝元暉

八月九月蘆花飛 張志和

集古

聖代卽今多雨露 高　適

巖廊不日升周旦 楊　愼

集古

詞林從此有光輝 孫　蕡

帷幄無人用岳飛 陸　游

集古

聖代卽今多雨露 高　適

園林到日酒初熟 伍　喬

集古

歸人猶自念庭闈 蘇　軾

池館無人燕學飛 謝伯初

柳嫩桑柔鴉欲乳 晁補之
菊黃蘆白雁初飛 沈宇

集古
食肉未爲何點累 梁有譽
畫圖尚覺周昉肥 蘇軾

集古
時人盡怪蘇司業 蘇軾
才子當今劉孝威 韓翃

集古
佳人已屬沙吒利 王銳
才子當今劉孝威 韓翃

四野有歌行路樂 辥能

裴度歸來惟縱酒 楊愼

集古
沈郎清瘦不勝衣 蘇軾
嶺上晴雲披絮帽 蘇軾

集古
月中清露點朝衣 李德裕
湖上屢停千里櫂 王佐

集古
月中閒搗萬家衣 劉方平
金瑣闕邊辭黼座 陸

集古
玉清壇上著霓衣 劉禹錫
長疑好事皆虛事

楹聯集韻　卷上

集古　八方無事詔書稀　李昉　又脫生衣著熟衣　白居易

集古　萬里悲秋常作客　杜甫

三年無日不思歸　蘇軾

魚

近館應逢沈道士　韓翃　薦賢屢有山公啟　黎民表

集君平　論詩定事謝中書　韓翃　集瑤石　下筆偏窺左史書　黎民表

載筆已齊周內史　韓翃　金貂再入三公府　武元衡

集君平　論文獨見沈尚書　韓翃　集唐　紫鳳朝銜五色書　司空曙

且與揚雄說奇字　蘇軾　不逢蕭史休回首　李商隱

應怪中郎得異書　蘇軾

集東坡

壯士不言三尺劍　李頎
男兒須讀五車書　杜甫

集唐

空傳季布千金諾　皮日休
應爲劉侯一紙書　皇甫田

集唐

三尺焦桐七條線　李山甫
一莊水竹數行書　姚合

集唐

稍喜臨邊王相國　杜甫
未面西川張校書　元稹

集唐

爲說虞卿久著書　段成式

集唐

聖代卽今多雨露　高適
少年爲事要舒徐　元稹

集唐

盡日無人疑悵望　羅隱
暫時分手莫躊躇　高適

集唐

遠出從人宜謹愼　元稹
暫時分手莫躊躇　高適

集唐

此去且隨彭蠡雁　何景明
還來共食武昌魚　孫蕡

集明

便啟軒窗臨絕壁徐尊生　半榻茶煙新雨後

集明

閒攜燈火讀遺書陳循　一溪春漲午晴初宋槔

自揀新詩教鸚鵡　論別自驚千里外高適

集古

便同爾雅注蟲魚蘇軾　讀書最愛四更初

豈謂盡煩回紇馬杜甫　試玉要燒三日候白居易

集古

何須不食武昌魚　讀書最愛四更初

滿地綠陰新雨後閔珪　聖代也知無棄物羅隱

集古

小闌花韻午晴初司空圖　人間猶有未燒書

半榻茶煙新雨後　共疑楊惲非鋤豆蘇軾

集古
一簾香霧午晴初 閔珪
爲說虞卿久著書 段成式

五色宮袍千歲酒 李東陽
諫草焚來應見史

集古
一莊水竹數房書 姚合
黃金散盡爲收書

壯士不言三尺劍 李頎
蝶銜紅蕊蜂銜粉 李商隱

集古
拾遺曾奏數行書 杜甫
集古
花滿清樽月滿裾 毛以煃

黃土築牆茅蓋屋 揭奚斯
但見文翁能化俗 杜甫

集古
白日耕田夜讀書 盧肇
集古
可憐短簿翻成疎 曾幾

世上幾多難了事 鄒

人間猶有未燒書

楹聯集韻卷之上

湖上常　麟仙珊輯　恩鑾校字

虞

時聞雷雨驚樵客　黃　滔
長向煙霞作野夫　黃　滔
集文江

陶潛自作五柳傳　蘇　軾
潘門畫入三峯圖　蘇　軾
集東坡

旅館未知聞蟋蟀　劉　商
郵筒不解獻茱萸　劉　商

江上青山橫絕壁　蘇　軾
水中明月卧浮圖　蘇　軾
集東坡

會當洗眼看膳　蘇　軾
直恐終身走道塗　蘇　軾
集東坡

奏賦昔誇楊得意　楊　慎
歸家猶憶李金吾　楊　慎
集升庵

但見文翁能化俗 杜甫　直掛雲帆渡滄海 李白

集唐　　　　　　　　集唐

可知甯子解佯愚 白居易　得歸茅屋赴成都 杜甫

祇謂陶潛猶抱病 錢起　萬卷藏書宜子弟 黃庭堅

集唐　　　　　　　　集宋

可知甯子解佯愚 白居易　滿堂坐客皆葫蘆 蘇軾

詞客漫陳三酹酒 洪州將軍　莫笑元郎自呼漫 秦觀

集唐　　　　　　　　集古

玉皇親授五靈符 李九齡　可知甯子解佯愚 白居易

祇待風塵報天子　自愛菌芝同雨露 歐大任

集唐　　　　　　　　集古

莫指仙山示武夫 裴度　敢令松菊久荒蕪 杜甫

千里山河輕孺子 羅隱　即遣帆檣無沮滯 李東陽

集唐
幾囘書札老潛夫 杜甫
翠浪舞翻紅罷亞 蘇軾
香風吹老碧蘼蕪
集古
品茶得交陸鴻漸 楊愼
腰笏不煩何易于 蘇軾
集古
壯士不言三尺劍 李頎
王孫善保千金軀 杜甫
集古
綠蟻行觴九闌醒 楊愼
紫皇親授五靈符 李九齡

集古
敢令松菊久荒蕪 杜甫
豈爲詩書非閥閱 李東陽
集古
敢令松菊久荒蕪 杜甫
但使閭閻能揖讓 杜甫
集古
始知城市有江湖 李東陽
欲就麻姑買滄海 李商隱
集古
不覺知章乞鏡湖 耶律履
千里山河歸版籍 姜立綱
集古
十年踪跡徧江湖 胡隆

集古

萬井樓臺疑繡畫　李山甫
一樽風雨對江湖　李攀龍

集古

江上柳營迴鼓角　鮑溶
案頭鈎管長蒲盧　韓偓

集古

金貂再入三公府　武元衡
沙雁排成八陣圖　區大相

集古

四面常時對屏障　元稹
滿堂坐客皆葫蘆　蘇軾

集古

遊山更著幾緉屐　蘇軾
負笈空藏五嶽圖　梁有譽

集古

南華老子空談白　李東陽
東郭先生且濫竽

集古

有酒惟澆趙州土　李春吉
求官不事霍家奴　高啟

集古

未許相如還蜀道　蘇軾
不隨老阮醉黃壚　耶律履

伯仲之間見伊呂　杜甫

功名未必讀孫吳 蘇軾 集古

齊

明月好同三徑夜 白居易　沈香幅底鴛鴦夢 李德 集古
綠波流作萬年溪 方干　琱璹筵前翡翠棲 白居易

豈有張芝惟起草 賈躭　芙蓉帳裡鷫蘭滿 蘇蘊 集古
何須平子更安題 秦觀　琱璹筵前翡翠棲 白居易

電眉虎齒霹靂舌 蘇軾　勸我試求三畝宅 蘇軾 集古
玉鞍金鐙驊騮蹏 齊己　羨君新上九霄梯 韋莊

豈有文章驚海內 杜甫　一川秀色明花柳 蘇軾

總無筵館近瀼西　張鷟　　萬竈春煙暖鼓鼙　楊慎　（集古）

佳

千秋鴻寶呈金鑑　林傑　　近郭亂山橫古渡　郎士元

一道蟬聲噪御街　李洞　　（集唐）滿庭修竹間疎槐　杜牧

東風不與周郎便　杜牧　　說與傍人渾不識

（集唐）野水偏傷宋玉懷　李羣玉　　（集宋）誰信先生無此懷　蘇軾

溪風送雨過秋寺　張佖　　鬼工雷斧琉璃古　宋濂

（集唐）庭竹移陰就小齋　李紳　　（集明）明窗淨几風月佳　錢宰

野船著岸偎春草　朱慶餘　　翰林風月三千首　楊慎

集唐 落葉添薪仰古槐 元稹　集明 漢苑娉婷十二釵 黎邦瑊

蒲薦松牀亦香滑 蘇軾　黃金可成河可塞 蘇軾

小庭幽圃絕清佳　集古 慶雲爲馭天爲階 詹同

隋堤風月三千里　白下有山皆繞郭 高適

漢苑娉婷十二釵 黎邦瑊　集古 青雲自致不須階 劉潛

與子共飽鯨魚飯　且貪原獸輕黃屋 錢起

爲君譬向鳳凰釵　集古 錯認盤龍到綠階 梁祐逵

金莖可飲芝可啄 黃哲　重嘶匹馬吟紅葉 許渾

集古 慶雲爲馭天爲階 詹同　集古 錯認盤龍到綠階 梁祐逵

卻來俯仰失千劫　蘇軾
力以壺觴固百骸　皮日休
集古

解襟顧影各箕踞　蘇軾
築臺臨水巧安排

欲爲聖明除弊政　韓愈
可無書札寫離懷　王安國
集古

能以忠貞酬重任　白居易
可無書札寫離懷　王安國
集古

欲滅煙花饒世俗　趙璜
盡拘風月入詩懷　朱淑眞
集古

偶因明月清風夜　白居易
欲放三春兩日懷　陳子升
集古

古今不捲江山畫　張養浩
歲月都將麯糵埋　辛棄疾
集古

懷舊空吟長遂賦　劉長卿
誅茅新搆小書齋　金涓

楹聯集韻卷之上

湖上常　麟仙珊輯　恩鑾校字

灰

離別不堪無限意　杜甫
安危須仗出羣材　杜甫
集少陵

庚翼已能窺帝室　羅隱
費禕終是負仙才　羅隱
集江東

承歡侍宴無閒暇　白居易
攬衣推枕起徘徊　白居易
集香山

莫對黃鵮誇爪嘴　蘇軾
空令饑鶴啄莓苔　蘇軾
集東坡

雪膚花貌參差是　白居易
珠箔銀屏迤邐開　白居易
集香山

刻燭共題三徑菊　區大相
放歌獨上九成臺　區大相

高吟大醉三千首　鄭　谷
粉壁長廊數十間　竇　鞏
集唐

雲中採藥隨青瑣　李　端
石上題詩掃綠苔　白居易
集唐

腰間盡解蘇秦印　汪　鐸
江上徒逢袁紹杯　杜　甫
集唐

傍人錯比揚雄宅　杜　甫
吏道何須賈誼才　錢　起
集唐

黑水澄時潭底出　白居易
白雲飛去洞門開　賈　島
集唐

聖代即今多雨露　高　適
謫居猶得住蓬萊　元　稹
集唐

門前墜葉浮秋水　皇甫田
巖畔古碑生綠苔　許　渾
集唐

鄉思不堪悲橘柚　譚用之
謫居猶得住蓬萊　元　稹
集唐

垂竿已羨磻溪老　高　適

水枕能令山俯仰　蘇　軾

託乘還徵鄴下才　賈曾　集唐
已教丞相開東郭　刁衎　集宋
閒伴諸儒老曲臺　蘇洵
人得交遊是風月　黃庭堅　集宋
天教桃李作輿臺　蘇軾
花如解語還多事　集宋
客有可人期不來
對酒先拚今夕醉　藍仁　集明
有懷能向幾人開　貢悅

片心高與月徘徊　范仲淹　集宋
金鼎丹成龍亦化　蘇軾　集古
碧山波暖雁初回　羅鄴
終閉玉關辭馬武　蘇軾　集古
須言陋巷有顏回　朱灣
飛鳥亂隨波上下　李東陽　集古
風船解與月徘徊　蘇軾
鴻鵠鷃鵬鵰鶚鶻　鄧林　集古
枇杷橘栗桃李梅

欲上青天覽明月　李　白　　禪室從來雲外賞　張　說

集古

劈開翠峽走風雷　蘇　軾　　瓊樓應傍月中開　傅若金

集古

風前屢挹浮邱袂　黎民表　　白雲舊有歸山約　蘇　軾

集古

江上徒逢袁紹杯　杜　甫　　春風又見野花開　李時行

返照入江穹石壁　杜　甫　　江月不隨流水去

集古

晴霞浮樹落仙杯　李時行　　燈花應爲好詩開　陳與義

二十四橋明月夜　杜　牧　　八面涼風生戶牖　孫　蕡

集古

百千萬樹梨花開　無上宮道人　　一家終日在樓臺　元　稹

縱酒欲謀良夜醉　杜　甫　　十里長亭聞鼓角　蘇　軾

集古
有懷能向幾人開　貢悅
一家終日在樓臺　元稹

集古
萬卷藏書宜子弟　黃庭堅
碧瓦朱闌照山谷　蘇軾

集古
一家終日在樓臺　元稹
紫梨紅棗墜莓苔　喻鳧

集古
四塞山河歸版籍　高啟
招賢已從商山老　賈曾

集古
滿城煙樹擁樓臺　張翥
作賦還多鄴下才　黎民表

集古
緩歌漫舞凝絲竹　白居易
眞訣自從茅氏得　李白

集古
紫苞紅萼裏池臺　劉英
新詩似對惠休裁　楊愼

集古
三千賓客總珠履　杜牧
試問山中爲宰相　張合問

集古
四百峰巒拱玉臺　黃哲
卻從雲裏望蓬萊

秋草獨尋人去後 劉長卿　水清石出魚可數 蘇軾
集古
夕陽長共雁飛來 黃庭堅　樹老巢空鶴不來

階蟻相逢如偶語　草鋪斜日六七里 呂巖
集古
文禽無事等閒來 王安國　手種青松三萬栽 蘇軾

故國依然喬木在 蘇軾
集古
無人不道看花來 劉禹錫

眞

肯與鄰翁相對飲 杜甫　許邁有妻還墓道 蘇軾
集少陵　集東坡
必逢佳士亦寫眞 杜甫　陶潛無酒亦從人 蘇軾

輕舟弄水買一笑　蘇軾
棄書捐劍學萬人　蘇軾
集東坡

欲向君王乞符竹　蘇軾
戲呼稚子整冠巾　蘇軾
集東坡

但有清才對風月　蘇軾
戲呼稚子整冠巾　蘇軾
集東坡

猶喜故人先折桂
必逢佳士亦寫眞　杜甫
集唐

筵前春色應須惜　岑參

有緣有相非因佛　羅隱
傾國傾城不在人
集唐

浮名浮利濃如酒
傾國傾城不在人
集唐

相逢相見還如夢　元稹
傾國傾城不在人
集唐

去國已辭趨府伴　朱慶餘
到鄉翻似爛柯人　劉禹錫
集唐

投轄暫停留酒客　杜牧

集唐
曲裡歌聲不厭新 謝偃　到鄉翻似爛柯人 劉禹錫

集唐
芳草有情皆礙馬 羅隱　解拈玉牒排新句 元稹

集唐
梔子同心好贈人　暗擲金錢卜遠人 于鵠

集唐
驚風亂颭芙蓉水 柳宗元　檳榔滿把能消酒 韓翃

集唐
落日更見漁樵人 杜甫　鸚鵡嫌籠解罵人 李山甫

集唐
誰知野性眞天性 鄭谷　懷舊空吟長遂賦 劉禹錫

集唐
不薄今人愛古人 杜甫　論文還比聚星人 韋莊

集唐
萬里悲秋常作客 杜甫　金印碧幢如見問 崔塗

集唐
十年養士得何人 劉洞　雕弓白羽不離身 竇鞏

放鶴去尋三島客
集唐
取琴應拂一牀塵　李　中

振錫曉尋三徑草　吳　融
集唐
取琴時拂一牀塵　李　中

竊攀屈宋宜方駕　杜　甫
集唐
曾把文章謁後塵　牛僧孺

頻招兄弟同佳節　李昌符

曾把文章謁後塵　牛僧孺

但將酩酊酬佳節　杜　牧

明月好同三徑夜　白居易
集唐
瑞煙輕罩一團春　李山甫

異石盡含千古秀　羅　鄴
集唐
瑞煙輕罩一團春　李山甫

銀燭樹前長似晝　韋　莊
集唐
青氈帳裡暖如春　白居易

明月好同三徑夜　白居易
集唐
奇花常占四時春　羅　鄴

主人有酒歡今夕　李　頎

集唐

曾把文章謁後塵　牛僧孺

腹中貯書一萬卷　李　頎

集唐

酒肆藏名四十春　李　白

漁陽老將多迴席

集唐

魯國諸生莫問津　李咸用

地占百灣都是水

集唐

家無四壁不知貧

遷鶯賀燕翩翩集　朱　祁

集宋

盧橘楊梅次第新　蘇　軾

集唐

郎君得意及新春　楊汝士

張載勒銘堪作戒　楊　德

集宋

陶潛無酒亦從人　蘇　軾

叔夜養生休著論　王禹偁

集宋

陶潛無酒亦從人　蘇　軾

家藏玉唾幾千卷　謝　逸

集宋

夢成羅帕一雙珍　曾　幾

旋呼白鶴爲童子　黎民表

集明

祇許青山作主人　陳子壯

共怪書生能破的 蘇軾　但將酩酊酬佳節 杜牧
集古
必逢佳士亦寫眞 杜甫　聊與煙霞作主人 李夢陽
集古

郡人重得黃丞相 劉禹錫　欲過叔度留終日 蘇軾
集古
鄉友爭迎賀季眞 徐尊生　從此蕭郎是路人
集古

四塞山河歸版籍 高啟　暫來仔細窺行客 王仁裕
集古
三朝名譽動星辰　知向江湖拜散人 蘇軾
集古

但見文翁能化俗 杜甫　欲滅煙花饒世俗 牟融
集古
不妨綺季未稱臣 萬泰　故應主客作詩人 蘇軾
集古

且欲近尋彭澤宰 崔曙　能安陋巷無如我 李東陽

不妨長作嶺南人 蘇軾　集古　直到花間始見人 朱灣

青山有約常當戶 蘇軾　集古　懷舊空吟長邃賦 劉禹錫

江月何年始照人 李白　集古　還家今作渡江人 高啟

獨在異鄉爲異客 王維　集古　到門不敢題凡鳥 王維

從來佳茗似佳人 蘇軾　集古　叩戶時聞請藥人 陸游

若教解語能傾國 羅隱　集古　能安陋巷無如我 李東陽

任是無香亦可人 梁持勝　集古　不把金鍼度與人 元好問

祇緣造物偏留意 梁持勝　集古　幸逢堯舜無爲日

任是無情也動人 羅隱　清似羲皇以上人

水之江漢星之斗　蘇軾
舌有風雷筆有神　蘇軾
集古

但見文翁能化俗　杜甫
直緣毛椽欲私親　王安石
集古

鐃歌卽是廣長舌　董其昌
山色豈非清淨身　蘇軾
集古

蠹簡久藏蝌蚪字　蘇軾
松餐非復稻粱身　王仁裕
集古

香山居士畱遺跡　蘇軾

公業有田常乏食　蘇軾
陳遵投轄正畱賓　駱賓王
集古

萬里雲山俱稅駕　李東陽
數家煙火自爲鄰　朱灣
集古

七月星河人出塞　陳子龍
數家煙火自爲鄰　朱灣
集古

窗前綠竹生空徑　李頎
門外青山是舊鄰　李東陽
集古

身兼妻子都三口　白居易

集古
金粟如來是後身 李白

生希李廣名飛將
死有要離與卜鄰 陸游

集古
若向青山談世事 蘇軾
莫辭黃綬拂行塵 紀唐天

集古
久拋松菊猶細事 蘇軾
曾把文章謁後塵 牛僧孺

集古
曾經滄海難爲水 元稹
開到梅花又是春

集古
家託煙波作四鄰 陸游

能安陋巷無如我 李東陽
開到梅花又是春

集古
黃鐘大呂在東序 杜甫
翠蓋朱軒臨上春 楊愼

明月好同三徑夜 白居易
扁舟歸釣五湖春 蘇軾

人間化鶴三千歲 黃庭堅
酒肆藏名四十春 李白

夜雨長添三尺水　陸游
集古　奇花常占四時春　羅鄴

擢第早年同座主　楊慎
集古　蒞官今日是州民　張籍

異石盡含千古秀　羅鄴
集古　清香先得五峰春　曾鞏

秦地山河歸內史　黎民表
集古　陸家兄弟是州民　劉禹錫

清風明月本無價
集古　野草幽花各自春

金縷機中拋錦字　劉禹錫
集古　水晶宮裡約朱輪　陸

不逢蕭史休回首　李商隱
集古　莫向長沮更問津　蘇軾

百寮班列趨丹陛　鄭谷
集古　萬國朝宗拜紫宸　宋訥

穎陽道士青霞客　歐陽修

聖代即今多雨露　高適

錦里先生烏角巾　杜　甫　　餘生何以謝陶甄　李東陽

集古　集古

文

古人今人若流水　李　白　　破膽爭傳司馬喻　艾　穆

集青蓮　集秋甫

秦山楚山皆白雲　李　白　　建毛今領水犀軍　艾　穆

載筆已齊周內史　韓　翃　　叔孫禮樂蕭何律　杜　甫

集君平　集唐

比鄰自識卞田君　韓　翃　　嵇康琴酒鮑昭文　李羣玉

直以精誠昭上下　李東陽　　且盡綠醽消積憾　紀唐夫

集西涯　集唐

豈無功澤比風雲　李東陽　　會於青史見遺文　溫庭筠

綵毫還擬圖韓幹　楊　慎　　且就洞庭賒日色　李　白

翠被何妨覆鄂君楊　慎　聊持寶劍動星文王　維 集升庵 集唐

帳殿宜從畫裡出劉　憲　越國封疆吞碧海

笙歌豈合世間聞　漢家宮殿拂青雲羅　隱 集唐

風格祗應天上有李羣玉　帶雨晚駝鳴別戍

笙歌豈合世間聞　隔花幽犬吠深雲張　說 集唐

且喜江山得康樂錢　起　蝶銜紅蕊蜂銜粉李商隱

枉抛心力畫朝雲元　稹　魚在深泉鳥在雲項　斯 集唐

莫道風流無宋玉韓　偓　誰知野性眞天性鄭　谷

枉抛心力畫朝雲元　稹　雖在青雲憶白雲鄭　畋 集唐

應將筆硯隨詩士 白居易
惟許英雄共使君 崔塗 集唐

載筆已齊周內史 韓翃
當罏仍是卓文君 李商隱 集唐

才子舊稱何水部 韓翃
詩家今得鮑參軍 楊巨源 集唐

豈有蛟龍愁失水 李商隱
欲將書劍學從軍 溫庭筠 集唐

遺草一函歸太史 劉禹錫

紫氣上干牛斗域
赤霄新起鳳凰羣 黎民表 集明

垂老桓公重出塞 顏絳
依人王粲漫從軍 岑徵 集明

筆陣煙雲王逸少 楊愼
酒旂山郭杜司勳 朱茂曙 集明

釣竿欲拂珊瑚樹 杜甫
書契忽見蝌蚪文 張道洽 集古

共說馬卿常抱病

集唐 詔書五道出將軍 王維　　集古 獨憐支遁最能文 陸璉

蠹簡久藏蝌蚪字 蘇軾　　水爲絃管松爲蓋 李咸用

集古 石闌倒壓玻璃紋 張昰　　集古 山上茶煙衣上雲 陳子壯

四塞山河歸版籍 高啟　　薦衡昔日知文舉 杜牧

集古 百神奔走會風雲 蘇軾　　集古 載酒無人過子雲 蘇軾

薄有文章傳子弟　　高樹鳥呼低樹鳥 董澐

集古 豈無功澤比風雲 李東陽　　集古 南山雲起北山雲 白居易

擬把犂鋤從許子 王守仁　　東澗水流西澗水 白居易

集古 枉拋心力畫朝雲 元稹　　集古 入山雲笑出山雲 董澐

中原人物思王猛 趙孟頫
集古
何日公卿屬范雲 周孚

鴻文繡出千花錦 王建
鼇背高瞻五色雲

謝家池上生春草
江令筵前擘綵雲 楊慎

磨出一錠兩錠墨 宋詩
時飄三點五點雲 徐石麟

勸我試求三畝宅

銀管瑤函開麗日
層樓高棟入青雲 李東陽

雲間東嶺千峰出 張說
集古
樹裡春泉百道分 樊鵬

畫閣朱樓相掩映
靈芝瑤草爭芳芬

才大古來難適用 蘇軾
集古
人生何處不離羣 李商隱

賒酒願逢顏特進 陳子升

羨君別上九霄雲

禁火不逢廉叔度 楊慎
集古
當罏仍是卓文君 李商隱

館娃宮裡尋西子 楊慎
集古
青翰舟中有鄂君 韓翃

踠履數從圯上老 蘇軾
集古
緘書先報武夷君 黎民表

投卷終從管城子 黃公度
集古
緘書先報武夷君 黎民表

集古
當罏仍是卓文君 李商隱

蠻府參軍趨傳舍 韓翃
集古
掖垣老吏識郎君 蘇軾

誰解乘舟尋范蠡 溫庭筠
集古
不妨停蓋謁匡君 黎民表

生理祇憑黃閣老 杜甫
集古
封書誰識洞庭君 黎民表

長籌未必輸孫皓 李商隱
集古
翠被何妨覆鄂君 楊慎

浮家卻羨鴟夷子 韓无咎
集古
繡被猶堆越鄂君 李商隱

縫衣付與栗陽尉 蘇軾
集古
買絲繡作平原君 李賀

安得千金遺侍者 文茂
不可一日無此君

明月有情方照我
碧山如畫又逢君

載筆已齊周內史 韓翃

黃河曲渚通千里 沈
集古
綸巾羽扇揮三軍 蘇軾

江夏肯容禰處士 鄭善夫
霸亭誰畏李將軍 駱賓王

橫欄尚稱瞞相國 張文潛
運租期有謝將軍 陳子升

水之江漢星之斗
集古
鶴作精神松作筋 蘇軾

莫道風流無宋玉

集古

論文今對鮑參軍 楊慎　祇將科第惜劉蕡 李東陽

元

集東坡

落霞孤鶩俱千里 蘇軾

月地雲階漫一樽 蘇軾

集升庵

金馬碧雞王褒賦 楊慎

瑤光玉彩郗生昆 楊慎

集西涯

盡有精靈禪海嶽 李東陽

早將經濟許乾坤 李東陽

集唐

直掛雲帆到滄海 李白

閒看遊騎獵秋原 雍陶

集大年

窮河直至星宿海 徐尊生

披褐偶來金馬門 徐尊生

集唐

獨在異鄉爲異客 王維

每見故人思故園 方干

孔雀行窮鸚鵡樹 楊慎

但須鸑鷟巢阿閣 李商隱

集升庵　集唐
貔貅初散鳳凰門　楊慎　　長有龍蛇守洞門　黃滔

送我獨遊三蜀路　韋莊　　漢兒盡作胡兒語　司空圖

集唐　集唐
羨君不入七貴門　張謂　　烈士思酬國士恩　杜牧

蝶銜紅蕊蜂銜粉　李商隱　　滿地白雲關不住　戴叔倫

集唐　集唐
山當屏風石當門　吳融　　一潭明月釣無痕

黃鶴樓中吹玉笛　李白　　人間易得芳時憾　韓偓

集唐　集唐
鳳凰池上泛金樽　李紳　　身賤難忘知己恩　郭震

千古春風開不盡　高駢　　萬本梅花爲我壽　陳與義

集唐　集宋
一潭明月釣無痕　　半瓶濁酒待君溫　蘇軾

四塞山河歸版籍 高　啟　　鶯聲半入新豐樹 黄　閏

集明　集古

百年身世任乾坤 程本立　　馬首頻窺灞水園 區大任

錦箏彈盡鴛鴦曲 顧德輝　　祇因誤識林和靖

集明

翠靨光浮琥珀痕 湯亂勛　　已報生禽吐谷渾 王昌齡

誰人得似張公子 杜　牧　　自吟白雪詮詞翰 劉禹錫

集古

惜君不識顏平原　　買得黄牛教子孫 蘇　軾

欲就麻姑買滄海 李商隱　　麒麟作脯龍爲膾 白居易

集古　集古

還如司馬卧文園 孫　蕡　　萊菔生兒芥有孫 蘇　軾

清泉或戲蛟龍窟 沈傳師　　文章有神交有道 杜　甫

集古
怪樹獨臥桄榔園 蘇軾　　檳榔生子竹生孫 蘇軾

罾子非爲十日飽 蘇軾　　尚有一區揚子宅

集古
羨君不入七貴門 張謂　　誰爭五里謝公墩 沈貞

譽兒須是兩翁癖 蘇軾　　欲就麻姑買滄海 李商隱

集古
羨君不入七貴門 張謂　　全勝子美在羌村 楊慎

窗前綠竹生空地 李頎　　胸中壯氣猶須遣 白居易

集古
城外青溪出洞門 薩都刺　　世上浮名何足論

天末樓臺橫北固 楊蟠　　身如倦鳥還無定

集古
日高琴瑟在朱門 何景明　　名似浮雲何足論 白居易

萬井樓臺疑繡畫　李山甫
集古
百年身世任乾坤　程本立

三峽樓臺淹日月　杜　甫
集古
百年身世任乾坤　程本立

敢謂詩書非閥閱　李東陽
集古
不將名字掛乾坤　丁元和

薄有文章傳子弟
不將名字掛乾坤　丁元和

莫把山林笑城市　蘇　軾

薄有文章傳子弟
早將經濟許乾坤　李東陽

獨抱遺經究終始　韓　愈
集古
偶逢傳札念晨昏　戴　鱀

幾樹好花開白晝　吳　融
滿庭芳草怨黃昏

愁逐野雲銷不盡　張　佖
集古
事如春夢了無痕　蘇　軾

四海車書尊正朔　崔日用

不將名字掛乾坤　九重綸綍煥新恩　萬嵩

鱸魚斫膾輸張翰　鄭谷　自吟白雪詮詞翰　劉禹錫

銅鼓飛雲羨馬援　集古　久與青山約弟昆　蘇軾

寒

細毡淨几讀文史　蘇軾　集東坡　鴛鴦瓦冷霜華重　白居易　集唐

月斧雲斤斲肺肝　蘇軾　蝦蟆更促海濤寒　張蠙

青鞋布襪弄雲水　蘇軾　集東坡　微風似覺秋香滿　呂溫　集唐

月斧雲斤斲肺肝　蘇軾　帶雨方知國色寒　羅隱

漢家大將須楊僕　貝瓊　欲就麻姑買滄海　李商隱

海內蒼生望謝安　貝瓊
還如謝眺在長安　李白　集庭琚　集唐

風送竹聲過枕簟　劉兼
孤高甚弄桓伊笛　杜牧

月移花影上闌干　無名氏
邂逅甯彈貢禹冠　牟融　集唐　集唐

臉似芙蓉胸似玉　白居易
芳草有情皆礙馬　羅隱

神如秋水氣如蘭
碧桃何處更驂鸞　辥逢　集唐　集唐

千古絲綸分國事　裴翻
千村萬落生荊杞　杜甫

滿城桃李屬春官　劉禹錫
百步九折縈巖巒　李白　集唐　集唐

旁人錯比揚雄宅　杜甫
越人自貢珊瑚樹　張謂

此客空彈貢禹冠　許渾
內府頻頒瑪瑙盤　杜甫　集唐　集唐

集唐

紅稻不須鸚鵡啄 陸游　　煙開鼇背千尋碧 劉禹錫
青山忽作龍蛇盤 蘇軾　　弓抱蛾眉一片寒 陳子壯

集明　　集古

河陽使者求溫造 高啟　　軍令未聞誅馬謖 李商隱
海內蒼生望謝安 貝瓊　　治功不獨照韋丹 秦觀

集明　　集古

漢家大將須楊僕 貝瓊　　客久獨憑三尺劍 張鉞
天下蒼生憶謝安 高啟　　霜高初染一林丹

集明　　集古

千里芙蓉迎劍舄 李攀龍　　正平獨肯從文舉 蘇軾
百年父老見衣冠 高啟　　鑿齒非徒對道安 陳子白

但將酩酊酬佳節 杜牧　　欲就麻姑買滄海 李商隱

集古
長共松杉守歲寒　蘇軾
閒倚屏風笑周昉　元稹

集古
自分圍棋老謝安　黃克纘
中朝駙馬何平叔　韓翃

集古
北宋詞人李易安
汝南遺老推黃憲
天下蒼生憶謝安　高啟
汝南遺老推黃憲
海內蒼生望謝安　貝瓊

集古
故迎王母到長安　尹耕
四塞山河歸漢闕　陳子龍

集古
六州番落從戎鞍　辥逢
煙浮柳色侵緗帙　區大相

集古
月移花影上闌干　無名氏
風捲潮聲喧島嶼　李言恭

集古
月移花影上闌干　無名氏
露引松香來酒盞　劉

集古
月移花影上闌干　無名氏

流水帶花穿巷陌 韋莊
天風吹月上闌干 蘇軾
集古

草木總非前度色 曹唐
典型留與後人看 蘇軾
集古

舊書頗解藏三篋 歐大任
惡竹終須斬萬竿
集古

能以忠貞酬重任 白居易
且將名字動微官 李東陽
集古

櫪下驊騮嘶鼓角 耿湋
門前鳥雀避旌竿 楊慎
集古

梁氏夫妻爲寄客 劉禹錫
漢家昆弟屬郎官 黎民表
集古

蝶銜紅蕊蜂銜粉 李商隱
水繞柴門竹繞闌 王端
集古

萬國雲霞開壽域 宋琬
滿城桃李屬春官 劉禹錫
集古

草木盡能酬雨露

萬國雲霞開壽域 宋琬

集古　文章還復富波瀾　蘇軾　　集古　百年禮樂屬春官　楊繼盛

萬井樓臺疑繡畫　李山甫　　草茅肯顧揚雄宅　楊慎

集古　百年父老見衣冠　高啟　　集古　邂逅甯彈貢禹冠　牟融

三峽樓臺淹日月　杜甫　　何人爲續嵇康傳　楊慎

集古　百年父老見衣冠　高啟　　集古　此客空彈貢禹冠　許渾

中官催賜葡萄酒　孫蕡　　珠簾繡柱圍黃鵠　杜甫

集古　漢使何勞獬豸冠　張謂　　集古　畫幕金泥搖綵鸞　司馬才仲

楚臣最惜茳蘺草　黎民表　　聖代即今多雨露　高適

集古　漢使何勞獬豸冠　張謂　　集古　文昌新構滿鵷鸞　蘇軾

此語常聞退之說　蘇軾
集古
昔年高接李膺歡　張繼

紫氣上干牛斗域
集古
青山忽作龍蛇盤　蘇軾

刪

仕道固應慚孔孟　蘇軾
集東坡
故鄉無此好湖山　蘇軾

大隱何曾棄簪組　蘇軾
集古
故鄉無此好湖山　蘇軾

綠窗朱戶圖書滿
集古
秃襟小袖鵾鵬盤　蘇軾

雲中採藥隨青鎖　李端
竹裡行廚洗玉盤

雙猊蟠礎龍纏棟　蘇軾
集東坡
古木參天亭倚山　蘇軾

春回柳眼梅鬚裡　陸游
集放翁
身在千峰百嶂間　陸游

春回柳眼梅鬚裡 陸游
詩在林逋魏野間 陸游
集放翁

天子預開麟閣待 岑參
相公新破蔡州還 韓愈
集唐

幕府久傳司馬法 歐大任
丈人終憶洞庭山 歐大任
集崙山

豈有文章驚海內 杜甫
且無宗黨在朝班 顧非熊
集唐

漁陽老將終迴席 劉長卿
甪里先生自閉關 溫庭筠
集唐

兩卷道經三尺劍 呂巖
半潭秋水一房山 李洞
集唐

明月自來還自去
空門無住亦無關
集唐

萬樹琪花千圃藥 曹唐
半潭秋水一房山 李洞

邸第樓臺多氣象 沈佺期

千樹桃花萬年藥 元稹

集唐

暮年詞賦動鄉關 杜甫

半潭秋水一房山 李洞

集唐

三尺焦桐七條線 李山甫

秋水纔添四五尺 杜甫

集唐

半潭秋水一房山 李洞

輕舟已過萬重山 李白

集唐

萬卷奇書千日酒 胡宿

遍請玉容歌白雪

集唐

半潭秋水一房山 李洞

高懸銀榜照青山 元稹

集唐

八陣新書五略法 崔峒

煙花已入鸕鷀港 漁元枧

集唐

半潭秋水一房山 李洞

雨雪猶飛鴻雁山 崔湜

集唐

水之江漢星之斗

蝶銜紅蕊蜂銜粉 李商隱

集唐

清如冰雹重如山 辥能

鶴愛孤松雲愛山 汪遵

萬井樓臺疑繡畫 李山甫　卷中新句誠堪喜 李中

集唐　集唐

五溪衣服共雲山 杜甫　世上浮名好是閒 岑參

山河沓映春雲外 武元衡　功名富貴若長在 李白

集唐　集唐

樓閣參差落照間　天地日月如等閒 盧仝

豈有文章驚海内 杜甫　眞林散帳開新座 秦觀

集唐　集宋

莫添波浪在人間　古柏參天礙遠山 韓琦

知愛魯連歸海上 楊巨源　未成小隱聊中隱 蘇軾

集唐　集宋

更生賈島在人間　不問山間與水間 趙

胸中壯氣猶須遣 白居易　春回柳眼梅鬚裡 陸游

身外浮名終是閒 集唐 岑參　人在蓬壺閬苑間 集宋 秦觀

萬竿修竹千叢菊 邵昇連　一徑蘭苕鳴翡翠

一點征帆九面山 集明 戴笠　五溪衣服共雲山 集古 杜甫

夜月屢傾燕市酒 李延興　客路最能消日月 項斯

春風不度玉門關 集古 王之渙　故鄉無此好湖山 集古 蘇軾

前列青編後赤籙 楊慎　遊子每傷新歲月

朝旋百鎰暮千鍰 蘇軾　故鄉無此好湖山 集古 蘇軾

上究天文下地理　黃土築牆茅蓋屋 揭奚斯

朝旋百鎰暮千鍰 集古 蘇軾　清風弄水月銜山 集古 蘇軾

十年人事空流水　黃　潛
一夜鄉心滿舊山　蘇　軾　集古

好種甘棠三百樹　李東陽
安得廣厦千萬間　杜　甫　集古

五色宮袍千歲酒　李東陽
半潭秋水一房山　李　洞　集古

長疑好事皆虛事　李山甫
始信人間是夢間　王　樞　集古

誰人得似張公子　杜　牧
惜我不識元魯山　蘇　軾　集古

天襯樓臺籠苑外　韓　偓
風飄鐘磬落人間　楊　蟠　集古

野寺最宜紅葉後　王　寅
黃河遠上白雲間　王之渙　集古

紫氣正當天北極　尹　耕
朱衣祇在殿中間　杜　甫　集古

聘君名跡江湖外　李東陽
但經春色還秋色　李山甫

集古　處士風流水石間　蘇軾　集古　不問山間與水間　趙

集古　半天月色樓臺上　陳子升　集古　盡日無人疑悵望　羅隱

集古　兩郡風流水石間　蘇軾　集古　有時經雨更幽嫻　潘從哲

集古　一院有花春晝永　李昉　集古　薑新鹽少茶初熟　蘇軾

集古　五營無戰射堂間　辥能　集古　柳軃鶯嬌花欲殷　岑參

集古　臺閣山林本無異　蘇軾　集古　水清石出魚可數　蘇軾

集古　天地日月如等閒　盧仝　集古　柳軃鶯嬌花欲殷　岑參

楹聯集韻卷之上終

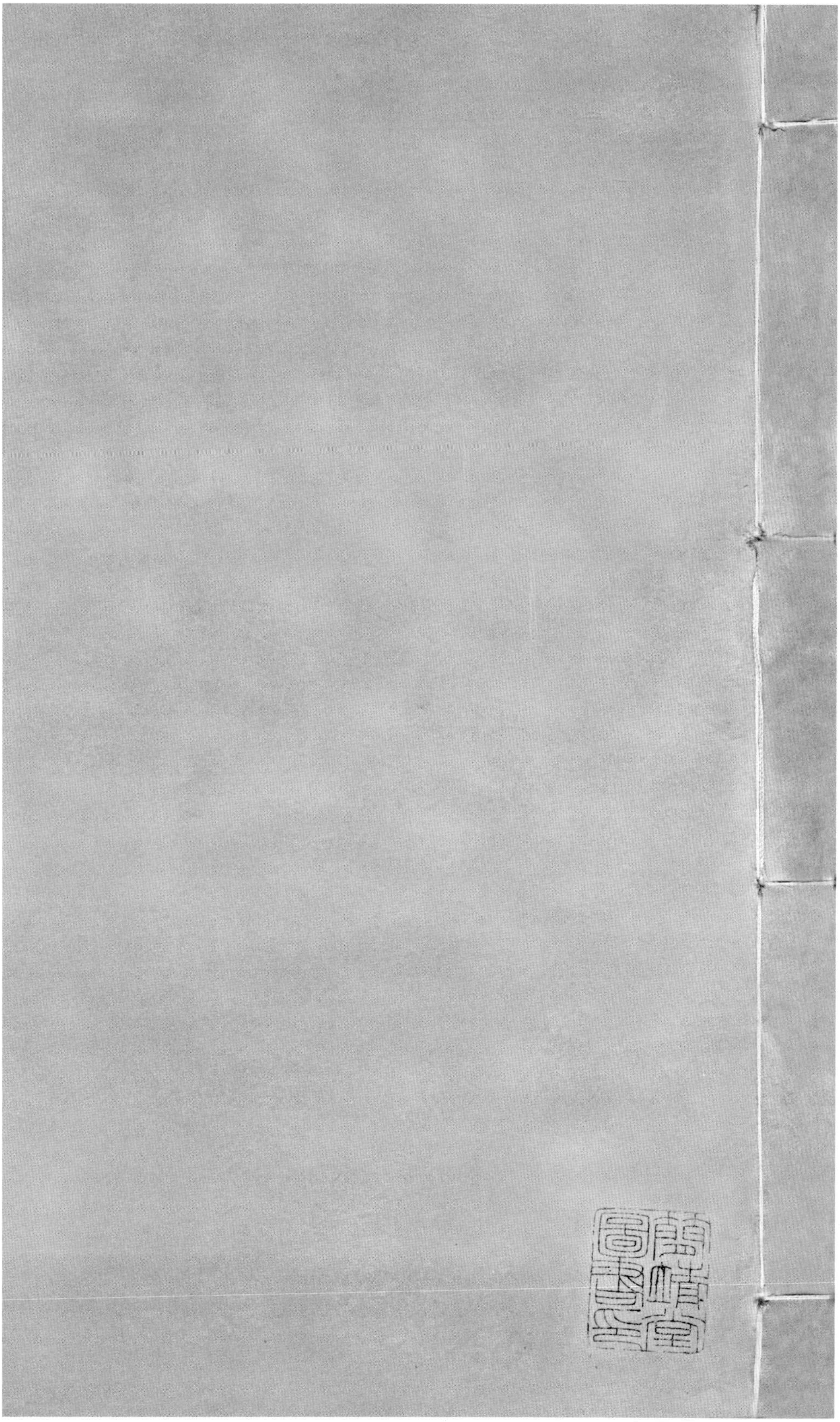

楹聯集韻卷之下

湖上常　麟仙珊輯　　恩鑾校字

先

成佛莫教靈運後　蘇軾
著鞭當在祖生先　蘇軾
集東坡

那堪黃散付子度　蘇軾
不似楊枝別樂天　蘇軾
集東坡

會與江山成故事　蘇軾
莫將詩酒趁流年　蘇軾
集東坡

肯爲徐郎書紙尾　蘇軾
不作太白夢日邊　蘇軾
集東坡

差勝嵇康養王烈　蘇軾
恰如通德伴伶玄　蘇軾
集東坡

玉帳銀牀初破睡　蘇軾
飲酒食肉自得仙　蘇軾
集東坡

吾國舊供雲夢米 蘇軾
此花原屬玉堂仙 蘇軾
集東坡

坐覺風雷生謦欬 蘇軾
盡將錦繡裹山川 蘇軾

新使早占唐李部 李東陽
謝官方慕漢韋賢 李東陽
集西涯

豈有精靈禪海嶽 李東陽
要看詞賦滿山川 李東陽
集西涯

半榻茶煙新雨後

聞道鵷鴻滿臺閣 蘇軾
盡將錦繡裹山川 蘇軾
集東坡

綠棹紅船舞澎湃 蘇軾
金羈玉鐙相迴旋 蘇軾
集東坡

已向江山開壽域 李東陽
更將箕斗問星纏 李東陽
集西涯

天河近向懷中瀉 黎民表
鳥道翻從掌上懸 黎民表
集瑤石

身逐片雲歸夢澤 羅鄴

數聲漁笛晚風前 集唐 二
心隨明月到胡天 集唐 皇甫冉

落花不語空辭樹 白居易
下國臥龍空悟主 溫庭筠

明月無情覺上天 集唐
今朝放鶴且沖天 集唐 劉禹錫

蝶銜紅蕋蜂銜粉 李商隱
閉戶著書多歲月 王維

魚在深潭鶴在天 集唐 劉禹錫
舉杯欲飲無管絃 集唐 白居易

蜃噓琴霧作樓閣
水鳥帶波飛落日 崔峝

鳥弄歌聲雜管絃 蘇頲
溪禽同石立寒煙 集唐 杜荀鶴

窗銜西嶺千秋雪 集唐 杜甫
流水聲中視公事 崔峝

雲起鑪峰一柱煙 來鵬
綠楊深處有人煙 集唐 武元衡

松排山面千重翠 白居易
樹出湖東幾點煙 曹鄴 集唐

鶴戀故巢雲戀岫 劉禹錫
花籠微月竹籠煙 元稹 集唐

一片彩霞迎旭日 楊巨源
千條金線帶春煙 施肩吾 集唐

相思相見知何日 李白
多病多愁負少年 張泌 集唐

能以忠貞酬重任 白居易

龍銜寶蓋承朝日 盧照鄰
獸坐金牀吐碧煙 薛逢 集唐

同樂峰前沙似雪 李益
章華臺上草如煙 韋莊 集唐

芳草傍人還易老
古碑橫水莫知年 能皎 集唐

高吟大醉三千首 鄭谷
紫綬金章五十年 薛逢 集唐

不貪夜識金銀氣 杜甫

敢將衰朽惜殘年 韓愈

集唐
無端更渡桑乾水 賈島
可以橫截峨眉巔 李白

集唐
但見文翁能化俗 杜甫
不同懷素祇工顛 賈躭

集唐
詹前下視羣山小 王仁裕
城上憑臨北斗懸 宋之問

集唐
但將酩酊酬佳節 杜牧
眞箇逍遙是謫仙 李咸用

算老重經癸巳年 竇常

集唐
但見臧生能詐聖 白居易
不同懷素祇工顛 賈躭

集唐
知愛魯連歸海上 武元衡
豈同陶令臥江邊 張喬

集唐
天子旌旗過細柳 崔融
單于烽火照甘泉 楊愼

集唐
暫來仔細窺行客 王仁裕
眞箇逍遙是謫仙 李咸用

偶逢曰者將求籙　賈島
靜見樵人恐是仙　集唐

不逢野老求聽法　皮日休
靜見樵人恐是仙　集唐

時聞雷雨驚樵客　黃滔
定有笙歌伴酒仙　白居易　集唐

何須琥珀方爲枕　李商隱
祗道文章不値錢　羅隱　集唐

朝罷須裁五色詔　王維
歸來不把一文錢　張祜　集唐

家無諫草存明代　方干
邑有流亡愧俸錢　韋應物　集唐

英雄割據長已矣　杜甫
古祠高樹兩茫然　溫庭筠　集唐

魚吹細浪搖歌扇　杜甫
燕語春泥墮錦筵　集唐

相邀俠客芙蓉劍　盧照鄰

一壺美酒一罏藥

集唐
重上襄王玳瑇筵
一船明月一竿竹 羅隱
集唐
滿地槐花滿樹蟬 白居易
班位不過楊執戟 李瑞
集唐
風流絶似謝臨川 韓翃
碧紗窗下攜詩草 皮日休
集唐
紅藕花中泊妓船 白居易
芳草遠迷揚子渡 徐鉉
集唐
離人獨上洞庭船 李頻

集唐
滿地槐花滿樹蟬 白居易
佳句已齊康寶月 權德輿
集唐
風流誰繼謝臨川
官職舊參荀祕監 羅隱
集唐
使君誰是謝臨川
佩玉鳴鑾罷歌舞 王勃
集唐
青蛾皓齒在樓船 杜甫
桂嶺雨餘多鶴跡 王維
集唐
潭心日暖長蛟涎 柳宗元

聖人捲上珍珠箔　顧　況
壯士擊折珊瑚鞭　無名氏　集唐

隴禽有意猶能說
江月無心也解圓　集唐

花若有情還悵望　溫庭筠
月如無恨總長圓　集唐

一篇向人寫肝膽　蘇　軾
十年種木長風煙　黃庭堅　集宋

萬古斯文齊岣嶁　蘇　軾
十年種木長風煙　黃庭堅　集宋

佳人已屬沙叱利　王　詵
上客仍攜王子淵　蘇　軾　集宋

背郭貞成浣花屋　程本立
離人獨上汶陽船　邊　貢　集明

去宦莫過彭澤縣　林　常
離人獨上汶陽船　邊　貢　集明

綵毫尚擬圖韓幹　楊　慎

有井獨名賈太傅　李東陽

集明

春草何堪送惠連 李言恭

鶯闈燕閣年三五 楊慎

集古

馬邑龍堆路幾千 皇甫冉

三峽樓臺淹日月 杜甫

集唐

千章杞梓蔭雲天 蘇軾

萬卷詩書銷日月 方太古

集古

千章杞梓蔭雲天 蘇軾

藤稍橘刺疑無路 蘇軾

集古

流水桃花別有天 李亨

集明

遊山況似謝臨川 歐大任

一徑蘭苕鳴翡翠 黎民表

集古

千章杞梓蔭雲天 蘇軾

萬井樓臺疑繡畫 李山甫

集古

千章杞梓蔭雲天 蘇軾

欲滅煙花饒俗世 趙璜

集古

坐看雷雨下諸天 唐應埈

靑山有約長當戶 蘇軾

集古

明月無情覺上天

集古
桂嶺瘴來雲似墨　柳宗元
江南春盡水如天　蘇　軾

集古
紅樹暗藏殷浩宅
錦江祗見薛濤牋　楊維楨

集古
但遣麻姑更爬背　蘇　軾
得見洪厓一拍肩　李商隱

集古
能以忠貞酬重任　白居易
敢將衰朽較前賢　蘇　軾

莫教靈運先成佛

集古
宮錦乍飄青玉案　歐大任
詔書行捧縷金牋　蘇　軾

集古
不逢蕭史休回首　李商隱
爲問洪厓幾拍肩　陳子升

集古
欲爲聖明除弊政　韓　愈
敢將衰朽較前賢　蘇　軾

集古
閒將白雪調蘇小
戴起金貂學董賢　陳子升

江草漫題鸚鵡賦　楊　愼

須信陶潛未若賢 蘇軾
月明葱嶺千秋雪 王安國
集古
雲起鑪峰一柱煙 來鵬
不肯低頭在草莽 李頎
集唐
又能落筆生雲煙 黃庭堅
千尺玉虹橫碧落
一天青露浴紅蓮 楊慎
集古
欲滅煙花饒俗世 趙璜
莫將詩酒趁流年 蘇軾

集古
蜀琴欲奏鴛鴦絃 李白
黃土築牆茅蓋屋 揭傒斯
集古
綠楊著水草如煙 李益
鬢髮暗添巴路雪 元稹
衣裳猶惹御爐煙
吟哦相對忘三伏 蘇軾
集古
綠竹經時即萬年 曹唐
魚戲綠波經十里 歐大任
集古
鶴歸華表已千年

欲減煙花饒俗世 趙璜　集古
大呼鄉友作新年 蘇軾

九枝鐙下開華宴 楊慎　集古
四皓叢中作少年 劉禹錫

故鄉今夜思千里 高適　集古
爲客明朝共十年 于謙

腹中貯書一萬卷 李頎　集古
海上看羊十九年 黃庭堅

汝南去葉未百里　集古
世間如夢又千年 元結

翰林風月三千首 楊慎
吏部文章二百年

家近右軍觴詠地 陸游
人如江左永和年

隋堤風月三千首
吏部文章二百年

肯爲徐郎書紙尾 蘇軾
淨名復有稱摩詰 陳子升

集古
豈同陶令臥江邊　張　喬
蕭何祇解追韓信
安石終能舉謝玄　郭　武
校尉羽書飛瀚海　高　適
集古
單于烽火照甘泉　楊　慎
願得遠公知姓字　盧　綸
集古
祇緣宏景是神仙　康從理
登第昔年同座主　張　籍
集古
滿堂今日看神仙　楊　慎

集古
安石終能舉謝玄　郭　武
聖代即今多雨露　高　適
集古
笠翁先已返林泉　蘇　軾
强爲霽雲能慷慨　傅若金
集古
祇緣宏景是神仙　康從理
張耳有金常結客　黎遂球
集古
劉綱偕室共登仙
江從巴峽初成字　白居易
集古
地近桃源不問仙　李東陽

夢爲蝴蝶因觀化 張文潛
願作鴛鴦不羨仙 盧照鄰

欲上青天攬日月 李白
覺來平地作神仙

集古
何人解佩黃金印 蘇軾
上相閒分白打錢 韋莊

集古
新年已賜黃封酒 蘇軾
上相閒分白打錢 韋莊

集古
平生能著幾緉屐 蘇軾
歸來不把一文錢 張祜

四面雲山誰作主 朱灣
滿江風月不論錢 蘇軾

集古
近無船舫猶聞笛 王安石
祇道文章不值錢 羅隱

集古
庭淺恨無投轄井 李東陽
家貧已用買琴錢 來鵬

將辭鄴下劉公幹 蘇軾
誰人得似張公子 杜牧

還似襄陽孟浩然

集古

金屋瑤筐開寶勝　崔日用
連珠合璧照華筵　楊維楨

集古

水如碧玉山如黛　薛君乘
春有黃鸝夏有蟬　韓琦

集古

絲綸閣下文章靜　白居易
華萼臺中雨露偏　陸粲

集古

薄有文章傳子弟
盡將錦繡裹山川　蘇軾

集古

伴値難呼孟浩然　蘇軾

集古

釣竿欲拂珊瑚樹　杜甫
樽酒重開玳瑁筵　楊慎

集古

半窗紅日半牀夢　陳子壯
滿地槐花滿樹蟬　白居易

集古

敢謂詩書非閥閱　李東陽
盡將錦繡裹山川　蘇軾

集古

人得交遊是風月　黃庭堅
天開幾甸擁山川　何出光

江上柳營迴鼓角　鮑溶
載筆已齊周內史　韓翃

集古
胸中神劍畫山川　馬堯俊
遊山況似謝臨川　歐大任

蝶銜紅蕋蜂銜粉　李商隱
去宦莫過彭澤縣　林常

集古
花滿車茵酒滿船　戴表元
行人又上廣陵船　薩都剌

孤高堪弄桓伊笛　杜牧
紅蒸散霧時侵席　蘇軾

集古
江海兼懷范蠡船　楊慎
白雨跳珠亂入船　杜甫

蘇子作詩如見畫　蘇軾
越人自貢珊瑚樹　張謂

集古
知章騎馬似乘船　杜甫
米家尚在書畫船　莫士安

去宦莫過彭澤縣　林常
窗中明月當琴榻　方干

離人獨上洞庭船 集古 李頻
溪上桃花誤釣船

兩株絕似蕭郎筆 集古 蘇軾
園林再到身猶健 范鎮

十載會輸祖逖鞭 集古 薛始亨
庭戶開時正月圓

看院祗留雙白鶴 白居易
還鄉惟守一青氈 集古 歐大任

蕭

生理祗憑黃閣老 杜甫
近見蕭何成第宅 傅若金

還家初散紫宸朝 集少陵 杜甫
更聞去病最嫖姚 傅若金

鐙火萬家城四壁 白居易
莫道書生無感激

春江一曲柳千條　劉禹錫
不堪人事日蕭條　杜甫
集唐

覺嫌脂粉污顏色　張祜
飯顆山頭逢杜甫　李白
集唐

何必珍珠慰寂寥　梅妃
玉門關外老班超
集唐

欲滅煙花饒俗世　趙璜
但將酩酊酬佳節　杜牧
集唐

恨無消息到今朝　劉禹錫
未有涓埃答聖朝　杜甫
集唐

欲滅煙花饒俗世　趙璜
薄有文章傳子弟　白居易
集唐

自將磨洗認前朝　杜牧
不妨門徑似漁樵　韓偓
集唐

但使閭閻還揖讓　杜甫
綠浪東西南北水　劉禹錫
集唐

不妨門巷似漁樵　韓偓
青城三百九十橋　白居易

綵筆自應修鳳塔 羅鄭　名香竟日薰荀令 陳子升

集唐　集明

屬車無復插雞翹 李商隱　金屋何緣貯阿嬌 陳子壯

城郭新開秦郡縣 解縉　長塗健步猶存馬 陳子升

集明　集古

將軍獨數漢嫖姚 李夢陽　秋日平原好射雕 王維

暮雲空磧堪馳馬 王維　蝴蝶夢中家萬里 崔塗

集古

落日秋原好射雕 陳子升　銅駝路上柳千條

絲綸閣下文章靜 白居易　閒倚屏風笑周昉 元禎

集古　集古

鞍馬塵中歲月消 秦觀　夢當食肉似班超 秦觀

勾漏洞中逢葛令　高士例須憐麯櫱 韓愈

玉門關外老班超

但向蛟龍覓雲雨　蘇軾
任他童穉作漁樵　韋莊

屈原詞賦懸日月　杜甫
許渾身世落漁樵　陸游

集古
誰與王昌報消息
更尋支遁問逍遙　黎民表

未許謝公同隱逸
應憐去病最嫖姚

集古
談王正欲伴漁樵　蘇軾
薄有文章傳子弟　白居易

集古
祗將身跡混漁樵　李東陽
敢謂詩書非閥閱
不妨門徑似漁樵　韓偓

集古
欲向蛟龍覓雲雨　蘇軾
可同鵬鷃論逍遙　歐大任

集古
爲問元戎竇車騎　皇甫冉
自非仙人王子喬

紅樹暗藏殷浩宅
清溪還問謝公橋　歐大任　集古

白雲自占東西嶺
綠水斜通婉轉橋

八千里外狂漁父　陸游
二十年前舊板橋　劉禹錫　集古

百丈遊絲爭繞樹　盧照鄰
一灣流水總依橋　陸來

肴

盡引老妻乘小艇　杜甫
頻來乳燕定新巢　杜甫　集少陵

簽題徧擬書千卷　李東陽
飲啄聊應水一匏　李東陽　集西涯

習隱尚懷田二頃　李東陽
託跡應分鶴半巢　李東陽　集西涯

旋呼歌舞雜諧笑　蘇軾
誰使鑴鑱成凸凹　歐陽修　集宋

敢謂詩書非閥閱　李東陽
集明
獨將心跡寄衡茅　趙　含

里人下道避鳩杖　蘇　軾
集古
開士作窠如鳥巢

壯士不言三尺劍　李
驚禽聊借一枝巢　陸　游

買栽池館恐無地　羅　隱
集古
老愛雲林偏結巢　楊一清

松風瀑布已清絕　蘇　軾

直以雪霜娛晚景　朱　子
集古
細分杞菊入山肴　趙　金

刺使迎門倒皃舄　蘇　軾
集古
開士作窠如鳥巢

才疎正類孔文舉　蘇　軾
集古
茶興又聞楊慕巢　楊　慎

金貂再入三公府　武元衡
集古
野鶴來歸千歲巢　謝　邁

清風明月本無價

集古

鳳雛驥子皆至交　李咸用

但使閭閻還揖讓　杜甫

集古

獨將心跡寄衡茅　趙含

匝地蒼苔鋪翡翠　白玉蟾

集古

一庭紅葉掩衡茅　雍陶

萬里煙波濯紈綺

一峰青翠濕衡茅

鼠肝蟲臂原無擇

桃根土偶徒相嘲　楊慎

集古

鳳雛驥子皆至交　陸游

薄有文章傳子弟　白居易

集古

獨將心跡寄衡茅　趙含

萬卷詩書消日月

一峰青翠濕衡茅

集古

花鬢柳眼各無賴　李商隱

桃根土偶徒相嘲　楊慎

不嫌野外無供給　杜甫

休向旁人作解嘲

老松閱世卧雲壑　蘇軾　　水如碧玉山如黛　薛君乘
集古　　　　　　　　　　集古
籠竹和煙滴露梢　杜甫　　石有蘊靈溪有蛟　楊慎

鄉思不堪悲橘柚　譚用之　　匝地蒼苔鋪翡翠　白玉蟾
集古　　　　　　　　　　　集古
綴枝聊可惜瓠匏　李東陽　　繞簷紅樹織蠨蛸　韋莊

著書不向時流說
集古
癢背怯得仙人抓　蘇舜欽

楹聯集韻卷下

湖上常　麟仙珊輯　恩鑾校字

豪

門壓紫垣高綺樹　李紳
地臨滄海接靈鼇　李紳
集公垂

待向蛟龍乞雲雨　蘇軾
敢將駑馬並英豪　蘇軾
集東坡

蠹簡久藏蝌蚪字　蘇軾
劍鋒新瑩鸊鵜膏　蘇軾
集東坡

陌上兒童知姓字　李東陽
海邊魚鳥識旌旄　李東陽

賢如阮籍惟耽酒　李東陽
貴識王祥有佩刀　李東陽
集西涯

九天日月開黃道
萬國珪璋擁赭袍　杜牧
集唐

欲上青天攬日月　李白　　鐵馬慣牽邀上客　曹唐

集唐　　集唐

終歸大海作波濤　唐宣宗　　儒冠列侍映東曹　韓愈

先生有才過屈宋　杜甫　　九天閶闔開宮殿　陳陶

集唐

指揮若定失蕭曹　杜甫　　萬古雲霄一羽毛　杜甫

九天日月開宮殿　王維　　歌詠每添詩酒興　杜牧

集古　　集唐

萬古雲霄一羽毛　杜甫　　文章分得鳳凰毛　元稹

荆棘不當車馬道　薛逢　　但使閭閻能揖讓　杜甫

集唐　　集古

文章分得鳳凰毛　元稹　　敢將駑馬並英豪　蘇軾

一身盡是黃金甲　明太祖　　三月風光生碧草　楊慎

集古

萬條垂下綠絲絛　賀知章

櫪上驊騮嘶鼓角

海邊魚鳥識旌旄　李東陽

欲求南京一勺水　蘇軾

會見錢塘八月濤　李洞

仕道固應慚孔孟　蘇軾

集古

指揮若定失蕭曹　杜甫

杜宇啼時三月暮

集古

菖蒲花發五雲高　元稹

集古

九重春色醉仙桃　杜甫

我是夢中傳綵筆

集古

朕與先生解戰袍　明太祖

誰解乘舟尋范蠡　溫庭筠

集古

未應舉臂辭盧敖　蘇軾

歸鞍競帶青絲籠　王維

集古

內府初嘗赤棗餻　高啟

石湖也似西湖好　范成大

集古

青雲不及白雲高

戎馬不如歸馬逸 杜甫　千門經緯聯簪履 黎遂球
雲臺爭似釣臺高　萬古雲霄一羽毛 杜甫

轆轤自轉蟾蜍步 黎遂球　十年嶺海雙龍劍 李時行
陣略閒收虎豹韜 吳　萬古雲霄一羽毛 杜甫 集古

天上欃槍端可掃 陸游　白傳閒遊空誦句 蘇軾
穴中螻蟻豈能逃 明太祖 集古　廉頗老去自遺囊 楊慎 集古

歌

諸公尚守和戎策 陸游　三霄寶月懸青樠 楊慎
壯士邊傳入塞歌 陸游 集放翁　千尺長虹臥錦波 楊慎 集升菴

青天行月溪行水 楊 愼
醴泉有源芝有科 楊 愼
集升菴

非關使者徵求急 杜 甫
聞道故人相識多 李 頎
集唐

九天閶闔開宮殿 王 維
六國樓臺豔綺羅 李商隱
集唐

九天日月開閶闔 陳 陶
六國樓臺豔綺羅 李商隱
集唐

欲就麻姑買滄海 李商隱
會隨織女渡天河 劉禹錫
集唐

遙憶美人隔湘水 岑 參
安得壯士挽天河 劉禹錫
集唐

壺觴須就陶彭澤 皇甫冉
勳業終歸馬伏波 杜 甫

料得也應憐宋玉
不知何處弔湘娥
集唐

等是有家歸未得

北極朝廷終不改 杜 甫

不知經世復何如 李商隱
江南煙景復如何 皇甫冉

集唐
去日兒童皆長大 竇和尚
近來人事半消磨 賀知章

集唐
紫閣丹臺分照耀
金枝翠旗相蕩摩

集明
明月在天天在水
青嶂俯樓樓俯波 貢使

集古
題橋未展相如志 李中
扣角會聞甯戚歌 姜

官滿便尋垂釣侶 來鵬
詩清都爲飲茶多

自許將軍回白日 楊慎
安得壯士挽天河 杜甫

集古
獨騎瘦馬踏殘月 蘇軾
安得壯士挽天河 杜甫

集古
獨留太白配殘月 蘇軾
曾隨織女渡天河 劉禹錫

佩玉鳴鑾罷歌舞 王勃　欲就麻姑買滄海 李商隱

集古
朱甍畫棟逼星河 黎民表　誰將壯士挽銀河 李東陽

半幅御羅題錦字 木涇　五色黼函開玉座 王逢

集古
千條香燭照銀河 宗徹　千條香燭照銀河 宗徹

萬國煙花隨玉輦 李白　流水帶花穿巷陌 韋莊

集古
千條香燭照銀河 宗徹　醴泉和雨落巖阿 孫蕡

茅土豈能忘尚父 仲殊　家醞滿瓶書滿架

金式猶堪鑄伏波 楊慎　醴泉有源芝有科 楊慎

舞榭歌臺臨道路 楊載　柳條楡莢弄顏色 黃庭堅

珊瑚玉樹交枝柯　韓　愈
集古
珊瑚玉樹交枝柯　韓　愈

安得青絲絡駿馬　蘇　軾
山色未能忘宋玉
集古
剔開紅燄救飛蛾　張　祜
天花會不著維摩　楊　慎
集古

誰知野性真天性
聞有胡僧住太白　岑　參
惹得詩魔助睡魔　齊　己
集古
好隨蘇子老東坡　蘇　軾

沂水絃歌重會點　蘇　轍
詩句亂隨青草發　張　繼
中原父老望廉頗
集古
手香新喜綠橙搓　蘇　軾

麻

何當共翦西窗燭　李商隱
誰與王昌報消息　李商隱

集義山
豈宜重問後庭花　李商隱
惟教宋玉擅才華　李商隱

欲向君王乞符竹　蘇軾
憑仗幽人收艾納　蘇軾

集東坡
强隨舉子踏槐花　蘇軾
强隨舉子踏槐花　蘇軾

但遣詩人歌杕杜　蘇軾
幽人自重千頭橘　蘇軾

集東坡
强隨舉子踏槐花　蘇軾
遠客來尋百纈花　蘇軾

欲求摩詰一轉語　蘇軾
雄心欲搏南澗虎　蘇軾

集東坡
且飲盧仝七碗茶　蘇軾
陣勢頗學常山蛇　蘇軾

帳中辯士秦犀首　陳子升
帳中辯士梁犀首　陳子升

集喬生
戟下將軍漢虎牙　陳子升
門下材官漢虎牙　陳子升

越人自貢珊瑚樹　張　謂
天馬常銜苜蓿花　鮑　溶　集古

步月怕傷三徑蘚　李　中
任人來看四時花　集唐

鶯藏密葉宜新霽　權德輿
鳳吐流蘇帶晚霞　盧照鄰　集唐

歌韻每添詩酒興　杜　牧
管絃長奏綺羅家　集唐

欲滅煙花饒俗世　趙　璜
剩栽桃李學仙家　劉　商　集唐

願得遠公知姓字　盧　綸
惟教宋玉擅才華　李商隱　集唐

已有孔明傳將略　韋　莊
惟教宋玉擅才華　李商隱　集唐

長怕嵇康乏仙骨　曹　唐
惟教宋玉擅才華　李商隱　集唐

雖有園林供海畔　顧非熊

且就洞庭賒月色　李　白

集唐
更無書札到京華　杜甫

集唐
近郭亂山橫古渡　郎士元
小橋流水接平沙　劉兼

集唐
流水聲中視公事
白雲深處寄生涯　司空圖

集宋
趙子吟詩如潑水　蘇軾
相君談易更名家　胡銓

王孫辨作元眞子　蘇軾
義士今無古押衙　王詵

集唐
每依南斗望京華　杜甫

集唐
羨君不入五侯宅　張謂
奉使虛隨八月槎　杜甫

集宋
旋遣廚人挑薺菜　劉克莊
閒看兒童捉柳花　楊誠齋

蘇子作詩如見畫　蘇軾
相君談易更名家　胡銓

集明
水驛山橋四五里　鄭昂
竹籬茅舍兩三家　劉唐

集明
銀燭燒殘空有夢 沈瓊蓮　玉樹歌殘猶有曲 曾棨
錦帆歸去已無家 曾棨　青樓雲渺定誰家

集古
刻燭共題三徑菊 黎民表　移竹已抽三尺筍 蔡道憲
任人來看四時花　任人來看四時花

集古
平地忽成三尺雪 陸游　放鶴去尋三島客
任人來看四時花　解貂曾對五陵花 歐大相

集古
幾度聽雞歌白日 白居易　何當共剪西窗燭 李商隱
十年爲客負黃花 陳師道　不堪重聽後庭花 陳子升

碎剪金英塡作句 遼道宗　但經春色還秋色 李山甫

集古
光搖銀海眩生花　蘇軾
未信桃花勝菊花　秦觀

集古
黃葉接籬收藥草　方岳
獨騎瘦馬踏殘月　蘇軾

集古
青旗沽酒趁梨花　白居易
閒與仙人掃落花

集古
笑倚清江看雲樹　錢宰
自鋤明月種梅花

隔岸有橋皆賣酒
春城無處不飛花　韓翃

集古
誰凭闌干賞風月　蘇軾
新開林壑駐煙霞　歐大相

集古
待向蛟龍乞雲雨　蘇軾
新開林壑駐煙霞　歐大相

集古
三徑薜蘿同杖履　黎民表
九原珠翠似煙霞　李山甫

遍請玉容歌白雪　方干
未須金管勸流霞　嚴一鵬

集古

諸葛大名垂宇宙　杜　甫　　不學漢臣栽苜蓿

閟宮遺像鎖煙霞　黎民表　　但畱何點在煙霞　蘇　軾

集古

絳節有時還入夢　辥　逢　　白下有山皆繞郭　高　啟

清明無客不思家　高　啟　　客中無日不思家　蘇　軾

集古

雪山童子應前世　劉禹錫　　萬里悲秋常作客　杜　甫

天竺禪師有故家　蘇　軾　　十年持節未歸家　于　謙

集古

鳳管學成知有籍　劉禹錫　　共喜鵷鸞歸禁籞　蘇　軾

錦帆歸去已無家　曾　棨　　剩栽桃李學仙家　劉　因

長與春風約今日　蘇　軾　　古木陰中藏洞府　畱先宗

集古

不知秋思在誰家 王建

鷺羽鳳簫參樂曲

集古

寒山影裏見人家 崔峒

上國別來頻入夢 楊慎

集古

玉池金井屬仙家 楊慎

寒溪本自遠公社 蘇軾

集古

故園歸去已無家

蜃作三山虹作道 黎遂球

集古

古巷猶傳謝傅家 李時行

爲憑何遜休耽句 李商隱

集古

花爲四壁船爲家

强爲霽雲能慷慨 傅若金

集古

長笑劉伶不識茶 耶律楚才

人間尚有崔羅什 李商隱

集古

惟教宋玉擅才華 李商隱

莫道風流無宋玉

集古

世上今無楊子華 蘇軾

要須博物似張華 傅子容

集古

終閉玉關辭馬武 蘇軾
誰倚名園鬬麗華 黎民表

盡將田宅借鄰伍
且共棲萼閱歲華 李東陽

畫閣朱樓相掩映
銀鞍繡轂成繁華 王勃

集古

多謝珠璣來座右 羅願
更無書札到京華

近郭亂山橫古渡 郎士元
小橋流水漾晴沙

集古

欲就麻姑買滄海 李商隱
擬從勾令覓丹砂 徐禎卿

詞客漫陳三爵酒 洪州將軍
麻姑會駐五雲車 蔡元厲

集古

已無船舫猶聞笛 王安石
豈必珍珠始是車 李商隱

百丈深潭數魴鯉 蘇軾

天上佳期逢跨鳳

集古
一泓海水分龍蛇 楊慎　雲間細路躡飛蛇 蘇軾

花當洞口春長在 曹唐　閒倚屏風笑周昉 元稹

集古
簾捲枝頭日未斜 歐大任　空吟冰柱憶劉乂 蘇軾

杖藜曉入千花塢 蘇軾　觀書已獲千秋鏡 蘇軾

集古
奉使虛隨八月槎 杜甫　奉使虛隨八月槎 杜甫

登臺未買千金駿 李東陽　尋山猶廢幾緉屐 陸游

集古
奉使虛隨八月槎 杜甫　奉使虛隨八月槎 杜甫

浪生溢浦千重雪 來鵬

集古
風靜天河八月槎 王安國

楹聯集韻卷之下

湖上常　麟仙珊輯　恩鑾校字

陽

返照入江穿石壁　杜甫
疏松隔水奏笙簧　杜甫
集少陵

萬里憶歸元亮井　李商隱
重帷深下莫愁堂　李商隱
集義山

盧子不妨從若士　蘇軾
汲黯獨自輕張湯　蘇軾
集東坡

蔣濟謂能來阮籍　蘇軾
汲黯獨自輕張湯　蘇軾
集東坡

碧山學士傳文印　楊慎
錦里先生過草堂　楊慎
集升菴

蜀錦吳綾分婀娜　楊慎
麝臍龍腦鬭芬芳　楊慎
集升菴

萬里橫戈探虎穴 李　白
十年征戰老漁陽 集唐

楚王城壘空秋色 吳　融
魏國山河伴夕陽 集唐

紅垂野岸櫻還熟 韋　莊
麝過春山草自香 許　渾 集唐

別館覺來雲雨夢 李商隱
蓬門未識綺羅香 秦韜玉 集唐

馬嘶芳草拳毛動 劉禹錫
鳥噪花林繡羽香 韋　莊 集唐

短衣匹馬隨李廣 杜　甫
紙閣蘆簾著孟光 白居易 集唐

但使閭閻能揖讓 杜　甫
知親筆硯事文章 令狐楚 集唐

聖代功名酬志業 方　干
中朝品秩重文章 羅　隱 集唐

賈誼上書憂漢室
閒倚屏風笑周昉 元　稹

集唐
張儀無地與懷王　杜牧
誰愛風流高格調　秦韜玉
集唐
晚有弟子傳芬芳　杜甫
絲綸閣下文章靜　白居易
仁壽橋邊日月長
水爲絃管松爲蓋　李咸用
集唐
花作嬋娟玉作妝　劉禹錫
鄉思不堪悲橘柚　譚用之
集唐
浪花無際似瀟湘　朱慶餘

集唐
會將新樂教甯王　溫庭筠
煙開蘭若香風暖　秦韜玉
集古
花壓闌干春晝長　溫庭筠
集唐
自有風流堪證果
共憐時世儉梳妝　秦韜玉
一壺美酒一鑪藥　張令問
集唐
滿階明月滿簾霜　白居易
關中既得蕭丞相　杜甫
集唐
天上新除沈侍郎　曹唐

料得也應憐宋玉　李商隱　　胸中壯氣猶須遣　白居易

集唐　　　　　　　　　　　集唐

此生何處訪劉郎　曹　唐　　身外浮名不足忙　李　中

簾前春色應須惜　岑　參　　四面常時對屏障　元　稹

集唐　　　　　　　　　　　集唐

身外浮名不足忙　李　中　　衆仙同日詠霓裳　李商隱

電眉虎齒霹靂舌　蘇　軾　　獨借寶箏歌白紵　陸　游

集宋　　　　　　　　　　　集宋

麟閣龍旗日月章　呂祖泰　　高燒銀燭照紅妝　蘇　軾

共成二百七十歲　蘇　軾　　碧山學士傳文印　楊　愼

集宋　　　　　　　　　　　集明

尚餘三萬五千場　范成大　　紫府仙人授寶方　瞿　佑

對酒肯辭今夕醉　貢　悅　　千里芙蓉迎劍舄　李攀龍

集明 題詩還倚少年狂 藍仁　集明 萬年海岳作金湯 宋訥

四塞山河歸版籍 高啟　關塞豈無秦日月 李夢陽

集明 萬年海岳作金湯 宋訥　集明 山河原是漢金湯 解縉

欲就麻姑買滄海 李商隱　欲就麻姑買滄海 李商隱

集古 如何李白在潯陽 徐禎卿　集古 會窺飛燕入昭陽 遼懿德皇后

未許相如還蜀道 蘇軾　未許相如還蜀道 蘇軾

集古 肯令王翦在平陽 武元衡　集古 況聞山簡在襄陽 羅隱

風外時聞瓊珮響 李時行　綠窗朱戶圖書滿

集古 夢中惟覺繡鞋香 韓偓　集古 紫李黃瓜村路香 蘇軾

[illegible]

文章幻作雲霞色　祇因誤識林和靖

笑語兼和藥草香　司空曙　不知誰是杜蘭香　曹唐

白下有山皆繞郭　高啟　長疑好事皆虛事

集古

青春作伴好還鄉　杜甫　不道他鄉是故鄉　邱民

艷骨已成蘭麝土　皮日休　流水聲中視公事

集古

高情猶愛水雲鄉　蘇軾　白雲深處是吾鄉　蘇軾

集古

已知建德非吾土　魯淵　誰知野性眞天性　鄭谷

集古

卻望并州是故鄉　賈島　暫把他鄉作故鄉

何可一日無修竹　天機翦取雲錦段　詹同

恨不千年在醉鄉　陸游　　玉椀盛來琥珀光　李白

集古

翠簪翻動玻璃影　李華　　東坡先生果奇絕　張萱

集古

玉椀盛來琥珀光　李白　　南極老人應壽昌　杜甫

歸鞍競帶青絲籠　王維　　欲就麻姑買滄海　李商隱

集古

載酒閒過綠野堂　蘇軾　　尚容逸少閉金堂　蘇軾

香山居士留遺跡　蘇軾　　金屋瑶筐開寶勝　崔日用

集古

錦里先生過草堂　楊慎　　秦箏趙瑟響高堂　沈

欲把笙歌暖鋒鏑　蘇軾　　越國舊無唐印綬　許渾

集古

知親筆硯事文章　令狐楚　　蘭臺曾秘漢文章　黎民表

祇怪繪圖來鄭俠　洪　萬里山川唐土地
終無表疏雪王章　集古　兩都風物漢文章　李東陽

鮑叔分金憐管仲　黎民表　安石登山攜漢妓　楊愼
張儀無地與懷王　集古　杜牧　張儀無地與懷王　集古　杜牧

聖代卽今多雨露　高適　文書几上鬢眉變　秦觀
天下盡化爲侯王　集古　杜甫　仁壽橋邊日月長

鼠肝蟲臂原無擇　多才久被天公怪　蘇軾
地角天涯未是長　張仲素　無事始知春日長　集古　韓偓

獨抱遺篇究終始　韓愈　蘭膏爇處心猶淺　李商隱

自有旁人論短長　繡綫牽來恨更長 李商隱

共有錦囊題白雪 蕭一鵬　稚子幸堪持几杖 陸游

集古　集古

高燒銀燭照紅妝 蘇軾　先生有道出羲皇

正平獨肯從文舉 蘇軾　盧子不妨從若士 蘇軾

集古　集古

女英新喜得娥皇　女英新喜得娥皇

蓬鬢轉添今日白　載筆已齊周內史 韓翃

集古

菊花猶似去年黃　投瓊不見辟中郎 楊愼

載筆已齊周內史 韓翃　料得也應憐宋玉 李商隱

集古　集古

賞音深愧蔡中郎 陳子龍　不知何處覓周郎 王世貞

老景已憐周尚父　王安石　　但見文翁能化俗　杜甫

集古　　集古

風流誰繼漢田郎　錢起　　豈知顏駟尚爲郎　黎民表

未必柳間無謝客　吳融　　苑裡麒麟花裡鳳　王符

集古　　集古

誰能洛下學潘郎　歐大任　　郄家子弟謝家郎　李叔卿

汲黯少戇寬饒猛　蘇軾　　江州司馬何須問　李白

集古　　集古

周公大聖接輿狂　白居易　　錦里先生自愛狂　蘇軾

香塵綺陌三千里　蘇軾　　搗珠蹋玉三千首　蘇軾

集古　　集古

落箔銀鈎七八行　　落泊銀鈎七八行

有酒惟澆趙州土　李長吉　　一盞寒泉薦秋菊　蘇軾

無人敢伐召公棠 集古 無名子
但使閭閻能揖讓 杜甫
不知塵世有滄桑
今日朝廷須汲黯 杜甫
他時文簿抑陳湯 集古 彭年
官秩已叨吳品職 羅隱
山河原是漢金湯
紫閣丹樓分照耀 集古
卿雲瑞靄共輝煌 楊慎

十城蔽芾詠甘棠 集古 董其昌
籬落一團飛蛺蝶 趙汝鐩
寒山數點下牛羊 集古 沈彬
三峽樓臺淹日月 杜甫
萬年海嶽作金湯 集古 宋訥
孔鼎商盤有述作 集古 韓愈
卿雲瑞靄共輝煌 楊慎
畫閣朱樓相掩映
卿雲瑞靄共輝煌 楊慎

楹聯集韻　卷下

集古
聞有胡僧佳太白　岑參
且看漁父濯滄浪　陳子升

集古
慣眠處士雲菴裡　蘇軾
暫醉佳人錦瑟傍　杜甫

集古
未許相如辭蜀道　蘇軾
倘逢梅福在吳閶　歐大任

集古
獨騎瘦馬踏殘月　蘇軾
可憐飛燕倚新粧　李白

鶴盤遠勢飛孤嶼

集古
況當霽景涼風夜　白居易
多在箕山潁水傍　楊億

集古
流水帶花穿巷陌　韋莊
閶風吹樹擺琳瑯　蘇軾

集古
遍請玉容歌白雪　方干
高燒銀燭照紅妝　蘇軾

集古
浪生湓浦千重雪　來鵬
楓落吳江兩岸霜　明秦王

芳心未飽兩蛺蝶　蘇軾

燕掠春陰入短牆辛愿　集古 含笑不繡雙鴛鴦陳羽
妝匣尚留金翡翠葉靜能　獨揀詩草教鸚鵡陸游
羅裙宜著繡鴛鴦張孝標　好留蓮葉蓋鴛鴦
林間煖酒燒紅葉白居易　遙聞公主悲黃鵠
集古 馬上彎弓射白狼于謙　集古 不似周王擁白狼歐大任
誰知野性真天性　繡幙珠簾鬬絲管崔灝
不覓仙方覓睡方陸游　集古 筆牀書卷繞壺觴文徵明
水如碧玉山如黛辥君乘　太守迎門倒鳧舄蘇軾
集古 花繞迴廊曲繞梁王彥泓　集古 鮫人構館迎鼉梁楊慎

庚

集東坡

小詩試擬孟東野　蘇軾　獨騎瘦馬踏殘月　蘇軾
大草閒臨張伯英　蘇軾　要共騷人餐落英　蘇軾

集東坡

跪履數從圯上老　蘇軾　不知庾嶺三年別　蘇軾
逸書更問濟南生　蘇軾　懶作燕山萬里行　蘇軾

集放翁　集西涯

孤鐙無焰穴鼠出　陸游　騎使早占唐李郃　李東陽
槁葉有聲村犬行　陸游　安車終起漢桓榮　李東陽

集崙山　集青霞

茅分粵嶠開藩國　歐大任　聞歌定遍雍門里　李時行
江下牂牁繞桂城　歐大任　走馬閒過白下城　李時行

開筵正値黃花候　李時行
集青霞
走馬閒過白下城　李時行

臥治未須論汲黯　黎民表
集瑤石
催科誰復識陽城　黎民表

鸞羽鳳簫參樂曲　李迥秀
集唐
金罍玉斝酌蘭英

人家不必論貧富　翁承贊
集唐
天下如今已太平　顧況

秋登嶽寺雲隨步　杜荀鶴

仙丈乍辭鷗鷺序　黎民表
集瑤石
璽書重下鳳凰城　黎民表

藥鑪有火丹應伏　白居易
集唐
野渡無人舟自橫　韋應物

舉世可能無默識
集唐
諸君何以答昇平　杜甫

但將酩酊酬佳節　杜牧
集唐
何必崎嶇上玉京　樊夫人

薄有文章傳子弟　白居易

集唐
夜度巴山雨洗兵

集唐
但將酩酊酬佳節　杜牧
好染髭鬚事後生

集唐
紅桃綠柳垂簷向　王維
黃蘆苦竹繞宅生　白居易

集唐
棲遲未遇常鈞薦　牟融
縹緲宜聞子晉笙　杜牧

集唐
若非瓊玉山頭見　李白
曾向蓬萊宮裡行　杜牧

集唐
更無書札到公卿　方干

集唐
欲減煙花饒俗世　趙璜
好染髭鬚事後生

集唐
誰知野性眞天性
莫笑前生與後生　方干

韓君拜節偏知送　崔湜
李白乘舟將欲行　李白

集古
不逢蕭史休回首　李商隱
爲報元常獨抗衡　劉禹錫

直鉤猶逐熊羆走　黃　滔
俠劍或與蛟龍爭　杜　甫

玉兔銀蟾似多意　齊　己
紫蜨黃蜂俱有情　李商隱

爲問元戎竇車騎　皇甫冉
願隨仙女董雙成　項　斯

渡水傍山尋絕壁　于　鵠
淡雲疏雨過高城　杜　甫

官職舊參荀秘監　羅　隱
篇章高作謝宣城　韋　莊

林香近接宜春苑　李　適
鐙火還開不夜城　蘇　軾

懷舊空聞長邃賦　劉禹錫
步虛時作舊歌聲　項　斯

爲憑何遜休題句
始覺僧繇浪得名　李　遠

不知子晉緣何事　高　駢

可惜陶潛無限興　崔　峒

始覺僧繇浪得名 集唐 李遠　空憐貢禹未成名 集唐 盧綸

路傍樵客何須問 朱灣　舊人惟有何戡在 劉禹錫
江上漁人未得名 集唐 高駢　俠客猶傳朱亥名 集唐 高適

不知子晉緣何事 高駢　皀蓋折花憐老杜 胡銓
祇遇陶潛便得名 黃滔　白衣送酒舞淵明 集宋 蘇軾

萬本梅花爲我壽 陳與義　已勝安期餐火棗 任家相
半篙流水送君行 集宋 蘇軾　疑從漢武咽金莖 集明 陳价夫

似子何須論富貴 鍾惺　鱸魚斫膾輸張翰 鄭谷
惜君非是愛科名 集明 李東陽　綵縷纏筒弔屈平 集古 陸游

雲開汶水孤帆遠 高適
潮落金陵七澤平 召清臣 集古

飲酒不嫌陶靖節
行軍還擬趙營平 賀萬祚

八千里外狂漁父
二十年前別帝京 劉禹錫

天上麒麟原有種 明太祖
草間狐兔不須驚 陸游 集古

朝登劍閣雲隨馬

蕭何祇解追韓信
賈誼何須弔屈平

欲就麻姑買滄海 李商隱
定取花卿守玉京 楊慎 集古

誦詩得非子夏學 蘇軾
擊磬休教荷蕢驚 楊慎 集古

天地尚能知節義 蘇軾
雲山經用始鮮明 王建 集古

但憑何遜爲耽句

雨過龍川夜洗兵　沈明臣　　將信荀卿善議兵　集古　楊　慎

秋水爲神玉爲骨　　飯顆山頭逢杜甫　李　白

山谿是弟梅是兄　黃庭堅　　上苑花裡報蘇卿　集古　陳子升

諸葛大名垂宇宙　杜　甫　　魯國高名懸宇宙　張以甯

文翁雅化動公卿　　文翁雅化動公卿

短衣匹馬隨李廣　　邸第樓臺多氣象

百金千鎰拜虞卿　　重臣節鉞自公卿　集古　王　罷

莫道乾坤猶逆旅　　欲減煙花饒俗世　趙　璜

本來樽俎屬書生　于　震　　本來樽俎屬書生　集古　于　震

集古

池光不定花光亂　李商隱
蟹眼已過魚眼生　蘇　軾

集古

紅桃綠柳垂簷向　王　維
翠草元芝匝地生　蘇　軾

集古

秦女峰頭雪未盡　岑　參
滕王閣下水初生　朱　子

集古

似子何須論富貴　鍾　惺
知君到處有逢迎　高　適

集古

謝公著屐何曾到　李東陽
李白乘舟將欲行　李　白

集古

嵇康拜吏非應懶　侯方域
李白乘舟將欲行　李　白

集古

綠珠吹笛何時見　蘇　軾
李白乘舟將欲行　李　白

集古

一院落花無客醉
半篙流水送君行　蘇　軾

與子一洗尋常債　蘇　軾

夢從隴客聲中斷　陸　游

爲君翻作琵琶行 白居易　集古　身在仙人掌上行 文徵明　集古

蓮花爲幕推王儉　薄有文章傳子弟 白居易

橘樹呼奴羡李衡 鄭谷　集古　且收風月入瓶罌 趙秉文

敢謂詩書非闕閱　萬國煙花隨玉輦 李白

且收風月入瓶罌 趙秉文　九重湯藥下銀罌 王逢

能共赤松騎綵鳳　遙想丹山鳴綵鳳 黎遂球

集古　故將紅豆打流鶯　集古　故將紅豆打流鶯

幅巾起作鸜鵒舞 杜甫　直鈎猶逐熊羆走 黃滔

集古　俠劍或與蛟龍爭 蘇軾　集古　線路每與猿猱爭 蘇軾

江從巴峽初成字　白居易
惟有落花無俗態　劉禹錫

集古

琴到臨邛別寄情　錢惟演
堪笑春風亦世情

丹崖翠壁疑無路　李亨
清風明月本無價

集古

紫蜨黃蜂俱有情　李商隱
紫蜨黃蜂俱有情　李商隱

欲減煙花饒俗世　趙璜
能以忠貞酬重任　白居易

不將富貴礙高情
不將富貴礙高情

但憑何遜休題句
清風明月本無價

集古

歸對黎窩覺有情　朱子
翠袖紅顏自有情　李東陽

復有樓臺搖暮景　杜甫
獨占芳菲當夏景

且看鴉鵲弄新晴　蘇軾　集古

武帝祠前雲欲散　崔顥

謝公墩上雨初晴　李東陽　集古

白戰不許持寸鐵　蘇軾

論功還欲請長纓　祖詠　集古

謝公宿處今尚在　李白

陶令思歸久未成　蘇軾　集古

終勝嵇康羨王烈　蘇轍

轉教小玉報雙成　白居易　集古

且看鴉鵲弄新晴　蘇軾　集古

櫪上驊騮嘶鼓角　耿湋

門前烏雀避干旌　楊慎　集古

長篇小字遠相寄　蘇軾

氷簟銀床夢不成　溫庭筠　集古

郡人重得黃丞相

使君疑是鄭康成　蘇軾　集古

還同康樂登臨海　秦觀

不見何戡唱渭城　楊慎　集古

忽有風雲來絕塞 唐應竣
便驅雞犬上層城 白居易 集古

草木盡能酬雨露 王維
鬼神原自鑒忠誠 蘇軾 集古

已經楚上三年別 蘇軾
行盡江南十里程 杜常 集古

遺蝗入地應三尺 蘇軾
嗁鳥喚人時一聲 范宗暐 集古

聖代即今多雨露 高適

諸葛有心扶漢室
德公無意入襄城 趙必瑑 集古

珠玉會應成咳唾 牛僧孺
鬼神原自鑒忠誠 蘇軾 集古

雷聲忽逆千峰雨 杜甫
花氣頓醒三日醒 陸游 集古

新篁拔地已千尺
嗁鳥喚人時一聲 范宗暐 集古

大隱何曾棄簪組 蘇軾

集古

傍人未免重科名 鍾惺

傍人未免重科名 鍾惺

集古

稚子幸堪持几杖 陸游

天上麒麟原有種 明太祖

集古

傍人未免重科名 鍾惺

江東父老宿知名 李昭象

集古

願與八荒同壽域 李東陽

舉世豈無千里馬

集古

早知三禮甲科名

今君坐致五侯鯖 蘇軾

青

集喬生

眉如長松眼如漆 蘇軾

遙想丹山鳴綵鳳 陳子升

集東坡

言中謀猷行中經 蘇軾

漫將紈扇撲流螢 陳子升

昨夜上皇新授籙 張祜

偶因明月清風夜 白居易

集唐
一時良史盡傳馨 楊汝仕
謝公留賞山公喚 李郢
集唐
薜王沉醉壽王醒 李商隱
滿面風流雖似玉 杜牧
十年心事各如萍 韋莊
虛擬短衣隨李廣 李愼
集明
徐歌錦瑟招湘靈 朱應登
水之江漢星之斗
集古
言中謀猷行中經 蘇軾

集唐
臥看牽牛織女星 杜牧
蝶銜紅蕋蜂銜粉 李商隱
集唐
雲在青霄水在瓶 李翺
無酒能供陶令醉 趙孟頫
集宋
行吟聊共屈原醒 黃潛
安得青絲絡駿馬 黎民表
集明
漫將紈扇撲流螢 陳子升
焚香共展來禽帖
開笥惟留相鶴經 黎民表

集古

幅巾起作鸜鵒舞　蘇　軾　苑裡麒麟花裡鳳

偃蓋返走蛇龍形　杜　甫　竹邊臺榭水邊亭　楊　萬

水如碧玉山如黛　辥君乘　靖節有詩題晉號　趙　瑑

詩滿紅牋月滿庭　元　孚　包胥無淚泣秦庭

兩行畫戟森朱戶　但經春色還秋色　李山甫

集古

六幅氷綃掛翠庭　李　成　應怪文星近客星　張　賁

莫憂世事兼身事　誰知野性眞天性

爲祝台星與福星　貫　沐　應怪文星近客星　張　賁

妻是九重天子女　閒倚屏風笑周昉　元　稹

集古

身爲南極老人星　李東陽
徐歌錦瑟招湘靈　朱應登

水如碧玉山如黛　辪君乘
眉如長松眼如漆　蘇軾

集古

飯有胡麻藥有苓　李東陽
飯有胡麻藥有苓　李東陽

故人家在桃花岸
千條弱柳垂青瑣

集古

落日舟橫杜若汀　陸游
十仞喬松倚翠屏

九華鐙作三條燭　黃滔
千里煙波方種柳　曾布

集古

五色雲蒸百福屏
十年心事各如萍　韋莊

仙媛芳名齊日月　黎民表
魯國高名懸宇宙

集古

元戎小墜出郊坰　杜甫
元戎小隊出郊坰　杜甫

莫道風流無宋玉

集古

豈知奏議出唐坰 洪

楹聯集韻卷之下

湖上常　麟仙珊輯　恩鑾校字

蒸

集東坡

野廬半與牛羊共 蘇軾

晚歲忽作龍蛇升 蘇軾

集東坡

未成報國慚書劍 蘇軾

豈不懷歸畏友朋 蘇軾

集西涯

陸海平翻千頃浪 李東陽

官河催載滿船冰 李東陽

集瑶石

搦管爭傳王大令 黎民表

學詩惟許杜少陵 黎民表

集唐

星從北極看南極

官自中丞拜右丞 鄭谷

集唐

單于公然來牧馬 無名氏

支遁何妨亦好鷹 司空圖

到門不敢題凡鳥　王維
忘書久似憶良朋　司空圖
集唐

千樹梨花百壺酒　曹唐
一兩棕鞋八尺藤　戴叔倫
集唐

垂釣空思五湖水　黎民表
掛帆春斷九河冰　區大相
集明

朝無戎馬郡無事　白居易
我作冰衡君作丞　蘇軾
集古

少小雖非投筆吏　祖詠
寂寥私念校書丞　朱應登
集古

誰解乘舟尋范蠡　溫庭筠
故遣吟詩調李陵　蘇軾
集古

終閉玉關辭馬武　蘇軾
曾向龍門御李膺

世間那有蘇耽鶴　明秦王
路人遥識郅都鷹　李商隱
集古

直鉤猶逐熊羆走　黃滔

直鉤猶逐熊羆走　黃滔

集古
晚歲忽作龍蛇升　蘇軾
野蔬充膳甘長藿　元稹

集古
山衲經寒補雜繒　高啟
未成小隱聊中隱　蘇軾

集古
戀別山登憶水登　楊慎
瘦竹枯松踏殘月　蘇軾

集古
布袍書卷擁寒鐙　李東陽
山徑曉雲收獵網　許渾

集古
荒村獨樹引漁鐙　歐大相

集古
曉鼓卻隨鴉鵲興　蘇軾
孟嘉嗜酒桓溫笑　蘇軾

集古
章碣投輿熊孺登　楊慎
何須琥珀方爲枕　李商隱

集古
遠有樓臺祇見鐙　王安石
碧山學士傳文印　楊慎

集古
紫府仙人號寶鐙　李商隱
滌硯灘頭無漬墨　陸游

讀書窗下有殘鐙

萬里悲秋常作客杜甫　　旋呼歌舞雜諧笑蘇軾
集古　　　　　　　　　集古
半日纔閒且訪僧高啟　　縱使媸妍任愛憎區大相

野寺最宜紅葉後王寅　　清風明月本無價
集古
寒山半出白雲層劉滄　　濁酒狂歌易得朋司馬光

不慚弄玉騎丹鳳蘇軾　　不怪參軍騎瞎馬陳與義
集古　　　　　　　　　集古
傳語麻姑借大鵬　　　　傳語麻姑借大鵬

忽見伯時畫天馬蘇軾　　萬竿修竹千叢菊邵昇連
集古　　　　　　　　　集古
傳語麻姑借大鵬　　　　一兩棕鞋八尺藤戴叔倫

林間煖酒燒紅葉白居易

松頂寒花賽紫藤 集古 黎民表

尤

己分雲泥爲異路 白居易　會於太白峰前往 白居易

集香山

正尋山水去同遊 白居易　也向慈恩院裏遊 白居易

還將天竺一峰去 蘇軾　不知庾嶺三年別 蘇軾

集東坡

來作錢塘十日遊 蘇軾　來作錢塘十日遊 蘇軾

莫因老驥思千里 蘇軾　安心好住王文度 蘇軾

集東坡

同駕飛鴻跨九州 蘇軾　生子當如孫仲謀 蘇軾

慚無揚子一區宅 蘇軾　哀絲豪竹助劇飲

好臥元龍百尺樓 蘇軾

漂母墓前秋草滿 李東陽
定王臺下暮雲收 李東陽
集西涯

亞父何勞撞玉斗 歐大任
張衡猶得任扁舟 歐大任
集楨伯

敕使日調沙苑馬 歐大任
賜書還問偃師侯 歐大任
集楨伯

三分割據紆籌策 杜甫
萬國衣冠拜冕旒 王維
集古

青梅黃筍相獻酬 陸游

沙彌解習五印字 楊慎
都護新封萬里侯 楊慎
集升庵

花含合浦千峰霧 歐大任
臺擁瑯琊萬里秋 歐大任
集楨伯

誰與王昌報消息
始知徐福解風流 群能
集唐

若非羣玉山頭見 李白
也向慈恩院裡遊 白居易
集唐

暮雨不知溳口處 劉長卿
白雲猶似漢時秋 岑参 集唐

緯武經文隨景化 褚亮
氷壺玉鑑懸清秋 杜甫 集唐

陳琳草檄才還在 戴叔倫
蔡炎還家鬢已秋 集唐

九天日月開黃道
萬里風煙接素秋 杜甫 集唐

慚非杜母臨襄峴 李紳
還如何遜在揚州 杜甫 集唐

萬戶樓臺臨渭水
一帆風雨到滄州 李中 集唐

已比子眞歸谷口 張喬
元非太白醉揚州 李白 集唐

釣竿欲拂珊瑚樹 杜甫
畫舸猶沿鸚鵡洲 魚元机 集唐

已分雲泥隨異路 白居易

諸君盡上麒麟閣

集唐　集唐

欲回天地入扁舟　李商隱　　道我閒眠蚱蜢舟　司空圖

碧紗窗下攜詩草　　神仙中人不易得　杜甫

集古　集唐

綠藻潭中繫釣舟　白居易　　七十老翁何所求　王維

高人屢解陳蕃榻　李白　　宋玉羅含俱有宅　杜甫

集唐　集唐

久客誰憐季子裘　殷堯藩　　灌嬰韓信盡封侯　溫庭筠

郡人重得黃丞相　劉禹錫　　一去一來道上客　王建

集唐　集唐

上客新隨郭細侯　司空曙　　相親相近水中鷗　杜甫

水如碧玉山如黛　辥君乘　　便啟軒窗臨絕壁

集唐　集唐

雪作高臺月作樓　　獨立縹緲之飛樓　杜甫

溪雲初起日沉閣 許　渾
長笛一聲人倚樓 趙　嘏
集唐

便啟軒窗臨絶壁
曾因風雨上高樓 翁　綬
集唐

有子才如不羈馬 蘇　軾
期君早作濟川舟 黃庭堅
集宋

酒缸幸有乾坤大 范成大
晚節偏驚歲月遒 陸　游
集宋

雲開太華千峰秀 吳　雲
路轉巴江一字流 吳文泰
集明

不爲遠師招白社 徐禎卿
還如杜甫在秦州 貝　瓊
集明

絑毫尚擬圖韓幹 楊　慎
畫槳何須載莫愁 張　萱
集明

醉裡自書醒自笑 蘇　軾
道行無喜退無憂 白居易
集古

閣中諸老仍何在 陳　循

山從建業千峰出 皇甫冉

檻外長江空自流　王　勃　　水繞巴江一字流　吳文泰

集唐　　集古

寒雁帶雲皆北向　張九一　　西湖日月開池籞　黎民表

落花隨水亦東流　李嘉祐　　萬國衣冠拜冕旒　王　維

集古　　集古

千門經緯聯簪履　黎遂球　　自揀新詩教鸚鵡

萬國衣冠拜冕旒　王　維　　戲拈禿筆掃驊騮　杜　甫

幅巾自起鸜鵒舞　蘇　軾　　野鑪半與牛羊共　蘇　軾

避跡甘爲麋鹿遊　梁有譽　　避跡甘爲麋鹿遊　梁有譽

集古　　集古

直鉤猶逐熊羆走　黃　滔　　織女橋邊烏鵲起　李　邕

避跡甘爲麋鹿遊　梁有譽　　館娃宮中麋鹿遊　薛氏女

集古　　集古

吳宮花草埋幽徑 李白
蚪鬢虎眉仍大顙 李頎

集古
荆國山川總勝遊 陳廷珪
玉帳牙旗得上遊 李商隱

況當霽景涼風後 白居易
左援公孝右孟博 蘇軾

惟向花間水畔遊
西有織女東牽牛 陳子升

集古
紅樹不知淮水晚 孫蕡
五更清逼銀塘露 謝宗可

白雲猶似漢時秋 岑參
八月涼生玉宇秋 曹唐

集古
綠水宛通秦苑樹 黎民表
關塞豈無秦日月

白雲猶似漢時秋 岑參
姓名兼顯魯春秋 羅隱

過雁遠銜雲夢雪 李頻
十里農桑歌子產 蘇轍

聽猿初泊漢宮秋
兩朝冠劍恨焦周 集唐

久拚野鶴如雙鬢 杜甫
看尋狡兔翻山窟 鮑溶

集古 同駕飛鴻跨九州 蘇軾
集古 同駕飛鴻跨九州 蘇軾

載筆已齊周內史 韓翃
欲就麻姑買滄海 李商隱

無人解祭李潭州 李東陽
集古 還如杜牧在揚州

一日聲名動天下 劉禹錫
人得交遊是風月 黃庭堅

八方風雨會中州
集古 春鋪錦繡作汀洲 章碣

一舉首登龍虎榜 劉忠謨
長籌未必輸孫皓 李商隱

集古 兩腳踢翻鸚鵡洲 李白
集古 晝槳何須載莫愁 張萱

舊聞陶令開三徑 蘇軾
何事張衡詠四愁 歐大任
集古

帝子遠辭丹鳳闕 王維
故人偏解紫貂裘 黎民表
集古

稚子能尋蝴蝶蘭 韓上柱
佳人又典驌驦裘

都人共羨楊司業 徐尊生
童子爭迎郭細侯 劉禹錫
集古

且喜何郎能似舅 萬泰

十年且就三都賦 蘇軾
一盞能消萬古愁 翁綬
集古

太守舊承金馬詔 歐大任
尚衣方進翠雲裘 王維
集古

佳人已屬沙吒利 王詵
童子爭迎郭細侯 劉禹錫
集古

郎君不識王文度 蘇軾
童子爭迎郭細侯 劉禹錫
集古

縱使文翁能待客 伍唐珪

馬知李廣不封侯杜甫　馬知李廣不封侯杜甫

集古　集古

豈慕王尊能許國王安石　且欲近尋彭澤宰崔曙

集古　集古

馬知李廣不封侯杜甫　不妨仍帶醉鄉侯蘇軾

五言甯謝顏光祿杜甫　但見臧生能詐聖白居易

集古　集古

八韻聊同沈隱侯蘇軾　莫從唐舉問封侯蘇軾

舉世豈無千里馬　瑣窗繡戶豔紅獸司馬才仲

集古

少年不願萬戶侯蘇軾　錦纜互檣起白鷗杜甫

暮雲空磧堪馳馬王維　蝶銜紅蕋蜂銜粉李商隱

集古

近海平沙好狎鷗胡或　花滿中庭酒滿樓

恨無揚子一區宅　蘇　軾　　曾經庾亮三秋月　李　郢
高卧元龍百尺樓　　　　　　高臥元龍百尺樓
但令上將揮神筆　李商隱　　秋水爲神玉爲骨　集古
要與先生借枕頭　　　　　　黃金滿腰花滿頭　陳子升

侵

對酒共驚千里別　盧　肇　　平生祇寫龍鳳質　蘇　軾
歸家與道十年心　盧　肇　　晚歲猶存鐵石心　集東坡　蘇　軾
劍在牀頭杯在手　蘇　軾　　還同康樂登臨海　秦　觀
筍如玉筯椹如醬　集東坡　蘇　軾　　更屬相如賦上林　集淮海　秦　觀

老去漸於詩律細杜甫　散後便依書篋寐韓偓
愁來惟願酒杯深羅隱　愁來惟願酒杯深羅隱
集唐

言語巧偸鸚鵡舌元稹　誰知野性眞天性
精神別稟鳳凰心張說　始見君心是佛心貫休
集唐

蘇公有國皆懸印秦韜玉　九天日月開宮殿王維
宓子之官獨抱琴劉長卿　萬里山川換古今
集唐　集古

蔣濟謂能來阮籍蘇軾　祗有枚皋能作賦
華元何忍薄羊斟趙彖　惟餘元度得相尋李頎
集宋

鶴盤遠勢飛孤嶼　雲添遠浦帆千幅

集古

鶯轉清歌出上林　李時行　　花覆春山錦一林

怨別自驚千里外　高適　　文章幻作雲霞色

集古

淡交奚止十年深　黃毓祺　　精神別稟鳳凰心　張說

一生不得文章力　　靈谷慈風生梵境

集古

晚歲猶存鐵石心　蘇軾　　清池皓月照禪心　李頎

絳節有時還入夢　　刻意傷春復傷別　李商隱

集古

白雲出岫本無心　　可憐無酒更無琴　李東陽

相如摛藻君平易　楊慎　　秋水爲神玉爲骨

步兵飲酒中散琴　　匣中有劍囊有琴　區大相

寄身且喜滄洲近　劉長卿　　清風明月本無價

集古

抱膝長爲梁父吟　鄭谷　　紫燕黃鸝俱好音　黃庭堅

水如碧玉山如黛　薛君乘　　水之江漢星之斗

集古

花有清香月有陰　蘇軾　　花有樓臺月有陰

採藥會須逢薊子　蘇軾　　舊業未能歸後主　楊愼

集古　　集古

捷書惟是報孫歆　李商隱　　捷書惟是報孫歆　李商隱

楹聯集韻卷之下

湖上常　麟仙珊輯　恩鑾校字

覃

盧子不妨從若士蘇　軾　不知庾嶺三年別蘇　軾
集東坡

葢公自謂過曹參蘇　軾　又試曹溪一勺甘蘇　軾
集東坡

雙旗五馬誰相問李東陽　伯勞飛燕俱無賴李東陽
集西涯

斗酒隻雞意未堪李東陽　泗水齊山總未堪李東陽
集西涯

馬跡遥能來橘柚侯方域　城隅淥水明秋日李　白
集唐

王師無乃重楩枏侯方域　谷口餘霞變晚嵐
集朝宗

門前墜葉浮秋水 皇甫冉　王粲曾聞對劉表 趙必瑑

集唐　集宋

谷口餘霞變晚嵐　盍公自謂過曹參 蘇軾

左援公孝右孟博 蘇軾　狂歌醉舞知無益 蘇軾

集宋　集宋

前有東坡後澹庵 戴復古　敝裘粗飯有餘甘 蘇轍

惟有陽關一杯酒 蘇軾　九江波浪開天塹 卜大有

集古　集明

未識洞庭三寸柑 蘇轍　千尺藤蘿掛石龕 黃哲

瑣窗繡閣豔紅獸 司馬才仲　眞林撒帳開新座 秦觀

集明　集古

互籤錦軸蒐香蟫 楊慎　澗石驚瀧落夜潭 張佖

七重寶樹圍金界　花鬚柳眼本無賴 李商隱

萬丈飛虹跨石潭 李時行　般若眞如得遍參 魏道明

綠窗朱戶圖書滿　賈誼上書憂漢室 劉長卿

集古

殘臘新春氣候參 張耒　繞朝有策誤秦驂 侯方域

兩行碧柳垂官渡 范成大　蕭何祗解追韓信

一樹梅花似嶺南　碧玉曾聞嫁汝南 陳子升

鄉思不堪悲橘柚　聖代即今多雨露 高適

集古

王師無乃重梗楠 侯方域　王師無乃重梗楠 侯方域

集古

得劍乍如添健僕 司空圖　溪風送雨過秋寺 張佖

集古

逢仙剛又選童男 黎遂球　飛鳥銜花繞舊庵 秦觀

楹聯集韻　卷下

集古

壯士不言三尺劍　李　頎　　老樹糢糊常帶雨　劉永之

道人祇作雨團庵　蘇　軾　　夕陽彩翠忽成嵐　王　維

集古

煙波淡蕩搖空碧　白居易　　蒹葭淅瀝含秋霧　柳宗元

樓閣參差鎖翠嵐　元　稹　　樓閣參差鎖翠嵐　元　稹

集古

帝苑有梧皆集鳳　　閬苑有書多付鶴

神祠疊鼓正祈蠶　陸　游　　神祠疊鼓正祈蠶　陸　游

集古

終閉玉關辭馬武　蘇　軾　　能以忠貞酬重任　白居易

已曾衡嶽送蘇耽　王　維　　豈將功業付高談　李東陽

欲滅煙花饒俗世　趙　璜　　九天日月開宮殿　王　維

集古

豈將功業付高談　李東陽
萬里雲山入笑談　姜立綱

千門經緯聯簪履　黎遂球
況當霽景涼風後　白居易

集古

萬里雲山入笑談　姜立綱
欲話三年半日談　陳子升

莫道風流無宋玉
大枝橫斜小枝直　史鑑

集古

不妨淸話到劉惔　侯方域
紅蓮沉醉白蓮酣

瑤臺絳節遊俱遍
參軍新婦賢相敵　蘇軾

集古

繡閣銀鐙酒正酣　徐楨卿
名士傾城兩不慚　陳子升

家醞滿瓶書滿架
家醞滿瓶書滿架

春山如黛水如藍　趙朴
春杉如薺屋如蚶

萬人歌舞千人看　蘇軾　　槲葉尖新松葉薄　范成大
集古　　集古
一事精靈百事憨　陳子壯　　梅花嬌小杏花憨　元好問

鹽

他日試尋王粲宅　蘇軾　　已分酒杯欺淺懦　蘇軾
集東坡　　集子由
飛花又舞謫仙簷　蘇軾　　更尋詩句鬭新尖　蘇軾

言語巧偷鸚鵡舌　元稹　　九華道士渾如夢
集唐
兒孫閒弄雪霜髯　李洞　　杜陵老人清且廉　李白

初向眾中畱姓氏　　高士例須憐麴櫱　蘇軾
集唐　　集宋
好依門下學韜鈐　殷文圭　　老生原自慣虀鹽　陸游

譽兒須是兩翁癖 蘇軾　四塞山河歸版籍 高啟

集宋 集明
贈我意與千金兼 歐陽修　三苗戈甲遍巴黔 李應徵

庭下已生書帶草 蘇軾　紅樹暗藏殷浩宅 辥逢

集古 集古
盤中祗有水晶鹽 李白　飛花又舞謫仙簷 蘇軾

借問遊蜂與戲蝶　曡嶂入雲藏古寺

集古
共依水檻立風簷 蘇軾　飛花送酒落前簷 李白

靑山有約常當戶 蘇軾　蝶銜紅蘂蜂銜粉 李商隱

集古
紫豔披香乍滿簾 歐大任　石作山房水作簾

家醞滿瓶書滿架　七重寶樹圍金界

好風如扇雨如簾　四面朱樓映畫簾　杜牧

露出幾隻紅鸚鵡　彭　萬國煙花隨玉輦　李白

時低九尺蒼鬢鬃　蘇軾　集古　百年歌笑倩香奩　黎遂球

敢謂詩書非閥閱　窗裡日光飛野馬　韓偓

而與造化爭毫纖　歐陽修　集古　洞中寒溜滴銅蟾　陸游

非關使者徵求急　杜甫　獨抱遺編究終始　韓愈

集古　倚賴元侯智勇兼　劉基　集古　祗將雙蟹較團尖　汪廣洋

豈有文章驚海內　杜甫　莫把文章動蠻貊　蘇軾

集古　肯容遷謫到眉尖　唐庚　集古　靜看魚鳥到飛潛　李東陽

但把筆歌緩鋒鏑　蘇軾　　坐覺風雷生謦欬　蘇軾

靜看魚鳥到飛潛　李東陽　集古　　靜看魚鳥到飛潛　李東陽　集古

薄有文章傳子弟　白居易　　雖有衣冠藏李固

靜看魚鳥到飛潛　李東陽　集古　　未容巾履學陶潛　李東陽　集古

莫道風流無宋玉　　敢謂詩書非閥閱

始知才盡似江淹　楊慎　集古　　靜看魚鳥到飛潛　李東陽

咸

三春白雪環青塚　楊慎　　看尋狡兔翻三窟　鮑溶

千歲元霜下紫杉　楊慎　集升菴　　暫似壯馬脫重銜　韓愈　集唐

集唐

久拚野鶴如雙鬢 杜甫
暫似壯馬脫重銜 韓愈

集唐

草木盡能酬雨露
造化可以當鑱劖 韓愈

集唐

珠玉會應成咳唾 牛會孺
造化可以當鑱劖 韓愈

集明

梅雪松風清几席 謝榛
金莖玉露滿巑巖 梁有譽

集明

寒波曉浸鴉頭襪 張以甯
白紵新裁鳳尾衫 劉永之

集明

錦箏彈盡鴛鴦曲 顧德輝
金縷堪裁蛺蝶衫 曾道唯

文章或論到閫奧 梅堯臣
擊拊想可參韶咸 沈遠

珠玉會應成咳唾 牛僧孺
擊拊想可參韶咸 沈遠

文章或論到閫奧 梅堯臣
眉宇之間見風雅 黃庭堅

集古
嗜好與俗殊酸鹹 韓愈

憂患半生聯出處 蘇軾
集古
嗜好與俗殊酸鹹 韓愈

知君用心如日月 張籍
集古
謂我所好同甘鹹 韓維

江城白酒三杯釅
遠客鄉書萬里緘 歐大相

上方行賜尚書舄 蘇軾
集古
醉國新除錄事銜 黎遂球

集古
嗜好與俗殊酸鹹 韓愈

勳勞至大不矜伐 蘇軾
集古
嗜好與俗殊酸鹹 韓愈

太守親從千騎禱 蘇轍
集古
遠客鄉書萬里緘 歐大相

大家遙賜尚書號 白居易
集古
醉國新兼錄事銜 黎遂球

衝街不避將軍令 元稹
集古
醉國新除錄事銜 黎遂球

山鳥一聲人未起　許渾　屈原詞賦懸日月　李白

集古

高樓雙樹日猶銜　歐大任　禦寇車輿卸轡銜　蘇軾

自厭家雞題六紙　蘇軾　好去上天辭富貴

集古

暫似壯馬脫重銜　韓愈　無因內殿得名銜　李洞

碧山學士傳文印　楊慎　香山居士留遺跡　蘇軾

玉霄散吏是頭銜　玉霄散吏是頭銜

蠻府參軍趨傳舍　韓翃　盧嶽禪師傳法印　高啟

玉霄散吏是頭銜　玉霄散吏是頭銜

滄海桑田眞旦暮　蘇軾　綠棹紅船舞澎湃　蘇軾

集古
鯨波虎壘相巉巖 孫蕡
棲遲未遇常釣薦 牟融
漂泊仍依謝傳巖
林間掃石安棋局 李郢
集古
海上吹鐃遁爨帆 丁乾學
司寇忽辭元武署 歐大任
集古
將軍昔著從事衫 杜甫
珠簾看織蠨蛸網
金縷堪裁蛺蝶衫 曾道唯

集古
鯨波虎壘相巉巖 孫蕡
春風十里揚州路 杜牧
集古
斷雲一片洞庭帆 米芾
林花自入三疊曲 朱子
集古
飛鳥空隨萬里帆 劉長卿
謫仙歸侍玉皇案 蘇軾
集古
將軍昔著從事衫 杜甫
喬松修竹蒼蘚石 倪讚
集古
短靴尖帽白蕉衫 白居易

桃花紅似郎君馬 周朴　千條弱柳垂青瑣 賈至

集古

江水渾如博士衫 劉永之　亂點餘花唾碧衫 蘇軾

一枕清風夢苕霅 蘇軾　雙闕曉煙籠菡萏 楊巨源

集古　集

繞山涼籟起楓杉 梁有譽　繞山涼籟起楓杉 梁有譽

匝地蒼苔鋪翡翠 白玉蟾　檻外晴峰縈几席

集古

繞山涼籟起楓杉 梁有譽　亭皋落葉亂楓杉 蘇軾

一川秀色明花柳 蘇軾　疑有鳳凰頒鳥歷 白居易

集古

滿地清陰雜檜杉　又憑鸚鵡作花監 黎遂球

檻外晴峰縈几席　能以忠貞酬重任 白居易

山前乳水隔塵凡　蘇　軾　　集古　晚將身世託長鑱　鄭　昂

眞訣自從茅氏得　李　白　　集古　眉宇之間見風雅　黃庭堅

集古　高名應向陽陵鑱　陳子升　　集古　造化可以當鑱劖　韓　愈

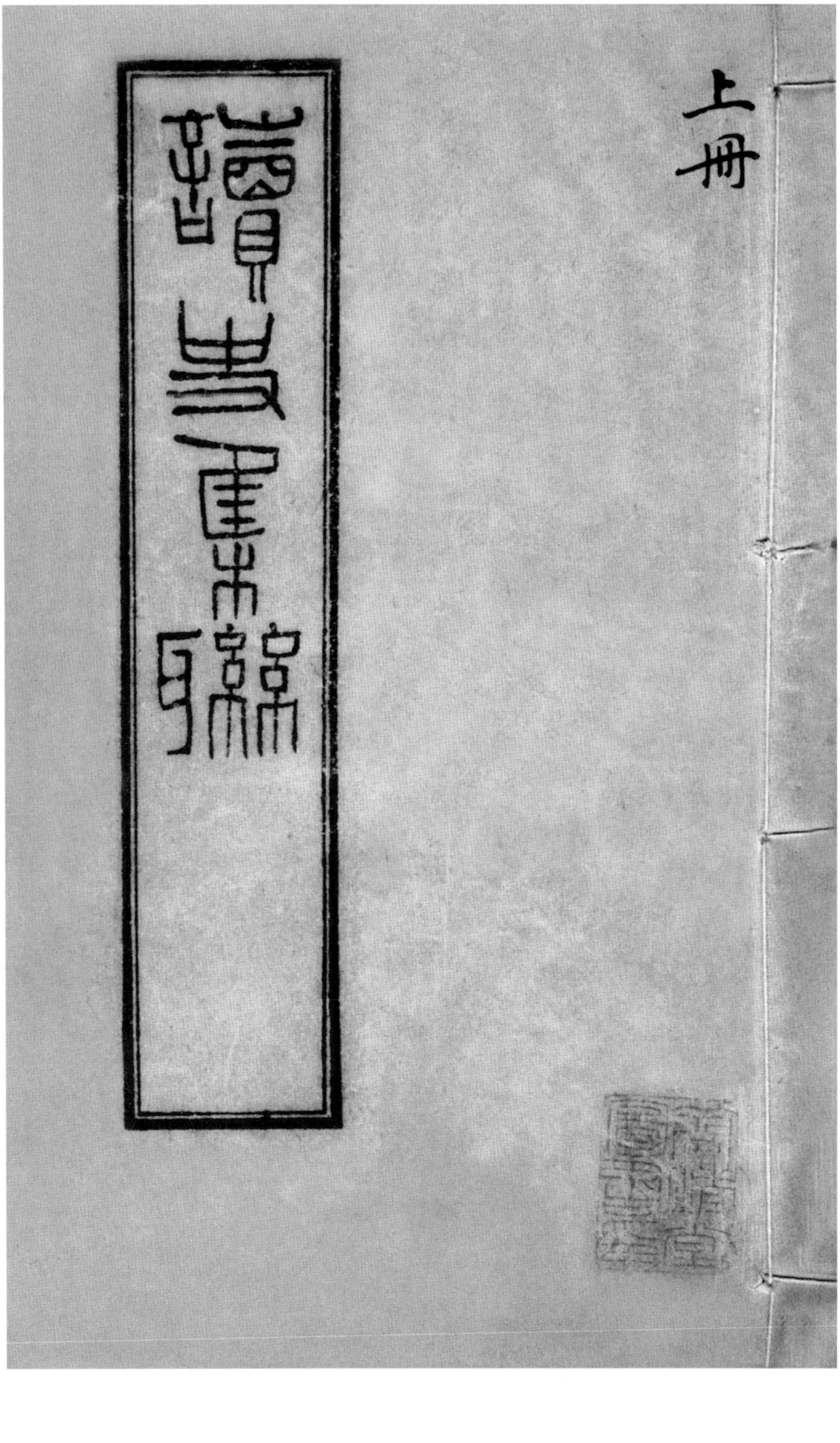
讀史集聯
上冊

讀史集聯

吳革署

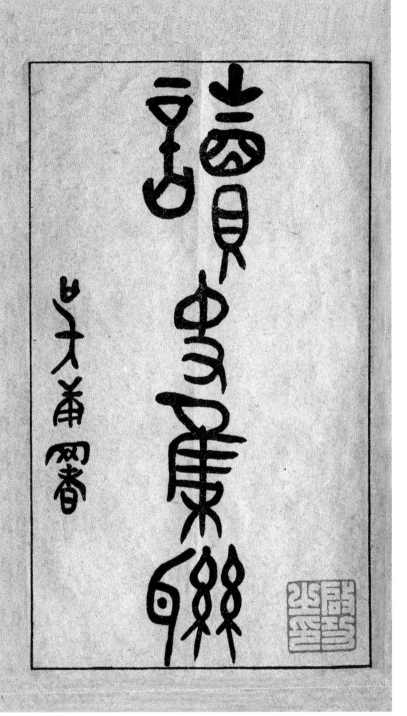

光緒戊申陝
西學務公所
圖書館鉛印

題詞

赤日亭午喬雲不流簾波颺風烟絲胥夢穌甫先生忽庽尺書幐以新箸發函伸紙爛然滿目盖以讀史集聯一帙書以見示遠共商榷者也昔東坡謂世間事物咸有對偶獻縣集市廛標幟以爲儷詞雖東鱗西爪偶露神奇而片錦零紈猶有遺憾以視先生藻思綺合雋語嬋嫣妙造自然有若宿搆者其難易工拙迥不侔已夫百衲之琴不待聆音始知其淵妙萬花之釀雖非知味

亦訝其芳馨矧若公倕運其神斤天孫織爲雲錦奇彩煥發妙緒環生者哉先生學通百家貫串諸史分其餘技足了十人每憶亡書甯止一篋鴻編謹示既我實多如啖甘瓜若飲芳醴溽暑可滌煩襟頓消爰付手民以貽同好故知裁冰鏤雪恍披香屑之編研精覃思遠勝衲蘇之集云爾

光緒三十四年七月德清蔡寶善

縣齋病目瞑坐無聊默溫南北二史以自遣間采雋語綴爲儷言八代本史一律采用或暫難索偶則借他書足之而取材於晉書及世說較多世相近體相類也世說所載多入晉書以世說在前故句下多標世說數日疾愈遂棄不爲隨筆追錄拉雜盈卷體兼雅俗語襍莊諧悶時展之輒復一笑云

爾貴筑楊調元識

三

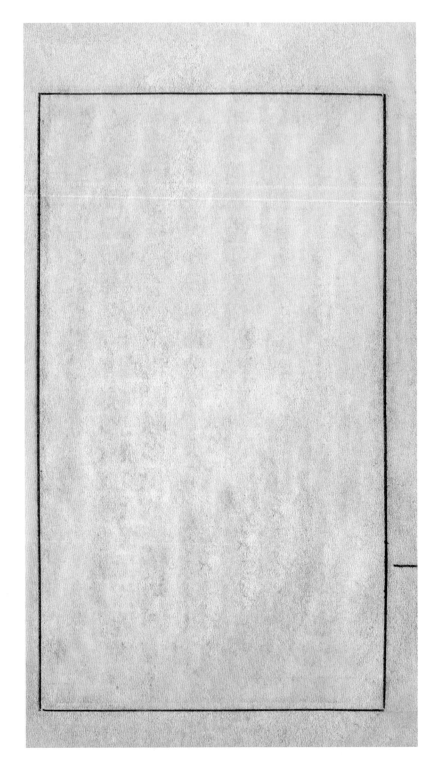

晨鳧夜鯉南史何胤傳

蚤雁初鷰南史蕭子顯傳

羹鴨炊米南史陳武帝紀

畫卵彫薪陳書文帝紀

諸庾翼翼世說

衆僧虔虔南史王慈傳

蔣王出盪南史宋建安王休仁傳

蘇兒降神南史宋後廢帝東昏侯紀

一衣帶水南史陳後主紀

八柱國家北史李弼等傳論

與褚茗汁世說

盌殷蓴羹南史殷淳傳

惜指失掌南史阮佃夫傳

愛毛反裘北史魏孝文帝紀

移牀遠客南史江斅傳

積錢隱人南史鄭鮮之傳

鱗身甲體南史齊武帝紀
蟬腹龜腸南史檀珪傳
駑馬戀棧三國志曹爽傳
蹇人上天南史張宏策傳
性不耐雜南史張敷傳
祿豈須多北史韋世康傳
看日蚤晚南史劉湛傳
與時浮沈南史循吏傳

十鼠爭穴南史梁元帝紀
三馬同槽三國志
我猶箭耳北史周文帝紀
聖如杜耶世說
犬豕同乳北史李几傳
魚鳥異川南史顧歡傳
三橘連理南史宋孝武帝紀
九禾同莖南史宋武帝紀

攀枝佇異北史潘徽傳
爲爾寂寂南史王融傳

採藥救頹宋書謝靈運傳
對此芒芒世説

國師國寶北史祖珽傳
防滿則退北史韋世康傳

文祖文宗北史江式傳
恐富求歸南史王秀之傳

四

王准青箱學南史王准之傳　石虎海漚鳥世說

江淹赤縣經北史江淹傳　山濤閣道牛世說

姚察文宗匠北史姚察傳　珊瑚連理樹南史劉勔傳

沈生意聖人南史沈不害傳　絳衲兩當衫北史柳元景傳

彈碁發八勢南史王敬宏傳　騄驥致千里南史劉穆之傳

下筆累千言　鳳凰度三橋齊書五行志

尙書虎爪板南史王微傳　千奴共一膽北史崔宏傳

楚子獺皮冠南史陳伯之傳　諸侯有二心左傳

敖曹地上虎北史高昂傳
希夷人中龍元人詩

漆器題日字南史崔慰祖傳
銅鋌記天文北史崔浩傳

魏收大才士北史魏收傳
祖瑩聖小兒北史祖瑩傳

僕僕爾拜也
耶耶乎文哉南史王絢傳

明月對我飲南史王諶傳
黃塵汚人衣南史陳本紀論

五言粲列繡南史顏延之傳
十字畫裏蒸南史宋明帝紀

鴻雁出塞北古詩
牛象鬥江南北史刑昕傳

褚淵眼多白南史褚彥回傳
魏準體皆青南史王融傳

閱武堂種楊柳南史齊廢帝東昏侯紀

領軍府依芙蓉南史王儉傳

帝好少臣已老漢顏駟語

我欲歌卿可彈南史范曄傳

勿跋扈付丁旿南史宋武帝紀

欲侜張問桓康南史桓康傳

共明月隔千里文選

採甘露宴群臣南史陳宣帝紀

山水滋老莊退文心雕龍

徑路絕風雲通南史明僧紹傳

元冑正似鴨耳北史魏京兆王黎傳

老子其猶龍乎史記

莫徬徨付崔楷北史崔楷傳

欲侜張問桓康南史桓康傳

麒麟賞鳳尾矣北史齊江夏王鋒傳

燕雀知鴻志哉史記

顧郎難衣食者南史顧協傳

稽公本烟霞人南史顏延之傳

孫又孫無窮極列子

我與我久周旋世說

足狗肉便了事南史周山圖傳

噉猪腸何能爲北史慕容紹宗傳

淮流竭王宗滅南史王宏傳論

頴水清灌氏寍漢書

都人看殺衛玠世說

老君笑破柔然北史李順興傳

我宿命應得雨南史王敬則傳

季居處常有雲史記

纍纍似喪家狗史記

霍霍如失鷹師世說

顏惡頭妙占筮北史顏惡頭傳

楊大肚進厠籌北史楊愔傳

高閭上望闕表北史高閭傳　青衣擣金創藥南史宋武帝紀

何點作別山詩南史何點傳　白服登烽火樓南史謝顥傳

父天母地子萬物（後漢書）
佛日道月儒五星（北史李士謙傳）
閣下亦自有二驥（南史劉繪傳）
車前豈可乏八騶（南史王融傳）
成佛當在靈運後（南史謝靈運傳）
薄命端遇竟寧前（漢書外戚傳）
僧虔書無第三品（南史王僧虔傳）
柳惲才足分十人（南史柳惲傳）
陽烏昆弟交相愛（北史盧伯源傳）
陰鳳書生不免癡（北史賈思伯傳）
樊深講書多門戶（北史樊深傳）
柳虯論文無古今（北史柳虯傳）
優者龍鳳劣虎豹（南史王僧虔傳）
下爲河嶽上日星（文天祥正氣歌語）
韓擒門將非謀將（北史賀若弼傳）
盧誕經師兼人師（北史盧誕傳）

晉重魯申蔡甲午 左傳
張叔薛仲各千萬 漢書

張南周北劉中央 南史劉繪傳
阮韜何偃爲一雙 南史王延之傳

豈爲聲名勞七尺 北史李琰之傳
車邊尙少斑蘭物 南史張敬兒傳

自言學士比三公 北史宗道暉傳
馬後何物塵垢囊 世說

到公輸送奇礓石 南史到溉傳
三過五鈔左氏傳 南史王筠傳

庾令求索好燭槃 南史庾仲文傳
一日千里王佐才 北史宋弁傳

謝王嗔不謝王理 北史宋游道傳
騎屋棟打細腰鼓 南史蕭思話傳

使君耕更使君炊 晉書苻堅載記
跨艖䑧起通梁齋 南史羊侃傳

汝父如龍兄如虎北史高德正傳　年少能除白額虎世說

言私其豵公其豜毛詩　優人齊唱靑頭雞三國志注引魏氏春秋

臣年雖老卿則少北史孫紹傳　殿下惟飲此州水北史齊彭城王浟傳

公身乃短慮何長北史陸俟傳　先生不知何許人南史陶潛傳

羊戎喜作雙聲語南史羊元保傳　人言此是日月相南史江祏傳

蔡薳曾牋千字文南史蕭子範傳　卿故墮其雲霧中世說

栝柏豫章棟梁氣南史王儉傳　可以累心處都盡世說

珊瑚碧樹枝柯交韓詩　令人懷古情更深北史盧玄傳

問公城子野何在 南史王宏傳　阿奴令始免寒士 南史王奐傳

有太尉彥雲之風 南史王玄謨傳　彌郎非不願熱官 北史王晞傳

殷浩學作爾馨語 世說　西門羊酒東門賣 北史鄭羲傳

張緒自是我輩人 南史張緒傳　南阮富豪北阮貧 世說

素書韜在兩襠角 南史沈攸之傳　敬兒夢裡半身熱 南史張敬兒傳

白簡常存雙袖中　宋令堂前彌尾青 北史宋繇傳

五子風月景山水 南史謝莊傳　將軍妬虎兩金眼 借用宋兗進事

四經詩書易春秋　處士釣魚三石頭 南史王宏之傳

思誤書更是一適北史邢子才傳　八座便是三蟬冕南史何戢傳

分才藝足了十人南史柳惲傳　一時頓有兩玉人南史謝晦傳

文學縱橫乃如此宋人句　江令無園綺之實南史孔奐傳

義理短長竟在誰北史劉蘭傳　袁生有陳汝之風南史袁憲傳

比肩三年不共語南史蕭惠開傳　學書若雞之比鳳南史王慈傳

受詔二刻便成詩南史謝徵傳　問名則樝不如梨南史張敷傳

赤牛當後青牛起北史許遵傳　魚司馬造菱米飯南史魚宏傳

黃師不及白師超南史劉顯傳　張季鷹思蒓菜羹世說

仕宦不進才亦退南史邱靈鞠傳　僕射不如飲酒樂北史李元忠傳

世人皆醉我獨醒楚詞　宰相須用讀書人宋太祖語

酈範豪盛於齊下北史酈範傳　不作偷驢摸犢賊北史崔㥄傳

陳武鬚出自骨中北史王頒傳　大有衝鋒陷陳人北史崔暹傳

大呼何與癡人事南史謝靈運傳　飄飄有伊洛間意南史王恂傳

小遺下雲令史衣南史謝幾卿傳　放浪爲山澤之游南史謝靈運傳

詩人那得作蠻語世說　以筆捶琴別有韻南史柳惲傳

國手不能斷飛棋南史虞愿傳　持荷作鏡暗無光南史江德藻傳

如汝人才皆令僕南史劉祥傳

願兒愚魯到公卿蘇詩

張率不問雀鼠耗南史張率傳

韋粲已落驊騮前南史韋顯傳

宅南柳郎人之表南史柳惲傳

城北徐公我不如戰國策

此輩且宜束之閣世說

諸君何爲入我幝世說

叚孌善爲送女客北史趙齊郡王叡傳

殷侯不作致書郵世說

官司馬人不問馬世說

彼似猴君乃眞猴南史何尚之傳

音如鐘響崔長孺北史崔㥄傳

口作鼓聲張敬兒南史張敬兒傳

醉罵不休謝方眼南史顧協傳

威儀須問范長頭南史范岫傳

十一

何不尋君遂初賦 世說
應有招我歸來篇 蘇詩

學語劇憐杜驥子 杜詩
拜官不謝梅蟲兒 南史任昉傳

耄齒猶能課兒學 北史韋叡傳
弱年便有宰物情 南史劉湛傳

江湛無兼衣餘食 南史江湛傳
到溉止單室虛牀 南史到溉傳

崔宏行押特精巧 北史崔宏傳
毛修獻味自煎調 北史毛修之傳

十往五往坐一處 南史柳世隆傳
大二小二生同年 北史崔長謙傳

答餉外不書佳紙 南史蕭子雲傳
歸裝中惟有舊書 南史劉勔傳

劉略班藝虞志荀錄南史王僧孺傳　反令宮人頓成傒語南史胡諧之傳

張文朱武顧厚陸忠世說　惟此兄弟全無鄉音北史裴讓之傳

每對惠連輒有佳語南史謝靈運傳　如此風神惟須飲酒北史盧元明傳

不如方回故是常奴世說　既佳光景當得劇棋南史羊元保傳

王有養炬謝有覽舉南史王泰傳　望杏開田瞻榆秉耒隋書音樂志

宋則敷演梁則卷充南史張種傳　坐棠聽訟攀桂摛詞北史王貞傳

武士彎弓文人下筆北史魏南安王楨傳　黃金與土可使同價南史齊高帝紀

將軍起舞孺子吹笙南史謝惝傳　白玉投泥豈能相汙北史穆崇傳

元護雙聲碻礉疊韵（南史謝莊傳）　生四子四郡二千石（史記）

皇帝萬歲嵩嶽三呼（史記）　奉一身一月十萬錢（南史到洽傳）

目盡毫釐心窮籌算（南史祖沖之傳）　上爲日星下爲河嶽（宋文天祥正氣歌語）

門傳鐘鼎家誓山河　退不邱壑進不市朝（北史薛胄傳）

妙德先生直造竹所（南史袁粲傳）　東南一尉西北一候（楊子雲解嘲語）

貞白居士樂聞松聲（南史陶宏傳）　元明二帝王庾二公（世說）

陳局露初奠爵星晚（南史周朗傳）　音律書酒少壯三好（南史蕭琛傳）

彫纓天閣綴組雲臺（南史張充傳）　儒玄文史太始四科（南史宋文帝紀）

陵顏轢謝吐任含沈北史温子昇傳

流唐漂虞滌殷蕩周文選劇秦美新

可語惟韓陵一片石庾信語見朝野僉載

小隱在滎陽三窟山北史鄭子飜傳

張譏堪捉玉柄麈尾南史張譏傳

褚淵自彈銀柱琵琶南史褚彥回傳

彎弓拓弦作霹靂響南史曹景宗傳

揚桴撾鼓有金石聲世說

以無累神合有道器南史褚彥回傳

據懷舊念發思古情文選西都賦

我看謝道兒未嘗足南史謝述傳

向見管夷吾復何憂世說

江左風流謝安獨擅南史王儉傳

劉家月旦王延不平南史王延之傳

衣狐坐熊早列榮齒南史王僧達傳

握蛇騎虎不覺艱難北史魏彭城王勰傳

十二

新莽服章寶黃廝赤 漢書王莽傳

日對千人不犯一諱

蘇綽文案入墨出朱 北史蘇綽傳

坐擁萬卷何假百城 北史李諧傳

風流見稱才華反沒 北史崔贍傳

第五之名何減驃騎 世說

詩章易作逋峭難爲 北史溫子昇傳

在三之義頓兼師公 北史徐之才傳

言同百舌胆若䶂鼠 北史汝陰王天賜傳

療諸將創碎琥珀枕 南史宋武帝紀

手揮五絃目送飛鴻 嵇康詩

擲五木子賭瑪瑙鍾 北史薛端傳

殷牖斯空夏臺虛設 南史陳武帝紀

里忭塗懽朝熙門穆 北史崔僧傳

楚詩早習沛易先通 北史潘徽傳

珠搖佩動雲舞天歌 隋書音志

赤米白鹽綠葵紫蓼 南史周顒傳　白楊何妥青楊蕭眘 北史何妥傳

玄鬯黃鍪素雉朱烏 典引文　北府裴諏南府柳蚪 北史柳蚪傳

莫飲酒日食一升飯 南史傅琰傳　抱玉連肩懷珠踵武 南史文苑傳

不擇地文如萬斛泉 宋人語　聯情發藻促膝飛觴 南史陸瑜傳

烏歷司春龍精戒旦 隋書音樂志　秦初之時誰黃其閣 南史張暢傳

馬圖呈寶龜籙告靈 隋書音樂志　天地未判或玄而芽 文選劇秦美新

六合賦似疥駱駝伏 北史劉晝傳　甲夜觀書支日通奏 北史樊遜傳

兩王掾如生母狗馨 世說　月靈誕慶雲瑞開祥 齊書樂志

乳獸含牙蒼鷹垂翅 北史樊遜傳

飛鴻起雪翥雉成霞 齊書張融傳

瓊樹朝新璧月夜滿 南史陳後主紀

雕梁霞複繡橑雲重 隋音樂志

纓紱有容珩珮流響 隋書音樂志

璆懸凝會琄珠竝聲 宋書樂志

龍中鳳舞鸞歌麟步 隋書音樂志

露甘泉白雲郁河清 隋書音樂志

玉律調鐘金錞節鼓 庾開府集

雕禾飾斝翠羽承罍 齊書禮志

經耳無遺觸目成誦 南史陸瑜傳

虛衷納是吐誠誨非 世說

綺席凝玄嚴壇生白 隋書音樂志

宸衛騰景靈駕霏烟 隋書音樂志

甘露飛甍慶雲承掖 宋書樂志

平琮鎮瑞方鼎升庖 隋書音樂志

點綴映媚落花依草 南史邱遲傳

輪囷蕭索慶雲在霄

謝述勸退劉班勸進 南史謝述傳

兒良貴後王家貴先

展禮元郊報功陰澤 隋書音樂志

鳴鑾中岳撿玉岱宗 宋書袁淑傳

彈豪珠零落紙錦粲 北史宗欽傳

緐文綺合縟旨星稠 宋書謝靈運傳

風伯朝周歲星仕漢 北史樊遜傳

伏羲滅瑟文王足琴 北史何妥傳

杖策尋山負帙沿水 北史源子恭傳

披林聽鳥臨水觀魚 南史徐勉傳

鴈齒麋舌牛唇豬首 南史沈約傳

蛇脛魚尾龍文龜身 韓詩外傳

水石清華巖壑閒遠 南史隱逸傳論

山桂偃蹇池竹檀欒 北史崔廓傳

十四

剖蚌求珠搜巖採幹北史段承根傳　大才士會須能作賦北史魏收傳

觀瀾索源振葉尋根北史文苑傳　小人輩都不可爲緣世說

顧實南金虞爲東箭晉書贊　體唐成儉踵虞爲樸南史崔祖思傳

淵既世族儉亦國華南史何點傳　焚林訪阮牓道求孫北史蘇亮等傳論

雕琢瓊瑤刻畫杞梓北史文苑傳序　儉歲粱稷寒年纖纊南史劉訏傳

光華日月蕭索烟雲庾開府集　詩腸鼓吹俗耳鍼砭唐人詩

月竁來賓日際奉土宋書樂志　展禮元郊報功陰澤隋書音樂志

雨師灑道風伯清塵文選　揚聲紫微垂光虹霓文選

璧日曬光卿雲舒采北史虞綽傳　燿列秀華芳凝都荔隋書音樂志

玉鑣息節金輅懷音宋書樂志　聲和孤竹韵入空桑隋書音樂志

五緯宵明四靈晨炳齊書樂志　藏景窮崖蔽名愚谷南史隱逸傳序

八屯霧擁七萃雲披隋書音樂志　寄鱗溟海託翼鄧林北史張袞傳

露竹霜條故多勁節北史魏河間公齊傳　徐勉還家羣犬驚吠南史徐勉傳

日華雲實長伴幽人北史祖鴻勳傳　庾域奉母雙鶴來翔南史庾域傳

安能對何敬容殘客南史張纘傳　鹿皮爲冠未必眞隱南史何尚之傳

恨未見杜審言替人唐書　人肝代米乃立清名南史傅琰傳

誰能共裴使君並立（北宋裴俠傳）　驫驫可驂何殊驥騄（南史阮孝緒傳）

我欲與揚子雲周旋（北史司馬膺之傳）　雞鶩之質乃厠鴛鸞

綠綈白檢金繩玉字（北史潘徽傳）　饑彪能嚇餓麟不噬（南史檀珪傳）

碧鱗朱尾赤鯉青魴（梁書沈約傳）　狡兎既盡走狗當烹（史記）

多病愛閒敢稱朝隱（南史王僧祐傳）　直轡高驅揚眉濶步（南史王僧祐傳）

尋書玩古不拂床塵（南史王微傳）　披文采友叩典問津（北史宗欽傳）

叩典問津披文采友（北史宗欽傳）　讀論一篇披莊盈尺（北史崔廓傳）

攀枝佇異築館招賢（北史潘徽傳）　止紂七步圍項三重（梁書元帝紀）

高柳生風扶桑盛日（梁書元帝紀）
天桃敷水落杏飛花（梁書元帝紀）

諸子百家同聚稷下
一時五絕皆出錢唐（南史張融傳）

步屧園林詩酒自適（南史袁粲傳）
運用吐納風流轉佳（世說）

前有浮聲後須切響（南史陸厥傳）
臣追昔款主挾今情（南史王僧達傳論）

落水三公墜車僕射（南史謝超宗傳）
摸金校尉發邱中郎（三國志）

亦速亦工才兼枚馬（南史張率傳）
既精既博學綜崔劉（北史李琰之傳）

草木有心禽魚感德（北史宇文護書）
虎狼護子猴獿負孫（南史宋晉熙王昶傳）

十步之間必有芳草（北史隋煬帝傳）
八月既望常見浮槎（博物志）

文川武鄉廉泉讓水（南史胡諧之傳）
柳令遺音曾傳雙瑣（南史柳世隆傳）

風亭月觀琴室吹臺（南史徐湛之傳）
官家恨狹更廣八分（南史羊元保傳）

征夫不歸化猨化鵠（北史荀仲舉傳）
胡廣舊儀應劭官典（齊書百官志）

猛將之氣如虎如龍（隋書天文志）
潘岳名筆樂廣玄言（世說）

乳獸含牙蒼鷹垂翅（北史樊遜傳）
魏伯起能舉人日典（北史魏收傳）

雲鶤竦翼海鯨泳流（宋書禮志）
徐君蒨尤長丁部書（南史徐君蒨傳）

卿輩亦流連之一物（北史王晞傳）
世謂恩倖者爲四戶（南史呂文顯傳）

此才可平世作三公（南史蔡廓傳）
臣以拍張故得三公（南史王儉傳）

撻門者邪忽聽蠅入北史慕容儼傳　崔彭捧脚李盛扶肘北史何劭傳

問賀客何處放蛆來北史甄琛傳　鄭譯擁後劉昉牽前北史劉昉傳

世稱大王勇安能勇漢書王尊傳　門戶英英有人繼起南史陸慧曉傳

人言君侯癡信自癡世說　文學鏃鏃無能不新世說

我不署徐干木紙尾南史蔡廓傳　劉芳未精崔光未博北史李琰之傳

人皆畏劉茂琳筆端南史劉式之傳　臧盾之飲蕭介之文南史蕭介傳

著虎皮靴策桃枝杖南史蕭琛傳　撫劍長吟汝知我者南史王藴傳

升師子座講法華經北史杜弼傳　隔籬徐聽彼有人焉南史張鏡傳

栝柏豫章早有棟梁氣 南史王儉傳
芝蘭玉樹生於庭階間 世說
每撫琴操令萬山皆響 南史宗少文傳
聊欲絃歌作三徑之資 南史陶潛傳
手筆典裁爲當時所重 南史王儉傳
圖畫賢哲託異代之交 南史蕭允傳
對何炯復見衛杜在目 南史何炯傳
遇漢高當與韓彭比肩 晉書石勒載記

游雅雖不乏薪乃然論語　北史陳奇傳

謝[illegible]僑雖無食肯質班書　南史謝僑傳

白[illegible]出機杼成一家風骨　北史祖瑩傳

知[illegible]有飢苦識百姓艱難　南史宋文帝紀

先朝於諸子最憐白象　南史齊長沙王晃傳

當代第一人宜輔烏熊　南史陸慧曉傳

孟長史府中有三素望　南史王鎮之傳

元領軍門下見一神人　北史李諧傳

天爵自高何簪纓足慕　北史薛聰傳

佛相非瘦乃臂胛太肥　南史戴顒傳

何平叔不解易中七事　南史張緒傳

韓吏部欲作唐代一經　韓文

阿萬軍中不離玉帖鐙　世說

孝徵髻上乃藏金叵羅　北史祖珽傳

天下膏粱惟使君與我　南史荀伯子傳

方今司牧非大弟而誰　唐高祖報李密書語

與安豐言亦超超元箸　世說
作洛生詠諷浩浩洪流　世說
堪共語惟韓陵一片石　庾信語
未能至是渤海三神山　史記
但知劣於卿何勞旦旦　北史孫搴傳
亦復誰能遣對此芒芒　世說
王思道能作大家兒笑　世說
韓伯休乃爲小女子知　後漢書

此聯季之字 8

寶釵廿枚餉周公阿杜 南史周盤龍傳

上楮五十遺老夫臣佗 史記

上行先生轉彌陀淨域 南史庾詵傳

遊俠處士歸武邱故山 南史何點傳

傍山帶江盡幽居之美 南史謝靈運傳

登峰造極資陶練之功 世說

見王思遠便憶邱明士 南史王思遠傳

重許元度或鄙孫興公 世說

啓借祕閣書得二千卷　南史柳世隆傳

誤讀論語序作三十宗　北史徐道明傳

疑者半信者半誰撿看　北史李業興傳

殺之三宥之三想當然　蘇文

家兄亦不知吾是才士　北史陽休之傳

他日會當以卿爲騎兵　南史任昉傳

介葛盧當不昧蠻人語　世說

顧長康何至作老婢聲　世說

一月常致二十九日醉 南史孔覬傳

百年須笑三萬六千場 本蘇詩

構清德之樓樹碑刻頌 北史長孫儉傳

居環堵之室彈琴詠風 文選

食壤乃能無求而自足

損米轉覺有待之爲煩 世說

莫怪儀衛多稽古力也 北史崔㥄傳

不問國界事聽曹爲之 漢書

賭取高歸彥七百里馬　北史爾朱榮傳
強遺柳士隆三十頭魚　南史范雲傳

侯景都督六合諸軍事　南史侯景傳
隋文創置千秋萬歲旗　北史盧賁傳

人地高華擬金山萬丈　南史朱异傳
書迹濫劣飲墨水一升　隋書禮儀志

慧業人來以文章賞會　南史謝靈運傳
空王佛所有香火因緣　北史陸法和傳

縟采鬱雲霞逸響振金石 北史文苑傳序

量腹進松朮度形衣薜蘿 南史宗測傳

七歲尚書袁令未爲晚達 南史袁昂傳

三日僕射周侯略少醒時 世說

有規檢彌衡無冰稜文舉 北史盧文偉傳

針膏肓左氏起廢疾穀粱 後漢鄭康成傳

命筆付青箱中傳家有史 南史王准之傳

摘梅貼烏珠上發矢無虛 南史柳惲傳

在官寫書亦是風流罪過　北史郎基傳

按縣記籍具知盜賊主名　漢書

忝預士流何至還東作賈　南史孔覬傳

出莅方岳乃復入中低頭　南史蕭惠開傳

黃散之官故須人門兼美　南史蔡凝傳

素絲既變不覺情文相生　南史齊江夏王鋒傳

張郃死生何關魏朝興廢　南史王宏傳

謝安出處以卜江左存亡　世說

彼若使李來此當命劉往　南史李孝綽傳

人皆因祿富我獨以官貧　北史房彥謙傳

暹說子才長子才說暹短　北史崔暹傳

定望義隆望義隆望定前　北史崔浩傳

常願戢羽依林藏鱗託水　南史沈約傳

豈能蹙足入紳申頸就羈　北史蕭大圜傳

漬蜜鱁鮧劉彧頓食數器　南史虞愿傳

醒酒鯖鮓虞悰惟獻一方　南史虞悰傳

甥舅之間風韵都欲相似 南史王錫傳

容止既妙餔歠亦復可觀 南史王景文傳

醻一飯之恩報睚眦之怨 三國志

應萬物爲有體性道爲無 南史王份傳

孫劉第使我不爲三公耳 三國志辛毗傳

郡縣更令儂復誦五教耶 北史蘇威傳

伯石豺狼聲越椒熊虎狀 左傳

遊道獼猴面陸操蝌蚪形 北史宋遊道傳

趙鬼逢君誦張衡西京賦 南史齊廢帝東昏侯紀

惠秀承旨畫漢武北伐圖 南史王傳融

謝晦方楊德祖微將不及 南史謝晦傳

擅超比郗嘉賓猶覺爲優 南史擅超傳

昔有班孟堅今見魏伯起 北史崔㥄傳

遠慚荀奉倩近愧劉眞長 世說

絲竹陶情恒恐爲兒輩覺 世說

甘果盈帳愼勿令大郎知 世說

一盌潤喉吻二盌破孤悶 唐盧同詩

三人捉坐席四人挈衣裙

豈無種秫田不了麴糵事 世說

試看隨陽鴈各有稻粱謀 杜詩

一日雨一日醉一日病酒 北史皇甫亮傳

十年生十年教十年沼吳 左傳

二十四

碎諸人作不得李長史脚指　南史李幼廉傳

聊一笑想足申王都督眉頭　南史王玄謨傳

折腰向小兒淵明解綬去矣　南史陶潛傳

戴面見天子僧達非狂如何　南史王僧達傳

經過廣州城門便得三千萬　南史王琨傳

一閱尚書令史徧識七百人　南史劉覽傳

陸法和不希釋梵天王坐處　南史陸法和傳

孔文舉自命伯陽老子通家　後漢書

胡忠簡詎肯處小朝廷求活　宋胡銓疏語

劉季奴不欲以大坐席與人　南史鄭鮮之傳

非爲我需尚書爲尚書需我　北史裴叔業傳裴植語

不喜君得諫議喜諫議得君　北史張惠普傳

庾杲得映貂蟬覺華采彌勝　南史庾杲之傳

崔㥄應作令僕恨精神太遒　北史崔㥄傳

人謂二百年以來無此詩筆　南史謝朓傳

月食四斗米不盡有何宦情　南史何胤傳

當其詣微時不知雷霆阬谷　南史祖暅之傳

每有入心處便覺咫尺玄門　世說

道德五千言亦爲筐篋中物　北史崔浩傳

祖宗七十代應是羲皇上人　北史熊安生傳

書報少卿太史自稱牛馬走

邑有猛政吏民如與虎狼君　南史趙伯符傳

崔浩覃思恒夢裏與鬼爭義　北史崔浩傳

李廣躭學見身中有神告辭　北史李廣傳

彥回能緩步遲行便得宰相　南史褚彥回傳

尉瑾好搖脣振足以學吳人　北史尉瑾傳

夜分讀書以中宵鐘鳴爲限　南史邱仲孚傳

邊方有警聞南山虎嘯而知　南史沈攸之傳

推排人間十許年故是舊物　南史王僧虔傳

承事中朝三世主惟用一心　南史譙國冼夫人傳

封述有應急神像須誓便用　北史封述傳

垣閎號被賧刺史傾資以輸　南史垣閎傳

他日東巡當置宴戴公山下 南史戴顒傳

當時北土曾作賊沈約集中 北史魏收傳

隱居求道清淨登仙如此三說　北史劉歊傳

執筆賦詩上馬入陣不後衆人　南史周羅睺傳

見馬稱爲閃電見弓稱爲霹靂　北史張孫晟傳

此木便是交讓此池便是醴泉　南史陸慧曉傳

張敷子孫皆善理音辭修儀範　南史張融傳

何遜文筆獨能含清濁中古今　南史何遜傳

叔夜盃景山鎗坐上並遺何點　南史何點傳

張協錦郭璞筆夢中同寄江淹　南史江淹傳

二十七

南士簡要清通北人淵綜廣博 世說

江右宮商發越河朔詞義堅剛 北史文苑傳序

傳世數卷書足勝齊景公千駟 北史劉晝傳

積錢累鉅萬不敵戴碩子三兒 南史戴法興傳

作山澤游忘其處朱門入紫闥 南史齊衡陽王鈞傳

讀神仙傳恍如睹白日仰青雲 南史陶宏景傳

新婦得配參軍生兒故不啻此 世說

飛將若逢高帝封侯何足道哉 史記

范縝若賣論求官得令僕久矣 南史范縝傳

袁憲不用錢買第取青紫自如 南史袁憲傳

履虎尾踐薄冰晝於賓客之館 北史李平傳

披鶴氅乘高輿望若神仙中人 世說

永平十年有金人現法身入夢 本內典

元徽七夕命玉夫伺織女渡河 南史宋後廢帝紀

二十八

如卿爲人合飲高歡手中一杯酒 北史宋遊道傳
經請共事曾在張令門下十餘年 南史張緒傳

味崔浩至言有如水精戎鹽縹醪酒 北史崔浩傳

慕僧紹高節特賜竹根如意筍籜冠 南史明僧紹傳

楚冢出考工闕篇王光祿按文可讀 南史王僧虔傳

襄陽得周宣遺簡江醴陵察篆而知 南史江淹傳

二十九

使謝元教文次宗教儒何尚之教玄素 南史宋文帝紀

聽劉瓛講禮顧懽講易朱廣之講老莊 南史齊豫章王嶷傳

臣豈干君陸法和尚不希釋梵天王坐處 北史陸法和傳

佛即是道李伯陽曾轉入維衛夫人口中 北史顧歡傳

運命自堪憑每遇好官宋帝輒思羊元保 南史羊元保傳

聲稱容過實但逢善事隋人爭頌宇文忻 北史宇文忻傳

連理嘉禾瑞雲諸堂紀瑞書祥葱葱鬱鬱 南史宋孝武帝紀

臨春結綺望仙三閣賦詩度曲夜夜朝朝 南史陳後主張貴妃傳

并州一篇詩打從叔出米六百斛亦不辦 北史魏收傳

汝南連日語悔名士在家三十年而弗知 世說

宋世景嚴約吏人不得食甲乙雞取丙丁帽　魏書宋世景傳

曹孟德初築精舍但欲梭冬春獵讀秋夏書　三國志注引魏畧

臣豈干君陸法和尚不希釋梵天王坐處　北史陸法和傳

佛卽是道李伯陽曾轉入維衛夫人口中　北史顧歡傳

運命自堪憑每遇好官宋帝輒思羊元保　南史羊元保傳

聲稱容過實但逢善事隋人爭頌宇文忻　北史宇文忻傳

連理嘉禾瑞雲諸堂紀瑞書祥葱葱鬱鬱　南史宋孝武帝紀

臨春結綺望仙三閣賦詩度曲夜夜朝朝　南史陳後主張貴妃傳

并州一篇詩打從叔出米六百斛亦不辦　北史魏收傳

汝南連日語悔名士在家三十年而弗知　世說

三十一

宋世景嚴約吏人不得食甲乙雞取丙丁帽　魏書宋世景傳

曹孟德初築精舍但欲梭冬春獵讀秋夏書　三國志注引魏畧

李諧善用三短因癭而舉頤因謇而徐言因跛而緩步

北史李諧傳

宋主喜狎羣臣號齴者缺齒號慳者儉悋號羊者多鬚

南史宋孝武帝紀

三十一

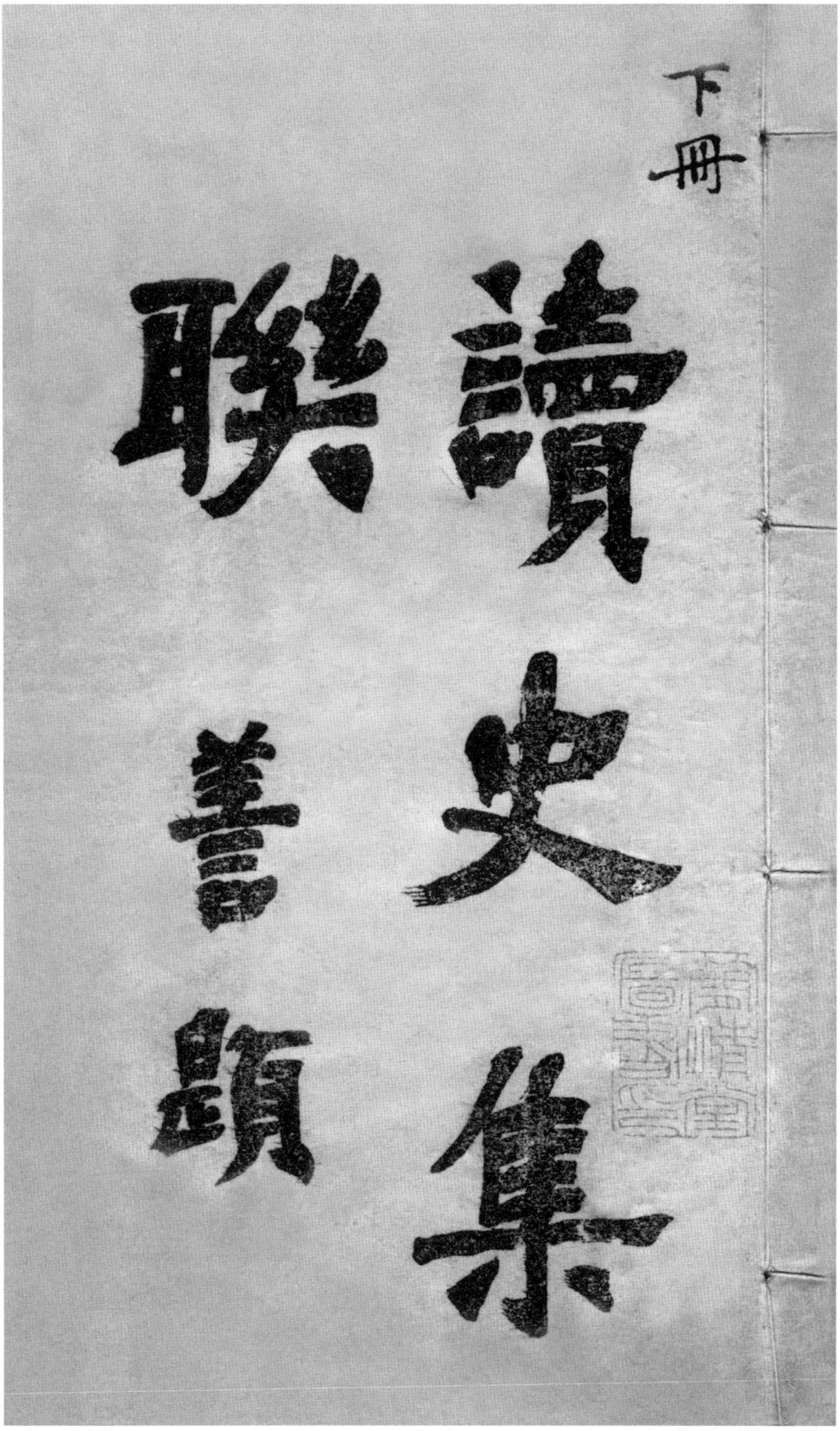
下冊

讀史集聯

善題

蔡二百里晋書
薩四十家北史李業興傳
一官一集南史王筠傳
五擲五盧南史李安人傳
樹花同發南史范縝傳
麥豆不殊北史麥鐵杖傳
賭碁得郡南史羊元保傳
探籌取州北史王勇傳

蛙蝦爲伍南史王微傳
鳩鳳相參
羹爛汝手後漢書
燭燒卿貂南史陸雲公傳
磨墨楯鼻北史荀濟傳
淅米矛頭世説
老石機杼北史石曜傳
小范甲兵宋史

唐相歇後 唐書

梁主護前 南史沈約傳

罕虎如晉 左

多魚漏師 左

沈腰紫志 南史沈約傳

徐眼青精 南史徐陵傳

譽父管母 荀子

金友玉昆 南史王錫傳

袁生開美度 世說
逸少清貴人 世說
劉惔金澡罐 南史劉惔傳
王敦玉唾壺 世說
宮女綠絲屩 南史齊廢帝東昏侯紀
官家紅縠褌 南史齊廢帝海陵王紀
義士堯君素 北史堯君素傳
佳人曹子丹 三國志

地鏡城隅見 南史宋文帝紀
天門夢裡開 南史薛安都傳
山頭望廷尉 晉書
天上下將軍 漢書
白地光明錦 世說
黃金略綽盤 清異錄
卿自用卿法 世說
吾亦愛吾廬 陶詩

江南朵荷調　南史江德藻傳　　湯定不澆雪　南史謝超宗傳

河北踏榆人　北史魏高涼王孤傳　　檀焉能逢風　世說

次同老公子　北史高昂傳　　侯景足偏短　南史侯景傳

穆紹大家兒　北史穆崇傳　　宗周面狹長　南史宗如周傳

黑卵經三劍　列子　　通商胡細脚　北史何妥傳

蒼頭起特軍　史記　　抗詔奴尖頭　北史古弼傳

黃案裹魚肉　南史齊廢帝東昏侯紀　　孤犢未有母　莊子

靑絲絡馬頭　南史侯景傳　　衆雌而無雄　莊子

子野沙汰我北史徐之才傳

元規塵汙人世說

黃斑青驄馬北史韓禽傳

綠檀金鳳凰

鄧神足狗肉南史周山圖傳

趙鬼食鴨劇南史茹法珍傳

僞官一張紙北史隋漢王諒傳

降將七條牋三國志

翻調安公子北史萬寶常傳

帶汁武鄉侯出宋岳珂程史

銅拔打鐵拔北史齊神武帝紀

紫皮易烏皮南史宋文帝紀

湯燖王逸少宋人說部

火迫蕭鄼侯唐書

通奏避支日後漢書

學書忌偶年北史李繪傳附李渾傳

三

衞王弓桓王矟北史魏秦王翰傳
貂蟬自兜鍪出南史周盤龍傳

宋公鼓顯公鐘北史宗道暉傳
珠玉在瓦石間世說

甄長伯夜半客漢書
天下自有男子晉書

李德林天上人北史李德林傳
家道多由婦人北史崔儦傳

蓴羹故應還沈南史崔祖思傳
道邊知是苦李世說

麥飯久不報馮後漢書
虜中以爲甘棠南史王敬則傳

不欲與競者競南史王敬宏傳
百姓三呼萬歲

常恥爲文士文南史范曄傳
六箭五破一皮南史齊武陵王曄傳

現宰官身說法

作領軍面向人 南史韋粲傳

常恐祖生先我

勿令崔家笑人 北史崔㥄傳

使黃頷兒牽我 北史齊平秦王歸彥傳

夢白頭翁教臣 史記

名士只須痛飲酒 世說
好官不過多得錢 宋史

明月用弓不如我 北史斛律金傳
今年破賊正爲奴 世說

名論勃崒爲理窟 世說
好詩流轉如彈丸 南史王筠傳

冀北之野空羣馬 韓文
平輿之淵有二龍 世說

下筆言語妙天下 漢書
卷幔山泉入鏡中 王摩詰詩

庇其宇下忘寒暑 世說
入吾彀中皆英雄 宋太宗語

不知我進伯仁退 世說
但覺公高太傅深 世說

前蜀後蜀兩花蕊
大阮小阮一竹林 世說

喬當及卿髦小減（世說）　御惡人如驥劣馬（北史齊神武帝紀）

樹猶如此人何堪（世說）　治大國若烹小鮮（老子）

恨諸人不見杜乂（世說）　高士求死不得死（晉書謝敷傳）

喜今日得御李膺（後漢書）　使君道隆從而隆（北史楊昱傳）

神情都不關山水（世說）　斛律老公性遒直（北史齊神武帝紀）

叱咤可以振風雲　李波小妹字雍容（北史李孝伯傳）

周弘武巧於用短（世說）　江夏倚井欄學字（南史齊江夏王鋒傳）

王仁祖但有都長（世說）　湘東看屋梁著書（南史梁宗室蕭恭傳）

此聯重林字

坐間惟識沈家令 南史沈約傳
雄猛並稱萬人敵 三國志

海外亦知蕭侍中 南史蕭子雲傳
水火不與百姓交 北史趙軌傳

刻木施機象柳謇 北史柳謇傳
夏后氏得庚辰助

易衣改席見羊欣 南史羊欣傳
周武王以甲子興 北史魏道武帝紀

華林便有濠濮想 世說
一把人何足可打 南史侯景傳

司州可與林澤遊 世說
千里馬獨先安之 漢書

涉水刻舟求寶劍 呂氏春秋
休源能誦起居注 南史孔休源傳

揚灰簸土覓珍珠 北史爾朱彥伯傳
崔浩多書急就章 北史崔浩傳

使處治中展驥足三國志　兩黃鵠云陂當復漢書

郤來江上泛漁舟宋史曲端語　四白狼隨軍以歸國語

天下膏粱惟爾我南史荀伯子傳　侍中即宰相便坐

帳中人物隨寢興南史王瞻傳　傳詔爲天下邊人南史朱修之傳

新安載米三千石南史張率傳　當塗遇我翩翩逝北史魏收傳

成都有桑八百株三國志　博士通名觸觸生北史熊安生傳

餂丹鼎藥升鷄犬　魏子洛中驚蛺蝶北史熊安生傳

朵蠟燭珠作鳳凰南史　徐公天上石麒麟南史徐陵傳

陳泰壘塊有正骨 世說
衛綰忠實無他腸 漢書

挺身虎穴得虎子 後漢書
賦人雞卵責雞雛 南史謝朏傳

周妻何肉皆身累 南史何顒傳
呂姥蕭娘爲虜嗤 南史梁臨川王宏傳

李生久逐羌博士 北史李業興傳
薛監今爲虜侍郎 北史薛聰傳

名士出山同小草 世說
此生竟體覺芳蘭 南史謝覽傳

涉之爲王沈沈者 史記
秦有个臣斷斷兮 書

出仕那居戶限上 南史劉式之傳
傳神正在阿堵中 世說

誰爲蕭諶作甌箸 南史齊衡陽公諶傳
我言唐邕是金城 北史唐邕傳

數步遙聞婦人臭北史梁覽氏傳　豈聞三公絳糾髻南史王敬則傳

三日尚留令公香　惟得一量紫綖靴北史徐之才傳

白檀牽車餉權貴南史庾仲文傳　朱公再散再致富史記

紫絲步障鬭紛華世說　黃帝且戰且學仙史記

烏衣馬糞諸王宅南史謝宏微傳　取人肝肺餡天狗南史梁武帝紀

鶴唳風聲二謝兵晉書　持此頭顱跪胡神北史崔頤傳

陸子真五世內侍南史陸慧曉傳　自有真人天際想世說

王安期三代國師南史王承傳　不聞使者日邊來世說

七

四等子男同一位
五嶽祭秩皆三公韓詩
四賢一時在中禁南史劉湛傳
六弟五人至大官南史蕭子範傳
並千蠟燭爲烽火南史崔慧景傳
合兩艖艒作水齋南史羊侃傳
穀品恨無黃頷臛南史虞悰傳
蠻人爭避蒼頭公南史沈慶之傳

使輔吳試求騶爻三國吳志
命公主遠嫁烏孫漢書
無處不逢鮑五佐南史鮑客卿傳
有客及見謝叔源南史王景文傳
縱橫荻片作棋局南史宋宗室武陵王曄傳
隱約竹簾爲妓衣南史夏侯亶傳
撰通史成六百卷南史梁武帝紀
擘朱牋製五言詩南史陳後主紀

葛龔代草符命奏後漢書　主人憒憒不如客南史蕭恪傳

蕭明自立德政碑南史梁宗室諸王蕭明傳　女嬃申申其詈予楚詞

殿上雙丸下雙鳥北史李元忠傳　犢之能破車者快北史潛僞石虎傳

夢中六唾出六龍南史荀伯玉傳　狗以不善吠爲良莊子

玉柄在握同一色世說　迷離撲縮走雙兎木蘭詩

鐵鉤挂體然千燈南史梁武帝紀　河漢雌雄各二龍左

阮嗣宗胸中壘塊世說　寄奴不與大坐席南史鄭鮮之傳

褚季野皮裏陽秋世說　纖兒欲撞好家居晉書

不欲居通塞之任 南史蔡興宗傳論 合四老人稱四皓 齊書徐伯珍傳

政當處季孟之間 北史盧元傳 得一妄語謝一縑 南史王遠傳

少時處仲蠭目露 世說 入粗入細李普濟 北史李子雄傳

老去伯仁鳳德衰 晉書 能賦能詩陽休之 北史陽休之傳

捷足高才先得鹿 史記 高帝子孫盡龍種 杜詩

深山大澤實生龍 左 周家兄弟若籧腰 南史周宏直傳

太武雲中驅野馬 北史魏太武帝紀 儒者言可寶萬世 南史劉瓛傳

藺欽市上驅駱駝 南史藺欽傳 福門子當享長年 北史刁遵傳

書籍最能益神智北史李先傳
天下傳武媚娘曲唐書

刀箭豈復識親疏北史王晞傳
人間有楊婆兒歌南史齊廢帝鬱林王紀

爾如狗耳聽人嗾北史宋弁傳
宮中常著連齒屐南史宋武帝紀

吾其魚乎思禹功左
堂上不施局脚牀南史宋武帝紀

軍中裹飯混鴨肉南史陳武帝紀
傍山帶江靈運宅南史謝靈運傳

帳下臑酒炙車螯南史劉湛傳
大郭厚輪曹武錢南史曹武傳

王七思歸何太疾北史王晧傳
大中反語協同泰南史梁武帝紀

南八不死將有爲韓文
作奏雖工去葛龔後漢書葛龔傳

詩中寓識愁和帝 南史齊和帝紀
紙尾題貞與上人 南史劉歊傳

風流比春月楊柳 世說
詩句如初日芙蓉 南史顔延之傳

聊以折枝當麈尾 南史張譏傳
不妨臑酒炙車螯 南史劉湛傳

烏布幔中陳顯達 南史陳顯達傳
靑油幕下謝宣明 南史劉式之傳

尉地干效人舉措 北史尉瑾傳
謝敬沖得父膏腴 南史謝瀹傳

靑鞋布襪杜陵老 杜詩
綠巾繡襖尉遲軍 北史尉遲迥傳

宮人時樣散叛髮 南史齊和帝紀
宰相風流斜插簪 南史王儉傳

造玉麟符代銅獸 北史樊子蓋傳
織孔雀毛勝雉裘 南史齊文惠太子長懋傳

太白入井自爲渴晉書苻生載記　吹笙歌作女兒子南史齊廢帝東昏侯紀

薄餅裂緣應未飢北史王罷傳　送鼓角娛田舍公南史張興世傳

魯漫漢記曾相識北史楊愔傳　銜觴賦詩樂其志南史陶潛傳

石董桶惟解弄癡北史皇甫玉傳　登山臨水送將歸楚辭

師丹老人善忘事漢書　今日聊復受飩餺北史孟信傳

侯白薄命不勝官北史李文博傳　大奴固自有鳳毛世說

魏郎弄戟今多少北史魏收傳　許於公廷展私敬北史王玄感傳

李蔡爲人在下中史記　敢以私潤負公心北史赫連子悅傳

十

濟世安民十八子唐書　快犬名鷹飽粱肉南史齊廢帝鬱林王紀

入城側帽獨孤郎北史獨孤信傳　浴鳧飛鷺滿汀洲杜詩

特爲灃津縮水脈北史爾朱兆傳　昨夜復南塘一出世說

不能廷尉望山頭晉書蘇峻傳　何時得東閣再窺李玉溪詩

瓠蘆中貯漢書眞本南史蕭琛傳　子孫潔白位至三事後漢書注引續齊諧記

大桁頭得舜典僞篇隋書經籍志　日月光華弘於一人八伯歌

九子玉鈴施莊嚴寺南史齊廢帝東昏侯紀　思懷所通不翅儒域世說

萬丁金帶入達奚家北史達奚武傳　明德之後必有達人左

周孔連鑣伊顏接衽北史甄琛傳　但見羅友送人作郡世說注

晉楚更霸趙魏困橫周興嗣千文　常恐祖生先我著鞭

樂由陽來禮由陰作禮·　弘治標鮮季野穆少世說

山以仁靜水以智流北史郭祚傳　苟子秀出阿興淸和世說

十一

陸處無屋舟居無水南史張融傳　鮭菜嘗有二十七種南史庾杲之傳

方流有玉圓折有珠尸子　鶴壽不知幾千百年瘞鶴銘語

何難取三棱與五將南史李安人傳　馬澄嘗與阿奴門腕南史齊鬱林王何后傳

可謂帶二江之雙流南史謝朓傳　江祏遂爲混沌書眉南史齊江夏王鋒傳

稷下淹中談書之藪北史文苑傳　出則同輿食則同案北史外戚馮熙傳

燕南趙北避世所居三國志引英雄記　外無異門內無異煙南史孝義董陽傳附劉瑜傳

道術既分三儒八墨北史文苑傳　相邀新亭藉卉宴飲世說

英俊之域七相五公西都賦　乃瞻衡宇撫松盤桓南史陶潛傳

彼以少許勝人多許 世說
物雖無情遇者有情 世說

彼以下駟君以中駟 史記
先弄小蛇後弄大蛇 宋人說部劉貢父嘲歐陽公語

我頭岑岑得無有毒 後漢書
卿目睆睆正耐溺中 晉書石季龍載記

楊使君傳有千里眼 北史楊逸傳
李都督何須八尺軀 北史李弼傳

謝混賦詩勗二三子 南史謝宏微傳
張緒對策號百六公 南史張緒傳

曾與明公俱爲鴻鵠 後漢書皇甫嵩傳南史范雲傳
不知許事且食蛤蜊 南史王融傳

藥王燔軀波斯洒血 北史樊遜傳
烏獲扛鼎都盧尋橦 文選

三筆六詩異蹟均美 南史劉孝綽傳
雙文二少後進名家 南史謝覽傳

十二

惟女子小人爲難養 論語

懼長者家兒不易調 後漢書馬援傳

仕宦之鄉陶染成俗 北史

珪璋特達機警有鋒 世說

七縱七擒不復反矣 三國志

一邱一壑自謂過之 世說

身在江湖心存魏闕

目覽詞訟手答牋書 南史劉穆之傳

蘇綽定文案出入式 北史蘇綽傳

蕭巡製卦名離合詩 南史王敬容傳

既見大巫覺神氣盡

不藏古籍爲鬼名多 南史柳津傳

金溝清泚銅池搖漾 南史羊元保傳

紅羅颯纚綺組繽紛 文選

貪士市瓜惟擇大者 北史楊愔傳

凡人取果宜待熟時 陸法和傳

漉沙構白熬波出素 南史張融傳　每作一篇朝成暮徧 南史劉孝綽傳

層巒聳翠飛閣流丹 王勃文　並下雙管左圓右方 北史劉炫傳

既有良田何憂晚歲 北史楊侃傳　白鶴集永初太極殿 南史宋武帝紀

欲搆大厦須集衆材 本潘尼詩　青龍出至德建陽門 南史陳後主紀

王太尉不言阿堵物 世說　蠅拂麈尾王謝家物 南史陳顯達傳

鮑通直復是何許人 南史鮑泉傳　龍章鳳姿神仙中人 世說

摯景遊四作二千石 世說　劉季都關中得百二 史記

鄭康成一飲三百盃 南史陳暄傳　孫策以天下爲三分 庾開府集

十三

丹穴縱煙求越王後呂氏春秋　枕籍六經漁獵百氏北史辛德源傳

朱衣捧日降陳霸先南史陳武帝紀　暉麗九有燭照三才南史鍾嶸傳

旱母所臨州皆赤地南史蕭推傳　新婦宜男孝順富貴北史崔㥄傳

雨師既灑道無黃塵西都賦　後宮多麗窈窕繁華

童子何知恭逢盛餞王勃文　羊入我厨物出官庫北史赫連達傳

兄弟無禮臣坐王家北史魏臨淮王譚傳　爵拜公朝恩謝私門北史王晞傳

劉瓛便爲今世曾子南史劉瓛傳　點緇成素變黑作白北史任城王順傳

慶之故是昔時沈公南史沈慶之傳　過湼爲紺逾藍則青南北魏收傳

螓首蛾眉笑巧目盼　一日千里必基武步北史令狐整傳

羊頤狗頰頭團鼻平北史魏收傳　二釁兩學實盛虞殷北史刑邵傳

修竹夾池長楊映沼北史柳宏傳　數果一瓜必分諸將北史齊蘭陵王長恭傳

游絲橫路芳草礙人庾開府集　尺布寸帛不入私房北史崔昂傳

問氏族麥不殊豆耳北史麥鐵杖傳　萬機餘閒千詩百賦南史梁武帝紀

較門第驢甯勝馬耶世說　群李競秀六草三眞南史王彬傳

拆劉昉名爲一萬日北史劉昉傳　吾聞公有馬十二谷北史齊神武帝紀

借張永苑且三百年南史宋明帝紀　誰謂爾無羊三百羣

十四

兒童擊鐵爲門鑿戲南史齊廢帝海陵王紀　取手巾與二兒拭鼻北史齊永王浚傳

武人下筆如穿錐形北史庫狄干傳　施布障爲小郎解圍

命王氏賣皁莢埽帚南史劉休傳　風動春朝月明秋夜南史蕭子顯傳

祭昭后薦茗糲蒩羹南史齊宣帝陳后傳　夏設飲扇冬有籠鑪南史梁南平王偉傳

臣在州將蛆混蝎看北史南陽王綽傳　因方成珪遇圓成璧謝莊賦

爾擊賊如鶻入鵶群北史高思好傳　吹律求聲叩鐘求音北史魏宗室臨淮王譚傳

興門之男衰門之女北史劉昶女傳　張臶惡鵀賈誼忌鵩北史崔光傳

富家多忌貧家多親北史隋蔡王整傳　宣武化鼈鄧艾爲牛北史李士謙傳

中主爲善易從惡易北史樂運傳　無何妥不憂無博士北史何妥傳

今年男婚多女嫁多南史殷景仁傳　有伯樂然後有名駒韓文

使羊追狼令蟹捕鼠南史周朗傳

拾蠶似蠋握鱣如蛇韓非子

附祀雍郊有諸嚴諸布漢書郊祀志
釋奠倉頡及先聖先師北史冀儁傳
太武出師南北三千里北史崔浩傳
豫章上壽東西一百年南史豫章王嶷傳
蜀得龍吴得虎魏得狗世說
粤無鎛燕無函秦無廬周禮
未知一生當著幾兩屐世說
共飲斗酒恰有三百錢杜詩

瓊樹瑤林是風塵外物 世說

柴桑栗里有羲皇上人 南史陶潛傳

陛下將兵不過十萬衆 史說

腹中無物足容數百人 世說

婦人妬防王者不能免 北史魏宣武高后傳

大令書法時人那得知 世說

欲求名史書一卷足矣 北史隋秦王俊傳

不達政誦詩三百奚爲

我若無卿亦一時之傑 南史謝莊傳
臣雖不肖兼數子之長 漢書
二陸兩源與槐柳齊列 齊書盧文偉傳
三張一左亦文章中興 南史鍾嶸傳
皇甫撰一碑黼三千絹
元謨貸疋布責八百梨 南史王元謨傳
草澤英雄惟有劉下邳 晉書何無忌傳
衣冠禮樂盡在牛奇章 北史牛弘傳

是兒欲踞吾著洪鑪上三國志

府君徑將我入靑雲閒北史蘇瓊傳

作物外遊未嘗行入郡南史孔淳之傳

貪人閒樂不能飛上天北史由吾道榮傳

數千萬兒錢阿六大可南史梁臨川王宏傳

三十年名士臣叔不痴世說

上湯殺四非聖蒸所忍南史王僧虔傳

舉酒屬客歌窈窕之章蘇文

十七

上馬擊賊下馬作露布 北史傅永傳

左手執板右手執孝經 北史馮亮傳

小民何辜得癩兒刺史 北史崔暹傳

大儒幸免執虎子侍中 孔安國事

任城王家兒抗聲殿上 北史魏任城王順傳

泰山府君子游學人間 北史段承根傳

千敕萬令不如荀公命 南史荀伯玉傳

三崔二張未若陳元康 北史陳元康傳

讀楊椿書除我心腹疾北史楊椿傳
吟孫楚句增人伉儷情世說
邢家小兒常客作章表北史邢邵傳
魯國男子便退拂朝衣三國志注
皓叟黃童滿鄧禹車下後漢書
白男紫祖降仲方軍前北史崔仲方傳
鳥則擇木木豈能擇鳥左
官當圖人人安得圖官南史何尚之傳

十八

二百卌齡飲曾孫婦乳 南史梁宗室蕭映傳

一十七世爲士大夫身

于田駕乘黃兩驂兩服

弱竹彈雙燕一去一留 北史李惠傳

齋帥以長刀引吾下席 南史劉式之傳

朝賢恃枯骨輕我寒門 南史朱异傳

武士奏蘭陵王入陳曲 北史齊蘭陵王長恭傳

司樂作常山公平梁歌 北史于謹傳

馮將軍抱薪鄧將軍爇後漢書

劉新婦簸米石新婦炊北史僭僞附庸涼州張寔傳

著人百尺樓儋梯將去世說

折腰五斗米解綬歸來南史陶潛傳

江思玄醜言聲拙瞻視世說

王元景好門戶惡人身北史王昕傳

使者過鄉不敢飲社酒北史杜弼傳

農夫納稼上入執宮功詩

8

不意老子乃與韓非同傳南史王敬則傳
若遇漢高當共彭越比肩晉書石勒載記
遊王謝家金玉琳瑯滿目世說
作濠濮想禽魚鳥獸親人世說
當代禮儀遵王太保家法南史王弘傳
後生文體祖杜秀才新書北史杜正藏傳
蕭勵誦書不差卷次行數南史梁宗室蕭勵傳
陶侃監作並錄木屑竹頭世說

九流區分本劉更生七略漢書
八體取進惟張景仁一人北史張景仁傳
虎生三日食肉不須人教晋書載記
龍吟十弄妙手得自神傳北史鄭述祖傳
鄉里畏孝侯甚長蛟猛虎世說
國家去竇憲猶腐鼠孤雛後漢書
邱公仕既不進才復退矣南史邱靈鞠傳
韓子動而得謗名亦隨之韓文

二十

心腹腎腸今予其敷爾衆 書

風領毛骨畢世難遇此人 世說

孫兒無憂必有汝喫飯處 五代史

臧氏之子能使予不遇哉 孟子

無彼此於人獨立故不懼 晉李密語

思飢溺由己異地則皆然 孟子

未聞巢父稱臣唐堯之世 南史劉凝之傳

何意永嘉復聆正始之音 世說

父爲九州伯兒作五湖長 晉書桓元傳

主稱千金壽賓奉萬年酬 曹子建箜篌引

臨川王工左右書左右射 南史齊臨川王映傳

漢陰叟無機械事機械心 莊子

徐常侍來北人復知寒暑 南史徐陵傳

沈家令入東宮乃肯夙興 南史沈約傳

西海鶼東海鰈封禪所致 封禪書

北路魚南路徐豪侈相同 南史徐君蒨傳

美器良材宜在盡用之地南史蕭思話傳

儒生俗士豈識時務之人三國志注

涿郡英雄喜怒不形於色三國志

任城福德文武頓出其門北史魏任城王雲傳

師嚴道尊士民乃知敬學禮

兄弟文武宗室便不乏才南史蕭穎冑傳

雲間陸士龍日下荀鳴鶴世說

晉家山吏部魏代盧尚書北史牛弘傳

延宗體肥坐則仰偃則伏 北史齊安德王延宗傳
劉炫手敏左畫圓右畫方 北史劉炫傳
趙臺卿作孫賓石壁中客 三國志
王僧虔書崔子玉座右銘 南史王僧虔傳
巾卷在庭祭酒應加朱服 南史何眉傳
冠屨失所宰相遂有黑衣 南史夷貊傳
趙修背如土牛堪耐鞭杖 北史甄琛傳
靈韵手作木馬以教乘騎 南史齊廢帝東昏侯紀

二十二

李安人與天子共交手戲南史李安人傳

吳遵世遇老翁授開心符北史吳遵世傳

欲爲士人故非天子所命南史江斅傳

凡有觴酌宜以大夫爲先南史沈慶之傳

方知龍逢比干未是儁物北史齊文宣帝紀

再生周公孔子不爲秀才北史杜銓傳

零雨自天終待雲興四岳北史魏蘭根

高齋坐月乃欲滓穢太清世說

骨親肉疏故以羊肋相付 北史傅伏傳

腸肥腦滿畢竟龍子不凡 北史齊琅琊王儼傳

金鋌既不可食王以乞汝 南史梁廬陵王續傳

瓊弁尚未之服神曰畀余 左

山中麞兎盡里中人庶盡 南史魚宏傳

我家烏雀多汝家賓旅多 南史王僧祐傳

韓文重人間如泰山北斗 唐書

謝詩得神助在永嘉西堂 南史謝靈運傳

我非郭林宗卿過茅季偉 南史孝義樂頤之傳

遠慚荀奉倩近愧劉眞長 世說

詐作趙郡鹿猶勝常山粟 北史李孝伯傳

甯飲建業水不食武昌魚 三國志

顔士遜出糞土升雲霞上 南史顔竣傳

支道林着敗絮在荊棘中 世說

竟陵爲王如樹花墜茵席上 南史范縝傳

孝克飼母取珍果納紳帶中 南史徐孝克傳

讓此生學問文章出人頭地 歐陽文忠語

移主君智慧祿相入我腹中 北史徒河段就六眷傳

神氣離形如鳥出巢蛇出穴 魏書杜弼傳

詩人託興有鶖在梁鶴在林 詩

神武曲赦崔暹須與之苦手 北史陳元康傳

鮑叔自迎管仲請受而甘心 左

三層浮圖上鐸聲雅合宮調 北史長孫紹遠傳

千里蜀道中鈴語如說郎當

衛青爲奴時得勿笞罵足矣 史記

謝澹遊方外豈宜規矩繩之 南史謝澹傳

張耳舍中厮養卒莫非俊傑 史記

魏王床頭捉刀人乃眞英雄 世說

仰屋著書萬歲千秋誰傳者 南史梁宗室蕭恭傳

臨池洒翰三眞六草世寶之 南史王彬傳

百代華宗共車千秋分一字 北史李渾傳

同府素望有阮万齡輩三人 南史王鎮之傳

德昌紀元延宗僅兩日得位 北史齊安德王延宗傳

大亨僭號桓元兆二月了期 南史梁武陵王紀傳

康樂侯開徑南遊疑爲山賊 南史謝靈運傳

清河公浮舟東下卽是江神 北史楊素傳

虞荔方九齡時對五經十事 南史虞荔傳

善勛於寸楮上作八體千言 南史文學顧協傳

以王比劉非不能逮直不逮世說
因狂思簡惟有弗爲乃有爲
門下粥香夜深徐婢呼貓女北史獨孤陀傳
關中兵盛老去阿瞞畏馬兒三國志
乃命召伯因謝人以宅申伯詩
然則明公誅季布而賞丁公通鑒馮誕對王猛語
秦王之心逮三世至於萬世史記
侯景既敗看一人以爲十人南史侯景傳

東晉建都寄人國土心常愧 世說

西湖行樂還我山河夢有徵 宋人說部

袁尹信步園林以詩酒自適 南史袁粲傳

庾公小頹風範惟邱壑獨存 世說

亘古未聞宇宙將軍都督號 南史梁武帝紀

羣臣共贖皇帝菩薩清淨身 南史梁武帝紀

何容讀國士議文直此冷笑 北史崔贍傳

凡所作名公碑志不免愧詞

二十六

褚淵羞面見人郭車前羽扇南史劉祥傳
孫荆反腰貼地銜席上玉簪南史羊侃傳
茂弘負良友伯仁悔無及矣世說
文舉禮太史子義誰復非之南史劉敬宣傳

同是徐尚書何無一人佞媚我　北史徐之才傳

待平陳國主當以七寶莊嚴公　北史李德林傳

淑女友瑟琴即王者房中之樂　北史房暉遠傳

官家賜鼓角非老公田下所吹　南史張興世傳

曹公養呂布如鷹既飽則颺去　三國志

宋武御張瓌若馬有事便牽來　南史張瓌傳

劉尹宴妻兄金柈貯檳榔一斛　南史劉穆之傳

華陀傳弟子青黏配漆葉三升　三國志華陀傳

張永借苑三百年俟期盡更請 南史宋明帝紀

公業有田四千畝而食恒不周 南史王騫傳

命典樂選絲竹十人遣娛高允 北史高允傳

以鳴蛙當鼓吹兩部鉅效陳蕃 南史孔珪傳

有君子貌兼君子心其惟楊達 北史楊達傳

立惡人朝與惡人言若浼伯夷

卓立儔人中君復未見嵇紹父 世說

共遊洛水上誰曾聞有蔡克兒 世說

二王說於利宋硜將言其不利
衆人稱爲狂酈生自謂我非狂史記
宗道受藩府鞭徐呼安偉安偉北史宗道暉傳
王睎聽鮮卑語不解樓羅樓羅北史王睎傳
牀頭見數袠書便以學問相許宋書王微傳
宅邊有五柳樹嘗著文章自娛南史陶潛傳
聽嵇中散談勤着脚乃得去耳世說
與王安北語既出戶不復思之世說

來訴如州宗官乃犯宗如周諱南史宗如周傳
早識王太原宅將爲太原王居北史恩幸傳
謝晦從帝入關十策而九中矣南史檀道濟傳
陳文夢日墮地三分取一懷之南史陳文帝紀
褚淵名德弗昌乃有期頤之壽南史褚炤傳
宋弁人身不惡猥以門戶自矜北史宋弁傳
劉瑀宦遊不出當入不入當出南史劉式之傳
麋芳營壘應開反閉應閉反開三國志

湘東好奇留上津鄉張元遺枕　南史梁宗室蕭映傳
竟陵愛古致會稽郡虞翻舊床　南史齊竟陵王子良傳

二十九

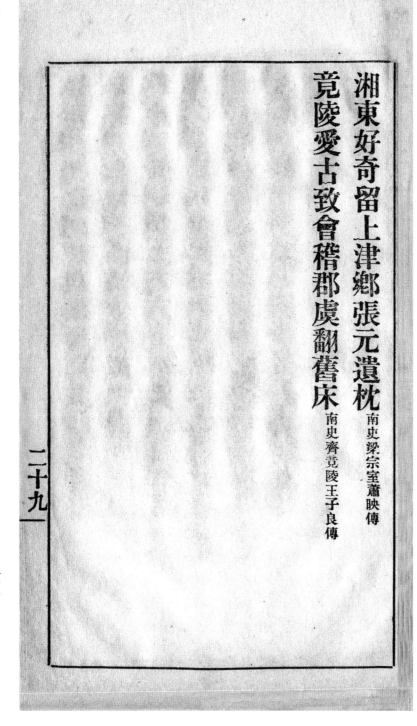

太始學科儒道文史陰陽分五部 南史宋文帝紀
周官方志康樂和親安平爲一書

宋武大書一紙不過六七字便滿 南史劉穆之傳
蕭賁善畫尺幅便覺千萬里爲遥 南史齊巴陵王胎胄傳

四阿重屋五室九階復明堂舊制 北史牛弘傳
二陸三張兩潘一左亦文章中興 南史鍾嶸傳

人皆曰郭尚書倚副帥不戢軍士 柳子厚段太尉事狀
卿勿以王夷甫識石勒枉害忠良 唐明皇語

王思遠無仕心暑月懷冰霜之氣 南史陸慧曉傳

祖叅軍恒縮頸晴天從屋漏中來 世說

鞭南康吏二百人取瘡痂以給膳 南史劉邕傳

尋西王母三萬里窮轍跡而忘歸 穆天子傳

河南既亡檀公建卅六策走爲上 南史王敬則傳

江東已定項氏以八千人渡而西 史記

貉非貉狐非狐東魏爭傳狗子讖

驢不驢馬不馬西域共笑龜茲王 漢書

阿育造塔廟四萬八千布滿世界梁書扶南國傳

蘇綽定官制三百六十仿效成周

從形骸外學華歆去之所以彌遠世說

於情貌間察王掾固已知其不凡世說

東昏擔七丈五尺幢齒折而不倦南史齊廢帝東昏侯紀

阿豺聚一十九枝箭勢衆者難摧北史吐谷渾傳

充以總明四部書王文憲家即爲府南史王儉傳
讀徧道德五千字李伯陽言不及仙李白詩
召左右營十一之方命窮徒爲鬼笑南史劉粹傳
起隴畝據百二之勝臣業孰與仲多史記

三十二

楊處道猛將韓擒虎門將史萬歲騎將北史賀若弼傳

劉慶孫長才潘仲陽大才裴景聲清才世說

元康嘗從游行記馬上號令九十餘事北史陳元康傳

唐邕不執文簿唱御前將士三五千人北史唐邕傳

經國正賴劉係宗雖有王融沈約輩何用南史恩幸劉係宗傳
選壻不須桓宣武但如子敬眞長比最佳世說
爾朱欲渡河時一夜灃波有神先縮水脈北史爾朱兆傳
阿黑催攝面去三千槊脚何人敢犯石頭世說

三十二

初日照三山見蓬萊方丈瀛洲金銀爲宫闕史記
微風香數里知臨春望仙結綺窗檻盡沈檀南史陳後主張貴妃傳

鵠不成類鶩虎不成類犬效季良不成轉爲輕薄後漢書馬援傳

狗雖老猶獵馬雖老猶駿譬徐娘雖老尚自多情南史梁元帝徐妃傳

崔㥄博雅弘麗崔贍氣調清新父子并詩人冠冕北史崔贍傳

唐陵縱橫武略唐瑾雍容文采弟兄皆霸府英才北史唐瑾傳

人皆如曹永世之流便治可結繩但恐狐狸貒貉啗盡

世說

我今獲李德林爲用此天降嘉瑞勝於鳳凰麒麟實多

北史李德林傳

延多士集西邸抄五經百家總名四部要略爲書行世

南史齊竟陵王子良傳

與群神游鈞天聽九奏萬舞不類三代古樂其聲動心

史記

曾見卿元子思坊下面鄣方麴騎禿尾草驢何得言獨不識汝北史楊愔傳

自從王韓陵原軍中身載露車給爺牸牛犢此外皆取之於人北史司馬子如傳

三十四

馬少遊自述平生乘下車御款叚馬爲郡掾吏稱鄉里善人足矣後漢書馬援傳

郭林宗出立墓道戴大帽著吉莫靴顧薛儀同問我家阿貞來乎北史諸宦者傳

復尹仲錫太守書

調元夙躭史籍，諷覽不勌，始亦嘗綜核成敗之迹，辨証得失之林。自領簿書，遂無此暇。僅於政隙默溫史文，比事屬辭，以資消遣，謂差賢於博弈而已。零星湊泊，漫不存錄。去夏偶因目眚瞑坐，爲之得三百餘聯，同人取付排印。嗣陸續有得，合前作約七百聯。每念前賢徇華忘實之譏、玩物喪志之戒，未嘗不汗顏也。公胸羅史宬，釀爲經濟，俯視不賢識小，何値一噱。不圖手筆獎借索觀

一

全錄無任慙悚謹以印本附錄近作呈祈教正諸聯皆組織史文而南北史獨十居八九竊謂讀史漢如飲醕醪糟粕淨盡純乎精華此不能組織者也讀唐以後史如食生蜜盃面甘芳挹之易盡餘皆蠟滓此無可組織者也惟南北朝諸史富於華藻工於描摹旁記瑣事兼存雅謔讀者如見其人無公家言之累譬諸啗鮮棗者滓汁相將沈浸舌本不能別孰爲精華孰爲糟粕也以六朝隸事之法隸六朝叙事之文核其體裁似與通志

堂經解所收春秋類對賦爲近特彼連綴成篇此作散
聯彼取裁不出左氏此間采他書不能徑以南北史標
名爲異耳拜復嘉命附陳狂言惟公裁之

物必有偶惟人合之和老為撮合山能使古往今來單詞隻語各匹而偶之亦功德事也始得其讀史集聯三百餘偶近又索其新輯合凡七百考所出各秦越不相知而合之皆天然比配神矣文史如海古今如林其中孤鸞寡鶴尚無數紀皆呈妍貢媚待和老發大願一一合之一笑

鄉寧吳庚識

啓功先生舊藏楹聯秘本

下册

章正　主編

北京师范大学出版集团
BEIJING NORMAL UNIVERSITY PUBLISHING GROUP
北京师范大学出版社

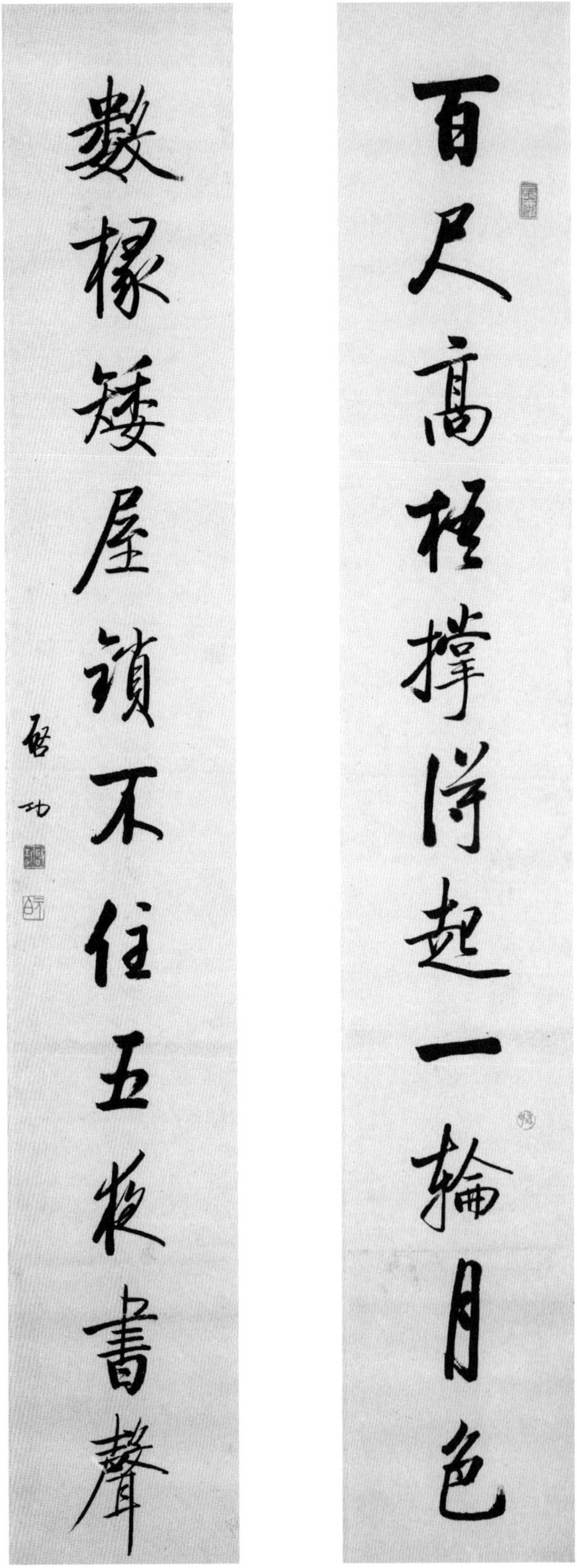
百尺高檣撐得起一輪月色
數椽矮屋鎖不住五夜書聲
啓功

梡鞠録

二卷

宣統元年十月南陵徐乃昌重刊小[illegible][illegible]館本

敘

先生澄懷體物汪中指事類情馬榮祖削鐻於神志之閒曾燠放誕於塵埃之表陳維崧同年之友邵齊燾語妙天倪樂鈞知言之選沈清瑞體周大雅毛先舒中槃阿之緖言劉嗣綰役谷神於孤往郭麐爰覽在昔王芑孫標厥新旨劉履芬百餘年來查初揆漢製魏造樂鈞吳歈越吟查初揆凡有作者阮元妃爲楹牓楊峴類有千端陳維崧足該六藝汪中緬陳迹於古人阮元發勝情於方寸吳錫麒撥仇索耦袁枚探頤眾妙方履籛除煩去濫曾燠綜覈萬變朱文翰涉目有獲王芑孫拈毫獨笑吳錫麒含太古之希聲胡敬操雅麗之絕格方履籛九機百鑷郭麐度合刌分曹肩雙珠兩劍沈清瑞思精神告高心夔妙抉言泉吳錫麒希風往哲汪中蔚乎神筆毛先舒錄百氏之芳華陳維崧緯以妍辭吳兆騫窮五際之絕業袁枚書之萬本趙懷玉國門可縣汪中貫以九變王芑孫神理

共契曾燠直欲雕鑱造化劉履芬足以寫盪性靈方履錢即此一編吳錫麒取高前式

陸圻僕本不文毛奇齡各在羇屑郭麐載披新製陳維崧唱歎彌日毛先舒眞天姿之備

嶶陸圻凡前修之雅文沈清瑞分其餘藝趙懷玉覯止始於今日王太岳抽此祕思汪中

託風懷於末簡杭世駿既謝一言之知郭麐大有風人之致陳維崧爰引其端劉開附

志喜劇劉履芬金壇馮煦

此宜照姓至者

椗鞠錄卷上　懷豳園

歸安朱祖謀編

健者今生必韓杜　潘德輿　向來吾郘各風霜　龔鼎孳

一家侍從盛公讌　劉嗣綰　百辟颺言總報章　黄任

永和水竹延名士　劉嗣綰　摩詰丹青本作家　邊浴禮

卻看星象書含譽　翁叔元　猶染霜豪寫永和　嚴繩孫

茈襟惠帶工齊物　邊浴禮　酒壘詩城昔張軍　黄任

清河第宅雕鞍盛　陳維崧　祕閣圖書玉軸裝　吳偉業

反閉衡門擁圖籍　邵長蘅　新裝法錦押珊瑚　曹溶

尊前訂就千秋業　高詠　堂下羅生十樣花　朱彝尊

茅亭石瀨泉聲過　惲格　薤簟湘簾日影斜　邵長蘅

懷古百方搜闕佚　李兆洛　高吟三復勝瑤琨　周篔

碧芹翠韭還鄉味　吳蔚光　瘦策寬韈浴佛人　厲鶚
遙傳段墅停雲什　周篔　足傲袁安臥雪圖　劉嗣綰
重過水寺欣聯屐　周篔　小結林亭獨著書　周亮工
十年松竹誰留守　龔自珍　萬卷圖書肯借觀　周篔
卻爲越石聞雞起　李兆洛　誰笑歐陽賦燕癡　黃景仁
芙蓉東府含初日　黃任　楊柳西風變晚寒　徐榮
一遊勝讀十年書　魏源　萬卷重開五夜鐙　蔣士銓
岳色河聲盡驅赴　劉嗣綰　茶經酒譜各橫陳　史夔
閒憑濤嶂舒孤眺　王士祿　細寫烏絲紀勝遊　徐昂發
身居宏景三層閣　袁枚　臥看雲林一幅山　邵長蘅
曾窮老氏五千字　高詠　未讓歐陽六一賢　朱琦
螺琖銀柈自佳麗　徐昂發　瓊葩玉蕊紛葳蕤　邵長蘅

千里過師從枕席　周賀　一生報國托文章　徐昂發

萬樹梅花千斛酒　高詠　兩箱金石半牀詩　阮元

明遠賦情何婉麗　吳嘉紀　昌黎詩格最輪囷　黃爵滋

誰説晚唐無妙詣　陳維崧　莫嗔倉頡不仙才　龔自珍

紙窗竹屋青鐙夜　黄任　席帽椰瓢紫塞人　周亮工

有時指節成花當　朱彝尊　別署頭銜作橘官　黄任

分明碧落紅牆畔　蔣士銓　還憶珠宮貝闕年　魏源

篆文奇擬郭忠恕　邊浴禮　紀傳常輕褚少孫　吳雯

紺珠入掌搖銀蠟　龔鼎孳　玉尺量身賜錦袍　吳偉業

高情合受維摩詰　王士禎　涙飲終輸老渴羌　陳均

二王祇合爲奴僕　龔自珍　六經所記斯權輿　陳恭尹

丰骨端爲世倚仗　梁佩蘭　長鬢忽報客非常　陳維崧

此可為游冶之地者也之

此可為好唱戲打解者也之

但哦松樹當公事　李兆洛　願與梅花結後緣　朱琦

才傳墨法五千杵　姚鼐　已拔青琅十萬簪　胡天游

偶同萍梗因風到　蔣士銓　何處菱花似月明　屈復

終須準望詢裴秀　陳壽祺　豈有傳經奉伏虔　曹溶

家林諫草終存史　袁枚　臥讀農書不出門　厲鶚

宓子弦歌宜小邑　袁枚　魏公簪笏付諸郎　陳維崧

遺作江山文字主　周起渭　至今風雨鬼神朝　惲格

故國頭書頻白鴈　王士祿　野人篝火策烏犍　徐臣發

重編彭澤新籬舍　高詠　悔別淸溪舊釣臺　邵長蘅

八音分別宮商韻　袁枚　四壁飛來竹石聲　劉嗣綰

峭石立分新竹界　朱琦　錦燈斜擁落花圖　龔鼎孳

料得蓬窗應點筆　惲格　何如蘭渚遠浮杯　朱彝尊

九歌便是離騷譜　黄　任　十畝新營履道居　杭世駿
手剔羣家奉鄒魯　潘德輿　夢迴四壁走風濤　陳恭尹
巴煙棧雨一千里　陳維崧　短蘜長歌二十年　朱奕恂
平江煙雨單衫皺　陳壽祺　全蜀山川縮本摹　王　曇
尙有匡牀分上下　徐　倬　擬將湘管寫娉婷　鄒升恒
雖輸陶峴三舟樂　黄　任　曾比枚生七發來　惲　格
怡親自釀中山酒　周亮工　餉客還存博士錢　吳偉業
圓璧方規殊體勢　周　篔　東勞西燕逸風情　黎　簡
吹簫獨按漁陽鼓　惲　格　執爵常思靖節巾　曹　溶
重言咏歎如飢雀　黎　簡　斗室偃仰同眠蠶　陳宗達
落花暮雨君對酒　黎　簡　彤堂淸室予之居　高心夔
不知白塔紅橋景　魏　源　共映圓沙皺石文　張鳳孫

草冠世襲諸生服　袁枚　棗木流傳本事詩　朱彝尊
祗應嬾慢長耽睡　周篔　傳到文章不算名　邊浴禮
澤抹紅沙翻繆篆　阮元　猶煩黃石授陰符　朱珔
六時還汝薝蔔朵　杭世駿　九月猶開窅窳花　龔自珍
雪北煙南誰管領　李鴻裔　鵲晴鳩雨費評量　魏源
琪花瑤草自窈窕　陳維崧　牙籤錦贉圍周遭　邊浴禮
閒臨畫譜移苔格　劉嗣綰　但恐山人變竹枝　張遠
郎官石柱詩無敵　朱彝尊　弟子丹青筆有神　吳暻
軒樂湘靈休剿說　魏源　露蘭風菊正思紉　胡天游
屐分沙徑涼蛩語　章寶傳　水漲桃花小鴨驕　徐鑠慶
華館每攜詞客醉　髙詠　吳山相槳隱人多　曹溶
處士加餐惟晚菊　黃任　傖夫說餅夢春鋤　周亮工

大鵬斥鷃歸齊物　屠倬　周北張南只比鄰　厲鶚

淡日青門菘葉圃　厲鶚　翠煙紅雨木瓜墩　杭世駿

難禁屈突蔥三斗　袁枚　補種東坡柑兩株　李兆洛

洞天縮本蟠猗篆　趙懷玉　海島疇人奉大師　龔自珍

頗聞白苧繙歌調　朱琦　自翦青蔬勸酒籌　曹溶

大塊文章任芒角　魏源　高齋花月選團尖　黃任

推枰尚戀全輸局　蔣士銓　開篋重看未見書　王甯焯

好句但酬青玉案　劉嗣綰　摩厓上有紫陽書　施閏章

但令指法傳中散　李希曾　要著頭銜領醉侯　劉嗣綰

古香噴薄凝焦墨　黃任　禿穎摩挲展素紈　惲格

登樓秋色侵衣冷　施朝幹　卷幔山光繞座前　朱彝尊

七發文詞才子筆　陳壽祺　三時清課辟支禪　杭世駿

閒來置酒常招隱　袁枚　獨幸鈔書不是慾　周亮工

雀籙雞碑堆滿架　袁枚　棋枰酒壘各成軍　徐昂發

蘭篆笑薰藏袖字　龔鼎孳　竹陰深護曝經樓　周篔

浮名總在無如飲　高詠　謔語縱橫許入詩　王士祿

建安風調開元格　邵長蘅　小李丹青大謝才　袁枚

虞監親鈔羅典籍　徐昂發　皋陶從古善賡歌　阮元

十日畫山五日水　高詠　二分梁父一分騷　龔自珍

貧託長鑱以爲命　陳維崧　詩扛健筆未能休　程同文

官齋無事拂東絹　劉嗣綰　才子傳家典北扉　吳偉業

重聞黃鳥宜春樹　黃雲　也買烏犍種楚苗　朱彝尊

范緩倪迂大張拓　王士禎　彭鏗史佚來趨蹌　龔自珍

青山似欲償詩債　厲鶚　黃石何從訪異人　朱雲駿

碧酒紫瑤堆案滿　張九鉞　玉壺銀燭澆花行　龔鼎孳

千里蘼蕪雙棹遠　惲格　十年蘭芷兩情并　陳壽祺

銀鉤猶牓尚書字　錢大昕　緗軸披吟供奉詩　龔鼎孳

著書高卧青霞宅　龔鼎孳　按軫虛彈淥水歌　何紹基

風雅以還兼正變　顧圖河　天涯相識在文章　周篔

張生石鼓李潮篆　楊述曾　漢代風詩楚國騷　黄爵滋

欲從蓮界參禪味　陳壽祺　輸與松江理釣絲　邵長蘅

隔著陂塘聽荷葉　劉嗣綰　夢歸山館種梅花　錢良擇

安知蕙帳荷衣外　陳籌祺　聞在黄泥赤壁間　朱琦

元瑜箋札推才子　吳偉業　商隱篇章劇老成　陳維崧

平收章貢當樽瀉　曹溶　抄過蓬萊隔岸行　龔自珍

胡牀信有梅花弄　高心夔　篠笈親攜桑苧書　王士禎

勸君賣劍買黄犢　魏源　大似開籠放白鷴　張廷璐
今日始知嵇叔夜　黄任　故人如見李元賓　周篔
晝寂鑪香歸藻井　曹溶　家傳漆簡本蘭臺　吴偉業
凌寒獨立憐孤韻　惲格　濁飲隨方適晚情　曹溶
畫竹原從草書出　查慎行　脈帽更愛花枝偏　吴翊
每因朗月思元度　周亮工　會奏聊雲屬稚圭　陳壽祺
徐看竹石隨心置　王士祿　徑把屠蘇褻尾斟　郭廷翕
落葉無端悲壯士　汪中　眞茶遠寄自潛夫　周亮工
且勞文獻徵前事　孫爾準　必待駕馭非雄才　張鳳孫
最愛結交有嵇阮　龔鼎孳　那將詩聖學陰何　周系英
小榼偏提恣傾倒　朱彝尊　藥鑪香炷自温存　屠倬
開筵恰對鍾山曉　張九鉞　鼓枻遥看幕府雲　汪玉珩

下視諸峯若培塿　陳恭尹　古有朗月如玻璃　折遇蘭

薺麥共辭君子守　蔣士銓　桃花仍見釣人歸　秦松齡

驄搏蝶翅同遊戲　高詠　東觀西垣按部居　吳㬻

好尋摩詰還山詠　吳泰來　莫待相如諭蜀文　沈朝初

蘋花蓼葉三千里　惲格　栁翠梅妍十六樓　查岐昌

能摹詛楚文三石　黃任　自課靈飛字幾行　邊浴禮

五色琅書宸翰美　高詠　一篇典寶古文無　龔自珍

成佛肯居才子後　袁枚　高名獨數布衣前　周篔

羣書穿穴尋聖奧　鄂爾泰　插架顛倒皆唐文　劉嗣綰

一曲琅璈將進酒　孫爾準　百年耆舊待編詩　吳錫麒

陽城黃老梁邱易　周篔　任昉衣冠文舉尊　邵長蘅

蓬蒿之門無典謁　龔鼎孳　湖山餘地與行吟　王太岳

金泥竟汁紗籠字　張鳳孫　玉珮新沾粉署香　高詠

秀句還吟廣平作　張鳳孫　深杯肯放鄭虔醒　王士禄

曾以封章薦終賈　袁枚　已看鼓吹擬曹劉　高詠

黄輗青甯紛屢易　陳壽祺　十洲五嶽應潛通　邵長蘅

便可彈棋開白帢　吳雯　何當燒燭照紅妝　孔憲彝

淵明太白皆陳迹　邵長蘅　平原孟嘗並一時　孫星衍

潑墨何能擬王洽　惲格　草元猶得隱揚雄　胡天游

沈香匣啟西川扇　吳偉業　畫錦堂開北海樽　袁枚

何似韓翃知制誥　陳維崧　更招小戴作經師　袁枚

孝徵好竊華林略　吳偉業　到溉新題海嶠章　陳壽祺

迴旋箕斗縱橫地　胡天游　寫作雲山韶濩音　王士禛

無乃商山與林屋　張鳳孫　或者琴聰彙蜜殊　邊浴禮

山圍玉杭旌旗色　黄任　地拓金明綺繡鐫　邊浴禮

玉函金鏡千秋業　邵長蘅　越水吳鄉二頃田　洪亮吉

百年能著幾兩屐　張鳳孫　一紙賢於十萬師　陳壽祺

近删竹葉通朝旭　洪亮吉　飽食桃花便大年　周亮工

窪尊舊是陽冰宅　朱彝尊　詞壘孤懸李白樓　盛錦

教收荷葉三霄露　阮元　鎖得梅花一段魂　劉嗣綰

泉聲獨引雷車落　李重華　筆陣霍若霜鋒銛　陳維崧

狂如晉宋之間客　宋匡業　歷詆嬴劉以後書　高心夔

杜陵漫興渾無賴　龔鼎孳　謝客新篇未許删　宮鴻厤

每於樂府吟鳴鳳　屈復　愛說詩僧似野蟄　黄景仁

五粒便藏龍鬣勢　劉汝器　六朝應讓虎頭癡　曹溶

嘲談騷雅爬根蒂　徐昂發　并疊吟懷事校讐　洪亮吉

此可贈經濟學家

座中弟子多三館 高詠 悟後文章似六經 洪亮吉
促詠催觴恣傾倒 周質 異書奇石小崚嶒 龔自珍
清風似挹中泠水 高詠 涼雨遙開建業書 王士祿
倏令蒼翠流屏扆 周質 寄我珊瑚作釣竿 惲格
今日姓名掛霄漢 楊炳春 近來文字滿江湖 錢之鼎
江左才華存孝綽 陳壽祺 漢家鹽鐵問桓寬 朱琬
芋葉豆花紛被徑 邵長蘅 斜風細雨半張帆 郭廷翕
情性每於狂狷得 胡天游 意氣遂與山川豪 於震
封書併作文牋寄 胡天游 好句閑招野鶴聽 周亮工
三都豈必煩元晏 周亮工 十策何曾納魏徵 陳壽祺
橫陳圖史常千架 袁枚 盡掃星河占一天 惲格
把酒卻逢星漲滿 尹繼善 行廚遙映小山開 王士祿

白蘋風細扁舟穩　高士奇　紅葉霜乾驛路清　袁　枚

未妨茆廨吟詩鉢　洪亮吉　長定花時鬭酒籌　朱彝尊

黑夜誰能知錦繡　吳嘉紀　白帝不敢藏鋒棱　趙懷玉

描摹贊歎無不具　周　篔　齋莊精白聽所云　龔自珍

筆陣銀鉤兼鐵畫　陳維崧　錦囊綠字件青萍　周亮工

書翻鄭圃嗤爭鹿　王士祿　字寫曇瓖枉換鵝　何紹基

重翻絃上春鶯曲　邊浴禮　更養稷下雕龍徒　高心夔

且莫平泉疏草木　朱彝尊　曾從楚客賦蘭茳　邵　鐀

間吟江上三分月　劉嗣綰　臥看牀頭一尺山　黃　任

暗積落花歸上界　陳恭尹　強留飛絮蕩斜陽　徐昂發

篆文略辨周京作　王士祿　法饌先從商鼎調　高　詠

峯巒變滅無停狀　顏光敏　天海蒼茫一問津　惲　格

要與秋蟲門方略　曾國藩　不好名馬非英雄　潘德輿
古來深意存制作　張九鉞　吾儕文筆須清蒼　陳維崧
粗疏那管髯蘇怪　朱孝純　清簡長懷內史賢　劉夢蓮
欲談治道將琴諫　吳偉業　笑與期門并轡行　王昶
茶有一經眞處士　吳偉業　棋爭九道自忘機　劉汝器
漫憶蕙蘭尋楚佩　余鵬年　一吟楓葉夢吳江　高詠
譯字每煩中屬國　陳維崧　說詩空落小乘禪　吳淸鵬
山雲欲出仍依岫　屈復　潭月孤圓坐諷書　景江錦
兄癸姊庚鑄彝卣　袁枚　斷文零簡珍球璜　董潮
但期酒榼隨元亮　劉汝器　共請圖經訂摯虞　陳壽禮
家世相承詩禮樂　邊浴禮　風裁休劃宋元明　袁枚
誰從杜庫曹倉外　黃景仁　莫作鄱陽夾漈看　龔自珍

人思賀監空留宅　祝維誥　達似劉伶不閉關　高詠

談禪不落三乘後　袁枚　負耒還期十畝前　周篔

秋從黃葉聲中老　陳蓑　人自青山竈裏來　李文沆

誰解金龜償酒債　許喬林　依然山鳥怪儒衣　王苹

秋菘春韭山家味　汪中　水曲雲凹陋室銘　陳壽祺

昨夜清尊思北海　阮元　使君麗句過西崑　朱彝尊

空飛潑水含瑤字　高心夔　獨買青山近闔廬　張九鉞

綠窗小榻褚歐帖　陳維崧　紅燭春濃祓禊筵　龔鼎孳

獨抱詩情向黔北　高心夔　豈知詞派有江西　厲鶚

已聞薇省封貂傳　陳壽祺　幸有蘭臺桼祕文　龔自珍

政堪京兆三循吏　高詠　我是張爲一解人　黃任

何嘗蕉葉聞雷長　周亮工　更探梅花踏雪深　魏源

遺書賴有邠卿校　阮元　通史曾嗤夾漈疏　曹溶
郤愛字鋒仍畫準　畢沅　歸來長鋏能歌魚　周篔
詞賦人傳千萬首　高詠　蓬萊新署两三行　黄任
南浮江淮達閩越　朱彝尊　前追董巨凌荆關　田雯
銀筝九疊翻宮本　陳維崧　石室三年讀祕書　汪中
時將巨障補空壁　曾國藩　更敕香廚校祕書　朱彝尊
佳句漸如良友少　折遇蘭　殘詩都作紀遊編　余鵬年
不用巾箱圖五嶽　陸錫熊　欲將騷雅問三閭　張鳳孫
修到嫏嬛原是福　孫爾準　獨於山水不能廉　鄂爾泰
鬭龍小鳳祇虚語　邵長蘅　射鴨撈鰕作比鄰　陸錫熊
割取蓬婆一峯秀　李如筠　重聯芝菩五湖濱　袁枚
已收長佩趨高座　劉開　獨閉空齋畫大圜　阮元

有時橫江獨孤鶴　朱彝尊　請君放筆作雙鸞　陳恭尹
手頓羲和不敢夕　惲格　心期房宿再生天　屈復
千章夏木鸝音老　何道生　十月江花鴈字深　龔鼎孳
埽除文字棲淵默　陳廷敬　斟酌元化追精靈　陳維崧
籬邊忽見南山色　惲格　座上新開北海樽　朱彝尊
醉來讕語關經濟　蔣湘南　手把奇書慰寂寥　李明農
絲綸曉奉金門詔　阮元　詩句閒隨玉磬吟　梁佩蘭
轉注諧聲皆勿律　江橊　落花修竹兩無言　陳壽祺
頗有清香凝畫戟　阮元　翩然綵服放扁舟　許汝霖
但餘一艇具區水　周貫　不及千金好時田　姚鼐
檢點方書求越鞠　屠倬　料量文石栽崇蘭　趙懷玉
欲將北海同尊酒　姚鼐　別敕西清注道書　吳偉業

春筵擘鉢翻紅藥　劉體仁　秋水當門詠白蘋　吳雯
松杉晝裊虬龍動　邵長蘅　風雨宵深雁鶩來　劉體仁
卄載論詩盈篋几　高詠　六幺小令上琵琶　傅山
襄陽耆舊方成傳　吳雯　表聖功勳只賞詩　袁枚
藏史著書歸苦縣　姚鼐　畫師翻劫出僧繇　高心夔
爲載酒樽趨絳帳　袁枚　尙貪詩句寫紅樓　胡天游
更披三輔黃圖錄　黃景仁　贏得千篇淥水吟　李兆洛
本與山川同自出　魏源　但開風氣不爲師　龔自珍
聰明解道金根輦　高心夔　爛漫先呈貝葉書　蔣立鏞
只將熱酒燒懷抱　陳恭尹　請放硬筆爲雕鐫　陳維崧
醉倚鶯花三月樹　王啓焜　來尋鰕菜五湖春　朱彝尊
不肯低頭事鸑鷟　吳慈鶴　偶然伸脚動星辰　陳恭尹

此可爲飯館書之

摻撾書鼓張詩料　陳維崧　珍重吟箋託釣筒　鮑之鍾

時驚橘綠橙黃後　吳雯　人在荷香竹露中　龔鼎孶

牋麻搨本多叢筍　陸錫熊　葱蒜山房不貯茶　傅山

每依傑閣臨珠斗　黃爵滋　尚有文樞轉玉繩　鮑之鍾

詩王生本陳芳國　陳壽祺　筆陣空慙細柳營　楊潮觀

異代蒐羅歸祕府　邵齊燾　丈夫肝膽濯清泉　潘德輿

坐看雲樹三秋色　朱孝純　恣寫風箏十里山　朱彝尊

范悅詩篇褚欣筆　袁枚　阮何風調謝莊年　胡天游

畫船低似荷花屋　厲鶚　蓬觀曾騎杏葉鞍　陳壽祺

請傾百斛葡萄酒　吳偉業　獨嗅一簾經傳香　蔣士銓

綺葱瑤筍從幽討　陳壽祺　白石清泉聞此言　屠倬

共識酸鹹違俗好　朱孝純　時於刊落見天眞　陳維崧

仰看白月如盤大　郭麐　但見紅雲夾輦飛　李調元

隷傳程邈三千字　裘行簡　道長蕘宏十五篇　吳雯

少華西來朝白帝　宋琬　孤城北折走黃河　王士禎

頗涉百家知的埻　畢沅　圖成五嶽付巾箱　邊浴禮

欲隨寒鴈乘程去　黃景仁　卻有春蛙扶岸鳴　郭廷翕

曾遊霽月光風裏　張大受　忽與千巖萬壑逢　查嗣瑮

獨上蓮花攬明月　甘曰懋　還將槲葉補秋雲　惲格

雅有詩名倣西蜀　洪亮吉　乍看嘉客似南州　曹溶

江左文章分史局　吳翊　幕中書記擅詩名　戴衢亨

彩翠細文浮癮眕　孫星衍　蟠夔小印鏤珊瑚　龔自珍

蕭行孔草雖孄擅　胡天游　雨笠晴斧皆適然　周篔

萬事總輸銀鑿落　龔鼎孳　三唐誰奪繡鞶弧　屈復

裝成絳樹巢朱鳥　董潮　卻向青天騎白龍　朱琦
太僕文章宗伯字　姚鼐　元瑜筆札仲宣詩　黃景仁
已買栗園充橘戶　徐昂發　笑呼花簟枕糟邱　曹溶
要知劍氣珠光在　袁枚　並挹瓊枝玉樹新　周篔
敢以文章矜六詔　張鳳孫　重若球貝陳三雍　嚴長明
百斛清泉定茶品　吳偉業　兩溪飛雪點糟牀　陳維崧
請看太保卷阿賦　毛奇齡　勝讀司空城旦書　邊浴禮
客是寒郊擕瘦島　蔣士銓　書來嚴助問枚皋　吳偉業
醉捲酒波傾白社　劉嗣綰　苦留詩卷伴青山　余懷
遙知畫戟清香暇　陳壽祺　不入玉堂新詠篇　田雯
閒拈楓葉書新句　劉體仁　獨採蘋花待故人　惲格
卻寫書聲入橫幅　劉嗣綰　應須火急吐新詩　徐榮

鳳閣鸞臺盛推引　陸錫熊　孤琴褐袖得幽鬆　劉體仁

慰我孤吟對鯨餞　高心夔　更聽雙劍作龍鳴　惲　格

竭來清遠吳興地　王士禎　絶勝譌殘汲冢書　阮　元

猶有隻雞招近局　王　苹　遠來雙鯉訪論詩　黎　簡

每向空蒼追大雅　陳維崧　狂臚文獻耗中年　龔自珍

且煎雀舌添清課　查爲仁　重向螭頭作侍臣　邵齊燾

入門先問陳蕃榻　袁　枚　此研曾供松雪書　商　盤

薜蘿蒙密梧桐老　黄爵滋　竹柏陰森藻荇眞　周亮工

盛來寶研三危露　吳　雯　書破巴牋十幅秋　胡天游

風廊絶稱展幽幔　陳維崧　雲笈頻抽展玉函　傅　山

文章各領江山氣　袁　枚　句律應傳主客圖　何紹基

芬陀利花貝多葉　朱彝尊　點蒼山石洱溪茶　邊浴禮

明月也知千里共　胡天游　夕陽親送六朝來　袁枚
豈有文章堪下拜　邵長蘅　生來情性不宜官　何道生
藏鈎更賭芎藭謎　徐昂發　撰杖重摹笠屐圖　屠倬
名士何妨長孺臥　高詠　論詩晚與老坡親　朱琦
數典更無秦博士　余鵬年　說經依舊魯諸生　趙懷玉
五加酒汎三般味　邊浴禮　七首吟成萬斛珠　陳維崧
久居臺省劉祥道　阮元　聊爾耕耘管幼安　惲格
夕葵秋樹高人宅　商盤　酒熟茶香短簿祠　嚴遂成
未免初禪怯花影　龔自珍　始知小驛是楓香　錢陳羣
一拜前修惟命酒　周亮工　戲拈險韻共裁詩　高詠
玉蹕金題歸祕殿　汪由敦　宮花諫草滿匡床　黃任
夢繞細旃聞夜雨　陳廷敬　香黏瑤席嚼春冰　金農

東國人倫推郭泰　錢大昕　西江詩格重涪翁　朱昂

關河榆柳連三月　梁國治　溪水芙蓉繞四鄰　吳嘉紀

譚興可能通乙夜　胡紹鼎　人生行樂及丁年　繆慧遠

老圃漫嫌紅葉少　尹繼善　結廬須共赤松遊　趙懷玉

欲倩廬敖九節杖　蔣法　笑參彌勒一龕燈　胡天游

居士多花盡禪味　黎簡　美人持棹問都梁　高心夔

別開茶熟香溫地　阮元　元是餐花嚼蕊人　邵齊燾

幾時碧玉圍千个　馬曰璐　愛把青樽擲萬錢　吳偉業

古者左圖而右史　金德瑛　從人序朮與刪蒲　周亮工

殘詩白減驢腰重　蔣士銓　官焙輕分鳳尾香　陳維崧

花木幾時邀拄笏　史善長　青黃久已謝爲樽　姚鼐

尚餘佳話傳三館　徐昂發　何止他年號十經　胡天游

窗紅叢綠獨生蕊　夢麟　芒屩蓑衣去摘花　傅山

畫將松雪花谿卷　吳偉業　密註莊生櫟社篇　周亮工

詩成餞臘迎春裏　諸重光　人在溪光黛色中　杭世駿

留客晚餐烹菊杞　沈欽圻　遊人題字上芭蕉　陳芝光

上窺循蜚疏仡紀　宋體淳　爲譜清廟明堂詩　周篔

同分元凱高陽里　姜宸英　權當昭明文選樓　王曇

莫使蠻梅欺晚杏　趙信　誰將野鶩壓家雞　胡天游

斷隄野水梅花宅　趙昱　夾岸人家薜荔牆　朱方藹

身長五曹兼册府　姜宸英　手攜三絕妙台州　高詠

底用蘭亭補吟卷　劉嗣綰　更來笠澤借叢書　朱彝尊

每懷萬地規天統　蔣立鏞　不修金泥玉檢封　魏源

椒陰障戸遲鑪篆　邊浴禮　花氣如潮撲酒旗　潘德輿

白薢絳脣歌白紵　王衍梅　故教青眼障紅紗　趙懷玉

胸蟠萬卷紆籌策　高　詠　口說六義如貫珠　朱　琦

快馬短裘他夜夢　查慎行　美人香草古時愁　宋　湘

明月二分山一角　王嵩高　荷花十里桂三秋　黃　任

能將梔子連詩贈　王彥泓　漸次桐花接座生　吳　雯

與君酒綠燈紅夜　陳維崧　補蒻淩霜傲雪花　邊浴禮

南國蓮花開幕府　孔憲彝　北山筠桂當移文　龔鼎孳

土銼煎茶收槲葉　屠　倬　山城賣酒問桐君　周亮工

綠酒紅燈看潑墨　陸錫熊　澹雲微月伴吟詩　朱孝純

雙亭半倚林蘿出　厲　鶚　百晦猶嫌蕙草稀　李傳燮

枯禪瘦鶴誰同載　沈德潛　青李來禽憶舊題　胡天游

刪除晉語唐風後　蔣士銓　盤礴河聲嶽色旁　朱雲駿

此可用於夏日之移尋者

雙管濬搜空海嶽 高詠　九眞已自貢珊瑚 邵長蘅
星爐特奏相如賦 阮元　月几時披笠澤書 曹仁虎
擬學香山老居士 陳廷敬　更排麴部幾郎官 李兆洛
鸞風蜒雨聲謌變 朱珪　峒草江花入嘯歌 梁同書
不掃窗塵閒畫字 袁枚　暫探石闕記搜銘 洪亮吉
商略名山廿仰屋 陳壽祺　縱橫懸帚待書銘 胡天游
換將寶玦千鐘醉 周大樞　留伴孤燈一炷斜 趙翼
九砌綈緗羅寶繪 汪由敦　雙淸心蹟擬冰壺 吳泰來
平分一榻羅浮夢 傅山　肯上王書光範門 周篔
白袷鳥紗嬉令節 王家相　荷香荔熟正佳辰 彭孫遹
乞取孤山作屏障 劉嗣綰　纓緌吳郡接鄴筒 曹溶
明窗曲几彈棋地 曹仁虎　玉袖高樓吹笛人 吳兆騫

猶記武塘傳十詠　張燕昌　未忘皐甫重三都　朱琦
百年粗糲三升豆　蔣士銓　兩架圖書一酒鎗　王莊壽
詩家香火然燈古　王曇　粉本溪山似幛懸　趙翼
題詩定徧篔簹竹　朱彝尊　旅食多烹巨勝花　陳恭尹
五都黍尺無人校　龔自珍　十地嫏嬛信步開　劉嗣綰
敲雲尚想龍文凷　陳壽祺　瀹雪甯教鳳餅賒　曹溶
秋蟀春鴝思蠟屐　馮浩　酒龍詩虎爭傳觴　魏源
玉漏滴殘婪尾酒　陳廷敬　笛牀閒上橛頭船　沈大成
銀[illegible]入饌初張罟　高士奇　石屋支鐺旋煮茶　顧炎武
詩篇作計甯長篴　江昱　鄉國論文集古懽　龔自珍
蕭齋舊製多藏畫　何紹基　窨酒更番爲治觥　趙執信
獨有藕漁工小令　厲鶚　怡於花國得閒身　程景伊

寓言急早王符論　查岐昌　浩氣蟠歸浚長書　何紹基

銀箭紅燭三更話　黃景仁　長劍深杯萬里心　朱孝純

待赴遠公蓮社約　屠倬　重過夾漈草堂偏　陳壽祺

漸轉燕泥融雪嫩　吳雯　歸來鶴影盡天長　胡天游

嚴武幾難容杜甫　黃爵滋　揚雄終懼失侯芭　周篔

分明範水模山筆　屠倬　笑倒千巖萬壑圖　魏源

花事正濃思蠟屐　李兆洛　藥闌低亞對銜卮　陳維崧

籬根且醉茱萸酒　陶璉　江嶠重栽薜荔裳　龔鼎孳

磯留黃鶴仙人閣　施閏章　寫入青牛道士圖　吳偉業

雜坐迂倪兼瘦沈　吳偉業　豔章庾信還徐陵　王士祿

山水並隨陶令酒　姜宸英　崔蒐但載玉川書　吳騫

誰辨錦囊吞赤篆　朱筠　願將銀管寫烏絲　吳雯

莫嫌孏慢嵇中散　周篔　舊狎煙波張志和　阮元
憑君蒨枕桐窗意　邵齊然　乞寫青鞵布韈時　李兆洛
閒塗故紙償詩債　楊芳燦　細檢吟牋伴酒杯　毛燕蘭
細雨春帆黄歇浦　江立　夕陽粉本大癡山　陶元藻
未妨作達頻呼酒　杭世駿　不爲窮愁始著書　周篔
八字碑題韓干父　陳壽祺　六朝人賸沈東陽　袁枚
秦淮煙水漁陽月　屈復　謝朓山川李白家　龔鼎孳
經師競滙先儒義　曾燠　祕笈誰探處士編　錢大昕
酒德琴心人物志　高心夔　古偈眞誥離騷經　周篔
習池不改山翁興　朱彝尊　艮嶽還尋米老庵　劉嗣綰
猶存一本桂林拓　諸錦　藏得雙環竹葉痕　趙昱
獨學遠追三惠業　張敦仁　幽人方結八關齋　杭世駿

乞將祕府藏千卷　趙昱　近覽諸城留八分　何紹基
江湖再入張丞相　姜宸英　規矩難繩爾正平　嚴遂成
齒加孫晃餘三歲　盧見曾　佛長徐陵只五年　吳偉業
冠裳纓佩旄斧戟　周篔　敦卣鬲甗彝舟尊　諸廷槐
鄭虔漫自矜三絕　吳兆騫　阿買都知寫八分　黃任
豈無淮海閒居集　商盤　不上昌黎宰相書　黃任
待把方言垂竹簡　褚廷璋　便思華袞換蓉裳　嚴長明
北海作箋傳古學　錢大昕　西園挾客盡詩篇　高詠
蘇黃以外無其匹　吳錫麒　朱陸之間有大同　王衍梅
劇喜隔牆過濁酒　陳維崧　不妨按部有新詩　潘世恩
勸嘗西域蒲萄酒　斌桐　淨洗東華裋褐塵　朱彝尊
東有汾陽西衛國　屈復　南通劍閣北褒斜　任蘭枝

待翻樂府歌天馬　鄂爾泰　自剔殘鐙畫女牛　惲格

玉堂接武應蒙戩　邊浴禮　高座談經畨解圍　吳偉業

詩聯花蕚新編集　邊浴禮　筆到山川不易箋　韓菼

臥龍雛鳳每比戶　魏源　昌谷樊川各一家　張祥河

妨古雖追蒼水使　陳沆　新恩剛賜紫泥書　袁枚

涼月香燈三度酒　王衍梅　晨鈔暝勘一牀書　張鳳孫

三徑新開調鶴地　錢大昕　五湖同覓釣魚槎　顧炎武

欲與高楸論後約　王拯　從教修竹具彈文　周亮工

喜吟王粲登樓句　吳峻　請匹靈均呵壁才　魏源

伯起講堂連北鏡　屈復　士龍瓦屋在東頭　陳廷敬

學徒不屑譚賈孔　龔自珍　宗傳久已追濂伊　曾國藩

洛下文章徐騎省　何道生　閩中人物蔡端明　錢大昕

倚樹偶然傾白墮　張問陶　誅茆閒即說黃山　周亮工
鑪灰已盡庚申畫　王衍梅　觴詠重逢癸丑春　錢大昕
雪甌初汎蓮花院　趙昱　雨意偏遲芍藥家　黃爵滋
已看墨汁金壺瀉　杭世駿　擁盡青綾玉篆盤　胡天游
能栽楊柳三千樹　王曇　穩泛鴛鴦一百年　吳嘉紀
片石剜苔新作沼　程景伊　明窗垂柳細搖鐙　王衍梅
馬蹏欲渡秋冰響　吳兆騫　鴈背遙翻夕照來　余京
彩筆纔書丹鳳詔　蔣士銓　新詩遙寄碧雞坊　温汝适
世情如月有明晦　潘德輿　詩卷無人論是非　朱彝尊
新詩封寄藐姑射　劉嗣綰　短衣直上醫巫閭　陳維崧
古注已聞傳孟喜　顧炎武　士林今共說中郎　方樹東
名花異果雕闌護　吳偉業　古欵新銘小篆鐫　黃任

時追苦縣光和體　梅曾亮　摹榻登封詛楚文　宮鴻厤

人言眈酒宜千日　梅曾亮　天放看山又十年　黃景仁

身依龍尾螭頭慣　孫星衍　名在瑤山玉水閒　高士奇

棋局穩尋磐石放　杭世駿　詩名翻覺布衣尊　沈道映

焙茶兢鼎尋圜叟　高　詠　種竹當窗似列侯　吳清漣

娛老無如讀書樂　潘世恩　出山翻悔避名疏　湯　斌

故壘尙聞雙燕語　徐延壽　傳牋纔隔一牛鳴　王　曇

曾隨月底修簫譜　朱稻孫　可向花閒戒酒籌　梅曾亮

高士累朝多合傳　查慎行　家風稚子總能文　王士祿

灑來僊牓榮三接　高文照　坐擁良書傲百城　周　篔

玉局一編時在手　吳士玉　桓譚萬卷鎭隨身　高士奇

解頤每騁雕龍辯　薛始亨　退食還鈔相鶴經　杭世駿

四世兒孫齊抱槧　徐倬　百年大雅獨扶輪　袁枚

官廚每醉郫筒酒　高詠　水榭清宜顧渚茶　鮑桂星

樂府巧分團扇笑　龔鼎孳　郫筒時有異書來　錢大昕

寸長尺短誰相諒　全祖望　穀是臧非兩不知　蔣士銓

扁舟百斛烏程酒　吳偉業　古寺雙峯碧玉流　金德嘉

江湖地僻餘耕釣　邵長蘅　詞賦年來愛老蒼　丁耀亢

因留東閣觀奇士　馮志沂　更抵南華讀異書　彭兆蓀

飽嘗橘柚櫨梨味　邵長蘅　不許蘇黃李杜傳　王曇

傾盤早憶傳柑節　高士奇　讀畫剛逢折桂天　王衍梅

常把漢書挂牛角　顧炎武　早陪宣室侍螭頭　蔣士銓

昌黎文章老坡字　錢楷　輞川畫筆少陵詩　王鑑

誰聽吟聲徹梁父　管世銘　爲傳琴語到參寥　劉嗣綰

凉生荷芰野人服　沈廷芳　開過梅花水部廳　厲鶚

拉雜古懷看越絕　劉嗣綰　趣同傲吏託齊諧　趙文哲

黃耳隔籬能認客　祝維誥　烏皮隱几對繙書　陳維崧

世無東晉陶徵士　薩玉衡　可是南朝顧野王　袁枚

紅燭要陪才子翦　王衍梅　青山日與故人親　程可則

延陵遺法應從朔　陳壽祺　道韞詞鋒不落詮　龔自珍

佩壺同覓曼容宅　梅曾亮　開笥重看元晏書　吳嘉紀

芋火圍鑪支軟局　王衍梅　苔枝綴玉寫疏香　朱方藹

玉管曉寒凝絳闕　龔鼎孳　竹牀昨夜夢青山　惠周惕

堂鋪蜀客團鵰錦　蔣超伯　歸訪江皋瘞鶴銘　龔鼎孳

光福楊梅洞庭橘　彭孫遹　柴桑稻秫邵平瓜　黃任

團扇欲拋留倭衍　沈廷芳　荒齋難得共鐙檠　杭世駿

未遇楊雄思訪宅　梅曾亮　笑他懷素只臨池　孔憲彝

請爲拗筆寫長句　陳維崧　要鑄寶鼎銘殊尊　潘德輿

白璧出山終就琢　曾國藩　青鐙有味總回甘　潘世恩

風漪百頃鋪纖葛　王又曾　野館三春見落花　陳廷敬

達如阮籍眞耽酒　恒裕　閒倣鍾嶸自品詩　彭兆蓀

澗水可能尋禊帖　顧嗣立　山泉新汲試茶旗　汪學金

欲建小亭延素月　周亮工　新從香案侍彤雲　高士奇

花鳥坐催吾輩老　王衍梅　蓴鱸便有故人思　周三燮

閒眠白石牽黃犢　宋琬　中有頳芝蟠赤龍　李鴻裔

青苔濁酒行吟地　陳廷敬　紅橘金柑度歲天　吳蔚光

綠酒乍親惟勸影　施閏章　青山看慣轉無詩　朱琦

懶志夷堅排甲乙　錢大昕　上追皇覽數庚寅　王衍梅

8

衆推才雋如麟角　姚鼐　近日文章愛馬蹄　吳雯
楚臣終是餐英客　顧炎武　鄰叟來傳補竹方　杭世駿
南國衡裁歐永叔　潘世恩　東都經訓鄭司農　阮元
七分花賸三分蕊　查嗣瑮　一斛珠連萬斛愁　吳偉業
隱几從來南郭少　何紹基　移文不媿北山靈　王衍梅
大開戶牖吐眞氣　曾國藩　收拾光芒入小詩　查慎行
小別最宜浮白飲　蔣士銓　研思雅稱草玄居　錢大昕
瑯函獲校中郎祕　邊浴禮　玉管時臨顏魯碑　邵長蘅
綠葉紫英宜入畫　潘世恩　白麻紅燭敕摛文　厲鶚
河聲嶽色精神在　何道生　虎僕龍賓左右偕　黃爵滋
平格已推黃閣老　查慎行　修明爭檢綠文圖　高士奇
捧來蕤葉芝花潤　錢大昕　聽徹松濤竹雨聲　杭世駿

文章聲價登壇貴　胡裘錞　　耆舊辛勤伏案成　龔自珍

苦勸莊王居北郭　袁　枚　　可知陶後少南郵　陳壽祺

閒繙笠澤朝眞記　王衍梅　　爭似松陵隱士詩　吳之振

芙蓉葉接兜羅罥　翁方綱　　桂樹陰移笛簟幽　杭世駿

風瓢露笠琴三疊　王　曇　　秀澤單椒磴百重　阮　元

爲愛古人攀屈宋　周系英　　倘賸健句追歐蘇　吳錫麒

好烹一掬芙蓉水　彭　淑　　悔別雙溪蘆荻洲　施閏章

漫誇成佛謝靈運　潘世恩　　可是前身江總持　韓　菼

萸滸椒園粗結搆　錢大昕　　瓜花楝實每淸妍　吳　雯

街喧蘭葉迎珠勒　吳兆騫　　香佩萸囊製綵綾　紀　昀

紗衣羅扇還修禊　徐昂發　　宿火殘鐺索鬭茶　王士禎

酒傾畫榼三升足　杭世駿　　家有藏書萬軸寬　曹　溶

曠代尙留封禪稿　劉嗣綰　大文終重勒銘才　李重華
莎鍼箣石無妨瘦　邊浴禮　竹雨桐風盡入元　惲格
兩丸日月大難料　陳維崧　孤舟天海得其眞　黎簡
角巾小墊能成俗　姜宸英　詩卷新排不厭删　楊倫
未妨皇甫輕居易　孫星衍　我慶韓公得孟郊　杭世駿
山屏過雨開詩境　杭世駿　瑤圃耕煙問導師　彭兆蓀
看捲玉鉤臨細字　龔鼎孳　更教石室有藏書　張問陶
銀缸明燭傳觴令　趙翼　淸簟疏簾插架詩　潘德輿
不教脫帽呼彥道　胡天游　且可彈琴侶戴逵　沈德潛
淋漓墨迹惟蠶楮　何紹基　摩挲紅簫按馬塍　王衍梅

宣統元年十月南陵徐乃昌重刊小扶風館本

梡鞠錄卷下　　懷豳園

歸安朱祖謀編

江山英俊生文藻　陳維崧　義例頻煩託寓卮　韓菼

閒招南國騎驢客　查慎行　只欠西陂打鴨船　宋犖

好句多堪圖主客　周亮工　舊文先去講形聲　何紹基

青山載酒呼棋局　朱琬　紫褥傳杯近笛牀　李良年

桂櫂莫辭三百曲　黃任　梅花小壽一千年　王曇

少時讀史疑黃石　許喬林　晚歲譚詩重義山　錢大昕

爲有龍眠傳搨本　吳焯　不辭鼇尾鬭清裁　朱琦

古寺扶笻行竹色　宋犖　曉窗染硯汁花名　龔鼎孳

接聯枌社二三子　何紹基　來訪桐江十九泉　邵長蘅

更買梅花供硯北　慶蘭　喜逢橋樹返江南　沈德潛

畫髓琴心已傳播　厲鶚　松風蘿月足逍遙　汪琬

餉嘗讓水廉泉味　邊浴禮　重述嘉禾瑞繭年　高文照

重器昔聞陪業處　陳沆　和聲終貴合絃匏　沈德潛

才子性靈盟楚畹　吳俊　中男詩句效斜川　宋犖

千峯圖畫收詩卷　姜宸英　一日文章拜布衣　邵長蘅

吾道尊嚴惟畎畝　黃任　向人懷抱走風雷　施閏章

薄海文章歐永叔　趙懷玉　中原儒雅斛斯徵　王曇

吟成五字茱萸沜　宋犖　記聽雙鬟楊柳詞　李基和

棋局居然更甲子　王文治　花神亦解鍊庚辛　高詠

聽燭憶曾同鶴禁　洪朴　繡絲誰竟度鴛鍼　陳壽祺

酒仙詩佛同千古　沈寶鉏　樸學奇材張一軍　龔自珍

擬辦元眞青箬笠　王汝翰　糝將何點白葵根　楊芳燦

殘碣久迷遼日月　吳兆騫　流觴重集晉衣冠　惲格
木榻深宜幼安座　蔣士銓　樹陰濃覆謝敷家　徐昂發
欲攜東郭先生屨　何道生　媿少西崑豔體詩　宋犖
立仗許登三殿側　楊芳燦　隨槎曾向十洲居　王文治
渾河黃葉中原走　陳維崧　水驛紅榴別讌開　毛夢蘭
遙知廣廈千間屋　黃任　愛看支硎一角山　張大受
詞氣力與宋元角　潘德輿　史通學補談遷疏　陳壽祺
怕見桃符更歲尾　沈德潛　急呼蓮炬照詞頭　龔鼎孳
深憐謝客吟詩好　王士禛　轉愛陶潛入社遲　周篔
最憐燕市葡萄酒　龔鼎孳　易辦江鄉橘柚租　屠倬
明月無心照石壁　姚鼐　張星依舊在銀河　朱彝尊
戲擔頳土泥茶竈　汪琬　只欠青山種木奴　嚴繩孫

人言王衍眞名士　陳維崧　合喚相如作部民　吳存楷

金池自洗芙蓉鍔　惲格　石砌空沿科斗書　劉嗣綰

學海有人窮步亥　彭兆蓀　生機無限問園丁　沈德潛

不好諂人貪客過　吳偉業　我因呈佛帶詩來　袁枚

鈔來祕册珊瑚網　宋犖　細校眞靈位業圖　彭兆蓀

仰闚象緯擡頭易　杭世駿　自有雲雷遶膝生　袁枚

閒展畫乂臨北苑　楊芳燦　力追豔體闢西崑　陳維崧

友朋雜遝訛文字　何紹基　几硯清嚴見性情　吳偉業

頗思公秫資三徑　鄭珍　新爲栽花讓半庭　查愼行

錦帆亂颭桃花水　錢伯坰　畫稿頻移薜荔牆　查愼行

張筆孫詩陸經義　朱彝尊　商敦夏卣周尊彝　鄭珍

莫爲湘靈重賦瑟　吳廷楨　還入韓室思操戈　劉逢祿

探懷直補書三篋　沈寶鋸　食古先剗詩一篇　朱琦

經師未問邴根矩　陳壽祺　詩句爭推顧薛疆　潘世恩

暖色時將花打撲　趙執信　涼天略待樹呲劉　朱筠

新開沙徑調雛鶴　杭世駿　獨倚漁舟看浴鳧　萬涵

懋學蘄年效教勉　張穆　酒腸詩骨相撐持　劉嗣綰

蟠篆龍書人不識　傅山　天苞地符世莫窺　胡會恩

豈畏孤芳化荃蕙　陳壽祺　贏得清夢依菰蘆　孫枝蔚

西郵好貯葡萄酒　曹爾堪　東絹頻臨蛺蝶圖　吳兆騫

六經屢折羣儒角　湯右曾　九服齊扶大雅儒　孔憲彝

童子早將蘿徑掃　汪援甲　故人知醉竹溪閒　鄭珍

璧讖更倣元人意　申甫　貰酒聊爲越客吟　施閏章

喚取青猿擔竹杖　杭世駿　自馴白鹿飯松花　朱彝尊

還似子由憶坡老　蔣廷錫　恰如龔美遇天隨　邵齊燾

自古名臣懷綠野　陳壽祺　猶叨從事冒靑州　周亮工

琴孤欲逼稽中散　鮑桂星　詩妙先傳韋左司　朱筠

自編永叔歸田錄　查愼行　不薄禰衡作賦才　吳文溥

迎門早集金閨彥　潘世恩　汲古常攜玉帶生　錢大昕

珠露璇霜灑蘭野　惲格　澹雲微雨做花朝　李兆洛

坐厭山川勢磅礴　張九鉞　偶吐胸臆詞滂葩　陶樑

願爲飛絮衣天下　陳恭尹　長與胡麻作主人　王曇

春山憐汝迴薄怒　陳維崧　涼水伴人成苦吟　符曾

浮邱老仙眞把袂　潘德輿　醉吟先生亦有詩　朱彝尊

石扇迎風醒鶴夢　程之章　竹罏候火選龍團　邊浴禮

有客不歸黃嶽去　黃爵滋　窮經日與紫陽居　曹溶

諸生著錄推樓望　陳壽祺　幕府酬詩得杜陵　杭世駿
流沙弱水眞杯勺　宋琬　北地西江總附庸　王圖炳
英蕩函從香案錫　趙文哲　林泉話入故園多　季開生
孔子舊經三百首　王曇　老聃元牝五千言　陳啓嚋
消磨卜巳桃花雨　鄭炳文　暖勒餘春芍藥天　王文治
圖書小押壺盧印　吳錫麒　葠朮多於粥飯緣　金農
高齋況傚紅蘭里　王鳴盛　瀼棹頻思淥水橋　吳兆騫
獨擁龍綃倚瑤席　惲格　輕摹蟬翼耀銀鉤　吳泰來
柁聲輭學吳兒語　胡天游　酒味很如京口兵　袁枚
經傳馬鄭專門古　錢大昕　人與辛蘇辣味同　王曇
且共銜杯盡桑洛　張鳳孫　有人扶杖趁梨花　蔣元龍
松窗對校龍威字　邊浴禮　蔬圃曾刪鉏議書　吳偉業

韓家弟子常連屋　余鵬翀　越國英賢半在門　陳壽祺
置之漢玉秦金側　龔自珍　著我天台雁宕邊　阮元
文字纔傳漁隱話　王曇　湖山約與酒人看　徐倬
肯留東閣覲奇士　姜宸英　空有西湖是故人　屈復
靈文遠邁姬宣碣　高詠　畫舫頻過柳惲汀　陳壽祺
忝爲北海孫賓石　袁枚　絕似南朝汪水雲　吳偉業
好友乍攜雙屐過　王士祿　鄉人不把一經鋤　朱筠
豈有聲名折官職　趙執信　斷無書札到公卿　黃任
聊將拄笏微吟意　陳維崧　想見巡檐索笑時　英和
豈有藏山依杵樹　高詠　但須流水繞桃花　魏源
佗掌黃麻分兩制　杭世駿　不如紅柿熟千章　陳廷敬
青松各據雲千尺　袁枚　素蕊開來月一叉　徐昂發

欲從莊叟論齊物 吳錫麒 聊擬泉明略詠貧 朱筠

定有雄文移七閣 龔自珍 願操秃管序三都 曹溶

翻空齊魯毛韓說 王曇 何限周秦漢晉人 龔自珍

臨窗爲詠金荃句 杭世駿 列幛紛看玉筍圖 張熙純

靜女何曾辭粉黛 黃任 越人偏解笑章縫 邊浴禮

吾曹合與山有素 吳衡照 餘技兼爲竹寫眞 查慎行

杜甫詩篇本經濟 桂馥 王維畫蹟得禪眞 劉嗣綰

七里溪光浮檻外 馮金伯 萬峰秋色落樽前 麟慶

誰言琴鶴非家具 舒瞻 縱欠薰鑪亦可人 汪琬

僮耕十畝桑麻熟 吳偉業 味滿雙溪橄欖回 朱筠

地非北郭聯吟處 趙翼 人憶南池載酒來 蔣因培

巖姿壑顏有神會 高士奇 郢雨湘煙擅別才 劉嗣綰

新詩足補金坡事 吳鼒 妙語如餐玉帶羹 杭世駿

山色每隨高士至 曹溶 文心兼似畫家來 龔自珍

共知劉宴眞儒吏 吳存楷 未礙康成是酒人 胡敬

道從文字窺三極 何紹基 家近湖山擁百城 吳偉業

諸子特傳蒙叟達 曹溶 新詩寄與士衡題 袁樹

我論文章恕中晚 龔自珍 詩成書札滿江湖 吳偉業

世推列架皆精本 姚鼐 興到敲壺折古釵 蔣士銓

舊遊記坐譚金石 許宗彥 豪興甘辭貯酒廚 趙執信

試尋舊史河渠志 宋翔鳳 擬闢耕田孝弟科 陳維崧

若收金粉歸詩筆 孫原湘 迴看峰巒入畫家 李驥元

篝霧蠻煙皆嫵媚 何紹基 櫻鞵竹杖小流連 錢大昕

向共閒吟泊汝社 沈德潛 爲留遠志守名山 李兆洛

突生葶藶須人刈　周亮工　到及梅花點地斑　朱彝尊
好將曹霸丹青手　黄　任　遙羨崔郊導從身　陳壽祺
蓮社竹林均不朽　吳泰來　宣毫江硯正承恩　陳廷敬
陽明洞石談經敢　謝啟昆　思訓雲山設色工　王文治
小試竹罏烹雪乳　程之章　何當莎蒻跨虹鱗　胡天游
紫塞山迴龍勢轉　顧景星　綠窗風定鶴翎寒　杭世駿
竹檻荷塘深閉戶　方觀承　紫茄紅莧佮飛觴　趙執信
送得紅雛歸別浦　胡天游　會鞭赤鯉跨滄洲　黄爵滋
快接談源助修綆　黄景仁　聊施低案課奇觚　黄爵滋
願移北地臙脂社　龔自珍　臥看南宮水墨圖　魏之琇
誠齋舊帖龍文寫　王廣心　小宋新書蠟淚多　王　曇
靑蘋風急催征棹　吳兆騫　紅豆花開拂綺筵　朱葵之

欲分蘭燭親書卷　徐昂發　曾倩花枝當酒籌　陳維崧
客來唐肆難求馬　何紹基　室類尸鄉愛祝雞　王士祿
編竹護巢邀燕子　顧景星　探梅有客倒雞缸　杭世駿
待看虎觀成詩說　周儀暐　占得鷗沙把釣竿　王又曾
偶來秋水芙蓉幕　徐昂發　回首春城薜荔家　黃爵滋
誰與清談霏玉屑　許宗衡　全通小史辨金根　畢沅
半榻琴書秦系宅　徐昂發　一蓑煙雨靖陽亭　張穆
戎幕趨陪大都尉　吳錫麒　書城坐擁小侯封　吳清皋
便與蘭亭爭坐位　趙執信　好從林屋探遺書　吳泰來
但抱精神寄涵泳　黃任　總由忠愛發菁華　翁照
綺席收殘金戟拓　吳清鵬　綵衣新帶粉闈香　高詠
招呼風月資談柄　張鳳孫　結束雲山入畫欄　張穆

禁中紅藥留新句　高詠　橋下青蓮捧道書　龔鼎孳
十年紙帳梅花夢　黄任　一榻疏簾薝蔔香　邵長蘅
未入歐陽一家譜　馬曰璐　乞將後魏五男錢　厲鶚
檢點詩盟理觴政　吳泰來　諏稽地志與天元　何紹基
卻尋白社相逢地　周篔　去賭黄河遠上辭　蔣士銓
黄初以來尚行草　朱彝尊　青鐙幾輩細丹鉛　龔自珍
誰歟圖者元貫子　劉嗣綰　歌以侑之菩薩蠻　吳錫麒
快攜謝朓驚人句　戴敦元　要和張華勵志詩　吳璜
惟有榮名壽金石　顧炎武　敢將法物詁球刀　龔自珍
柏池泉淨參高座　周亮工　茆屋鐙昏補斷碑　彭兆蓀
自離東洛三塗路　宋體濱　來喚西湖六柱船　杭世駿
分鐫憶隔東西屋　王曇　布算同拈黑白棋　錢大昕

最喜蛛絲捎竹尾　朱彝尊　見吹鳥毳數花鬚　陳壽祺
卻參枯木龍吟句　劉墉　如見遠山螺黛妝　張穆
宛被山蘿擘江芷　王士祿　肯嗜北鯉忘南鱸　吳錫麒
思驂鶴轡收風實　徐昂發　宛轉蛛絲網露文　邵長蘅
茶鐺茗盌同傾倒　高詠　酒賦琴歌寫鬱陶　邊浴禮
地是廉泉兼讓水　吳偉業　敵無開府又參軍　朱筠
貰來綠酒堪爲國　吳蔚光　閒對青山老著書　何紹基
即今東氾西崑處　吳偉業　曾探金文玉字來　車騰芳
月暈圓隨漢東蜂　陳子升　天河唱落汝南雞　吳錫麒
安坐惟應咨醫缺　朱筠　遺文仍許授侯芭　顧炎武
鶴寄素書通弱水　馮班　人傳紫氣滿函關　彭兆蓀
才疑書記依僧孺　王曇　坐有琴壺比漫郎　徐昂發

世守經儒學家

夜凉虛閣三篙水	鮑之鍾	風颭寒鐙一穗煙	杭世駿
千里江山千氣象	徐長發	百年衣被是文章	高　詠
異冊燈前題海錄	查爲仁	胡檀桂領咽湘絃	惠周惕
白社人開九老會	陳壽祺	青鐙寒照一牀書	邊浴禮
醁醽別館開金鎖	曹　溶	䌫鐵新書課水衡	陳傳經
趙昌粉筆徐熙墨	徐昂發	郭泰人倫許劭評	周　篔
直從角里尋眞隱	王士禎	漸覺王敦是可人	朱　彝
老學每留芸館望	葉紹本	伊人重勒草堂銘	沈德潛
靑山有例歸高士	陳壽祺	素月對人如古禪	蔡鑾揚
學問早曾經籍湜	黃　任	唱酬應許似陰何	高　詠
柴車向夕逢元亮	顧炎武	蒟醬編年自夜郎	宋　琬
層閣靜聽松籟過	錢大昕	扁舟自愛荔支來	邵長蘅

偶窺竹屋惟青鳥　李良年　落盡梅花放白鷴　戴敦元

漸悔詩篇存少作　許宗衡　略工感慨是名家　龔自珍

能裁萬戸千門賦　彭兆蓀　旁及百家諸子篇　宋體濬

翦綵又妝挑菜節　黄任　沿谿覓得浣花居　高詠

詩訣未能證釵股　張穆　金尊重舉澆詩喉　姚世鈞

園果粗能飣盤格　陳維崧　山花猶插在軍持　黄任

自作五言成絶壁　朱筠　擬封三徑著叢書　趙懷玉

採從玉室金堂地　杭世駿　中有延年益壽文　邊浴禮

人從苕霅雙溪去　余元甲　齋近維摩十笏居　胡天游

訓詁一家傳博士　李紱　公侯小巷候君卿　姚鼐

墻壁捲簾移晚菊　吴清鵬　濾泉封甕待新茶　顧景星

隱君夢與梅花密　龔鼎孳　交道何如薜荔孤　曹溶

佳境故應同啖蔗　周篔　小畦旋往欲删蔬　厲鶚
傳有詔書褒汲黯　張穆　故教考課惱京房　姜宸英
茶香芋火通宵靜　屠倬　髹几筠簾永晝清　高士奇
新詩誰補湘纍缺　金狆　御集都須水部編　余鵬狆
醉倚高樓閒拄笏　陳維崧　詩成曲水更傳觴　施閏章
倘思東郭開筵日　宋琬　爲補西窗剪燭圖　沈靖
柳隂藏屋春星亂　吳泰來　花舫聯吟舊雨寒　沈紹姬
落花紅厭烊椰杖　朱彝尊　箭籜黃抽玳瑁尖　陳維崧
分無太液靈和質　吳清鵬　苦守開元大厤初　袁枚
暫因夜雨開吟社　仲鶴慶　莫詠天風謗法華　魏源
日將彌勒旃檀閣　王曇　醉唱羲皇網罟歌　張廷玉
隂花陽篆劃深雪　袁枚　古桂幽香曝晚晴　王彥泓

開尊白擬青絲幔　惲格　題句空留碧玉欄　黃景仁

好將金翦三行字　李符　歸奉瑤池九醞觴　李兆洛

貝葉未消名士癖　蔣眉睿　海棠開徧酒人家　陳恭尹

茶銚琴牀安妥帖　褚廷璋　瓊碑鎏碣恣摹臨　邊浴禮

頗有文章窺賈誼　吳雯　苦煩搜索祕昌黎　傅山

學禮先從周太史　袁枚　聽詩坐徧魯諸生　潘曾沂

紬書欲化三仙蠹　陳壽祺　裁詔還傾五斗螺　高士奇

紈扇好開芳草社　龔鼎孳　玉鉤新詠浣花箋　陳維崧

金書玉簡從誰得　趙三騏　柳雅韓碑自古留　蔣立鏞

醉醒秋菊春松畔　斌桐　檢點風清月白謀　朱筠

中原名士思諸葛　張際亮　甫里詞人繼士龍　周篔

夕陽沽酒柴桑路　趙文哲　秋水移家范子船　彭蘊章

賜第近連丹鳳闕　高士奇　卜居還夢白鷗沙　龔鼎孳

韋布一時親黼席　高士奇　烝彝十器比球刀　龔自珍

漫搆異書談岳瀆　彭兆蓀　徧搜小集刻江湖　厲倬

漫吟西磵詩人韻　朱筠　休論東坡仕宦年　吳雯

獨有山茶老於鐵　趙懷玉　乍拖池柳欲垂絲　高士奇

但呼白墮開眉緬　宮鴻厤　知有青蓮在舌根　黃任

羅含庾信猶堪訪　王柏心　法護僧彌並絕倫　吳偉業

應有龍威啟靈鑰　吳泰來　閒操鳳管試新書　高士奇

收將捧日擎天手　潘奕雋　好趁吟風弄月身　杭世駿

倉猝著書摧野馬　朱筠　傳鈔秃筆勞秋毫　王鳴盛

故里誰將枌社並　彭兆蓀　舊交多是竹林賢　黃爵滋

丹梯安穩凌高步　吳士玉　黃字分明見壽人　杭世駿

誰知處士青門里　楊倫　乞寫中郎黃絹碑　邵長蘅

人捧黃麻知制誥　蔣士銓　狂思青草桂詩瓢　杭世駿

對客敢論牀上下　王式丹　吟詩重過瀼西東　徐延壽

好留苜蓿常供饌　吳錫麒　但有桃花可種田　劉體仁

蒔蔬洗竹從吾好　曹爾堪　玉椀甆甌任意陳　顧嗣立

碧梧修竹騷人節　孫宏　流水柴門隱士家　吳清鵬

安用尊官慕嚴助　繆沅　還持奇字師劉棻　楊述曾

到處雲山足鑴槧　張穆　惱教鄉里近罘罳　陳維崧

書覩文章神明煥　邵齊燾　詩到玉田法律精　高士奇

拙思白木長鑱柄　邊浴禮　認得藍田小篆文　厲鶚

誰探珠宮斲鱗屋　吳士玉　每依石室禮牙籤　胡會恩

卻看圖畫三江上　姜宸英　獨有漁樵四座多　吳嘉紀

得句超於王子鶴　杭世駿　搜奇博比竇攸鼮　朱筠

竹雨池亭藥洲石　黎簡　柳陰庭院棗花簾　吳泰來

舊文強欲譏劉昫　宋翔鳳　內史何人比范雲　楊季鸞

敦槃狎主耆英會　黃任　臺省同登禮樂壇　吳鼒

祇拚飲酒同犀首　沈寶錕　賴爾傳家有鳳毛　陳維崧

開甕酬留殘臘酒　陳維崧　稱觴但誦歲寒篇　黃任

寒雲落日不稱意　魯一同　苦筍鹹虀亦有情　黃爵滋

攜將老筆龍眠輩　吳偉業　秀絕國初烏目翁　高心夔

名山久擬追禽慶　彭孫遹　卜宅何緣近謝莊　劉嗣綰

飛鷺浴鳧晴檻漿　邵長蘅　畫奩書篋異香熏　高士奇

巖壑每因循吏靜　周亮工　吏民如愛嗇夫賢　錢載

千日醉鄉容脫幘　劉嗣綰　十年舊夢話題襟　陳韶

惟有湯盤與周鼓　宮鴻曆　何論急就兼凡將　黃景仁

綵緑千條裝趙勝　徐昂發　名香一瓣禮南豐　黃任

安得甘泉陪翠輦　鮑桂星　偶傳流水上朱絲　胡紹鼎

定知史稿餘三篋　杭世駿　坐擁圖書擬百城　趙汝霖

隨行漫逐棲梧鳳　高士奇　落筆忙於食葉蠶　劉嗣綰

三絕豈惟誇鄭老　邊浴禮　四愁何限對張衡　胡天游

夜逢漁火兼星亂　屈復　霽後僧門鑿雪開　陳恭尹

松陰舊翠長浮院　顧炎武　菜甲抽青白灌畦　金農

借將庾信三間屋　查世官　笑索周郎七字詩　項俊昌

尊生只合加餐飯　郭廷翕　壽世畢竟資文章　汪楫

天與溪山優碩果　龔鼎孳　人推碑版冠羣材　曹爾堪

歷覽名都留劍舃　曹溶　至今絕壁垂琳瑯　張篤慶

何必褰裳慕蓬島　潘耒　未妨持鉢向瑶壇　胡天游

顧廚桓舸流傳少　杭世駿　烏几鑪牀位置便　厲鶚

三年畏壘爲生業　朱琦　六歲承明襆祕書　曾國藩

論詩笑殺方虛谷　顧嗣立　和句超於賈舍人　伊秉綬

筆談自昔追虞廣　陳壽祺　文體不甚宗韓歐　龔自珍

一卷新詩紀遊歷　江藩　卌篇默語在巾箱　王曇

四圍木石三間屋　張大受　萬卷圖書百甓齋　屠倬

七寶玉書鐫上輔　錢大昕　一時洒箋徧騷人　袁枚

前席何妨遲賈誼　彭雲鴻　先鞭不肯讓元方　宋琬

借得珠繩經月地　杭世駿　賜題瑶簡動星文　高士奇

讀賦偶來尋楚澤　張問陶　學書且復託林閭　朱筠

獨親騷雅留微緒　符葆森　卻與文章數中興　胡天游

平今紅棚秋風曲　李集　又過黃梅小雪天　吳淸鵬
磵草石銚吹暑去　曹溶　耕煙鋤月與年深　劉嗣綰
正符延年益壽篆　何紹基　但有急就凡將篇　朱彝尊
臥榻不離栽竹徑　金兆燕　畫船多繫種花門　孔尚任
雲泉祇合鼂无咎　姜宸英　山石居然王右丞　張庚
自鑿青松調白鶴　袁枚　暗拋紅豆打黃鶯　鮑桂星
岑樓能鍛入甄選　張穆　金沙繡段助裁紈　何紹基
爲聊綺語微存戒　周亮工　即使淸吟也費才　杭世駿
石田畫卷長三尺　紀映鍾　義之碎字編千文　楊述曾
重向蘇齋呼舊伴　吳泰來　豈知蓮社得新愁　程可則
琅函寶冊垂千古　高士奇　菊香蘭芳并一時　葉方藹
卻恨郫筒難致酒　趙文哲　飽看秦火未燒書　江開

廊迴綠酒銀燈地 杭世駿
老我青蓑箬笠中 惲格
採藥忙猶尋白醪 周亮工
種蔬爭已賦黃門 商盤
遙知下榻需徐孺 施閏章
誰解撫碑詢蔡邕 黃鉞
頓悟詩心兼畫理 張穆
居然北秀對南能 劉墉
遜濕小檻思賦竹 吳蔚光
香繞華筵早放梅 高詠
自將綠酒斟金盤 惲格
便入藍田試玉方 邵長蘅
二十四家誰續訂 博明
千五百卷窮雕鏤 李必恒
定知東閣多吟卷 鮑桂星
漸覺南華是僻書 馮志沂
倭國不求蕭穎士 袁枚
鬼人終愛馬相如 張問陶
虛心嬾學庚申守 邊浴禮
綺語何煩甲乙加 姚鼐
人歸帽影鞭絲裏 秦緗業
筆挾河聲嶽色來 孫星衍
獨倚煙嵐招白鶴 王式丹
買來秋色付青猿 陳壽祺

在拂蓉匳明黛色　張問陶　豫培桐樹作琴材　汪琬
幾處題詩誇竹葉　蔣元龍　未妨留客爲蘋花　符曾
北李南何各壇坫　曾國藩　殳書繆篆爭翺翔　吳淸皋
南國文章薩都剌　王曇　中朝德望李棲筠　趙懷玉
黃花白酒重陽近　戴熙　石枕匡牀六月寒　邵長蘅
縱思趙勝誰工繡　宮鴻曆　爲託飛瓊問掌書　劉汝器
翠柏紅梨映深窅　王士祿　分花疏竹總精神　袁枚
鸜鵒歌調銀管細　吳偉業　鵁鶄冠插翠緌長　吳兆騫
塤當礬弟梅兄候　杭世駿　味在松花柏子間　陳兆崙
飛絮簪花標半格　何道生　鈿蟬金鴈解雙聲　劉體仁
蝸角有時破十壁　趙文哲　馬耳幸不埋雙尖　宮鴻曆
冬以違時嫌老樹　屈復　生成解語即名花　龔鼎孳

世有誠懸能識我　查慎行　病來摩詰愛逃禪　張岡
六籍笙簧供鼓吹　陳壽祺　半牀碑版疊巾箱　黃任
陽羨秋茶惠泉酒　徐永宣　扶風石鼓嶧山文　汪中
得參黃鶴山樵筆　杭世駿　別有青牛道士家　吳雯
更倒金樽學酣舞　沈傳桂　親持玉管賜佳名　趙信
叨隨紫閣分藜火　陳廷敬　閒傍紅窗枕木瓜　成德
執簡惟箋許祭酒　伊秉綬　登梯始見鄭司農　阮元
豈用簿書煩孔奐　吳清皋　又鐫遊記頌歐陽　吳鼒
夢迴秦嶺雲千疊　李鑾宣　論定揚州月二分　袁枚
祕書舊說劉中壘　劉嗣綰　經學今推鄭小同　斌良
宅迷玉局雙橋路　胡天游　家住香山八節灘　袁枚
頻搜古刻忘崖塞　杭世駿　恐有遺書鑿壁光　朱筠

解識卮言盡駢拇　杭世駿　誰從古史問偏旁　吳　蘋

觛傳東郡趨庭處　蔣因培　人似西園雅集時　趙　翼

豈有牽牛聽夜話　吳省欽　見人騎馬說春帆　陳維崧

芳鄰桑把欣增饌　張　穆　處士梅花解候人　姚　瑩

江南薊北三千里　邵長蘅　讀史籌邊二十年　魏　源

欲換青銅沽雪酒　周亮工　重攜紫橐待天家　高士奇

易水松肪剡溪藁　吳士玉　鎗金硯匣衍波箋　朱彝尊

何妨抱甕澆蔬圃　吳嘉紀　小汲懸餅試茗杯　吳清鵬

休辭白墮頻傾醆　陳廷敬　只對青山不著書　宋實穎

孝穆荒齋猶竹石　周　準　子瞻長句搜根株　吳士玉

齊梁格律鐘鏞振　張大受　汲鄭心期海嶽開　徐昂發

拂詩旋除蛛網淨　汪　琬　排船惟有鶴琴隨　宮鴻歷

小楊微風琴操歇　徐眉　半簾秋雨畫堂深　惲格

肯借圖書同泛宅　施閏章　偶然離落便成村　何紹基

讀書新有珠船獲　金慰祖　選勝何辭玉杖支　劉汝璽

雨裝石畫思苔徑　高士奇　夕爇熏鑪擣蕙塵　龔自珍

不似深源宜東閣　劉墉　每逢蕭統輒登樓　梅曾亮

誰擕玉局堂前酒　洪亮吉　夢刊金焦望裏山　盧文弨

黃花互閣沈鸕鷀　王衍梅　翠管繁箏叫鳳凰　吳偉業

三竺樓臺影東海　鄭珍　一時盤敦勝南皮　蔣業晉

輕裘緩帶迂何用　朱筠　酒國書城道不貧　杭世駿

青霄紫電三生夢　何道生　硯水簾風一段情　阮元

晴霏絳雪分吟筆　鮑桂星　合有紅雲捧研池　姚鼐

圓嶠一遊臣朔老　王曇　屏風十幅輞川奇　高詠

璧月珠星等恢諧　陳壽祺　冰函瑤箋費丁甯　劉珊
置酒可能邀北郭　查慎行　擣煙須爲寄西陂　宋犖
文能壽世須三寫　王曇　客許清吟共一牀　吳允嘉
不張同甫驚人氣　宗稷辰　似熟顏公論座書　宋犖
日凭藤輪敲栁癭　朱載震　誰收竹粉拾松釵　金農
異樣雲山嫌入畫　何紹基　避炎庭館早垂簾　彭蘊章
試漑石磴安茶具　汪琬　舊約金臺泛菊甌　錢澧
憑將東海參軍賦　鮑桂星　補入西淸古鑑圖　黃景仁
肯上危牆爭蝜蝂　沈德潛　新更小篆譯蟲魚　吳偉業
旋收檢蕊成淸供　汪琬　但遇梅花便小留　沈德潛
解向西陂求識字　史申義　忍忘東閣對開樽　趙文哲
看花院靜棋聲碎　何紹基　種栁門容釣竿敲　陶璉

奇探昌谷囊中句　劉統勳　不類斜川集裏詩　宋至
風檐月燭千廊寂　鄂容安　瘦島寒郊一屋温　王曇
蘸香深撥螭頭鼎　汪琬　感舊頻挑鳳脛鐙　吳璜
伏而讀之歸谷子　鮑桂星　誰其繼者虞山生　朱犖
博通夾漈空前輩　孫爾準　卻對漁洋有替人　王士禎
但憑竹葉開愁思　趙瑾　恰對梅花說喜神　葉紹本
酒量詩才皆八斗　杭世駿　冷吟閒醉又三年　何紹基
繇津山人善護法　尤侗　盤陀居士偏學閒　朱珪
似與幽人有瓜葛　汪琬　從來吾道屬菰蘆　張鳳孫
桓榮車服由稽古　宋楠　何斧田園亦著書　毛國翰
愁踐落花時讓路　袁枚　斬新斑竹欲過牆　宋犖
鏤成書苑千家石　何紹基　可是楞嚴十卷經　王曇

紅豆暗生南國怨 沈寶錕 青蘋已映北樓深 陳廷敬

碧桃十里遊人路 徐昂發 黃葉孤邨賣酒家 王時憲

百首琳琅長慶體 王藻 羣賢畢集永和年 陳維崧

邨藏翠竹千重出 鄂容安 杖借紅藤七尺強 杭世駿

說詩客每勞前席 梁詩正 縱酒銜曾署步兵 彭兆蓀

憑誰健筆追枚叔 張維屏 倦把清樽笑孔融 施閏章

最憐跋扈飛揚氣 查愼行 難寫嶔嵜歷落人 顧廣圻

鴝眼瀲波開鈿匣 邊浴禮 熊肪和蜜貯宣瓷 朱犖

曾因芍藥開三徑 孫星衍 爲采蘋花住七年 阮元

書交柏葉仙人寄 袁枚 秋在竹林居士家 沈廷芳

蒼松翠竹爲三友 傅山 病柳疏花抱一龕 沈寶錕

成佛莫居靈運後 金農 擒文誰並孝威才 朱犖

猶有荷花憐舊雨　朱彝尊　白支桃竹立斜陽　汪琬
細譜碧簫賡介雅　李兆洛　漫燒紅蠟祭詩神　劉嗣綰
瞥見新槽聞酒熟　錢陳羣　嬾從祕省借書看　趙信
蝸牛入席問奇字　朱階　鳧鴈親人識夜燈　王士祿
老子韓非同列傳　張問陶　申培轅固各專門　錢大昕
坐無北里連錢騎　陳廷敬　夢到西湖罨畫船　厲鶚
两岸青山闈素月　顧棟高　一瓻紅友送斜暉　杭世駿
古塔況餘仁壽字　張穆　隸文猶刻建安年　何道生
每於銷夏繙經處　李良年　來作眠雲跂石人　潘奕雋
不聞修竹來仙吹　李敬　細拾殘花當酒材　楊芳燦
茶經藥錄時三復　趙秉淵　巷柳園花又一巡　陳廷敬
白傅蛋編長慶集　沈靖　墨皇新搨紹興年　沈嘉轍

塵封萬卷嫏嬛記　劉逢祿　身歷三朝侍從臣　孔慶鎔
落葉無聲皆別意　屠秉　修篁避俗自成家　馮浩
不教紅藥爭仙格　潘世恩　細嚼黃花話舊聞　杭世駿
萬里弓衣梅直講　張問陶　千秋奏議陸忠宣　嚴遂成
錦囊久爇三生槀　劉逢祿　寶籙新參五岳圖　黃任
書借一瓻供破寂　趙文哲　酒傾三斗不澆愁　袁樹
蒼沮撓隸親摹勒　劉逢祿　籀湜郊徽隨奔趨　宮鴻厤
勁筍穿籬斜長竹　英廉　官梅籠帳出橫枝　徐昂發
山公盡職封章切　吳偉業　彭祖傳經志趣同　錢大昕
好添南徼虞衡志　錢大昕　誰寫東坡笠屐圖　許宗衡
佳士姓名長挂口　徐昂發　平生溫飽不關心　潘世恩
竹花細影浮湘簟　程際盛　藤笈殘編卜楚舸　邵長蘅

十字水分菱葉外　厲鶚　七甌茗向竹根煎　趙懷玉

若聞格磔鉤輈語　朱筠　想見温馨淡遠人　鄭燮

左把涓州右光祿　張篤慶　前追元亮後青蓮　何道生

茉莉花隨溪纜發　周篔　葡萄月落畫紘深　吳偉業

擬從騷客求蘭佩　葉方藹　爲作幽人出草廬　蔡新

弄水與鷗分野席　杭世駿　收綸留鶴守空槎　沈德潛

秋風白粉新泥壁　鄭燮　暮雨青山好著書　顧九錫

雙束冰絲園客繭　袁枚　七星鑪火定瓷甌　王曇

文章眞到歐曾壘　錢大昕　清俊時登庾鮑堂　顧槐三

爭疑白雪飄金閣　龔鼎孳　隔斷紅雲聽玉簫　吳雯

十年作計難求木　梅曾亮　一醉無名特借花　查愼行

愛聽歸鴻催滅燭　黃景仁　豈應飼鶴要贏糧　何紹基

金刀玉案千秋業　沈紹姬　紅樹青山兩岸詩　周於禮

已邀明月成三客　朱仕珍　剛道清風值萬錢　龍燮

三笑圖應添法護　李符　八行書肯換潛夫　朱彝尊

漫擬騷人吟橘頌　姚學塽　全呈稿本祕蘭臺　高士奇

梅花破凍剛吹雪　葉紹本　楓樹臨江正點流　劉統勳

官衙醉月懷鴻爪　沈德潛　石磴搖花過虎蹤　龔鼎孳

四海文章高白社　邵堂　六朝裙屐訪青山　孫星衍

圍鑪軟火兒烹藥　查慎行　卷石分泥客買蘭　吳偉業

因對茱萸思故里　彭而述　新裁荷葉理初衣　黃徵之

安得松濤聽虛樹　葉紹本　細葉竹筧瀉清泉　徐昂發

明鐙照壁何愁蠍　查慎行　醉墨書牆忽散蠅　黃景仁

松溪茗葉迦陵卷　李良年　賀監荷花鏡水春　葉紹本

菌閣雪深翻墨海　杭世駿　藤花風細落書牀　彭桂
新詩乍展銀泥紙　高士奇　寶盞新鐫玉版符　蔣立鏞
慣掠衣香邀婕鬬　吳錫麒　細看波磔效蠶眠　吳穎芳
長餅到戸多攜酒　奚岡　好句分題各據牀　宋犖
文章舊價鸞坡重　魏之琇　樂府新題鳳管催　王廣心
吟牋細擘澄心紙　邵長蘅　短幅驚看折股釵　丁敬
爲伴黃花娛晚節　邊浴禮　不勞紅豆寄相思　金農
竹鑪石銚晴雲盌　汪琬　雨笠煙蓑釣月竿　奚岡
幾度開尊陪北海　趙文哲　何人博議似東萊　阮元
清宜摩詰詩中畫　錢大昕　座引香山會裏人　宋琬
江湖夙世歸梅福　吳偉業　泉石當年識右軍　吳穎芳
曲臺分纂三家學　張鳳孫　祭酒喧傳十紙書　宋體涫

磨向晴窗鈳石本　金農　閒凭方罫拭棊函　程際盛

久咀橄欖回初味　梁詩正　留得薔薇待主人　袁樹

下榻何人同拜墨　周亮工　退耕決計話抽簪　金農

靈運無緣蓮社入　吳淸鵬　杜陵新賃草堂卑　吳穎芳

歌傳靑草湖邊棹　楊安濤　人語紅蕉花畔船　蔣廷錫

每到醉鄉稱小戶　程景伊　須知倦圃是名山　李符

南國人文推孝穆　沈紹姬　西京儒術重申公　錢大昕

留將古意吟匏葉　葉紹本　但了殘書餧菜根　汪琬

酒政琴言前日事　杭世駿　荒亭野史故交心　查愼行

閒砌斂襟題竹粉　吳穎芳　方塘展席對蕢花　宋犖

閒情偶譜龍脣奏　葉紹本　託興聊攜鴉觜鋤　丁敬

砌草林花空識面　金農　越橙吳橘敢差肩　查爲仁

山留桂樹堪招隱　張實居　檻落花光總入禪　吳穎芳
郁如杜老東西瀼　趙　翼　山入淮南大小篇　彭兆蓀
眞喜卜居依鶴觀　趙文哲　曾聞畫壁爲龍標　孫星衍
著破阮孚千緉屐　袁　枚　裝餘惠子五車書　張　穆
旋添活火烹魚目　高士奇　坐對寒濤捋虎鬚　魏　源
瑣窗日映櫻桃賦　吳偉業　金帶圍開芍藥枝　趙　翼
吟到曉風殘月句　潘曾瑩　勝他疏影暗香詞　吳穎芳
三徑攜琴無俗駕　徐乾學　一瓻修贄借鄰家　吳錫麒
五經同異諸儒別　陳廷敬　百氏菁華副墨傳　金　農
爲訪石經延博士　陳兆崙　喜饒詩豔媵家丞　張　穆
劇愛綠釵包紫籜　杭世駿　不簪赤筆戴黃花　葉紹本
行廚酒屢斟重碧　趙　翼　官閣箋同搨硬黃　陳維崧

漸除豪氣終違俗　查慎行　刊盡奇書懶挂名　馬履泰
鄴侯牙籤三萬軸　姚學塽　放翁新樣九千篇　王曇
藏名漫擬隨龍尾　程晉芳　畫壁何年倩虎頭　查慎行
並世文章無北地　趙翼　一生風味愛南朝　袁枚
還須把酒吹寒笛　金農　只合焚香倚畫叉　李良年
土銼瀹泉烹蜀井　吳元凱　玉鞍迴日晃吳鉤　許宗衡
旋濾石泉供茗飲　汪琬　願從雲海訪芝精　金農
職居貞觀西清外　高士奇　身帶河聲嶽色還　王藻
編集敢勞皇甫序　袁樹　紬書今識彥鸞工　宋犖
松菊尚存堪閉戶　汪琬　漁樵雜處自成村　周篔
低窗犂檻通新月　王彥泓　筍屐桐冠憶舊山　高士奇
獨寫維摩詩一首　尤侗　雄拚劉墮酒千觴　彭兆蓀

山閣卷簾閒讀書　楊季鸞　寒窗照字各分燈　杭世駿
不煩激濁升虛竹　莫友芝　巧排敧牆讓古槐　何紹基
筆牀茶竈隨鎔辦　施瑮　地志山經充棟儲　陳壽祺
藤根揉就充書架　施閏章　蕉葉斜分作硯田　李御
能發性靈方近道　何紹基　與談忠孝即開顏　徐學乾
舊印新鈔書萬卷　何紹基　煙蔬雷筍酒三更　朱筠
閒想誤書增一適　李兆洛　不關良史擅三長　齊召南
鄰園櫻筍三年隔　胡溶　吟榭蕉梧六月涼　何紹基
羨汝虛堂開綠野　張問陶　頻移曲几對青山　周亮工
明珠未肯輕投鵲　吳璜　怪石孤騫欲化鷹　莫友芝
別爲松花出方略　汪琬　細分蓮炬照書聲　張問陶
雜鈔貝葉重翻譯　張問陶　踏碎落花來借書　張初

此等起結二聯俱有斧意

8

涼絲玉網千層結　胡天游　研粉宮箋五色裁　鄭燮

坐看家童洗萍塊　翁方綱　偶邀逸客止匏尊　施閏章

冥心已解青牛句　朱琦　講論詳同白虎篇　史夢蘭

七子敢聯吟社侶　趙翼　六時不廢讀書聲　錢大昕

摹來雁足鐙銘古　馬曰璐　字仿蠅頭棐几凭　施瑮

函納纍素來千里　吳穎芳　茗盌書籤亂一牀　莫友芝

酒遇有名間印證　張問陶　題因存友恕詩篇　施閏章

談深半夜瓻長伯　袁枚　詩寫三生杜牧之　錢琦

別分小圃培雛橘　何紹基　廳號迴溪作浣花　宋犖

破硯久應辭手腕　周篔　哦詩不要苦髭鬚　莫友芝

宣統元年十月南陵徐乃昌重刊小扶風館本

衲詞楹帖

乙亥三月霜根鈍題耑

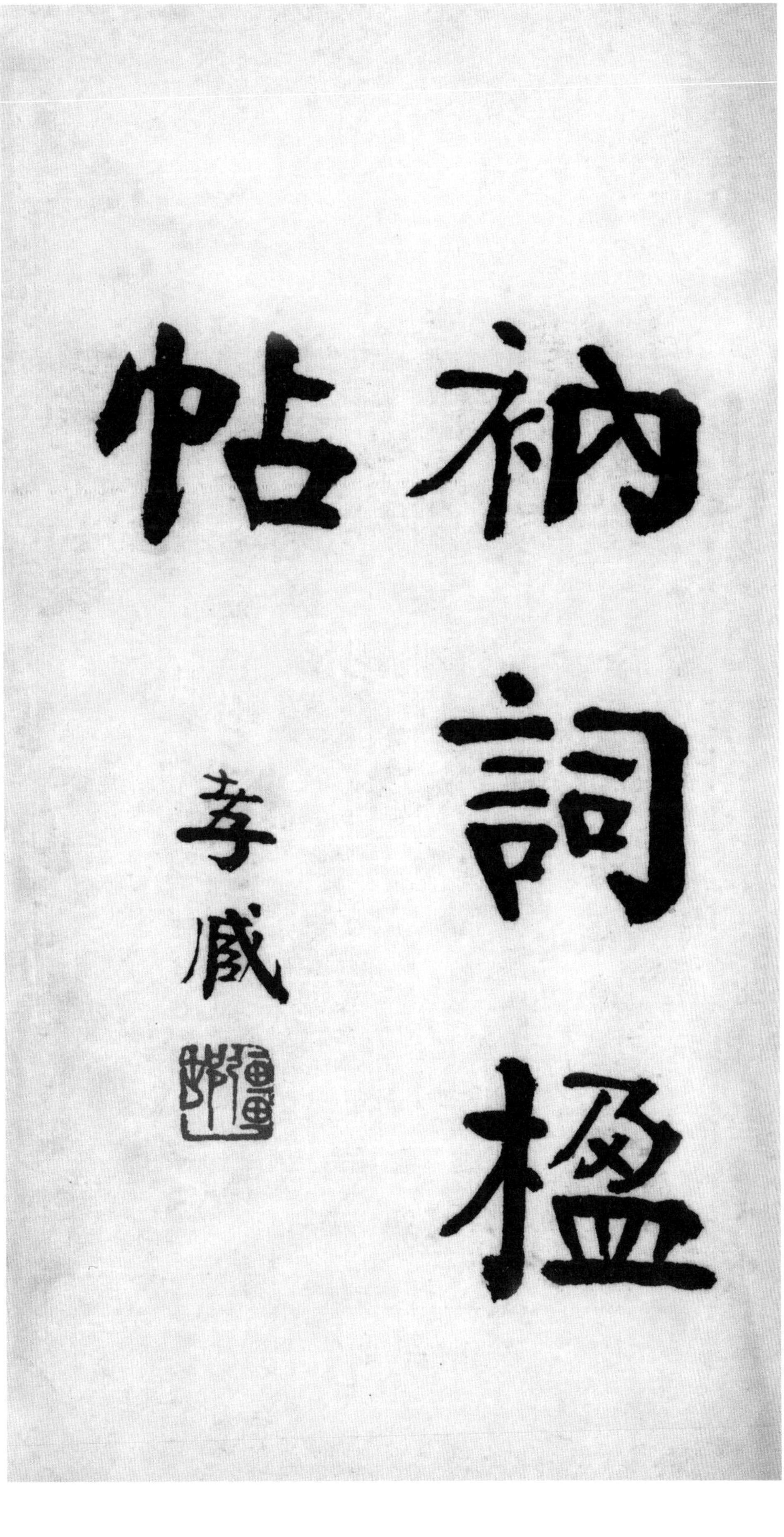
衲詞楹帖
孝臧

自竹垞蕃錦生面別開組繡穿珠作者
犂然遠眉綠樓與水流雲在蘭塵蓮寸
三家專集詞句斐然成章江陰何氏復
集詞爲詩騁詞苑珠塵之數家丹叔輯
所存集盈卷軸雖云別調要是大觀同
光以還復有集詞爲聯語者吾粵陳蘭
甫先生恆喜爲之先大父南雪公亦所集
盈百篇不過佇興偶作未裒然成帙也元

和碩氏烏程張氏家園亭館楹帖彙集詞句盛稱一時第亦僅限于自賞比歲梁任公善集詞爲聯贈人人爭欲得之都所集嘗至二百餘猶未盡廣博也今歲丹徒趙君以所集宋詞聯三百餘郵示已驚其夥矣頃邵君茗生復寄所集歷代詞聯多數乃三千餘擇其尤者三百餘楹抒在心若自己出誠哉文章之事後起而

益工也余惟天下事物靡不自簡而之複孤往之士于意所嚮向冥心婞志鍥而不舍雕蟲貫腸洞及纖悉其精神之浹洽周與俱垂秘遠非無異也故君子往往以一氣之微而竟通乎道今邵君手事方盛學裕而才富其所規為當甚遠大碩業情於此津津爲善不能自休詎非其不苟之精神隨所寄而護靈者歟余嘉

邵君致力之勤，而又以券力其推之遠大之，其能益著也。因樂為之敘。固非止與諸家所集絜其短長已也。民國二十年三月葉恭綽遐庵

銳黃嬭消閒青旨閱卋棲遲楸位曾無竹上
之魚笺傲蕭齋拚作書叢之蠧閒居賦罷
瀏覽詩餘信手拈詞因心屬對或一集獨裁
或數家雜綴棄酣趁健忘勞与工殘夕曉
風韻觥綽約銅琶鐵板響焉跡豪偶參入
證之機每有傷時之製氣兒深注祝葉底
之長生亂子多情擬花前之燕爾乃至籠
邊鸚鵡頻認歡郎陌上花鈿重扶殘醉摹
豔景於銷金託微波於佩玉當筵琴操韻

換斜陽調御李師句傳勝雪凡此拾零卷成隹趣僭茲絕妙遺我鬱伊五稔以還彙寫成帙撏撦至此任昌谷之暗譏戲集他人聽東坡之竊笑今朝敝帚之自珍明日誰家之覆瓿若謂巧思綺合好語珠穿供椽筆之橫揮備藝林之清賞則吾騃穉非所敢望

歲次庚午仲春之紀杭人邵銳茗生自敘於北平時年二十有六

例言

一銳集詞聯始於乙丑初欲遍選唐宋元明諸賢詞句纂成鉅帙塵務粟鹿時作時輟迄庚午歲首得宋詞約三千聯先付剞劂異日有暇或本初衷更成續集未可知也

一詞人調名附注聯後以便查考

一詞家有專集者舉其書名無專集者舉其別字別字難考者則舉其名名相同者則冠姓以別之詞集名同者則一舉書名一舉別字以別之別字相同者亦然

一書末附詞人姓氏一卷僅記詞人之姓名別號及其詞集書名凡爲楹帖所采用者圈其旁以識之至詞人爵里他書多詳茲不復贅

一詞人書名別號往往雷同楹帖爲避免複見祇可舉姓名以別之臨池時可檢詞人姓氏易以書名別號或悉舉姓名均便

一摘句集聯端緒繁雜其間詞人調名之誤置字句之譌謬誠所難免

大雅宏達幸垂教焉

衲詞楹帖卷一

杭邵鋭茗生集

二十字以上

如公一世雄也獨此情未了任紅鱗生酒面怡然心會小屏上水遠山斜摩詰丹青買斷風光鎮長好
識我少年狂態相逢意便親倩黃鶯報春歸略借工夫畫橋外花晴柳暖杜郎俊賞更憑佳句盡拘收

石屏大江西上曲　酒邊生查子　片玉夜游宮　于湖念奴嬌　書舟愁倚闌令　蘆川永遇樂　西樵洞仙歌
介庵水調歌頭　坦庵生查子　竹山最高樓　姑溪浪淘沙　梅溪杏花天　白石揚州慢　石林定風波

適意酒豪詩俊斟綠醑對朱顏唱入眉峰宴亭永晝喧簫鼓
爲酬月皎風清吹紫鳳舞黃鶴纔娛老眼碧油涼氣透簾櫳

斕窟蘇武慢　于湖木蘭花慢　夢窗塞翁吟　安陸山亭宴
千里慶春宮　平齋賀新郎　竹山沁園春　片玉南柯子

落花前詞共唱長教綠鬢朱顏浮世危機老去一官真是漫
流水外酒俱斟但有漁兒樵子陪君好語獨餘此興未能收
姑溪驀山溪　逃禪鷓鴣天　于湖西江月　琴趣八聲甘州　丹陽定風波
姑溪驀山溪　逃禪鷓鴣天　于湖西江月　琴趣滿庭芳　丹陽定風波

黃花已滿東籬鱸蟹正肥時九日傳杯旋折秋英餐露蕊
綠楊依舊南陌蜂蝶先成路五湖歸棹漸看春意入芳林
珠玉破陣子　澤民生查子　谿父點絳脣　東堂蝶戀花
公沘念奴嬌　須溪點絳脣　放翁青玉案　松隱勝勝令

青雀舫白蘋洲款乃數聲歌共倚春風雲近恰如天上坐
綠陰中黃葉地解遣雙壺至一醉秋色花間相過酒家眠
東山思越人　雪山蘇幕遮　表臣驀山溪　樵歌眼兒媚　東堂浣溪沙
方壺江城子　希文蘇幕遮　山谷菩薩蠻　菊山桂枝香　樵歌臨江仙

便穩棲煙蘿除是賀知章雙槳凌波江湖幸有寬閒處
且料理琴書誰憶陶元亮一醉秋色尊酒相逢盡勝流
鄮峰喜遷鶯　須溪江城子　東山河傳　彭老踏莎行
玉田眞珠簾　方壺水調歌頭　菊山桂枝香　放翁南鄉子

對滄江斜日空白一分頭鄧客高歌愛將蕪語追前事
問嶺外風光化作雙飛羽杜郎俊賞只有梅花是故人
夢窗瑞鶴仙　西樵水調歌頭　信齋滿江紅　稼軒鷓鴣天
片玉玉燭新　安陸怨春風　白石揚州慢　孏窟鷓鴣天

花前眼底幸有賞心人歌金縷醉瑤卮此外君休問
煙歛風清共結尋芳侶並蘭舟停晝楫老來情轉深
友古詞

衲詞楹帖卷一

十九字

杭邵銳茗生集

長醉賞月下花枝但笑詠春風莫道東君情最厚
幸自有湖邊茅舍看老來秋圃卜築西園隱逸時
山谷醜奴兒　鶴林摸魚兒　東堂蝶戀花
放翁繡停針　安晚念奴嬌　玉田南鄉子

書此意寄同社贏得一身閒且嘲風詠月常相謔
攜濁酒繞東籬來尋箇中靜更松偃梅疏新種成
散花賀新郎　歸愚風流子　惜香金縷曲
石林鷓鴣天　稼軒祝英臺近　樵歌沁園春

揀得亂山環處矯首撫長松更作箇亭兒名亦好
清隨月色低斜開窗延翠竹但獨搴幽幌悄無言
放翁好事近　之翰水調歌頭　稼軒最高樓
朱雍清平樂　綺川臨江仙　書舟滿江紅

闌干曲處又是一番倚盡斜陽滿眼風光向誰許
窗外亂紅已深半指緩引春酌惜花情緒只天知
西樵訴衷情 西樵訴衷情 信齋洞仙歌
片玉紅窗迥 片玉瑞鶴仙 稼軒最高樓

煙柳畫橋斜渡銀漢淡暮雲輕翠竹嶺頭明月上
采蓮一曲清歌湖水動鮮衣競綠荷風裏笑聲來
宗卿夜行船 坦庵鷓鴣天 六一漁家傲
山谷清平樂 安陸山亭宴 六一浣溪沙

衲詞楹帖卷一

杭邵鋭茗生集

十八字

趁熏風一舸來時野漲挼藍竹枝歌好移船就
待天氣十分新霽烟蕪蘸碧柳花飛度畫堂陰
草窗乳燕飛　稼軒行香子　山谷玉樓春
萬山眞珠簾　屯田破陣樂　東山減字浣溪沙

留連月扇雲衣贏得一身閑山水最宜情共樂
自有松舟檜楫高吟三峽動湖海相逢盡賞音
石湖臨江仙　歸愚風流子　虛靖望江南
東堂清平樂　雲月玉連環　覆瓿鷓鴣天

繞玉梅猶戀香心著意爭妍須放騷人遺春興
爲黃花頻開醉眼倚窗餘傲欲携斗酒答秋光
玉田風入松　稼軒永遇樂　相山憶東坡
東堂燭影搖紅　竹山探芳信　須溪踏莎行

秋容瑩暮天清窈人在西樓明月長留千歲色
孤岸峭疏影橫斜片帆南浦江梅喜見一枝新
千里倒犯 趙旭曲入冥 東澤浣溪沙
片玉玉燭新 日湖荔枝香近 惜香浣溪沙

倚闌嬌困時催月上喚風來草樹爭春紅影亂
多情行樂處探花開留客醉舞腰浮動綠雲穠
坦庵菩薩蠻 稼軒鷓鴣天 安陸木蘭花
淮海滿庭芳 珠玉更漏子 小山阮郎歸

問古今幾度斜陽倚闌凝想遠目不堪空際送
登覽處一江秋色飛蓋相追賞心多是酒中仙
草窗乳燕飛 惜香點絳脣 安陸木蘭花
放翁滿江紅 六一采桑子 小山浣溪沙

盡來拾翠芳洲閒蕩木蘭舟臨曉西湖春漲雨
喚起探花情緒熏做江梅雪誰勸東風臘裏來
屯田瑞鷓鴣 小山生查子 安陸木蘭花
草窗一枝春 稼軒念奴嬌 東堂小重山

新聲更颭霓裳唱徹柳邊風玉盤大小亂珠迸
與誰同醉瑤席徘徊花上月碧霧朦朧鬱寶熏
珠玉望仙門　稼軒臨江仙　安陸剪牡丹
草窗酹江月　東坡臨江仙　東堂浣溪沙

瀲灔十里銀塘亭高景最幽夜雨染成天水碧
釀作九霞仙醞坐中人半醉彩牋書盡浣溪紅
屯田如魚水　坦庵生查子　六一漁家傲
澹齋感皇恩　東坡臨江仙　小山風入松

山翠淺蘚華濃譚璽揮風頻開瑤席多情宋玉
柳絲長桃葉小畫橋流水曾見扁舟幾度劉郎
珠玉更漏子　華陽念奴嬌
小山更漏子　東山訴衷情

漁父曲竹枝詞他年尋我水邊月底一蓑煙短
紫雲車青雀舫盡日從容花塢蘋汀十頃波平
周士驀山溪　東堂燭影搖紅
東山鷓鴣天　六一采桑子

此聯壹西字

麗日媚東風蘋滿溪柳繞堤賞心已覺春生坐
碧落飛秋鏡人立玉天如水凭闌凝望眼增明
惜香蓦山溪　安陸長相思　書舟鳳棲梧
酒邊南歌子　龍川彩鳳飛　坦庵南柯子

却來閒數花枝芳意著人濃春初早被相思染
小摘親鋤菜甲持杯須我醉酒邊誰使客愁輕
書舟清平樂　蘆川菩薩蠻　白石踏莎行
稼軒水調歌頭　逃禪曲江秋　片玉玉樓春

上馬人扶殘醉家在碧雲西昨夜酒多春睡重
持竿獨釣西風天遠青山暮夕陽沙晚片帆收
片玉綺寮怨　白石少年游　書舟愁倚闌令
坦庵風入松　夢窗點絳脣　竹洲浣溪沙

酒臉紅霞發嬌不盡翠眉低醉裏吳音相媚好
芳徑綠苔深曾暗與花王約眼前春色爲誰濃
安陸少年遊慢　安陸江城子　稼軒清平樂
坦庵訴衷情　坦庵滿江紅　竹洲浣溪沙

飛過金風翠羽四面玉崔嵬便覺蓬萊三島近
還跨紫陌驕驄一帶山無數行盡江南萬里程
夢窗古香慢 稼軒水調歌頭 片玉減字木蘭花
夢窗塞翁吟 稼軒菩薩蠻 片玉南鄉子

疑在畫圖間晚風吹泛輕艎記取江頭三月暮
拚飲鶯花底濃香暗沾襟袖與渠詩裏一時收
金谷望江南 惜香臨江仙 稼軒念奴嬌
千里夜游宮 片玉玉燭新 信齋水調歌頭

犀心通密語少年紫曲疏狂冷眼盡歸圖畫上
馬耳射東風此意平生飛動興王祇在笑談中
聖求早梅芳近 草窗月邊嬌 梅溪八歸
蘆川水調歌頭 蕭遠西江月 臨川浪淘沙令

擁身疑有月酒初醒夢猶閒榕陰不動秋光好
客舍宛如春簾半卷情何適柴門都向水邊開
姑溪臨江仙 夢窗夜游宮 千里訴衷情 稼軒滿江紅
姑溪南鄉子 夢窗聲聲慢 千里漁家傲 稼軒鷓鴣天

臺前戲馬英雄萬里勒燕然金印明年如斗大
頭上貂蟬貴客千丈擎天手錦襜突騎渡江初
稼軒朝中措　菩薩蠻　滿江紅
稼軒水調歌頭　一枝花　鷓鴣天

長絲初染柔黃正是惜春歸不道曉風殘月岸
細草靜搖春碧共結尋芳侶更著如花似玉人
夢窗祝英臺近　友古菩薩蠻　坦庵浪淘沙
夢窗瑞鶴仙　友古點絳脣　坦庵卜算子

衲詞楹帖卷一

十七字

杭邵銳茗生集

整頓乾坤手段日伴春狂自許封侯在萬里
都將閒淡心情醉嫌人問又得掀髯笑一場
石屏水調歌頭　小山浪淘沙　放翁夜游宮
澗泉風入松　竹山柳梢青　笑笑鷓鴣天

碧雲高挂蟾蜍醉漾輕舟夜涼水月鋪明鏡
綠尊初試冰蠶頻開瑤席舞罷珠璣落繡絪
方舟臨江仙　淮海點絳脣　小山玉樓春
苕溪西河　華陽念奴嬌　閒齋鷓鴣天

夏來生意還新山雨初晴行雲涌出奇峰露
春入柳條將半岸花迎觴夕陽長送釣船歸
丙文新荷葉　蘭室點絳脣　六一漁家傲
淮海如夢令　東澤沙頭雨　東山太平時

一簾夜月蘭堂度曲傳觴鸞吟鳳歡清相續
十里寶光花影聯鑣蕩槳燕嬌鶯巧有餘歡
小山風入松　片玉雙頭蓮　屯田玉樓春
草窗月邊嬌　竹洲滿庭芳　應齋鷓鴣天

却得連日春寒與客携壺登臨笑傲西山笏
淺約數枝秋足弄香挼蕊對菊誰空北海觴
牧叔念奴嬌　白石月下笛　須溪摸魚兒
草窗桂枝香　稼軒滿江紅　綺川鷓鴣天

殘夢猶吟芳草約略春痕謝池風月誰分付
弄妝人惜花嬌凭闌秋思杜郎歌酒過平生
日湖探春　草窗柳梢青　飄然蜨戀花
安陸西江月　小山滿庭芳　竹屋風入松

平生酷愛淵明秋草窗前菊老松深三徑在
樂府直追歐老春風湖外月笛煙蓑萬事休
後村水龍吟　小山采桑子　閑齋滿江紅
澹軒朝中措　毅父千秋歲　放翁南鄉子

畫船傍柳頻催綠波南浦去日虎林春色暮
皓月流光無際白髮西風誰似龍山秋興濃
草窗減字木蘭花慢　虛齋賀新郎　中玉玉樓春
惜香水調歌頭　稼軒沁園春　小山武陵春

清吟況值詩流醉墨題香少借筆端煙雨力
閒情最宜酒伴芳尊頻勸游戲壺中日月長
相山西江月　草窗長亭怨慢　筠溪臨江仙
筠溪十月桃　放翁玉胡蝶　須溪沁園春

猶憶棋敲嫩玉更結東山謝氏游勝流星聚
月隨雪到梅花總被西湖林處士詩酒相留
履齋賀新郎　東山南鄉子　草窗長亭怨慢
東堂清平樂　稼軒念奴嬌　小山采桑子

四山濃抹煙眉載酒來時醉裏不知誰是我
桃花遠迷洞口倚風微笑世間蕭散更何人
盤洲滿庭芳　六一采桑子　稼軒念奴嬌
玉田聲聲慢　竹山花心動　蓮社踏莎行

還是芳酒杯中戀飲忘歸醉裏不知霜月上
揀得亂山環處平生選勝高情已逐曉雲空
小山六么令　哄堂訴衷情　書舟鳳棲梧
放翁好事近　姑溪驀山溪　東坡西江月

江上晚來堪畫芳草長堤醉倒碧鋪眠碎錦
秋原何處携壺寒香半畝臥看黃菊送重陽
屯田望遠行　六一采桑子　澤民清平樂
東坡清平樂　夢窗瑞龍吟　東堂玉樓春

籬角黃昏雲一縷玉千竿秋入風枝清不盡
錦屏紅舞酒三行琴再弄雨打梨花深閉門
白石疏影　稼軒江神子　東堂青玉案
草窗掃花游　東山更漏子　重元憶王孫

鈎月挂綺霞收約略春痕更看嬌花閙弄影
碧天長流水淡凭闌秋思入袖寒泉不濕衣
寶晉阮郎歸　草窗柳梢青　小山玉樓春
珠玉訴衷情　小山滿庭芳　東坡減字木蘭花

從教醉帽吹香玉骨西風九日歡遊何處好
幸有旗亭沽酒翠娥南陌一春長是爲花愁
南澗西江月　草窗玉京秋　六一漁家傲
放翁破陣子　屯田夜半樂　稼軒一絡索

移取春歸華屋鶯語惺忪簾額好風低燕子
又是秋滿平湖蟾光如水畫橋露月冷鴛鴦
草窗楚宮春　小山采桑子　赤城攤破浣溪沙
書舟滿庭芳　松隱月上海棠慢　東堂浣溪沙

遙知綠野芳濃堪愛處月明琴院雪晴書屋
却遇蓬壺歡傲吾應有雲中舊隱竹裏柴扉
日湖瑞龍吟　西麓三犯渡江雲
放翁木蘭花慢　三休沁園春

共聽漁子清謳更風流羊裘澤畔精神孤矯
須信吾儕天放莫思量楊柳灣西且櫂吟舟
盤洲臨江仙　稼軒賀新郎
東坡鵲橋仙　竹山高陽臺

芳心自有天知似而今元龍臭味孟公瓜葛
世事幾如人意重慕想東陵晦迹彭澤歸來
草窗柳梢青　稼軒賀新郎
泠然雨中花　片玉西平樂

料得誰知此景與滿煙霞傍翠麓旋添花草
蕭散我已忘機細吟風雨到白頭猶守溪山
哄堂西江月　蓮社訴衷情　本堂眞珠簾
惜香念奴嬌　稼軒水龍吟　東堂八節長歡

深苑重調絃管歌酒風流輕身低掌隨聲聽
侵晨淺約宮黃畫圖難足香靨凝羞一笑開
東堂如夢令　竹屋眼兒媚　安陸木蘭花
片玉瑞龍吟　臨川桂枝香　淮海浣溪沙

大家沉醉花間芳景如屏玉卮細酌流霞濕
樂府初翻新譜豔妝難學翠眉饒似遠山長
聖求木蘭花慢　屯田木蘭花慢　東堂菩薩蠻
放翁眞珠簾　稼軒瑞鶴仙　小山玉樓春

清歌女紅袖舞太守風流偶向停雲堂上坐
平湖曉翠峰孤東君情分莫殢春光花下遊
安陸天仙子　惜香醉蓬萊　稼軒臨江仙
安陸醉垂鞭　惜香念奴嬌　稼軒鷓鴣天

呼斗酒同君酌日看千回要知黃菊清高處
便此地結吾廬浩歌一曲點盡蒼苔色欲空
稼軒滿江紅　沁園春　鷓鴣天
稼軒醜奴兒近　念奴嬌　鷓鴣天

銀波相望千頃狂占風光倚橋臨水誰家住
竹外孤裊一枝亂堆香雪小院閒窗春色深
白石摸魚兒　石林驀山溪　安陸惜雙雙
惜香念奴嬌　東山梅香慢　片玉浣溪沙

斷崖千丈孤松綠野歸來多情可是憐高節
臨水一痕微月翠梅低映冷豔須攀最遠枝
稼軒水龍吟　芸窗沁園春　坦庵菩薩蠻
夢窗疏影　惜香點絳脣　片玉醜奴兒

頗憶謝生雙屐梅墅賒棋江左風流今有幾
挂帆西子扁舟柳湖載酒泉上長吟我獨清
白石水調歌頭　竹山應天長　書舟鳳棲梧
稼軒破陣子　竹山應天長　稼軒鷓鴣天

來作煙霞中物心景俱清移家徑入藍田縣
更憑歌舞爲媒賞音未已舊情惟有絳都詞
稼軒念奴嬌　坦庵沁園春　白石鷓鴣天
稼軒沁園春　坦庵賀聖朝　白石鷓鴣天

春游花簇雕鞍羅綺芳塵雲山沁綠殘眉淺
猶憶棋敲嫩玉紗幮卷霧雨餘空翠入簾明
樵歌朝中措　東山沁園春　東堂菩薩蠻
履齋賀新郎　坦庵沁園春　澹庵鷓鴣天

老夫靜處閒看同倚闌干此情不語知多少
世事從來慣見殷勤舉白爲君沉醉又何妨
稼軒清平樂　龜峰沁園春　惜香蝶戀花
放翁烏夜啼　石湖減字木蘭花　淮海虞美人
綺陌細塵初靜南苑吹花東君早寄春音信
歌珠滴水清圓西樓絃管佳人猶唱醉翁詞
放翁蘇武慢　小山滿庭芳　東堂踏莎行
東坡西江月　文溪沁園春　東坡木蘭花令
盞浮花乳輕圓幾醉紅裙南樓風月長依舊
梅吐芳心半笑千尋翠嶺東郊寒色尚徘徊
東坡西江月　東山羅敷歌　小山虞美人
華陽朝中措　武夷少年遊　東堂小重山
酥花空點春妍綵筆題詩誰解小圖先畫取
佳辰况當秋霽曉涼散策緩尋山徑掇幽芳
放翁朝中措　景迂金盞倒垂蓮　幾聖漁家傲
閑齋上林春　塵缶念奴嬌　菩溪臨江仙

風流羽扇綸巾不入時宜且陪野老酬天數
別是仙標道韻會須行樂怕著朝章揖貴人
秋潭漢宮春　江湖洞仙歌　姑溪踏莎行
曾白滿庭芳　景迂金盞倒垂蓮　竹洲減字木蘭花
杜郎俊賞蔭長松臨淺瀨罨畫湖山最春早
陶令歸來尋舊菊催新酌可人風物是秋深
白石揚州慢　放翁蓦山溪　拙軒感皇恩
靜春高陽臺　書舟滿江紅　宗卿水調歌頭

納詞楹帖卷一

杭邵銳茗生集

十六字

記芳徑暮歸金谷先春花影低徊簾幕卷
向名園深處珠歌緩引荷香便傍酒尊浮
君遇風流子　耆孫遠朝歸　東堂惜分飛
屯田拋球樂　草窗東風第一枝　南澗南柯子

春衫醉舞風幾日新晴玉勒前頭花柳近
秋宇淨如水一時登覽紫煙深處數峰橫
龍川南歌子　草窗玲瓏四犯　東堂青玉案
存齋水調歌頭　稼軒水龍吟　聊復虞美人

江南春興長與客携壺別逕小峰孤碧峭
西湖秋好處聯鑣蕩槳畫橋流水一篙深
樂齋阮郎歸　白石月下笛　東堂漁家傲
晦庵菩薩蠻　竹洲滿庭芳　東山減字浣溪沙

玉簫牙管多在牡丹坡更擬綠雲弄清切
繡閣銀屏意與梅花好乍開絳萼欲生香
東堂點絳脣　草窗少年遊　東堂遣隊
子清多麗　坦庵生查子　樵歌木蘭花

淡拂遠山眉半倚雲灣一溪流水生秋綠
花映清風面幾番芳草略吹絲雨濕春紅
元卓菩薩蠻　草窗減字木蘭花慢　海瓊滿江紅
東堂青玉案　石林水龍吟　梅屋虞美人

綠煙啼曉鶯栢葉春醅惟有尊前芳意在
玉柱斜飛燕櫻桃清唱重翻花外侍兒歌
後湖菩薩蠻　東堂點絳脣　信道浣溪沙
小山菩薩蠻　珠玉少年游　草窗踏莎行

看綸巾對酒羽扇搖風古來如許高人少
把方略評梅工夫課柳平生此志與君俱
閒齋望海潮　稼軒賀新郎
可齋沁園春　雲莊水調歌頭

且亭旁放鶴溪上垂綸蓮社高人留翁語
問鶯邊按譜花前覓句蓬山才調最清新
鶴林沁園春　稼軒賀新郎
草窗水龍吟　東坡南歌子

記歌名宛轉鄉號溫柔寶箏絃矗冰蠶縷
仗酒祓清愁花消英氣水晶盤瑩玉鱗頳
淮海長相思　日湖思佳客
白石翠樓吟　東坡浣溪沙

靚女薦瑤杯微醉欹紅試倚涼風醒酒面
湘屏展翠疊晚煙凝碧更邀明月坐胡牀
安陸望江南　夢窗風流子　小山蝶戀花
草窗霓裳中序第一　周士念奴嬌　石林定風波

搔首立東風小簇春山倚天無數開青壁
邀月過南浦一谿秋意晚色輕涼入畫船
履齋如夢令　樵歌減字木蘭花　東坡歸朝歡
東澤南浦月　草窗水龍吟　東堂浣溪沙

向伊川雪夜洛浦花朝想見芳洲初繫纜
有邵平瓜圃淵明菊徑本是青門學灌園
樵歌雨中花　放翁南鄉子
鶴林八聲甘州　東堂浣溪沙

雲岫如簪翠鬟嚲秋煙罨畫溪邊停彩舫
風篁度曲紅袖翻歌扇水亭幽處捧霞觴
稼軒行香子　屯田促拍滿路花　珠玉漁家傲
竹友減字木蘭花　華陽點絳脣　放翁浣溪沙

閒蕩木蘭舟天外雲峰畫作遠山臨碧水
猶記荷花處望中秀色倩得熏風染綠衣
小山生查子　屯田玉山枕　山谷定風波
澗泉虞美人　冠柳慶清朝慢　稼軒小重山

依稀見三島風煙翠節紅旌晚過銀河路
要須償五湖深願青鞋黃帽分付紫髯翁
文伯滿庭芳　小山蝶戀花
北湖聲聲慢　信齋滿庭芳

隨宜對秋色持醪正香擘新橙清泛佳菊
都忘却春風詞筆任紅熏杏靨碧沁苔痕
得全滿庭芳　行之桂枝香
白石暗香　日湖絳都春

花光媚春醉瓊樓記剪燭調絃翻香校譜
翠眉開嬌橫遠岫愛停歌駐拍勸酒持觴
屯田兩同心　寄閒木蘭花慢
屯田玉胡蝶　片玉意難忘

不妨平地神仙天教一舸江湖數椽澗壑
我是有詩漁父慣弄五亭月笛四水煙蓑
犖玉木蘭花慢　履齋祝英臺近
梅溪桃源憶故人　信齋玉胡蝶

雙槳柳橋春野漲挼藍應折柔條過千尺
半廊花院月苔枝綴玉誰移數點在孤村
竹屋臨江仙　稼軒行香子　片玉蘭陵王
放翁臨江仙　白石疏影　信齋鷓鴣天

春水滿江南試問知心泉石膏肓吾已甚
故國渺天北何妨袖手山河表裏鑑中看
惜香卜算子　夢窗聲聲慢　稼軒定風波
白石惜紅衣　蘆川隴頭泉　坦庵醉桃源

心共梅花冷翠幕深中安得方盆載幽植
春到小桃蹊粉香吹下滿携尊酒弄繁枝
梅溪桃源憶故人　片玉法曲獻仙音　書舟瑞鷓鴣
竹洲驀溪山　白石側犯　石林江城子

酒濃春入夢難賦深情謝客池塘生綠草
雲歸月正圓長空萬里漢家宮闕動高秋
東堂臨江仙　白石揚州慢　小山清平樂
雲溪生查子　稼軒漢宮春　水雲憶王孫

膩紫肥黃多在牡丹坡蜂蜨尋香隨杖履
暮霞霽雨猶記荷花處鴛鴦相對浴紅衣
竹山解連環 草窗少年游 燕喜鳳棲梧
片玉側犯 澗泉虞美人 世美好事近

幽致夏來多山雨初晴人在小樓空翠處
不覺秋强半閒雲散縞玉京煙柳欲黃時
梁溪望江南 蘭室點絳脣 仲鎮淸平樂
東坡點絳脣 千里倒犯 東山浪淘沙

應人間佳夕歡與秋濃鳷鵲樓高天似水
是仙子風標坐看雲起鳳凰臺上聽吹簫
坦庵好事近 松隱浪淘沙 東湖念奴嬌
得全燕歸梁 方壺沁園春 覆瓿朝中措

春入武陵溪黃鵠高飛遊舸已如圖障裏
燈照瀛洲綠金猊夜暖重簾不卷篆香橫
山谷水調歌頭 稼軒沁園春 安陸河滿子
東堂醉花陰 安陸燕春臺 東堂踏莎行

有灞橋煙柳知我歸心冷泉淩亂催秋意
漸東郊芳草染成輕碧平蕪盡處是春山
放翁沁園春 東堂點絳脣
屯田尾犯 六一踏莎行

醮甲寶杯濃醆醉紅裙淺黛嬌蟬風調別
非煙羅幕暖銷殘香篆畫簾歸燕尙遲留
稼軒臨江仙 東山羅敷歌 放翁眞珠簾
東堂小重山 平齋沁園春 小山浣溪沙

畫舫相將今日北池游却穿竹徑隨孤鶴
芳尊頻勸看花南陌醉戲抛梅彈打流鶯
屯田如魚水 六一浪淘沙 東堂漁家傲
放翁玉胡蝶 梅溪臨江仙 草窗浣溪沙

錦堂籠翡翠舞雪歌雲生綃畫扇盤雙鳳
金勒躍花驄垂香帶月箇人鞭影弄涼蟾
松隱千秋歲 安陸行香子 六一漁家傲
鄮峰敎池回 白石洞仙歌 小山阮郎歸

正喜逢重午獠女供花五色新絲纏角糭
擬買斷秋天鴟夷載酒一葉扁舟卷畫簾
松隱夏雲峰　白石念奴嬌　六一漁家傲
屯田愛恩深　稼軒永遇樂　山谷浣溪沙

芳景如屏鶯唱鏤金衣春山斂黛低歌扇
妝梅媚晚小試丹青手生綃籠粉倚窗紗
屯田木蘭花慢　梅屋小重山　六一玉樓春
草窗一枝春　苕溪驀山溪　竹洲虞美人

隨宜對秋色持醪紫菊紅萸何意留儂住
但笑指吾廬何許明月好風閒處是人猜
得全滿庭芳　微父點絳脣
稼軒賀新郎　東坡南歌子

是天教家在蘇堤有秋來竹徑春時花塢
引宮商細賡郢唱慣飡英菊嶼飲露蘭汀
應酉聲聲慢　履齋八聲甘州
可齋八聲甘州　竹山高陽臺

畫樓高簾幕黃昏奈新燕傳情舊鶯饒舌
扁舟在綠楊深處看文魚唼藻野鶴梳翎
格非多麗　書舟玉漏遲
六一夜行船　繼卓沁園春

問梅花便知記風流中年懷抱長携歌舞
傍海棠偏愛君休笑此生心事老更沉迷
草窗四字令　稼軒賀新郎
夢窗三姝媚　石林八聲甘州

好把醉鄉尋休更歎舊時青鏡而今華髮
作箇閒人樣便整頓隨琴霜鶴帶石秋蘭
樵歌水調歌頭　稼軒滿江紅
放翁點絳脣　本堂大酺

十載却歸來風月俱閒人間雕刻真成鵠
一杯宜勸了江湖同賦此心元自不驚鷗
片玉驀山溪　惜香眼兒媚　稼軒歸朝歡
西樵千秋歲　夢窗水龍吟　于湖浣溪沙

吾廬何處好曳杖其中闌干四面山無數
幽士往來多持杯且醉燕子雙高蜨對飛
歸愚滿庭芳　洺水六州歌頭　稼軒御街行
翠趣滿庭芳　于湖念奴嬌　安陸偸聲木蘭花

情隨流水遠空惹芳心欲寄西江題葉字
歡生酒面濃朗吟騷賦只在溪南罨畫樓
惜香臨江仙　惜香浪淘沙　安陸繫裙腰
西樵生查子　竹山女冠子　稼軒鷓鴣天

光陰如撚指願春暫留便恁歸來能幾許
宿酒尚扶頭尋芳徧賞莫嫌淺後更頻斟
惜香東坡引　片玉六醜　稼軒滿江紅
惜香小重山　片玉瑞鶴仙　稼軒臨江仙

公子留意處金勒驕風桃溪柳曲閒蹤跡
江左詠梅人瓊花破豔茶甌香篆小簾櫳
夢窗喜遷鶯　梅溪祝英臺近　片玉迎春樂
白石卜算子　信齋朝中措　稼軒定風波

桃李靚春靨著意爭研園林新綠迎芳徑
荷葉媚晴天倚風微笑小妝弄影照清池
夢窗暗香　稼軒永遇樂　坦庵踏莎行
惜香臨江仙　竹山花心動　片玉浣溪沙

記得水邊春傍柳追涼宿鷺窺沙孤影動
自看煙外岫期花等月新蟾斜挂一鈎明
石林菩薩蠻　夢窗齊天樂　稼軒清平樂
白石角招　梅溪眼兒媚　坦庵鷓鴣天

鬥色鮮衣薄鏤月描雲試著春衫應更好
深情眉媚中弄香挼蕊要與仙郎比並看
安陸謝池春　梅溪惜奴嬌　片玉玉樓春
坦庵菩薩蠻　稼軒滿江紅　書舟減字木蘭花

風物小桃源且此徘徊說道花深堪避世
水竹舊院落無人與問真箇壺中別有天
書舟生查子　龍洲沁園春　竹山玉樓春
片玉浣溪沙慢　白石摸魚兒　蓬萊沁園春

風波平地多三徑初成歸來窗北胡牀興
今古秋聲裏一丘自足誰管門前長者車
坦庵菩薩蠻　稼軒沁園春　書舟烏夜啼
夢窗瑞龍吟　虛齋沁園春　竹山沁園春

已知春意近天若有情淡日朦朧初破曉
婆娑秋水旁樹猶如此楊柳嬌癡未覺愁
石林臨江仙　安陸蘇幕遮　片玉念奴嬌
蘋窗菩薩蠻　稼軒水龍吟　白石卜算子

野水釀春碧小舫携歌待得月明歸去也
越梅催曉丹閒雲散縞更比秋花冷淡些
介庵好事近　白石淒涼犯　石林南鄉子
竹坡阮郎歸　千里倒犯　竹山南鄉子

堪釣前溪月呼我盟鷗旁人不解青蓑意
橫陳無際山銜泥策馬一春幾度畫橋邊
稼軒驀山溪　白石慶宮春　石林鷓鴣天
坦庵菩薩蠻　片玉六么令　梅溪阮郎歸

英雄事千古意一凭闌當年衆鳥看孤鶚
佳麗地幾日來真箇醉明朝客夢付啼鴉
西樵水調歌頭　稼軒賀新郎
片玉紅窗迥　夢窗醉桃源

月上涼天人影鑑中移薄暮歸吟芳草路
湖平春水留我花間住夜來暖趁海棠時
竹山浪淘沙　安陸畫堂春　惜香浣溪沙
片玉驀山溪　白石念奴歌　惜香畫堂春

向巖灘垂釣谷口躬耕不知更有槐安國
念月謝携手露橋聞笛興來且伴橘中仙
應齋沁園春　稼軒鷓鴣天
片玉蘭陵王　金谷玉樓春

兩岸荻花風乍雨還晴飛霞艇子琱檀檝
滿酌蘭英酒長歌慢舞夾羅螢扇鏤金書
惜香臨江仙　海瑀沁園春　東山度新聲
珠玉望仙門　稼軒滿庭芳　草窗浣溪沙

有玉梅幾樹臘雪方凝小花初破春叢淺
傍碧砌修梧雲煙競秀清陰微過酒尊涼
白石玉梅令　歸愚滿庭芳　東堂踏莎行
屯田應天長　方壺沁園春　東坡定風波

常插梅花醉鸚鵡洲邊豔粉嬌紅吹滿地
爲看牡丹忙垂虹亭上魏紫姚黃欲占春
漱玉清平樂　友古滿庭芳　小山玉樓春
稼軒臨江仙　蒲江沁園春　東堂浣溪沙

碧柳堤邊住繞綠羣峰蘭舟欲解春江暮
荷花深處家鬧紅一舸菱唱遙聞煙外聲
小山生查子　閑適滿庭芳　淮海調笑令
千里醉桃源　白石念奴歌　放翁破陣子

豔杏搖紅影斟酌姮娥紺色染衣春意淨
風幕卷金泥窗搖雲母銀鉤小草晚天涼
坦庵卜算子　梅溪齊天樂　書舟瑞鷓鴣
片玉風流子　歸愚滿庭芳　稼軒定風波

故國渺天北金谷人歸杜宇多情芳樹裏
春信入江南青陽景變啼鶯聲在綠陰中
白石惜紅衣　白石點絳脣　坦庵酹江月
坦庵少年游　坦庵柳梢青　夢窗望江南

黃色上眉間花自多情强對青銅簪白首
羅帶寬腰素畫成幽思試拈犀管寫春心
栟櫚訴衷情　草窗臺城路　片玉蝶戀花
淮海南歌子　斷腸柳梢青　竹屋浣溪沙

花驄會意天氣度清明秀野踏青來不定
畫鷁牽風涼吹送溪雨小池寒綠欲生漪
片玉夜飛鵲　赤城菩薩蠻　安陸木蘭花
六一采桑子　孏窟水調歌頭　淮海阮郎歸

梅影又橫窗小閣藏春長歌屢勸金杯側
杏煙嬌濕鬢倚風微笑一枝斜墜翠鬟鬆
書舟生查子　漱玉滿庭芳　片玉漁家傲
梅溪瑞鶴仙　竹山花心動　稼軒鷓鴣天

衲詞楹帖卷一　　杭邵鋭茗生集

十五字

枕戈待旦投筆書懷白羽腰間氣何壯
曠海乘風長波垂釣綠蓑衣底度平生
松壽水龍吟　放翁青玉案
玉田壺中天　東湖浣溪沙

日烘晴晝風颺游絲新巢燕乳花如掃
煙絡橫林山沉遠照綠樹鶯啼春正濃
貴英夜行船　放翁菩薩蠻
東山天香　搢之小重山

楓霜晚翠菊露晴黃誰道秋來煙景素
杏園風細桃花浪暖小樓春映遠山橫
澹齋踏莎行　山谷一落索
篔窗柳初新　澗泉風入松

清風拂軫明月當軒天借詩人供醉眼
遲日烘晴輕煙縷晝初匀商鼎熨香心
楊娃訴衷情　浮山念奴嬌
梅山高陽臺　玉田浣溪沙

山中歲月海上心情茅屋數間修竹裏
水國浮家漁村古隱丹楓萬葉碧雲邊
須溪柳梢青　澹齋謁金門
玉田鳳凰臺上憶吹簫　蓮社踏莎行

有客經游月伴風隨何處飛來三弄笛
此情惟許鷺知鷗見扁舟歸去五湖東
霜傑薄媚　得全浪淘沙
月洲水龍吟　梁溪江城子

粉香傳信玉盞開筵且同北海邀佳客
芳草迷津飛花擁道却趁東風上小舟
小山訴衷情　笑笑鷓鴣天
須溪沁園春　惜香鷓鴣天

自來好箇漁父家風著取蓑衣拈短笛
待與做些神仙活計且湌山色飲湖光
敝帚阮郎歸　澹齋謁金門
鄮峰感皇恩　東坡浣溪沙

鶯啼人起花發路香洛陽芳訊時相伴
浪挾天浮山邀雲去錢唐風景古今奇
淮海望海潮　東萊漁家傲
玉田壺中天　東坡訴衷情

吟鞭醉帽時度疏林高流端得酒中趣
蓬窗竹戶只延山色長松掃盡世間塵
淮海木蘭花慢　東山小梅花
了齋醉蓬萊　草窗浣溪沙

日遲煙暖那處春多芍藥酴醾弄顏色
霜飽花腴人間秋至芙蓉金菊鬥馨香
東堂點絳脣　草窗少年游　雲月春雲怨
夢窗霜花腴　日湖桂枝香　珠玉訴衷情

一溪翠竹兩徑蒼松留得歲寒風骨在
小槽紅酒晚香丹荔但鬥尊前語笑同
履齋滿庭芳　可齋滿江紅
放翁青玉案　六一采桑子

十洲風月三島煙霞是中只許神仙住
洛浦鶯花伊川雲水眼前尋見自家春
鄮峰夜合花　鄮峰水龍吟
樵歌柳梢青　樵歌木蘭花

亂山高處聊寄登臨清風助我舒長歗
南樓暮雪無人共賞流霞細酌詠詩篇
才翁雨中花　鄮莊賀新郎
小山慶春時　山隱西江月

且尋詩酒莫問功名過眼不如人意事
本分雲山自然天地此心安處是吾鄉
澗泉柳梢青　稼軒滿江紅
樵歌訴衷情　東坡定風波

珠房迎曉銀浦流雲爲愛瑠璃三萬頃
寶瑟高張玉觴交勸愁入春風十四絃
草窗酹江月　稼軒賀新郎
東山勝勝慢　放翁采桑子

翠濤杯滿金縷歌清舞風楊柳難成曲
綠砌苔香紅橋水暖枕溪茆屋憶吾廬
履齋朝中措　稼軒滿江紅
海璚沁園春　東堂浣溪沙

香藕調馬綵筆賦詩倒流三峽詞源瀉
暖蜜酣蜂晴絲罥蜨深入千花粉豔中
東山風流子　稼軒水龍吟
草窗解語花　珠玉采桑子

翠涼亭宇綠淨池臺風流不數平泉物
紅粉脆痕青牋嫩約直須看盡洛城花
草窗長亭怨慢　稼軒歸朝歡
淮海望海潮　六一玉樓春

與杜陵野老共襟期千古風流今在此
信東湖絕景饒佳麗一莎煙雨任平生
後村木蘭花慢　稼軒破陣子
東山尉遲杯　東坡定風波

倘餘孤瘦雪霜姿知心都付野梅江月
自從來住雲煙畔多年盟好白石清泉
東坡定風波　盧靖雪夜漁舟
稼軒鷓鴣天　東澤東仙

雪霽寒輕重到孤山憶梅人是江南客
窗明几淨閒臨唐帖長松掃盡世間塵
草窗點絳脣　小山菩薩蠻
放翁一叢花　蕢洲浣溪沙

數點秋聲來侵短夢草際露垂蛩響徧
幾度春風難負尊前柳絲搖曳燕飛忙
東堂雨中花　珠玉蝶戀花
小山浪淘沙　淮海浣溪沙

清風皓月相與忘形買田陽羨吾將老
尋雲弄水是事休問濯髮滄浪獨浩歌
淮海滿庭芳　東坡菩薩蠻
樵歌桂枝香　稼軒沁園春

人在西樓聊寄登臨天涯一點青山小
月來南浦偏愛幽遠清江萬頃白漚飛
趙旭曲入冥　才翁雨中花　淮海蝶戀花
梅川水龍吟　片玉繞佛閣　稼軒瑞鷓鴣

手携子晉肩拍洪崖物外煙霞供歗詠
詩似白星貌如聃老胸中邱壑自生涼
樵歌聒龍謠　拙庵滿江紅
洺水水龍吟　燕喜喜朝天

銀河秋浪閒蕩木蘭舟皓月隨人近遠
綠野春濃熏做江梅雪暗香逐舞徘徊
東堂清平樂　小山生查子　持正明月逐人來
瑤林綺寮怨　稼軒念奴嬌　石林清平樂

雲曰歸歟江上數峰青自笑不如飛鷺
風物堪畫楊柳幾絲碧除非問取黃鸝
白石漢宮春　子京臨江仙　本堂如夢令
千里塞垣春　小山六么令　山谷清平樂

來往賀家湖買箇輕舟霜混水天如鏡
喚酒吳娃市且題醉墨新詞雪月交光
草窗甘州　子直柳梢青　子山剔銀燈
夢窗荔支香近　稼軒新荷葉　客亭西江月

正雪意逢迎人唱西河水龍爭歎吟笛
待月明歸去山橫南岸沙鷗難比輕身
草窗齊天樂　須溪大聖樂　鄮峰念奴嬌
書舟好事近　東山河傳　環谷西江月

晚花行樂待月滿廊腰爲問暗香閒豔
素手飛觴覺春生酒面不妨倚綠偎紅
白石淒涼犯　竹山珍珠簾　逸仲南浦
空青秋霽　松隱大椿　稼軒臨江仙

風景不爭多黃葉地碧雲天吟香未了
江山如有待白蘋洲紅蓼徑歸去來兮
稼軒昭君怨　希文蘇幕遮　草窗臺城路
山谷菩薩蠻　雪山蘇幕遮　信齋柳梢青

長歗賦赤壁空水澄鮮一尊還酹江月
剪樹納青山閒雲歸後畫角聲斷斜陽
可齋水調歌頭　六一采桑子　東坡念奴嬌
綺川臨江仙　小山六么令　琴操滿庭芳

吹花醉繞江梅粉瘦酥寒一段天真好
疏籬尚存晉菊清香冷豔重疊鬥嬋娟
蕭遠西江月　東堂蝶戀花
玉田聲聲慢　鈞國小梅花

對景且醉芳尊悵明月清風更無元度
樂府初翻新譜道江南佳句只有方回
小山兩同心　空青洞仙歌
放翁眞珠簾　稼軒沁園春

因見杜牧疏狂而今何意醉臥酒壚側
我媿淵明久矣投老歸來終寄此山間
英溪湘月　白石霓裳中序第一
稼軒水調歌頭　石林江城子

五湖春水如天對文禽雪鷺助成幽致
一片秋香世界看黃花綠酒也合遲留
東山臨江仙　種春滿江紅
梅溪西江月　草窗聲聲慢

扁舟曉渡西泠把塵襟都付一聲鳴櫓
蓮葉初生南浦問天公覓取幾曲漁鄉
松間高陽臺　剛孫百字令
東山憶仙姿　雙溪金菊對芙蓉

此地宜有詞仙記待月梅邊籠香酒後
愛吟猶自詩瘦慣携壺花下攲帽風前
白石翠樓吟　蘗泉木蘭花慢
玉田月下笛　千里滿庭芳

風流羽扇綸巾對翠鳳披雲青鸞遡月
穿盡松溪花塢倩輕鷗假道白鷺隨軒
秋澗漢宮春　放翁木蘭花慢
金谷謁金門　樵歌滿庭芳

乘輿閒泛蘭舟正香雪隨波淺煙迷岫
故人來趁花約但春風老後秋月圓時
屯田洞仙歌　草窗探芳信
夢敭念奴嬌　查荎透碧霄

小樓幾度春風任波浴斜陽絮迷芳島
短笛孤舟秋水正煙橫嶺曲月漲溪灣
叔柔醉太平　廷璹齊天樂
靜得念奴嬌　履齋聲聲慢

寶馬趁雕輪曉來綠水橋邊青門陌上
巧鶯喧翠管堪羨綺羅叢裏蘭麝香中
山齋驀山溪　清源祝英臺近
玉華花發狀元紅慢　順庵瑞鶴仙

瓊壺歌月白髮簪花只此定應諧素願
碧海傾春黃金買夜尋歡端合趁芳年
草窗聲聲慢　惜香江神子
隆吉念奴嬌　竹齋江城子

廣平韻度太白精神公難學處尤堪羨
和靖重湖知章一曲吾非斯人誰與歸
可齋醉蓬萊　洺水賀新郎
鄮峰滿庭芳　稼軒沁園春

吟鞭醉帽時度疏林紅葉黃花秋意晚
舒眉展眼且隨緣分小院閒窗春色深
淮海木蘭花慢　小山思遠人
惜香水龍吟　漱玉浣溪沙

聲低雲葉香趁霞裙碧瓊梳擁青螺髻
臉媚花腴眉連山嫵壓鬢釵橫翠鳳頭
盤洲朝中措　東坡蝶戀花
鄮峰滿庭芳　日湖思佳客

心惟耽靜老不求名一道官銜清徹骨
意倦須還身閒貴早萬里歸人空白頭
松隱滿庭芳　誠齋念奴嬌
稼軒沁園春　麗眞長相思

煙蘿真境靈寶玄門冲融道貌丹爲臉
明月當軒清風拂軫臥看文書琴枕頭
盧川沁園春　鄮峰最高樓
楊娃訴衷情　坦庵沁園春

墜鞭京洛解佩瀟湘無限江山行未了
命酒西樓看花南陌隨分風月不論錢
放翁玉胡蝶　稼軒定風波
散花木蘭花慢　虛缶水調歌頭

又要春色來到芳尊酒意韶光相借好
濃染吟毫偷題醉袖歡聲喜氣逐時新
逃禪柳梢青　東堂玉樓春
東山踏莎行　珠玉玉樓春

驟雕鞍紺幰出郊坰南陌暖風吹舞榭
被啼鶯語燕催清曉西城楊柳弄春柔
屯田木蘭花慢　小山浣溪沙
珠玉迎春樂　淮海江城子

玉籠金斗時熨沉香朵筆閒來題繡戸
紅袖橫塘喜搖雙槳畫船歸去醉歌珠
淮海沁園春　小山玉樓春
順庵風流子　盧川臨江仙

漁蓑淡話蠟屐清游新來有箇生涯別
檜栢風姿山林氣象等閒贏得瘦儀容
雙溪沁園春　放翁鷓鴣天
龜峰沁園春　片玉南柯子

水鳴山籟風奏松琴銀浦流雲初度月
酒滴鑪香花圍坐暖玉堂仙骨氣如冰
草窗減字木蘭花慢　東堂武陵春
草窗臺城路　東堂浣溪沙

清歌聲裏鏡燭光中紅袖時籠金鴨暖
仙桃宴早江梅春近玉醅新壓嫩鵝黃
放翁柳梢青　淮海木蘭花
夢窗水龍吟　東堂浣溪沙

宮梅粉淡岸柳金勻葉下閒關鶯語近
小徑紅稀芳郊綠徧杏花霝亂燕泥香
徽宗聲聲慢　珠玉玉樓春
珠玉踏莎行　淮海畫堂春

擅晚芳長伴歲寒枝黃花白髮相牽挽
蕩歸心已過江南岸綠水紅蓮覓舊題
秋聲木蘭花慢　山谷鷓鴣天
草窗拜星月慢　稼軒南鄉子

扁舟來入碧濤深又自然別是般天色
東籬把酒黃昏後好襟懷初不要人知
子發南歌子　文伯夢玉人引
漱玉醉花陰　玉田一萼紅

雲山靜有情陶寫中年何待更須絲竹
燕子曾相識幾許芳心還解報得春暉
審齋生查子　石林應天長
芸窗摸魚兒　惜香聲聲慢

此時懷抱誰知澹秋水凝神陽春翻曲
到眼風光可樂正清霜吹冷愛日烘香
千里四園竹　介庵看花回
坦庵水調歌頭　蘆川十月桃

盡輪韓圃陶籬想見秋來松菊荒三徑
多少周情柳思待倩春風吹夢過江城
秋聲木蘭花慢　東堂蝶戀花
玉田甘州　時可南柯子

乘興蘭棹東游夜半潮來月下孤舟起
漸次梅花開遍想見水邊籬落數枝斜
屯田雙聲子　東坡蝶戀花
葦航謁金門　北湖虞美人

漾舟遙指煙波雨笠風蓑似舊無人識
遲日自行花影竹外溪邊低見一枝橫
鄧州黃鶴引　頤堂醉花陰
雪蓬謁金門　贛庵江城梅花引

却來閒數花枝絮影蘋香春在無人處
我是有詩漁父綠蓑青篛秋晚釣瀟湘
書舟清平樂　歗齋點絳脣
梅溪桃源憶故人　放翁一叢花

數聲柳外啼鶯芳草連雲綠遍西池路
幾點沙邊飛鷺木蘭歸櫂猶倚采蘋汀
金谷西江月　無隱蝶戀花
行之水龍吟　東山滿庭芳

何如蓑笠從容便一葦漁航撐煙載雨
且趁閒身未老有百年臺沼終日夷猶
蓮社朝中措　竹山摸魚子
東坡滿庭芳　淮海望海潮

幾人來結吟朋酒豪詩健逸韻今重見
雙燕又窺簾幙幽闌曲徑花氣巧相通
玉田木蘭花慢　野雲點絳脣
竹山喜遷鶯　竹洲滿庭芳

櫂歌唱入斜陽縹緲仙舟只似秋天上
桃豔妝成醉臉洗盡清愁香弄晚風妍
草窗減字木蘭花慢　六一蝶戀花
梅屋畫堂春　信齋江城子

相忘常在江湖任蠻爭觸戰世間榮辱
但放平生邱壑向霧關雲洞自樂清虛
應齋清平樂　信齋滿江紅
稼軒水調歌頭　閑齋玉樓宴

華池繚繞飛廊園林何有修竹搖蒼翠
庚樓無限清興闌干罷倚煙寺起疏鐘
東山勝勝慢　竹洲驀山溪
蒙齋念奴嬌　竹洲滿庭芳

鴛鴦櫂起歌聲紅臉青腰舊識凌波女
水龍爭歎吟笛玉簫金管不共美人遊
丙文新荷葉　小山蝶戀花
鄮峰念奴嬌　片玉驀山溪

一枝丹杏柔情露濃煙重不自禁春意
幾度綠楊殘照晚來潮上迤邐沒沙痕
相山朝中措　東堂青玉案
君亮瑞鶴仙　片玉驀山溪

長生萬鬣青松向邃館靜軒倍增清絕
檢校一村花柳便熏梅染櫝更沒些閒
蕭遠西江月　片玉三部樂
雙溪水調歌頭　稼軒漢宮春

別來幾度春風憶少年歌舞當時蹤跡
誰共一杯芳酒倩壺中日月特地舒長
六一朝中措　片玉浪淘沙慢
小山秋蕊香　相山滿庭芳

重尋楊柳佳期帶雨態煙痕春思紆結
看掃幽蘭新闋問高山流水此意誰同
小山清平樂　片玉看花迴
稼軒念奴嬌　靜甫金菊對芙蓉

瑤琴試奏流泉簾卷青樓占得東風早
鼓笛相催清夜聲繞碧山飛去晚雲留
東堂臨江仙　片玉蘇幕遮
山谷西江月　東坡南歌子

豐姿秋水爲神喜草堂經歲重來社老
吟歎春風自足把毘壇清夢盡入詩筒
笑笑西江月　稼軒沁園春
澗泉謁金門　信齋滿庭芳

探花拌醉瓊鍾對瑤華滿地與君酬酢
拄杖行穿翠篠値青山有意且把詩題
草窗風入松　稼軒滿江紅
蕭遠西江月　勿軒婆羅門引

大家沉醉花間況朋儕俱是一時英傑
早歲相期林下倩詩人此去爲語湖山
聖求木蘭花慢　友古念奴嬌
南陽西江月　退庵沁園春

何妨傍竹依梅短葉長條著意遮軒牖
早晚扁舟兩槳呼風約月隨分樂生涯
雙溪沁園春　千里蝶戀花
金谷滿庭芳　書舟驀山溪

一時才氣超然却旋買扁舟歸來聞早
千古茂林猶在且追尋觴詠知友從游
放翁漢宮春　西樵洞仙歌
稼軒漢宮春　坦庵沁園春

一片宋玉情懷指芳期夜月花陰夢老
不減晉人風度更茂林修竹山上精廬
漁莊大有　梅溪探芳信
覆瓿念奴嬌　稼軒漢宮春

共聽漁子清謳便細雨斜風有誰拘束
更著詩翁杖履況飡花飲露莫惜徘徊
盤洲臨江仙　石林應天長
稼軒水調歌頭　片玉鎖陽臺

煙中數筆青山極目平蕪應是春歸處
月嶼一聲横竹我亦多情無奈酒闌時
章華西江月　片玉點絳脣
澹庵朝中措　石林虞美人

行雲帶雨纔歸縱吐長虹不耐斜陽暮
西軒晚涼又嫩莫遺繁蟬容易作秋聲
稼軒新荷葉　書舟鳳棲梧
瑤翠齊天樂　石林虞美人

依然紅紫成行好園林臺榭何妨日涉
閒把珠璣揮掃藉吟牋賦筆聊應塵緣
稼軒臨江仙　紫姑瑞鶴仙
惜香念奴嬌　梅溪風流子

素衣染盡天香任剪雪裁雲競誇新豔
涼月下聞清吹妙綺牋瓊藻聲度歌喉
小山望仙樓　草窗齊天樂
東山尉遲杯　盤洲望海潮

平生只說浯溪便檣雲柂月浩歌歸去
對酒歌翻水調愛拈牋弄管錦字欹斜
于湖水龍吟　深居喜遷鶯
稼軒水調歌頭　惜香漢宮春

難忘酒盞花枝念玉雪襟期有誰知道
自適筍輿煙艇聽江湖詩友號我東仙
屯田看花回　盧齋孤鸞
放翁蘇武慢　東澤東仙

又尋湓浦廬山看雲峰高擁千重蒼碧
依約輞川竹里問天公覓取幾曲漁鄉
山谷促拍滿路花　姚卞念奴嬌
月溪賀新郎　雙溪金菊對芙蓉

因念鶴髮仙翁似長松千丈離奇多節
猶想烏絲醉墨縱蠻牋萬疊難寫微茫
東湖念奴嬌　洺水喜遷鶯
草窗玉漏遲　淮海沁園春

種成琪樹千林帶明月自鋤花外幽圃
開徧紅蓮萬蕊正石橋人靜春滿橫塘
放翁木蘭花慢　夢窗掃花游
安陸鵲橋仙　雲洞漢宮春

十分酒興詩腸要須借東君灞陵春意
兩岸白蘋紅蓼待閒看秋風洛水清波
散花清平樂　夢窗催雪
放翁好事近　東坡滿庭芳

從渠恣賞鶯花早收身江上一蓑煙雨
凡我同盟鷗鷺問何事人間久戲風波
鶴臯渡江雲　放翁眞珠簾
稼軒水調歌頭　東坡滿庭芳

端的便解留人念多情但有當時皓月
直作太虛名汝任放歌自得直上風煙
東堂八節長歎　淮海水龍吟
稼軒摸魚兒　玉田瑤臺聚八仙

小山舊隱重招向茂樹堪休清泉可濯
遠村秋色如畫有漁翁共醉谿友爲鄰
玉田慶春宮　後村哨徧
珠玉訴衷情　放翁沁園春

寧論雀馬魚龍盡掃去胸中置諸膜外
爲愛風雲水月想祗和天語不遺人知
淮海望海潮　後村摸魚兒
庶成壺中天　應酉聲聲慢

蘭橈昔日曾經有千里雲山萬重煙水
梅花滿院初發正十分皓月一半春光
淮海臨江仙　閑齋金盞子
書舟摸魚兒　夢窗高陽臺

五湖春水如天正玉漲松波花穿蘭舫
兩岸秋山似畫是紅酣落照翠藹餘涼
東山臨江仙　夢窗木蘭花慢
海瑤賀新郎　澗泉繞池游慢

三徑舊日家聲喜嘶蟬樹遠盟鷗鄉近
千騎風流年少憶呼鷹古壘截虎平川
華陽念奴嬌　草窗過秦樓
山谷水龍吟　放翁漢宮春

小屏猶畫瀟湘待綠荷遮岸紅葉浮水
佳辰況當秋霽有華燈礙月飛蓋妨花
安陸河滿子　放翁蘇武慢
閑齋上林春　淮海望海潮

尋芳已是來遲負九江風笛五湖煙艇
佳景依然如此有三秋桂子十里荷花
草窗宴清都　樵歌桂枝香
稼軒洞仙歌　屯田望海潮

歲寒獨友松篁有塵表丰神世外標格
長安閒看桃李記扇底宮眉花下游驄
燕喜漢宮春　南山花心動
夢窗玉京謠　草窗露華

畫堂新月朱扉正柳織煙綃花明春鏡
銲撥紫槽金襯任香迷舞袖醉擁歌叢
安陸清平樂　草窗瑞鶴仙
安陸定西番　草窗憶舊游

此地宜有詞仙稱琴邊月夜笛裏霜曉
漁唱不知何處認雲中煙樹漚外春沙
白石翠樓吟　梅川解語花
次杲朝中措　草窗高陽臺

一聲初聽啼鶯正蔭綠池幽交枝徑窄
千騎風流年少看穿花帽側拂柳鞭長
樵歌清平樂　草窗減字木蘭花慢
山谷水龍吟　相山慶清朝

西風梨棗山園有長圓璧月永新瓊樹
仙樣蓬萊翰墨羨才高片玉輝映條冰
稼軒清平樂　東山好女兒
雲月木蘭花慢　可齋沁園春

漱流枕石幽情有南窗寄傲東皋舒嘯
鏤玉裁冰着句似蘇州閒遠庾府清新
夢窗金盞子　海瓊沁園春
稼軒西江月　雙溪沁園春

最是有子宜家似謝階蘭玉馬庭梧竹
甘與孤山結社類先秦氣貌後晉衣冠
竹洲念奴嬌　鶴山甘州
彬甫水調歌頭　方壺沁園春

雁飛秋影江寒正綠芰擎霜黃花招雨
閒弄一曲瑤琴看翠闕風高珠樓夜午

雲聽漁舟夜唱羨青山有思白鶴忘機
付與少年花月羨仙都夢覺金閣名存

稼軒木蘭花慢　深居喜遷鶯
信齋水調歌頭　西村八聲甘州
虛齋夜飛鵲　草窗減字木蘭花慢
夢窗六醜　稼軒沁園春

翻輸范蠡扁舟望芳草雲連蒲桃波漲
聽我楚狂聲誰能擊筑長歌吹笳清歗

夢到林逋山下任種梅月冷薦菊泉清
黛拂吳山翠漫省連車載酒立馬臨花

屯田雙聲子　蟾洲風流子
夢窗西江月　澗谷八聲甘州
稼軒水調歌頭　鶴林魚游春水
渭川虞美人　夢窗西平樂慢

依然燈火揚州又青帘巷陌紅芳歌吹
容我少年狂爭如剩引榴花醉偎瓊樹

猶憶泉唐蘇小有絲闌舊曲金譜新腔
別有陽春意閒把琴彈古調曲按清商

東山望揚州　萬山眞珠簾
玉田臺城路　梅溪壽樓春
鶴山水調歌頭　片玉黃鸝繞碧樹
東坡醉落魄　得趣瑞鶴仙

小晴初斷芳塵待說與佳人種成香草
家住百花橋閒聽鄰舟漁唱倚闌農語

一醉何妨今夕但自把新詩徧寫修筠
心似雙絲網記取歧亭買酒雲洞題詩

東堂滿庭芳　稼軒木蘭花慢
西樵念奴嬌　子卿三姝媚
東堂菩薩蠻　鶴臯水龍吟
安陸千秋歲　稼軒婆羅門引

團欒坐一笑春風花前歌扇梅邊酒盞
又挨過幾番秋色橙香小院桂冷閒庭
信齋滿庭芳　兩山水龍吟
文山滿江紅　草草聲聲慢

但贏得雙鬢成絲壯歲文章暮年勛業
問誰記六朝歌舞別般天地新樣山川
書舟洞庭春色　放翁洞庭春色
白石喜遷鶯慢　方壺行香子

幸隨分贏得高歌我評軒冕不如杯酒
且尋芳更休思慮平章風月彈壓江山
和甫瀟湘憶故人慢　稼軒水龍吟
片玉黃鸝繞碧樹　放翁訴衷情

天教放浪來往其間佳處徑須携杖去
我愛風流醉中傾倒故人猶未看花回
稼軒木蘭花慢　滿江紅
稼軒念奴嬌　鷓鴣天

花作有情香好風浮今夜酒腸難道窄
天若知人意新月小被公詩筆盡追還
惜香菩薩蠻　片玉長相思　稼軒小重山
惜香水調歌頭　片玉蘇幕遮　稼軒西江月

由來至樂總屬閒人兒輩功名都付與
却怪英姿有如君者堂上尊俎自高談
稼軒行香子　念奴嬌
稼軒沁園春　水調歌頭

寒食近也且住爲佳陌上遊人誇故國
別駕風流多情更要當年采筆賦蕪城
稼軒玉胡蝶　賀新郎
稼軒念奴嬌　江神子

共追清賞曲水流觴遲日暖熏芳草眼
空媚陰晴倡紅冶翠春風正在此花邊
千里風流子　書舟瑞鷓鴣
夢窗醜奴兒慢　稼軒歸朝歡

身外功名休苦思量誰信歸來須及早
此中高興何人解道尋芳少步莫嫌遲
書舟一剪梅　片玉南鄉子
石林永遇樂　竹山風入松

雕觴霞灩翠幙雲飛賴有蛾眉能暖客
煥館花濃涼臺月淡閒理絲簧聽好音
安陸燕春臺　片玉漁家傲
竹山沁園春　惜香浣溪沙

柳梧庭院松竹園林人境不教車馬近
山澤仙臞江湖聱叟年華漸晚鬢毛蒼
惜香念奴嬌　夢窗滿江紅
後村木蘭花慢　書舟一剪梅

湖邊賀監海上黃公仙洞同遊皆勝侶
西蜀杜郎東坡蘇老幕府英雄今幾人
鄮峰滿庭芳　坦庵蝶戀花
相山宴山亭　夢窗沁園春

且尋詩酒莫問功名高冠長劍都閒物
如此江山依然風月葛巾藜杖正關情
澗泉柳梢青　後村摸魚兒
草窗酹江月　石林虞美人

逕尋坡隱細和陶詩白髮歸來還自笑
冷淡逋梅淋漓旭草青山活計費尋思
覆瓿念奴嬌　後村賀新郎
可齋沁園春　稼軒定風波

香浮研席影蘸吟尊采筆風流偏解寫
竹外山亭花邊水檻琴心老盡不須彈
日湖柳梢青　稼軒念奴嬌
南湖柳梢青　書舟浣溪沙

賞花深院鬥草雕闌心事欲憑鶯語訴
載酒尋盟論詩結社此意須教鶴輩知
盟鷗念奴嬌　散花蝶戀花
可齋沁園春　稼軒瑞鷓鴣

小窗眠月巧思裁雲新詩無物堪倫比
雪後評梅花邊得句臘寒那事更相宜
日湖鶯啼序　秋聲酹江月　石林鷓鴣天

閒調綠綺默誦黃庭道家標致自風韻
寫就茶經注成花譜老來心事最關情
本堂沁園春　稼軒滿庭芳　惜香西江月

樵歌沁園春　竹屋齊天樂
應齋柳梢青　惜香臨江仙

眉橫山嫵臉媚花腴淡妝偏稱泥金縷
心逐雲帆情隨煙笛相思重上小紅樓
鄮峰滿庭芳　洮湖蝶戀花
英溪湘月　稼軒鷓鴣天

怎得身似莊周但願羅衣化作雙飛羽
寄語多情宋玉從教羣蟻鏖戰大槐宮
稼軒念奴嬌　安陸怨春風
竹屋清平樂　信齋滿庭芳

納詞楹帖卷一

十四字

杭邵銳茗生集

獨紅梅猶守歲寒枝頭煙雪和春凍
爲黃花閒吟秀句胸中邱壑自生涼
應之折紅梅　東堂踏莎行
白石石湖仙　燕喜喜朝天

掩閒門明月山中綠尊倒盡橫書枕
正晝舸湖光佳處紫簫漫捻度新聲
玉田聲聲慢　東堂蝶戀花
東澤廣寒秋　東山踏莎行

有人共對月尊罍江天淡碧雲如掃
問誰占清風舊築樓前新綠水西流
山谷撥棹子　放翁菩薩蠻
稼軒滿江紅　澗泉一剪梅

扁舟上綠水澄潭花底忽聞敲雨槳
東風裏朱門映柳尊前爲舞鬱金裙
渭川滿庭芳　六一漁家傲
淮海滿庭芳　東山太平時

隋堤上曾見幾番垂楊漫結黃金縷
桃源路欲回雙槳雨荷風卷綠羅裳
片玉蘭陵王　屯田歸去來
淮海鼓笛慢　信道浣溪沙

趁熏風一舸來時綠波初漲桃花浪
過垂虹四橋飛雨翠雲弄曉芰荷香
草窗乳燕飛　種春鷓鴣天
篔房摸魚子　本堂念奴嬌

作紅塵無事神仙歸來只戀春山好
爲黃花頻開醉眼歎歌都在冷香中
放翁漢宮春　本堂慶春澤
東堂燭影搖紅　栟櫚臨江仙

人間世別有方瀛海山叠翠青螺淺
花多處少停蘭槳流水飄香乳燕啼
海璚滿庭芳　穀城菩薩蠻
東堂殢人嬌　延安浣溪沙

扁舟載蓑笠漁翁且訪桃源仙世界
曉山靜數聲杜宇煙迷柳岸舊地塘
燕喜風入松　可齋滿江紅
安陸山亭宴　小山臨江仙

遡輕紅一櫂歸時蓴菜秋風鱸鱠美
放扁舟萬山環處桃花流水鱖魚肥
草窗宴清都　野客江南好
橋齋摸魚兒　山谷鷓鴣天

小婢娟雙調彈箏且共追歡寬白首
江南好千鍾美酒便須豪飲敵青春
竹山賀新郎　筠溪漁家傲
東坡滿庭芳　六一玉樓春

每相逢月夕花朝三洞煙霞多勝致
共憑高聯詩喚酒九秋風露又方闌
屯田尉遲杯　燕喜臨江仙
草窗渡江雲　竹友虞美人

任醉舞花邊帽欹知心惟有幽禽識
且聽取尊前新闋低眉數曲語鶯輕
草窗柳梢青　潛齋滿江紅
東山梅香慢　松隱浣溪沙

看龍蛇飛落蠻牋健筆已淩枚叟賦
倩鳳尾時題畫扇清詞妙絕賀方回
放翁漢宮春　盤洲浣溪沙
夢窗宴清都　周士鷓鴣天

映水曲翠瓦朱簷妾家住在鴛鴦浦
留秀句蒼苔蠹壁豪客爭題鸜鵒詞
片玉綺寮怨　日湖青玉案
梅溪金盞子　漢濱鷓鴣天

稱觴處晚節花香興來豪飲揮金盌
正晝舫春明波透急槳相呼入翠微
梅亭滿朝歡　燕喜鳳棲梧
秋堂賀新郎　宗卿鷓鴣天

隨宜對秋色持醪催促東籬金蕊放
又還見濃春入眼況是西山爽氣浮
得全滿庭芳　晦庵浣溪沙
笑笑滿江紅　綺川鷓鴣天

向西湖重隱煙霞片帆乘興來須早
賴東君能容醉臥一榻清風方是閒
玉田南樓令　東山鳳棲梧
子玉八聲甘州慢　稼軒卜算子

看堆牀寶晉圖書何人汗簡讐天祿
擁翠仙蓬壺閬苑使君才氣卷波瀾
質房高陽臺　稼軒歸朝歡
松隱燭影搖紅　東坡西江月

每相逢月夕花朝金尊滿酌蟾宮客
春忽到席間屏曲玉壺冰瑩獸爐灰
屯田尉遲杯　竹洲虞美人
東堂剔銀燈　六一少年游

任醉舞花邊帽欹入手清風詞更好
且聽取尊前新闋重頭歌韻響錚深
草窗柳梢青　稼軒臨江仙
東山梅香慢　珠玉玉樓春

隋堤上曾見幾番河橋楊柳催行色
桃源路欲回雙槳故園梅子正開時
片玉蘭陵王　東堂調笑令
淮海鼓笛慢　書舟孤雁兒

看龍蛇飛落蠻牋淸詩未了冰生研
倩鳳尾時題畫扇疏飈自爲月搴簾
放翁漢宮春　東坡蝶戀花

夢窗宴淸都　東堂浣溪沙
想人在絮幕香簾六曲闌干偎碧樹
與君釣晚煙寒瀨十里樓臺倚翠微
草窗拜星月慢　珠玉蝶戀花

山谷撥棹子　小山鷓鴣天
正滿湖秋月搖花何人剪碎天邊桂
隨處是春衫滴酒却喜重尋嶺上梅
草窗曲游春　珠玉秋蕊香

蘋窟滿江紅　稼軒鷓鴣天
漫曾誇萬幅丹青雨筆露牋勻彩畫
自管領一庭秋色竹籬茅舍要詩翁
草窗瑞鶴仙　六一漁家傲

西村祝英臺近　稼軒鷓鴣天

醉歸來花影滿庭詩情酒思正豪逸
淸興在煙霞深處水光山色與人親
須溪戀繡衾　海瑤蘭陵王

省齋賀新郎　漱玉怨王孫
逢好客且開眉高禪文友淸談相對
誦騷語欣展卷松窗竹戶午睡醒時
珠玉更漏子　澢臯水龍吟

涉齋賀新郎　稼軒醜奴兒近
吟膽壯酒腸寬紺鬊如戟一醉秋色
舞腰輕眉葉細金杯留客共倚春風
後村最高樓　菊山桂枝香

珠玉訴衷情　樵歌眼兒媚
爲公飲三百杯此老南樓風流可想
憑誰寫四時景長記西湖濃淡相宜
稼軒水調歌頭　東堂七娘子

草窗瑞鶴仙　雪坡柳梢青

攜竹杖更芒鞋幾對東風留連麗景
倩桃妝迎柳舞惟有西湖長如太平
稼軒鷓鴣天　雲洞多麗
書舟上平曲　龜峰沁園春

詩入社酒尋盟公來領客梅花能勸
氣淩雲詞歌雪我試評君玉川似之
松坡水調歌頭　白石玉梅令
鄮峰驀山溪　稼軒沁園春

身外功名休苦思量穆先生陶縣令
此中高興何人解道裴綠野李平泉
書舟一剪梅　稼軒水調歌頭
石林永遇樂　履齋水調歌頭

最憐新燕識風流但暗憶江南江北
似與輕鷗盟未了餘情付湖水湖煙
竹屋玉樓春　白石疏影
夢窗浪淘沙　醒庵風入松

馬蹄初趁輕裝願東君長共花爲主
鳳牋試寫新句更老仙添與筆端春
片玉鎖陽臺　散花賀新郎
廷璹憶舊游　白石洞仙歌

小屏上水遠山斜染勻巧費春風手
畫橋外花晴柳暖臭味要須我輩人
書舟愁倚闌令　千里蝶戀花
梅溪杏花天　蘆川瑞鷓鴣

全勝得陶侃當年直須腰下添金印
爭如共劉伶一醉欲將心事付瑤琴
僧兒滿庭芳　稼軒最高樓
希文剔銀燈　鵬舉小重山

樓閣淡疏煙下了珠簾玲瓏閒看月
絲竹靜深院先遺歌聲留住欲歸雲
東坡一叢花　白石八歸
草窗祝英臺近　東堂南歌子

春入武陵溪看桃葉迎笑柳枝垂結
秋老寒香圃正紫萸綴席黃菊浮巵
山谷水調歌頭　漁村蘭陵王
須溪金縷曲　松坡雨中花

前身原是疏梅奔月仙標乘煙遠韻
與君同醉浮玉吹香新句照影清尊
樵歌清平樂　東堂踏莎行
放翁念奴嬌　草窗柳梢青

因見杜牧疏狂載酒園林尋花巷陌
應是瀛洲仙謫凌雲詞賦擲果風標
英溪湘月　放翁沁園春
竹洲念奴嬌　屯田合歡帶

情知柳眼猶寒野色亂春嬌雲捧日
細把花鬚頻數和風弄袖香霧縈鬟
石湖朝中措　苕溪望海潮
夢窗玉漏遲　東坡行香子

扁舟曉渡西泠雙塔飛雲六橋流水
夕陽猶照南陌一春芳意三月和風
松間高陽臺　盟鷗念奴嬌
西麓鶯啼序　珠玉訴衷情

小樓曉日飛光倚檻調鶯卷簾收燕
扶杖凍雲深處精神伴鶴談笑盟鷗
樵歌滿庭芳　玉田水龍吟
放翁好事近　可齋沁園春

更何妨檀板新聲歌罷月痕來照席
空遐想桃源春媚夾岸花香擁去舟
珠玉相思兒令　片玉漁家傲
可齋八聲甘州　栟櫚一剪梅

冷香下携手多時明月一庭秋滿院
沙堤上垂鞭信馬亂山千叠爲先驅
白石鶯聲繞紅樓　東堂玉樓春
月境滿庭芳　裕齋桂殿秋

摘殘英繞遍芳叢菊團淒露真珠小
動騷人一番詞意山氣吹雲寶月涼
竹洲滿庭芳 東堂菩薩蠻
芸窗水龍吟 澗泉浣溪沙

向此時一段風流天與嬌波長入鬢
便做出十分春意若得山花插滿頭
瀛臯水龍吟 小山玉樓春
蓮社東風第一枝 幼芳卜算子

是天教家在蘇堤戶外綠楊春繫馬
有誰招扁舟漁隱湖邊柳色漸啼鶯
應酉聲聲慢 小山浣溪沙
夢窗八聲甘州 須溪臨江仙

放笙歌燈火樓臺入破舞腰紅亂旋
漸庭館簾櫳春曉展屏山色翠連空
安陸燕春臺 珠玉玉樓春
東山馬家春慢 澹軒朝中措

數聲聞林外寺鐘殘陽映帶青山暮
方信有人間仙界與君先占赤城春
放翁戀繡衾 東山漁家傲
彭門金縷曲 樵歌踏莎行

倚高寒隔水呼鷗十頃葡萄深貯碧
沙堤上垂鞭信馬數枝桃杏門香紅
玉田聲聲慢 雪山江城子
月境滿庭芳 簫臺浣溪沙

逍遙遂湖海遐蹤桂櫂蘭舟聊遣興
獨自倚闌干時候蕉林蔗圃鬱相望
鄮峰滿庭芳 海瑀賀新郎
千里玉燭新 芸庵鷓鴣天

但凝眸數點遙峰眉山淺拂青螺黛
疑醉度千花春曉玉醅新壓嫩鵝黃
廷壽瑣窗寒 文甫虞美人
草窗天香 東堂浣溪沙

清謳起舟葉如飛綠紅香裏眠鸂鶒
水風輕蘋花漸老畫橋露月冷鴛鴦
月境滿庭芳　信道菩薩蠻
屯田玉胡蝶　東堂浣溪沙

任留香滿酌杯深乘興高歌飲瓊液
對清商吟思堪擱減字偷聲按玉簫
樵歌勝勝慢　燕喜使牛子
草窗桂枝香　小山南鄉子

遡輕紅一櫂歸時亂山流水桃溪路
待天氣十分新霽碧蹄驕馬杏花韉
草窗宴清都　漢濱惜分飛
萬山眞珠簾　小山浣溪沙

瑩素質自有清香閒收茉莉熏籐枕
逞朱脣緩歌妖麗笑撚紅梅嚲翠翹
松隱醉思仙　碧澗鷓鴣天
蘄春多麗　東坡鷓鴣天

都分在流水歌聲簾卷春風琴靜好
共憑高聯詩喚酒江涵秋景雁初飛
丹淵天香引　鶴山滿江紅
草窗渡江雲　東坡定風波

問新篁夾徑青莎種就長堤千畝竹
倩誰訪畫闌紅藥別有傾城第一花
燕喜夏初臨　渭川南鄉子
草窗大酺　東山思越人

憑闌對山色黃昏向晚餘霞收散綺
但門外清流叠嶂秋水斜陽遠漾金
吉甫滿庭芳　陽春漁家傲
竹友鵲橋仙　東山減字浣溪沙

看龍蛇飛落蠻牋三杯草聖傳張旭
爲黃花閒吟秀句結廬人境羨陶潛
放翁漢宮春　風雅一叢花
白石湖仙　陽春訴衷情

漁榔靜獨奏櫂歌美人一舸橫秋水　烟霏散水面飛金藕花雨濕前湖夜

殘英小强簪巾幘司花著意惜春光　酒紅潮香凝沁粉牡丹風颭曲聲長

竹山晝錦堂　履齋虞美人　放翁隔浦蓮　稼軒最高樓

這一天清興關誰水流不盡青山影　真堪付閒客閒行重尋山水問無恙

片玉六醜　籥臺瑞鷓鴣　片玉驀山溪　澗泉浣溪沙

沸十里亂絲叢笛歌聲縹緲紫雲邊　待攜尊醉歌醉舞惟有風月是知音

德夫漢宮春　雲崖踏莎行　石林滿庭芳　石湖宜男草

草窗曲游春　晦庵阮郎歸　竹山解連環　燕喜水調歌頭

踏青路暗惹香塵認得裙腰芳草綠　熨溪橋流水昏黃榕陰不動秋光好

采涼花時賦秋雪莫負東籬菊蕊黃　但寒煙芳草凝綠梅花何處暗香聞

小山兩同心　溪園南鄉子　夢窗風入松　稼軒滿江紅

草窗玉京秋　漱玉鷓鴣天　臨川桂枝香　東堂浣溪沙

等恁時再覓幽香却憶孤山醉歸路　逍遙遂湖海退蹤分得清溪半篙水

問世間愁在何處笑指滄浪可濯纓　獨自倚闌干時候斜照江天一抹紅

白石疏影　延之瑞鷓鴣　鄮峰滿庭芳　稼軒洞仙歌

梅溪玲瓏四犯　晝溪漁父　千里玉燭新　東坡采桑子

衲詞楹帖　卷一　十四字　二十七

坐看取蓬萊清淺輕雲凝紫臨層闕
笑等閒桃李芳菲褪花新綠漸團枝
惜香鵲橋仙　安陸少年游慢
徽宗聲聲慢　淮海阮郎歸

倚疏狂驅使青春簫聲忽下瑤臺曲
便乘興攜將佳麗玉顏人是蕊珠仙
放翁風入松　信齋蘭陵王
東坡哨遍　小山踏莎行

夕照外山高水長平岡細草鳴黃犢
雲日淡天低晝永綠槐高柳咽新蟬
海璚柳梢青　稼軒鷓鴣天
淮海金明池　東坡阮郎歸

對白雲何必深山朝寒幾暖金爐燼
爲黃花頻開醉眼晚香都在玉杯中
玉田風入松　夢窗高陽臺
東堂燭影搖紅　東堂浣溪沙

莫與他西子精神風溪弄月清溶漾
此心共東君同意晴日催花暖欲然
東堂偏地花　安陸醉落魄
夢窗金縷歌　六一釆桑子

花光媚春醉瓊樓鳳口銜燈金炫轉
紗窗外風搖翠竹歇煙歎盡玉壺乾
屯田兩同心　東堂武陵春
稼軒滿江紅　山谷阮郎歸

踏青路暗惹香塵紅杏梢頭寒食雨
爲黃花閒吟秀句紫薇枝上露華濃
小山兩同心　東堂蝶戀花
白石石湖仙　珠玉望仙門

迎醉面暮雪飛花何處風來搖碧戶
按新調流霞共酌略爲清歌駐白雲
夢窗十二郎　東堂青玉案
屯田尾犯　山谷鷓鴣天

乍疑生綺席輝光金葉猶溫香未歇照羽觴晚日橫斜冰壺不受人間暑
問誰識芳心高潔素雲凝澹月嬋娟綻金蕊嫩香堪折庭花猶有鬢邊枝
東山勝勝慢　東堂醉花陰　樵歌芰荷香　草窗少年游
草窗瑤花慢　小山虞美人　屯田應天長　小山西江月

歌扇底深把流霞天與嬌波長入鬢縈望眼雲海相攙永日環堤乘綵舫
錦瑟畔低迷醉玉酒生微暈沁瑤肌認隱約煙綃重疊遠山微影蘸橫波
北湖滿庭芳　小山玉樓春　東坡滿庭芳　六一蝶戀花
東堂剔銀燈　東坡定風波　草窗疏影　山谷西江月

正小亭曲沼幽深草上霜花勻似剪笑倦游猶是天涯欹帽閒尋西瀼路
臨島嶼蓼煙疏淡松間沙路淨無泥看世間幾度今古滿眼風光北固樓
草窗大聖樂　淮海木蘭花　草窗高陽臺　放翁滿江紅
屯田滿江紅　東坡浣溪沙　白石石湖仙　稼軒南鄉子

秋千外綠水橋平池上夕陽籠碧樹隨宜對秋色持醪門掩小窗紅葉院
寶香度翠簾重疊畫闌明月按瑤箏似花繞斜陽歸路搖斷吟鞭碧玉梢
淮海滿庭芳　珠玉漁家傲　得全滿庭芳　東堂玉樓春
書舟滿江紅　草窗西江月　玉田綺羅香　稼軒鷓鴣天

是天教家在蘇堤平生本愛江湖住
有誰招扁舟漁隱不辭長向水雲來
應酉聲聲慢　山谷虞美人
夢窗八聲甘州　稼軒玉樓春

儈兒行酒獠女供花我自疏狂異趣
婕子相迎橘奴無恙與君約束分明
白石念奴嬌　東坡滿庭芳
東堂燭影搖紅　稼軒臨江仙

吹玉笛渡清伊瘦石幽泉冷雲出處
破青苹排翠藻水寒江淨載月明歸
放翁鷓鴣天　東堂燭影搖紅
稼軒水調歌頭　山谷訴衷情

柳間眠花裏醉欲將心事巧憑來燕
天外曲月邊音疑是神仙誰羡驂鸞
小山更漏子　惜香青玉案
南湖鷓鴣天　六一采桑子

弄秋水輞川圖天外雲峰數叠相倚
映花月東山道望中秀色如有無間
稼軒行香子　屯田玉山枕
東山惜奴嬌　冠柳慶清朝慢

平生袖手故應休矣采菱船沽酒市
似把芳心深意低訴雛燕語乳鶯聲
稼軒水龍吟　放翁鷓鴣天
屯田黃鶯兒　坦庵訴衷情

玉麈尾紫雲車少年馳騁芳郊綠野
白綸巾青雀舫中流却送桂棹蘭旗
蘆川水調歌頭　東山思越人　屯田拋球樂
蘆川水調歌頭　東山思越人　稼軒沁園春

平湖曉翠峰孤佳時屢約非煙游伴
秀眉青丹臉渥梅花開後對月相思
安陸醉垂鞭　東山望湘人
鄮峰鷓鴣天　稼軒沁園春

花影碎月痕深畫出南枝正開側面
翠簾重香閣小除却西湖不記誰家
梅南江城子　惠齋百字令
竹坡鷓鴣天　坦庵一剪梅

携翠影浸雲壑水邊石上冷依煙雨
引瓊駕碾秋光灑醒人靜月滿南樓
稼軒賀新郎　東堂青玉案
草窗減字木蘭花慢　惜香燭影搖紅

花閣迥酒筵香庭下早梅已含芳意
髻雲低釵玉重窗前素月剛伴相思
片玉訴衷情　東堂少年游
安陸定西番　惜香似娘兒

書萬卷筆如神宋玉詞章陶潛雅概
鼓雙楫浩歌去玄真清致賀監風流
稼軒鷓鴣天　漢濱念奴嬌
竹山賀新郎　坦庵酬江月

如意想都宜問梨花何似風標難説
隨分堪遊戲閒鶯燕時傍笑語清佳
坦庵少年游　竹山瑞鶴仙
惜香蓦山溪　介庵五綵結同心

待做箇平地神仙處事從來堅特操
算只是可人風月于中沉淨好情懷
聖求戀香衾　哄堂滿江紅
稼軒滿江紅　惜香浣溪沙

人倚醉醒中數尺遙山供盡登高意
天付陰晴好一片瀟湘真箇畫難成
西樵水調歌頭　書舟鳳棲梧
惜香青玉案　坦庵南柯子

斜日畫船歸寒鴉游鷺亂點沙汀磧
此地菟裘也茂林修竹別是小壺天
信道菩薩蠻　徽宗念奴嬌
稼軒卜算子　燕喜蓦山溪

十載却歸來故人消瘦長憶同攜手
一笑君聽取天涯情緒對酒且開顏
片玉驀山溪　李銓點絳脣
稼軒永遇樂　六一驀山溪

秋菊更餐英短髮蕭騷醉傍西風立
官柳舒香縷闌干倚處待得月華生
稼軒水調歌頭　書舟鳳棲梧
松隱竹馬子　六一臨江仙

暑雨濕修竹數聲啼鳥喚起簾櫳曉
閒院自煎茶密雲雙鳳初破鏤金團
相山水調歌頭　坦庵點絳脣
放翁烏夜啼　寶晉滿庭芳

秋滿荻花洲一夜清霜染盡湖邊樹
暖煙桃葉渡十里香風吹下碧雲天
宗卿水調歌頭　放翁蝶戀花
竹隱瑞鶴仙令　信齋江城子

鷗鷺共忘機柳汀蓮浦看盡江南路
魚鳥渾相識月橋煙墅家在五湖東
放翁烏夜啼　片玉點絳脣
堂溪點絳脣　信齋滿庭芳

無語對春閒柳重煙深雪絮飛來往
又作尋芳去花開日暖兒姪競追隨
淮海眼兒媚　六一蝶戀花
書舟生查子　竹洲驀山溪

環珮擁神仙試教騎鶴去約尊前月
壽杖扶詩老漫逐流鶯飛舞亂紅中
鄮峰望海潮　稼軒念奴嬌
夢窗念奴嬌　簫臺南歌子

春意與花通是邀勒園林幾多桃李
秋艇載詩去認舊時鷗鷺猶戀蒹葭
安陸少年游　稼軒念奴嬌
玉田摸魚子　玉田春從天上來

胡蜨作團飛映萬朶芳梅亂堆香雪
驕驄穿柳去列初桊枝葉再競春風
頤堂菩薩蠻　東山梅香慢

還作柳絲長臨水人家先得春光嫩
淨洗芭蕉耳昨夜詩情頻在雨聲中
稼軒臨江仙　書舟鳳棲梧

冰壺臨江仙　稼軒聲聲慢

春風花草香怕流鶯乳燕得知消息
舊山松竹老有啼猿唳鶴相望東歸
山谷菩薩蠻　稼軒滿江紅

深入白雲堆舊游伴侶還到曾來處
醉倒春風裏老去情懷能有幾人知
夢窗永遇樂　梅溪南歌子

鵰舉小重山　安陸沁園春

花外一聲鶯滿地殘陽翠色和煙老
玉鉤雙語燕曾被芳心紅日惱詩情
放翁烏夜啼　宛陵蘇幕遮

稼軒臨江仙　片玉垂絲釣

今日北池游翻憶年時醉裏曾尋句
追念西湖上笑取扁舟歸去與君同
竹隱念奴嬌　石林虞美人

赤城菩薩蠻　惜香江神子

妨却一身閒無奈綠窗孤負敲棋約
淡掃雙眉柳應有海棠猶記插花人
正子水調歌頭　竹山喜遷鶯

六一浪淘沙　坦庵蝶戀花

修竹翠蘿寒半妝紅豆各自相思瘦
香袖金泥罩那日青樓曾見似花人
白石淒涼犯　石林虞美人

小山生查子　石林虞美人

稼軒卜算子　山谷點絳脣

東堂生查子　白石虞美人

衲詞楹帖　卷一　十四字　三十

明月好因緣算幾番照我梅邊吹笛
晴風蕩無際看一聲款乃落日收筒
小山菩薩蠻　白石暗香
片玉瑞鶴仙　信齋滿庭芳

畫舫寄江湖漸喚我一葉夷猶乘興
妙語勒金石問垂虹千柱何處曾題
東堂驀山溪　白石湘月
風雅水調歌　稼軒沁園春

石瘦蘚華寒璘珣突兀正在一邱壑
風吹梅蕊閙先春挺秀不管百花枝
東堂驀山溪　稼軒千年調
小山臨江仙　鈞國小梅花

寶馬趁雕輪徧九陌羅綺香風微度
彩艦駕飛鷁泛五湖煙月西子同游
山齋驀山溪　屯田迎新春
宗卿水調歌頭　淮海望海潮

幽致夏來多對清晝漸長閒教鸚鵡
不覺秋强半但倚樓極目時見棲鴉
梁溪望江南　玉田大聖樂
東坡點絳脣　淮海望海潮

歌罷落梅天向園林鋪作地衣紅縐
簾挂扶桑暖漸樓臺上下火影星分
小山臨江仙　稼軒粉蝶兒
東堂驀山溪　安陸泛青苕

橫陳無際山待寄與深情怎憑雙燕
都入相思調且試彈綠綺閒和秋蟲
坦庵菩薩蠻·華谷齊天樂
安陸謝池春慢　澹軒沁園春

且占白雲耕況種桃道士看花君子
長留青鬢住勝渭川遺老絳縣仙翁
棲霞水調歌頭　後村木蘭花慢
小山菩薩蠻　鄮峰滿庭芳

十里步香紅方杏靨勻酥花鬚吐繡
千峰呈翠色正垂楊引縷嫩草抽簪
草窗甘州　東坡哨遍
海瑤蘭陵王　碧山一萼紅

歲寒同此盟便六一詞高君謨字偉
詩句得活法須杜陵老手太白天才
草窗吳山青　須溪摸魚兒
稼軒水調歌頭　鶴林沁園春

熏做江梅雪想謝庭詩詠梁園賦賞
閒蕩木蘭舟是楚天秋曉湘岸雲收
稼軒念奴嬌　葆光無悶
小山生查子　碧山青房並蒂蓮

象筆帶香題被酒滯春眠詩縈芳草
玳筵迴雪舞看珮搖明月衣卷青霓
白石卜算子　梅溪探芳信
東山小重山　稼軒沁園春

漁人一葉家過柳影閒波水花平渚
綠陰三月暮方櫻桃弄色萱草成窠
東坡南歌子　梅溪齊天樂
崑崙謁金門　和甫瀟湘憶故人慢

圍爐面小窗但濁酒相呼疏簾自卷
曲沼通詩夢正清愁未了醉墨休題
惜香霜天曉角　白石摸魚兒
書舟南歌子　稼軒沁園春

鶯語弄春嬌放輕綠萱芽淡黃楊柳
馬躍芳衢闊有搖金寶轡織翠華裾
閒齋訴衷情　放翁齊天樂
安陸少年游慢　竹山沁園春

斜日照花西想白苧烘晴黃蕉攤雨
傍水添清韻欠昌蒲攢港綠竹緣坡
竹屋菩薩蠻　端平二郎神
東山南歌子　稼軒沁園春

幽碧啅珍禽看花塢日高柳塘風細
彩艦駕飛鷁正溪堂波動沙渚蘋輕
草窗少年游　泳祖風流子
宗卿水調歌頭　信齋洞仙歌

柳陰深鎖金鋪度綺燕流鶯門雙語
絮點菉排綠水有狎鷺馴鷗尚可呼
草窗西江月　屯田夜半樂
方舟烏夜啼　春伯沁園春

花邊胡蝶爲家待平分風月供吟筆
波面輕鷗容與漸春來煙水入天流
東堂西江月　雙溪賀新郎
坦庵水調歌頭　玉田甘州

西風雁影涵秋漫良夜月圓空好意
黃葉馬頭飛舞對此間風物豈無情
草窗聲聲慢　東堂最高樓
居敬喜遷鶯　東坡滿江紅

玉龍吹散幽香想韓壽風流應暗識
瑞鸞低舞庭綠命雙成奏曲醉留連
夢窗風入松　梁寅侍香金童
草窗楚宮春　東坡戚氏

曉房香露正深聽秋聲又入梧桐雨
妙句春雲多態向小窗題滿杏花楠
草窗戀繡衾　雪坡賀新郎
笑笑西江月　東山滿江紅

桃源落日西斜聽漁舟晚唱清溪曲
柳色野塘幽興倩何人重寫輞川圖
山谷西江月　覆瓿賀新郎
夢窗朝中措　玉田木蘭花慢

淡天碧襯蟾鈎對雨收霧霽初晴也
一笛漁蓑鷗外任月細風尖猶未歸
閬道折新荷引　千里塞垣春
夢窗齊天樂　書舟洞庭春色

明年春色重來問桃花尙記劉郎否
迤邐秋光過却有題紅都在薛濤箋
東堂清平樂　後村賀新郎
范仲允妻伊川令　質房木蘭花慢
此地宜有詞仙粲珠璣淵擲驚風雨
故人來趁花約辦雞豚相與燕春秋
白石翠樓吟　稼軒賀新郎
夢敬念奴嬌　竹齋八聲甘州
還是芳酒杯中與淵明千載爲知舊
且看淩雲筆健奈長卿老去亦何爲
小山六么令　散花賀新郎
稼軒鵲橋仙　書舟八聲甘州
還似籬落孤山與詩人千載爲嘉話
誰向桑麻杜曲把功名一笑付糟邱
稼軒念奴嬌　散花賀新郎
稼軒八聲甘州　散花木蘭花慢

綺羅陌上芳塵看歌鶯舞燕逢春樂
錦繡谷中舊容有花香竹色賦閒情
稼軒新荷葉　竹山賀新郎
克齋西江月　夢窗西江月
二并鐘鼎山林倩何人說與乘軒鶴
一片芙蓉秋水漸笑語驚起臥沙禽
草窗風入松　稼軒賀新郎
日湖齊天樂　白石一萼紅
還似王粲登樓怕壯懷激烈須歌者
甘與孤山結社賴醉鄉佳境許徘徊
草窗一萼紅　稼軒賀新郎
彬甫水調歌頭　東山連理枝
多少豔景關心料青山見我應如是
分外清光撥眼願嫦娥相顧肯從容
千里過秦樓　稼軒賀新郎
姑溪滿庭芳　沖華滿江紅

為愛寒香晚吹是先生拄杖歸來後
更結疏雲秋夢好林泉都在臥游邊
東窗伊川三臺令　稼軒賀新郎
存熙西江月　玉田木蘭花慢

夕陽分落漁家望桐江千丈高臺好
有路直通仙島但遙山數疊晚雲深
盟鷗八六子　稼軒賀新郎
夢窗念奴嬌　渭川木蘭花慢

早秋明月新圓憶苕溪寒影透清玉
因省春風如舊但斜陽暮靄滿平蕪
山谷水龍吟　安陸憶秦娥
澹翁瑞鶴仙　屯田木蘭花慢

清隨月色低斜景蒼涼又在新詩外
幾度煙波共酌船兒住且醉浪花中
朱雍清平樂　彭門金縷曲
竹屋西江月　稼軒小重山

紅泉白石生寒更綺窗臨水新涼入
畫舸繡簾高卷帳雪浪黏天江景開
好庵西江月　東堂七娘子
鄮峰喜遷鶯　稼軒沁園春

櫂歌唱入斜陽與何人共泛山陰月
雲觀登臨清夏但從今記取楚臺風
草窗減字木蘭花慢　種春賀新郎
東山水調歌頭　稼軒滿江紅

平湖底見層嵐記前度蘭橈停翠浦
中天獨對明月是當年玉斧削方壺
東山尉遲杯　草窗大聖樂
承公酹江月　稼軒滿江紅

硯中鸜眼相青更乘興素紈留戲墨
詩壓牛腰較重但欲搜好語謝新詞
樵歌西江月　放翁風流子
臞軒賀新郎　稼軒滿江紅

東風柳色花香眼前猶認得當時景
西山橫黛瞰碧身閒無箇事且登臨
石湖朝中措　片玉感皇恩

初聞百囀新鶯今朝梅雨霽青天好
照眼一川鷗鷺畫船簫鼓轉綠楊灣
夢窗齊天樂　茂獻小重山
頤堂清平樂　稼軒感皇恩

怎得身似莊周乍逢迎海若談秋水
落筆君如王勃寄疏狂酒令與詩籌
坦庵謁金門　東山小重山
稼軒念奴嬌　石屏賀新郎

轉頭天氣還新宜趁良辰何妨高會
醒眼看花正好已殘芳樹猶綴餘英
笑笑西江月　耘叟木蘭花慢
稼軒新荷葉　千里慶春宮
竹山探芳信　東堂滿庭芳

小樓曉日飛光鳳管雍容雁箏清切
簾影搖花亭午蜂衙乍散燕壘初營
樵歌滿庭芳　子駿醉蓬萊
草窗西江月　千里氏州第一

探花拌醉瓊鍾筆走詩神瀾翻墨客
買山自種雲樹丁寧稚子約束奴兵
草窗風入松　本堂沁園春
稼軒水調歌頭　後村念奴嬌

尊前賦與多才倚瑟妍詞調鉛妙筆
閒處直須行樂吟鶯歡事放鶴幽情
片玉玉燭新　放翁齊天樂
稼軒水調歌頭　玉田一萼紅

萬家競奏新聲羯鼓喧空鵾絃沸曉
千騎風流年少龍吟未已鯨飲方豪
屯田木蘭花慢　春卿水龍吟
山谷水龍吟　簫臺念奴嬌

連宵戀醉瑤叢雪做屏風花爲行帳
楊柳染深綠意潮平別浦草暖滄洲
草窗露華　東堂殢人嬌
大山朝中措　東山踏莎行

人道雲出無心千巖高臥五湖歸櫂
我醉寧論許事扁舟歔晚雙屐行春
竹山念奴嬌　放翁青玉案
稼軒水調歌頭　鶴田擊梧桐

怪公喜氣軒眉貂映蟬金魚懸帶玉
漸擬芳菲滿眼鶯遷新綠燕蹴飛紅
稼軒滿庭芳　放翁沁園春
東堂清平樂　月巢過秦樓

依然鐙火揚州一曲乘鸞萬錢騎鶴
誰向桑麻杜曲平橋繫馬畫閣移舟
東山望揚州　覆瓿念奴嬌
稼軒八聲甘州　放翁蘇武慢

芳堤十里新晴路歛春泥山開翠霧
海棠半含朝雨暖鋪雲錦香點胭脂
草窗聲聲慢　放翁齊天樂
大聲三臺　松隱風流子

又尋湓浦廬山紋錦製帆明珠濺雨
憶著鷗湖鶯苑歌橈喚玉舞扇招香
山谷促拍滿路花　淮海望海潮
鶴田擊梧桐　玉田臺城路

重陽又屬騷人黃花醉了碧梧題罷
鼓笛相催清夜紅香月暖綠玉屏深
鶴山臨江仙　小山少年游
山谷西江月　碧澗過秦樓

賞心樂事良辰梅市舊書蘭亭古墨
覓雨尋雲蹤跡雪溪小櫂蓮社經輿
稼軒新荷葉　淮海望海潮
片玉念奴嬌　樵歌沁園春

爭解繡勒香韉野色亂春嬌雲捧日
正臥水亭煙榭松泉漱枕浦月窺簷
東坡戚氏　苕溪望海潮
稼軒賀新郎　梅崖綺羅香

萬家綠水朱樓波搖簾影涼涵荷氣
兩岸白蘋紅蓼溪明罨畫山秀芙蓉
屯田木蘭花慢　草窗大聖樂
放翁好事近　東山踏莎行

釵頭比翼相雙翠幌嬌深曲屏香暖
葉底游魚動影碧雲亭小紺玉波寬
安陸河滿子　苕溪喜遷鶯
後谿洞仙歌　草窗過秦樓

半梢松影虛壇露靄晴空風吹高樹
一色梨花新月玉鋪繁蕊翠擁柔條
日湖木蘭花慢　信可夜行船
草窗好事近　松隱倚樓人

甚時得棹孤舟白鷺芳洲青蟾瑚檻
一觴爲飲千歲驪峰翠釜燕閣紅鑪
芳洲木蘭花慢　東山樓下柳
稼軒水調歌頭　天游氏州第一

冰姿端有仙風慕道高情照人清骨
素意幽棲物外自然天地本分雲山
東坡西江月　閑齋醉蓬萊
放翁烏夜啼　樵歌訴衷情

流鶯時送芳音碧玉煙塘絳羅豔卉
沙鳥依稀曾識紅雲蘭櫂青紵旗亭
澹軒臨江仙　松隱鳳凰臺上憶吹簫
藥房蘭陵王　丹淵天香引

數聲柳外啼鶯遲日烘晴輕煙縷晝
五畝園中秀野寒花清事老圃閒人
金谷西江月　梅山高陽臺
稼軒水調歌頭　玉田聲聲慢

何妨傍竹依梅紫曲迷香綠窗夢月
都付雨荷煙柳玉冠迎曉碧蓋吹涼
雙溪沁園春　箕房踏莎行
草窗乳燕飛　行之水龍吟

愛吟人在孤山載酒尋盟論詩結社
移取春歸華屋賣花深院門草雕闌
日湖百字令　可齋沁園春
草窗楚宮春　秋堂念奴嬌

芙蓉秋水開時銀塘似染金堤如繡
花草雪樓春到珊瑚連枕雲母圍屏
小山臨江仙　屯田笛家
稼軒水調歌頭　東堂滿庭芳

仙歌轉繞梁虹花下重門柳邊深巷
窗戶閒臨煙水樓中紅袖檻外長江
珠玉望仙門　淮海水龍吟
松隱選冠子　友古念奴嬌

應思舊客京華綠野風煙平泉草木
半在詩人杖履伊川雲水洛浦鶯花
片玉尉遲杯　稼軒水龍吟
散花賀新郎　樵歌柳梢青

未容桃李爭妍雪後園林水邊樓閣
行盡雲山無數長亭煙草衰鬢風沙
東山萬年歡　稼軒瑞鶴仙
稼翁好事近　放翁柳梢青

玉顏醉裏紅潮柳外尋春花邊得句
松巘飛泉翠滴池香洗研山秀藏書
東坡西江月　稼軒滿庭芳
燕喜蘭陵王　草窗甘州

南風微弄秋聲香槽撥鳳朱絃軋雁
西湖醞入春酒牙檣漾鷁錦帳翻紅
夢窗風入松　安陸傾杯
夢窗宴清都　竹洲滿庭芳

更時帶明月同來小蓮出水紅妝靚
又身在雲山深處高鬟照影翠煙搖
梅溪醉公子　片玉側犯
夢窗祝英臺近　安陸山亭宴

帆鬣轉銀河可掬更向葭叢搖短艇
波心蕩冷月無聲戲拋蓮菂種橫塘
夢窗三部樂　信齋念奴嬌
白石揚州慢　片玉浣溪沙

萸露紫菊吐輕黃獨占九秋風雪裏
蒼茫外天浸寒綠何時一艇大江東
信齋滿庭芳　坦庵蝶戀花
夢窗三部樂　竹洲浣溪沙

孤岸峭疏影橫斜寒意勒花春未足
秋容瑩暮天清窈斷雲依水晚來收
片玉玉燭新　書舟鳳棲梧
千里倒犯　稼軒鷓鴣天

掩半妝翠箔朱門釵上綵幡看一箇
望十里雕鞍繡轂壯歲旌旗擁萬夫
安陸泛青苕　書舟鳳棲梧
稼軒滿江紅　稼軒鷓鴣天

真堪付閒客閒行平昔生涯筇竹杖
待攜尊醉歌醉舞明朝春過小桃枝
石林滿庭芳　稼軒定風波
竹山解連環　白石鷓鴣天

小橋外疊翠嵯峨截取斷虹堪作釣
吹臺高霜歌縹緲更有涼風解送人
信齋玉胡蝶　梅溪賀新郎
夢窗瑞鶴仙　石林南鄉子

寫柔情多在春蔥襯粉泥書雙合字
過花塢香吹醉面帶雨雲埋一半山
夢窗高山流水　惜香蝶戀花
梅溪杏花天　稼軒鷓鴣天

豔真香不染春華而今麗日明金屋
更複道橫空清夜時見疏星落畫簷
夢窗聲聲慢　片玉少年游
稼軒賀新郎　惜香卜算子

是天教家在蘇堤十年長作江南客
相將共歲寒伴侶一枝先破玉溪春
應酉聲聲慢　于湖菩薩蠻
草窗繡鸞鳳花犯　稼軒臨江仙

詠新詩手撚江梅煙姿玉骨塵埃外
卷珠簾草迷芳樹霜葉雲林錦繡居
屯田尾犯　惜香水龍吟
澗泉冉冉雲　蘆川南鄉子

教兒誦李白長歌夢回芳草生春浦
都付與逋仙吟筆曾折梅花過斷橋
琴趣滿庭芳　東坡漁家傲
履齋暗香　溪園南鄉子

知君五字元有詩聲春草夢也宜夏
露英千樣手搓花蕊一葉落幾番秋
石林滿庭芳　稼軒賀新郎
安陸少年游　東山更漏子

衲詞楹帖卷二

十三字

杭邵鋭茗生集

尊前乍識歐蘇三世文章稱大手
隔水相望楚越十年風月醉家山
玉田聲聲慢　子宜江南好

景元擊梧桐　樵歌浣溪沙
臥聽疏雨梧桐枕痕歷盡秋聲鬧
笑拂滿身花影尊前誰唱夏雲峰
小山清平樂　夢窗點絳脣

鄮峰喜遷鶯　鶴溪浪淘沙
又尋溢浦廬山世上恨無樓百尺
且訪葛仙丹井人間小住亦千年
山谷促拍滿路花　竹山賀新郎

放翁好事近　須溪雙調望江南

曉來思繞天涯湖海客心千萬里
早歲相期林下水曲山隈四五家
平甫清平樂　書舟鳳棲梧

南陽西江月　仲車漁父樂
別來幾度春風漸解狂朋歡意少
換得兩堤秋錦漫引幽人雅思長
六一朝中措　片玉氏州第一

草窗西江月　梁溪醜奴兒
一杯洗滌無餘但將痛飲酬風月
六橋舊情如夢暗期歸路指煙霞
坦庵撲胡蝶　稼軒鷓鴣天

草窗露華　東山思越人

遙知綠野芳濃楚山照眼青無數
老作紅塵閒客吳霜點鬢又何妨
日湖瑞龍吟　東堂玉樓春
石室念奴嬌　苕溪鷓鴣天

清歌細逐霞觴華鐙翠帳花相照
波影暖浮玉甃綠池紅徑雨初收
小山清平樂　東堂蝶戀花
草窗西江月　樵歌臨江仙

柳陰近隔春城鶯兒穿過黃金縷
芳叢亂迷秋渚烏檣幾轉綠楊灣
草窗西江月　東堂蝶戀花
敏軒慶清朝　東山鷓鴣天

容華酒借春紅綠尊香嫩蒲桃暖
天外水澄煙碧玉溪浮動木蘭舟
草窗西江月　東堂少年游
履齋謁金門　澗泉鷓鴣天

飲闌畫閣春凝安得身閒頻置酒
人共博山煙瘦消磨世慮坐焚香
雪山西江月　放翁定風波
東堂感皇恩　風雅水調歌

雕輪寶馬如雲萬金選勝鶯花海
華洞彩舟泛斝濃碧誰斟翡翠巵
東堂臨江仙　放翁風入松
屯田夏雲峰　客亭鷓鴣天

縈情芳草無涯雕鞍好爲鶯花住
留連繡叢深處春衫歸去馬蹄輕
盟鷗八六子　小山玉樓春
草窗一枝春　栟櫚浣溪沙

春來地潤花濃手挼梅蕊尋香徑
秋到露汀煙浦自插芙蓉繞翠幬
良臣臨江仙　小山玉樓春
竹屋喜遷鶯　碧澗鷓鴣天

虛名白盡人頭幾點吳霜侵綠鬢
素意幽棲物外半山社雨欲黃昏
坦庵柳梢青　小山玉樓春
放翁烏夜啼　大山朝中措

橫枝有意先開嬌香淡染胭脂雪
玉酒著人小醉濃碧爭斟翡翠巵
盤洲清平樂　小山菩薩蠻
東堂謁金門　樵歌鷓鴣天

乘輿蘭櫂東游渡水穿雲心已許
明日畫橋西畔疏風淡月有來時
屯田雙聲子　山谷青玉案
仲伯憶眞妃　隨如玉樓春

月明昨夜蘭船碧天露洗春容淨
風暖繁絃翠管寶屑香融曲篆銷
小山清平樂　山谷桃源憶故人
屯田木蘭花慢　日湖思佳客

堂前玉斝重飛獨有春紅留醉臉
曲罷翠簾高卷曉拂菱花巧畫眉
笑笑西江月　淮海木蘭花
小山清平樂　水雲琴調相思引

寶盃香靄飛浮眉間喜氣占黃色
青門俊游誰記陌上晴光收翠嵐
澗泉朝中措　東坡滿江紅
放翁雙頭蓮　解林十拍子

賞心秋月春花與君同是江南客
自適筍輿煙艇儂家只住岸西傍
夢窗朝中措　東坡歸朝歡
放翁蘇武慢　畫溪漁父

行歌不記流年知君仙骨無寒暑
故人應動高興伴我江湖作勝游
樵歌臨江仙　東坡木蘭花令
菊山摸魚兒　東山羅敷歌

閒情小院沉吟詩老不知梅格在
絕愛山城無事酒旗搖曳柳花天
雪舟水龍吟　東坡定風波
放翁桃源憶故人　眉齋訴衷情

畫樓十二闌干銀屏展盡遙山翠
月底三千繡戶檀膏微注玉杯紅
朱堯章點絳脣　珠玉蝶戀花
小山清平樂　東山減字浣溪沙

柳邊照見青春簾幕風輕雙語燕
花間重携素手半窗天曉又聞鶯
東堂清平樂　珠玉蝶戀花
日湖月上海棠　須溪虞美人

東岡更葺茅齋風清月白偏宜夏
西湖曾泛煙艇紅葉黃花滿意秋
稼軒沁園春　六一采桑子
玉田西河　松隱武陵春

迎春草木俱新紅蠟枝頭雙燕小
當時風景依舊綠楊堤上乳鶯啼
白雪西江月　六一蝶戀花
可齋哨遍　雪山燕歸梁

山明碧瓦高低一彎初月臨鸞鏡
誰在玉樓歌舞齊翻白雪侑羔巵
冰壺臨江仙　六一應天長
元卿謁金門　秦之浣溪沙

紛飛鷗舞溪光素影徘徊波上月
聽得鶯啼紅樹夕陽獨倚水邊樓
山谷畫堂春　鴻慶浣溪沙
東坡桃源憶故人　東山太平時

畫成秋暮風煙清溪數點芙蓉雨
滿載春光花氣平湖一鏡綠萍開
僧兒滿庭芳　草窗齊天樂
東堂感皇恩　東山采蓮回

黃鸝又啼數聲閒看春風上瓊島
白酒新開九醞夜來秋氣入銀屏
淮海八六子 草窗六么令
東坡十拍子 浮溪小重山

相將紅杏芳園杖藜閒趁游蜂去
進罷碧桃花賦竹窗時聽野禽鳴
彝齋朝中措 草窗鳳棲梧
放翁好事近 可齋西江月

雁風吹裂雲痕一派秋聲入寥廓
鳩雨催成新綠十分春色在酴醾
宏庵水龍吟 臨川千秋歲引
放翁臨江仙 省齋鷓鴣天

雲橫幾里江山清風明月休論價
花落一川煙雨小笠輕蓑未要晴
省齋西江月 東山思越人
樂齋如夢令 高宗漁父

珠簾十里春風紫陌屢盤驕馬鞚
玉影半分秋月瑤琴誰弄曉鶯聲
淮海望海潮 東山木蘭花
草窗好事近 客亭浣溪沙

千巖秀色如藍鴉背夕陽山映斷
四面煙鬟繞翠門前風景雨來佳
秋潭沁園春 東山想娉婷
綺川西江月 漱玉攤破浣溪沙

西風吹換清秋酒浮黃菊携佳侶
東山勝游在眼春入梅花助獻酬
雋之望海潮 陽春點絳脣
東山勝勝令 相山南鄉子

數枝約岸欹紅回橈早趁桃源路
兩點春山鬥綠隔簾時度柳花飛
方舟西江月 樵歌踏莎行
鄭峰杏花天 鄭文妻燭影搖紅

好風飛下晴湍看雲獨倚青松坐
游絲輕颺新霽斷虹低繫碧山腰
日湖百字令　蓮社踏莎行
蓮蘂東風第一枝　龍川浪淘沙

風流羽扇綸巾笑倚玉闌呼白鶴
來覓香雲花島醉聳詩肩騎瘦驢
秋潭漢宮春　海瓊蝶戀花
石湖念奴嬌　草閣沁園春

漾舟遙指煙波一溪流水生秋綠
輕靄低籠芳樹移花小檻鬥春紅
鄮州黃鶴引　海瓊滿江紅
屯田鬥百花　貧房浣溪沙

滿身花影人扶試著春衫從酒伴
極目江山如畫旋呼艇子載簫聲
幼霞八六子　澗泉賀新郎
句濱水調歌頭　須溪燭影搖紅

半篙新綠橫舟漁歌且和芙蓉渚
一霎飛雲過雨小池不斷藕花香
相山西江月　環谷賀新郎
前溪清平樂　巨山浣溪沙

衣上曉色猶春綠尊且舉鸕鶿杓
窗外鑪煙似動珠箔香飄水麝風
安陸慶同天　鶴林漁家傲
淮海滿庭芳　日湖思佳客

江浮畫鷁縱橫千里湖山添鮮碧
夜靜冰娥欲上九秋風露溢窗紗
巖叟望海潮　東澤賀新郎
寶晉西江月　種春浣溪沙

風絃盡入吟篇長歌赤壁東坡賦
漁唱不知何處宛在瀟湘南岸頭
貧房木蘭花慢　矩山鷓鴣天
次杲朝中措　閑齋沁園春

霞散綺月垂鈎遠山過雨青如滴
柳拖金梅謝粉遍地輕陰綠滿枝
子喬喜遷鶯　履齋滿江紅

六一鶴冲天　章華浣溪沙
都將閑淡心情檢點花間新雨露
消得從容尊俎獨醉香山舊草堂
澗泉風入松　月溪賀新郎

一初摸魚兒　了齋減字木蘭花
依稀畫艇蓮娃笑折荷花呼女伴
我是有詩漁父何必桃源是故鄉
白雲望海潮　淮海調笑令

梅溪桃源憶故人　姑溪鷓鴣天
有情須醉尊前我輩風流宜歡詠
早歲相期林下人心休更問炎涼
小山清平樂　澗泉滿江紅

南陽西江月　盧川臨江仙

盞浮花乳輕圓酒中風格天然別
梅吐芳心半笑雪裏精神淡佇人
東坡西江月　徽宗玲瓏四犯

華陽朝中措　盧川豆葉黃
風光初到桃花飄粉吹香三月暮
歲寒長友松竹清簟疏簾一局棋
東堂西江月　邦傑蝶戀花

簫臺念奴嬌　散花長相思
勝如千戶封侯卜隱青門真得趣
釀作九霞仙醖有人丹臉可占霜
蓮社朝中措　玉田蝶戀花

澹齋感皇恩　梅溪鷓鴣天
香露飛入壺中玉甕新醅翻綠蟻
寒松半欹澗底纖枝延蔓走青虬
信齋滿庭芳　鄮峰蝶戀花

東山勝勝慢　坦庵醉桃源

一枝粉淡香濃別院海棠花正好
幾度曉風殘月畫橋楊柳弄煙霏
東山于飛樂　日湖玉樓春
松坡好事近　東堂浪淘沙

山陰欲棹蘭船攬將風月歸詩藪
長安閒看桃李先借春光與酒家
葯莊意難忘　茗溪鷓鴣天
夢窗玉京謠　東堂憶秦娥

何如蓑笠從容水驛山村還要我
閒把珠璣揮掃攬月吟風不用人
蓮社朝中措　秋厓賀新涼
惜香念奴嬌　東堂憶秦娥

平原一片丹青馬蹄歸踏梨花月
湖波又還漲綠畫鷁輕隨柳絮風
稼軒臨江仙　鶴林千秋歲
古洲孤鸞　種春鷓鴣天

歲寒獨友松篁身入山林深淨處
長日惟消棋局心如潭水靜無風
燕喜漢宮春　虛靖減字木蘭花
稼軒念奴嬌　放翁好事近

堪笑邱壑閒身惟樂煙霞長獻傲
漸擬芳菲滿眼只應花月似歡緣
適齋念奴嬌　虛靖蘇幕遮
東堂清平樂　小山鷓鴣天

好風飛下晴湍見底碧漪如眼淨
晚香尤有佳處露染黃花笑靨深
日湖百字令　東山漁家傲
覆瓿念奴嬌　小山鷓鴣天

曉寒猶壓梅花春到西園還見雪
短艇晚橫沙渡時節南湖又采蓮
東堂清平樂　石湖減字木蘭花
夢敔如夢令　小山采桑子

却得連日春寒昨夜東風猶有雪
散作一川香雨時節南湖又采蓮
牧叔念奴嬌　夢敔減字木蘭花
白雲清平樂　小山采桑子

盡來拾翠芳洲人在白雲流水外
還吟飄香秀筆寫向紅窗夜月前
屯田瑞鷓鴣　海璚酹江月
倬然華胥引　小山破陣子

洞天秋氣方新餘霞收淨寒煙綠
妙句春雲多態彩箋書盡浣溪紅
勿軒滿庭芳　筠溪菩薩蠻
笑笑西江月　小山風入松

春風十里松鳴家在翠微深處住
秋夜一天雲月酒向黃花欲醉誰
海璚八六子　晦叔清平樂
元晦水調歌頭　山谷南鄉子

縈情芳草無涯何處探春尋舊約
極目江山如畫故應爲我發新詩
盟鷗八六子　東山浣溪沙
句濱水調歌頭　東坡臨江仙

春風繡出林塘楊柳於人便青眼
遲日香生草木杏丹依舊駐君顏
澹齋于飛樂　元膺洞仙歌
玉田木蘭花慢　東坡浣溪沙

煙波自有閑人綠苔深逕尋幽地
月光長照歌席白雪清詞出坐間
玉田聲聲慢　蘗泉花心動
玉田壺中天　東坡浣溪沙

桃溪嫩綠蒙茸仙櫂往來人笑語
花徑啼紅滿袖暗香浮動月黃昏
鄮峰教池回　子明木蘭花令
夢窗如夢令　東坡阮郎歸

扁舟曉渡西泠碧水靜搖招釣叟
有酒却如東海金杯重疊滿瓊漿
松間高陽臺　盧靖望江南
盤洲朝中措　珠玉望仙門

有時藜杖閒行崖谷題詩追舊賞
莫負彩舟涼夢芙蓉出水門新妝
可齋西江月　苕溪念奴嬌
梅溪西江月　六一鷓鴣天

花房半弄微紅寒香時暗度瑤席
竹上一樓嵐翠晚簾都卷看青山
陽春臨江仙　晉卿撼庭竹
師錫如夢令　草窗好事近

亦須笑傲千春長把深杯添綠酒
最好揮毫萬字且煩呵筆寫烏絲
盤洲朝中措　樵歌浣溪沙
淮海望海潮　竹友浣溪沙

春風十里柔情芳草連雲迷遠樹
秋水半篙初沒小舟載酒向平湖
淮海八六子　渭川滿江紅
東坡好事近　陽春阮郎歸

蒙茸數畝春陰好伴雲煙耕谷口
染就一江秋色乞得溪山作醉鄉
玉田祝英臺近　夢窗滿江紅
草窗謁金門　苕溪鷓鴣天

日長惟有蜂衙無事琴書爲伴侶
醉來便隨鶴舞從今風月屬閒人
書舟西江月　履齋望江南
南湖木蘭花慢　自明浣溪沙

留連月扇雲衣更上雕鞍窮翠巘
小宴水亭風館坐聽笙歌醉玉舟
石湖臨江仙　進之菩薩蠻
東堂河滿子　相山南鄉子

醉眠芳草斜陽小園戲蜨飛成對
簾卷花梢香霧微風新燕門清奇
靜寄風入松　毅父千秋歲

依然紅翠相扶洞裏春光花爛熳
堪把丹青對寫尊前秋水意何長
蕭遠鵲橋仙　相山浣溪沙　霞山漢宮春　彥能調笑

繁蕊競拂嬌黃好與水仙爲伴侶
醉靨爭妍紅玉調弄梅花作侍兒
無外木蘭花慢　相山浣溪沙　松隱蜀溪春　風雅賀新涼

秋聲又入吾廬夜來疏雨鳴金井
月光長照歌席銀海清泉洗玉杯
草窗楚宮春　樵歌減字木蘭花　碧山聲聲慢　月山臺城路

玉田壺中天　樵歌浣溪沙

斜陽却送潮來江上青山空晚色
輕寒纔轉花信庭前紅藥已成行
東山河滿子　子武玉樓春

玉纖風透秋痕弄琴細寫清江引
紅綠參差春晚尋花時傍碧溪行
南墅摸魚兒　梅山臨江仙　夢窗極相思　澹庵采桑子

依稀畫艇蓮娃櫂歌更在鴛鴦浦
滿酌玉壺花露豪客爭題鸚鵡詞
放翁水龍吟　蓮社踏莎行　白雲望海潮　水雲滿江紅

綠窗斜日偏明杏花枝上鶯聲嫩
綺陌細塵初靜楊柳行間燕子輕
放翁上西樓　漢濱鷓鴣天　放翁烏夜啼　日湖菩薩蠻

放翁蘇武慢　石湖鷓鴣天

落梅庭院春妍風卷殘花墮紅雨
垂柳野塘幽興晚來月色似金波
花翁錦堂春　水雲洞仙歌
夢歐朝中措　渭川南歌子

秋聲又入吾廬西風吹雨鳴庭樹
春色更添多少東君着意屬詩人
碧山聲聲慢　適齋菩薩蠻
淮海醉鄉春　簫臺鷓鴣天

天教只住山林悠然世味渾如水
我欲醉眠芳草惟有風月是知音
稼軒臨江仙　菊山摸魚兒
東坡西江月　燕喜水調歌頭

千林嫩綠迷空雪壓梅花春信早
一朶輕紅凝露雨沐芙蓉秋意清
守齋八六子　了齋青玉案
放翁桃源憶故人　應齋鷓鴣天

乘興蘭櫂東游翠壁雲屏臨釣石
漸次梅花開遍粉圍香陣擁詩仙
屯田雙聲子　雲麓滿江紅
葦航謁金門　南湖燭影搖紅

應笑楚客才高可追洛社耆英集
付與晉人標致舊說山陰禊事修
散花酹江月　秋聲滿江紅
溫皐水龍吟　東山減字浣溪沙

幅巾莫換貂蟬愛此溪山供歡詠
凡我同盟鷗鷺有時風月可招邀
放翁漢宮春　靜甫念奴嬌
稼軒水調歌頭　履齋望江南

春風十里柔情歸夢已隨芳草綠
夜月一簾花影舞裙搖曳石榴紅
淮海八六子　靜寄浪淘沙
海璚八六子　日湖思佳客

鈎簡紫燕簾風畫梁輕拂歌塵轉
熏徹金猊爐冷玉屏春重寶香銷
鄧莊風入松　愚邱踏莎行
青山二郎神　日湖南歌子
何如蓑笠從容渚鷺沙鷗都舊識
閒把珠璣揮掃蠻牋象管寫新聲
蓮社朝中措　三山漁家傲
惜香念奴嬌　篔房踏莎行
春風十里松鳴綠陰初蔽林塘路
秋夜一天雲月黃花已作醉鄉游
海璚八六子　紫雲齊天樂
元晦水調歌頭　晦庵西江月
東岡更葺茅齋歸歟老圃鉏春綠
西風初弄庭菊小妝朱檻護秋英
稼軒沁園春　覆瓿賀新郎
六一摸魚兒　晦叔念奴嬌

橫枝有意先開青瑣窗深紅獸暖
采蓮柔艣如語綠蘋波上白鷗雙
盤洲清平樂　篔潁臨江仙
直庵摸魚兒　後湖浣溪沙
花房半弄微紅簾幙烘香桃杏曉
瀟湘一川新綠水雲飛珮藕絲輕
陽春臨江仙　兩山玉樓春
文山齊天樂　學舟琴調相思引
留連月扇雲衣是中不減康廬秀
穿盡松溪花塢拂袖雄披楚岸風
石湖臨江仙　稼軒賀新郎
金谷謁金門　寶晉減字木蘭花
題詩風月俱新筆端醉墨鴉棲壁
只有湖山似舊陌上花繁鶯亂啼
放翁風入松　稼軒滿江紅
雙溪賀新郎　篔潁小重山

淡風聲和琴書種柳已成陶令宅
春意漸歸芳草醉吟應上謝家樓
玉田木蘭花慢　稼軒滿江紅
山谷逍遙樂　彥齡浣溪沙

柳邊小駐游鞍何處踏青人未去
花底醉眠芳草滿身空翠不勝寒
草窗減字木蘭花慢　稼軒玉樓春
澗泉西江月　赤城虞美人

間作脆管鳴絃窄樣金杯休教了
已入小窗橫幅信手銀鈎點畫匀
東坡戚氏　稼軒臨江仙
白石疏影　盤洲鷓鴣天

風流羽扇綸巾何似野堂陪勝客
來覓香雲花島自有佳處著詩翁
秋潭漢宮春　雪山江城子
石湖念奴嬌　稼軒水調歌頭

有酒且醉瑤觥閒掃松陰與誰酌
拄杖行穿翠篠却放疏枝待我來
珠玉相思兒令　玉田暗香
蕭遠西江月　石林南鄉子

瀟然態若游龍我覺君非池中物
醉後却騎丹鳳魂清疑向斗邊來
竹山翠羽吟　稼軒賀新郎
放翁好事近　東堂浣溪沙

碧窗自錄仙書晝永暖翻紅杏雨
翠袖風回畫扇雪香濃透紫檀槽
樵歌清平樂　稼軒滿江紅
東堂滿庭芳　珠玉玉樓春

明年春色重來舉頭已覺千山綠
今夜清尊對客得酒猶能雙臉紅
東堂清平樂　稼軒滿江紅
東坡水調歌頭　放翁長相思

吹帽知與誰同而今醒眼看風月
此處最宜君畫幾回山脚弄雲濤
竹屋八歸　稼軒滿江紅
霜叢如舊芳菲歲晚淵明歸來未
雪山西江月　屯田巫山一段雲
煙艇何時重理便逐鷗夷去得無
小山臨江仙　稼軒西河
東堂清平樂　東坡減字木蘭花
別來幾度春風煙江艇子歸何晚
誰共一杯芳酒洛城櫻筍正當時
六一朝中措　安陸傾盃
小山秋蕊香　放翁玉胡蝶
題詩風月俱新便好消磨心下事
幾度煙波共酌儘須珍重掌中杯
放翁風入松　稼軒破陣子
竹屋西江月　小山浣溪沙

勝友是處相留何人可覓安心法
歸與新來不淺共君商略老生涯
樵歌雨中花　稼軒瑞鷓鴣
坦庵謁金門　山谷玉樓春
相將紅杏芳園清尊莫爲嬋娟瀉
看掃幽蘭新闋小詞流入管絃聲
彝齋朝中措　梅溪賀新郎
稼軒念奴嬌　珠玉浣溪沙
秋聲又入吾廬點滴芭蕉和雨聽
春意漸歸芳草朧落瑤花襯月明
碧山聲聲慢　書舟天仙子
山谷逍遙樂　東堂武陵春
連宵戀醉瑤叢愛花只有歸來是
長日惟消棋局袖手何妨閒處看
草窗露華　書舟漁家傲
稼軒念奴嬌　東坡沁園春

嫩涼初霽秋容煙中列岫青無數
爛熳偏愛春杪堤邊草色翠如鋪
相山滿庭芳　片玉玉樓春
屯田滿朝歡　相山浣溪沙

仍歌楊柳春風芳草池塘新漲綠
長記瀟湘秋晚水村殘葉舞愁紅
東坡西江月　東堂浣溪沙
稼軒昭君怨　屯田雪梅香

與君踏月尋花願教清影常相見
乘興隨雲做客穩泛平波任醉眠
東堂清平樂　山谷好女兒
樵歌鵲橋仙　六一采桑子

吹帽知與誰同九日黃花如有意
此處最宜君畫數竿修竹自橫斜
竹屋八歸　小山武陵春
雪山西江月　蘆川虞美人

間作脆管鳴絃清歌學得秦娥似
還吟飄香秀筆慧心端有謝娘風
東坡戚氏　小山玉樓春
倬然華胥引　惜香臨江仙

酥花空點春妍暗香院落梅開後
佳辰況當秋霽青瑣窗深菊未收
放翁朝中措　東堂踏莎行
閑齋上林春　書舟鷓鴣天

幾番花信來時分付新春到垂柳
一片笙簫何處早通消耗與含桃
小山清平樂　小山洞仙歌
東堂清平樂　東堂浣溪沙

霜前細菊渾班玉粉輕黃千歲蕊
溪上桃花無數晚來芳意半寒梢
東堂西江月　東坡浣溪沙
山谷水調歌頭　東堂浣溪沙

酒壺歌扇隨行畫舸西湖渾似舊
寶馬香車如織花市東風卷笑聲
樵歌清平樂　草窗大聖樂
環谷念奴嬌　東堂浣溪沙

仙姿不飲長紅黃庭讀罷心如水
疏影蕩搖寒碧雲峰飛盡玉爲天
稼軒朝中措　放翁一叢花
渭川謁金門　東堂浣溪沙

一枝粉淡香濃花徑日遲蜂課蜜
幾度曉風殘月翠簾繡暖燕歸來
東山于飛樂　草窗浣溪沙
松坡好事近　東堂玉樓春

冰作骨玉爲容月下疏梅似伊好
溪漾綠山橫翠雨餘煙草弄春柔
稼軒鷓鴣天　小山洞仙歌
履齋千秋歲　東堂阮郎歸

遙山恰對簾鈎一樓聳翠生秋暝
小艇誰吹橫笛千金沽酒酬春風
珠玉清平樂　草窗蹋莎行
樵歌雙鸂鶒　放翁秦樓月

仍把紫菊紅萸引將芳思歸吟篋
別有雕闌翠屋乍看晴日弄柔條
東坡醉蓬萊　玉田醉落魄
草窗桂枝香　山谷玉樓春

晚風初到南池萬柄荷花紅繞路
有酒却添東海百分蕉葉醉如泥
惜香滿庭芳　宗卿夜行船
盤洲朝中措　小山玉樓春

盡輪韓圃陶籬竹窈花深連別墅
依約輞川韋曲水風山影上修廊
秋聲木蘭花慢　夔洲鳳棲梧
草窗清平樂　山谷畫堂春

西郊又送秋光竹溪花浦曾同醉
故人贈我春色芍藥櫻桃兩門新
屯田臨江仙　東坡虞美人八
屯田尾犯　東坡浣溪沙

對景且醉芳尊玉砌雕闌新月上
有路直通仙島畫船紅日晚風清
小山兩同心　屯田蝶戀花
夢窗念奴嬌　六一玉樓春

歌扇輕約飛花玉蕤喚得餘春住
殘夢猶吟芳草石牀閒臥看秋雲
白石琵琶仙　松山玲瓏四犯
日湖探春　草窗浣溪沙

會須歸老漁樵顧我已無當世望
消得從容尊俎與君同作醉鄉游
屯田鳳歸雲　東坡浣溪沙
一初摸魚兒　梁溪望江南

漾舟遙指煙波從今莫負雲山約
歲寒長友松竹未應全是雪霜姿
鄧州黃鶴引　東堂漁家傲
簫臺念奴嬌　稼軒江神子

一簾夜月蘭堂鐙光酒色搖金盞
十里水晶臺榭畫楯朱闌繞碧山
小山風入松　東坡蝶戀花
稼軒賀新郎　竹洲浣溪沙

半篙新綠橫舟恍然身入桃源路
一朶鞓紅凝露要使人看玉樹枝
樵歌朝中措　希文定風波
放翁桃源憶故人　稼軒南鄉子

何妨藥市微行風月閒尋秋好處
留取大家須醉古今惟有酒偏香
東坡河滿子　東堂木蘭花
安陸好事近　稼軒鷓鴣天

池塘淺蘸煙蕪風前橫笛斜吹雨
泉冽偏宜雪茗林間攜客更烹茶
屯田鬥百花　山谷鷓鴣天
放翁烏夜啼　稼軒鷓鴣天

幾番花信來時欲向西湖重載酒
彼此蒼顏健在惟有南山一似翁
小山清平樂　孏窟江城子
文溪賀新郎　稼軒鷓鴣天

千家綺陌春游香塵滿路飄蘭麝
一片芙蓉秋水玉牋佳句敏驚鴻
晦庵西江月　覆瓿齊天樂
日湖齊天樂　石門西江月

從教醉帽吹香山亭水榭秋方半
還見晴波漲綠柳岸梅溪春又生
南澗西江月　斷腸菩薩蠻
草窗減字木蘭花慢　金谷浣溪沙

小舟橫截春江香波綠暖浮鸂鶒
芳叢亂迷秋渚畫橋露月冷鴛鴦
東坡水龍吟　信道菩薩蠻
敏軒慶清朝　東堂浣溪沙

蓴絲初可烹五湖萬里誰問煙艇
楓葉濃於染一枰落日又送樵柯
放翁長相思　端平二郎神
鶴田鬢梧桐　信齋玉胡蝶

閒花應笑人落帽山前呼鷹臺下
明月來尋我寫經窗靜覓句堂深
小山菩薩蠻　稼軒沁園春
樵歌卜算子　白石喜遷鶯慢

綠池波浪生雲外歸鴻煙中飛槳
紫陌香塵少花邊繫馬月下憑肩
珠玉更漏子　東堂七娘子
小山清平樂　稼軒念奴嬌

透簾鐙火聒席笙歌曾入揚州詠
淡柳湖山濃花巷陌重聽浙江潮
片玉少年游　稼軒念奴嬌
竹山齊天樂　南澗水調歌頭

算似此佳名青山綠水古今長在
有許多詞客融尊鄭驛飛蓋相望
東坡皁羅特髻　方叔永遇樂
稼軒好事近　須溪內家嬌

有佳名芍藥膩紫肥黃但譜東洛
正雪洗疏梅月香水影詩冷孤山
惜香醉蓬萊　竹山解連環
鄮峰木蘭花慢　草窗減字木蘭花慢

相將紅杏芳園憑闌小語花梢月
看掃幽蘭新閣援琴欲寫竹間流
彝齋朝中措　聖求思佳客
稼軒念奴嬌　石林臨江仙

天教只住山林結堂雄占雲煙表
我欲醉眠芳草留情多在酒杯間
稼軒臨江仙　惜香青玉案
東坡西江月　聖求水調歌頭

重尋仙徑非遙十里長松青未了
莫負花溪縱賞一川芳草綠生煙
屯田合歡帶　芸窗浪淘沙
東坡河滿子　惜香南歌子

故園松菊猶存三徑就荒秋自好
各樣鶯花結束一尊相對月生涼
蘆川隴頭泉　梅溪滿江紅
夢窗念奴嬌　知稼浣溪沙

尊前誰最情濃黃鸝久住如相識
人世了無知者白鷗容我作同盟
夢窗聲聲慢　片玉漁家傲
白石水調歌頭　竹齋西江月

遙想京洛風流且與燕公添秀發
粗有田園笑傲只於陶令共心期
坦庵酹江月　東堂玉樓春
惜香滿庭芳　稼軒鷓鴣天

一弄醒心絃看仙翁手搦虹霓筆
易醉扶頭酒又東華塵染帽簷緇
山谷好事近　散花賀新郎
東山南歌子　夢窗木蘭花慢

醒醉夢喚吟仙倘果風流輸曼倩
持此語問烏有淩雲賦得似相如
竹屋思佳客　夢窗謁金門
稼軒賀新郎　惜香西江月

君試與問天公世事不堪頻著眼
誰共飲有詩侶人生樂在兩知心
石林水調歌頭　石屏賀新郎
稼軒賀新郎　夂古玉樓春

風月短長吟恨古人不見吾狂耳
雲山如昨好問先生何處更高歌
玉田水調歌頭　稼軒賀新郎
後湖菩薩蠻　小山滿江紅

梅綻玉頴寒倚竹嬌顰臨溪瘦影
菊撚黃金嫩插花短舞把酒長歌
鄮峰滿庭芳　草窗齊天樂
東溪南歌子　玉田慶春宮

揮袖上西峰兩岸煙林半溪山影
邀月過南浦一天風露夾水松篁
放翁好事近　石湖酹江月
東澤南浦月　默成滿庭芳

文艋挾春飛驛柳搖黃溪桃漲綠
風露浸秋色叢蘭減翠團菊苞金
冰壺臨江仙　可齋沁園春
鶴山水調歌頭　僧兒滿庭芳

相與買春閒東山杖履西州賓客
總是安秋處北窗紅葉南架海棠
山齋驀山溪　草窗水龍吟
船窗解語花　白雪沁園春

款乃數聲歌水國吹簫虹橋問月
對此一灣碧珠房迎曉銀浦流雲
表臣驀山溪　玉田臺城路
臞軒摸魚兒　草窗酹江月

飛雨落花中官柳招鶯水紅飄雁
野煙荒草路風枝梟鵲霜葉棲螢
小山臨江仙　處靜水龍吟
稼軒歸朝歡　東山芳洲泊

銀漢瀉秋寒雁影關山蛩聲院宇
紫陌尋春去漁蓑淡話蠟屐清游
片玉水調歌頭　可竹酹江月
東坡南歌子　雙溪沁園春

風月興無邊吳札故丘春申舊國
絲竹陶寫耳謝家池館金谷園林
雪坡水調歌頭　雋之望海潮
稼軒水調歌頭　月巢過秦樓

此地宜有詞仙楊柳岸曉風殘月
故人來趁花約荷香裏滿酌輕謳
白石翠樓吟　屯田雨霖鈴
夢弢念奴嬌　閑齋滿庭芳

花間騕褭還嚲見次第幾番紅翠
壁上龍蛇飛動漫曾誇萬幅丹青
東堂西江月　屯田玉山枕
東坡西江月　草窗瑞鶴仙

又是秋滿平胡漫記我綠蓑衝雪
移取春歸華屋看相將紅藥翻階
書舟滿庭芳　碧山花犯
草窗楚宮春　紫姑瑞鶴仙

追思舊日心情憑誰問廉頗老矣
整頓乾坤手段全勝得陶侃當年
書舟南浦　稼軒永遇樂
石屏水調歌頭　僧兒滿庭芳

忍教菊老松深錦牋預約西湖上
縱有荷紉芰製故人曾榜北山移
夢窗木蘭花慢　巘窗風入松
書舟滿庭芳　稼軒瑞鷓鴣

玉窗明暖烘霞殷勤冰彩隨人上
畫舸遊情如霧收拾煙光入句來
書舟愁倚闌令　東堂七娘子
夢窗西子妝慢　竹坡減字木蘭花

玉窗明暖烘霞桃花幾度吹紅雨
畫舸遊情如霧水荇參差動綠波
書舟愁倚闌令　片玉蝶戀花
夢窗西子妝慢　稼軒鷓鴣天

自宜老子如龍莫嫌杖屨頻來往
結束腰身似虎只爲林泉有底忙
須溪西江月　稼軒鷓鴣天
須溪金縷曲　稼軒鷓鴣天

清商不假餘妍愛説琴中如得趣
淡月曉收殘暈閒來花下立多時
東坡雨中花　稼軒念奴嬌
山谷桃源憶故人　散花阮郎歸

芳意贈我殷勤多情須倩梁間燕
酒興因君開闊是非都付鬢邊蚊
東山更漏子　白石月下笛
于湖西江月　姑溪浣溪沙

堪笑邱壑閒身山中禽鳥頻驚見
幾度煙波共酌江邊鷗鷺莫相猜
適齋念奴嬌　竹齋菩薩蠻
竹屋西江月　蘆川臨江仙

賞心秋月春花樂事自應隨處有
袖手高山流水澹境還他滋味多
夢窗朝中措　丁齋減字木蘭花
稼軒滿庭芳　竹山大聖樂

爲誰著句清新只有詩狂消不盡
勸客千春長壽好趁笙歌且自娛
稼軒臨江仙　書舟鳳棲梧
小山清平樂　盧靖減字木蘭花

遙岑寸碧煙空魚尾霞生明遠樹
千林未綠芳信馬蹄香雪襯東風
玉田聲聲慢　片玉蝶戀花
草窗渡江雲　延之瑞鷓鴣

荼蘼玉軟欺風葉底尋花春欲暮
芝房雅奏儀鳳醉裏高歌妙入神
存熙西江月　片玉蝶戀花
東堂水調歌頭　渭川卜算子

盞浮花乳輕圓閒碾鳳團消短夢
同撫雲根一笑漫書繭紙敘清游
東坡西江月　片玉浣溪沙
夢窗齊天樂　東山減字浣溪沙

荼蘼開後春酣寶鴨花香蜂上下
楊柳半和煙嫋交鶯啼處綠蔥瓏
解林十拍子　東堂玉樓春
頤堂清平樂　次山浣溪沙

殷勤再引餘杯醉中只覺春相向
吟到十分清處老來猶似柳風流
東山河滿子　東堂蹋莎行
曲澗霜天曉月　玉田燭影搖紅

斜月遠墮餘輝素光看盡桐陰少
秀牋題編新句淡煙橫處柳行低
片玉夜飛鵲　東堂惜分飛
篔房壺中天　陽春阮郎歸

霜前細菊渾班淡煙疏雨東籬曉
吹徹小梅春透空庭夜月羌管清
東堂西江月　東堂菩薩蠻
淮海如夢令　草窗憶舊游

共聽漁子清謳遙峰秀叠寒波渺
看盡仙家風月長繩爲駐日車斜
盤洲臨江仙　東堂菩薩蠻
香巖水調歌頭　泰之南歌子

擬待告訴天公歸來猶幸身強健
坐中都是詞傑酒半酣時眼更狂
竹山金盞子　放翁烏夜啼
須溪酹江月　東山鷓鴣詞

翠深偷見鴛鴦碧草池塘春又晚
初聽鬧空鶯燕綠窗花影日偏長
草窗減字木蘭花慢　小山蝶戀花
坦庵永遇樂　端平浣溪沙

柳陰近隔春城門外綠楊風後絮
佳辰況當秋霽籬下黃花獨有情
草窗西江月　小山玉樓春
閑齋上林春　簫臺鷓鴣天

大家沉醉花間瑤軒綺檻春風度
翁意在乎林壑練巾藜杖白雲閒
聖求木蘭花慢　元祥西樓月
後村水調歌頭　臨川訴衷情

千金醉躍驕驄閒敲玉鐙隨堤路
一笑滿空鸞鳳來自赤城中洞天
夢窗宴清都　小山虞美人
簫遠西江月　雪坡沁園春

春來地潤花濃風開冰面魚紋皺
秋到露汀煙浦地僻池塘鷗鷺閒
良臣臨江仙　山谷玉樓春
竹屋喜遷鶯　樵歌鷓鴣天

眼前萬里江山峰排羣玉森相就
門掩一庭芳景風胥蔫紅雨易晴
稼軒清平樂　山谷玉樓春
青山二郎神　蘋洲摑球樂

難忘月底花前宜將酩酊酬佳節
小宴水亭風館且尋歌舞賞明春
子功雨中花慢　山谷鷓鴣天
東堂河滿子　松隱浣溪沙

偏宜映月臨池林下猿垂窺滌硯
漸近賞花時節客裏鶯聲最有情
徽宗聲聲慢　山谷浣溪沙
阮氏花心動　經眅長相思

清隨月色低斜秋容老盡芙蓉院
應有煙蓑相識漁歌風起白蘋洲
朱雍清平樂　淮海木蘭花
夢窗惜紅衣　石洞望江南

扁舟兩岸垂楊南浦閒雲連草樹
春晝五湖煙浪東風明日木蘭船
冠柳臨江仙　文山念奴嬌
元晦水調歌頭　北湖虞美人

佇想豔態幽情玉纖慵整銀箏雁
滿載春光花氣風暖還聽柳際鶯
放翁雙頭蓮　淮海木蘭花
東堂感皇恩　南湖卜算子

塵緣浪走天涯故山猶負平生約
何處還知吾樂松醪常與野人期
放翁烏夜啼　東坡醉落魄
稼軒念奴嬌　蓮社踏莎行

綠窗斜日偏明總把千山眉黛掃
青帘濁酒頻喚容我一尊煙雨間
放翁烏夜啼　珠玉清平樂
夢窗隔浦蓮近　龜峰沁園春

何如樂取清閒綠酒初嘗人易醉
來趁登高佳景青山濃淡更多奇
山隱西江月　珠玉清平樂
竹屋齊天樂　心泉漁父

無端天與娉婷暗折海棠紅粉面
宜得秋深纔好露浥薔薇金井闌
淮海八六子　珠玉玉樓春
夢窗齊天樂　德基浣溪沙

畫堂別是風光檀板欲開香滿袖
花氣半浸雲閣酒盞才傾且百分
東坡滿庭芳　珠玉玉樓春
草窗西江月　宛丘鷓鴣天

金猊暖透蘭煤鑪香靜逐游絲轉
綠蟻新浮酒面雲鬟須將彩筆揮
梅山高陽臺　珠玉踏莎行
南陽西江月　應齋鷓鴣天

新晴又放花天寒梅已作東風信
愛吟猶自詩瘦一枝欲寄北人看
雙溪沁園春　珠玉蝶戀花
玉田月下笛　子發阮郎歸

溪頭桃杏舒紅畫船撐入花深處
樓上暮雲凝碧博山輕裊水沉煙
澗泉西江月　六一采桑子
景元望雲涯引　渭川鷓鴣天

空翠半濕荷衣葉籠花罩鴛鴦侶
碎綠未盈芳沼風和煙暖燕巢成
玉田聲聲慢　六一漁家傲
眉齋訴衷情　斷腸浣溪沙

翠長千縷柔條剪裁用盡春工意
紅到一枝先巧殷勤留與采香人
葵牕木蘭花慢　屯田玉樓春
書舟謁金門　東山芳洲泊

綵雲薄晚蒼涼鈎簾半畝藤花雨
青絲傍橋淺繫紅錦障泥杏葉韉
東山勝勝慢　草窗鳳棲梧

夢窗木蘭花慢　石湖浣溪沙
誰爲賦寫仙姿翠毫夜濕天香露
雨漲曉來湖面碧溪風動滿文漪
華陽念奴嬌　草窗倚風嬌近

松隱好事近　陽春阮郎歸
來尋陌上花鈿數疊遙山眉黛秀
付與人間桃李一番風露曉妝新
醒庵風入松　寶晉菩薩蠻

東堂清平樂　漱玉慶清朝慢
鶯邊落絮催春可堪南陌紅千點
沙際野航橫渡但看芳洲綠幾深
子卿三姝媚　北湖踏莎行

坦庵水調歌頭　蒙泉鷓鴣天

綠波依舊東流畫舫一篙煙水闊
青溪不妨寄傲霜筠數曲渚花邊
珠玉清平樂　東山木蘭花

本堂大酺　鄮峰浣溪沙
小樓風日晴和遙山抹黛天如水
滿庭秋色將晚杯面浮金菊倍黃
東坡畫堂春　陽春漁家傲

屯田鬥百花　笑笑鷓鴣天
連娟十樣宮眉入鬢秋波常似笑
可愛一天風物野園春色別無奇
稼軒滿庭芳　飄然玉樓春

寶晉水調歌頭　盤洲南歌子
月明短艇西湖圓蟾素影流空碧
幾度片帆南浦金鯽吹波弄夕陽
夢窗朝中措　蓮社醉落魄

日湖倦尋芳　清江鷓鴣天

初聞百囀新鶯煙外好花紅淺淡
照眼一川鷗鷺晚風楊柳綠交加
頤堂清平樂　夢敵浣溪沙
坦庵謁金門　秋崖浪淘沙

流霞淺酌金船尊前自起歎龍管
蓮葉嫩生翠沼歸來猶得趁鷗盟
小山臨江仙　方壺玉樓春
屯田訴衷情近　後湖臨江仙

月明昨夜蘭船笙歌喚醒魚龍睡
風暖繁絃翠管玉簫新譜燕鶯中
小山清平樂　日湖渡江雲
屯田木蘭花慢　質房浣溪沙

新枝輕裊條風畫簾燕子商春語
短艇晚橫沙渡滿汀鷗鷺動斜陽
草窗露華　日湖瑣窗寒
夢敵如夢令　畫溪漁父

人間酒戶詩流輕車幾度新堤曉
樓枕曲江春水暖風十里麗人天
泠然雨中花　玉田疏影
具茨如夢令　醒庵風入松

煙波自有閒人雪蓑月笛偏相稱
江天助我幽思水光晚色靜年芳
玉田聲聲慢　仲任滿江紅
演山永遇樂　蕭閑鷓鴣天

江浮畫鷁縱橫明鏡平鋪秋水淨
熏徹金猊爐冷寶煙細裊博山中
巖叟望海潮　筠溪念奴嬌
青山二郎神　章華虞美人

素鸞飛下青冥江山一片團明玉
金鱗正在深處風雨連朝下釣灘
草窗水龍吟　筠溪菩薩蠻
山谷訴衷情　畫溪漁父

曲終滿院春閒一檻風聲清玉管
光照湖山秋色兩三煙樹倚孤村
楚客清平樂 朱雍浣溪沙
華陽念奴嬌 伯揚臨江仙

芙蓉秋水開時小池猶見紅雲動
楊柳斜陽三弄諸峰羅列翠屏圍
小山臨江仙 信道菩薩蠻
東山憶仙姿 守謙臨江仙

西園夜飲鳴笳中有能詩狂處士
東方鼓吹千騎付與風流幕下兒
淮海望海潮 竹隱瑞鶴仙令
稼軒西河 後山減字木蘭花

臞然山澤風姿羽扇綸巾人入畫
一段江南景色柳岸梅溪春又生
日湖漢宮春 寶晉減字木蘭花
惜香清平樂 金谷浣溪沙

綵雲薄晚蒼涼平岸小橋千嶂抱
金鱗正在深處孤舟獨釣一蓑歸
東山勝勝慢 臨川漁家傲
山谷訴衷情 惜香浣溪沙

更憑歌舞爲媒花市綺樓隨處好
莫惜玉壺傾盡雪窗月戶幾尊同
稼軒沁園春 相山漁家傲
書舟好事近 惜香鷓鴣天

風流羽扇綸巾清標自是蓬萊客
垂老雲耕月釣興闌却上五湖舟
秋潭漢宮春 簫臺醜奴兒
臞軒賀新郎 石林臨江仙

小樓曉日飛光雪晴山色分遙碧
淡墨晚天雲闊斜照波間濕嫩紅
樵歌滿庭芳 相山折丹桂
夢窗疏影 竹洲鷓鴣天

何人覽古凝眸杖藜獨步登巖岫
此意問春知否倚樓無語理瑤琴
淮海望海潮　蓮社點絳脣

西樵桃源憶故人　漱玉浣溪沙
重湖疊巘清嘉千朵芙蕖插空碧
細雨斜風時候官橋楊柳半拖青
屯田望海潮　抑齋蘭陵王

稼軒西江月　東堂浣溪沙
來時陌上初熏傍沼茅亭楊柳綠
誰知壺中自樂小槽珠滴桂椒芬
玉汝芳草　種春滿江紅

夢窗新雁過妝樓　東堂小重山
笛聲何處關山東風笑倚天涯闊
坐上平章花月南枝微弄雪精神
草窗清平樂　舜卿秦樓月

澗泉水調歌頭　東堂蹋莎行

春游花籞雕鞍野卉無名隨路滿
猶憶棋敲嫩玉雨色流香繞坐中
樵歌朝中措　澤民望江南

履齋賀新郎　東堂山花子
只憑心有天游蓬舟吹取三山去
時傳雲外消息江南誰寄一枝春
雙溪木蘭花慢　漱玉漁家傲

則堂念奴嬌　東堂南歌子
遙知綠野芳濃華堂簾幕飄香霧
却遇蓬壺歡傲玉佩瓊琚下冷雲
日湖瑞龍吟　葵隱玉樓春

放翁木蘭花慢　東堂武陵春
西風雁影涵秋芙蓉月落吟窗裏
南浦雲帆縹緲桃花春浸一篙深
草窗聲聲慢　鶴林滿江紅

日湖氏州第一　東堂夜行船

幾人來結吟朋家山樂事真堪羨
爲君重歡霜笛歌臺妍曲借枝名
玉田木蘭花慢　曬軒賀新郎
石室念奴嬌　小山浣溪沙

一枝金粟玲瓏香色向人如有意
十里碧梧幽步筇杖穿林自在行
稼軒聲聲慢　梁溪漁家傲
相山朝中措　放翁破陣子

扁舟一葉吹風天光上下青浮岸
梅浪半空如繡亂紅飛盡綠成陰
栟櫚臨江仙　相山蜨戀花
草窗探春慢　放翁太平時

迎柳舞倩桃妝香風撲面吹紅雪
探花開留客醉彩袖殷勤捧玉鍾
書舟上平曲　信道菩薩蠻
珠玉更漏子　小山鷓鴣天

來時陌上初熏半吐桃花芳意嫩
誰知壺中自樂百分蕉葉醉如泥
玉汝芳草　蒼山謁金門
夢窗新雁過妝樓　小山玉樓春

半簾梧葉清風吹滿江天驚夢蜨
一色梨花新月箇人鞭影弄涼蟾
本堂西江月　月巖清平樂
草窗好事近　小山阮郎歸

一枝粉淡香濃花似故人相見好
幾度曉風殘月柳含春意短長亭
東山于飛樂　南澗滿江紅
松坡好事近　小山浣溪沙

共聽漁子清謳一川風月聊爲主
半在詩人杖履萬家桃李間新栽
盤洲臨江仙　海璚蜨戀花
散花賀新郎　小山浣溪沙

臨檻自采瑤房綠衣小鳳枝頭語
卷簾留伴霜月紅梁新燕又歸來
草窗過秦樓　頤堂醜奴兒
華陽念奴嬌　小山浣溪沙

愛吟人在孤山江梅瘦影清相伴
移取春歸華屋碧桃花蕊已應開
日湖百字令　若洲蹋莎行
草窗楚宮春　小山御街行

金猊暖透蘭煤屏山半掩餘香裊
瑞鸞低舞庭綠笙歌一曲黛眉低
梅山高陽臺　巴東蹋莎行令
草窗楚宮春　山谷定風波

心隨垂柳頻搖海市孤煙裊寒碧
人與杏花俱醉小槽春酒滴珠紅
臞翁西江月　屯田雪梅香
草窗清平樂　淮海江城子

卜鄰江上漁家清閒笑我如鷗鷺
吸盡杯中花月吟成醉筆走龍蛇
夢窗朝中措　鶴林摸魚兒
東堂清平樂　日湖醉桃源

參差近水樓臺風月已供無盡藏
中有吹簫儔侶溪山好處便爲家
桃渚西江月　西池滿江紅
敏軒慶清朝　東坡臨江仙

小樓幾度春風簾卷垂楊鶯囀巧
玉笛一天明月江涵秋景雁初飛
叔柔醉太平　雪谷念奴嬌
夢溪翠華引　東坡定風波

櫂歌唱入斜陽小灣紅芰清香裏
佳辰況當秋霽滿院黃英映酒杯
草窗減字木蘭花慢　東山花心動
閑齋上林春　東坡南鄉子

硯中鸜眼相青小研蠻牋驚秀句
花簇馬蹄紅門歸來衫袖有天香
樵歌西江月　苕溪念奴嬌
鶴林謁金門　東坡浣溪沙

風光初到桃花紅漾輕舟汀柳外
寒樹偷分春黯醉歸江路野梅新
東堂西江月　樵歌減字木蘭花
碧山綺羅香　東坡浣溪沙

遙知綠野芳濃又是一番新桃李
且與白雲爲伴不如歸去舊青山
日湖瑞龍吟　袁褕魚游春水
山隱西江月　東坡浣溪沙

芳堤十里新晴文鴛藉草眠春晝
醉笛一聲風弄老魚跳檻識清謳
草窗聲聲慢　清江鷓鴣天
方舟西江月　東坡浣溪沙

門前垂柳渾青紫燕定巢銜舞絮
樓外遠山橫翠金鴨香鑪起瑞烟
東山破陣子　蘭雪玉樓春
客亭好事近　珠玉燕歸梁

盡來拾翠芳洲度柳早鶯分暖綠
還是春風客路隔花啼鳥喚行人
屯田瑞鷓鴣　梅崖浣溪沙
惜香畫堂春　六一浣溪沙

短畦菊艾相連嚼蕊吹花弄秋色
一帶江山如畫遠煙輕靄寫春容
稼軒臨江仙　苕溪夢橫塘
杲卿離亭燕　草窗浪淘沙
楚山修竹如雲十萬琅玕環翠羽
倚窗小梅索句幾枝紅影上金鋪
東坡水龍吟　筠溪三段子
梅溪東風第一枝　草窗浣溪沙

五湖春水如天行擁一舟稱浪士
兩岸秋山似畫好將佳景與閒人
東山臨江仙　東山臨江仙
海璚賀新郎　南陽胡擣練令

翠光交映虛亭碧山錦樹明秋霽
桃花遠迷洞口武陵流水卷春空
山谷滿庭芳　箕潁青玉案
玉田聲聲慢　東山定風波

鴛鴦櫂起歌聲萬頃芙蕖蓋明鏡
水龍爭歎吟笛滿船絲竹載涼州
丙文新荷葉　綺川減字木蘭花
鄮峰念奴嬌　東山減字浣溪沙

萬家綠水朱樓碧瓦煙昏沉柳岸
獨棹孤蓬小艇白雲堆裏采芙蓉
屯田木蘭花慢　謫仙望江南
淮海滿庭芳　虛靖憶桃源

大家沉醉花間彩筆吟餘才俊逸
素意幽棲物外琴書贏得道相親
聖求木蘭花慢　笑笑玉樓春
放翁烏夜啼　虛靖望江南

天上絳闕清都藥闌春靜紅塵遠
人在瑤臺閬苑牡丹花重翠雲偏
稼軒念奴嬌　郢莊蝶戀花
山谷西江月　赤城浣溪沙

畫舸水北雲西紅蓼渡頭青嶂遠
秋到露汀煙浦綠蘋波上白漚雙
草窗采綠吟　後湖浣溪沙
竹屋喜遷鶯　後湖浣溪沙

黃花共薦芳辰采菱歌斷秋風起
綠蔓半縈船尾罨畫溪頭春水生
華陽臨江仙　斜川點絳脣
簣房摸魚子　赤城浣溪沙

千金醉躍驕驄青春放浪迷詩酒
兩行小槽雙鳳翠帷深處按笙簧
夢窗宴清都 燕喜鷓鴣天
鄖溪好事近 華陽浣溪沙

小樓曉日飛光半牕花影明東照
滿庭秋色將晚一尊誰與醉西風
樵歌滿庭芳 守齋祓花惱
屯田鬥百花 相山鵲橋仙

荼蘼開後春酣綠陰庭院鶯聲悄
楊柳半和煙嫋碧溪橋外燕泥寒
解林十拍子 簫臺歸國謠
頤堂清平樂 樵歌浣溪沙

斜陽獨倚西樓澄江日色如春釀
船逐清波東注天容雲意寫秋光
珠玉清平樂 具茨漁家傲
美奴如夢令 石湖朝中措

鶯邊落絮催春柳風微扇閒池閣
檻外雨波新漲荷香飛上玉流霞
子卿三姝媚 瑤翠齊天樂
東山破陣子 東澤浣溪沙

探花拌醉瓊鍾寄語東陽沽酒市
何處還知吾樂只有西湖明月秋
草窗風入松 行中漁家傲
稼軒念奴嬌 履齋長相思

曉來到處花飛盡日東風吹綠樹
帶得無邊春下幾徧西湖把酒巵
山谷滿庭芳 得全蝶戀花
稼軒水調歌頭 履齋南鄉子

幾番花信來時夢草池塘青漸滿
雙槳浪平煙暖瀲灩湖光綠正肥
小山清平樂 元質倦尋芳
四友步蟾宮 水雲鷓鴣天

飛雲到處人家豔杏牆頭紅粉媚
東風嬌語絃管桃花扇底竹枝歌
持約西江月　燕喜滿江紅
東澤東風第一枝　日湖望江南
依然紅紫成行費盡東君無限巧
常對素光遙望不負西山萬疊奇
稼軒臨江仙　樂齋蝶戀花
畫橈穩泛蘭舟拂面風橋吹細雨
君謨好事近　綺川減字木蘭花
拄杖行穿翠篠緩步煙霞到洞天
閔道折新荷引　信道木蘭花
蕭遠西江月　龍川采桑子
連娟十樣宮眉喜入秋波嬌欲溜
花落一川煙雨放教春漲綠浮天
稼軒滿庭芳　蕭遠青玉案
樂齋如夢令　元晦鷓鴣天

曲終巫峽雲飛使君風味如新月
夢裏鏡湖煙雨故鄉心事在天涯
欽之西江月　東萊菩薩蠻
放翁好事近　雲壑浪淘沙
繡簾深院黃昏晝長閒墜梨花片
雙岑倚天翠濕夕陽微放柳梢明
東之祝英臺近　西村倦尋芳
秋崖木蘭花慢　子寬小重山
醉眠搖曳春風雪散平堤飛柳絮
分明畫出秋色夕陽煙火隔蘆花
東山清平樂　子明木蘭花令
屯田傾杯樂　仲車漁父樂
何如樂取清閒碧雲深鎖神仙府
來趁登高佳景黃花已作醉鄉游
山隱西江月　仲達點絳脣
竹屋齊天樂　晦庵西江月

翠長千縷垂條楊柳於人便青眼
紅到一枝先巧桃花應似我柔腸
葵窻木蘭花慢　元膺洞仙歌
書舟謁金門　冠柳臨江仙

綠楊風掃津亭簇樂紅妝搖畫舫
丹杏香中歌舞更傍朱脣暖玉簫
東山想娉婷　本心賀新郎
醒庵風入松　溪園南鄉子

遙岑寸碧煙空縹緲層雲出飛榭
一笛漁蓑鷗外獨棹扁舟過釣臺
玉田聲聲慢　玉泉洞仙歌
夢窗齊天樂　瓜廬漁歌子

春風繡出林塘玉簫吹上江南柳
窗戶閒臨煙水儂家只住岸西傍
澹齋于飛樂　芳洲蜨戀花
松隱選冠子　畫溪漁父

幾人來結吟朋入手清風詞更好
一尊還酹江月拂面涼生酒半醒
玉田木蘭花慢　稼軒臨江仙
東坡念奴嬌　敬子浣溪沙

何如樂取清閒種柳已成陶令宅
來趁登高佳景屐聲還認庾公樓
山隱西江月　稼軒滿江紅
竹屋齊天樂　南澗臨江仙

尋芳更約清明櫻小杏青寒食後
與君同醉浮玉竹色苔香小院深
樵歌清平樂　安陸清平樂
放翁念奴嬌　草窗浣溪沙

繁蕊競拂嬌黃雪籠瓊苑梅花瘦
小窗照影虛白月生簾幕夜香寒
松隱蜀溪春　安陸偷聲木蘭花
草窗六么令　德基浣溪沙

吟蛩作盡秋聲銀屏一夜金風細
小燕雙飛水際平湖千頃碧琉璃
樵歌相見歡　竹洲虞美人

放翁烏夜啼　鄮峰浣溪沙
大家沉醉花間春色饒君白髮了
梅山時訪仙迹舊游夢挂碧雲邊
聖求木蘭花慢　稼軒臨江仙

臞軒摸魚兒　東山臨江仙
舊游憶著山陰茂林映帶誰家竹
佳時又逢重午風花繡舞乍晴天
梅溪東風第一枝　稼軒鷓鴣天

片玉齊天樂　南陽西江月
郭外粗有西疇小人請學樊須稼
尊前漫題金縷調高難和郢中詞
陽春念奴嬌　稼軒踏莎行

草窗聲聲慢　竹友浣溪沙
歲寒獨友松篁幾回有句到詩卷
園林排比紅翠更教無日不花開
燕喜漢宮春　月山臺城路

東坡哨遍　稼軒臨江仙
漾舟遙指煙波畫舫夷猶灣百轉
與誰同醉瑤席尊俎風流有幾人
鄧州黃鶴引　石湖蝶戀花

草窗酹江月　稼軒鷓鴣天
悠然倚杖看雲天遠難窮休久望
已向冰奩約月醉鄉深處少相知
草窗清平樂　稼軒滿江紅

梅溪西江月　東堂玉樓春
壯懷久寄林泉萬里同隨琴鶴到
窗戶閒臨煙水百花深處杜鵑啼
盤洲臨江仙　平齋賀新郎

松隱選冠子　小山鷓鴣天

三徑舊日家聲林下中年敦素尙
一片秋香世界人間有味是清歡
華陽念奴嬌　丹陽木蘭花
梅溪西江月　東坡浣溪沙

芳堤十里新晴畫橋淺映橫塘路
遙山萬疊雲散月華猶在小池東
草窗聲聲慢　安陸偸聲木蘭花
屯田留客住　東堂最高樓

何如細蕊堪餐至今此意無人曉
猶記弄花相謔使君和氣作春妍
草窗聲聲慢　稼軒蹋莎行
夢窗風流子　東堂山花子

翻輪苑蠡扁舟湖海早知身汗漫
付與高陽儔侶醉鄉肯爲我從容
屯田雙聲子　稼軒定風波
片玉鎖窗寒　東堂浣溪沙

未應閒了芳情醉帽吟鞭花不住
試與細評新譜舞裙歌板盡情歡
玉田慶春宮　稼軒臨江仙
草窗一枝春　山谷鷓鴣天

燕飛何處人家翠圍特地春光暖
鶴立淡煙秋曉碧山歸路小橋橫
草窗高陽臺　稼軒蜨戀花
竹山玉漏遲　東堂南歌子

乘興閒泛蘭舟微風不動天猶醉
笑問何如蓬島亂山深處水縈洄
屯田洞仙歌　適齋滿江紅
栟櫚西江月　淮海虞美人

素衣染盡天香老眼狂花空亂處
簾幕閒垂風絮映階芳草淨無塵
小山望仙樓　稼軒蜨戀花
屯田鬥百花　東堂阮郎歸

清吟況値詩流醉尋夜雨棋亭酒
故人來趁花約參差煙樹覇陵橋
相山西江月　稼軒鷓鴣天
夢緻念奴嬌　屯田少年游

相期同醉霜天黃花不怯西風冷
却疑身在雲壑綠荷多少夕陽中
相山漢宮春　稼軒鷓鴣天
鄮峰念奴嬌　淮海虞美人

我愛九日佳名却把黃花相爾汝
目送千山爽氣惜無紅錦爲裁詩
苕溪念奴嬌　稼軒玉樓春
東堂水調歌頭　小山鷓鴣天

臞然山澤風姿試引鵁鶄花樹下
時傳雲外消息寄聲猿鶴莫情疏
日湖漢宮春　稼軒清平樂
則堂念奴嬌　東堂浣溪沙

春衫白紵新裁翠羅蓋底傾城色
畫舸繡簾高卷琵琶絃上說相思
東山雨中花　稼軒菩薩蠻
鄮峰喜遷鶯　小山臨江仙

連宵戀醉瑤叢尊前試點鶯花數
小春微動金柳竹間時有鷓鴣啼
草窗露華　稼軒菩薩蠻
松隱宴清都　東坡浣溪沙

冷香吹上吟鞍好風拂面渾無俗
月光長照歌席行雲會事不飛來
日湖百字令　哄堂賀新郎
玉田壺中天　東堂蹋莎行

柳梢綠轉條苗花底天寬春無限
燭影紅搖醉眼臉邊霞散酒初醒
梅溪臨江仙　夢窗絳都春
東堂西江月　小山玉樓春

小山舊隱重招便乘丹鳳天邊去
羣仙倚春似語曾向瑤臺月下逢
玉田慶春宮　夢窗高陽臺
松隱金盞倒垂蓮　東堂浣溪沙

醉歸明月千松滿溪添漲桃花水
吹豔生香萬蘂於中偏占牡丹風
玉田木蘭花慢　惜香點絳脣
竹山賀新郎　夢弢浣溪沙

一枝粉淡香濃紗窗斜月移梅影
雙槳浪平煙暖小園幽榭枕蘋汀
東山于飛樂　惜香鷓鴣天
四友步蟾宮　東坡南歌子

盞浮花乳輕圓乞得穠歡今夜裏
梅吐芳心半笑贈君春色臘寒中
東坡西江月　梅溪賀新郎
華陽朝中措　東堂小重山

春風十里柔情落花芳草催寒食
明日五湖佳興雨蓑煙笠傍漁磯
淮海八六子　書舟漁家傲
稼軒滿庭芳　放翁洛陽春

十里綺陌香塵鬧裝鞍轡青驄馬
滿酌玉壺花露無人伴我白螺杯
東山更漏子　坦庵鷓鴣天
放翁上西樓　山谷水調歌頭

閒弄一曲瑤琴紅蕊調高彈未徹
釀作九霞仙醖碧藕花中醉過秋
盧齋夜飛鵲　安陸木蘭花
澹齋感皇恩　小山采桑子

行歌閒送流年凝思又把闌干拍
請翁同醉今夕人生莫放酒杯乾
放翁漢宮春　片玉浪淘沙慢
稼軒念奴嬌　山谷鷓鴣天

蹋青閒步江干纔是清明三月近
碎綠未盈芳沼先覺春風一夜來
斷腸西江月 稼軒賀新郎
眉齋訴衷情 東坡減字木蘭花

倩桃妝迎柳舞春意初長寒力淺
吹明月到中天晴飈先掃凍雲空
書舟上平曲 東堂清平樂
片玉水調歌頭 東堂山花子

憑闌手撚花枝殘雪禁梅香尚淺
芳陌人扶醉玉東風吹柳日初長
淮海畫堂春 東堂玉樓春
草窗減字木蘭花慢 淮海畫堂春

蘭橈昔日曾經五湖秋興心無往
梅花滿院初發南園春色已歸來
淮海臨江仙 東堂七娘子
書舟摸魚兒 珠玉喜遷鶯

雨餘芳草斜陽簾前歸燕看人立
香度小橋淡月沙汀宿雁破煙飛
淮海畫堂春 東堂調笑令
東堂清平樂 屯田歸朝歡

嬌欲語巧相扶鴛鴦繡字春衫好
醉方回歡幾許鸚鵡杯深豔歌遲
稼軒鷓鴣天 小山蝶戀花
稼軒思佳客 小山留春令

酒臺花徑仍存姮娥已有殷勤約
水佩風裳無數海仙時遣探芳叢
屯田臨江仙 小山鷓鴣天
白石念奴嬌 東坡西江月

心隨去鳥先飛樓倚暮雲初見雁
手把漁竿未穩棹歌聲細不驚鷗
稼軒新荷葉 小山南鄉子
稼軒六么令 小山浣溪沙

玉纖風透秋痕綠陌高樓催送雁
醉眠搖曳春風花氣酒香清廝釀

露華鮮映春曉紅窗睡重不聞鶯
分明畫出秋色水容山態兩相饒

夢窗極相思　小山玉樓春
東山定情曲　東坡浣溪沙
東山清平樂　六一漁家傲
屯田傾杯樂　澹齋臨江仙

松月下竹風間籬根秋訊蛩催織
梧桐吹下新秋鳥散餘花紛似雨

蓼灘邊梅驛外湘桃花褪燕調雛
梅粉旋生春色鶯囀濃香杪處風

山谷驀山溪　夢窗滿江紅
放翁驀山溪　草窗西江月
松隱憶吹簫　東坡漁家傲
渭川好事近　龍川思佳客

一時笑語烘春香蓮燭下勻丹雪
曉寒猶壓梅花橫玉聲中吹滿地

雲觀登臨清夏楊柳陰中駐彩旌
淡墨閒題修竹小屏風畔立多時

相山滿庭芳　小山菩薩蠻
東山水調歌頭　珠玉浣溪沙
東堂清平樂　小山蝶戀花
日湖蕙蘭芳引　竹山阮郎歸

有情須醉尊前澗草山花光照座
筆花俊賞丹青畫屏開展吳山翠

却喜近來林下珠檜絲杉冷欲霜
濃香暗沾襟袖窗前誰浸木犀黃

小山清平樂　山谷定風波
稼軒好事近　東坡浣溪沙
草窗西江月　小山蝶戀花
片玉玉燭新　書舟入塞

兩峰旁聳高寒好風不負幽人意
一尊此地相屬有酒何須穉子賒
稼軒西江月　草窗風入松
放翁念奴嬌　坦庵一剪梅

依然鐙火揚州玉勒雕鞍游冶處
花映鄮湖寒綠畫船羅綺滿溪春
東山望揚州　六一蝶戀花
東堂剔銀鐙　安陸虞美人

溪邊自折梅花滿衣清露暗香染
池光靜横秋影新荷跳雨碎珠傾
草窗渡江雲　草窗齊天樂
片玉六幺令　片玉浣溪沙

舊游憶著山陰曲水浪低蕉葉穩
歌聲悠揚雲際樓前風轉柳花球
梅溪東風第一枝　東坡望江南
東坡哨遍　東堂浣溪沙

嫩涼初霽秋容桐葉晨飄蛩夜語
爛熳偏愛春杪杏梁風軟燕調雛
相山滿庭芳　放翁蝶戀花
屯田滿朝歡　草窗浣溪沙

幾番明月西樓煙波滿目憑闌久
多少洞天巖谷江山雄勝爲公傾
相山西江月　屯田曲玉管
鄮峰喜遷鶯　東堂玉樓春

玉津春水如藍碧籥度曲留人醉
芳徑草心頻綠紅羅先繡蹋青鞋
竦山怨春風　小山采桑子
于湖拾翠羽　東堂小重山

重尋仙徑非遙醉鞭拂面歸來晚
莫負花溪縱賞光景隨人特地妍
屯田合歡帶　淮海夢揚州
東坡河滿子　東堂木蘭花

暗香逐舞徘徊疏梅月下歌金縷
花霧縈風縹緲古槐陰外小闌干
石林清平樂　小山虞美人
東坡西江月　東堂燭影搖紅

且携翠袖同來人貌與花相鬬豔
莫惜玉壺傾盡春波如酒不曾空
小山清平樂　珠玉漁家傲
書舟好事近　東堂虞美人

行人一葉天涯輕橈短櫂隨風便
家在萬重雲外水驛江程去路長
淮海柳梢青　珠玉漁家傲
放翁好事近　放翁南鄉子

桃源落日西斜屬玉雙飛煙月夕
長江萬里東注身在千重雲水中
山谷西江月　草窗清平樂
履齋水調歌頭　放翁長相思

又尋湓浦廬山平生況有雲泉約
方念陶朱張翰一葉飄然煙雨中
山谷促拍滿路花　屯田滿江紅
子美水調歌頭　放翁長相思

未容桃李爭妍瓊枝玉樹頻相見
醉把茱萸細看綠杯紅袖趁重陽
東山萬年歡　淮海虞美人
夢窗采桑子慢　小山阮郎歸

明年春色重來芳草深心空自動
今歲花時小院桃李梢頭次第知
東堂清平樂　六一玉樓春
東坡雨中花　山谷減字木蘭花

冷雲常帶遙山坐聽潮聲來別浦
嫩綠煙籠碎玉亂分春色到人家
松隱滿庭芳　東坡謁金門
簫臺西江月　淮海望海潮

長亭柳色纔黃溪橋殘月和霜白
深酌蒲萄新綠小槽春酒滴珠紅
東山石州引　屯田歸朝歡
雲莊酹江月　淮海江城子

歌珠滴水清圓誰把鈿箏移玉柱
簾影搖花亭午笑撚紅梅嚲翠翹
山谷西江月　珠玉蝶戀花
草窗西江月　東坡鷓鴣天

綺窗秋淨無塵一霎好風生翠幕
池上春歸何處萬頃蒲桃漲綠醅
鄮峰臨江仙　珠玉浣溪沙
淮海如夢令　東坡南鄉子

風光初到桃花淺蘸朝霞千萬蕊
輕靄低籠芳樹落照江天一半開
東堂西江月　屯田玉樓春
屯田鬥百花　東坡南鄉子

前身原是疏梅仙格淡妝天與麗
坐來聲歎霜竹絃管高樓月正圓
樵歌清平樂　六一漁家傲
山谷念奴嬌　東坡南鄉子

輕盈春柳能眠翠尊誰共飲清醥
指點江梅一笑畫堂新剏近孤山
小山臨江仙　草窗臺城路
散花滿庭芳　東坡江城子

曉寒猶壓梅花通體清香無俗調
春意漸歸芳草人生何處不兒嬉
東堂清平樂　六一漁家傲
山谷逍遙樂　東坡鵲橋仙

仙風相送還家金池瓊苑曾經醉
湖水倒空如鏡紅蓮綠芰亦芳菲
東堂清平樂　草窗杏花天
放翁蘇武慢　六一玉樓春

粉牆映日吹紅杏花笑吐香猶淺
隔水輕陰颺碧柳梢煙暖已璁瓏
方舟烏夜啼　徽宗探春令
西麓蘭陵王　草窗風入松

亦須笑傲千春此老相看情不少
最好揮毫萬字少年橫槊氣憑陵
盤州朝中措　東堂漁家傲
淮海望海潮　稼軒念奴嬌

滿城羅綺芳叢曉日窺軒雙燕語
萬里江湖煙舸秋水長天孤鶩飛
東山于飛樂　淮海蝶戀花
放翁桃源憶故人　稼軒沁園春

暗香逐舞徘徊綵索身輕長趁燕
學唱宮梅便好玉簫聲遠憶驂鸞
石林清平樂　東坡浣溪沙
小山六幺令　稼軒江神子

小樓風日晴和梅梢弄粉香猶嫩
遠村秋色如畫竹根流水帶溪雲
東坡畫堂春　六一虞美人影
珠玉訴衷情　稼軒臨江仙

歸心已逐輕橈溪山不盡知多少
醉醫爭妍紅玉尊俎風流有幾人
華陽朝中措　東堂菩薩蠻
草窗楚宮春　稼軒鷓鴣天

芳堤十里新晴春態苗條先到柳
翠疊萬山如繡點綴風流却欠梅
草窗聲聲慢　東堂玉樓春
簫臺念奴嬌　稼軒鷓鴣天

西風吹換淸秋舊時明月猶相照
東山勝游在眼石壁虛雲積漸高
雋之望海潮　東堂踏莎行
東山勝勝慢　稼軒鷓鴣天

嫩涼初霽秋容惟有東籬黃菊盛
寒樹偷分春豔却放疏花翠葉中
相山滿庭芳　六一漁家傲
碧山綺羅香　稼軒鷓鴣天

月明昨夜蘭船無風水面瑠璃滑
鈿暈羅衫煙色當年宮額鬢雲鬆
小山清平樂　六一采桑子
東堂調笑令　稼軒鷓鴣天

多時杏子牆頭嬌雲瑞日明春晝
又是牡丹花候濃紫深黃一畫圖
小山河滿子　東堂蝶戀花
履齋如夢令　稼軒鷓鴣天

榴花滿酌觥船搖蕩香醪光欲舞
梅粉旋生春色更點胭脂染透酥
珠玉長生樂　東坡減字木蘭花
渭川好事近　稼軒鷓鴣天

勝友是處相留欲同攻道傾家釀
歸輿新來不淺和得淵明數首詩
樵歌雨中花　東堂七娘子
坦庵謁金門　稼軒瑞鷓鴣

留連月扇雲衣獨自裴褢無箇事
多少洞天巖谷老我癡頑合住山
石湖臨江仙　東堂臨江仙
鄮峰喜遷鶯　稼軒卜算子

走馬月明中蟾華如水初照清影
門草花陰裏鶯語惺忪閒淡春風
稼軒昭君怨　松隱月上海棠慢
方喬生查子　小山采桑子

風鵲繞舊枝故園桃李待君花發
雲鴻相約處天香桂子曾去幽尋
書舟南歌子　稼軒滿江紅
小山臨江仙　草窗減字木蘭花慢

淡煙秋水鱸鱖初肥細酌鵝兒酒
醉墨淋漓龍蛇滿壁掃禿兔毫錐
三休沁園春　茗溪點絳唇
雪坡沁園春　稼軒卜算子

隴首霜晴幾行新雁天際畫秋句
溪南酒賤雙槳驚鴻明日覓春痕
東山玉京秋　片玉雙頭蓮　盟鷗摸魚兒
稼軒念奴嬌　東坡行香子　東堂菩薩蠻

一寸歸心詩酒社雲煙屐松菊徑
五湖舊約石蘭衣江蘺佩芰荷裳
書舟憶秦娥　稼軒滿江紅
白石湘月　鶴山水調歌頭

沙堤正要公來珍重幽人誠好事
此篇聊當賓戲寄言俗客莫相嘲
稼軒西江月　友古臨江仙
稼軒念奴嬌　友古臨江仙

歸心已逐輕橈幾夜湖山生夢寐
晚香尤有佳處一區松菊老湘濱
華陽朝中措　梅溪蝶戀花
覆瓿念奴嬌　蘋窗鵲橋仙

別來幾度春風唯是停雲想親友
誰共一杯芳酒便須倩月與褰裳
六一朝中措　竹山洞仙歌
小山秋蕊香　竹坡蹋莎行

綠箋花裏新詞星郎才思生琱管
紅杏香中歌舞玉人風味似冰蟾
小山清平樂　初寮虞美人
醒庵風入松　聖求小重山

幾番明月西樓秋色未教飛盡雁
萬里江湖煙艇此心元自不驚鷗
相山西江月　夢窗滿江紅
放翁桃源憶故人　于湖浣溪沙

清歌細逐霞觴重唱梅邊新度曲
醉醫爭妍紅玉與君花底共風光
小山清平樂　夢窗金縷歌
草窗楚宮春　介庵小重山

吹花醉繞江梅巡簷索笑情何限
疏籬尙存晉菊移尊環坐足相娛
蕭遠西江月　坦庵少年游
玉田聲聲慢　介庵風入松

天上絳闕清都爲君喚月驂鸞鶴
人在瑤臺閬苑便擬吹簫跨鳳凰
稼軒念奴嬌　孏窟醉落魄
山谷西江月　竹齋鷓鴣天

窗間列岫橫眉獨占春光最多處
門枕數峰滴翠結得青山一箇緣
盤洲滿庭芳　片玉感皇恩
芸庵西江月　竹坡減字木蘭花

窮自樂晚方閒老眼平生空四海
景偏長情會處詩鬢無端又一春
稼軒鷓鴣天　後村賀新郎
姑溪更漏子　白石鷓鴣天

筆花俊賞丹青萬里江山供燕几
園林排比紅翠一屏煙景畫瀟湘
草窗西江月　于湖浣溪沙
東坡哨遍　東山減字浣溪沙

只消山水光中誰識元龍胸次浩
何至羲皇人上堪羨淵明滋味長
稼軒醜奴兒近　惜香青玉案
坦庵西江月　可齋減字木蘭花

依稀風韻生秋竟日微吟長短句
最愛月明吹笛新聲含盡古今情
淮海望海潮　東山蝶戀花
稼軒瑞鶴仙　淮海臨江仙

見數朶江梅煩君收拾取歸吟卷
傲一窗風月平生歡喜處是吾鄉
片玉玉燭新　散花感皇恩
蘆川好事近　介庵小重山

此情未許人知趁取芳時同宴賞
妙處難與君說閒登小閣看新晴
聖求木蘭花慢　散花金縷曲
于湖念奴嬌　旡住臨江仙

春風爲誰依舊漫贏得幽懷難寫
山容向我增添又那知清勝無窮
聖求撲胡蝶近　白石探春慢
于湖西江月　坦庵風入松

酒孤斟客孤吟俗事不教汙兩耳
靜中樂閒中趣倚闌感慨展雙眸
書舟長相思　後村滿江紅
坦庵水調歌頭　散花西河

逸思入微茫一湖澄照亂山横秀
野翁忘近遠半規涼月人影參差
龍川水調歌頭　惜香青玉案
書舟菩薩蠻　片玉風流子

鶯花緩作青春偷安自喜身强健
朋儕閒歌白雪何況風流鬢未華
竹屋臨江仙　壽域鳳棲梧
夢窗聲聲慢　片玉西平樂

松菊三徑猶存但心遠何妨人境
鬒鬢雙仙未老盡今宵且醉花邊
石林念奴嬌　嬾窟鵲橋仙
竹山花心動　芸窗唐多令

細將團鳳平分吟情又許春風醉
應有輕鷗笑我鬢絲添得老生涯
書舟朝中措　竹屋蹋莎行
竹坡西江月　夢窗思佳客

平生出處天知相携共學驂鸞侶
此地閱人多矣誰教容易逐鷄飛
龍洲沁園春 惜香鷓鴣天

散花西河 書舟孤雁兒
歌且和楚狂子浩然一醉引雙鹿
笑容與列仙如神游八表跨長鯨
稼軒賀新涼 介庵看花回

于湖水調歌頭 散花木蘭花慢
於中有味尤長心彌萬里清如水
此地閱人多矣眼看一葉弄新秋
逃禪朝中措 稼軒哨徧

散花西河 歸愚多麗
先生自簡淵衷欲助喜歡須是酒
居士年來嬾散莫怪殷勤爲賦詩
于湖西江月 姑溪減字木蘭花

惜香如夢令 蘆川鷓鴣天

時有一葉漁舟尋真誤入桃源洞
憑高滿眼秋意與來且伴橘中仙
哄堂念奴嬌 惜香玉樓春

友古水調歌頭 金谷玉樓春
幾番時事重論被公扶起千人活
多少幽懷欲寫爲我澄霽一天秋
夢窗水龍吟 稼軒滿江紅

散花賀新郎 哄堂水調歌頭
清吟留與山翁尊酒偷閒聊放曠
幽思屢隨芳草林泉有樂正須同
芸窗朝中措 嬾窟臨江仙

梅溪西江月 介庵浣溪沙
長笛爲予吹羨寒鴉到著黃昏後
萬峰橫玉立看高鴻飛上碧雲中
白石鶯聲繞紅樓 竹山賀新涼

石林臨江仙 夢窗滿江紅

當年快意登臨千里江山供勝踐
此興平生難遏一尊風月爲公留
空青秋霽　克齋念奴嬌
白石慶宫春　六一浣溪沙

綠陰是處時有鶯聲好箇涼方便
花霧香中人詢居士悠然醉夢還
石林滿庭芳　書舟點絳脣
惜香柳梢青　坦庵醉桃源

綠陰是處時有鶯聲應更添風韻
粉香吹下自修花譜乞箇好因緣
石林滿庭芳　片玉驀山溪
白石側犯　書舟生查子

何事菊花時對南山把酒開新宴
淨洗芭蕉耳向北窗高卧水風涼
澄源生查子　鄭峰七娘子
夢窗永遇樂　燕喜滿江紅

來往賀家湖與鱸魚蓴菜論交舊
生長吳山曲認雲屏煙障是吾廬
草窗甘州　海璚賀新郎
風雅賀新涼　孏窩洞仙歌

棹曲水滄浪賴明月曾知舊游處
正錢唐江上度飛星倒影入芳洲
用之意難忘　東山天香
滄浪滿江紅　草窗減字木蘭花慢

耆舊笑談中也何妨相對無杯酒
人物羲皇上到而今老矣可樵漁
周士滿庭芳　散花賀新郎
于湖南歌子　後村木蘭花慢

自唱鵲橋仙秀懷抱雲錦當秋織
花底鶯聲嫩鎮綿蠻竟日挽春留
須溪雙調望江南　夢窗大酺
山谷桃源憶故人　草窗減字木蘭花慢

笑拈萱草芽飲湖光山淥成花貌
寄語梅仙道伴蒼松修竹似幽人
日湖醉桃源　夢窗賀新郎

誰與共平章向夜闌更說長安夢
樵歌水調歌頭　渭川滿江紅

我亦卜居者倚斜陽人在會稽圖
坦庵水調歌頭　夢窗六醜

水驛寄詩筒問江路梅花開也未
稼軒水調歌頭　草窗甘州

郊外駐油壁更天涯芳草最關情
草窗甘州　書舟酷相思
片玉應天長　稼軒滿江紅

風流出酒家倚瓊枝秀挹雕觴滿
高會盡詞客向小窗時把綵牋看
泰之南歌子　安陸傾杯
蘄春多麗　坦庵滿江紅

妙手寫徽真畫圖中舊識春風面
醉眼迷登眺煙林外時聽杜鵑聲
淮海南鄉子　片玉拜星月慢

天碧染衣巾聽數聲何處倚樓笛
片玉早梅芳近　坦庵小重山

嵐翠橫尊俎聚萬景只在此山中
安陸南鄉子　片玉浪淘沙慢

問桃李無言甚多情爲我香成陣
相山千秋歲　玉田一萼紅

惟丹青相伴更有筆如山雲作溪
山谷好女兒　稼軒賀新郎
片玉丁香結　稼軒沁園春

縱棹越溪船快江風一瞬澄襟暑
賴有高陽侶信醉鄉絕境待名流
渭川南鄉子　稼軒賀新郎
可堂驀山溪　東山滿江紅

看滿檻春紅被疏梅料理成風月
釣一潭澄碧羨漁翁終歲老煙波
草窗減字木蘭花慢　稼軒賀新郎
放翁好事近　芸庵滿江紅

展一幅青綃倩諸君妙手皆談馬
有雙龍蒼壁待刻公勛業到雲霄
五峰齊天樂　稼軒賀新郎
放翁好事近　稼軒滿江紅

空翠撲衣襟也莫向柳邊辜負月
細綠暗煙雨便與君池上覓殘春
片玉驀山溪　稼軒最高樓
大聲春草碧　東坡滿江紅

春入武陵溪泛仙舟尙許尋盟否
且醉吳淞月向尊前重約幾時來
山谷水調歌頭　客亭賀新郎
南澗水調歌頭　稼軒滿江紅

吟餘趣極幽摛彩筆香牋染新句
醉中渾不記注紫清花露入瑤卮
夢敔南柯子　鄮峰青玉案
稼軒臨江仙　芸窗滿江紅

環珮擁神仙不藥身輕高談心會
壽杖扶詩老臨流句麗愛月情鍾
鄮峰望海潮　于湖踏莎
夢敔念奴嬌　澹軒朝中措

心閒日自長寫就茶經注成花譜
醉裏狂仍在偷拈酒戲暗度詩鬮
蓮社阮郎歸　應齋柳梢青
夢敔南柯子　竹齋沁園春

青蕊挹寒枝笑靨欹梅仙衣舞纈
翠屏圍畫錦醉霞橫臉顰月臨眉
東堂菩薩蠻　夢窗六醜
草窗瑞鶴仙　東坡哨遍

翠鬟鞾秋煙玉燕釵寒藕絲袖冷
素影翻春豔麝臍香滿荔臉紅深
屯田促拍滿路花　東堂躡莎行
泰之卜算子　山谷醉蓬萊

蟾影插高寒星河鷺起綵舟雲淡
龍笛吟春咽羽觴蟻閙瑤甕酥融
鶴仙水調歌頭　臨川桂枝香
白石卜算子　東堂剔銀鐙

官橋楊柳寒馬絡青絲幛開紅錦
水闊菰蒲長魚翻藻鑑鷺點煙汀
東堂菩薩蠻　東堂滿庭芳
石林千秋歲　東坡行香子

心共馬蹄輕山抹微雲天黏衰草
意密鶯聲小簾分晝影窗聚春香
少瞻眼兒媚　淮海滿庭芳
片玉早梅芳近　玉田甘州

酒滿玉壺冰夢草閒眠流觴淺醉
卷皺銀塘水亂峰倒影輕靄浮空
稼軒臨江仙　小山躡莎行
東坡哨遍　屯田如魚水

清香撲酒尊南苑吹花西樓題葉
壽杖扶詩老晴邊訪柳雪後評梅
東堂南歌子　小山滿庭芳
夢窗念奴嬌　本堂沁園春

斜日起憑闌亂山浮紫暮雲凝碧
溪風漾流月遙堤影翠嫩水挼藍
夢窗菩薩蠻　草窗秋霽
東坡好事近　敏叔選冠子

爲看牡丹忙紅粉脆痕青牋嫩約
欲向荷花語翠涼亭宇綠淨池臺
稼軒臨江仙　淮海望海潮
小山生查子　草窗長亭怨慢

柳外繫蘭舟碧水澄秋黃雲凝暮
竹裏藏冰玉翠陰護曉綠漲浮漪
東山南鄉子　淮海滿庭芳
稼軒清平樂　泳祖風流子

荷香入坐濃柳外寒輕水邊亭小
梅破知春近花間陶寫月底平章
綺川南歌子　野處踏莎行
山谷虞美人　蠙洲風流子

紅疏桃杏村彩筆賦詩香韉調馬
春在梨花院朱簾隔燕翠葉藏鶯
東堂菩薩蠻　東山風流子
宗卿撲胡蝶　珠玉踏莎行

秋聲入管絃楚竹驚鸞秦箏起雁
花香聞水榭晴絲胥蝶暖蜜酣蜂
東山南歌子　珠玉殢人嬌
安陸菩薩蠻　草窗解語花

君心胡蝶飛花發西園草薰南陌
學語雛鶯巧煙迷楚驛月冷藍橋
東堂菩薩蠻　屯田笛家
惜香清平樂　花翁夜合花

暗隨仙馭來鹿鳴芝澗猿號松嶺
蹙踏浪花舞雁橫煙渚鷺落霜洲
珠玉更漏子　海璚水龍吟
稼軒摸魚兒　屯田傾杯樂

烏帽裏山頭急雨收春斜風約水
縠浪連天際殘沙擁沫枯石流痕
信齋水調歌頭　東山踏莎行
坦庵菩薩蠻　友竹天香

修竹翠蘿寒天霧縈身月香滿袖
綠水紅雲繞柳陰浮槳花露侵詩
稼軒卜算子　雲月雲仙引
苕溪點絳脣　草窗釆綠吟

天氣正醺酣波暖芹汀風香蘭圃
山色挼藍翠春回柳岸雨洗花林
山谷訴衷情　龍沙踏莎行
燕喜鳳棲梧　盤洲滿庭芳

河橋柳未陰翠縈賫渚錦翻葵徑
羅綺花成簇紅飛香砌綠映芳臺
白雲南柯子　草窗大聖樂
浮山念奴嬌　海瑀沁園春

雙槳碧雲東翠縈賫渚錦翻葵徑
一鞭花陌曉風嘶寶騎露卷香輪
春卿滿庭芳　草窗大聖樂
竹屋臨江仙　子壽念奴嬌

日長胡蜨飛煙籠香徑霞舒花砌
應被鴛鴦見水描梅影露裛蓮妝
六一阮郎歸　鄮峰望海潮
東堂生查子　草窗瑞鶴仙

覓句更風流散髮吟商簪花弄水
此會真難偶聯鑣歸晚載酒追游
苕溪臨江仙　草窗齊天樂
石林水調歌頭　東山沁園春

花萼醉春風膾切銀絲曲歌金縷
柳浪迷煙渚魚牽翠帶燕掠紅衣
鄮峰滿庭芳　鶴林水龍吟
後湖謁金門　草窗過秦樓

芍藥擁芳蹊妝額黃輕舞衣紅淺
綠野盡春色護香屏暖貯月杯寬
盤洲生查子　草窗聲聲慢
盤洲好事近　草窗水龍吟

瀟湘逢故人倚杖看雲剪鐙聽雨
高會盡詞客清談揮麈雅讌飛觴
稼軒阮郎歸　草窗水龍吟
蘄春多麗　寶晉滿庭芳

羅幕曉寒添晴絲繫燕么絃彈鳳
簾外雪將深酒興雲濃詩腸雷隱

紫陌香塵少河橋信馬柳曲聞鶯
煙歛風初定孤花韻勝遠草情鍾

東堂少年游　草窗水龍吟　東坡臨江仙　簫臺念奴嬌
小山清平樂　幼霞氏州第一　舒氏點絳脣　草窗踏莎行

斜日畫船歸煙水流紅暮山凝紫
橘柚洞庭秋涼葉翻風流雲卷雨

疏雨池塘見平蕪自碧舊柳猶青
楓落吳江冷層濤蛻月孤嶠蟠煙

信道菩薩蠻　草窗水龍吟　適齋水調歌頭　東山踏莎行
東山南歌子　日湖齊天樂　東坡卜算子　碧山天香

榴花滿院香歸燕低空游蜂趁暖
那更話封留風月交游山川懷抱

錦帳如雲處舞鸞翻鏡眠鴨凝煙
新聲傳訪戴笙歌遲日羅綺芳塵

小山生查子　南陽踏莎行　石林臨江仙　碧山踏莎行
稼軒一絡索　仲任水龍吟　東山小重山　東山沁園春

空庭鶴喚人磴古松斜崖陰苔老
裝點野人家海棠鋪繡梨花飛雪

雅稱鶯調舌風微柳靜雨歇桃繁
儘占閒中趣風篁獻晚石筍埋雲

東堂更漏子　草窗一萼紅　蓮社訴衷情　東山柳梢青
牧叔念奴嬌　遊初柳梢青　嬾窟青玉案　篔房高陽臺

春意與花通豔菊留金早梅催粉
秋浦橫波眼蕉心滴翠荷背翻黃
安陸少年游 篁嵲醉蓬萊
山谷南歌子 筠溪滿庭芳

豪俊氣如虹閒裏工夫無中妙用
道人心似海天然雅致物外高情
淮海望海潮 盧靖滿庭芳
嬾窟菩薩蠻 樵歌柳梢青

輕寒浴佛天幾處松篁一笻煙雨
已作飛仙客十年湖海千里雲山
東坡南歌子 松隱沁園春
稼軒念奴嬌 相山鳳簫吟

江南春與長波蕩蘭觴鄰分杏酪
西湖秋好處閒尋桂子試聽菱歌
樂齋阮郎歸 玉田慶春宮
晦庵菩薩蠻 樵歌蘇武慢

想見洛陽春舞暗香茵歌闌團扇
說與西湖客重携翠袖來拾花鈿
須溪虞美人 若洲踏莎行
稼軒水調歌頭 芳華木蘭花慢

笑我往來忙短櫂桃溪瘦藤蘭徑
憶君清夢熟半牀花影一枕松風
稼軒水調歌頭 蓮社踏莎行
稼軒歸朝歡 樵歌訴衷情

簫鼓入西泠小艇紅妝疏簾青蓋
溪山繞尊酒月邊玉局花底金船
篔房浪淘沙 宗卿夜行船
東堂八節長歡 鄮峰水龍吟

閒蕩木蘭舟三島煙霞十洲風月
應是梅花發數枝驛路千樹江村
小山生查子 鄮峰夜合花
稼軒念奴嬌 日湖柳梢青

籠月照梨花碧玉雲深彤綃霧薄
薰香開畫閣翠濤杯滿金縷歌清
六一越溪春 敏軒慶清朝
南澗臨江仙 履齋朝中措

占盡五湖秋露脚飛涼山眉鎖暝
駕此一輪玉晴峰湧日冷石生雲
信齋水調歌頭 寄閒壺中天
山谷念奴嬌 玉田甘州

山曉鷓鴣啼雨洗紅塵雲迷翠麓
波暖鳧鷖作江橫素練月在青霄
樵歌卜算子 東隱鎖窗寒
片玉一寸金 翠巖沁園春

秋色滿蟾宮花徑橫煙竹扉映月
笑語如鶯燕鐙樓倚扇水院移船
適齋水調歌頭 搴玉箇儂
東坡蝶戀花 篔房木蘭花慢

要把蟹螯杯詩裏香山花前康節
才高鸚鵡賦老來何遜少日盧郎
稼軒水調歌頭 鶴山醉蓬萊
東堂八節長歡 蒙泉夜飛鵲

說似玉林人千尋翠嶺一枝芳豔
曾入揚州詠二分明月十里春風
散花重疊金 武夷少年游
稼軒念奴嬌 虛齋揚州慢

酒面粉酥融江梅標韻海棠顏色
垂肩金縷窄楊花小扇青杏單衣
東堂生查子 友古憶秦娥
稼軒臨江仙 西村二郎神

先自爲詩忙醉索鑾牋狂吟象管
又作尋芳去爭飛金勒齊駐香車
吉父菩薩蠻 飄然蹋莎行
書舟生查子 放翁柳梢青

留春蝴蜨情花市無塵朱門如繡
采綠鴛鴦浦蓮香拂面竹色侵衣
盟鷗醉桃源　東堂蹋莎行
草窗采綠吟　篔溪沁園春

天際識歸舟萬里風煙一溪霜月
嵐翠横尊俎半軒微雨千朶奇峰
淮海望海潮　稼軒念奴嬌
相山千秋歲　順庵大聖樂

修竹翠蘿寒芳草春深佳人日暮
紫陌香塵少催花雨小著柳風柔
稼軒卜算子　稼軒沁園春
小山清平樂　小山泛清波摘遍

水清梅影疏映竹幽妍臨池娟靚
日薄花房綻裁詩未穩得酒良佳
蕭遠醉桃源　東堂蹋莎行
東坡南歌子　稼軒玉胡蜨

玉立照新妝蘭佩空芳蛾眉誰妬
鈿箏尋舊曲歌鬟醉擁馬帽斜欹
草窗綠蓋舞風輕　稼軒水龍吟
東山菩薩蠻　山谷滿庭芳

一葉泝西來江際吳邊山侵楚角
四海今誰似文友離騷詩發秦州
白石水調歌頭　東山芳洲泊
海璚永遇樂　稼軒雨中花慢

縱棹越溪船輕颸弄袂澄瀾拍岸
且醉吳淞月殘寒迷浦小雨分江
渭川南鄉子　安陸傾杯
南澗水調歌頭　草窗高陽臺

鶯語軟於綿綠徑穿花紅樓壓水
鵲尾煙頻炷酒香醺臉粉色生春
眉齋訴衷情　小山蹋莎行
籥臺念奴嬌　安陸行香子

樓閣淡春姿愛日騰波朝霞入戶
河漢湛秋碧輕風颭柳宿雨滋蘭
片玉少年游　東堂少年游
雪山水調歌頭　竹洲滿庭芳

庭院舊風流翠桁香濃瑣窗紗薄
櫻筍新蔬果綠階露滿碧樹陰圓
小山少年游　信齋柳梢青
片玉浣溪沙慢　東堂蹋莎行

秋碧瀉晴灣行到水窮坐看雲起
香冷入瑤席舞餘花顫歌罷風生
竹山唐多令　方壺沁園春
白石暗香　信齋念奴嬌

雙頰酒紅滋江梅標韻海棠顏色
一曲珠歌轉榴花美味桃葉新聲
淮海一叢花　友古憶秦娥
野雲點絳脣　公是蹋莎行

清添石鼎泉曲塢煎茶小窗眠月
卷皺銀塘水輕橈占岸疊鼓收聲
南湖南歌子　日湖鶯啼序
東坡哨遍　草窗減字木蘭花慢

千家綺陌春游笑聲轉新年鶯語
數筆橫塘秋意記前回未綠鴛波
晦庵西江月　夢窗祝英臺近
玉田湘月　澹翁瑞鶴仙

一時笑語烘春況坐上玉麟金馬
雲觀登臨清夏偏健羨紫蜨黃蜂
相山滿庭芳　山谷憶帝京
東山水調歌頭　東山于飛樂

畫樓紅濕斜陽簾影動鵲鑪香細
一痕黃抹秋霽煙岫翠龜甲屏開
處靜水龍吟　珠玉殢人嬌
靜得念奴嬌　屯田玉胡蜨

半篙新綠橫舟銀塘靜魚鱗簟展
一霎飛雲過雨柳陰趁驕馬蹄輕
相山西江月　屯田玉胡蝶
前溪清平樂　雲洞多麗

煙著柳雪藏梅都付與逋仙吟筆
露催蓮風轉蕙可怪底屈子離騷
珠玉更漏子　屐齋暗香
珠玉喜遷鶯　屐齋暗香

雲正出鳥倦飛又暮雨遙峰凝碧
人立玉天如水望前山夕照冷紅
稼軒水調歌頭　羣玉箇儂
龍川彩鳳飛　雲洞戀繡衾

尊似海筆如神縱真草鳳牋都徧
月浮盃山照坐拂香篆虬尾斜橫
稼軒鷓鴣天　東澤杏梁燕
筠溪水調歌頭　東堂滿庭芳

夜深簧暖笙清趁月底重修簫譜
終朝霧吟風舞想花陰誰繫蘭舟
片玉慶春宮　東澤月底修簫譜
屯田黃鶯兒　淮海長相思

笛聲誰奏伊涼笙歌散風簾月幕
山氣靜分餘靄雲溪上竹塢松窗
茗溪臨江仙　宛丘滿庭芳
澗泉朝中措　東坡滿庭芳

樓前荔子吹花弄珠英因風委墜
席上芙蓉侍暖停杯久涼月漸生
放翁烏夜啼　東山驀山溪
東堂西江月　草窗采綠吟

重陽又屬騷人趁西風且登黃鶴
仙桂一枝入手負東籬還賦小山
鶴山臨江仙　可齋摸魚兒
稼軒瑞鶴仙　草窗聲聲慢

榴花滿酌觥船倚熏風畫闌亭午
松濤深處橫笛凝涼雲應爲歌留
珠玉長生樂　直庵摸魚兒
洺水念奴嬌　草窗聲聲慢

夕陽休喚歸鞍度春風滿城簫鼓
月痕依舊庭院弄秋聲金井梧桐
好庵西江月　梅川水龍吟
小山碧牡丹　草窗南樓令

高年同在尊前引宮商細賡郢唱
醉鄉知有仙路笑紅塵誰是羲皇
南陽西江月　可齋八聲甘州
貧房壺中天　日湖風入松

吹花醉繞江梅且嚼蕊細開春甕
坐來聲歎霜竹把餘情付與秋蛩
蕭遠西江月　草堂徵招
山谷念奴嬌　玉田瑞鶴仙

此際海燕偏饒小池映青山一曲
吹笛魚龍盡出宴華堂綠水中心
屯田黃鶯兒　信齋滿江紅
放翁風入松　演山夏初臨

靜梅香底同斟知誰伴名園露飲
芳意枝頭偏鬧命花王傾國風流
夢窗木蘭花慢　片玉瑞龍吟
書舟謁金門　東山馬家春慢

尋驛使寄芳容有梅梢一枝春信
蕩塵襟寫名醥送秋來雙檜寒陰
稼軒鷓鴣天　片玉驀山溪
千里倒犯　東堂于飛樂

付與誰半痕秋指庭前翠雲金雨
寧作我一杯酒向春闌綠醒紅酣
夢窗江城子　從橐陂塘柳
稼軒賀新郎　稼軒行香子

爲問幾日新晴便獨自將春占郤
欲寫相思寄與有何人念我無聊
稼軒念奴嬌　東堂鵲橋仙
竹洲滿庭芳　片玉尉遲杯

愛吟人在孤山長是與江梅有約
髣髴雲飛仙掌空自想楊柳風流
日湖百字令　觀過滿江紅
智閒西江月　草窗一枝春

桃源落日西斜快滿眼松篁千畝
船逐清波東注有雲山煙水萬重
山谷西江月　稼軒賀新郎
美奴如夢令　放翁戀繡衾

吟邊自負風流記當時長編筆硯
坐上平章花月深院落初馥鑪熏
散花木蘭花慢　稼軒歸朝歡
澗泉水調歌頭　東堂滿庭芳

雲間鸞鳳精神更何人齊飛霄漢
柳畔鴛鴦作伴甚此身徧滿江湖
雲月木蘭花慢　放翁驀山溪
東堂西江月　稼軒漢宮春

天寒野嶼空廊深隱映風標漚鷺
何日輕舠蓑笠莫因循忘却尊鱸
草窗柳梢青　東山花心動
坦庵風入松　稼軒漢宮春

歸來散髮婆娑林下中年教素尙
多少關心情緒句裏春風正剪裁
石林臨江仙　丹陽木蘭花
惜香念奴嬌　稼軒鷓鴣天

醉來盧籟千林葛巾曉掛松間月
吸此清輝萬丈影兒守定竹旁廂
盧川念奴嬌　灊窟滿江紅
惜香水調歌頭　稼軒最高樓

可堪三月風光賸向青山餐秀色
都把一襟芳思漫題紅葉有新詩
書舟祝英臺近　稼軒臨江仙
白石琵琶仙　友古浣溪沙

賞心樂事良辰賸接山中詩酒部
明月清風此夜點檢田間快活人
稼軒新荷葉　玉樓春
稼軒水調歌頭　卜算子

幾曾風韻忘懷笑許君攜半山去
屈指人間得意猶欠封侯萬里哉
稼軒臨江仙　洞仙歌
稼軒滿庭芳　沁園春

依然詩酒功名切與平章珠玉價
細參今古人物未應全是雪霜姿
稼軒破陣子　江神子
稼軒念奴嬌　江神子

尊酒一笑相逢試與扶頭渾未醒
富貴何時休問倦游回首且加餐
稼軒念奴嬌　定風波
稼軒水調歌頭　江神子

從今更數千鍾石龍舞罷松風曉
倩君添做三友冷蝶飛輕菊半開
稼軒朝中措　蝶戀花
稼軒念奴嬌　瑞鷓鴣

小園曲徑疏籬動搖意態雖多竹
袖手高山流水未辨求封遇萬松
稼軒新荷葉　鷓鴣天
稼軒滿庭芳　瑞鷓鴣

倩誰伴舞婆娑此身已覺渾無事
與客攜壺且醉大家著意記新詞
稼軒破陣子　鷓鴣天
稼軒木蘭花慢　鵲橋仙

却招花共商量一枝風露清涼足
迴然天與奇絕四更霜月太寒生
稼軒臨江仙 蹋莎行
稼軒念奴嬌 臨江仙

相君高節崔嵬門前有客休迎肅
此地居然形勝溪聲遶屋幾周遭
稼軒沁園春 滿江紅
稼軒清平樂 鷓鴣天

高情想像當時蓮社豈堪談昨夢
妙歌爭唱新闋梅花也解寄相思
稼軒新荷葉 滿江紅
稼軒念奴嬌 定風波

任他鷓鴣芳菲倦客不知身遠近
聞道尊罏正美主人長得醉工夫
稼軒新荷葉 滿江紅
稼軒水調歌頭 鷓鴣天

此山正繞東籬西風黃菊香歕薄
請翁同醉今夕晚日青帘酒易賒
稼軒新荷葉 蘭陵王
稼軒念奴嬌 鷓鴣天

祇應花底春多睡雨海棠猶倚醉
誰見月中人瘦卷簾芳桂散餘香
夢窗絳都春 稼軒滿江紅
夢窗西江月 稼軒臨江仙

冷煙疏雨深秋園林漸覺清陰密
何日輕舠蓑笠水天溶漾畫橈遲
夢窗朝中措 稼軒滿江紅
坦庵風入松 安陸畫堂春

松半嶺竹當門費盡銀鈎榜佳處
酒吹瀾春入戶慢搖紈扇訴花牋
介庵訴衷情 稼軒洞仙歌
竹坡鷓鴣天 片玉鶴冲天

應笑楚客才高九畹芳菲蘭佩好
擊節詞人妙句一川平遠畫圖中
散花酹江月 稼軒蝶戀花
惜香水調歌頭 竹洲浣溪沙

更來玉界乘風天宇修眉浮新綠
時放清杯泛水荷花落日照酣紅
梅溪西江月 稼軒賀新郎
夢窗燭影搖紅 竹洲西江月

攜手處又相逢壺觴昔歲同歌笑
驚人句天外得翰墨諸公久擅場
龍洲鷓鴣天 安陸虞美人
嬾窟滿江紅 稼軒思佳客

溪雨急岸花狂脈脈石泉逗山脚
暖風吹晴日照重重煙樹出層樓
夢窗夜合花 稼軒蘭陵王
竹山最高樓 竹洲浣溪沙

空餘豪氣崢嶸白髮蒼顏吾老矣
雅有騷人伴侶碧梧翠竹記曾游
石屏沁園春 稼軒江神子
逃禪雨中花慢 竹洲浣溪沙

曉霞紅處啼鴉惜春長怕花開早
樓外碧天無際卷簾還喜月相親
夢窗祝英臺近 稼軒摸魚兒
惜香朝中措 安陸玉聯環

無言對立斜暉濩落我材何所用
穩唱巧翻新曲要教人意勝於春
夢窗西平樂慢 稼軒滿江紅
惜香西江月 安陸定風波令

十分點綴殘秋人意共憐花月滿
一醉何妨今夕小鑪鄰近酒杯寬
夢窗聲聲慢 安陸木蘭花
西樵念奴嬌 片玉浣溪沙

平湖曉翠峰孤喚渡小舟來岸北
清歌女紅袖舞內家妝束出江南
安陸醉垂鞭　坦庵謁金門
安陸天仙子　坦庵鷓鴣天

無情慢攪秋心蟋蟀牀頭調夜曲
醞造可人春色亂鴉聲裏又斜陽
夢窗聲聲慢　片玉南鄉子
金谷好事近　坦庵鷓鴣天

清容花草吹香歸歟幸有園林勝
玉骨西風添瘦近來堪入畫圖看
竹齋清平樂　坦庵鷓鴣天
夢窗好事近　稼軒木蘭花慢

人靜夜久憑闌琢月吟風無限句
花豔雲陰籠晝提壺沽酒已多時
片玉過秦樓　坦庵酹江月
夢窗探芳新　稼軒玉樓春

多少豔景關心一餉春情無處覓
分外清光潑眼只今明月費招邀
千里過秦樓　書舟謁金門
姑溪滿庭芳　稼軒鷓鴣天

鏡開千靨春霞紅蓮相倚渾如醉
佳處一年秋晚翠塢籠香徑自深
夢窗西江月　稼軒鷓鴣天
梅溪齊天樂　書舟瑞鷓鴣

祇應自惜高標萬卷何言達時用
贏得尊前沉醉一杯重勸莫相違
逃禪柳梢青　稼軒賀新郎
海野朝中措　書舟一剪梅

更須補竹添松一任盧郎愁裏老
且自訪梅踏雪若使逋仙及見之
後村臨江仙　片玉玉樓春
稼軒永遇樂　白石卜算子

霞袖舉杯深注悠然消得因花醉
珮聲閒玉垂環惆悵歸來有月知
片玉蕙山溪　坦庵蝶戀花
稼軒江神子　白石鷓鴣天
山遠近路橫斜夜來小雨催新碧
溪南北雲朝夕天末殘霞卷暮紅
稼軒鷓鴣天　石林滿江紅
稼軒滿江紅　石林鷓鴣天
飄然到處遲留愁與西風應有約
宜伴先生醉臥夢覺南柯日未斜
石林臨江仙　梅溪臨江仙
惜香水龍吟　稼軒鷓鴣天
晚風初到南池化作嬌鶯飛歸去
短櫂擬攜西子未忘靈鷲舊因緣
惜香滿庭芳　竹山賀新郎
後村水調歌頭　梅溪西江月

猶聞憑袖香留獨倚闌干閒自戲
別有詩腸鼓吹指點芳尊特地開
夢窗聲聲慢　西樵蝶戀花
惜香水龍吟　稼軒鷓鴣天
詞韻窄酒杯長彈壓煙光三萬頃
繚牆深叢竹繞細數溪邊第幾家
夢窗夜合花　西樵賀新郎
片玉早梅芳近　稼軒鷓鴣天
連娟十樣宮眉暖意温存無恙語
齊勸一杯春釀淺斟低唱好家風
稼軒滿庭芳　惜香浣溪沙
稼軒鵲橋仙　惜香浣谿紗
一般曉月秋聲紅塵不到華堂裏
滿座燭光花豔白頭陪奉少年場
龍川清平樂　惜香眼兒媚
盧川水調歌頭　稼軒臨江仙

澹雲籠月微黃歸來已蹋梅花浪
春山對樓自綠盡把情爲柳絮風
夢窗水龍吟　書舟鳳棲梧
白石漢宮春　惜香鷓鴣天

日痕更欲春長鶯擲金梭飛不透
池光靜橫秋影鷺翹沙嘴亦多情
安陸河滿子　片玉蝶戀花
片玉六么令　惜香浣溪沙

更欣有酒盈尊好把芳心收拾取
分種寒花舊盎曾記幽人著意栽
石林念奴嬌　惜香念奴嬌
夢窗八聲甘州　石林南鄉子

九仙閣上扶頭簾外飛來雙語燕
五畝園中秀野杏花深處一聲鳩
稼軒西江月　惜香浪淘沙
稼軒水調歌頭　惜香阮郎歸

常記月底風前蓄意新詞輕緩唱
且恁醉來醒去莫辭尊酒重攜持
審齋念奴嬌　惜香臨江仙
聖求好事近　石林虞美人

莫教華髮空催老來風味難依舊
漫記清尊頻倒醉鄉日月得能長
稼軒西江月　片玉蝶戀花
書舟孤雁兒　惜香臨江仙

綠浮可意邀船欲知湖上春多少
香淡無心浸酒但看樓前柳淺深
惜香臨江仙　夢窗思嘉客

西風勝似春柔何人解識秋堪美
古簾空墜月皎憑闌凝竚酒初醒
夢窗聲聲慢　石林鷓鴣天
白石秋宵吟　哄堂西江月

倩誰伴舞婆娑綵扇何時翻翠袖
與客携壺且醉小帘沽酒看梅花
稼軒破陣子　夢窗青玉案
稼軒木蘭花慢　夢窗西江月

怎得身似莊周空堂夢覺題秋水
落筆君如王勃行人無語看春山
稼軒念奴嬌　稼軒哨遍
笑笑西江月　夢窗燕歸梁

與君躡月尋花心事孤山春夢在
準擬幕天席地風光小院酒尊同
東堂清平樂　夢窗極相思
屯田金蕉葉　惜香虞美人

依稀風韻生秋月滿西樓憑闌處
旖旎仙花解語春到蓬壺特地晴
淮海望海潮　惜香賀新郎
小山臨江仙　稼軒定風波

千林嫩綠迷空竹深不放斜陽入
一架舞紅都變菊殘猶有傲霜枝
守齋八六子　夢窗齊天樂
片玉過秦樓　石林鷓鴣天

連宵戀醉瑤叢杯面寒香蜂共泛
花氣半侵雲閣一簾芳景燕同吟
草窗露華　夢窗滿江紅
草窗西江月　夢窗思嘉客

閒情小院沉吟一句新詩思無限
點檢春風歡計三杯村酒醉如泥
雪舟水龍吟　琴趣洞仙歌
聖求水調歌頭　于湖西江月

梨花院落昏黃鳥倦飛還平林去
柳色野塘幽興蟬聲空曳別枝長
蒙泉西江月　稼軒賀新郎
夢弦朝中措　夢窗風入松

未應閒了芳情招得花奴來尊俎
醞造可人春色誰携歌舞到園亭
玉田慶春宮　夢窗絳都春
金谷好事近　稼軒定風波

仙家闌檻長春天乞一堂山對繞
雪晴池館如畫冷浮虹氣海空明
坦庵朝中措　惜香青玉案
竹山女冠子　夢窗醜奴兒慢

洞房香露正深芭蕉葉映紗窗翠
秋淨明霞乍吐玉鈎簾外曉峰青
草窗戀繡衾　惜香蝶戀花
于湖雨中花慢　夢窗醜奴兒慢

滿身花影人扶醉歸深院重歌舞
一枕涼生如許夢和新月未圓時
幼霞八六子　竹山花心動
白石念奴嬌　夢窗虞美人

一時才氣超然歸去江山應得助
幾度煙波共酌起來宿酒尙酡顏
放翁漢宮春　惜香夜行船
竹屋西江月　惜香浣溪沙

數枝約岸欹紅秋水芙蓉聊蕩槳
四面煙鬟繞翠春風吳柳幾番黃
方舟西江月　惜香臨江仙
綺川西江月　夢窗風入松

夜涼跨鶴吹笙分明仙曲雲中響
過盡曉鶯啼處莫孀春光花下游
草窗清平樂　安陸醉落魄
小山清平樂　稼軒鷓鴣天

溪頭桃杏舒紅風送流花時過岸
柳外池塘徧綠夢回春草日初長
潤泉西江月　夢窗滿江紅
相山滿庭芳　夢窗望江南

大家沉醉花間更持杯酒殷勤勸
高臺平與雲倚有約湖山却解襟
聖求木蘭花慢　惜香感皇恩
隆吉摸魚兒　竹屋思佳客

此情沒箇人知錦書誰寄相思語
素意幽棲物外黃花尚可伴孤斟
東堂清平樂　稼軒菩薩蠻
放翁烏夜啼　竹屋思佳客

煙中數筆青山閒上西樓供遠望
香蕩幾灣紅玉却向湖邊看晚陰
章華西江月　惜香蝶戀花
秋崖惜紅衣　竹屋思佳客

有時藜杖閒行江上青山隨意覓
更向花邊長笑老夫白首尚兒嬉
可齋西江月　書舟漁家傲
竹齋水調歌頭　後村念奴嬌

心隨垂柳頻搖春風無路通深意
比著梅花誰瘦時人那解惜孤芳
孄翁西江月　安陸踏莎行
東澤比梅　惜香浣溪沙

歸來華髮蒼顏負郭田園能有幾
垂老雲耕月釣畫餅聲名肯浪求
稼軒清平樂　惜香賀新郎
臞軒賀新郎　金谷鷓鴣天

老來曾識淵明不肯折腰營口腹
我亦三生杜牧儘教陶寫繡心腸
稼軒水龍吟　散花賀新郎
三溪賀新郎　書舟上平曲

丁寧莫遣人知朝市不聞心耳靜
此篇聊當賓戲文章傳口齒牙清
淮海望海潮　竹屋鳳棲梧
稼軒念奴嬌　安陸定風波

扁舟兩岸垂楊春浦漸生迎棹綠
樓外一江煙雨晴波不動晚山青
冠柳臨江仙　白石浣溪沙
東山憶仙姿　散花鷓鴣天

流鶯百囀林端錦雲直下花成屋
雙燕又窺簾幕斜陽恰照竹間亭
放翁烏夜啼　夢窗秋霽
竹山喜遷鶯　散花鷓鴣天

獸鑪輕歕沉煙篆香終日縈蘭炷
翠袖風回畫扇小板齊聲唱石州
閑齋綠頭鴨　書舟菩薩蠻
東堂滿庭芳　蘆川豆葉黃

明年春色重來費得羅牋詩幾首
今歲花時深院占斷雕闌只一株
東堂清平樂　千里木蘭花
東坡雨中花　稼軒鷓鴣天

隨分綠酒黃花俗子底量吾輩事
佳興秋英春草主人只是舊情懷
適齋念奴嬌　後村滿江紅
草窗風入松　稼軒西江月

風流不在人知大都眼孔新來淺
幽事欲論誰共舊日心期未易招
雲龕漢宮春　龍川鷓鴣天
稼軒水調歌頭　書舟一剪梅

連宵戀醉瑤叢春色惱人濃抵酒
唱我新歌白雪花間妙語欲無詩
草窗露華　千里蝶戀花
樵歌如夢令　龍川阮郎歸

小園隨意芳菲由來好處輸閒地
清興有誰知否何似幽居獨樂時
稼軒新荷葉　姑溪鷓鴣天
惜香謁金門　了齋減字木蘭花

前村酒美重斟愛客東君多解事
我輩情鍾休問說向時人總不知
稼軒西江月　惜香浣溪沙
稼軒水調歌頭　惜香鷓鴣天

風絃盡入吟篇有時獨自撚髯笑
雲觀登臨清夏受盡無人知處涼
篔房木蘭花慢　蘆川蝶戀花
東山水調歌頭　姑溪鷓鴣天

紅樓桂酒新開取次杯盤催酩酊
玉甲銀箏照座從來我客盡風流
小山清平樂　姑溪蝶戀花
山谷更漏子　石林臨江仙

從今更數千鍾尊前正好閒風月
與君同醉浮玉酒中聊復比乾坤
稼軒朝中措　壽域虞美人
放翁念奴嬌　姑溪浣溪沙

桃溪嫩綠蒙茸時有漁歌相應和
花徑啼紅滿袖誰家庭院更芳菲
鄮峰教池回　壽域鳳棲梧
夢窗如夢令　書舟南歌子

鳳樓深處吹簫肯與劉郎仙去否
翠袖風回畫扇漫引蕭娘舞一迴
屯田合歡帶　初寮蝶戀花
東堂滿庭芳　壽域醜奴兒

解嘲試倩楊雄勤苦著書妨作樂
乘興最宜訪戴偶來相值却鍾情
稼軒臨江仙　後山南鄉子
屯田望遠行　書舟南歌子

珠簾十里春風妙舞清歌擁前後
紅豆一枝秋思細看頻嗅獨消魂
淮海望海潮　稼軒感皇恩
東窗如夢令　竹洲浣溪沙

十分竹瘦松堅點染園林添況味
曾憶花柔酒軟好整笙歌結勝遊
稼軒清平樂　金谷玉樓春
天游氏州第一　友古減字木蘭花

却尋詩酒功名倫閒定向山中老
莫説弓刀事業看取瀟然林下風
稼軒臨江仙　瑞鷓鴣
稼軒破陣子　鷓鴣天

小園隨意芳菲何日成陰松種滿
閒處直須行樂却愛微風草動搖
稼軒新荷葉　玉樓春
稼軒水調歌頭　鷓鴣天

溪月嶺雲蘋汀蓼岸總是思量處
楊柳津頭梨花牆外心事兩人知
東堂雨中花
白石少年游

幾番時事重論誰與老兵供一笑
只爲賦情不淺手把奇文誦數通
夢窗水龍吟　稼軒念奴嬌
梅溪風流子　子壽減字木蘭花

何如細蕊堪餐更把香來薰了月
依約青帘遙指有沽酒處便爲家
草窗聲聲慢　稼軒滿江紅
可齋水龍吟　放翁好事近

横枝有意先開却教影去斜侵竹
凭檻清歌幾曲更將繡幕密遮花
盤洲清平樂　稼軒滿江紅
友古水調歌頭　東堂虞美人

晚雲和雁低花撲鞭梢風吹衫袖
長江飛鳥外水涵山影天接波光
小山菩薩蠻　片玉滿庭芳
頤堂水調歌頭　坦庵柳梢青

香風搖蕩冶態輕盈畫得宮眉巧
雪裏温柔水邊明秀波同醉眼流

海野滿庭芳　小山蝶戀花
稼軒念奴嬌　東堂南歌子

不辭醉臉潮紅一縷水沉香散後
別有詩腸鼓吹半甌新茗味回時

友古清平樂　坦庵浣溪沙
惜香水龍吟　坦庵浣溪沙

晴暉稱拂吟牋自與詩家成一種
此夜刮明塵眼更要梅花看幾枝

夢窗霜花腴　稼軒念奴嬌
夢敔水調歌頭　書舟破陣子

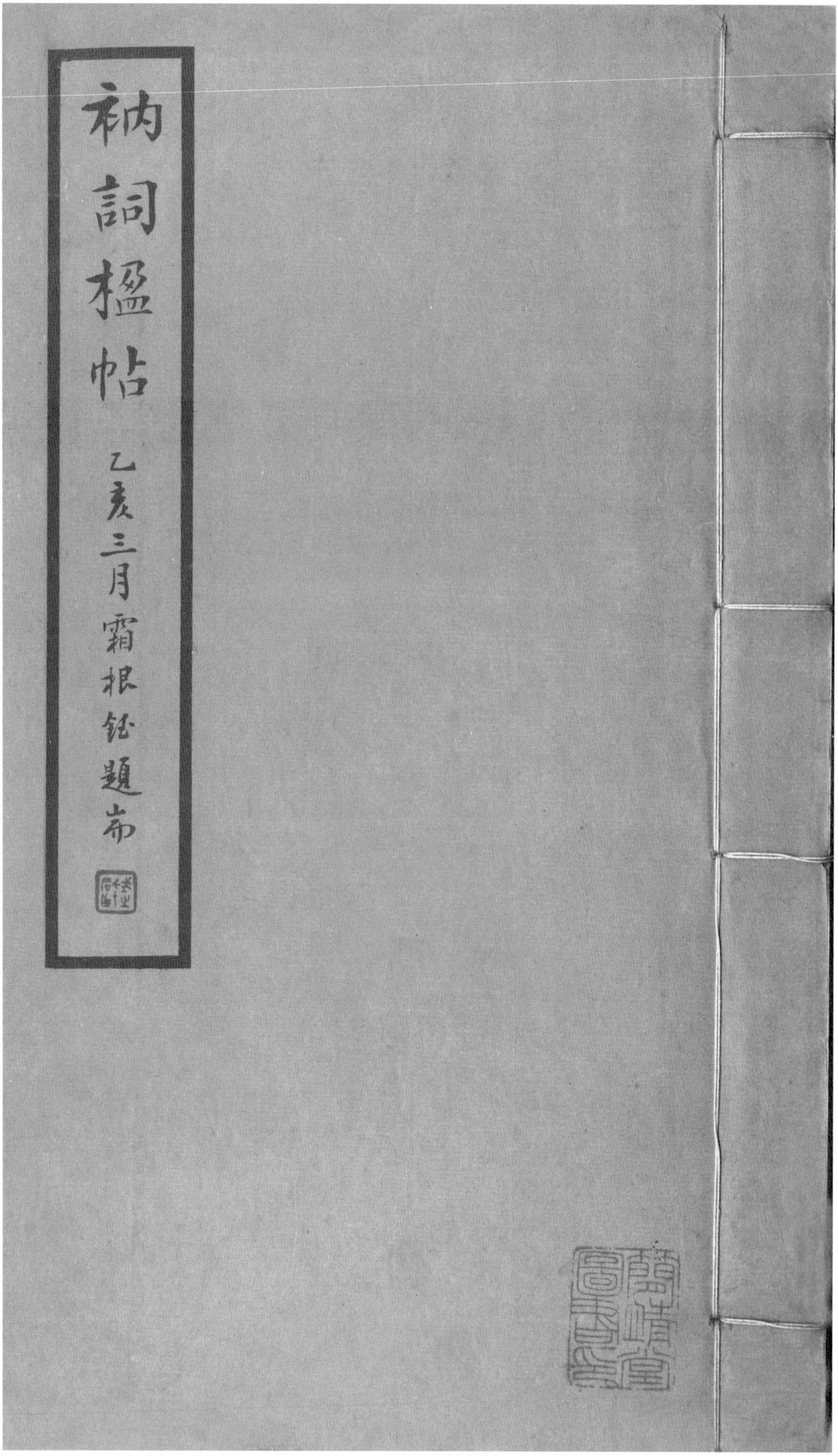
衲詞楹帖
乙亥三月霜根鈺題耑

衲詞楹帖卷三

十二字

杭邵銳茗生集

杖履曉霜濃滿襟秋思付詩卷
簾幙卷花影一段春嬌入畫屏
稼軒水調歌頭　日湖齊天樂
安陸歸朝歡　日湖思佳客

來趁北窗涼脫襌修篁初散綠
共醉西風酒繞籬新菊已催黃
筠溪鶴冲天　樵歌浣溪沙
虛齋龍山會　石林浣溪沙

香雪弄春妍瀟灑江梅爭欲吐
風露浸秋色不知陶菊總開無
晦庵好事近　哄堂蜨戀花
鶴山水調歌頭　東堂玉樓春

春衫醉舞風馬蹄只向南山去
秋宇淨如水雁聲能到畫樓中
龍川南歌子　竹屋風入松
存齋水調歌頭　學舟西江月

秋菊更餐英嫩黃染就金絲軟
夏果收新脆飛香直到玉杯深
稼軒水調歌頭　惜香點絳脣
片玉隔浦蓮近拍　蓮社西江月

詩酒趁年華三徑不成陶令隱
風月無盡藏一秋香滿玉川家
東坡望江南　西樵滿江紅
宏正水調歌頭　南湖浣溪沙

獨釣綠蓑翁瀲灩湖光供一笑
好補青蘿屋小爲蓬壺借百年
周士水調歌頭　石林臨江仙
棲霞水調歌頭　須溪沁園春

玉宇洗秋晴夜深月影窗櫺白
碧浪搖春渚晚來風定釣絲閒
得全浪淘沙　書舟滿江紅
清江賀新郎　樵歌好事近

共醉十分杯酒尊時事都相惱
賸買五湖月綸竿蓑笠是生涯
雪巖水調歌頭　書舟鳳棲梧
南澗水調歌頭　仲車漁父樂

梅萼伴清修又是一年春意早
桂樹飛瓊屑人在三秋爽氣間
可齋水調歌頭　書舟木蘭花
履齋霜天曉角　子發鷓鴣天

鑪煙裊翠絲一縷水沉香散後
晚風生碧樹千山月落影縱橫
山民南歌子　坦庵浣溪沙
處度謁金門　默齋赤棗子

乘興狎沙鷗試問扁舟在何許
御風跨皓鶴時有飛仙暗往還
矩山水調歌頭　信齋洞仙歌
袁綯傳言玉女　樵歌鷓鴣天

幽花露淺紅坐臨煙雨簾旌潤
嫩竹舒新綠倚徧春風翠袖寒
綺川南歌子　東堂點絳脣
相山南歌子　樵歌減字木蘭花

花萼醉春風玉巵細酌流霞濕
林梢挂弦月瑤池倒影露華濃
鄮峰滿庭芳　東堂菩薩蠻
省齋水調歌頭　筠溪念奴嬌

鼛鼓沸春風瀰錦江邊花滿地
珠簾卷香月碧紗窗外水挼藍
東山訴衷情　東堂破子
西村祝英臺近　樂齋小重山

春在畫橋西鞸鞭笑向南枝說
秋老寒香圃對菊誰空北海觴
中山浪淘沙　放翁滿江紅
須溪金縷曲　綺川鷓鴣天

洗出碧羅天多情誰似南山月
且醉金杯酒一尊已詠北窗風
東坡哨遍　放翁秋波媚
小山生查子　赤城虞美人

對堤柳愁煙鶯聲無賴催春去
拂菱花如水燕子歸來依舊忙
屯田臨江仙　放翁桃園憶故人
安陸師師令　任伯憶君王

瓊柱撥清絃水調聲長歌未了
翠屏圍畫錦海沉時許試芬芳
珠玉拂霓裳　小山蝶戀花
草窗瑞鶴仙　智聞西江月

孤舟月滿篷笑豔秋蓮生綠浦
齊歌雲繞扇縹緲霓裳飛碧空
東山菩薩蠻　小山蝶戀花
山谷千秋歲　裕齋桂殿秋

醉墨戲翻鴉自與詩翁磨凍硯
秋色淡歸鷺羨他漁艇繫澄灣
鶴皐渡江雲　稼軒念奴嬌
盟鷗摸魚兒　遠堂西江月

從此玉臺前妝鏡巧眉偷葉樣
莫惜金尊側畫簾斜日看花飛
書舟菩薩蠻　小山浣溪沙
竹洲念奴嬌　草窗浣溪沙

只許賞心同花前獨占春風早
暫爲清歌駐酒邊猶發少年狂
頤堂水調歌頭　小山采桑子
淮海南歌子　澗泉浣溪沙
裙色草初青盡有狂情鬥春早
湖上山橫翠可人風物是秋深
子畊浪淘沙　小山泛清波摘遍
浮溪點絳脣　宗卿水調歌頭
扁舟下五湖夢回明月生春浦
寒雲飛萬里夜深河漢冷秋容
東坡菩薩蠻　夏陽蝶戀花
西里八聲甘州　晦庵臨江仙
金蕊正風流天然嫩態迎秋早
錦帳如雲處只應笑語作春温
小山武陵春　珠玉菩薩蠻
稼軒一絡索　宗卿浣溪沙

猶是洛陽春翠苑紅芳晴滿目
生長吳山曲溪松徑竹素知心
介庵琴調相思引　六一蝶戀花
風雅賀新涼　日湖花犯
大勝永和春茂林修竹山陰路
滿酌蓬萊酒雨荷風蓼夕陽天
丹陽臨江仙　草窗滿江紅
盧齋賀新郎　東山減字浣溪沙
山圍晚照紅柔藍一水縈花草
雨後煙景綠臥虹千尺界湖光
松隱菩薩蠻　臨川漁家傲
張顔水調歌頭　東澤一絲風
石亭春滿枝雪消新洗寒林碧
煙水秋平岸雨餘時候夕陽紅
後湖菩薩蠻　竹友菩薩蠻
淮海虞美人　元功臨江仙

水面綠紋肥更隔秦淮聞舊曲
壑底松風靜如到瀛洲聽海濤
月境滿庭芳　畫墁江神子
夢窗卜算子　翠巖沁園春

雙槳碧雲東浮紅漲綠魚文起
六橋春浪暖掠水迎風燕羽輕
春卿滿庭芳　東山蹋莎行
草窗減字木蘭花慢　晦叔南鄉子

三唱和秋風愛我竹窗新句鍊
暢飲長春酒勸人金盞緩聲歌
苕溪臨江仙　東山鳳棲梧
本堂卜算子　得全浣溪沙

靜對北山雲芭蕉襯雨秋聲動
夜泛南溪月芙蓉香細水風涼
海瓊水調歌頭　東山菩薩蠻
丹陽水調歌頭　樵歌望江南

詞句滿秋風清尊不負黃花約
綠野盡春色曉寒高護彩雲輕
之翰水調歌頭　東山芳洲泊
盤洲好事近　夢窗浣溪沙

清唱和鳴鷗曲裏春山情未淺
彩艦駕飛鷁獨倚秋江畫不如
信齋水調歌頭　相山浣溪沙
宗卿水調歌頭　篔窗鷓鴣天

溪水碧涵空囘橈早趁桃源路
芳草青如染多情爭似桂江春
相山菩薩蠻　樵歌蹋莎行
屯田安公子　石湖鷓鴣天

新雨洗花塵海棠軒檻紅相亞
斜日明汀渚槐柳春餘綠漲天
草窗好事近　元質倦尋芳
野雲小桃紅　聊復浣溪沙

修竹蔭流觴萬立琅玕爭勸酒
落絮縈香砌數行新柳自啼鴉
盤洲生查子　履齋漁家傲
赤城虞美人　須溪浣溪沙

羅幕曉寒添畫屏不動香猊吐
紫陌尋春去繡鞍初上馬蹄輕
東堂少年游　本堂燭影搖紅
東坡南歌子　子秀踏莎行

我本歲寒姿心盟更許青松結
客行花徑曲眼前都是翠雲堆
彬甫水調歌頭　日湖三犯渡江雲
夢窗千秋歲　公謹水調歌頭

茗盌送飛翰詩牌時有清風入
柳浪迷煙渚酒旗高插夕陽邊
鶴山水調歌頭　可齋滿江紅
後湖謁金門　聊復浣溪沙

梅綻玉腮寒偶然北海清尊滿
菊撚黃金嫩全似東籬挹露看
鄮峰滿庭芳　綺川鷓鴣天
東溪南歌子　晦庵減字木蘭花

櫬殘葉飄黃木落霜清秋色霽
正新梢吐綠柳暗花明春事深
屯田臨江仙　梁溪漁家傲
松隱風流子　嘉林小重山

窗戶濕青紅南軒面對芙蓉浦
砌菊遺金粉西園風暖落花時
東坡水調歌頭　順庵菩薩蠻
屯田甘草子　後湖阮郎歸

鷗鷺共忘機畫船穩泛春波渺
蜂蜨先成路花圃縈回曲徑通
放翁烏夜啼　聊復虞美人
須溪點絳脣　次山浣溪沙

閒院自煎茶蓮花妙享清涼福
古寺倚修竹貝葉旁行別授經
放翁烏夜啼　雪山滿江紅
南澗水調歌頭　于湖鷓鴣天
水面綠紋肥平湖千頃生芳草
菊撚黃金嫩疏籬一帶透斜暉
月境滿庭芳　霜涯晴偏好
東溪南歌子　片玉浣溪沙
青瑣夜生香只有江梅伴幽獨
碧天秋浩渺不知陶菊總開無
用之意難忘　冲虛滴滴金
玉田掃花游　東堂玉樓春
歌罷落梅天扶闌一笑開詩眼
步入飛虹曲短笻行樂過山腰
小山臨江仙　雙溪金菊對芙蓉
碎錦菩薩蠻　月朋浣溪沙

雪濺紫甌圓鳳釵斜嚲烏雲膩
煙分丹篆碧螭匳熏透麝臍香
淮海滿庭芳　盧氏蝶戀花
簫臺臨江仙　放翁浣溪沙
向人春意長西湖花柳傳消息
盡放秋光入東城涼月照歌筵
信道菩薩蠻　相山折丹桂
東堂生查子　小山浣溪沙
飛策徧千巖人間多少閑風度
瓊葩開萬點花時長得醉工夫
屏山滿庭芳　澗泉菩薩蠻
栟櫚臨江仙　小山浣溪沙
芳郊翠欲流油菜花間蝴蝶舞
雲山青不盡柘林深處鵓鴣鳴
東堂阮郎歸　在軒望江南
雲崖謁金門　東坡望江南

光動萬星寒夜堂爽氣侵南斗
庭下雙梅瘦月和疏影上東牆
草窗珍珠簾　苕溪點絳脣
東堂清平樂　東坡定風波

落紅成地衣舞罷梅英飛入琖
新綠漲幽浦山下蘭芽短浸溪
淮海阮郎歸　相山減字木蘭花
履齋祝英臺近　東坡浣溪沙

人在玉樓間倚徧闌干弄花雨
笑捧金船酒且將新句琢瓊英
德淑望江南　澗泉冉冉雲
小山清平樂　東坡南歌子

玉立照新妝畫眉學得遙山翠
紫陌尋春去關心只爲牡丹紅
草窗綠蓋舞風輕　盧氏蝶戀花
東坡南歌子　六一玉樓春

閒將玉笛吹從頭檢舉梅花曲
近寫香箋約關心只爲牡丹紅
樵歌燕歸梁　石湖滿江紅
小山醉落魄　六一玉樓春

飛鞚綠楊堤數點霽霞天又曉
輕舟青箬笠一曲春風酒半酣
箕潁小重山　霞山夢江南
樵歌菩薩蠻　秋潭沁園春

飛絮攪青冥柳陰疏處看歸鳥
豔杏搖紅影花間側聽有流鶯
東坡水調歌頭　適齋點絳脣
坦庵卜算子　頤堂浣溪沙

幽花露淺紅買得一枝春欲放
池水凝新碧夷猶雙槳月平西
綺川南歌子　湫玉減字木蘭花
履齋南柯子　陽春阮郎歸

窗戶濕青紅樓臺影動鴛鴦起
山色挼藍翠樹頭初日鵓鴣鳴
東坡水調歌頭　魏夫人菩薩蠻
燕喜鳳棲梧　赤城豆葉黃

落梅亭榭香風約亂紅依繡戶
松篁幽徑篙雨餘新綠細通池
小山生查子　蘭雪玉樓春
千里倒犯　相山阮郎歸

斜日杏花飛簾外殘紅春已透
暖煙桃葉渡望中寸碧遠山橫
巴東江南春　李玉賀新郎
竹隱瑞鶴仙令　簫臺南歌子

春入武陵溪花外青帘迷酒思
秋半虹橋路曉霜紅葉舞歸程
山谷水調歌頭　解林十拍子
鄭瀓金縷衣　小山臨江仙

千里浪花平秋水長天迷遠望
四際晴山擁春波淺碧漲方池
巖叟望海潮　水雲滿江紅
東山清平樂　浮山晝堂春

待學取鴟夷扁舟浩蕩乘風去
試高吟楚些幽人心已與雲閒
橋齋摸魚兒　須溪金縷曲
稼軒沁園春　蓮社踏莎行

晴日柳枝門搖曳東風垂綵綬
閒弄荷錢水蕩漾西湖采綠蘋
竹隱瑞鶴仙令　信道減字木蘭花
方喬生查子　石湖鷓鴣天

空江秋月明自棹輕舟穿柳去
松下春風細時有清香度竹來
放翁長相思　日湖青玉案
白石卜算子　夢弼卜算子

涼影挂金鈎明月當空開寶鏡
仙酒斟雲液天香吹夢入瑤池
小山少年游　綺川減字木蘭花
珠玉望仙門　澗泉浣溪沙

一片杏花香啼鳥驚回芳草夢
六橋春浪暖畫鷁輕隨柳絮風
文美臨江仙　西村滿江紅
草窗減字木蘭花慢　種春鷓鴣天

縱櫂越溪船六波煙黛浮空遠
瀟灑太湖岸一片春帆帶雨飛
渭川南鄉子　日湖黃鶯兒
子美水調歌頭　水雲憶王孫

春水漲桃花餘霞晚照明煙浦
秋色團芳菊膩黃秀野拂霜枝
張頡水調歌頭　燕喜鳳棲梧
相山千秋歲　玉田新雁過妝樓

寒藻舞淪漪池面芙蕖紅散綺
落絮縈香砌畫簷簪柳碧如城
東坡臨江仙　筠溪醉花陰
赤城虞美人　秋崖小重山

東籬菊未英三徑舊栽煙水外
南國春如繡萬家掩映翠微間
泰發南歌子　梁溪漁家傲
釣月千秋歲　逍遙酒泉子

亂一岸芙蓉夜涼明月生南浦
有長堤萬柳片帆乘興掛東風
片玉塞翁吟　少章黃金縷
閑休錦堂春　栟櫚一剪梅

翠袖擁香風九色明霞裁羽扇
瓊葉麗金蕊數枝月影到窗紗
栟櫚菩薩蠻　公言蝶戀花
東之祝英臺近　朱雍浣溪沙

映階紅藥翻幽豔偏宜春雨細
惟有青松在依然猶伴白雲閒
赤城菩薩蠻　道輔蜨戀花
東堂清平樂　千能水調歌頭
猿鶴與同儕使君風味如新月
鶯燕似曾識滿目江山憶舊游
筠溪水調歌頭　東萊菩薩蠻
草窗祝英臺近　慕容浣溪沙
占取一年春司花先放江梅吐
賸買五湖月扁舟輕漾白蘋風
小山臨江仙　肯之點絳脣
南澗水調歌頭　綺川南歌子
遠岫更青蒼鴉背斜陽初斂影
晚風生碧樹馬蹄蹋月響空山
梁溪望江南　雪坡賀新郎
處度謁金門　子發阮郎歸

思入水雲寒古寺樓臺依碧嶂
更得江山助漫叟雄文鎖翠微
逍遙酒泉子　肯堂浪淘沙
相山千秋歲　遠遊減字木蘭花
寶篆裊金猊猶炷鑪香熏衣潤
玉琖浮瓊蟻旋傾花水潄春醒
省齋水調歌頭　涉齋賀新郎
從範南歌子　子師浣溪沙
千里浪花平輕槳凌波衝卷雪
四際晴山擁殘虹收雨聳奇峰
巖叟望海潮　芸庵滿江紅
東山清平樂　蓮社蹋莎行
新詞句欲飛愁墨題牋魚浪遠
故山歸興動落花香趁馬蹄溫
栟櫚菩薩蠻　荃翁倦尋芳
後湖菩薩蠻　竹隱瑞鶴仙令

顧曲萬花深醉舞且搖鸞鳳影
曉雨雙溪漲鳴榔驚起鷺鷥飛
玉田甘州　稼軒滿江紅
栟櫚南歌子　蓮社朝中措

隨處岸綸巾水驛山村還要我
高標宜雪月清輝爽氣自娛人
放翁烏夜啼　秋崖賀新涼
泰之念奴嬌　東湖蹋莎行

記十載心期只因買得青山好
有一灣風月不如却趁白雲歸
鶴田木蘭花慢　稼軒鷓鴣天
子魯沁園春　樵歌鵲橋仙

銀鈎墨尙新妙語來題橋上柱
畫樓簾卷翠好詩盡在夕陽山
松隱阮郎歸　稼軒玉樓春
得趣瑞鶴仙　玉田慶清宮

清唱遏行雲爲我同歌金縷曲
珠簾卷香月主人宴客玉樓西
珠玉訴衷情　盼盼惜春容
西村祝英臺近　安陸芳草渡

春色到人間丹溪翠岫登臨事
秋艇載詩去綠水紅蓮覓舊題
[illegible]感皇恩　盟鷗摸魚兒
玉田摸魚子　稼軒鷓鴣天

梅萼伴清修賴有幽芳深解意
竹閣吟纔就只因疏孏取名多
可齋水調歌頭　華陽念奴嬌
白石卜算子　稼軒鷓鴣天

芳菊裛秋香天與吾曹供一醉
人意如春暖只有伊家獨占多
相山望海潮　竹坡浪淘沙
東堂點絳脣　放翁鷓鴣天

風月若爲情長夜笙歌還起問
煙雨新涼日小園韶光不待邀
東堂小重山　稼軒江神子
東堂生查子　東堂浣溪沙

惟有月嬋娟起向綠窗高處看
笑與花爭媚指點銀瓶索酒嘗
山谷好女兒　稼軒定風波
相山菩薩蠻　東堂憶秦娥

偏與淡妝宜菱花照面須頻記
天把多情付綠楊嬌眼爲誰回
珠玉訴衷情　稼軒鷓鴣天
安陸御街行　六一玉樓春

玉立照新妝無言每覺情懷好
鈿箏尋舊曲欲歌先倚黛眉長
草窗綠蓋舞風輕　稼軒鷓鴣天
東山菩薩蠻　小山浣溪沙

我老但宜仙且喜青山依舊住
身閒惟有酒莫使金尊對月空
南澗水調歌頭　稼軒玉樓春
東坡菩薩蠻　小山鷓鴣天

清潤雨餘天手揺海棠三百本
試把花期數尚有山榴一兩枝
放翁烏夜啼　後村臨江仙
小山歸田樂　珠玉采桑子

詩酒趁年華醉與老農同擊壤
湖海從君意笑指船兒此是家
東坡望江南　後村賀新郎
介庵垂絲釣　放翁鷓鴣天

荷香入坐濃一曲白雲江月滿
梅影橫窗瘦兩竿紅日上花梢
綺川南歌子　安陸望江南
浮溪點絳脣　屯田西江月

占盡五湖秋笑拍闌干呼范蠡
高吟三峽動豈有才情似沈陽
信齋水調歌頭　草窗乳燕飛
雲月玉連環　姑溪南鄉子

綠腰沉水熏金鴨徽温香縹緲
碧霄澄暮靄銀蟾光滿弄餘輝
小山訴衷情　放翁滿江紅

誰與門春風楊花終日飛空舞
草窗減字木蘭花慢　惜香念奴嬌

裝點盡秋色檻菊迎霜媚夕霏
東山小重山　淮海一落索
片玉浪淘沙慢　于湖鷓鴣天

更山館春寒鑪香晝永龍煙白
引壺觴自酌羔兒酒美獸煤紅
屯田臨江仙　六一虞美人
稼軒臨江仙　惜香浣溪沙

更山館春寒翠袖倚風縈柳絮
占江天秋色綠波寧處有蘭舟
屯田臨江仙　東坡浣溪沙
樵歌好事近　梅溪過龍門

來趁北窗涼雙紋翠簟鋪寒浪
追念西湖上十里青山泝碧流
筠溪鶴冲天　小山蝶戀花
白石淒涼犯　竹洲浣溪沙

嬌雲冷傍人乞巧雙蛾加意畫
明月來尋我自共清蟾別有緣
東堂南歌子　小山蝶戀花
樵歌卜算子　片玉醜奴兒

柳外亂蟬鳴街南綠樹春饒絮
枝上嬌鶯語牆頭丹杏雨餘花
海璚水調歌頭　小山御街行
方舟生查子　小山玉樓春

煙淡雨初晴苔面唾茸堆繡徑
雪盡梅清瘦樹頭花豔雜嬌雲
珠玉訴衷情　草窗南樓令
東堂生查子　小山御街行

山色有無中翠微縹緲樓臺亞
水調高低唱綠波風動畫船移
六一朝中措　草窗水龍吟
苕溪生查子　淮海醉桃源

翠接斷橋雲雪絮因風全是柳
綠徧池塘草素藕抽條未放蓮
日湖黃鶯兒　山谷玉樓春
澗泉桃源憶故人　安陸定風波令

唱徹柳邊風持杯試聽留春闋
徘徊花上月有情願寄向南枝
稼軒臨江仙　東堂醉花陰
東坡臨江仙　安陸木蘭花

草木起秋聲林葉殷紅猶未徧
曉露沐春色柳塘新綠却温柔
演山滿路花　珠玉清平樂
退庵水調歌頭　稼軒鷓鴣天

梅謝雪中枝飛紅欲帶春風去
柳暗凌波路嫩綠還因夜雨深
小山臨江仙　栟櫚菩薩蠻
稼軒賀新郎　坦庵鷓鴣天

波面走長鯨爲愛瑠璃三萬頃
御風跨皓鶴好去蓬山十二重
巖叟望海潮　稼軒賀新郎
袁綯傳言玉女　得全減字木蘭花

爲看牡丹忙聞道洛陽花正好
常伴酴醾醉家近旗亭酒易沽
稼軒臨江仙　丁齋臨江仙
惜香點絳脣　小山浣溪沙

銀漢瀉秋寒天垂萬丈清光外
碧浪搖春渚身在千重雲水中
片玉水調歌頭　子發鷓鴣天
清江賀新郎　放翁長相思
雲態度柳腰肢何人爲我楚舞
月精神花豔麗有時低按秦箏
小山訴衷情　稼軒水調歌頭
浮山驀山溪　鶴林祝英臺

綠陰鶯亂啼盡有狂情鬥春早
白雪詞新草但將巧語寫心誠
後湖阮郎歸　小山泛清波摘遍
草窗六么令　惜香阮郎歸

璧月挂秋宵樓前溪水凝寒玉
曉露沐春色樹頭花豔雜嬌雲
東溪浪淘沙　魏夫人菩薩蠻
退庵水調歌頭　小山御街行

新綠小池塘垂楊漫結黃金縷
密翠藏吟屋嫩筍才抽碧玉簪
片玉風流子　屯田歸去來

晴霞映曉紅畫樓返照融春色
草窗清平樂　袁裪魚游春水
疊嶂橫空翠石牀閒臥看秋雲
燕喜霜天曉角　西溪菩薩蠻
盤洲生查子　草窗浣溪沙

詩句妙春豪虛闌傍日教鸚鵡
凌波步秋綺畫橋露月冷鴛鴦
聊復菩薩蠻　倦翁滿江紅
草窗綠蓋舞風輕　東堂浣溪沙

落紅成地衣曲徑穿花尋蛺蝶
縈綠過前浦野塘煙雨罩鴛鴦
淮海阮郎歸　倦翁滿江紅
篔房祝英臺近　後湖浣溪沙

況如此江山虎踞龍盤何處是
話清音風月兔走烏飛一任他
玉田臺城路　稼軒念奴嬌
介庵好事近　金谷鷓鴣天

溪水碧涵空冷泉零亂催秋意
暮霞紅映沼試花霏雨濕春晴
相山菩薩蠻　東堂點絳脣
南溪瑞鶴仙　子畊浪淘沙

羅幕曉寒添紅袖時籠金鴨暖
歌掌明珠滑玉船風動酒鱗紅
東堂少年游　淮海木蘭花
安陸少年游慢　搢之小重山

岸柳弄嬌黃秋水接雲迷遠樹
露竹舒新綠春風吹雨繞殘枝
小山生查子　羲叟漁家傲
相山南歌子　淮海阮郎歸

庭樹有寒梅晴風吹暖枝頭雪
秋色團芳菊碎香搖蕩竹間雲
珠玉喜遷鶯　蓬池菩薩蠻
相山千秋歲　鴻慶浣溪沙

玉闌風牡丹不枉了東君雨露
碧砌紅萱草堪笑傲北海尊罍
東山更漏子　東堂偏地花
六一清平樂　屯田玉胡蝶

冷浸一天星跨飛鸞醉吹瑤笛
影落三秋月料素娥獨倚瓊樓
淮海臨江仙　海璚摸魚兒
子囦南歌子　須溪唐多令

海上百花搖有新詞逢春分付
庭下雙梅瘦靜倚竹無人自香
无住法駕導引　梅溪解佩令
東堂清平樂　草窗柳梢青

玉宇洗秋晴畫簾外月華如水
碧浪搖春渚遙天盡日脚初平
得全浪淘沙　信可夜行船

清江賀新郎　石林滿庭芳

香雪弄春妍煙林外梅花初拆
風露浸秋色東籬下黃菊闌珊
晦庵好事近　石林滿江紅

鶴山水調歌頭　信道滿庭芳

吟上仲宣樓都忘却春風詞筆
賸有淵明趣隨宜對秋色持醪
石林臨江仙　白石暗香

稼軒驀山溪　得全滿庭芳

疏柳斷橋煙賴湖山慰公心眼
獨釣寒江雪要圖畫還我漁蓑
惜香臨江仙　東堂天香

盤洲生查子　稼軒上西平

時與話西東只有青山堪作伴
醉莫分南北看取金杯幾許深
坦庵促拍滿路花　竹洲減字木蘭花

書舟好事近　稼軒鷓鴣天

不盡眼中青一笑相逢蓬海路
對我頭先白十年身是鳳池人
盧川石州慢　片玉蝶戀花

稼軒念奴嬌　安陸感皇恩

璧月挂秋宵只願長留相見面
素影翻春豔曾道偏宜淺畫眉
東溪浪淘沙　後村滿江紅

泰之卜算子　稼軒鷓鴣天

清唱遏行雲滿酌流霞看舞袖
小閣橫香霧自揀殘花插淨瓶
珠玉訴衷情　惜香清平樂

片玉夜游宮　散花鷓鴣天

羅屏圍夜香吳娃勸飲韓娥唱
綵筆爭春豔薛濤牋上楚妃吟
栟櫚菩薩蠻　安陸泛青茗
草窗憶舊游　盧川小重山
且占白雲耕乞我百弓真可老
莫惜金尊側留君一醉意如何
棲霞水調歌頭　于湖浣溪沙
竹洲念奴嬌　稼軒西江月
對月共論心除却青春誰作伴
冷香清到骨可意黃花人不知
無隱驀山溪　惜香玉樓春
梅津霓裳中序第一　于湖鷓鴣天
又似竹林狂新來識得閒中性
寄語梅仙道作箇逍遙物外人
稼軒水調歌頭　書舟鳳棲梧
樵歌水調歌頭　于湖減字木蘭花

曾醉武陵溪可意湖山留我住
笑把浮邱袂知君心地與天通
樵歌感皇恩　盧川浣溪沙
放翁隔浦蓮近拍　于湖踏莎行
湖山圖畫中雲氣蒼茫吟歗處
酒杯言笑裏麴生風味有誰知
正眞長相思　盧川念奴嬌
松隱謁金門　梁溪江城子
人世竟誰雄不把身心干時務
湖海從君意幾曾著眼看侯王
稼軒水調歌頭　壽域鳳棲梧
介庵垂絲釣　樵歌鷓鴣天
金盞倒垂蓮一杯正要吳姬捧
銀簧調脆管遏雲更倩雪兒歌
竹山唐多令　竹屋賀新郎
珠玉拂霓裳　飄然踏莎行

酒面粉酥融一杯正要吳姬捧
寶篆沉煙裊坐中初識令君香
東堂生查子　竹屋賀新郎
淮海海棠春　苕溪鷓鴣天

亭高景最幽入畫遙山翠分黛
路旁人怪問扶疏漆髮黑盈頭
坦庵生查子　竹屋青玉案
稼軒木蘭花慢　鄮峰最高樓

照影落清杯梅妝淺淡風蛾裊
薰香開畫閣袖痕猶帶玉虬煙
稼軒水調歌頭　箕潁醉花陰
南澗臨江仙　苕溪踏莎行

麗曲醉思仙瓊簫吹月霓裳舞
別館花深處畫樓臨水鳳城東
小山浪淘沙　夢窗鶯啼序
屯田黃鶯兒　東山小重山

疏雨洗天清冰塘淺綠生芳草
薄日烘雲影晴嵐暖翠護煙霞
中齋賣花聲　惜香虞美人
東山清平樂　玉田風入松

冷浸一江秋目送飛鴻歸天際
獨立半廊月喜見清蟾似舊圓
句濱水調歌頭　散花西河
蒙泉霓裳中序第一　東山羅敷歌

閒蕩木蘭舟星月半天雲萬壑
薰做江梅雪風韻蕭疏玉一團
小山生查子　竹山賀新郎
稼軒念奴嬌　山楹一剪梅

風流出酒家醉來一任乾坤窄
瀟灑真仙隱出入千重雲水身
泰之南歌子　書舟滿江紅
簫臺南歌子　須溪沁園春

月色透橫枝只待夜深清影足
花氣浮芳潤閒立飛紅遠興長
安陸好事近　書舟謁金門
放翁蝶戀花　南湖鷓鴣天

一帽柳橋風念遠不禁啼鴂鬧
萬里滄江月興來催上釣魚船
放翁臨江仙　坦庵滿江紅
山谷南歌子　鄭峰浣溪沙

清夜理瑤琴紅蕊調高彈未徹
霞觴熏冷豔綠橙香嫩酒初浮
元易眼兒媚　安陸木蘭花
小山臨江仙　南澗鷓鴣天

揮袖上西峰煙中列岫青無數
芳草暗南浦雨過春山翠欲流
放翁好事近　片玉玉樓春
盟鷗祝英臺　栟櫚一剪梅

映階紅藥翻芳姿染得胭脂重
垂肩金縷窄寶匳頻炷鬱沉香
赤城菩薩蠻　東堂踏莎行
稼軒臨江仙　華陽浣溪沙

高樹綠堆雲素頸圓吭鶯燕語
數峰青似染斜陽芳草鷓鴣飛
南湖眼兒媚　東堂蝶戀花
須溪臨江仙　心泉漁父

橘柚洞庭秋月明夜半魚龍舞
楓落吳江冷細風疏雨鷺鷥寒
適齋水調歌頭　竹屋鳳棲梧
東坡卜算子　東山減字浣溪沙

晴碧萬重雲冷泉淩亂催秋意
玉鈎雙語燕隔簾無處說春心
石湖菩薩蠻　東堂點絳脣
赤城菩薩蠻　東山減字浣溪沙

日長蝴蜨飛半天瀟灑松窗午
意密鶯聲小幾度春深荳蔻梢
相山阮郎歸　東堂燭影搖紅
片玉早梅芳近　澹軒鷓鴣天

秋意與人閒半天瀟灑松窗午
春色平分後重來約在牡丹時
信道滿庭芳　東堂燭影搖紅
抱獨清平樂　子縝虞美人

恰向酒邊開怕將醒眼看浮世
漸少花前語賦罷閒情共倚闌
稼軒水調歌頭　東堂破子
小山歸田樂　山楹一剪梅

且料理琴書臨罷蘭亭無一事
樂閒中日月滿引瓊觴已半醺
玉田眞珠簾　放翁太平時
草窗水龍吟　簫臺南鄉子

綠陰啼曉鶯三月露桃春意早
涼葉催歸燕一簾飛絮夕陽西
後湖菩薩蠻　小山蜨戀花
小山碧牡丹　日湖望江南

斜日畫船歸月細風尖垂柳渡
野煙芳草路春融水暖百花開
信道菩薩蠻　小山蜨戀花
稼軒歸朝歡　瓜廬漁歌子

銀鈎黑倘新書得鳳牋無限事
畫樓簾卷翠煙凝象口暖吹香
松隱阮郎歸　小山清平樂
得趣瑞鶴仙　相山浣溪沙

嬌眼試東風更繞柳枝柔處問
香醫融春雪人與梅花一樣清
草窗風入松　小山玉樓春
屯田促拍滿路花　郡齋鷓鴣天

象筆帶香題綠鏡臺前還自笑
玳筵迴雪舞浣溪沙裏轉新聲
白石卜算子　小山玉樓春
東山小重山　頤堂浣溪沙

光浮琥珀尊瓊酥酒面風吹醒
春入流蘇夜梅花香裏月黃昏
簫臺南歌子　小山玉樓春
東堂清平樂　晦叔浪淘沙令

小舫綠楊陰直待柳梢斜月去
孤村芳草遠鄰牆梅影伴煙收
玉田風入松　小山玉樓春
巴東江南春　雲月春風嫋娜

雙頰酒紅滋芳年正是香英嫩
一曲珠歌轉黛眉低拂遠山濃
淮海一叢花　小山玉樓春
野雲點絳脣　簫臺浣溪沙

呈妙舞開筵華羅歌扇金蕉醆
啟軒窗遙對畫樓瀕水翠梧陰
珠玉燕歸梁　小山玉樓春
江緯向湖邊　元易眼兒媚

我與謫仙儔書底青瞳如月樣
誰似東山老玉窗紅子鬥棋時
東澤臨江仙　小山滿江紅
石林水調歌頭　聊復浣溪沙

金匳吐翠虬風壓繡簾香不卷
玉柱斜飛燕調高綵筆逞尖新
從範南歌子　淮海木蘭花
小山菩薩蠻　筠溪浣溪沙

新綠小池塘春來依舊生芳草
密翠藏吟屋曉風蕭爽韻疏松
片玉風流子　淮海蝶戀花
草窗清平樂　陽春臨江仙

玉宇洗秋晴汀州蘋老香風度
碧浪搖春渚揚子灣西夕照深
得全浪淘沙　東坡漁家傲
清江賀新郎　東江醜奴兒

翠色四天垂雨後春容清更麗
綠陰三月暮簾外飛花自往還
片玉驀山溪　東坡蝶戀花
崑崙謁金門　日湖思佳客

曲水與無涯月白沙汀翹宿鷺
野花香自度雨餘風軟碎鳴禽
澗泉菩薩蠻　東坡蝶戀花
書舟菩薩蠻　嘉林小重山

金盞倒垂蓮醉倚闌干風月好
銀簧調脆管袖籠寶鼎水沉香
竹山唐多令　東坡減字木蘭花
珠玉拂霓裳　燕喜浣溪沙

琵琶曲未終春水流絃霜入撥
花霧寒成陣芳草連雲日下山
巨源菩薩蠻　東坡減字木蘭花
片玉品令　樵歌減字木蘭花

題紅隔翠波荷花欲綻金蓮子
縈綠過前浦小船横繫碧蘆叢
草窗南樓令　珠玉采桑子
篔房祝英臺近　方舟西江月

曲檻俯清流鴛鴦浴處波紋皺
飛絮繞香閣獸鑪煙動彩雲高
淮海長相思　珠玉漁家傲
小山六幺令　清江歸朝歡

紅疏桃杏村花裏黃鶯時一弄
綠漾新堤草樓前鷗鷺舞交加
東堂菩薩蠻　六一蝶戀花
日湖黃鶯兒　種春鷓鴣天

風物小桃源且趁餘花謀一笑
水竹舊院落至今芳草解婆娑
書舟生查子　六一蝶戀花
片玉浣溪沙慢　岷山虞美人

香雪弄春妍南園粉蝶能無數
籬菊漸秋色西風於我更多情
晦庵好事近　六一玉樓春
可齋水調歌頭　元膺一落索

花徑暗香流紅紗未曉黃鸝語
蒲桃仙浪軟滄洲帶雨白鷗飛
斷腸眼兒媚　六一洛陽春
東堂感皇恩　東山攤破浣溪沙

翠袖擁香風閒簫橫玉盡吟趣
瓊葉麗金蕊野籬是處可詩情
栟櫚菩薩戀　草窗長亭怨慢
東之祝英臺近　秋崖西江月

照水暗浮香靜坐時看松鼠飲
對花深有意緩歌爭勝早鶯啼
草窗滿庭芳　篔噪滿江紅
惜香菩薩蠻　浮山畫堂春

雲淡楚江清柔藍一水縈花草
山門秦眉嫵短青無數簇幽闌
淮海滿庭芳　臨川漁家傲
夢窗燭影搖紅　東萊浣溪沙

鴻雁起汀洲一派秋聲入寥廓
蜂蝶先成路十分春事倩行雲
東坡水調歌頭　臨川千秋歲引
須溪點絳脣　月湖浣溪沙

花窗午篆清旖旎細風飄水麝
芳草連天暮每到春時聽子規
寄閒南歌子　東山浣溪沙
放翁桃園憶故人　敦詩卜算子

天闊玉屏空傳語桂娥應耐靜
櫂橫春水渡贏得吳娃歌採蓮
處靜風流子　東山漁家傲

梅溪臨江仙　龜峰沁園春
風味酒邊知賴有詩情渾似舊
誰向花前醉取次歡謠俱可編
琴趣臨江仙　頤堂酒泉子

安陽點絳脣　雙溪沁園春
勸我醉秋風杯中菊蕊浮無限
曉露沐春色回櫂桃花插滿船
松隱菩薩蠻　鄱陽漁家傲

退庵水調歌頭　樵歌減字木蘭花
見數朶江梅春入花梢紅欲半
有長堤萬柳雨餘芳草綠葱蘢
片玉玉燭新　相山蜨戀花

閬休錦堂春　夢敳浣溪沙
無限遠山青暖霧烘成芳草色
付與杯中綠此情惟有落花知
子寬小重山　雪山滿江紅

山谷看花回　日湖定風波
小閣倚秋空天際行雲紅一縷
傍花爲春唱湖邊薦酒碧爲筒
放翁感皇恩　渭川蜨戀花

安陸慶春澤　在軒瀟湘神
眉樣學新蟾橫波清剪西湖水
桂影弄棲蜨天風吹送廣寒秋
東山菩薩蠻　渭川虞美人

草窗霓裳中序第一　東澤廣寒秋
紅樹遠連霞靜對南山真賞處
黃菊香宜晚我是東籬富貴人
六一臨江仙　簫臺念奴嬌

本堂卜算子　靜春減字木蘭花

瓊蕊暖生煙花映綠嬌初日嫩
風篁奏餘韻竹將翠影畫屏紗
山谷滿庭芳　澗泉浣溪沙
客亭好事近　蘭雪玉樓春

疊石翠巑岏峰高松露和雲滴
暮霞紅映沼風遞荷香作晚陰
坦庵促拍滿路花　退庵滿江紅
南溪瑞鶴仙　鶴山鷓鴣天

幽碧哢珍禽數聲初入萬松裏
彩艦駕飛鷁買花歸去五湖間
草窗少年游　日湖齊天樂
宗卿水調歌頭　蕭遠阮郎歸

聽四壁松聲催織寒蛩秋弄月
有一枝春色多情胡蝶趁飛花
碧澗齊天樂　風雅滿江紅
樂齋好事近　延安浣溪沙

梅瘦月闌干天與清香心獨領
柳垂江上影水涵微雨湛虛明
藥房菩薩蠻　玉田南鄉子
小山臨江仙　高宗漁父

斜月靜嬋娟荷香柳影成秋意
小池凝翡翠麴塵風雨亂春晴
東堂臨江仙　質房章臺月
栟櫚臨江仙　釣月風入松

斜日杏花飛千枝亂攢紅堆繡
聽風松下坐山色初晴翠拂雲
巴東江南春　方仲殢人嬌
蓮社菩薩蠻　養拙鷓鴣天

揮袖上西峰登高一望秋天杳
覓句如東野散步山前春草香
放翁好事近　東湖蹋莎行
稼軒賀新郎　淑芳浣溪沙

正短櫂輕蓑一池秋水疏星動
早晝船飛楫波連春渚暮天垂
草窗減字木蘭花慢 信道醜奴兒
苕溪望海潮 後湖阮郎歸

醉墨戲翻鴉落筆縱橫妙風雨
疊嶂連空翠畫屏細展小山川
鶴皐渡江雲 空青洞仙歌
盤洲生查子 壽域虞美人

占盡五湖秋明月多情隨柁尾
黛潑千山遠東風無力掃香塵
信齋水調歌頭 東山惜雙雙
坦庵卜算子 夢窗浣溪沙

人在玉樓間雙按秦弦呈素指
長留青鬢住笑從王母摘仙桃
德淑望江南 東山侍香金童
小山菩薩蠻 夢窗燭影搖紅

卷簾花露濃窗凭繡日鶯聲婉
團玉梅梢重香趁銀屏蝴蝶飛
白雲更漏子 日湖思佳客
泮嘔南柯子 夢窗采桑子

風雨卷秋江且趁霜天鱸魚好
桃李眩春晝甘作花心粉蝶忙
東山水調歌頭 象澤賀新郎
鶴山水調歌頭 惜香鷓鴣天

江南春興長百花洲上尋芳去
西湖秋好處下竺橋邊淺立時
樂齋阮郎歸 希文定風波
晦庵菩薩蠻 白石卜算子

庭樹有寒梅淡月疏花三四點
暑雨濕修竹枝上么禽一兩聲
珠玉喜遷鶯 憩庵江城梅花引
相山水調歌頭 白石卜算子

雲海路應迷隔岸數聲初過櫓
月箔波淩亂凝眸一望絕飛鷗
稼軒水調歌頭　處度謁金門
東堂生查子　竹山木蘭花慢

京洛少年遊長歌擊劍論心素
故山知好在何日歸家洗客袍
草窗浪淘沙　省齋青玉案
東坡臨江仙　竹山一剪梅

酣醉吸長虹醒來瀹茗尋泉脈
疊嶂橫空翠假饒真箇住山腰
定齋水調歌頭　紫巖滿江紅
盤洲生查子　書舟一剪梅

春在畫橋西玉溪夜半梅翻雪
秋老寒香圃青瑣窗深菊未收
中山浪淘沙　濟師菩薩蠻
須溪金縷曲　書舟鷓鴣天

環珮擁神仙分取壺中閒日月
溪山繞尊酒撰成醉處一生涯
鄧峰望海潮　東溪浪淘沙
東堂八節長歡　西樵浣溪沙

風月興無邊自有山中幽態度
絲竹陶寫耳撰成醉處一生涯
雪坡水調歌頭　履齋滿江紅
稼軒水調歌頭　西樵浣溪沙

繁杏小屏風晚紅飛盡春寒淺
水竹舊院落嫩綠還因夜雨深
小山少年游　元晦菩薩蠻
片玉浣溪沙慢　坦庵鷓鴣天

山色卷簾看翠拂遙峰相對簇
闌干閒倚處霧映疏林一抹橫
陵陽昭君怨　瑤林霓裳中序第一
稼軒菩薩蠻　坦庵鷓鴣天

歸夢繞松杉故山千樹連雲岫
飽飯對花竹疏籬一帶透斜暉
東坡滿庭芳　端伯調笑
稼軒水調歌頭　片玉浣溪沙

花樓東是家斜插犀梳雲半吐
杏梁塵拂面靜看燕子壘新巢
安陸菩薩蠻　少章黃金縷
東堂菩薩蠻　片玉浣溪沙

花晴簾影紅窗前宛轉蜂尋蜜
芳草池塘綠小雨初收蜨做團
赤城菩薩蠻　東山菩薩蠻
小山生查子　東堂浣溪沙

天高水鏡平星河欲轉千帆舞
雲散山容在月明不待十分圓
簫臺南歌子　漱玉漁家傲
坦庵生查子　東堂浣溪沙

歸與白鷗盟孤舟晚漾湖光裏
自對黃鸝語生涯渾在亂山前
稼軒水調歌頭　襲善漁家傲
歗齋點絳脣　東堂浣溪沙

待試寫花牋閒弄彩毫濡玉研
覺春生酒面舞罷香風卷繡絪
白雲摸魚兒　東山鳳棲梧
松隱大椿　東堂遺隊

歌脣一點紅誰品新腔拈翠管
短鬢無多綠漫向寒爐醉玉瓶
稼軒菩薩蠻　武子蜨戀花
放翁念奴嬌　放翁浣溪沙

橫管度新聲樓角何人吹玉笛
對花深有意水亭幽處捧霞觴
松隱滿庭芳　子武玉樓春
惜香菩薩蠻　放翁浣溪沙

山色卷簾看石根清氣千年潤
花影頻搖動小橋流水一枝梅
陵陽昭君怨　玉田風入松
克成蝶戀花　放翁定風波

長向洞天閒曾到赤城真隱處
笑看蓬萊淺正共銀屏小景同
漢濱臨江仙　簫臺臨江仙
東堂點絳脣　小山采桑子

精神冰玉寒青笈不妨娛老眼
急槳煙波遠鏡湖元自屬閒人
簫臺南歌子　雲麓滿江紅
屯田河傳　放翁鵲橋仙

看檻曲縈紅桃葉園林風日好
正新梢吐綠竹裏房櫳一徑深
白石翠樓吟　東山鳳棲梧
松隱風流子　放翁太平時

笑傲水雲鄉花滿碧溪歸櫂遠
慣趁笙歌席雪繞紅綃舞袖垂
泰發水調歌頭　南澗浪淘沙
稼軒念奴嬌　小山鷓鴣天

何處是秋風初入高梧黃葉暮
曉露沐春色試從梅蒂紫邊尋
日湖唐多令　北湖減字木蘭花
退庵水調歌頭　小山玉樓春

且作地行仙隨分溪山供笑傲
結好天隨子從今風月屬閒人
放翁烏夜啼　澗泉賀新郎
後村念奴嬌　自明浣溪沙

玉笛曉霜空鷓鴣聲裏蠻花發
寶篆沉煙裊鴨鑪香細瑣窗閒
退翁眼兒媚　樵歌醉落魄
淮海海棠春　小山浣溪沙

堂上老詩翁剪裁妙語頻賡唱
多情懷酒伴要看醉墨幾淋浪
相山卜算子　秋聲摸魚兒

箕潁小重山　稼軒鷓鴣天
翠色四天垂雨過亂蟬嘶古柳
綠陰三月暮晚春盤馬蹋青苔
片玉驀山溪　日湖浣溪沙

崑崙謁金門　小山御街行
玉酒紫金鍾家本鳳樓高處住
白髮黃花帽誰似龍山秋興濃
東堂小重山　浮山浪淘沙

山谷清平樂　小山武陵春
疏雨洗天清山在湖心如黛簇
花影和簾卷夜闌風細得香遲
中齋賣花聲　逍遙酒泉子

淮海生查子　山谷虞美人

麗曲醉思仙吹月洞簫含碧玉
和風春弄袖與客携壺上翠微
小山浪淘沙　虛靖望江南

東坡臨江仙　山谷南鄉子
歌長粉面紅笑啟玉匳明酒暈
風動重簾繡斷續金爐小篆香
珠玉破陣子　野橋浣溪沙

東堂生查子　淮海減字木蘭花
十里步香紅芳徑與誰同鬥草
千峰呈翠色亂山何處覓行雲
草窗甘州　東山減字浣溪沙

海璚蘭陵王　淮海南歌子
高興逐春生擬待鶯邊尋好語
分付知音耳且來花裏聽笙歌
石湖臨江仙　澗泉賀新郎

東堂點絳脣　東坡浣溪沙

翠接斷橋雲柳條猶在江南岸
綠徧池塘草小梅先綻日邊枝
日湖黃鶯兒　明遠躡莎行
澗泉桃源憶故人　珠玉浣溪沙

春色到人間金樓玉蕊皆殊豔
韻致撩詩客綠葉紅花媚曉煙
放翁感皇恩　東山思越人
泰之南歌子　珠玉浣溪沙

酣醉吸長虹酒闌山月移雕檻
曲沼瞰靜綠夜來清露濕紅蓮
定齋水調歌頭　元晦鷓鴣天
千里倒犯　珠玉浣溪沙

弄幾曲新聲涼夜山頭吹玉笛
但千杯快飲芰荷香裏勸金觥
行之齊天樂　默齋赤棗子
稼軒喜遷鶯　珠玉浣溪沙

斜日杏花飛紅雨入簾寒不卷
常伴酴醿醉青梅煑酒鬥時新
巴東江南春　東山謁金門
惜香點絳脣　珠玉訴衷情

花影伴芳尊一觴自泛東籬菊
香粉開妝面秋風吹綻北池蓮
吉甫滿庭芳　渭川滿江紅
橘山生查子　珠玉訴衷情

相約老山林一鶴性靈清我宇
且自栽花柳雙燕歸飛繞畫堂
蓮社菩薩蠻　虛靖望江南
稼軒一枝花　珠玉燕歸梁

步携手林間閑穿綠樹尋梅子
慣東籬深處試把金尊傍菊叢
東坡滿庭芳　野逸采桑子
夢窗惜秋華　珠玉破陣子

醉瑠璃酒鍾了知世上都如夢
接翠蓬雲氣疑是湖中別有天
叔柔醉太平　渭川鷓鴣天
草窗珍珠簾　六一采桑子

小景寫瀟湘蓼花蘆葉紛江渚
扁舟載風月露莎煙芰滿池塘
放翁昭君怨　環谷賀新郎
曲阜好事近　屯田玉山枕

春入武陵溪兩岸月橋花半吐
山門秦眉嫵三吴嘉景古風流
山谷水調歌頭　西山蜨戀花
夢窗燭影搖紅　屯田瑞鷓鴣

宮梅破鼻香小園綠徑飛胡蜨
芳草連天暮當時蘭杜繫花驄
惜香南歌子　東山菩薩蠻
野雲小桃紅　草窗風入松

飛策徧千巖石磴盤空行木杪
瓊葩開萬點羅窗曉色透花明
屏山滿庭芳　景行百字令
栟櫚臨江仙　草窗江城子

金勒鞚花驄十里垂楊搖嫩影
碧霄澄暮靄一聲長笛咽清秋
樗巖唐多令　梅川清平樂
草窗減字木蘭花慢　寶晉阮郎歸

月色忽飛來萬里雲天爲君掃
花面長依舊一春心緒倚闌干
淮海生查子　相山青玉案
珠玉菩薩蠻　東堂院溪沙

深山吹笛寒朱顏白髮神仙樣
秋艇載詩去綸巾羽扇五湖間
蒼山菩薩蠻　日湖摸魚兒
玉田摸魚子　北湖鷓鴣天

三月柳濃時水堂雛燕褭珠簹
一鞭花陌曉香塵撲馬散金銜
小山生查子　東山芳洲泊
竹屋臨江仙　東山太平時

樓閣淡疏煙鶻尾鑪生香篆細
簾幙卷花影燕飛人靜晝堂陰
東坡一叢花　省齋念奴嬌
安陸歸朝歡　東山減字浣溪沙

冰姿巧弄紅滿林翠葉燕支蕚
銀浦橫空碧畫橋青柳小朱樓
簫臺南歌子　古洲海棠春
玉田壺中天　東山南歌子

月湧大江流銀浪卷翻鷗一片
細按歌珠弗玉纖新擬鳳雙飛
適齋水調歌頭　可齋滿江紅
泰之南歌子　東山山花子

曙雲樓閣鮮燕歸仍愜香泥暖
寶篆沉煙裊麝熏微度繡芙蓉
珠玉訴衷情　笑笑滿江紅
淮海海棠春　東山江城子

玉宇洗秋晴晚菊留花供燕賞
珠簾卷香月小梅疏影近杯盤
得全浪淘沙　雲莊酹江月
西村祝英臺近　東山減字浣溪沙

風雨卷秋江斷霞散綺飛孤鶩
桃李昡春晝鬧花深院聽啼鶯
東山水調歌頭　渭川滿江紅
鶴山水調歌頭　東山鴛鴦夢

滿路野花紅萬點秋芳灑飛露
短櫂溪光碧兩岸垂楊鎖暮煙
蓮社菩薩蠻　雪山青玉案
樵歌菩薩蠻　美奴卜算子

金勒躍花驄上元景色烘晴晝
牙板聞鶯燕月華歌調轉清商
鄮峰敎池回　惠夫水龍吟
東堂菩薩蠻　東山小重山

風味此山中最愛飛泉鳴野澗
歸去煙霞外小營茅舍倚雲汀
稼軒水調歌頭　綺川臨江仙
樵歌驀山溪　陽春臨江仙

石亭春滿枝煙濕濃堆楊柳色
湖水秋平岸月下潮生紅蓼汀
後湖菩薩蠻　西村倦尋芳
淮海虞美人　浮溪小重山

蟾影淡朦朧江頭日落孤帆起
鵲尾煙頻炷香絲篆裊一簾秋
元直水調歌頭　積翁菩薩蠻
篔臺念奴嬌　飄然玉樓春

家在落霞邊碧門遙山眉黛晚
香透溪雲渡綠盡昌蒲春水深
後湖菩薩蠻　樵歌減字木蘭花
青松點絳脣　赤城鷓鴣天

梅片作團飛風定落紅香一徑
花氣浮芳潤雨餘新綠細通池
雷北湖好事近　雲垕謁金門
放翁蝶戀花　相山阮郎歸

談笑起天風不食人間煙火語
瀟灑真仙隱我是淸都山水郎
海瑤水調歌頭　德夫減字木蘭花
篔臺南歌子　樵歌鷓鴣天

淸潤雨餘天指點煙村橫小艇
都入相思調欲將遠意託湘絃
放翁烏夜啼　閑齋蝶戀花
安陸謝池春慢　得全怨春風

明月影成三只與姮娥爲伴侶
步屧晴正好便把山林寄此身
稼軒水調歌頭　公濟念奴嬌

片玉紅林檎近　澗泉鷓鴣天
麗曲醉思仙流水高山琴靜奏
帶湖吾甚愛明月清風有素盟

小山浪淘沙　燕喜惜芳菲
稼軒水調歌頭　應齋鷓鴣天
騷人鍊句忙報答溪山須好語
醉鄉深處老推敲風月舊情懷

簫臺南歌子　綺川蝶戀花
千里倒犯　履齋浣溪沙
卷簾花露濃曲鎖沉香簧語嫩
團玉梅梢重葉密乘風翠羽飛

白雲更漏子　君亮玉樓春
泮嘔南柯子　本堂鷓鴣天

石打玉溪流隔岸垂楊青到地
花倚夕陽院畫檐簪柳碧如城
稼軒水調歌頭　牟湖謁金門

鄮峰點絳脣　秋崖小重山
月滿大江流天接雲濤連曉霧
風遞餘香過露挾秋涼入酒巵

南澗臨江仙　漱玉漁家傲
東堂虞美人　鶴山鷓鴣天
乘興訪溪山箇中魚鳥同休逸
且自栽花柳從教猿鶴笑吾癡

樵歌滿庭芳　拙庵滿江紅
稼軒一枝花　守謙臨江仙
疏柳斷橋煙西子湖邊春正好
且醉吳淞月東風碧酒意留連

惜香臨江仙　竹隱瑞鶴仙令
南澗謁金門　栟櫚浣溪沙

楊柳古灣頭遠山碧淺蘸秋水
桃李添新意明朝紅雨已春深
玉田法曲獻仙音　十洲秋蕊香
相山南歌子　栟櫚浣溪沙

月色忽飛來霜冷闌干天似水
虹影澄清曉雨過春山翠欲浮
淮海生查子　花翁南鄉子
嬾窩洞仙歌　栟櫚一剪梅

步携手林間綠楊芳徑鶯聲小
傍釣蓑夢遠碧溪橋外燕泥香
東坡滿庭芳　兩山玉樓春
夢窗三部樂　樵歌浣溪沙

梅雨乍晴初綠雲翠水烘春暖
菊花寒尚淺小妝朱檻護秋英
片玉鶴冲天　釣月水龍吟
竹潭謁金門　晦叔念奴嬌

水清梅影疏野色和煙滿芳草
香潤柳枝濕嬌黃拂略上柔條
蕭遠醉桃源　文伯蝶戀花
草窗醉落魄　秋崖燭影搖紅

甚拄笏悠然煙中亂疊青無數
啟軒窗遙對樓上晴天碧四垂
稼軒木蘭花慢　東湖踏莎行
江緯向湖邊　漱玉浣溪沙

餘韻入疏煙隔院蘭馨趁風遠
游鐙歸敲月滿路桃花春水香
珠玉喜遷鶯　雲月春風嬝娜
龍川南歌子　斷腸鷓鴣天

水清梅影疏玉塘煙浪浮花片
香潤柳枝濕綺窗風暖度游絲
蕭遠醉桃源　惟月菩薩蠻
草窗醉落魄　信道浣溪沙

更乞鑑湖東浮家泛宅煙波逸
生長吳山曲淋浪淡墨水雲鄉
稼軒水調歌頭　三山漁家傲
風雅賀新涼　後湖浣溪沙

畫舫寄江湖春浦漸生迎櫂綠
樓迥迷雲日遠山依約學眉青
東堂驀山溪　白石浣溪沙
淮海南歌子　後湖鷓鴣天

畫屏金博山寶鴨微溫瑞煙少
紫陌青絲鞚曉鶯聲脆雨花乾
山谷阮郎歸　守齋被花惱
東山南歌子　蒙泉少年游

十里步香紅峭風吹淺桃花色
一水縈羅帶長亭艤住木蘭舟
草窗甘州　西村滿江紅
坦庵生查子　慕容浣溪沙

風入馬蹄輕綠槐煙柳長亭路
露涼鷗夢闊碧波花岫小橋通
周士驀山溪　石門青玉案
玉田臺城路　箕潁浣溪沙

花草不知名紅英滿地溪流淺
琴調更虛暢綠綺新聲隔坐聞
碧澗菩薩蠻　彥能調笑
風雅水調歌　東山太平時

春蘿掛暮山數點霽霞天又晚
亭館清殘燠一簾疏雨細於塵
信道菩薩蠻　霞山夢江南
片玉六么令　花洲阮郎歸

紅紫趁春闌花裏鶯聲時一弄
金井生秋早晝長蝴蝶爲誰忙
演山宴瓊林　克成蝶戀花
珠玉連理枝　梅崖浣溪沙

春鶯莫亂啼睡起花陰初轉午
晚蜨纏綿意滿庭芳草又斜陽
安陸醉桃源　前溪清平樂

小山生查子　梅崖浣溪沙
家在落霞邊一樓聳翠生秋暝
風遞餘香過何處亂紅鋪繡茵
後湖菩薩蠻　草窗蹋莎行

東堂虞美人　大聲春草碧
搖曳萬絲風隋堤楊柳猶春色
獨立半廊月井梧一葉做秋聲
坦庵浪淘沙　抑齋蘭陵王

蒙泉霓裳中序第一　中齋賣花聲
蓑笠一鈎絲更憶小孤煙浪裏
綠髮千尋雪不覺羅浮日月長
山谷訴衷情　稼軒賀新郎

洺水壺中天慢　海瓀鷓鴣天

臉邊天與紅一醉芳杯倒鸚鵡
湖上山橫翠貪憑雕檻看鴛鴦
小山菩薩蠻　千里荔枝香近

斜川點絳脣　清江阮郎歸
故山雲霧中茆舍疏籬今在否
一尊松竹底月嶸風幌爲誰開
樗巖唐多令　稼軒念奴嬌

苕溪臨江仙　淮海南歌子
記得綠裙腰秀野蹋青來不定
强看桃花面落日蒸紅山欲燒
東山生查子　安陸木蘭花

東堂清平樂　月朋浣溪沙
山翠欲黏天西北有樓窮遠目
花影紛鋪地東風吹玉滿閒庭
苕溪水調歌頭　安陸憶秦娥

蓮社點絳脣　草窗西江月

雙頰酒紅滋每見韶娘梳鬢好
一曲珠歌轉閒把琵琶舊譜尋
淮海一叢花　安陸武陵春
野雲點絳脣　東山減字浣溪沙

草木起秋聲無力海棠風淡漾
綠野盡春色微聞蘭芷動芳馨
演山滿路花　竹洲浣溪沙
盤洲好事近　子京臨江仙

曲水興無涯五花結隊香如霧
短櫂弄長笛一聲橫玉吹流雲
澗泉菩薩蠻　稼軒鷓鴣天
世美好事近　東山芳洲泊

裁剪費春工平生插架昌黎句
何處是秋色又詠歸來元亮詞
簫臺水調歌頭　稼軒玉樓春
雲舍摸魚子　矩山鷓鴣天　大

款乃數聲歌蕩漾波光搖槳入
解遣雙壺至爲沽美酒過溪來
表臣驀山溪　遠游減字木蘭花
山谷菩薩蠻　稼軒念奴嬌

江湖雪陣平兩槳往來風與便
今夕月華滿一片心從天外歸
東坡南歌子　東山蝶戀花
片玉水調歌頭　稼軒沁園春

秋夢短長亭自是蓴鱸高興動
春色知何處空教蜂蝶爲花忙
小山臨江仙　秋潭賀新郎
表臣驀山溪　蘆川浣溪沙

溪聲供夕涼曾共扁舟五湖泛
月色浮新釀今宵樓上一尊同
梅津唐多令　漢濱洞仙歌
得全洞仙歌　稼軒一剪梅

煙雨畫瀟湘遠岫數堆蒼玉髻
雲水搖扇影清風一枕晚涼天
東山小重山　鄭峰浣溪沙
玉泉隔浦蓮　稼軒臨江仙

歡醉且從容酒中風格天然別
江山如有待客路崎嶇倦後知
珠玉望仙門　松山玲瓏四犯
山谷菩薩蠻　稼軒鷓鴣天

真色浸朝紅人面依然似花好
晚景俱頭白胸中不受一塵侵
安陸少年游　循道感皇恩
松隱念奴嬌　稼軒西江月

春近瘦枝南東風夜放花千樹
夢回芳草夜晚色寒清入四簷
東堂少年游　稼軒青玉案
小山臨江仙　東堂浣溪沙

雪意壓歌雲一醉何妨玉壺倒
溪風漾流月夜涼閒捻彩簫吹
東堂武陵春　稼軒感皇恩
東坡好事近　小山浣溪沙

雲裏認飛車無限江山行未了
月落聞柔艣買斷煙波不用錢
稼軒水調歌頭　稼軒定風波
放翁生查子　放翁鷓鴣天

嬌眼試東風公子看花朱碧亂
香鬟融春雪誰記當年翠黛顰
草窗風入松　稼軒蝶戀花
屯田促拍滿路花　淮海南鄉子

覓句更風流覺來小院重攜手
對花深有意不妨隨處一開顏
苕溪臨江仙　稼軒蝶戀花
惜香菩薩蠻　放翁鷓鴣天

雲髻裊纖枝意態憨生元自好
露顋添花色幽香却解逐人來
小山臨江仙　稼軒蝶戀花

蓬嶠偶重游事如芳草春長在
竹閣吟纔就家近旗亭酒易沽
淮海促拍滿路花　放翁定風波

光動萬星寒亂雲騰帶炊煙去
草漲一湖綠層波瀲灩遠山橫
放翁南鄉子　稼軒鷓鴣天

鶯燕靜幽芳千章雲木鈎輈呌
鷗鷺無人處數枝煙竹小橋寒
白石卜算子　小山浣溪沙

草窗珍珠簾　稼軒鷓鴣天
海璚水調歌頭　屯田少年游
夢窗望江南　稼軒鷓鴣天
山谷虞美人　東堂南歌子

醉墨任橫斜好記琅玕題字處
詩骨能清瘦寫向蠻牋曲調中
澗泉一叢花　稼軒玉樓春
苕溪點絳脣　珠玉破陣子

西山如舊青更在雲煙遮斷處
池水凝新碧醉聽風雨擁蓑眠
坦庵菩薩蠻　稼軒玉樓春
履齋南柯子　放翁鷓鴣天

秋聲入管絃玉纖初試琵琶手
春色如人面丹砂濃點柳枝脣
東山南歌子　稼軒菩薩蠻
東堂點絳脣　東坡浣溪沙

落紅成地衣麗景芳時須笑傲
新綠漲幽浦小船輕舫好追游
淮海阮郎歸　壽域玉樓春
履齋祝英臺近　珠玉浣溪沙

好把醉鄉尋酒釀新醅名不老
曾是騷人盼携手舊山歸去來
樵歌水調歌頭　哄堂蝶戀花
東堂菩薩蠻　山谷撥櫂子

杯傾琥珀濃載詩却向旗亭醉
潤入笙簫膩弄花薰得舞衣香
東溪南歌子　竹屋點絳脣
東堂南歌子　小山浣溪沙

一枝和月香踏雪尋芳村路永
千嶂琉璃淺淡雲斜照著山明
斷腸菩薩蠻　惜香念奴嬌
東堂驀山溪　東坡南歌子

洗耳聽清音郢曲新聲妙如剪
醉眼迷登眺短笛長歌獨倚樓
澹軒水調歌頭　千里荔支香近
片玉早梅芳近　山谷南鄉子

三唱和秋聲不覺引杯澆肺渴
四海今誰似爲報時人洗眼看
苕溪臨江仙　梅溪賀新郎
海瑶永遇樂　山谷鷓鴣天

詞句滿秋風惟有蟬聲助冷語
素影翻春豔畫得蛾眉勝舊時
之翰水調歌頭　梅溪隔浦蓮
泰之卜算子　放翁憶王孫

紅粉裊花梢多情更覺蜂兒亂
飛絮繞香閣和風輕拂燕泥乾
稼軒婆羅門引　石林蝶戀花
小山六幺令　東堂浣溪沙

聽鳴葉寒蟬綠楊巷陌秋風起
倩嬌鶯婉燕青杏園林煑酒香
雲舍摸魚子　白石淒涼犯
書舟木蘭花慢　淮海浣溪沙

家住百花橋手拍闌干呼白鷺
黛潑千山遠貪看雲氣舞青鸞
東堂菩薩蠻　竹山賀新郎
坦庵卜算子　放翁好事近

翠袖擁香風繡館斂行雲度影
碧海飛金鏡畫船簾卷月明中
栟櫚菩薩蠻　竹山珍珠簾
東堂洞仙歌　東堂浣溪沙

春色在桃枝薄靄籠花天欲暮
秋艇載詩去良夜清風月滿湖
片玉少年游　書舟滿江紅
玉田摸魚子　東坡減字木蘭花

齊唱采菱歌綠萍破處池光淨
徑渡滄江雨紅蓼花香夾岸稠
東坡畫堂春　書舟瑤階草
東山生查子　珠玉浣溪沙

欹枕臥江流獨木小舟煙雨濕
攬袂欲仙舉閬苑瑤臺風露秋
寶晉水調歌頭　書舟漁家傲
惜香水調歌頭　珠玉浣溪沙

愛景惜芳卮簇定薰鑪酥酒軟
佳致歸詩手小剪蠻牋細字書
坦庵水調歌頭　書舟破陣子
本堂卜算子　小山南鄉子

庭樹有寒梅疏枝半作窺窗老
秋色團芳菊問誰同是憶花人
珠玉喜遷鶯　書舟木蘭花
相山千秋歲　小山虞美人

樓閣淡疏煙燕子不來天欲暮
簾幙卷花影鶯語殷勤月落時
東坡一叢花　書舟謁金門
安陸歸朝歡　小山采桑子

山圍晚照紅夜來花底鶯饒舌
雨後煙景綠乍晴池館燕爭泥
松隱菩薩蠻　書舟菩薩蠻
張顧水調歌頭　東坡浣溪沙

正是海棠天曉煙籠日浮山翠
常伴酴醾醉春風吹酒退顋紅
蒙泉滿庭芳　書舟菩薩蠻
惜香點絳脣　東堂浣溪沙

誰與鬥春風嬌花媚柳新妝靚
裝點盡秋色淡煙流水畫屏幽
東山小重山　坦庵菩薩蠻
片玉浪淘沙慢　淮海浣溪沙

花窗午篆清灰暖香融消永晝
藻潤蟾光動淡煙疏雨冷黃昏
寄閑南歌子　片玉漁家傲
鄮峰南歌子　東堂南歌子

顧曲萬花深歌罷月痕來照席
曉雨雙溪漲載將山影轉灣沙
玉田甘州　片玉漁家傲
栟櫚南歌子　東堂浣溪沙

花萼醉春風擬插芳條須滿首
珠簾卷香月但得清光解照人
鄮峰滿庭芳　片玉蝶戀花
西村祝英臺近　東堂武陵春

香雪透金瓶管交風味還勝舊
翠幕遮紅燭留取笙歌直到明
信道醉花陰　片玉蝶戀花
小山六么令　東堂武陵春

江南春興長鶯語清圓啼玉樹
煙水秋平岸蜻蜓立處過汀花
樂齋阮郎歸　片玉木蘭花令
淮海虞美人　東堂浣溪沙

芳郊翠欲流仙草已添君勝爽
牡丹紅未展露花猶有好枝開
東堂阮郎歸　東堂浣溪沙
草窗謁金門　小山浣溪沙

舉酒送飛雲尊前不信韶華老
長笛吹新水坐中應有賞音人
寶晉菩薩蠻　東堂玉樓春
東坡菩薩蠻　小山玉樓春

籬菊爲誰黃風流不與江梅共
春草幾回綠此情惟有落花知
龍川水調歌頭　東堂蹋莎行
放翁好事近　東坡浣溪沙

黃鶯啼向人催促花邊櫂發
白鶴在何處暗隨蘋末曉風來
東堂菩薩蠻　東堂木蘭花
稼軒水調歌頭　小山玉樓春

南陌暖雕鞍那回來處花相向
東風吹碧草漫隨游騎絮多才
片玉少年游　東堂點絳脣
淮海風流子　小山浣溪沙

長歎碧崖顛月光波影寒相向
徑渡滄江雨小舟飛櫂去如梭
盧靖望江南　東堂七娘子
東山生查子　東坡畫堂春

梅花雪裏春西園一點紅猶小
柳垂江上影芳條千縷綠相迎
東坡南歌子　東堂破子
小山臨江仙　小山浣溪沙

歸路月黃昏參差漸辨西池樹
別館花深處暄風吹盡北枝梅
稼軒臨江仙　六一御街行
屯田黃鶯兒　小山浣溪沙

靚女薦瑤杯蘭膏香染雲鬟膩
依約舊秋同庭院碧苔紅葉徧

湘屏展翠疊柳陰分到畫眉邊
迤邐染春色門前楊柳綠陰齊

安陸望江南 放翁烏夜啼
小山訴衷情 小山蝶戀花

草窗霓裳中序第一 小山玉樓春
屯田六么令 六一阮郎歸

秋如歸興濃鷓鴣聲裏霜天晚
落日曉霜寒一縷斜紅臨晚鏡

春在屏風曲臥鴨池頭小苑開
曲沼晴漪皺幾囘疏雨滴圓荷

草窗南樓令 放翁烏夜啼
稼軒水調歌頭 小山玉樓春

東堂醉花陰 小山浣溪沙
東堂生查子 珠玉浣溪沙

大勝永和春蘭亭道上多修竹
千騎試春游手挼梅蕊尋香徑

還試長安酒桃李溪邊駐畫輪
一曲呈珠綴莫辭花下醉芳茵

丹陽臨江仙 放翁烏夜啼
東坡南鄉子 小山玉樓春

夢窗燭影搖紅 東坡浣溪沙
珠玉點絳脣 珠玉酒泉子

斜月小闌干高槐葉長陰初合
小泊畫橋東春風著水囘川媚

疏雨池塘見海棠開過柳飛花
爭如南陌上絲雨籠煙織曉晴

淮海眼兒媚 放翁烏夜啼
東山菩薩蠻 書舟菩薩蠻

東山南歌子 淮海南歌子
小山臨江仙 草窗浣溪沙

月色透橫枝拂簷花影侵簾動
霞觴熏冷豔驚起湖風入座寒
安陸好事近　小山踏莎行
小山臨江仙　東坡減字木蘭花

東風柳陌長惟見金絲弄晴晝
日薄花房綻縹緲紅妝照淺溪
東山生查子　小山洞仙歌
東坡南歌子　東坡浣溪沙

池塘芳草長鳴鳩乳燕春閒暇
曲房花氣藹流鶯粉蝶鬥翻飛
樵歌阮郎歸　小山憶帝京
東堂小重山　珠玉酒泉子

春晚出山城杜鵑聲裏斜陽暮
樓迥迷雲日雙燕歸來細雨中
東堂生查子　淮海踏莎行
淮海南歌子　六一采桑子

隨分有雲山柳色溪光晴照暖
閒行問松菊仙種花容晚節香
放翁驀山溪　六一玉樓春
信齋蘭陵王　龍川卜算子

風味此山中我欲形容無妙語
歸去煙霞外人心休更問炎涼
稼軒水調歌頭　東堂玉樓春
樵歌驀山溪　盧川臨江仙

綠蒲秋滿川更有鱸魚堪切膾
碧柳堤邊住飛來鷗鷺是知因
後湖菩薩蠻　東坡烏夜啼
小山生查子　竹屋西江月

團鑪面小窗百和焚煙抽翠縷
冷香清到骨半壺秋水薦黃花
惜香霜天曉角　屯田玉樓春
梅津霓裳中序第一　夢窗霜葉飛

呵手試梅妝花信輕寒羅綺透
新曲調絲管風光小院酒尊同
六一訴衷情　山谷玉樓春
珠玉望仙門　惜香虞美人

雨意屬詩豪春草池塘淩謝客
才大今詞伯五雲樓閣羨劉郎
洺水水調歌頭　山谷玉樓春
華陽念奴嬌　惜香浣溪沙

春衫醉舞風花裏傳觴飛羽過
秋宇淨如水月明留客小窗前
龍川南歌子　東堂蝶戀花
存齋水調歌頭　惜香鷓鴣天

高興逐春生二月東風催柳信
浩歌隨月去一聲漁唱起蘋汀
石湖臨江仙　珠玉玉樓春
栟櫚臨江仙　竹齋西江月

月映水中天高樓影轉銀蟾匝
花倚夕陽院隔簾飛過蜜蜂兒
坦庵江南好　淮海菩薩蠻
鄮峰點絳脣　白石浣溪沙

南陌暖雕鞍滿路落花紅不掃
東風吹碧草門前楊柳綠成陰
片玉少年游　小山清平樂
淮海風流子　書舟瑞鷓鴣

教且種芙蓉亂紅飄過秋塘外
醉便眠芳草嫩綠還因夜雨深
稼軒小重山　六一漁家傲
東堂虞美人　坦庵鷓鴣天

樓閣淡春姿雙燕飛來垂柳院
風露浸秋色砌蛩初聽傍窗聲
片玉少年游　六一清平樂
鶴山水調歌頭　坦庵鷓鴣天

須是酒杯深老對凍醪留客話
便入漁釣樂何事乘風逐世塵
稼軒臨江仙　東堂浣溪沙
片玉一寸金　坦庵鷓鴣天

千騎擁春衫特地風光盈綺陌
一水縈羅帶有箇多情立畫橋
稼軒水調歌頭　屯田玉樓春
坦庵生查子　安陸南鄉子

樓閣淡疏煙鑪中百和添香獸
河漢湛秋碧雲天萬里看歸鴻
東坡一叢花　珠玉玉樓春
雪山水調歌頭　竹洲浣溪沙

春近瘦枝南梁王苑路香英密
夢回芳草夜謝家池畔正清虛
東堂少年游　小山武陵春
小山臨江仙　片玉鶴冲天

春融胡蜨飛羅袖拂人花氣暖
香歎金獸裊夜篝盡日水沉微
相山長相思　東堂調笑令
子駿菩薩蠻　片玉浣溪沙

月痕金縷涼寶熏裊翠昏簾繡
梅影橫窗瘦日射欹紅臘蒂香
樵歌阮郎歸　東堂武陵春
浮溪點絳脣　片玉浣溪沙

秀臉拂新紅朝陽借出胭脂色
膩頸凝酥白風乾微汗粉襟涼
安陸恨春遲　六一漁家傲
片玉南柯子　片玉浣溪沙

與君開壯懷莫管世情輕似絮
憑高送遠目相看覊思亂如雲
東堂菩薩蠻　小山玉樓春
安陸蘭陵王　片玉虞美人

清唱遏行雲檀板一聲驚起速
薰香開畫閣柳花吹雪燕飛忙
珠玉訴衷情　東堂醉花陰
南澗臨江仙　片玉虞美人

凝情杜若洲粉塘煙水澄如練
且醉吳淞月柳溪人影亂於雲
石湖南柯子　小山蝶戀花
南澗水調歌頭　東堂浣溪沙

花萼醉春風柳綫嫩黃纔半染
金井生秋早梧桐冷碧到疏簾
鄭峰滿庭芳　草窗浪淘沙
珠玉連理枝　東堂浣溪沙

呈妙舞開筵金琖十分須盡意
漫倚樓橫笛笙簫一片醉爲鄉
珠玉燕歸梁　小山玉樓春
放翁水龍吟　東堂浣溪沙

蘋風吹酒醒園林已是花天氣
梅影橫窗瘦南枝微弄雪精神
放翁長相思　六一漁家傲
浮溪點絳唇　東堂踏莎行

客意不勝秋溪翁圖是參同契
道人心似海星壇夜學步虛吟
西樵水調歌頭　須溪乳燕飛
嬾窟菩薩蠻　放翁木蘭花慢

暗隨仙馭來天涯望極王孫草
不惱詩腸香晚紅初減謝池花
珠玉更漏子　草窗水龍吟
西樵點絳唇　小山玉樓春

江上數峰青天寒山色偏宜遠
對此一灣碧曲終人意似流波
淮海臨江仙　六一漁家傲
臞軒摸魚兒　小山玉樓春

任他紅日長晚歲天教閒處著
滿引金杯飲勸君頻入醉鄉來
珠玉更漏子　山谷玉樓春
樵歌卜算子　小山玉樓春

多在牡丹坡濃豔一枝細看取
常伴酴醿醉歸來雙袖酒成痕
草窗少年游　東坡賀新涼
惜香點絳脣　小山玉樓春

欹枕臥江流千里瀟湘接藍浦
攬袂欲仙舉二月風和到碧城
寶晉水調歌頭　淮海臨江仙
惜香水調歌頭　小山浣溪沙

黃鸝三兩聲纔伴游蜂來小院
紫燕雙飛語却隨胡蝶到花間
臨川菩薩蠻　六一望江南
寶晉菩薩蠻　小山浣溪沙

鈎月襯凌波散亂東牆疏竹影
疊嶂横空翠畫出西樓一幢秋
簫臺如夢令　東坡減字木蘭花
盤洲生查子　山谷南鄉子

便管領芳菲無限春風來海上
有新奇題目人傳詩句滿江南
草窗探春慢　東坡減字木蘭花
聖求好事近　山谷浣溪沙

助秀色堪餐插花照影窺鸞鑑
擁春酲乍起惱人香爇是龍涎
屯田愛恩深　六一涼州令
片玉紅窗迥　淮海浣溪沙

走馬月明中天涯何處無芳草
趁蛺蝶花邊過春風吹雨繞殘枝
稼軒昭君怨　東坡蝶戀花
蓮社菩薩蠻　淮海阮郎歸

更山館春寒刺桐開盡鶯聲老
占江天秋色柘林深處鵓鴣鳴
屯田臨江仙　草窗鷓鴣天
樵歌好事近　東坡望江南

疏雨洗天清長空一片瑠璃淺
斜陽映山落霍然千丈翠巖屏
中齋賣花聲　東堂蹋莎行
片玉瑞鶴仙　稼軒歸朝歡

花徑暗香流雙燕來時還念遠
故山歸興動杜鵑只是等閒啼
斷腸眼兒媚　小山蝶戀花
後湖菩薩蠻　稼軒御街行

飛絮攪青冥東風淡蕩垂楊院
長歎賦赤壁仄月高寒水石鄉
東坡水調歌頭　東堂最高樓
可齋水調歌頭　稼軒定風波

蓑笠一鉤絲應有錦鱗閒倚傍
綠髮千尋雪却歎沙鳥笑人忙
山谷訴衷情　珠玉漁家傲
洺水壺中天慢　稼軒定風波

流眼落花紅春風更放明年豔
空餘芳草碧海山問我幾時歸
散花木蘭花慢　六一涼州令
日湖六醜　稼軒臨江仙

綠陰鶯亂啼迎得春來聞好語
白雪詞新草商量詩價重連城
後湖阮郎歸　東堂武陵春
草窗六么令　稼軒小重山

清唱古今稀才高莫恨溪山窄
勾留風月好客來不放酒尊空
稼軒滿庭芳　東堂玉樓春
安陸醉垂鞭　石屏望江南

萸菊舞西風自在飛花輕似夢
煙柳暗南浦擬倩游絲惹住衣
南澗水調歌頭　淮海浣溪沙
稼軒祝英臺近　安陸減字木蘭花

三月柳濃時翠輕綠嫩庭陰好
一鞭花陌曉山明日遠霽雲披
小山生查子　東堂虞美人
竹屋臨江仙　安陸芳草渡

象筆帶香題花滿翠壺薰研席
鷗鷺無人處秋染青溪在水風
白石卜算子　草窗清平樂
山谷虞美人　安陸武陵春

歌韻倘悠揚縈水繚雲聞妙唱
今夕且歡笑映花避月上迴廊
信齋滿庭芳　東堂調笑令
稼軒水調歌頭　安陸踏莎行

紅疏桃杏村是處青旗誇酒好
綠漾新堤草重倚朱門聽馬嘶
東堂菩薩蠻　山谷漁家傲
日湖黃鶯兒　安陸長相思

冷浸一江秋嬌雲瑞霧籠星斗
獨立半廊月臨風照水眩精神
句濱水調歌頭　東堂踏莎行
蒙泉霓裳中序第一　竹洲浣溪沙

麗曲醉思仙應喚歌檀催舞袖
香粉開妝面淡畫眉兒淺注脣
小山浪淘沙　山谷玉樓春
橘山生查子　稼軒鷓鴣天

思發在花前自作清歌傳皓齒
瀟灑真仙隱不信人間有白頭
東山臨江仙　東坡定風波
簫臺南歌子　稼軒鷓鴣天

他日水雲身尋芳誤到蓬萊地
聊慰風流眼相逢況有葛天民
片玉迎春樂　小山踏莎行
千里玲瓏四犯　靜春南柯子

花徑暗香流半山殘月南枝曉
田家春最好十里溪風穲稏香
斷腸眼兒媚　東堂蝶戀花
達祉菩薩蠻　稼軒鷓鴣天

斜陽明倚樓小煙弄柳晴先暖
上湖閒蕩槳著意尋梅孏便回
片玉長相思　東堂玉樓春
安陸菩薩蠻　稼軒鷓鴣天

詩情我輩鍾一尊相遇春風裏
紈綺人間俗萬事長看鬢髮知
簫臺南歌子　小山玉樓春
書舟菩薩蠻　稼軒鷓鴣天

明月自吹笙玉蕊歌清招晚醉
和風春弄袖白苧新袍入嫩涼
日湖少年游　小山留春令
東坡臨江仙　稼軒鷓鴣天

極目楚天空欲寄此情無雁去
花探都門曉莫避春陰上馬遲
幼卿賣花聲　東堂玉樓春
安陸少年游慢　稼軒鷓鴣天

光動萬星寒月輪正在泉中漾
草漲一湖綠野水閒將日影來
草窗珍珠簾　六一漁家傲
海璚水調歌頭　稼軒鷓鴣天

曙雲樓閣鮮流鶯窗外啼聲巧
雨萼胭脂淡胡蝶花間自在飛
珠玉訴衷情　淮海海棠春
東堂南歌子　稼軒鷓鴣天

翠色四天垂行傍柳陰聞好語
清友羣芳右更把梅花比那人
片玉薺山溪　東堂蜨戀花
端伯調笑　稼軒鷓鴣天

行樂駐華年永日閒從花裏度
知心惟有月云何相見酒邊時
東山臨江仙　小山玉樓春
則陽霜天曉角　稼軒玉樓春

閒展道書看爲君寫就黃庭了
清賞吾人事偶然重傍玉溪行
放翁烏夜啼　山谷鷓鴣天
簫臺南歌子　稼軒玉樓春

梨花春雨餘百尺飛瀾鳴碧井
蓮蕩香風裏一杯瀲灩泛金波
淮海阮郎歸　東坡減字木蘭花
東山惜雙雙　稼軒西江月

道鬢髮霜侵憑君儘做風流骨
啟軒窗遙對橫陳剗盡短長山
千里倒犯　縉雲醉落魄
江緯向湖邊　稼軒西江月

分得翠陰歸當路游絲縈醉客
滿引金杯飲夜深殘月過山房
安陸畫堂春　六一浣溪沙
樵歌卜算子　稼軒朝中措

秋色到東籬寒菊欹風棲小蜨
芳草暗南浦垂楊折盡只啼鴉
相山好事近　草窗夜行船
秋堂祝英臺　稼軒好事近

看滿檻春紅化工著意呈新巧
有一灣風月使君仔細與平章
草窗減字木蘭花慢　東山思越人
子魯沁園春　稼軒定風波

花徑暗香流老桂凝秋森玉樹
蒲桃仙浪軟靈槎準擬泛銀河
斷腸眼兒媚 草窗鳳棲梧
東堂感皇恩 稼軒西江月

人影共徘徊想見登山臨水處
琴調更虛暢只有清風明月知
稼軒水調歌頭 方壺乳燕飛
風雅水調歌頭 德夫減字木蘭花

春色到人間一樹緗桃飛茜雪
秋艇載詩去半江楓葉自黃昏
放翁感皇恩 草窗清平樂
玉田摸魚子 日湖霜葉飛

南浦綠波春贈我柳枝情幾許
金界青松映與君藜杖極躋攀
梁溪望江南 安陸漁家傲
進之菩薩蠻 綺川臨江仙

紅紫趁春闌桃塢花開如野燒
風露浸秋色黃菊枝頭生曉寒
演山宴瓊林 泰發漁家傲
鶴山水調歌頭 山谷鷓鴣天

獨釣綠蓑翁方瞳好映寒潭碧
要寫蓬壺記彩牋書盡浣溪紅
周士水調歌頭 元晦滿江紅
竹屋點絳脣 小山風入松

衣緩絳綃垂紅袖時籠金鴨暖
春入流蘇夜翠鬟飛繞鬧蛾羣
安陸菊花新 淮海木蘭花
東堂清平樂 古洲臨江仙

見數朶江梅月傍女牆和影好
引十分蕉葉風遞幽香入檻來
片玉玉燭新 書舟木蘭花
東溪好事近 友古卜算子

天地有閒人山水光中參意味
風月長酬酢功名餘事且高歌
放翁烏夜啼　克齋念奴嬌

風月與無邊相邀更約疏狂伴
絲竹陶寫耳醉來贏取自由身
盧靖喜遷鶯　竹坡鷓鴣天

吟待晚涼天莫辭酒盞春無算
便作中秋意對倚闌干月正圓
雪坡水調歌頭　竹坡漁家傲
稼軒水調歌頭　盧川瑞鷓鴣

鑪心檀燼紅夜香聞早添金鳳
粉豔芙蓉樣玉人風味似冰蟾
片玉鶴沖天　于湖踏莎行
竹洲虞美人　聖求豆葉黃
東山菩薩蠻　惜香踏莎行
安陸菩薩蠻　聖求小重山

高興在東籬橘熟橙黃堪一醉
邀月過南浦游絲柳絮媚青春
松隱武陵春　聖求二郎神
東澤南浦月　惜香南歌子

三唱和秋聲粉黛中州歌妙曲
暢飲長春酒碧琳仙釀試新蒭
苕溪臨江仙　稼軒賀新郎
本堂卜算子　嘯窟南歌子

月高松竹林侵簷萬箇琅玕碧
露冷瑠璃葉瑤池一朶玉芙蓉
水雲長相思　丹陽漁家傲
東堂清平樂　片玉鵲橋仙令

飛雪滿前村擬向南鄰尋酒伴
落月聞柔艣還思北渚與嵐猗
武夷少年游　孏窟蝶戀花
放翁生查子　琴趣鷓鴣天

十里步香紅杏花開豔燃春晝
一醉留青鬢月波新釀入芳尊
草窗甘州　惜香燭影搖紅
東堂點絳脣　丹陽浪淘沙

扁舟下五湖水雲況得平生趣
瓊葩開萬點梅花閒伴老來身
東坡菩薩蠻　逃禪鷓鴣天
栟櫚臨江仙　白石鷓鴣天

千首買秋光時沽魯酒供詩興
一笑吾身老催得吳霜點鬢稠
稼軒水調歌頭　逃禪鷓鴣天
坦庵生查子　散花長相思

談辨屑瓊瑰似此交游真灑落
新曲調絲管伴人歌笑已多情
金谷水調歌頭　散花賀新郎
珠玉望仙門　竹坡浣溪沙

象筆帶香題十樣蠻牋紋錯綺
玳筵回雪舞一聲水調聽歌頭
白石卜算子　稼軒賀新郎
東山小重山　丹陽定風波

露濕玉蘭秋費盡丹青無計畫
風老杏花白得將詩酒與栽培
雲溪生查子　惜香蝶戀花
草窗醉落魄　可軒浣溪沙

歌搖香霧鬟樂府令無黃絹手
酒醒明月下風姿颯爽紫髯郎
竹山唐多令　後村賀新郎
白石玲瓏四犯　海野定風波

絃管當頭恨無人解聽開元曲
春風入手漾仙舟誤到武陵溪
片玉慶春宮　竹山賀新涼
了齋減字木蘭花　草窗減字木蘭花慢

惟對水鷗閒擬下清流攬明月
認得胎禽舞何人短笛弄西風
後村水調歌頭　後山木蘭花
竹山摸魚兒　散花西河
南北竟誰分對酒不妨同看戲
風月寓意耳尋芳猶憶舊相逢
洺水水調歌頭　逃禪蝶戀花

此意付清觴可但紅塵難著脚
後村水調歌頭　龍川思佳客

平地居仙子安用丹砂巧駐顏
友古水調歌頭　後村賀新郎

動羅箑清商飲盡東風三百盞
逃禪青玉案　竹坡鷓鴣天

近翠陰濃處恰似江南第一春
夢窗秋思耗　西樵浣溪沙
書舟好事近　片玉南鄉子

記得水邊春野鶴孤雲元自在
只向花間住棋神酒聖各成歡
石林菩薩蠻　審齋臨江仙
友古卜算子　介庵好事近
越梅催曉丹長得一生花裏活
野水釀春碧滿引千鍾酒又醇
竹坡阮郎歸　千里滿江紅

敢喚起桃花宜入新春聞好語
介庵好事近　惜香武陵春

有佳名芍藥只將此寶伴長生
白石洞仙歌　坦庵蝶戀花

一笑繞花身恰稱得尋春芳意
惜香醉蓬萊　于湖西江月

四時長把酒但歸來對月高情
散花重疊金　竹屋御街行
夢窗水龍吟　梅溪龍吟曲

空壁掃秋蛇下筆如神强押韻
笑語烘蘭麝舉杯相屬盡名流
夢窗憶舊游　稼軒酹江月
千里解語花　蘆川水調歌頭

甘作地行仙翠鬢未覺霜顏老
別有天然處金猊歕香瑞靄氛
介庵臨江仙　夢窗水龍吟
蘆川青玉案　惜香浣溪沙

炙手幾曾温客裏情懷誰可表
醒眼看醉舞人間風月正新妖
哄堂水調歌頭　惜香漁家傲
夢窗掃花游　丹陽西江月

隨分作山家千丈陰崖塵不到
觸景皆詩料半篙清漲雨初收
放翁烏夜啼　稼軒賀新郎
本堂眞珠簾　畏齋浪淘沙

小閣倚秋空牕前一片蓬萊月
杖履覓春色霍然千丈翠巖屏
放翁感皇恩　泳齋蹋莎行
西樵水調歌頭　稼軒歸朝歡

爭報春回奈年來猶道多情句
試將花品向此際別有好思量
坦庵柳梢青　梅溪金縷曲
稼軒念奴嬌　于湖滿江紅

澆濁酒惜流年空惹閒情春瘦
唱新詞追好景此時懷抱誰知
竹齋鷓鴣天　夢窗探芳新
石林驀山溪　千里四園竹

雲似舞水如歌付與落花啼鳥
玉爲容冰作骨偏宜映月臨池
松隱訴衷情　循道感皇恩
稼軒鷓鴣天　徽宗聲聲慢

隨錦字疊香芸多少蟲書墮翠
展風窗鋪月席硯中鸜眼相青
小山訴衷情　翠巖桂枝香
心泉漁父　樵歌西江月

風有韻月無痕紅杏牆頭燕語
人立玉天如水綠楊影裏秋千
小山訴衷情　日湖朝中措
蘸川彩鳳飛　醒庵風入松

秋韻起月陰移一聲誰歎霜竹
露華高風信遠微涼漸入梧桐
東堂訴衷情　稼軒念奴嬌
小山更漏子　珠玉破陣子

憐水靜愛雲閒休說鱸魚堪膾
遇花吟逢酒醉何妨繭紙題詩
臨川訴衷情　稼軒水龍吟
蓮社訴衷情　放翁破陣子

吹玉蕊飲瓊腴兔椀聊分春露
展風窗鋪月席橘中自釀秋醅
蕭遠醉桃源　鄮峰如夢令
心泉漁父　稼軒臨江仙

松院靜竹林深淺酒欲邀誰勸
柳陰涼花氣暖春風自滿余懷
楊娃訴衷情　小山臨江仙
用之意難忘　稼軒臨江仙

酒中得趣卷簾凝望淡煙疏柳
雪裏尋思化工特地剪玉裁瓊
西樵鵲橋仙　東堂青玉案
稼軒沁園春　坦庵柳梢青

銀鈎墨倘新倩鳳尾時題畫扇
羅綺花成簇任翠陰移過瑤階
松隱阮郎歸　夢窗宴清都
浮山念奴嬌　梅山高陽臺

清囀似嬌鶯畫簾隙冰絃三疊
涼葉催歸燕細雨外樓臺萬家
東山小重山 夢窗暗香
小山碧牡丹 放翁柳梢青

新煙浮舊城笑流鶯啼春漫瘦
暮色分平野問孤鴻何處飛來
花洲阮郎歸 夢窗燭影搖紅
片玉塞垣春 松間高陽臺

長伴臉邊紅喜人與花容俱好
誰勸杯中綠應自有歌字清圓
東堂小重山 惜香驀山溪
稼軒念奴嬌 守齋一枝春

小閣倚秋空風月淨天無星斗
池塘生春草露華上煙裊涼颸
放翁感皇恩 惜香輥繡毬
雪山無月不登樓 淮海一叢花

溪水碧涵空金鉤細絲綸慢卷
春色青如染苔茵展雲幕高張
相山菩薩蠻 淮海滿庭芳
廷璹瑣窗寒 東坡滿庭芳

獨自拾殘紅更春共斜陽俱老
舉首吸空翠漸午陰簷影移香
書舟烏夜啼 淮海迎春樂
宏正水調歌頭 草窗大聖樂

春在畫樓西東風裏朱門映柳
秋半虹橋路溪月上碧水浮金
中山浪淘沙 淮海滿庭芳
鄭瀫金縷衣 若晦滿庭芳

深院芰荷中正月露玉盤高瀉
細雨黃花後照羽觴晚日橫斜
東堂最高樓 幼芳鵲橋仙
石林水調歌頭 樵歌芰荷香

鱸蟹正肥時儘占斷豔歌芳酒
沙鷗應認得醉歸來明月江樓
東堂生查子　草窗玲瓏四犯

澹齋謁金門　種春唐多令
雪浪月痕翻映金壁樓臺遠近
雨蕚胭脂淡爛紅雲花島爭妍
蒼山小重山　草窗瑞鶴仙

東堂南歌子　燕喜夏初臨
雲歸月正圓畫樓外一聲秋笛
山空天入海餘霞際幾點沙鷗
雲溪生查子　草窗祝英臺近

玉田渡江雲　閬道折新荷引
隔簾花映紅門迎春巧飛釵燕
靚妝眉沁綠凝素豔爭簇冰蟬
相山菩薩蠻　樵歌水龍吟

小山臨江仙　玉田玉胡蝶

月映水中天看銀蟾飛浴露井
相見花邊酒對翠禽依約神仙
坦庵江南好　藥房聲聲慢

花翁燭影搖紅　履齋聲聲慢
斜日畫船歸泛晴波淺照金碧
亂峰清影裏熨溪橋流水昏黃
信道菩薩蠻　蘄春多麗

灊山謁金門　夢窗風入松
暖玉照霜華見梨花初帶夜月
薄日烘雲影小丁香纔吐微紅
草窗渡江雲　大聲三臺

東山清平樂　夢窗聲聲慢
醉袖舞西風漸寒深翠簾霜重
雲樹開秋曉襯月中金粟香浮
虛齋龍山會　希深夜行船

片玉虞美人　夢窗聲聲慢

茗盌送飛翰碾微馨鳳團開試
花影頻搖動拂香篆虬尾斜橫
鶴山水調歌頭　瑤翠天香
克成蝶戀花　東堂滿庭芳

心閒日自長但小閣琴棋而已
雲寒天借碧正柳塘煙雨初休
蓮社阮郎歸　東澤貂裘換酒
惜香菩薩蠻　淮海夢揚州

時聞流水聲玉龍歎碧溪煙冷
不負看山眼花驄弄月影當軒
蓮社菩薩蠻　南湖祝英臺近
東堂燭影搖紅　淮海滿庭芳

一笑任春歸已換却花間啼鳥
輕夢催雲散酒醒處殘陽亂鴉
坦庵水調歌頭　草窗玉漏遲
東堂生查子　淮海柳梢青

清唱遏行雲抱瑤琴尋出新韻
明璫搖淡月剪鮫綃碎作香英
珠玉訴衷情　竹林瑤池宴
草窗綠蓋舞風輕　珠玉睿恩新

流鶯三兩聲似花繞斜陽歸路
晚山千萬疊乍雨過蘭芷汀洲
小山更漏子　玉田綺羅香
後湖臨江仙　屯田如魚水

明日覓春痕東湖漲蒲桃新綠
何處是秋色月露冷梧葉飄黃
東堂菩薩蠻　應齋滿江紅
雲舍摸魚子　屯田玉胡蝶

覓句更風流采涼花時賦秋雪
遏雲開窈窕綠鬟鬟濃染春煙
茗溪臨江仙　草窗玉京秋
東堂臨江仙　屯田玉胡蝶

香屏掩月斜夢湖山眉橫黛淺
門楫飛雲速對滄洲心與鷗閒
小山阮郎歸　天游氏州第一
盤洲生查子　草窗采綠吟

須信石湖仙輾雲濤挂帆南斗
又過林逋處看畫船盡入西泠
白石石湖仙　石湖宜男草
白石卜算子　草窗曲游春

憑君把酒看想晨妝膏濃壓翠
要他詩句好愛露牋新染香紅
東堂南歌子　東山驀山溪
稼軒臨江仙　草窗風入松

萬家煙雨中記柳暗乳鴉啼曉
一尊松竹底步雲冷鵝管吹春
誠之菩薩蠻　兀全祝英臺近
苕溪臨江仙　草窗國香慢

溪山煙靄中嫋長風萬重高柳
小樓春色裏送良宵一枕松聲
坦庵菩薩蠻　石湖宜男草
稼軒臨江仙　草窗風入松

樓閣淡春姿卷珠簾幾番花信
風露浸秋色送良宵一枕松聲
片玉少年游　白雲摸魚兒
鶴山水調歌頭　草窗風入松

呵手試梅妝覺花氣滿襟猶潤
凌波步秋綺更芙蓉照水勻紅
六一訴衷情　梅心步蟾宮
草窗綠蓋舞風輕　相山鳳簫吟

杏梢煙雨紅燕交飛風簾露井
芳草垂楊綠鶯聲巧春滿闌干
石湖菩薩蠻　雪溪瑞鶴仙
履齋虞美人　南湖風入松

月從波面生紅蓮正滿城開遍
雲散山容在芳草暗萬綠成叢
放翁菩薩蠻　持正明月逐人來
坦庵生查子　履齋滿庭芳

柳煙花霧間話春心只憑雙燕
竹窗松徑裏算多情尙有黃鸝
東堂更漏子　庶成水龍吟
石林臨江仙　日湖瑞鶴仙

極目楚天空悵東流幾番潮汐
又過林逋處向西湖重隱煙霞
幼卿賣花聲　菊山桂枝香
白石卜算子　玉田南樓令

閒臥對高秋聽梧桐聲敲露井
起舞弄清影任芙蓉月轉朱闌
小山少年游　義夫瑞鶴仙
東坡水調歌頭　竹山唐多令

幽賞事偏宜怕紅萼無人爲主
清香閒自遠却梅花知我心情
山谷滿庭芳　白石長亭怨慢
聊復菩薩蠻　松隱錦標歸

十載却歸來覺湖山依然未老
一笑君聽取歎浮雲本是無心
片玉驀山溪　盟鷗賀新郎
稼軒永遇樂　竹山賀新郎

天意送芳菲也勝似愁橫眉角
人生行樂耳等閒便結得同心
安陸山亭宴　竹山賀新郎
稼軒醜奴兒近　東堂于飛樂

風物小桃源問陶令幾時歸去
水竹舊院落夢曼仙來倚吟屏
書舟生查子　東堂雨中花
片玉浣溪沙慢　竹山高陽臺

紅霧濕人衣且醉宿緗桃花月
翠蕤插雲表徵弄袖楊柳風輕
山谷水調歌頭　竹山秋夜雨
懷高水調歌頭　閑齋玉胡蝶

新筍綠成行還又向竹林疏處
暮霞紅映沼盡日任梧桐自飛
文伯訴衷情　觀過滿江紅
南溪瑞鶴仙　千里倒犯

春窗遠岫眉倦追尋酒旗戲鼓
萬里關河眼空悵望鱠美菰香
山谷南歌子　片玉驀山溪
夢窗宴清都　放翁雙頭蓮

仙衣翡翠裁更坐上其人冰雪
采綠鴛鴦浦看江頭有女如雲
南澗南柯子　梅溪賀新郎
草窗采綠吟　稼軒新荷葉

畫船移玉笙柳煙重桃花波暖
璧月挂銀漢蓮房靜荷蓋半殘
處靜醉桃源　東堂夜游宮
句濱水調歌頭　信齋蘭陵王

談笑起天風快直上崑崙濯髮
往事如花雨誰知共雲水無心
海瓛水調歌頭　稼軒賀新郎
片玉驀山溪　東堂于飛樂

斜月靜嬋娟照一架荼蘼如雪
和風春弄袖正十里荷花盡開
東堂臨江仙　稼軒滿江紅
東坡臨江仙　子直柳梢青

闌花駐老紅且留取一分春色
池草抽新碧還傾動三峽詞源
履齋南柯子　稼軒滿江紅
龍川南歌子　淮海滿庭芳

西山如舊青對先生竹窗松戶
郊外駐油碧共攜手蘅室蘭房
坦庵菩薩蠻　稼軒水龍吟
片玉應天長　竦寮鶯啼序

春衫醉舞風亂紅中香塵滿路
秋宇淨如水曲房西碎月篩簾
龍川南歌子　山齋驀山溪
存齋水調歌頭　安陸于飛樂

鱸蟹正肥時江南好千鍾美酒
魚鳥渾相識金溪上一葦秋風
東堂生查子　東坡滿庭芳
堂溪點絳脣　信齋滿庭芳

蜂蜨撲飛梭繡簾開香塵乍起
雨燕翻新幕寒窗靜茶椀未深
草窗少年游　放翁玉胡蜨
書舟南歌子　信齋蘭陵王

月侵釵燕斜又還近桂華如璧
香歎金獸暖應自把羅綺圍春
東堂菩薩蠻　芸窗滿江紅
子駿菩薩蠻　草窗一枝春

闌花駐老紅動騷人一番詞意
暮草連空翠更爲儂三弄斜陽
履齋南柯子　芸窗水龍吟
閑齋虞美人　東山銅人捧露盤引

月明烏鵲飛還自笑君詩頻覺
波底魚龍舞似攜來畫卷重舒
淮海菩薩蠻　稼軒漢宮春
客亭生查子　霞山漢宮春

往事嬾追尋手香記得人簪菊
小隱真成趣田園只是舊耕桑
惜香浪淘沙　克齋憶秦娥
于湖南歌子　稼軒臨江仙

芳樹隱斜陽亂鴉畢竟無才思
亭館清殘燠流鶯直是妬歌聲
片玉鎖陽臺　稼軒鷓鴣天
片玉六幺令　稼軒定風波

待萬里攜君不念英雄江左老
倩一枝隨着又似風流靖長官
稼軒摸魚兒　滿江紅
稼軒好事近　鷓鴣天

甚黃菊如雲明朝九日渾瀟灑
有紅梅新唱臨風一曲最妖嬈
稼軒木蘭花慢　鷓鴣天
稼軒八聲甘州　御街行

閒處却思量記取小窗風雨夜
歲晚問無恙看封關外水雲侯
稼軒臨江仙　臨江仙
稼軒水調歌頭　玉樓春

日月自西東事如飛彈須圓熟
珠玉霏談笑醉時拈筆越精神
稼軒水調歌頭　滿江紅
稼軒千秋歲　鷓鴣天

須刻右軍碑蘭亭何處尋遺墨
曾入揚州詠稻花香裏說豐年
稼軒滿庭芳　滿江紅
稼軒念奴嬌　西江月

汗漫與君期風引船回滄溟闊
此樂竟誰覺人間路窄酒杯寬
稼軒水調歌頭　賀新郎
稼軒水調歌頭　鷓鴣天

花柳自蹉跎劃地東風欺客夢
絲竹陶寫耳近來何處有吾愁
稼軒水調歌頭　念奴嬌
稼軒水調歌頭　念奴嬌

爲看牡丹忙收拾瑤池傾國豔
應是梅花發賸有西湖處士風
稼軒臨江仙　念奴嬌
稼軒念奴嬌　鷓鴣天

且盡一杯看我輩從來文字飲
未會十分巧歲晚也作稻粱謀
稼軒水歌調頭　賀新郎
稼軒千年調　水調歌頭

擺脫是非鄉煙波萬頃春江艣
獨立蒼茫外溪山一片畫圖開
坦庵水調歌頭　稼軒蝶戀花
坦庵水調歌頭　稼軒鷓鴣天

雙槳柳橋春可恨黃鶯相識晚
一船霜夜月多情山鳥不須啼
竹屋臨江仙　安陸定風波令
惜香臨江仙　稼軒一剪梅

帶曉日搖光雪籠瓊苑梅花瘦
有東風垂柳淨掃瓢泉竹樹陰
梅溪玉燭新　安陸偸聲木蘭花
夢窗珍珠簾　稼軒卜算子

亭榭定風流落梅穠李還依舊
溪匳照梳掠瓊枝玉樹不相饒
稼軒水調歌頭　安陸玉樹後庭花
稼軒瑞鶴仙　安陸醉紅妝

香浮小隱家乳燕引雛飛力弱
誰聘幽素客城鴉喚我醉歸休
夢窗醉桃源　稼軒滿江紅
夢窗丹鳳吟　稼軒西江月

秀臉拂新紅淡竚輕盈誰付與
膩頸凝酥白淺斟低唱最相宜
安陸恨春遲　稼軒念奴嬌
片玉南柯子　稼軒鷓鴣天

歌搖香霧鬟朱脣淺破桃花蕚
被翻紅錦浪碧綃對卷簟紋光
竹山唐多令　安陸醉落魄
稼軒臨江仙　片玉浣溪沙

鶯唱鏤金衣自剪柳枝明畫閣
翠空雲幕淨也應竹裏著行厨
梅屋小重山　片玉浣溪沙
信齋洞仙歌　稼軒玉樓春

無奈惜花情韶華已入東君手
同作携壺客相知惟有主人翁
惜香一叢花　片玉蝶戀花
芸窗好事近　稼軒臨江仙

却帶夕陽回晚步芳塘新霽後
要他詩句好天寒山色有無中
稼軒水調歌頭　片玉蝶戀花
稼軒臨江仙　片玉虞美人

舟行秋色中橫天雲浪魚鱗小
心剪東風亂野草斜陽春燕飛
惜香菩薩蠻　片玉霜葉飛
夢窗生查子　稼軒沁園春

分得翠陰歸風流萬縷庭前柳
還是黃昏近又見疏枝月下梅
安陸畫堂春　片玉漁家傲
坦庵永遇樂　稼軒鷓鴣天

輕羅紅霧垂花底夜深寒較甚
寶匳金鴨冷暗裏香來別是春
安陸醉垂鞭　稼軒江神子
惜香菩薩蠻　信齋鷓鴣天

梅雨日長時深院數枰風入座
晚色天寒處落花浮水樹臨池
惜香朝中措　信齋滿江紅
夢窗點絳脣　安陸醉桃源

誰解倚梅花願教清影長相見
閒行問松菊不妨老幹自扶疏
竹山南鄉子　安陸相思兒令
信齋蘭陵王　稼軒鷓鴣天

秀臉拂新紅生香真色人難學
膩頸凝酥白輕盈微笑舞低回
安陸恨春遲　安陸醉落魄
片玉南柯子　片玉一剪梅

見皓月相看著意登樓瞻玉兔
醉嬌紅無力雙歌連袂近香猊
片玉霜葉飛　稼軒滿江紅
坦庵好事近　安陸醉桃源

山遠翠眉長芳草懷煙迷水曲
夜闌紅影瘦桃花無語伴相思
夢窗浪淘沙　片玉望江南
信齋感皇恩　安陸醉桃源

人隔翠陰行聽取鳴禽枝上語
天遠青山暮泥新輕燕面前飛
竹山少年游　稼軒玉樓春
夢窗點絳脣　安陸木蘭花

白日爲君留玉樓茗館人相望
青春元不老飈馭雲軿仙可期
稼軒水調歌頭　安陸醉落魄
稼軒感皇恩　安陸沁園春

清唱和鳴鷗水調數聲持酒聽
滿路飄香麝錦繡叢花擁騎還
信齋水調歌頭　安陸天仙子
片玉解語花　坦庵鷓鴣天

江碧遠山青斜陽襯雨明溪足
春入郊原綠東風搖草雜花飄
夢窗朝中措　書舟菩薩蠻
惜香清平樂　安陸醉紅妝

人間春事幽山腰野菜飛黃蜨
天際笛聲起斜口寒林點暮鴉
惜香阮郎歸　書舟菩薩蠻
夢窗水調歌頭　稼軒鷓鴣天

更遠樹斜陽小窗蔭綠清無暑
趁嬌塵軟霧雨過殘紅濕未飛
稼軒醜奴兒近　書舟菩薩蠻
夢窗鶯啼序　片玉浣溪沙

香陣卷温柔華屋金盤人未醒
春光閒婉娩畫簾燕子日偏長
稼軒八聲甘州　稼軒念奴嬌
書舟菩薩蠻　書舟西江月

分付與沙鷗送我南來舟一葉
歸去伴寒鷺期思溪上日千回
西樵水調歌頭　書舟臨江仙
竹山摸魚子　稼軒瑞鷓鴣

吾輿亦悠哉湖上幽尋君已許
客途今倦矣人間明晦總由天
白石水調歌頭　書舟鳳棲梧
白石徵招　書舟好事近

白酒酌玻璃菱歌誰伴西湖醉
翠浪吞平野水天溶漾畫橈遲
惜香滿庭芳　書舟鳳棲梧
稼軒賀新郎　安陸畫堂春

春夢笙歌裏鐙暈青紅殘醉在
深情眉媚中姝娘翠黛有人描
夢窗點絳脣　竹山賀新郎
坦庵菩薩蠻　安陸木蘭花

紅葉浪題詩芳心一點天涯去
珠履延佳客綵花千數酒泉清
白石驀山溪　竹山探春令
竹洲念奴嬌　安陸定風波令

縹緲玉京人塵世鸞驂那肯駐
灑落煙雲意老仙鶴馭幾時歸
片玉法曲獻仙音　坦庵蝶戀花
竹屋點絳脣　白石虞美人

千里共襟期別來人事如秋草
一杯宜勸了又將愁眼與春風
稼軒婆羅門引　片玉玉樓春
西樵千秋歲　白石杏花天影

敢喚起桃花若將玉骨冰姿比
有佳名芍藥猶說黃金寶帶重
白石洞仙歌　稼軒鷓鴣天
惜香醉蓬萊　石林鷓鴣天

花上舊時春斷腸惟有流鶯語
柳外橫橋小機心還逐白鷗閒
安陸少年游　書舟南浦
書舟清平樂　竹洲浣溪沙

漸翠設涼痕三月柳枝柔似縷
老紅香月白一點孤花尚有情
竹山瑞鶴仙　安陸天仙子
夢窗好事近　石林南鄉子

人在庾公樓一眼平蕪看不盡
又過林逋處兩眉山色翠常低
信齋水調歌頭　石林滿江紅
白石卜算子　坦庵浣溪沙

凝雲定不飛清夜爲君歌白苧
因月才相識生涯何有但青山
安陸醉桃源　安陸天仙子
惜香念奴嬌　石林江城子

巵酒向人時甕底新醅供酩酊
東風元自好柳梢殘日弄微晴
稼軒千年調　石林浣溪沙
書舟菩薩蠻　片玉浣溪沙

雅淡有餘清白酒一杯還徑醉
意足多新詠瓊瑰千字已盈懷
惜香菩薩蠻　石林臨江仙
夢窗探芳信　稼軒西江月

問桃李無言却怪情多春又老
傍池闌倚徧須知人與景相宜
安陸相思兒令　石林臨江仙
竹山木蘭花慢　坦庵浣溪沙

何處最知秋好月尙尋當日約
臨酒論深意有情願寄向南枝
惜香卜算子　石林臨江仙
夢窗金盞子　安陸木蘭花

未放醉翁閒舉杯便可吞吳越
誰會王孫意寄聲時爲到滄洲
洺水水調歌頭　梅溪滿江紅
盧川明月逐人來　石林臨江仙

看檻曲縈紅露洗初陽射林表
對前山橫素雨餘涼意到胡牀
白石翠樓吟　片玉早梅芳近
片玉紅林擒近　稼軒定風波

私語口脂香曾把芳心深相許
曉山眉樣翠未必生綃畫得宜
片玉意難忘　梅溪留春令
稼軒臨江仙　哄堂減字木蘭花

中酒落花天且趁先春拚醉倒
橫笛空山暮更憑佳句盡拘收
惜香臨江仙　書舟木蘭花
夢窗點絳脣　石林定風波

當樓月半奩點檢笙歌多醲酒
畫幕風來往却怕春寒自掩扉
夢窗生查子　西樵蜨戀花
石林千秋歲　白石鷓鴣天

白酒酌玻璃昨日解酲今夕又
翠浪吞平野際天拖練夜潮來
惜香滿庭芳 西樵蜨戀花
稼軒賀新郎 安陸望江南

斜陽明倚樓乞得風光還兩眼
上湖閒蕩槳長與行雲共一舟
片玉長相思 西樵賀新郎
安陸菩薩蠻 白石鷓鴣天

歸去伴寒鷺一葉扁舟煙浪裏
分付與沙鷗半湖流水夕陽前
竹山摸魚子 惜香夜行船
西樵水調歌頭 石林虞美人

鶯語咽輕簧心事不隨飛絮亂
蜨子迷香陣春工偏上好花多
千里風流子 惜香蜨戀花
惜香蜨戀花 安陸玉聯環

明月共吹簫桂花香裏驂高鶴
晴風蕩無際槐陰密處囀黃鸝
友古滿庭芳 坦庵滿江紅
片玉瑞鶴仙 惜香眼兒媚

同倒甕頭春笑挽清風歸玉枕
只有山中月冷催秋色上簾鈎
片玉鎖陽臺 書舟浣溪沙
竹坡醉落魄 惜香浣溪沙

歌徹碧雲詞坐上有人能顧曲
夢冷黃金屋起來宿酒尙酡顔
書舟朝中措 片玉玉樓春
竹山賀新郎 惜香浣溪沙

私語口脂香小字金書頻與問
輕柔心性在酒濃花豔兩相宜
片玉意難忘 惜香蜨戀花
竹山洞仙歌 惜香臨江仙

輕羅紅霧垂胭脂淡注宮妝雅
寶匳金鴨冷篆煙熏得晚香留
安陸醉垂鞭　惜香一叢花
惜香菩薩蠻　書舟鷓鴣天

詩句夜裁冰芳草池塘春夢後
酒杯秋吸露水亭煙榭晚涼中
稼軒臨江仙　書舟浣溪沙
稼軒臨江仙　書舟南歌子

樓上卷簾看露脚斜飛夜將曉
花底還君醉檀心應共酒相宜
片玉少年游　片玉早梅芳近
蘆川虞美人　惜香虞美人

看山藉一筇賞花天氣春將半
艇子搖雙槳入寒絃聲水上聞
梅溪南歌子　惜香點絳脣
石林千秋歲　安陸南鄉子

顧曲萬花深醉鄉莫放笙歌歇
明夜扁舟去平湖徙倚水雲寬
玉田甘州　夢窗滿江紅
稼軒水調歌頭　竹洲浣溪沙

試上小紅樓今夜相思應看月
細按歌珠串風情誰道不因春
稼軒菩薩蠻　安陸南鄉子
泰之南歌子　夢窗一剪梅

柳外亂蟬鳴日午酒消聽驟雨
花底聞鶯語晝闌入暮起東風
海璚水調歌頭　梅溪青玉案
順受蝶戀花　夢窗西河

兩岸荔枝紅蓮蕩折花香未晚
六橋春浪暖湖光乘雨碧連天
誠之菩薩蠻　夢窗滿江紅
草窗減字木蘭花慢　惜香畫堂春

深院芰荷中嬌蟬聲遠度菱唱
曲房花氣藹翠禽語似說相思
東堂最高樓　夢窗法曲獻仙音
東堂小重山　夢窗江城梅花引

夜涼笙鶴期一曲游仙聞玉磬
平生漚鷺性三徑閒情傲落霞
白石阮郎歸　夢窗蝶戀花
澹齋洞仙歌　西樵浣溪沙

詩眼巧安排惜花對景聊爲主
田家春正好帶書傍月自鋤畦
稼軒水調歌頭　坦庵蝶戀花
蓮社菩薩蠻　夢窗江城梅花引

題罷惜春詩好漉烏巾連夜醉
莫作悲秋意縱有黃花祇異鄉
放翁菩薩蠻　夢窗滿江紅
坦庵廳前柳　書舟長相思

玉宇洗秋晴月向井梧梢上挂
素影翻春豔人對梅花雪後新
得全浪淘沙　夢窗龍山會
泰之卜算子　介庵鷓鴣天

煙雨晚山稠瘦馬衝泥尋去路
紅紫芳菲徧游蜂釀蜜竊香歸
趙旭曲入冥　片玉芳草渡
坦庵生查子　片玉浣溪沙

靜對北山雲平林遠岫渾如畫
醉把西風扇紫萸玉腕又逢秋
海瑤水調歌頭　坦庵風入松
稼軒水調歌頭　夢窗浣溪沙

記芳徑暮歸肩輿曉踏江頭月
啟軒窗遙對千山秋入雨中青
君遇風流子　惜香菩薩蠻
江緯向湖邊　夢窗玉樓春

落紅成地衣梅花偏惱多情月
新綠漲幽浦柳絲無賴舞春柔
淮海阮郎歸　夢窗風入松
履齋祝英臺近　書舟虞美人

翠鬟鞸秋煙循階竹粉霑衣袖
香波釀春麯滿湖山色入闌干
屯田促拍滿路花　片玉漁家傲
梅淵應天長　夢窗醜奴兒慢

金蕊正風流一夜秋容上巖桂
黃花開淡泞幾枝疏影浸窗紗
小山武陵春　惜香洞仙歌
屯田愛恩深　書舟浪淘沙

斜日杏花飛卷簾不解招新燕
暖煙桃葉渡滿川晴漲漾輕鷗
巴東江南春　夢窗花心動
竹隱瑞鶴仙令　惜香浣溪沙

翠袖擁香風酒釅未須令客醉
玉管濡冰雪賦情更苦似春濃
栟櫚菩薩蠻　片玉浣溪沙
簫臺念奴嬌　夢窗新雁過妝樓

今日北池游來往扁舟輕如羽
看花南陌醉笑拈芳草不知名
六一浪淘沙　夢窗倒犯

臉邊天與紅春澹情濃半中酒
人遠波空翠水光月色兩相兼
小山菩薩蠻　夢窗夜游宮
安陽點絳唇　坦庵江南好

梅片作團飛滿地亂紅風掃聚
柳葉隨歌皺一聲長笛月中吹
雷北湖好事近　西樵蝶戀花
山谷南歌子　夢窗醉桃源

梅片作團飛紅粉暗隨流水去
蓮蕩香風裏翠灣還趁畫船開
雷北湖好事近　稼軒滿江紅

東山惜雙雙　竹屋踏莎行
瓊花照玉壺吟情又許春風醉
芭蕉籠碧砌敗葉相傳細雨聲
山谷雪花飛　竹屋踏莎行

赤城菩薩蠻　片玉南鄉子
花似鏡中人秀靨偷春小桃李
風動重簾繡簟紋如水浸芙蓉
信齋感皇恩　夢窗荔支香近

東堂生查子　片玉浣溪沙
花深人對閒今夜情簪黃菊了
酒濃春入夢夕陽深鎖綠楊門
赤城菩薩蠻　稼軒蝶戀花

東堂臨江仙　片玉玉樓春
淡浮洞庭山佳處徑呼籃輿去
漫渡滄江雨孤舟獨釣一蓑歸
子美水調歌頭　後村賀新郎

東山生查子　惜香浣溪沙
吟上仲宣樓目斷平蕪蒼波晚
笑把浮邱袂人自閬風玄圃來
石林臨江仙　稼軒賀新郎

放翁隔浦蓮近拍　竹齋沁園春
疏雨洗天清秋聲已入梧桐表
野水尋溪路春風無定落梅輕
中齋賣花聲　竹齋菩薩蠻

書舟南歌子　夢窗醉桃源
待宴賞重陽醉裏笙歌雲窈褭
擁玲瓏春意檻前疊石翠參差
屯田愛恩深　夢窗玉樓春

玉田眞珠簾　金谷臨江仙

冰姿巧弄紅梅傍小春融絳雪
曲屏橫遠翠柳梳斜月上紗窗
簫臺南歌子 竹齋謁金門
東堂小重山 惜香浣溪沙

分得翠陰歸疏蟬響澀林逾靜
還是黃昏近亂鴉啼處日銜山
安陸晝堂春 稼軒瑞鷓鴣
坦庵永遇樂 金谷望江南

萬里水雲身迎步溪山供散策
一尊松竹底落花時節又逢君
海瑤水調歌頭 金谷玉樓春
茗溪臨江仙 稼軒上西平

汗漫與君期做造溪山今夜夢
好語憑誰和牢籠風月此時情
稼軒水調歌頭 惜香玉樓春
稼軒菩薩蠻 惜香玉樓春

銀鉤墨倘新戲臨小草書團扇
遠山青欲滴醉扶怪石看飛泉
松隱阮郎歸 散花鷓鴣天
虛靖龍山會 稼軒鵲橋仙

詩句妙春豪香月一聯真絕唱
柳浪迷煙渚柔條萬縷不勝情
聊復菩薩蠻 散花賀新郎
後湖謁金門 惜香臨江仙

闌檻濕香塵雨回綠野清還麗
河漢湛秋碧月印金甌曉未收
學舟木蘭花慢 書舟鳳棲梧
雪山水調歌頭 散花長相思

待舞蜨游蜂問訊花梢春幾許
汎清波文鷁更覺溪頭水也香
東山馬家春慢 散花賀新郎
鄮峰念奴嬌 稼軒南鄉子

光動萬星寒一行歸鷺拖秋色
曉雨雙溪漲千步長虹跨碧流
草窗珍珠簾　散花鷓鴣天
栟櫚南歌子　石林定風波
冰姿巧弄紅當時面色欺春雪
冷香清到骨有人風味勝疏梅
簫臺南歌子　片玉少年游
梅津霓裳中序第一　蘆川虞美人
題紅隔翠波人影不隨流水去
晚風生碧樹銷魂都在夕陽中
草窗南樓令　稼軒瑞鷓鴣
處度謁金門　白石浣溪沙
龍吟徹骨清綠楊低掃吹笙道
馬躍芳衢闊青衫慣拂軟紅塵
東坡菩薩蠻　白石點絳脣
安陸少年游慢　竹屋臨江仙

我與謫仙儔對月只應頻舉酒
紅軟長安道因花那更賦閒情
東澤臨江仙　于湖浣溪沙
夢窗探芳信　石林臨江仙
扁舟下五湖最愛洞庭天際水
寒雲飛萬里且作橫槎海上仙
東坡菩薩蠻　洺水滿江紅
西里八聲甘州　于湖鷓鴣天
不辭紅玉杯故人相見尤堪喜
印剖黃金鈕男兒此志會須伸
珠玉少年游　于湖踏莎行
夢窗瑞龍吟　蘆川隴頭泉
聊從造物游舉世疏狂誰似我
分付知音耳做底歡娛報答渠
東坡菩薩蠻　蘆川減字木蘭花
東堂點絳脣　惜香鷓鴣天

妨却一身閒萬事如毛隨日出
化作雙飛羽九霄回首望塵寰
正子水調歌頭　竹齋清平樂
安陸怨春風　坦庵醉桃源

一弄入雲聲花餘歌舞歡娛外
不負看山眼人在晴嵐杳靄中
安陸菩薩蠻　稼軒鷓鴣天
東堂燭影搖紅　洺水沁園春

長是爲花忙使君莫放尋春緩
老不如人意餘子誰堪共酒杯
六一望江南　安陸傾杯
稼軒念奴嬌　後村沁園春

者舊笑談中人愛人嫌都莫問
杯盤風月夜此歡此宴固難陪
周士滿庭芳　書舟鳳棲梧
稼軒臨江仙　石林臨江仙

紅粉裊花梢脆管危絃隨意起
翠水環雲徑露荷風柳向人疏
稼軒婆羅門引　惜香青玉案
松隱點絳脣　千里霜葉飛

賀燕立簾鉤霧閣雲窗閒枕席
睡鴨飄香麝博山細篆靄房櫳
東堂武陵春　千里漁家傲
山谷憶帝京　片玉月中行

柳外亂蟬鳴借問喧天成鼓吹
枝上嬌鶯語乞與遊人弄晚晴
海瓊水調歌頭　稼軒江神子
方舟生查子　介庵鷓鴣天

寫入洛英圖樂事也知存後會
無限長安客舉杯相屬盡名流
秋聲水調歌頭　安陸百媚娘
稼軒念奴嬌　蘆川水調歌頭

精神冰玉寒移尊邀取嬋娟共
急槳煙波遠尙能同載麴生無
簫臺南歌子　惜香踏莎行
屯田河轉　蘆川水調歌頭
永結歲寒知且約風流三學士
休把興亡記由來同是一乾坤
覆瓿水調歌頭　稼軒定風波
稼軒念奴嬌　姑溪浣溪沙
好把醉鄉尋酒量羨君如鵠舉
更枕閒書臥曉窗眠足任鷄啼
樵歌水調歌頭　姑溪浣溪沙
稼軒卜算子　千里望江南
光浮琥珀尊高懷自飲無人勸
春入流蘇夜相思有夢阿誰知
簫臺南歌子　稼軒玉樓春
東堂清平樂　書舟浪淘沙

眉黛斂秋波風流別有千般韻
香醫融春雪花氣天然百和芬
山谷驀山溪　惜香鷓鴣天
屯田促拍滿路花　蘆川浣溪沙
淸尊長是開何人解作留春計
健筆方飛灑爲君行草寫秋陽
東坡阮郎歸　惜香水龍吟
盤洲生查子　蘆川浣溪沙
相與笑春風惜花老去情猶著
總是安秋處袖手無言味最長
安陸少年游　蘆川醉落魄
船窗解語花　散花鷓鴣天
雲山發興新作賦吟詩空自好
風月無盡藏醉來歸去意如何
蓮社菩薩蠻　散花酹江月
宏正水調歌頭　蘆川南歌子

酌君千歲觴便向尊前拚醉倒
對此一灣碧幾曾湖上不經過
鶴山菩薩蠻　石林滿江紅
臞軒摸魚兒　梅溪臨江仙
長歗翠微間幾陣涼風生客袖
好補青蘿屋四圍晴黛入闌干
樵仲水調歌頭　千里南鄉子
棲霞水調歌頭　蘆川水調歌頭
素壁寫歸來老去專城仍好客
白雪詞新草花間妙語欲無詩
稼軒水調歌頭　蘆川念奴嬌
草窗六么令　龍川阮郎歸
海棠如舊時消得騷人題妙句
茉莉標致別誰向晴窗伴素馨
放翁菩薩蠻　哄堂減字木蘭花
竹山秋夜雨　蘆川小重山

梅謝雪中枝招得花奴來尊俎
蓮蕩香風裏更有吳姬撥小橈
小山臨江仙　夢窗絳都春
東山惜雙雙　哄堂武陵春
曙雲樓閣鮮翠枕面涼偏益睡
寶篆沉煙裊龍涎灰暖細烘香
珠玉訴衷情　片玉浣溪沙
淮海海棠春　蘆川浣溪沙
花信更須催取次芳菲俱可意
蛾眉最明秀洗盡鉛華不著妝
東堂小重山　安陸百媚娘
稼軒瑞鶴仙　惜香鷓鴣天
千騎試春游寶馬雕車香滿路
三面攙天翠玉室金堂不動塵
東坡南鄉子　稼軒青玉案
白石虞美人　姑溪浣溪沙

乘輿狎沙鷗走徧溪頭無覓處
御風跨皓鶴不知仙骨在何人
矩山水調歌頭 稼軒玉樓春

偏與淡妝宜西湖人面兩奇絶
天把多情付月圓花好一般春
袁綯傳言玉女 姑溪臨江仙
珠玉訴衷情 惜香醉落魄

詩眼巧安排一障湖山看未徧
好懷誰共説平生魚鳥與同歸
安陸御街行 琴趣御街行
稼軒水調歌頭 安陸天仙子

詩韻轉清揚放歌狂飲猶堪逞
花氣浮芳潤齅蕊攀條得自如
書舟霜天曉角 琴趣阮郎歸
風雅水調歌 琴趣安公子
放翁蝶戀花 龍洲沁園春

三唱和秋聲香鑪高詠君家事
千峯呈翠色畫圖新展遠山齊
苕溪臨江仙 琴趣少年游

梅瘦月闌干削約寒枝香未透
酒濃春入夢祇有茶甌味最便
海璚蘭陵王 夢窗醉桃源
藥房菩薩蠻 竹洲浣溪沙

笑拈萱草芽欲問此情何所似
閒修牡丹譜試呼名品細推排
東堂臨江仙 姑溪南鄉子
日湖醉桃源 姑溪南鄉子

剛賦看花回説與人生行樂耳
誰會憑闌意覺來眼界忽醒然
盟鷗祝英臺近 稼軒臨江仙
稼軒水調歌頭 竹齋清平樂
小畜點絳脣 盧川水調歌頭

園柳囀黃鸝綠野移春花自老
玉柱斜飛燕寶箏聲暖拍初勻
晦庵朝中措　初寮安陽好
小山菩薩蠻　石林浣溪沙
覓句更風流要與龍江春作主
對花深有意不若孤山先訪梅
茗溪臨江仙　坦庵蜨戀花
惜香菩薩蠻　龍洲沁園春
又似竹林狂不覺引杯澆肺渴
看卽梅花吐忽有幽香透鼻清
稼軒水調歌頭　梅溪賀新郎
小山歸田樂　哄堂鷓鴣天
天遠夕陽多煙染暮山浮紫翠
酒醒明月下却須詩力與丹青
東坡滿庭芳　金谷浣溪沙
白石玲瓏四犯　後山洛陽春

春餘笑語温曾對金尊伴芳草
老來情味減不將白髮並黃花
東堂南歌子　西樵洞仙歌
稼軒木蘭花慢　後山木蘭花
冰姿巧弄紅梅傍小春融絳雪
雲巘在空碧煙籠晚色近修篁
簫臺南歌子　竹齋謁金門
雪山水調歌頭　知稼浣溪沙
欹枕臥江流月明夜半魚龍舞
幽花香澗谷不受人間鶯蜨知
寶晉水調歌頭　竹屋鳳棲梧
東坡臨江仙　知稼一剪梅
狂客鑑湖頭鷗鷺相將是家眷
暖煙桃葉渡雛鶯初囀鬥尖新
淮海望海潮　壽域鳳棲梧
竹隱瑞鶴仙令　盧川瑞鷓鴣

風流出酒家自洗玉舟斟白醴
瀟灑真仙隱要騎赤鯉上青天
泰之南歌子　无住法駕導引

簫臺南歌子　聖求水調歌頭
佳處著詩翁真意見嬉吾已領
多情懷酒伴一杯相屬意還新
稼軒水調歌頭　丹陽定風波

箕潁小重山　友古浣溪沙
相與問孤山春到江南三二月
有心雄泰華題作人間第一流
芸窗摸魚兒　介庵清平樂

稼軒臨江仙　友古采桑子
景物關情川塗換目頻來催老
悲歌擊筑憑高酹酒此興悠哉
片玉氏州第一

放翁秋波媚
橫塘露粉顏杏花宜帶斜陽看
袖香温素手海棠開後曉寒輕
東山南歌子　夢窗思佳客

解林菩薩蠻　珠玉玉樓春
試高吟楚些窗前細把離騷讀
聽一聲羌笛坐中還有賞音人
稼軒沁園春　惜香踏莎行

溪堂好事近　山谷玉樓春
蓑笠一鈎絲野塘風暖游魚動
落日千山雨茂林深處晚鶯啼
山谷訴衷情　屯田尾犯

濟師菩薩蠻　東坡浣溪沙
瑞錦鴛鴦雪裏温柔水邊明秀
寶釵雙鳳妝光蕩漾天質嬋娟
竹齋沁園春　稼軒念奴嬌

樵歌憶秦娥　東堂踏莎行

嶺南無雁飛且置請纓封萬戶
少日聞鷄舞會須擊節泝中流
誠之菩薩蠻　稼軒滿江紅
稼軒菩薩蠻　石林臨江仙

覽物興尤長漫道廣平心似鐵
栽花春爛縵猶喜潘郎鬢未華
風雅水調歌頭　得全蜨戀花

坦庵促拍滿路花　惜香醜奴兒
花影伴芳尊蝦鬚半卷天香散
密葉藏吟屋獸鑪煙動彩雲高
吉甫滿庭芳　太簡越江吟
草窗清平樂　清江歸朝歡

納詞楹帖卷四

杭邵銳茗生集

十一字

吟思難抽只願長留相見面
芳游自許誰能拘束少年心
竹山木蘭花慢　後村滿江紅
梅溪齊天樂　竹屋思佳客

籬角黃昏新筍看成堂下竹
晚林青外今朝聊結社中蓮
白石疏影　片玉浣溪沙
夢窗慶春宮　于湖浣溪沙

芳草如雲我見青山多嫵媚
岸花迎艕出水紅妝有豔香
須溪大聖樂　稼軒賀新郎
東澤沙頭雨　南湖鷓鴣天

野漲挼藍贈我柳枝情幾許
暖風吹雪欲學楊花更耐寒
稼軒行香子　安陸漁家傲
東堂減字木蘭花　東坡減字木蘭花

江左屬風流公自陽春有脚
晚歲宜遐福人道雲出無心
東堂武陵春　南湖賀新郎
赤城千秋歲　竹山念奴嬌

送一點秋心月明空照蘆葦
恰平分春半風光初到桃花
玉田臺城路　東畝西河
古洲賀聖朝　東堂西江月

勸我醉秋風翠袖爭浮大白
滿地閒春繡燕泥收盡殘紅
松隱菩薩蠻　東坡西江月
夢窗青玉案　放翁臨江仙

來壽飲中仙海上蟠桃易熟
自看煙外岫樓前荔子吹花
南澗水調歌頭　珠玉破陣子
白石角招　放翁烏夜啼

舟行秋色中大江千古東注
笛喚春風起斜陽獨倚西樓
惜香菩薩蠻　在軒念奴嬌
象澤賀新郎　珠玉清平樂

月映水中天海鏡倒湧秋白
誰向花前醉容華酒借春紅
坦庵江南好　玉田疏影
安陽點絳脣　草窗西江月

家在武陵溪斜日滿簾飛燕
花探都門曉春風一路聞鶯
樂齋如夢令　文伯不見
安陸少年游慢　草窗清平樂

釀作一杯春酒面初潮蟻綠
解遣雙壺至新醅旋壓鵝黃
誠齋水調歌頭　相山西江月
山谷菩薩蠻　苕溪夢橫塘

宴玉壘談賓翠鼎緩騰香霧
共綵鸞仙侶鳳簫吹下天風
安陸傾杯　守齋一枝春
東坡滯人嬌　澗泉朝中措

醉墨卷秋瀾紫雲已在詩壁
杖履覓春色碧山橫繞清湖
稼軒水調歌頭　景行百字令
西樵水調歌頭　蘋遠水龍吟

香雪弄春妍梅嶺綠陰青子
風露浸秋色霜籬紅老江花
晦庵好事近　正子水調歌頭
鶴山水調歌頭　樂齋西江月

小閣倚秋空依約月華新吐
多情爲春憶箇中風韻誰知
放翁感皇恩　道甫酹江月
安陸好事近　斷腸柳梢青

荷香入坐濃閒把雨花商略
梅影橫窗瘦清隨月色低斜
綺川南歌子　藏一聲聲慢
浮溪點絳脣　朱雍清平樂

萬里水雲身我是有詩漁父
一試春風手長記草賦梁園
海瑀水調歌頭　梅溪桃源憶故人
苕溪點絳脣　石室念奴嬌

池館足名花鳩雨催成新綠
沉香添小炷麝痕微沁鑪黃
泰之感皇恩　放翁臨江仙
東堂菩薩蠻　草窗桂枝香

佳處記曾遊疏籬尙存晉菊
妙絕應難有篝香細勘唐碑
拙軒感皇恩　玉田聲聲慢
稼軒念奴嬌　歗齋清平樂

雙槳柳橋春解意歌鶯勸我
半廊花院月卷簾看燕初歸
竹屋臨江仙　燕喜西江月
放翁臨江仙　蓮歷東風第一枝

笑我醉呼君何至羲皇人上
悟身非凡客作成陶謝風流
稼軒摸魚兒　坦庵西江月
舜良好事近　草窗聲聲慢

揮袖上西峰憑高滿眼秋意
覓句如東野心情正著春游
放翁好事近　友古水調歌頭
稼軒賀新郎　小山河滿子

清唱古今稀認得樂天詞意
勾留風月好因見杜牧疏狂
稼軒滿庭芳　克齋西江月
安陸醉垂鞭　靜傳湘月

雲霧浥衣襟千點碧桃吹雨
簾幕卷花影一枝丹杏柔情
東堂八節長歡　草窗大聖樂
安陸歸朝歡　相山朝中措

葉暗乳鴉啼柳垂煙花帶露
雲壓沙鷗暮山潑黛水挼藍
元龍好事近　元祥西樓月
松壑點絳脣　山谷訴衷情

朱李沉寒碧堂上燕又長夏
紅樹間疏黃柳梢鶯近清明
簫臺南歌子　稼軒賀新郎
珠玉訴衷情　小山愁倚闌令

佳月下好風前秉燭游花徑
豔香中深翠裏呵手試梅妝
東堂于飛樂　片玉側犯
惜香鷓鴣天　六一訴衷情

掀老甕撥新醅玉醴荔枝綠
評研品臨書譜銅鑪栢子香
稼軒鷓鴣天　山谷醉落魄
草窗滿江紅　樵歌菩薩蠻

詞歌雪氣淩雲風流金馬客
鹿銜幡貂插案玉瑩紫微人
鄮峰驀山溪　山谷滿庭芳
鶴山水調歌頭　安陸山亭宴

暗隨仙馭來吹簫同過緱嶺
誰將春色去平生只說浯溪
珠玉更漏子　放翁隔浦蓮近拍
稼軒滿庭芳　于湖水龍吟

一尊誰與同江月知人念遠
萬里須臾耳仙風相送還家
放翁長相思　淮海木蘭花慢
稼軒水調歌頭　東堂清平樂

樓閣淡春姿門外鴉啼楊柳
眉黛生秋暈玉臺燕拂菱花
片玉少年游　淮海如夢令
東堂點絳脣　東堂清平樂

落日水鎔金芰荷香泛芳沼
和風春弄袖柳梢綠轉條苗
世美好事近　梅山念奴嬌
東坡臨江仙　梅溪臨江仙

總是玉關情纔見便論心素
莫惜金尊側無言暗擁嬌鬟
小山少年游　放翁真珠簾
竹洲念奴嬌　竹山絳都春

歌韻倘悠揚叫雲吹斷橫玉
今夕且歡笑斜月遠墮餘輝
信齋滿庭芳　東湖念奴嬌
稼軒水調歌頭　片玉夜飛鵲

往事夕陽紅驚蟬相對秋語
小閣遙山翠酥花空點春妍
草窗南樓令　盟鷗摸魚兒
竹洲驀溪山　放翁朝中措

蘭窗翠色齊新陰纔試花訊
寶匳金鴨冷香屏曉放雲歸
書舟南歌子　草窗東風第一枝
惜香菩薩蠻　小山西江月

當樓月半匲燕子横穿朱閣
畫簾香一縷蛛絲閒鎖晴窗
夢窗生查子　邦直謁金門
書舟謁金門　山谷畫堂春

裝點野人家買園催種松竹
香透溪雲渡因風吹過薔薇
蓮社訴衷情　塵缶念奴嬌
青松點絳脣　山谷清平樂

譜作櫂歌聲涼月下聞清吹
何况霜天曉新晴細履平沙
竹山少年游　東山尉遲杯
稼軒念奴嬌　淮海望海潮

同是歲寒姿只有長松綠竹
一笑吾身老仍把紫菊紅萸
晦庵水調歌頭　得全水調歌頭
坦庵生查子　東坡醉蓬萊

那更話封留赤松還伴高潔
新聲傳訪戴黃花已過重陽
石林臨江仙　庶成壺中天
東山小重山　東坡十拍子

春窗遠岫眉寒日無言西下
萬里關河眼綠波依舊東流
山谷南歌子　呆卿離亭燕
夢窗宴清都　珠玉清平樂

秋事促西風院靜鳴蛩相應
酌酒挼北斗夜涼跨鶴吹笙
石林水調歌頭　乙山秋蕊香令
稼軒水調歌頭　草窗清平樂

憑君把酒看坐上風流張緒
要他詩句好江南誰念方回
東堂南歌子　澗泉謁金門
稼軒臨江仙　草窗高陽臺

龍吟澈骨清長笛一聲今古　修竹蔭流觴春禊初澄盎綠

馬躍芳衢闊平沙萬里天低　海棠麗煙徑花房半弄微紅

東坡菩薩蠻　水雲洞仙歌　盤洲生查子　鄭峰滿庭芳

安陸少年游慢　草窗高陽臺　松隱月上海棠慢　陽春臨江仙

更有拒霜紅歲寒長友松竹　揮袖上西峰雲擁登山屐齒

低度浣沙曲春容淺入蒹葭　薰香開畫閣窗間列岫橫眉

稼軒朝中措　簫臺念奴嬌　放翁好事近　師郝百字令

梅澗應天長　草窗高陽臺　南澗臨江仙　盤洲滿庭芳

人凭赤闌橋波上月無流影　人語暗香中花上半鉤斜月

夢冷黃金屋玉屏水暖微香　天把多情付柳邊幾箇黃鸝

梅溪臨江仙　子山剔銀鐙　退翁眼兒媚　武子好事近

竹山賀新郎　草窗四字令　安陸御街行　澗泉朝中措

幾夜月波涼鏡光盡浸寒碧　春深楊柳風江濤猶壯人意

一枝風露濕花房半弄微紅　香凍梨花雨秋聲又入吾廬

小山南鄉子　江村慶宮春　種春菩薩蠻　子文西河

稼軒臨江仙　陽春臨江仙　松壑點絳脣　碧山聲聲慢

猿鶴與同儕翁意在乎林壑
魚鳥渾相識漾舟遙指煙波
筠溪水調歌頭　後村水調歌頭
堂溪點絳唇　鄧州黃鶴引

妝罷玉奩秋月在柳橋花榭
莫惜金尊倒人間酒戶詩流
信齋水調歌頭　東堂西江月
稼軒千秋歲　洽然雨中花

圍鑪面小窗雲亂香歕寶鴨
傍水添清韻夜深醉蹋長虹
惜香霜天曉角　東堂河滿子
東山南歌子　草窗慶宮春

香風拂面來棋聲吹下人世
何日教心足塵緣浪走天涯
簫臺阮郎歸　夢窗西河
友古念奴嬌　放翁烏夜啼

問桃李無言煙鎖藍橋花徑
有酴醾入手乳浮紫玉甌中
山谷好女兒　夢窗齊天樂
書舟一落索　欽之西江月

晴日歛春泥簾外蹴花雙燕
金井生秋早曉窗淡月啼鴉
坦庵卜算子　放翁昭君怨
珠玉連理枝　武子清平樂

秋夢短長亭南雲應有新雁
春色知何處東風淡墨欹鴉
小山臨江仙　小山碧牡丹
表臣驀山溪　盟鷗八六子

詩眼巧安排又是一番紅紫
花面長依舊別來幾度春風
稼軒水調歌頭　仲敏謁金門
珠玉菩薩蠻　六一朝中措

寶炷暮雲迷金鴨暖消沉水
半窗疏雨影素蟾初上雕櫳
東堂生查子　相山謁金門
書舟謁金門　順庵滿庭芳

清囀似嬌鶯唱我新歌白雪
涼葉催歸燕輕飛點畫青林
東山小重山　樵歌如夢令
小山碧牡丹　賈夫水龍吟

來插釣魚竿曾約舊時鷗鷺
同作携壺客從渠恣賞鶯花
斐然水調歌頭　雲莊水龍吟
芸窗好事近　鶴臯渡江雲

標格外風埃老鶴自偏野性
瀟灑真仙隱清猿啼處山深
安陸望江南　康範西江月
簫臺南歌子　碧澗風入松

便有浴鷗飛香蕩幾灣紅玉
待與乘鸞去浩歌平步青雲
盤洲生查子　秋崖惜紅衣
稼軒御街行　雲月木蘭花慢

幽窗淨俗塵薰徹金猊燼冷
畫幕明新曉鈎間紫燕簾風
書舟南歌子　青山二郎神
安陸謝池春　鄧莊風入松

空翠撲衣襟竹下一渠秋水
斜日動歌管小樓幾度春風
片玉驀山溪　師錫如夢令
南澗水調歌頭　叔柔醉太平

斜日畫船歸常記垂虹晚渡
小樓春色裏闌珊打馬心情
信道菩薩蠻　信齋水調歌頭
稼軒臨江仙　放翁烏夜啼

正小院春闌草莢蘭芽漸吐
動一山秋色風松煙檜蕭然
書舟木蘭花慢　片玉黃鸝繞碧樹

惜香好事近　東堂臨江仙
王維真畫圖十里水晶臺榭
安石寓絲竹二并鐘鼎山林
陽春阮郎歸　稼軒賀新郎

筠溪水調歌頭　草窗風入松
煙雨畫瀟湘一川松竹如醉
溪山繞尊酒二升菰米晨炊
東山小重山　稼軒念奴嬌

東堂八節長歎　放翁烏夜啼
滿引唱新詞東甫諸人堪笑
千載傳佳話謝安才貌風流
陽春醉春風　稼軒水調歌頭

竹山念奴嬌　溫儀西江月
花落滿蒼苔往事數尋去鳥
晚風生碧樹映帶幾點歸鴉
伯可小重山　稼軒西江月

處度謁金門　東山石州引
芳菊裊秋香長爲西風作主
桃李靚春醫還乘小雨移花
相山望海潮　稼軒西江月

夢窗暗香　放翁烏夜啼
山圍晚照紅千丈懸崖削翠
簾卷篆煙碧幾回新月如鈎
松隱菩薩蠻　稼軒西江月

相山好事近　小山清平樂
松菊占深幽偏奈雪寒霜曉
湖山經醉慣應隨月度雲湍
松隱武陵春　稼軒感皇恩

夢窗三姝媚　東堂八節長歎

揮麈聽風生妙語一時飛動
亂峰清影裏詩壇千丈崔嵬
石林臨江仙　東坡西江月
灊山謁金門　稼軒念奴嬌
宮梅破鼻香東閣詩情易動
芳草連天暮西風塞馬空肥
惜香南歌子　臨川西江月
野雲小桃紅　稼軒木蘭花慢
月滿大江流雲際客帆高挂
風動重簾繡衣上曉色猶春
南澗臨江仙　杲卿離亭燕
東堂生查子　安陸慶同天
來往賀家湖菱唱數聲乍聽
生長吳山曲白雲一片孤飛
草窗甘州　五松水龍吟
風雅賀新涼　稼軒新荷葉

萬條楊柳風嚲塵輕染金縷
一尊松竹底烏絲重記蘭亭
小山菩薩蠻　草窗倚風嬌近
苕溪臨江仙　稼軒臨江仙
繡閣綺羅香窗外燕嬌鶯妒
別館花深處門前沙暖泥融
鷄肋水調歌頭　白雲如夢令
屯田黃鶯兒　稼軒臨江仙
隨處岸綸巾生平不如老杜
雅志困軒冕解嘲試倩楊雄
放翁烏夜啼　耘叟木蘭花慢
東坡水調歌頭　稼軒臨江仙
揮袖上西峰重疊暮山聳翠
邀月過南浦一川落日鎔金
放翁好事近　屯田訴衷情近
東澤南浦月　稼軒西江月

梨花春雨餘十里香風曉霽
蒲桃仙浪軟一川明月疏星
淮海阮郎歸　晦庵西江月
東堂感皇恩　稼軒清平樂

自放鶴人歸兩袖五湖煙雨
有沙鷗相識片帆千里輕船
草窗減字木蘭花慢　東澤憶蘿月
放翁好事近　稼軒清平樂

山遠不知名夕照千峯互見
月色已如玉白雲一片孤飛
積翁菩薩蠻　遠堂西江月
誠齋好事近　稼軒新荷葉

對酒面鱗紅琴思詩情當切
儘龐眉鶴髮榮光休氣徘徊
龍雲金明春　竹山賀新郎
惟善寶鼎現　東堂清平樂

揮醉筆掃吟榆妙語發天籟
俯晴郊增勝槩喜氣與春游
東山思越人　環谷水調歌頭
坦庵水調歌頭　東堂武陵春

揮麈聽風生百篇才千石飲
門楫飛雲速三湘夢五湖心
石林臨江仙　稼軒水調歌頭
盤洲生查子　日湖驀山溪

梅驛外蓼灘邊露涼鷗夢闊
浦花旁汀草畔風暖燕雙飛
放翁驀山溪　玉田臺城路
斂帚阮郎歸　澹齋臨江仙

薄霞裳酣酒面慣趁笙歌席
尋柳眼覓花鬚飛傍鬢雲堆
安陸更漏子　稼軒念奴嬌
表臣驀山溪　東堂小重山

梅謝粉柳拖金明月鴛鴦浦
菊簪黃蘭佩紫仙衣翡翠裁
六一鶴冲天　稼軒卜算子
小山阮郎歸　南澗南柯子

吹明月到中天心事付橫笛
競晨妍臨曉鑑照影落清杯
片玉水調歌頭　放翁好事近

排青幛控滄江快風吹海立
走藍輿飛翠蓋雲洞插天開
草窗減字木蘭花慢　稼軒水調歌頭
東山銅人捧露盤引　草窗謁金門
裕齋桂殿秋　稼軒水調歌頭

眉黛歛眼波流簾卷初弦月
蜨情深鶯意嬾花上舊時春
稼軒鷓鴣天　竇洲清平樂
草窗江城子　安陸少年游

金波上玉輪邊翡翠穿花去
紅袖舞清歌女釵燕傍雲飛
東堂驀山溪　東堂青玉案
安陸天仙子　安陸武陵春

煙渡口水亭邊有沙鷗相識
竹風間松月下恰黃鶴飛來
白石驀山溪　放翁好事近

花影吹笙歌餘蘭麝生紈扇
清譚揮麈坐中欬唾落珠璣
山谷驀山溪　須溪摸魚兒
石湖醉落魄　閑齋鷓鴣天
寶晉滿庭芳　東堂玉樓春
酥雨烘晴綠陰朱夏回清暑
秋景如畫沙汀紅葉舞斜陽
草窗月邊嬌　雙溪賀新郎
片玉塞垣春　周士浣溪沙

醉墨題香花滿翠壺薰研席
晚煙凝碧柳舒金線水回堤
草窗長亭怨慢　歡齋清平樂
周士念奴嬌　玉英浪淘沙

芳草斜陽花外黃鸝能密語
桃源歸路湖上朱橋響畫輪
夢窗夜合花　山谷定風波
徽宗念奴嬌　六一浣溪沙

金柳搖風門外綠陰深似海
翠峰如簇卷罷黃庭臥看山
屯田破陣樂　草窗南樓令
臨川桂枝香　放翁鷓鴣天

芳景如屏珍叢化出黃金盞
危絃弄響玉笙猶戀碧桃花
屯田木蘭花慢　珠玉菩薩蠻
片玉看花回　小山阮郎歸

空自許清流賴有歌眉舒綠
無人知此意多情酒暈生紅
知稼眼兒媚　梅溪八歸
无住臨江仙　惜香西江月

搔首無言誰料情多天不管
與花爭好心還樂處景應妍
惜香雨中花令　書舟木蘭花
石林水龍吟　坦庵江南好

戀飲忘歸好臥長虹陂千里
相思還又身在西風天一方
哄堂訴衷情　稼軒賀新郎
惜香燭影搖紅　書舟長相思

春信入江南說與新來燕子
故國渺天北更堪遠近鶯聲
坦庵少年游　竹屋杏花天
白石惜紅衣　千里慶春宮

載取琴書願耐夏宜春廝守
呼吾筇杖愛水光山色爭妍
夢窗玉京謠　孏窟杏花天
歸愚滿庭芳　竹齋滿庭芳

人間春事幽細草和煙尙綠
天際笛聲起仙姿不飲長紅
惜香阮郎歸　片玉浪淘沙慢
夢窗水調歌頭　稼軒朝中措

芳草有情一番佳思從誰詠
東風著意兩處沉吟各自知
宛邱風流子　姑溪漁家傲
南澗六州歌頭　白石鷓鴣天

曲水記流觴毋失晉人風雅
秀葉題佳句應笑楚客才高
石屏滿庭芳　梅溪賀新郎
盤洲生查子　散花酹江月

曲水蘭船嫩涼不隔鷗飛處
亂紅池閣落花都上燕巢泥
小山采桑子　竹屋鳳棲梧
竹山解連環　片玉浣溪沙

曲徑風微夜涼輕撼薔薇萼
洞庭春晚冷光搖蕩古青松
坦庵柳梢青　片玉醉落魄
稼軒念奴嬌　竹山翠羽吟

一水西來行舟蕩漾鳴雙槳
大江東去怒濤寂寞打孤城
洺水六洲歌頭　坦庵菩薩蠻
東坡念奴嬌　片玉西河

小閣橫空斗柄垂寒暮天靜
中流容與風烏弄影畫船移
稼軒新荷葉　片玉感皇恩
白石湘月　安陸芳草渡

明月自吹笙翠袖猶芬仙桂
玳筵催疊鼓歌扇輕約飛花
西麓少年游　東堂調笑令
小山菩薩蠻　白石琵琶仙

是幾度斜陽夜雨剪殘春韭
倚一枝寒月秋光已着黄花
草窗齊天樂　稼軒昭君怨
赤城好事近　金谷柳梢青

翠幕風微更巧試杏妝梅鬢
黄金印大怎換得玉鱠絲蓴
六一減字木蘭花　草窗東風第一枝
龍洲沁園春　放翁洞庭春色

飛大白酬仙蕊有一枝春色
掃吟榻揮醉筆卷千頃秋溟
大聲驀山溪　樂齋好事近
東山思越人　靜春臺城路

衲詞楹帖卷四

杭邵銳茗生集

十字

翠帳犀簾金獸盛燻蘭炷
鸞絲鳳竹玉龍吹散幽香
樵歌采桑子　屯田祭天神
小山慶春時　夢窗風入松

秋菊堪餐冷香猶帶殘月
翠梅低映冰姿自有仙風
稼軒沁園春　松隱念奴嬌
惜香點絳脣　東坡西江月

飛燕風斜簾外杏花微雨
流鶯聲囀門前煙柳渾青
南湖柳梢青　君亮好事近
蘭室點絳脣　東山破陣子

碧淡春姿鳳髓香盤煙霧
霽天秋色雁風吹裂雲痕
草窗一枝春　子喬喜遷鶯
日湖暗香　宏庵水龍吟

葉底雛鶯却趁落花飛入
香街走馬縈情芳草無涯
北湖聲聲慢　東堂調笑令
竹山喜遷鶯　盟鷗八六子

動一片晴光月輪飛碧落
但千杯快飲霞影入瑤觴
屯田如魚水　樵歌臨江仙
稼軒喜遷鶯　相山好事近

新月東籬淵明菊悠然意　看滿鑑春紅花香聞水榭

小軒南浦故侯瓜老生涯　映一蓑新綠縠浪皺風漪

夢窗采桑子慢　信齋滿江紅　草窗減字木蘭花慢　安陸菩薩蠻

山谷青玉案　樵歌訴衷情　放翁好事近　坦庵水調歌頭

洞府人閑酒三甌棋兩局　鷗鷺閒眠碧雲深青嶂晚

芝田春到雲一縷玉千竿　鶯花有意紅日淡綠煙晴

東山更漏子　矩山水調歌頭　六一采桑子　元膺驀山溪

東堂絳都春　稼軒江神子　竹屋眼兒媚　小山更漏子

幾醉紅裙强攜酒小喬宅　曲几團蒲校鵝經摹繭字

雙紋彩袖誰得似牧之狂　亂山橫秀巑獸石錯虬松

東山羅敷歌　白石淡黃柳　稼軒滿江紅　秋崖木蘭花慢

小山清平樂　玉田南樓令　惜香青玉案　裕齋桂殿秋

鶯刷金衣野梅殘官柳嫩　雙槳凌波海門青沙路白

溪橫翠縠舟葉亂浪花飛　半廊界月羅幕翠錦筵紅

相山木蘭花慢　稼軒江神子　東山河傳　草窗減字木蘭花慢

東山江南曲　草窗減字木蘭花慢　竹山瑞鶴仙　小山鷓鴣天

水遠煙微續巖花開徑竹
月明風細聽溪聲瀉冰泉
六一采桑子 苕溪驀山溪
東堂點絳脣 夢窗燕歸梁

載酒尋春衣上雨眉間月
看花索句煙外屐水邊山
西村倦尋芳 書舟滿江紅
稼軒念奴嬌 北湖鷓鴣天

種豆南山且飯犢莫吞鳳
藏花小塢初送雁欲聞鶯
稼軒新荷葉 後村賀新郎
東堂驀山溪 珠玉更漏子

杯汝前來天下事可無酒
雲峰秀疊春好處總隨軒
稼軒沁園春 稼軒賀新郎
東堂清平樂 東堂更漏子

翠渚飄鴻暮雲重煙浪遠
塵香拂馬好風浮晚雨收
草窗露華 淮海江城子
安陸謝池春 片玉長相思

天鑑如磨看月上歸禽宿
雲峰秀疊仙露滿塞鴻高
寶晉醜奴兒 片玉迎春樂
東堂清平樂 珠玉更漏子

雲葉千里南陽菊淇園竹
寒香半畝故侯瓜大夫松
草窗倚風嬌近 信齋滿江紅
夢窗瑞龍吟 須溪水調歌頭

曲水蘭船泉瀉布星飛石
東風桂影花滿市月侵衣
小山采桑子 應齋滿江紅
東堂清平樂 白石鷓鴣天

伴我徵吟有百囀流鶯語
韻秋堪聽還又問是蟬麼
子畊高陽臺　放翁洛陽春
好伴雲來晉風流宋人物
夢窗齊天樂　稼軒江神子
新翻曲妙羌管脆蜀絃高
東山天香　西樵水調歌頭
黃菊斜簪秋露下瓊珠滴
小山六么令　珠玉更漏子
翠梅低映明月淡曉風清
哄堂訴衷情　稼軒滿江紅
惜香點絳脣　草窗江城子
一掬鄉心都付與弦聲寫
十分酒滿須拚却玉山傾
竹山滿江紅　東山迎春樂
山谷青玉案　稼軒江神子

想翠宇瓊樓我有凌霄伴
向霞扉月洞公是地行仙
草窗齊天樂　東堂夜游宮
對綠蟻翠娥共願人長久
草堂徵招　稼軒水調歌頭
擁素雲黃鶴相與上高寒
屯田拋球樂　蘆川卷珠簾
望兩岸羣峰煙嵐凝翠重
白石翠樓吟　仲父水調歌頭
倚一枝寒月風幕卷金泥
橘齋摸魚兒　相山臨江仙
赤城好事近　片玉風流子
正雪洗疏梅清香閒自遠
有手栽雙柳風韻冷尤長
鄮峰木蘭花慢　聊復菩薩蠻
東坡醉蓬萊　松隱武陵春

坐上詩人妙句初揮新墨
鬢邊春色仙姿不飲長紅
惜香醉蓬萊　盤洲好事近

樵歌憶秦娥　稼軒朝中措
萬柳亭邊行雲自隨語燕
雙松挺翠清風半夜鳴蟬
葦溪念奴嬌　東堂訴衷情

德夫滿江紅　稼軒西江月
共倚春風拄杖下臨鯨海
影開秋水曲池斜度鸞橋
樵歌眼兒媚　放翁好事近

仲任水龍吟　安陸清平樂
秋以爲期欲寫相思寄與
春愁怎畫多應此意須同
稼軒新荷葉　竹洲滿庭芳

竹山絳都春　小山風入松

草色將春楊柳雪融滯雨
月華如洗梧桐玉露新秋
玉溪玉漏遲　存熙西江月

稼軒滿江紅　月巖清平樂
花影吹笙洞天共誰跨鶴
茶甌試瀹小窗淡月啼鴉
石湖醉落魄　日湖大酺

國賓瑞鶴仙　紫巖清平樂
秋爲人清月到碧梧金井
春如有意安排綠酒青鐙
蒙泉八聲甘州　淮海如夢令

于湖減字木蘭花　纖卓沁園春
秋水人家竹外小溪深碧
春雲綠處門前煙柳渾青
梯飈眼兒媚　陳先好事近

小山清平樂　東山破陣子

軒檻涼生紈扇嬋娟素月
雲窗靜掩瑤琴試奏流泉
六一采桑子　放翁烏夜啼
片玉齊天樂　東堂臨江仙

衲詞楹帖卷四

杭邵鋭茗生集

九字

聽暗柳啼鶯翠池春小　花氣動簾凝此秋香妙

對海棠駐馬金谷人歸　柳金拖線繫教春日長

草窗減字木蘭花慢　夢窗南浦月　東山望湘人　竹山探芳信

白雪望海潮　白石點絳脣　野雲點絳脣　書舟菩薩蠻

舞月歌風還試長安酒　載酒來時飲子以明月

鏤煙剪霧往看洛陽花　與花爭好從人嘲少年

本堂浪淘沙　夢窗燭影搖紅　六一采桑子　泰之水調歌頭

東堂清平樂　了齋滿庭芳　石林水龍吟　梅溪阮郎歸

兩袖梅風已作飛仙客　幾度春風細草沿階軟

一蓑松雨輕寒浴佛天　一天秋綠山色卷簾看

梅溪萬年歡　稼軒念奴嬌　芳洲八聲甘州　子初宴清都

白石慶宮春　東坡南歌子　孝寧念奴嬌　陵陽昭君怨

野漲挼藍冷雲閒照水
巖扉逗綠新月又如眉
稼軒行香子　松隱謁金門
草窗桂枝香　小山南鄉子

萬里江天濕雲黏雁影
一簾風絮絲雨織鶯梭
放翁漢宮春　雲西瑞鶴仙
片玉瑞龍吟　草窗南樓令

秋水澄空璧月挂銀漢
春思如織梳雲拂翠匳
方壺浪淘沙　句濱水調歌頭
草窗曲游春　雪谷南歌子

素壁秋屏香殘虬尾細
錦城春曉風入馬蹄輕
草窗疏影　東堂臨江仙
贇洲清平樂　周士驀山溪

香霧縈鬟撲獸金鑪畔
水光浮璧飛雁碧雲中
東坡行香子　東堂生查子
片玉月下笛　小山燕歸梁

曉日當簾榴花紅照眼
晚雲如髻溪漲綠含風
小山于飛樂　陽春小重山
浮溪點絳脣　夢窗如夢令

嬌綠迷雲芭蕉籠碧砌
飛紅似雨霜葉舞丹楓
草窗大聖樂　赤城菩薩蠻
須溪大聖樂　蓮社朝中措

芳徑聽鶯葵花紅障錦
香街走馬瑤草綠爭春
泳祖風流子　相山千秋歲
竹山喜遷鶯　樵歌風流子

雙槳鴻驚暖煙桃葉渡
半痕蛾綠斜月杏花寒
東坡行香子　竹隱瑞鶴仙令
可竹慶宮春　郞文伯翻香令

天外行雲亂山無數碧
池光漲雨斜陽散滿紅
珠玉點絳脣　秋堂齊天樂
松隱水龍吟　綺川南歌子

新燕年光滿階芳草綠
初鶯細雨流眼落花紅
小山浪淘沙　文美臨江仙
寒泉清平樂　散花木蘭花慢

蓮芰香清遠水洪寒碧
桃花氣暖真色浸朝紅
六一采桑子　周士水調歌頭
東堂青玉案　安陸少年游

芳草斜暉乳燕飛華屋
落花微雨青螺添遠山
六一采桑子　東坡賀新郎
東山好女兒　安陸慶金枝

秋爲人淸庭下新生月
春與天接山上有停雲
蒙泉八聲甘州　東堂南歌子
蒙泉霓裳中序第一　稼軒驀山溪

深院海棠花信上釵股
插天翠柳樹髮渺雲頭
東窗孏人嬌　夢窗祝英臺近
樵歌念奴嬌　信齋水調歌頭

度一曲新蟬柳花颺白
數雙飛胡蝶梅蕊應紅
夢窗齊天樂　草窗掃花游
樵歌好事近　小山采桑子

飛鳥翻空傍海棠偏愛
風蟬噪晚謝楊柳多情
稼軒念奴嬌　夢窗三姝媚
閱道折新荷引　玉田長亭怨

又雁影帶霜白沙遠浦
聽鵲聲度月翠巘清泉
草窗霓裳中序第一　稼軒鵲橋仙
竹山解連環　江緯向湖邊

但笑詠春風桃根麗曲
有一梢秋月松影闌干
鶴林摸魚兒　小山慶春時
東溪好事近　夢窗燭影搖紅

約略春痕碧幛連紅樹
憑闌秋思白髮幾黃花
草窗柳梢青　南澗虞美人
小山滿庭芳　東堂菩薩蠻

滿鏡花開斜陽如有意
小窗人靜明月好因緣
小山于飛樂　東山鴛鴦夢
稼軒新荷葉　小山菩薩蠻

香分小鳳團松泉薦茗
風送寒蟾影梅雪飄裙
山谷阮郎歸　夢窗水龍吟
海璚賀新郎　東坡行香子

高柳橫斜晴空搖翠浪
對花歡笑把酒問青天
東堂點絳脣　草窗減字木蘭花慢
惜香雨中花慢　東坡水調歌頭

曲徑風微羅蓋輕翻翠
涼臺月淡瑤草入簾青
坦庵柳梢青　簫臺南歌子
竹山沁園春　草窗少年游

思發花前池塘生春草
何如竹外風雨老孤松
行簡沁園春　雪山無月不登樓
稼軒上西平　碧澗水調歌頭

倚盡斜陽投林數歸鳥
更邀素月深竹逗流螢
西樵訴衷情　南溪瑞鶴仙
稼軒永遇樂　東山想娉婷

翠幕深中鏤鴨吹香霧
金衣清曉流鶯巧弄簧
片玉法曲獻仙音　千里憶舊游
夢窗三姝媚　相山南歌子

白首忘機做就新懷抱
蒼顏照影相約老山林
東坡八聲甘州　可竹酹江月
稼軒水龍吟　蓮社菩薩蠻

閒撥沉煙香注玉壺露
只煩煑茗清添石鼎泉
放翁秋波媚　芸隱摸魚兒
洺水沁園春　南湖南歌子

幾信花風記得春模樣
一杯芳酒應共月商量
行簡柳梢青　東堂點絳唇
小山少年游　松隱武陵春

酒帶香温雲液蒲桃碧
羅薰繡馥鑪心檀燼紅
夢窗一剪梅　東堂生查子
東堂剔銀鐙　東山菩薩蠻

玉雪生香月淡荼蘼小
紫雲如陣風和麥浪輕
草窗柳梢青　書舟卜算子
稼軒念奴嬌　東坡南歌子

拂面東風野花香自度
片帆南浦雲水遠相忘
雲壑柳梢青　書舟菩薩蠻

日湖荔支香近　香巖水調歌頭
酒市漁鄉菱芡四時足
芳郊綠野桃李幾番春
夢窗聲聲慢　放翁好事近

屯田拋球樂　泰發水調歌頭
金柳搖風飛絮繞香閣
梧桐泫露疏木挂殘星
屯田破陣樂　小山六幺令

宏庵水龍吟　少瞻眼兒媚
綠淨無痕秋浦橫波眼
翠峯如簇老石潤山腰
安陸泛青苕　山谷南歌子

臨川桂枝香　玉田風入松

幾許風流新柳開青眼
萬千瀟灑橫塘露粉顔
草窗柳梢青　淮海生查子

稼軒醜奴兒近　東山南歌子
綠樹成陰柳絮風前轉
青霞射晚榴花芳豔濃
順受蝶戀花　東坡南歌子

松隱東風第一枝　蓮社阮郎歸
舊賞園林瑤草四時碧
俊遊巷陌海棠相次紅
片玉少年游　草窗祝英臺近

白石江梅引　夢敔菩薩蠻
緩步香茵萱草青垂帶
已含芳意海棠紅試妝
玉汝芳草　相山千秋歲

東堂少年游　澗泉菩薩蠻

照水殘紅海棠麗煙徑
寒溪蘸碧雲葉弄輕陰
片玉荔支香近　松隱月上海棠慢
屯田迷神引　雲壑浪淘沙

紫燕飛忙春在梨花院
銀蟾光滿風度木犀香
坦庵蹋莎行　宗卿撲胡蝶
屯田傾杯樂　乙山小重山

暮雨生寒嫩竹呈新綠
朝雲橫度霜橘半垂黃
片玉齊天樂　綺川南歌子
蔣氏減字木蘭花　進之菩薩蠻

嬌綠迷雲高柳春纔軟
亂紅飄砌滿庭花自開
草窗大聖樂　片玉紅林檎近
安陽點絳脣　梅麓菩薩蠻

翠幕風微百和清芬爇
紫雲衣濕一徑傍溪斜
六一減字木蘭花　坦庵酬江月
稼軒水龍吟　放翁烏夜啼

憑鵲傳音春色渾無定
倩鶯寄語芳意已潛通
夢窗醉蓬萊　坦庵卜算子
草窗一枝春　東堂生查子

虛閣籠寒天迴風尤快
麗晴新暖雨餘山更奇
白石法曲獻仙音　坦庵生查子
惜香點絳脣　陽春阮郎歸

玉勒尋芳滿路飄香麝
珠歌緩引回雪趁驚鴻
魯齋酹江月　片玉解語花
草窗東風第一枝　東堂訴衷情

且酌金杯醉鄉深處老
命堂綠野佳節若爲酬
珠玉采桑子　千里倒犯
竹屋水龍吟　東坡南鄉子

山雨初晴亭館清殘燠
嬌雲弄曉宴寢自凝香
蘭室點絳脣　片玉六么令
東山惜奴嬌　東堂水調歌頭

暄和黃鸝彈指壺天曉
起看青鏡嬌眸冰玉裁
屯田黃鶯兒　片玉虞美人
稼軒永遇樂　淮海南歌子

白首相逢舊賞那堪省
紅鑪對謔往事與誰論
六一采桑子　稼軒念奴嬌
書舟雪獅兒　意娘好事近

自剪露痕折盡武昌柳
說似明月誰寄嶺頭梅
草窗楚宮春　稼軒水調歌頭
景元望春回　小山生查子

秋水澄空千里蓴羹滑
春山香滿幾行煙柳柔
方壺浪淘沙　稼軒六么令
招山一剪梅　寶晉阮郎歸

花砑輕紅春事梅先覺
月籠寒翠煙暖柳醒鬆
放翁風流子　稼軒驀山溪
夢窗燭影搖紅　東堂生查子

吟賞煙霞杜陵真好事
長年湖海賀老最風流
屯田望海潮　稼軒臨江仙
隨如沁園春　樵歌臨江仙

綠野歸來但願吾長健
翠峯相倚恰有爾多春
芸窗沁園春　哄堂水調歌頭
山谷醉蓬萊　東堂生查子
共占春風何處無桃李
一簾秋霽窗外有芭蕉
東坡訴衷情　安陸百媚娘
白石翠樓吟　陸游姜生查子
試問東風閒愁知幾許
遠訪西極此語試平章
龜齡點絳脣　淑姬祝英臺近
淮海雨中花慢　稼軒水調歌頭
一曲春風獨唱何須和
半湖秋月來往莫相猜
梅南江城子　放翁桃源憶故人
芳洲水龍吟　稼軒水調歌頭

多事春風勝裏紅偏小
淡煙秋水屋下綠橫溪
松巢點絳脣　東堂生查子
三休沁園春　稼軒水調歌頭
歌扇風流金雁斜妝頰
衣裳淡雅翠蟬搖寶釵
小山采桑子　山谷南歌子
片玉解語花　安陸定西番
斟酌姮娥微月照清飲
閒步露草宿霧在華茵
梅溪齊天樂　白石摸魚兒
片玉繞佛閣　東堂武陵春
玉管秋風聽舞簫雲渺
瓊窗夜暖炷沉水香毬
東山侍香金童　夢窗珍珠簾
草窗一枝春　覺齋揚州慢

幾陣花飛問玉簫西子
十分春態正柳約東風
碧梧沁園春　草窗瑞鶴仙
東坡雨中花　得趣瑞鶴仙

暝入西山看夕陽鷗鷺
霜訊南圃愛清景風蛩
白石湘月　放翁眞珠簾
夢窗古香慢　淮海木蘭花慢

花砑輕紅倚一枝寒月
葉噴涼吹聽四壁松聲
放翁風流子　陳先好事近
片玉過秦樓　碧澗齊天樂

繡嶺橫秋是天開圖畫
征鞍帶月記路隔金沙
東堂點絳唇　玉泉洞仙歌
直夫洞仙歌　草窗臺城路

向月地雲階龍吟風動
正柳黃梅淡蟬韻清絃
芳華木蘭花慢　孝寧念奴嬌
澹翁瑞鶴仙　東山江南曲

望衆綠帷中流鶯聲囀
向水沉煙裏銀鴨香浮
學舟木蘭花慢　蘭室點絳唇
稼軒瑞鶴仙　華陽點絳唇

棹曲水滄浪岸花迎艛
看仙家春色雲岫如簪
用之意難忘　東澤沙頭雨
坦庵好事近　稼軒行香子

看檻曲縈紅閒花慢舞
對晴煙抹翠傍柳追涼
白石翠樓吟　宏庵水龍吟
可齋沁園春　夢窗齊天樂

風景不殊黛潑千山遠
月華如洗花影一天浮
碧梧齋天樂　坦庵卜算子
稼軒滿江紅　靜春憶舊遊
花影移來搖碎半窗月
露荷輕顫來共一簾風
惜香醉落魄
書舟南歌子
正著酒寒輕弄花春小
暫停杯雨外舞劍鐙前
夢窗齊天樂
葯莊意難忘

衲詞楹帖卷四

杭邵銳茗生集

八字

香暖狻猊共成清樂
杯傳鸚鵡長醉芳春
東堂浪淘沙　信齋柳梢青
蘆川滿庭芳　蓮社柳梢青

豔菊留金江天重九
溪桃漲綠匳月初三
篁嶸醉蓬萊　相山醉蓬萊
可齋沁園春　草窗減字木蘭花慢

仙影懸霜碧梧秋老
暖風吹雪綠野春濃
草窗桂枝香　竹洲減字木蘭花
東堂減字木蘭花　瑤林綺寮怨

拄笏西風紅茱笑撚
采花南圃碧葉叢芳
日湖齊天樂　哄堂訴衷情
片玉紅羅襖　坦庵柳梢青

香泛金巵暖銷蕙雪
月翻銀屋春在梨花
六一采桑子　草窗露華
信齋滿江紅　淮海柳梢青

色染鶯黃雨肥梅子
池添鴨綠露冷松梢
魯白滿庭芳　片玉滿庭芳
坦庵酹江月　稼軒念奴嬌

寒月霜花霽天秋色
嬾晴芳樹翠點春妍
欽宗眼兒媚　日湖暗香
草窗大聖樂　東坡戚氏

我已情多鬢那不白
人隨春好眼裏長青
白石水龍吟　夢窗惜紅衣
坦庵柳梢青　鞠花翁桂枝香

小閣橫空月波疑滴
羣山森動風影輕飛
稼軒新荷葉　梅溪喜遷鶯
鄧州黃鶴引　安陸采桑子

梅笑東風香滿紅樹
山橫南岸煙合翠微
雪坡沁園春　稼軒玉胡蝶
東山河傳　草窗采綠吟

戲蝶初閒花顋藏翠
嬌鶯能語柳眼微青
坦庵柳梢青　松隱夾竹桃花
片玉感皇恩　子駿醉蓬萊

桃李無言倚風微笑
海棠似語明月多情
稼軒八聲甘州　竹山花心動
草窗掃花游　書舟望秦川

曉色雲開荷翻綠蓋
雕觴霞灩花覆金船
淮海滿庭芳　坦庵沁園春
安陸燕春臺　放翁漢宮春

一葉舟輕碧波涵月
千峯雲起紅杏飄香
東坡行香子　虛齋金盞子
稼軒醜奴兒近　東山點絳脣

紅杏東風燕飛塵幕
綠楊南陌蝶趁游人
草窗浪淘沙　片玉法曲獻仙音
澗泉眼兒媚　坦庵柳梢青

波暖塵香舊溪鷗在
風嬌雨秀翠徑鶯來
草窗玲瓏四犯　樵歌桂枝香
片玉玉燭新　元澤倦尋芳慢

人海花塲翠鋪林薄
天涯芳草綠徧江南
夢窗玉京謠　信齋柳梢青
與善燭影搖紅　東山怨春風

紫陌飛塵風吹衫袖
碧崖流水雲淡波容
稼軒滿江紅　片玉鎖陽臺
東堂點絳脣　草窗露華

斗酒西涼醉懷霜橘
小軒南浦吟老丹楓
竹洲減字木蘭花　稼軒六么令
山谷青玉案　玉田浪淘沙

詩酒相留冬槽春盎
風物堪畫晚綠寒紅
小山采桑子　稼軒水龍吟
千里塞垣春　正夫行香子

照影溪梅小橋縈綠
烘春桃李錦帳翻紅
稼軒滿江紅　草窗淸平樂
朝宗喜遷鶯　竹洲滿庭芳

虹雨霓風洞庭春晚
水村漁市吳艙盤豐
草窗大聖樂　稼軒念奴嬌
小畜點絳脣　信齋柳梢青

小舫携歌天連翠瀲
晚雲如髻煙淡滄浪
白石淒涼犯　東堂清平樂
斜川點絳脣　眉山訴衷情

花引春來綠深門戶
鏡添秋縷碧淺眉峯
玉田踏莎行　白石長亭怨慢
草窗臺城路　草窗浪淘沙

幾信花風朱橋翠徑
一邱吾老白髮青山
行簡柳梢青　放翁謝池春
白石念奴嬌　草窗高陽臺

開盡牡丹重芳疊秀
種成桃李小飲微吟
公明梅花引　東堂清平樂
稼軒西河　竹山柳梢青

小舫携歌荻花深處
長梢戲蜨柳線輕煙
白石淒涼犯　稼軒漢宮春
坦庵永遇樂　華谷齊天樂

秋風鴻陣晚波漁唱
山形虎踞江勢鯨奔
竹里鎖窗寒
退庵念奴嬌

漢馬嘶風邊鴻叫月
素虯橫海玉鳳淩霄
子政喜遷鶯
樵歌水龍吟

衲詞楹帖卷四

杭邵銳茗生集

七字

千金曾買相如賦
七步初看子建詩
稼軒摸魚兒
漢濱鷓鴣天

勸君且作橫空鶚
寰海傾心想臥龍
稼軒賀新郎
簫臺鷓鴣天

綽略青梅弄春色
從來黃菊占秋風
晉卿撼庭竹
章華朝中措

何人正倚桃花笑
功成來件赤松行
東堂蹋莎行
筠溪臨江仙

湘浪莫迷花蝶夢
新篁初上籜龍陂
夢窗江城子
相山江城子

碧紗弄影東風曉
翠眉相映晚山秋
淮海桃源憶故人
盤洲浣溪沙

常記高人右丞句
爲憶名言玉局翁
進道青玉案
晦庵鷓鴣天

秋花最是黃葵好
春風先到綠楊枝
珠玉菩薩蠻
章華西江月

賦麗誰爲梁苑客
高懷欲著祖生鞭
竹友浣溪沙
盤洲浣溪沙

海燕雙來歸畫棟
鸚鵡無言理翠襟
克成蜨戀花
東山減字浣溪沙

爲謝碧桃留我住
多情紅藥待君看
樵歌木蘭花
南澗浪淘沙

杏花吹盡垂楊碧
榕葉陰濃荔子青
赤城菩薩蠻
樵歌卜算子

雲笈偶尋高士傳
珠翹環擁蕊宮仙
渭川滿江紅
本堂燭影搖紅

江天水墨秋光晚
楊柳飛花春雨晴
飄然踏莎行
東澤山漸青

寶香薰透薔薇水
珠簾約住海棠風
朱堯章點絳脣
西洲好事近

玉屏翠冷梨花瘦
瓊英雪豔嶺梅芳
日湖摸魚兒
無染孤館深沉

淺斟瓊巵浮綠蟻
笑呼銀漢入金鯨
順庵大聖樂
雲月木蘭花慢

兩岸蘆花飛雪絮
一杯菊葉小雲團
日湖玉樓春
東堂玉樓春

柳絲不隔芙蓉面
梅蕊新妝桂葉眉
小山鷓鴣天
巽齋漁家傲

桃川又訪秦人跡
碧雲天共楚宮腰
渭川滿江紅
小山鷓鴣天

相思葉底尋紅豆
貪向花間醉玉巵
日湖惜分飛
六一采桑子

沈郎詩骨元來瘦
河陽新鬢儘禁秋
笑笑虞美人
東山南歌子

畫棟日高來語燕
柳梢風急墮流螢
信道浣溪沙
浮溪小重山

芭蕉葉上秋風碧
桃李花開春晝長
樵歌菩薩蠻
樵歌減字木蘭花

花影閒門掩春蜨
畫闌曲徑宛秋蛇
玉田暗香
片玉醉桃源

一片飛花墮紅影
萬松扶玉上青冥
順庵感皇恩
日湖婆羅門引

簫聲忽下瑤臺曲
吏隱新收玉局名
信齋蘭陵王
澗泉鷓鴣天

池面杏花紅透影
庭下叢萱翠欲流
聊復天仙子
適齋浣溪沙

更隔秦淮聞舊曲
且憑洛水送歸船
畫墁江神子
北湖虞美人

惟有淵明吾臭味
來與機雲相對閒
文溪賀新郎
北湖鷓鴣天

請君問取南樓月
故人曾榜北山移
東萊踏莎行
稼軒瑞鷓鴣

最憐楊柳如張緒
且插梅花醉洛陽
稼軒鷓鴣天
樵歌鷓鴣天

倚闌誰唱清真曲
狂歌猶記少陵詩
郡齋鷓鴣天
簫臺臨江仙

尋詩已約蘭陵令
種樹真成郭橐駝
玉田漁家傲
稼軒鷓鴣天

西湖楊柳風流絕
南國幽花比並香
安陸木蘭花
澤民浣溪沙

紅蘭夢繞江南北
垂楊影斷岸西東
草窗醉落魄
稼軒小重山

臉邊紅入桃花嫩
眉上青歸柳葉新
丁齋鷓鴣天
東湖鷓鴣天

細柳輕搴黃金蕊
土華寒暈碧雲根
袁綯魚游春水
草窗風入松

紅粉佳人翻麗唱
青春才子有新詞
六一蝶戀花
六一玉樓春

燕子飛來窺畫棟
羔兒無分漫煎茶
六一臨江仙
稼軒上西平

草泥來趁蟹螯健
茗鼎香分小鳳團
梅溪齊天樂
蘭雪南鄉子

世上一枝元也足
溪流幾曲似迴腸
書舟浪淘沙
東山小重山

蒲桃上架春藤秀
楊花繞晝暖風多
片玉漁家傲
寧翁朝中措

醉倚斜橋穿柳線
漫題詩句滿芭蕉
片玉繞佛閣
德基浣溪沙

比目香囊新刺繡
隔林漁艇靜鳴榔
片玉迎春樂
梁溪望江南

泥銀四壁盤蝸篆
暖香十里軟鶯聲
東堂玉樓春
玉田風入松

宜城酒泛浮春絮
山泉風暖奏笙簧
片玉虞美人
達祉蹋莎行

好在鳳凰春未晚
多情蜂蜨早飛來
東堂玉樓春
元晦浣溪沙

初見花王披衮繡
會尋織女趁靈槎
東堂蜨戀花
樵歌鵲橋仙

爲君競酌玻璃盞
是誰幻出玉質箇
東堂點絳脣
子囦南歌子

鐵騎無聲望似水
蓬仙清興欲乘風
放翁夜游宫
元膺浣溪沙

露花啼處秋香老
梅片飛時春草青
小山點絳脣
赤城豆葉黄

願身不學相思樹
有誰知我此時情
安陸怨春風
勝瓊鷓鴣天

金菊滿叢珠顆細
白蘋風浸月華寒
珠玉破陣子
浩然夜行船

菊花香裏開新釀
梧桐葉上得秋聲
六一漁家傲
章華望江南

俱是洛陽年少客
舊説山陰禊事修
竹屋臨江仙
東山減字浣溪沙

夜涼風竹敲秋韻
傍檐垂柳賣春餳
六一玉樓春
簹房浪淘沙

露點真珠徧芳草
紅隨遠浪泛桃花
六一洞天春
子明木蘭花令

風外橘花香暗度
小橋楊柳色初濃
龍雲惜雙雙令
日湖玉樓春

風漪欲皺春江碧
月眉新畫露珠圓
相山折丹桂
平園朝中措

翠擁高筠陰滿徑
紅蹋桃花片上行
南湖蝶戀花
梅屋鷓鴣天

浩蕩春風生玉樹
飛上秋雲入鬢蟬
鶴山臨江仙
晦庵減字木蘭花

猶有殘梅黃半壁
偏地輕陰綠滿枝
平遠謁金門
章華浣溪沙

湖上青山千萬疊
月照孤村三兩家
綺川臨江仙
蔣氏減字木蘭花

月壑曉寒垂葉露
粉香何處度漣漪
鶴山滿江紅
中山浪淘沙

十分秋色呈新綠
數枝春雨帶梨花
覆瓿賀新郎
聊復浣溪沙

瓊琚玉佩鵷鴻列
笙歌簾幕燕鶯喧
滄浪滿江紅
澗泉虞美人

黃梅雨過芭蕉晚
海棠明月杏花天
寶月玉樓春
書舟上平曲

今日情多無處著
和天瘦了也何妨
子酉玉樓春
書舟臨江仙

風流姓字翺東觀
有情寧不憶西園
淸江歸朝歡
安陸天仙子
又兼明月交光好
不比浮花共蔕開
世昌滿江紅
書舟減字木蘭花
試問寒沙新到雁
曾經洛浦見驚鴻
晝邊賣花聲
片玉燕歸梁
幽蘭砌下飄香暖
梅花多處載春回
燕喜滿江紅
東堂浣溪沙

蒼山萬疊人歸去
笙簫一片醉爲鄉
轂城漁家傲
東堂浣溪沙
橘中曾醉洞庭酒
楚梅初試壽陽妝
石湖宜男草
東堂浣溪沙
坐聽竹風敲石磴
伴人松雨隔疏簾
子師浣溪沙
東堂浣溪沙
日鑪風炭熏蘭麝
野塘煙雨罩鴛鴦
六一漁家傲
後湖浣溪沙

萬家楊柳靑煙裏
幾顆櫻桃葉底紅
行中漁家傲
赤城豆葉黃
小字銀鈎題欲徧
篆印金窠紅屈盤
雲龕玉樓春
東堂武陵春
水佩風環飲松露
花陰柳影映簾櫳
子發洞仙歌
東堂訴衷情
飛雲障碧江天暮
短疏縈綠象牀低
客亭菩薩蠻
東堂訴衷情

海日輕紅通似臉
遠山鬱秀入雙眉
須溪臨江仙
東堂浪淘沙

堆徑落紅深半指
贈君明月滿前谿
子新南鄉子
東堂燭影搖紅

萬疊雲鬟真似畫
一片花飛減却春
芸庵南鄉子
東堂憶秦娥

馬蹄偶蹋揚州路
蜑舍參差漁市東
雲莊水龍吟
放翁長相思

柳搖臺榭東風軟
竹裏房櫳一徑深
阮氏花心動
放翁太平時

人在小樓空翠處
試將前事倚黃昏
蘭澤清平樂
小山浣溪沙

風姨先綻無雙蕊
紅杏初開第一枝
應齋鷓鴣天
小山采桑子

綬帶雙垂金縷細
笙歌一曲黛眉低
盧氏蜨戀花
山谷定風波

映竹幽姿深有思
早梅獻笑倚窺鄰
松隱定風波
山谷玉樓春

遠岸參差風颺柳
酥花入座頗欺梅
梁溪望江南
山谷玉樓春

應有青藜存往事
亂摘黃花插滿頭
龜溪江城子
山谷南鄉子

露萼鮮濃妝臉靚
菊花須插滿頭歸
東山定風波
山谷鷓鴣天

贏得錦囊詩句滿
斷續金鑪小篆香
燕喜鳳棲梧
淮海減字木蘭花

晚風吹過秋千影
寶簾閒挂小銀鈎
梅麓菩薩蠻
淮海浣溪沙

遠林幽樂多禽鳥
飛雲當面化龍蛇
日湖隔浦蓮近拍
淮海好事近

流水行雲無覓處
淡煙疏柳媚晴灘
隨如玉樓春
東坡浣溪沙

數峯還認湘波瑟
兩山遙指海門青
南澗滿江紅
東坡南歌子

誰做秋聲穿細柳
明年春水漾桃花
樵歌念奴嬌
東坡好事近

鶯語閒關花底滑
鳳簫依舊月中聞
陳紀賀新郎
屯田臨江仙

翠柳枝柔金笛怨
枇杷花老洞雲深
東甫望江南
草窗風入松

珠箔雕闌幾千里
山桃溪杏兩三栽
東山小梅花
臨川浣溪沙

羨他陶令歸來早
爭教潘鬢不生斑
東溪漁家傲
畫墁江神子

我有豐淮千斗酒
好在松江一尺鱸
壺山賀新郎
北湖減字木蘭花

夜寒江靜山銜斗
風緊雲輕欲變秋
浮溪點絳脣
東山太平時

楚畹飛香蘭結佩
吳門春水雪初融
樵歌浣溪沙
東山訴衷情

樓頭霜樹明秋色
小楠香管寫春心
南澗醉落魄
東山減字浣溪沙

斜陽山下明金碧
煙柳春梢蘸暈黃
西溪菩薩蠻
東山減字浣溪沙

簾鉤卷上梨花影
井闌風綽小桃香
容齋踏莎行
東山減字浣溪沙

倚崖草閣梧桐翠
湖上秋深溝葉黃
種春滿江紅
東山浣溪沙

淺碧分山初過雨
渴虹垂地吸長川
玉田浪淘沙
東山鷓鴣天

紗窗幾陣黃梅雨
竹風頻起紫微煙
夏陽蝶戀花
盧靖鵲橋仙

待欲題詩壓崔顥
豈有才情似沈陽
潛齋洞仙歌
姑溪南鄉子

吟倚畫闌懷李賀
豈有才情似沈陽
吾竹浣溪沙
姑溪南鄉子

銀河雪瀑飛寒玉
朱闌綠水繞吟廊
雲麓滿江紅
淑芳浣溪沙

斜日畫橋芳草路
嫩晴簾箔玉梅飛
子明木蘭花令
白雲南柯子

城上風光鶯語亂
簾卷香雲雁影回
擁旄玉樓春
日湖思佳客

紅樓斜倚連溪曲
碧筩新展綠蕉芽
魏夫人菩薩蠻
梯飈眼兒媚

又值羣山初雪滿
背飛雙燕貼雲寒
世昌滿江紅
信道虞美人

秋水芙蓉聊蕩槳
蠻江荳蔻影連梢
後湖臨江仙
雪窗西江月

綠痕初漲迴塘水
黛嵐終日下天風
後湖點絳脣
裕齋桂殿秋

紅日漸高花轉影
玉笙猶記夜深聞
方舟木蘭花令
楚客小重山

西風又轉蘆花雪
春江深閉木蘭船
介之菩薩蠻
謫仙望江南

玉妃來侍瑤池宴
姮娥剪就綠雲裳
月洲水龍吟
四友步蟾宮

千頃光中堆灩澦
九華山下共追游
稼軒賀新郎
澗泉臨江仙

自與詩翁磨凍硯
放歌漁父濯滄浪
稼軒念奴嬌
澗泉浣溪沙

依然畫舫清溪笛
要聽霜天曉角聲
稼軒滿江紅
應齋鷓鴣天

蓮社豈堪談昨夢
漁舟容易入深山
稼軒滿江紅
君實阮郎歸

千古風流今在此
幾人心手鬥縱橫
稼軒破陣子
信道浣溪沙

金谷無煙宮樹綠
詩句當年汗簡青
稼軒臨江仙
盤洲減字木蘭花

小陸未須臨水笑
大家同約探春行
稼軒臨江仙
閑宴滴滴金

天作高山難得料
只應明月最相思
稼軒臨江仙
山房虞美人

動搖意態雖多竹
空籠簾影隔垂楊
稼軒鷓鴣天
得全晝堂春

我似茅柴風味短
君如玉樹照清空
稼軒玉樓春
竹友虞美人

居山一似庚桑楚
何日風流葛稚川
稼軒鷓鴣天
東澤東仙

金波瀲灩堆瑤盞
綠窗剗地調紅妝
東堂躡莎行
稼軒臨江仙

散入千巖佳樹裏
人是一粟太倉中
叔夏清平樂
稼軒水調歌頭

折得疏梅香滿袖
擬倩游絲惹住衣
小山清平樂
安陸減字木蘭花

玉局彈棋無限意
青旗沽酒有人家
東山南鄉子
稼軒鷓鴣天

凭遍闌干十二曲
何如信步兩三杯
玉英浪淘沙
稼軒鷓鴣天

小鶯弄柳翻金縷
春蠶食葉響迴廊
蘭雪玉樓春
稼軒鷓鴣天

碧落秋風吹玉樹　小山蝶戀花
江南細雨熟黃梅　稼軒鷓鴣天

月滿西樓憑闌久　李玉賀新郎
換得東家種樹書　稼軒鷓鴣天

行傍柳陰聞好語　東堂蝶戀花
更把梅花比那人　稼軒鷓鴣天

今夜小樓吹鳳竹　東山夜游宮
嶺頭拭目望龍山　稼軒玉樓春

謝公雅志還成趣　稼軒賀新郎
少陵詩思舊才名　小山臨江仙

詩人例入西湖社　稼軒賀新郎
望公聊比泰山雲　東堂玉樓春

誰把香匳收寶鏡　稼軒念奴嬌
抱持春色入金觴　東堂浣溪沙

我夢橫山孤鶴去　稼軒滿江紅
閒艤扁舟看雁飛　小山采桑子

白羽生風貔虎譟　稼軒滿江紅
寶鞍逐月玉鞭寒　東堂浣溪沙

飽看修竹何妨肉　稼軒滿江紅
寫向孤桐誰解聽　放翁長相思

飲酒詩情不相似　稼軒洞仙歌
養花天氣半晴陰　六一鶴冲天

野鶴溪邊留杖履　稼軒滿江紅
鷓鴣聲裏數家村　稼軒阮郎歸

飛橋駕鵲天津闊
平沙戲馬雨聲乾
竹洲虞美人
山谷鷓鴣天

直須腰下添金印
貼向眉心學翠鈿
稼軒最高樓
珠玉采桑子

鼓子花開春爛縵
芙蓉繡冷夜初長
稼軒臨江仙
東堂浣溪沙

錦繡心胸冰雪面
露蓮雙臉遠山眉
稼軒蝶戀花
珠玉訴衷情

先裁翡翠裝成蓋
緩歌金縷細留雲
稼軒鷓鴣天
東堂浣溪沙

渭水秋風黃葉滿
仙源歸路碧桃催
稼軒玉樓春
小山浣溪沙

畢竟東山留不住
傳語西風且漫吹
稼軒玉樓春
山谷南鄉子

侵天翠竹何曾度
此時金盞直須深
稼軒玉樓春
小山玉樓春

瘦筇倦作登高去
行雲猶解傍山飛
稼軒玉樓春
六一阮郎歸

更過溪南烏柏樹
誤入仙家碧玉壺
稼軒玉樓春
東坡減字木蘭花

路轉清溪三百曲
日照門前千萬峰
稼軒清平樂
東堂山花子

天仙不在臞儒列
春光還與美人同
後村滿江紅
放翁臨江仙

秋風早入潘郎鬢
碧雲天共楚宮腰
梅溪齊天樂
小山鷓鴣天

使君勸醉青娥唱
春風歸從紫皇游
安陸醉落魄
放翁好事近

柳州老矣猶兒戲
梅家瀟灑有仙風
白石摸魚兒
東堂浣溪沙

大堤花豔驚郎目
誰家水調唱歌頭
片玉玉樓春
東坡南歌子

魚尾霞生明遠樹
遙山雪氣入疏簾
片玉蜨戀花
東堂少年游

却倚闌干吹柳絮
欲留風月守花枝
片玉蜨戀花
東堂洛陽春

風約簾衣歸燕急
日高深院晚鶯啼
片玉浣溪沙
六一浣溪沙

玉簫吹徧煙花路
冰肌照映柘枝冠
小山虞美人
山谷浪淘沙

舊游宮柳藏仙屋
何必桃源是故鄉
草窗踏莎行
姑溪鷓鴣天

江南一雁橫秋水
迷香雙蜨下庭心
山谷留春令
草窗西江月

一春總見瀛洲事
三秋作意向詩人
小山踏莎行
後山浣溪沙

金井碧梧離鳳嶠
朱脣玉羽下蓬萊
東堂清平樂
姑溪阮郎歸

興來載酒移吟艇
意行著脚到精廬
草窗點絳脣
于湖西江月

但見杜若新雨徧
猶喜山花拂面開
東堂玉樓春
書舟瑞鷓鴣

風露滿簾淸似水
薄雲垂帳夏如秋
東堂浣溪沙
書舟望江南

荳蔻梢頭春有信
杏花枝上正芬芳
小山玉樓春
坦庵浣溪沙

櫻桃著子如紅豆
雪絮飄池點綠漪
山谷采桑子
坦庵浣溪沙

龍沙醉眼看花浪
鳳樓今夜聽秋風
東堂調笑令
片玉霜葉飛

玉鸞吹暑迎涼氣
雲鳩拖雨過江臯
東堂點絳脣
片玉浣溪沙

雲隨碧玉歌聲轉
燭搖紅錦帳前春
小山鷓鴣天
東堂浣溪沙

岸草汀花渾似舊
芍藥櫻桃兩鬥新
閑齋蝶戀花
東坡浣溪沙

轉覺歸心生羽翼
苦無妙手畫於菟
屯田歸朝歡
稼軒歸朝歡

七里香風生滿路
一天寶焰下層霄
東堂玉樓春
稼軒婆羅門引

秦箏若有心情在
吳霜應點鬢雲斑
小山鷓鴣天
稼軒江神子

喜鵲橋成催鳳駕
戲馬臺前秋雁飛
小山蝶戀花
稼軒鷓鴣天
無言劃盡屏山翠
滿堂惟有燭花紅
東堂蝶戀花
稼軒一剪梅
天上流霞凝碧袖
江南細雨熟黃梅
東堂清平樂
稼軒鷓鴣天
獨尋茆店沽新釀
除却松江枉費詩
放翁點絳脣
稼軒鷓鴣天

鏡湖西畔秋千頃
樟木橋邊酒數杯
放翁烏夜啼
稼軒瑞鷓鴣
一陣春風吹酒醒
幾時秋水美人來
東坡減字木蘭花
稼軒玉樓春
栢葉椒花芬翠袖
杏腮桃臉費鉛華
東堂玉樓春
稼軒西江月
寒日半窗桑柘暮
月高樓外柳花明
東堂漁家傲
五峰阮郎歸

風來綠樹花含笑
誰搊彤霞露染衣
浩歌鷓鴣天
安陸武陵春
苜蓿盤中初日上
海棠花下去年逢
信齋念奴嬌
稼軒臨江仙
王郎健筆誇翹楚
宋玉多情我結儔
稼軒賀新郎
片玉南鄉子
菖蒲自蘸清溪綠
楓林紅透晚煙青
稼軒歸朝歡
竹山少年游

雨殘細數梧梢滴
雪中曾見牡丹開
竹山滿江紅
稼軒鷓鴣天

文章信美知何用
功名餘事且加餐
白石玲瓏四犯
稼軒鷓鴣天

因覓孤山林處士
誰識三生杜牧之
白石念奴嬌
白石鷓鴣天

楊柳滿城吹又綠
石榴一樹浸溪紅
書舟鳳棲梧
白石訴衷情

爲喚山童多索酒
却有高人賦采薇
惜香臨江仙
稼軒鷓鴣天

雲破林梢添遠岫
月送疏枝過女牆
稼軒滿江紅
惜香一剪梅

雲歸遠岫千山暝
酒與繁花一色黃
坦庵鷓鴣天
惜香採桑子

芳心自與羣花別
滿頭聊作片時狂
惜香探春令
片玉玉樓春

漫道廣平心似鐵
猶喜潘郎鬢未華
得全蝶戀花
惜香醜奴兒

未應傳粉疑平叔
肯似桃花誤阮郎
惜香鷓鴣天
惜香鷓鴣天

硯波尚濕紅衣露
春風不染白髭鬚
夢窗水龍吟
稼軒鷓鴣天

何人暗得金船酒
阿咸才俊翠壺冰
安陸勸金船
夢窗風入松

獨尋茄店沽新釀
且與梅花作主人
放翁 點絳唇
惠英 減字木蘭花
香繞祥雲騰寶獸
雨飄飛絮濕鶯脣
松隱 玉樓春
珍娘 浣溪沙
風颭游絲隨蜨翅
煙靄樓臺舞翠鬟
珍娘 浣溪沙
山谷 采桑子
嫩寒初透東風景
而今堪誦北山移
秋娘 菩薩蠻
稼軒 浣溪沙

强對青銅簪白首
緩尋金葉熨香心
片玉 蝶戀花
野橋 浣溪沙
綠鬢金釵年少客
玉帶紅花供奉班
千里 漁家傲
坦庵 鷓鴣天
白雪幽蘭猶有韻
金風玉露不勝情
姑溪 浣溪沙
于湖 鵲橋仙
花深處緩歌金縷
香霧靄飛入琱盤
華陽 點絳唇
宛丘 滿庭芳

正畫舫春明波透
真水墨山陰道間
盟鷗 賀新郎
遊初 柳梢青
都忘却春風詞筆
又還是新月簾櫳
白石 暗香
六一 一叢花
早嬌馬繡車盈路
看翠蛟白鳳飛翔
守齋 一枝春
徽宗 玲瓏四犯
綺羅香風光窈窕
花梢冷雲月朧明
東堂 驀山溪
東堂 滿庭芳

盡日東風吹柳絮
一犂春雨種瓜田
小山玉樓春

枕畔屏山圍碧浪
門外東風糝玉塵
東堂浣溪沙
六一蝶戀花

瑣窗雕檻青紅門
碧瓦朱甍紫翠深
東堂小重山
日湖晝錦堂

雨後園林坐清影
風前蘭麝作香寒
東堂小重山
山谷定風波
東堂蹋莎行

紅鑪畫閣新裝徧
碧壺仙露醞初成
六一漁家傲

斜貼綠雲新月上
家住蒼煙落照間
放翁好事近
小山蝶戀花

香冷翠屏春意靜
誰似龍山秋興濃
放翁鷓鴣天
草窗江城子

雪共臘梅相照映
酒向黃花欲醉誰
小山武陵春
山谷減字木蘭花
山谷南鄉子

碧桃天上栽和露
黃菊枝頭生曉寒
淮海虞美人

薔薇水潤衙香膩
桂枝風淡小山時
山谷鷓鴣天
東堂蝶戀花

當年悔草長楊賦
仗誰爲作水龍聲
稼軒最高樓
放翁蝶戀花

瑞雲盤翠侵宮額
春風吹綠上眉峰
芸窗虞美人
草窗杏花天
東堂虞美人

衲詞楹帖卷四

杭邵鋭茗生集

壽聯

長共天難老詩入社酒尋盟欲問東君招呼朋侶如花萼
甘作地行仙水邊山煙外屐遠訪西極從教滄海變桑田
東坡菩薩蠻　松坡水調歌頭　青松點絳脣　逃禪醉花陰
介庵臨江仙　北湖鷓鴣天　淮海雨中花慢　哄堂晝堂春

慶西母年開八袠素手飛觴繡筵重啟曼桃讌
占東君誰比花王萏枝綴玉尊前還唱早梅詞
須溪鵲橋仙　夳青秋霽　寧極齊天樂
順庵舞楊花　白石疏影　梁溪一剪梅

誰信東君會老黃色上眉間寶帶垂魚金照地
最是有子宜家綵筆爭春豔丹山威鳳勢將飛
西樵洞仙歌　栟櫚訴衷情　安陸偸聲木蘭花
竹洲念奴嬌　阜窗憶舊游　丹陽浣溪沙

須知獻壽千春花影吹笙綠雲淸切歌聲上
尊有仙家九醞玉巵受勸丹砂只在酒杯中
珠玉望仙門　石湖醉落魄　東堂踏莎行
陵陽水調歌頭　惜香點絳脣　樵歌風蝶令
彩絃聲裏因見杜牧疏狂佳人重勸千長壽
禊飲筵開不減晉人風度曲水流傳第幾杯
小山六么令　英溪湘月　東堂玉樓春

龐眉真壽相紅日永綺筵開天上千秋難老
屯田笛家　覆瓿念奴嬌　稼軒鷓鴣天

華髮作詩翁酒腸寬吟膽壯胸中萬卷藏書
笑笑菩薩蠻　珠玉更漏子　惟善寶鼎現
之翰水調歌頭　後村最高樓　稼軒漢宮春

歲上乃翁壽曲水流觴何似牙籤三萬軸
重拜太夫人方瞳點漆來看紅衫百子圖
稼軒瑞鶴仙　新荷葉　歸朝歡
稼軒臨江仙　鵲橋仙　鷓鴣天

豐頰修眉鶴氅擁仙翁是箇壽星的模樣
輕紗細葛綸巾和羽扇曾共君侯歷聘來
丹陽江城子　稼軒鵲橋仙
坦庵撲胡蝶　白石鷓鴣天

濃斟玉醑芳漱瓊芽壺中日月如天遠
默誦黃庭閒調綠綺尊前光景爲君長
彝齋沁園春　公言蝶戀花
樵歌沁園春　東堂浣溪沙

尊爲壽客占得佳名紅顏只合長年少
宜趁良辰何妨高會青山須待健時歸
本堂沁園春　珠玉漁家傲
千里慶春宮　子宜江南好

磻溪韜略傅野鹽梅今朝何以爲公壽
南架海棠北窗紅葉此地偏宜著老夫
應齋沁園春　東堂玉樓春
白雪沁園春　稼軒鷓鴣天

竹邊棋墅花外琴臺且把新詞祝公壽
梅市舊書蘭亭古墨只將此寶伴長生
草窗少年游　稼軒感皇恩
淮海望海潮　于湖西江月

不妨平地神仙黃蕉丹荔自足供甘旨
飽玩洞天風月朱顏綠鬢相與共長生
拏玉木蘭花慢　松窗念奴嬌
靜甫念奴嬌　勿軒滿庭芳

東君直是多情見梅吐舊英柳搖新綠
南極人來最老看衣翻戲綵觴捧流霞
古洲水龍吟　淮海風流子
東堂清平樂　雪坡沁園春

手攜子晉肩拍洪崖共看紫海還清淺
詩裏香山酒中六一醉扶黃髮弄曾玄
樵歌聒龍謠　聖求鼓笛慢
鶴山醉蓬萊　介庵浣溪沙

瑤琴閒弄珠箔高鈎朝來聞道仙童宴
黃菊斜簪紅萸笑撚老人還醉弟兄扶
惜香踏莎行　竹山摸魚子
哄堂訴衷情　于湖鷓鴣天

君書蕊殿雲篇况滿庭秀色對拈彩筆
煙鎖藍橋花徑正長眉仙客來向人間
放翁烏夜啼　三休沁園春
夢窗齊天樂　日湖渡江雲

記佳節約是重三禊飲筵開水嬉舟動
且晝堂通宵一醉探春腔穩長壽杯深
東山怨春風　屯田笛家
稼軒八聲甘州　夢窗水龍吟

流霞泛絲竹成行雲繞畫梁花明綵服
洞天寒露桃開未情回瑤草景泮冰簷
相山滿庭芳　竹洲念奴嬌
放翁謝池春　東堂踏莎行

歌扇底深把流霞數聲春調清真曲
錦瑟畔低迷醉玉萬頃秋江入壽杯
北湖滿庭芳　碧山醉落魄
東堂剔銀鐙　雪坡沁園春
件明窗書卷詩瓢竹院畫閒參內景
遞暗香瓊瑤真色梅花長共占年芳
玉田風入松　可齋滿江紅
松隱東風第一枝　東堂浣溪沙
拂香篆虯尾斜横百和寶薰籠瑞霧
喜醉客龍吟度曲十樣宮眉捧壽觴
東堂滿庭芳　華陽浣溪沙
松隱宴清都　小山鷓鴣天
記仙家元在蓬山南極老人呈瑞處
問歲華還是重九西風斜日上高臺
竹山唐多令　梅山滿江紅
漁莊大有　頤堂酒泉子

占東君誰比花王常憶洛陽風景媚
慶西母年開八袠共醉蓬萊日月長
順庵舞楊花　六一玉樓春
須溪鵲橋仙　養拙木蘭花
慶謝庭蘭玉爭妍笙簫且奏長生曲
醉王母蟠桃春色一尊敬壽太夫人
閑齋黃鸝繞碧樹　澗泉鷓鴣天
水雲滿江紅　惜香浣溪沙
且逍遙安樂窩中但將痛飲酬風月
喜自得長生妙有不須採藥訪神仙
秋聲水龍吟　稼軒鷓鴣天
松隱宴清都　釋晦庵滿江紅
醉爛縵梅花翠雲東皇不受人間俗
鑪歎裊沉檀輕縷綺羅能借日中春
夢窗柳梢青　坦庵菩薩蠻
惜香寶鼎現　安陸鵲橋仙

仙人下白玉雲軿儵取蟠桃薦芳酒
寶香度翠簾重疊須知丹桂擅秋天
漢濱滿庭芳　蘆川卷珠簾
書舟滿江紅　竹洲虞美人

溢萬叢錦豔鮮明老夫爭肯輸年少
看一道冰銜堪羨子舍新來恰上楣
竹山高陽臺　蘆川菩薩蠻
後村金縷曲　鶴山鷓鴣天

飲闌畫閣香凝更持金盞起爲君壽
要卷珠簾清賞小欄紅芍藥已抽簪
雪山西江月　稼軒感皇恩
和靖霜天曉角　茂獻小重山

一片宋玉情懷先將高興收歸妙句
看取謝公風度尊爲壽客占得清名
漁莊大有　梅溪龍吟曲
鄮峰清平樂　本堂沁園春

遙知綠野芳濃仙境常如二三月
老作紅塵閑客人間聊住八千秋
日湖瑞龍吟　方壺滿江紅
石室念奴嬌　南澗鷓鴣天

清都絳闕相將袖有蟠桃爲君壽
綠鬢朱顏依舊且醉梅花作地仙
東堂清平樂　須溪洞仙歌
稼軒感皇恩　渭川鷓鴣天

冰姿自有仙風方許君爲赤松友
綵衣歡擁詩伯要使人看玉樹枝
東坡西江月　東澤洞仙歌
玉田壺中天　稼軒南鄉子

東君繡出芳春年光長轉洪鈞手
南極人來最老佳辰請壽黑頭公
鄮峰望海潮　東堂玉樓春
東堂清平樂　介庵西江月

靜看日月跳丸客閒花笑人頭白
欲訊桑田成海身閑猶耿寸心丹
坦庵促拍滿路花　于湖菩薩蠻
白石水調歌頭　夢窗江神子

碧窗自錄仙書靈臺靜養千年壽
翠袖風回畫扇疊鼓新歌百樣嬌
樵歌清平樂　寶晉鷓鴣天
東堂滿庭芳　東山減字浣溪沙

四山濃抹煙眉共吟風月西湖醉
萬里同開壽域輝映老人南極星
盤洲滿庭芳　玉田踏莎行
東堂清平樂　雪坡沁園春

一星南極長明何以祝公千百歲
試釀西江爲壽且聽笙歌十萬家
盤洲朝中措　須溪蝶戀花
稼軒朝中措　應齋鷓鴣天

更憑風月相催賸接山中詩酒部
猶喜洞天自樂做箇人間長壽仙
東堂清平樂　稼軒玉樓春
片玉瑞鶴仙　庶成沁園春

和羹妙手還新天上四時調玉燭
況是齊眉並壽陽春一曲動朱絃
蘆川望海潮　稼軒念奴嬌
鄮峰滿庭芳　珠玉燕歸梁

只今丹桂香濃一年好景君須記
彼此蒼顏健在百分芳酒祝長春
稼軒朝中措　石林鷓鴣天
文溪賀新郎　珠玉玉樓春

豐姿秋水爲神龜鶴仙人獻長壽
吟歗春風自足鷓鴣聲裏倒清尊
笑笑西江月　金谷洞仙歌
澗泉謁金門　東坡浣溪沙

日痕更欲春長歸來白首笙歌擁
佳辰況當秋霽留得黃花壽斝中
安陸河滿子　六一漁家傲
閑齋上林春　介庵瑞鷓鴣

祝千歲長生東君未老花明柳媚
自一家春色好山如畫水繞雲縈
珠玉長生樂　稼軒鵲橋仙
玉泉孤鸞　寶晉訴衷情

亦須笑傲千春白石山中風景異
最好揮毫萬字碧落仙人著句清
盤洲朝中措　蒲江漁家傲
淮海望海潮　嬾窟瑞鷓鴣

山作鼎玉爲漿但憑彩袖歌千歲
臉長紅眉鎭綠自撚梅花勸一卮
金谷鷓鴣天　夢窗燭影搖紅
笑笑鷓鴣天　于湖醜奴兒

何如强健夔龍壽斝浮春珠翠擁
自許風流邱壑東君著意綺羅叢
介庵西江月　盧川南鄉子
石屏滿庭芳　金谷南歌子

故應欲辨忘言不用南山橫紫翠
知道醉吟堪老自斟北斗浸丹砂
石林念奴嬌　坦庵蝶戀花
歸愚風流子　西樵浣溪沙

新營小樣花城長占取朱顏綠鬢
自漉牀頭玉醑定何似鴻寶丹砂
竹山高陽臺　海野燕山亭
惜香謁金門　介庵五綵結同心

心隨飛雁天南歸路月痕彎一寸
頭上貂蟬貴客壽君春酒遣雙壺
夢窗聲聲慢　書舟鳳棲梧
稼軒水調歌頭　惜香好事近

無事小神仙人道陰功天教多壽
好箇閒居士酒添風味日助清芬
片玉鶴沖天　稼軒沁園春
惜香驀山溪　坦庵柳梢青
環珮擁神仙朱顏暈酒方瞳點漆
絲竹靜深院紅鑪疊勝玉鼎翻香
鄮峰望海潮　稼軒鵲橋仙
草窗祝英臺近　友古滿庭芳
雲間鸞鳳精神憑寄語京華舊侶
妙墨龍蛇飛動仍教畫家慶新圖
雲月木蘭花慢　放翁漢宮春
客亭西江月　華陽萬年歡
江梅也似山人凝然風度長閒暇
綵衣歡擁詩伯天教眉壽過期頤
介庵清平樂　東山踏莎行
玉田壺中天　丹陽西江月

一聲歌轉春融雲璈錦瑟爭爲壽
萬里長安秋晚明月清風憶使君
守齋八六子　盧川卷珠簾
東堂西江月　小山鷓鴣天
曾見海作桑田待與青春鬥長久
聞道花開陌上莫言白髮減風情
白石念奴嬌　稼軒感皇恩
片玉鎖陽臺　石林臨江仙
笑白髮成蓬且休教玉關人老
任滄波變陸總不如綠野身安
洛水六州歌頭　芸窗孤鸞
竹齋沁園春　夢窗瑞鶴仙
垂釵鳳半橫捧勸金船十分酒
喬木鶯初囀看到貂蟬七葉孫
竹山戀繡衾　西樵洞仙歌
坦庵水調歌頭　稼軒沁園春

永結歲寒知滿斟綠醑留君住
長共天難老不妨青鬢戲人間
覆瓿水調歌頭 道卿賀聖朝
東坡菩薩蠻 放翁鷓鴣天

介壽酒融春朱顏綠鬢人難老
卷簾花滿院紫豔紅英照日鮮
盤洲臨江仙 省齋千秋歲
南澗謁金門 珠玉采桑子

家在落霞邊元共青山相爾汝
秋老寒香圃天將黃菊助長年
後湖菩薩蠻 稼軒玉樓春
須溪金縷曲 盤洲浣溪沙

金尊灩玉醅家人拜上千春壽
黃菊欹烏帽與君看到十分開
東坡南歌子 珠玉少年游
山谷清平樂 放翁定風波

滿庭花自開料想東風還憶我
長共天難老惟有南山一似翁
梅麓菩薩蠻 須溪浪淘沙
東坡菩薩蠻 稼軒鷓鴣天

來壽飲中仙翠鬋未覺霜顏老
自有人間樂玉唾長携綵筆行
南澗水調歌頭 夢窗水龍吟
惜香念奴嬌 稼軒破陣子

仍是黑頭公願人長共春難老
滿引金杯飲閒情須與酒商量
澹齋武陵春 初寮蝶戀花
樵歌卜算子 千里浣溪沙

春風花草香鶯吟燕舞皆歡意
舊山松竹老龜齡鶴算不知年
山谷菩薩蠻 哄堂滿江紅
鵬舉小重山 蓬萊西江月

相伴赤松遊天公遺注長生籍
索共梅花笑羨君恰似老人星
金谷水調歌頭　于湖醜奴兒
蘆川點絳脣　惜香好事近

誰羨杜陵翁萬丈文章光燄裏
結好天隨子百年歡笑酒尊同
歸愚滿庭芳　西樵滿江紅
後村念奴嬌　惜香臨江仙

有幽圃名園錦雲直下花成屋
做先生處士壽紀應須海算沙
千里解連環　夢窗秋霽
後村水龍吟　于湖醜奴兒

行樂少扶笻做取散人千百歲
好事何羞老檢校長身十萬松
玉田木蘭花慢　後村賀新郎
于湖菩薩蠻　稼軒沁園春

游樂更明年無限青春難老意
長短作新語莫言白髮減風情
嬾窟臨江仙　西樵滿江紅
丹陽水調歌頭　石林臨江仙

祝千歲長生幽谷雲蘿朝采藥
又一年秋半小山叢桂吐清芬
珠玉長生樂　放翁破陣子
竹友醉蓬萊　燕喜西江月

深意滿瓊巵與君更把長生盌
一醉留青鬢如今也有謫仙人
珠玉少年游　山谷鷓鴣天
東堂點絳脣　澹庵定風波

長駐玉顏春且吸瓊漿斟北斗
弄影碧霞裏也將塵跡寄東風
可齋水調歌頭　履齋賀新郎
樵仲水調歌頭　簫臺南歌子

便隨王母仙千歲蟠桃初結實
猶似宮娥唱一剪梅花萬樣嬌
珠玉菩薩蠻　梁溪減字木蘭花
白石卜算子　片玉一剪梅

且醉十分杯玉佩雲鬟共春笑
勸我千長算紅顔綠髮已官高
雪巖水調歌頭　樵歌感皇恩
珠玉菩薩蠻　東堂玉樓春

便隨王母仙持杯且醉瑤臺露
猶似宮娥唱卷簾花簇錦堂春
珠玉菩薩蠻　南澗薄倖
白石卜算子　華陽浣溪沙

橫管度新聲細聽惜花歌白雪
攬袂欲仙舉要識長生輩赤松
松隱滿庭芳　蕅溪臨江仙
惜香水調歌頭　相山小重山

極目楚天空誰解胸中吞雲夢
笑看蓬萊淺却向人間作壽星
幼卿賣花聲　稼軒賀新郎
東堂點絳脣　省齋鷓鴣天

仍是黑頭公東君須願長年少
笑捧金船酒西真人醉憶仙家
澹齋武陵春　東堂破子
小山清平樂　稼軒西江月

須似月頻圓滿酌玉杯縈舞袂
永宜春難老只將綠鬢抵羲娥
小山臨江仙　珠玉蝶戀花
盧川好事近　稼軒西江月

環珮擁神仙五福長隨今日宴
珠玉霏談笑一杯聊與盡餘歡
鄮峰望海潮　盧川青玉案
稼軒千秋歲　石林臨江仙

寫入洛英圖頭上貂蟬貴客
只有東坡老雲間鸞鳳精神
秋聲水調歌頭　稼軒水調歌頭
惜香念奴嬌　雲月木蘭花慢

方朔雜詼諧爭得朱顔依舊
謝安涵雅量和羹妙手還新
筠溪水調歌頭　珠玉秋蕊香
東堂水調歌頭　盧川望海潮

身健在且加餐把酒再三囑
人已老歡猶昨爲壽百千春
山谷鷓鴣天　惜香好事近
稼軒滿江紅　珠玉少年游

持玉醆祝千春日月齊長久
醉蟠桃舞雙鶴天地有閒人
珠玉訴衷情　筠溪永遇樂
得全燕歸梁　放翁烏夜啼

女進酒男稱壽愛日如人願
蘭競秀綵成行嘉慶與時新
龍川天仙子　介庵點絳脣
鶴山水調歌頭　珠玉少年游

似閬苑神仙此地菟裘也
比渭濱甲子嘉頌珮紳同
龍雲金明春　稼軒卜算子
盧川滿庭芳　東堂武陵春

無際煙春玉皇開碧落
長生風月鉛鼎養丹砂
子玉八聲甘州慢　東堂臨江仙
樵歌柳梢青　東坡臨江仙

春滿西湖官柳低金縷
輝耀南極壽斝舞紅裳
篔房高陽臺　片玉瑞龍吟
梅亭滿朝歡　山谷憶帝京

素質閒姿共祝千年壽
長生久視須訪一枝翁
千里玲瓏四犯　珠玉菩薩蠻
松隱保壽樂　稼軒水調歌頭

素手飛觴滿酌公眉壽
白頭行客相看兩鬢絲
空青秋霽　東堂清平樂
白石訴衷情　夢窗醉桃源

把百箇今朝重排花甲
待十分佳處且著茅亭
須溪沁園春
稼軒沁園春

似玉仙人長生久視
煉顏金姥素質閒姿
梅野滿江紅　松隱保壽樂
夢窗宴清都　千里玲瓏四犯

身在蓬萊跳丸日月
天開圖畫過眼溪山
子直柳梢青　徽宗念奴嬌
草窗水龍吟　稼軒滿江紅

青鬢玉顏長似舊
鴛鴦翡翠兩爭新
珠玉玉樓春
東坡南歌子

衲詞楹帖卷四

杭邵銳茗生集

喜聯

同看鐙花結綠酒春濃蠟燭半籠金翡翠
深炷寶匳香瓊窗夜暖繡茵猶展舊鴛鴦
夢窗喜遷鶯　方壺行香子　東坡南鄉子
放翁一叢花　草窗一枝春　小山南鄉子

鴨鑪長爇鳳繡猶重金絲帳暖銀屏亞
蜨羽弄晴鶯聲轉巧玉柔春膩粉香流
東堂蹋莎行　屯田洞仙歌
鄮峰望海潮　日湖思佳客

寶杯浸紅雲瑞霞鳳繡猶重鴨鑪長暖
玉奴喚綠窗春近燕泥沾粉魚浪吹香
放翁柳梢青　東堂蹋莎行
夢窗水龍吟　草窗聲聲慢

簾霧細寶鴨香多情知今夜鴛鴦夢
綵旗翻宜男舞徧準備他年晝錦堂
信齋玉胡蝶　惜香鷓鴣天
夢窗燭影搖紅　稼軒南鄉子

想東園桃李經春紫燕黃鸝爭巧語
正西窗鐙花報喜水沉山麝鬱幽香
片玉銷窗寒　坦庵酬江月
夢窗燭影搖紅　惜香鷓鴣天

衣襟細葛輕紈銀燭延嬌綠房留豔
雲雨珠簾畫棟金猊裊碧玉兕浮紅
放翁烏夜啼　碧山水龍吟
稼軒木蘭花慢　相山宴春臺

獸鑪輕歕沉煙金葉猶溫香未歇
鳳帳燭搖紅影鐙花呈喜坐添春
閑齋綠頭鴨　東堂醉花陰
屯田晝夜樂　自明浣溪沙

豔歌更倚疏絃瑤琴理罷霓裳譜
沉水濃薰繡被金鑪香歕鳳幃中
小山清平樂　東堂調笑令
小山臨江仙　介庵鷓鴣天

玉簪羅帶綢繆固向鸞臺同照影
金粉屏邊醉倒倩拂蠻牋只費詩
蘆川望海潮　安陸木蘭花
竹山賀新郎　稼軒鷓鴣天

繡囊錦帳吹香換巢鸞鳳教偕老
歌管雕堂宴喜並蒂芙蓉本自雙
後山清平樂　梅溪換巢鸞鳳
歸愚錦堂春慢　介庵南鄉子

錦籠紫鳳香雲添箇宜男小山枕
春早紅鸞扇暖盡驅和氣入蘭堂
草窗西江月　夢窗洞仙歌
東堂水調歌頭　惜香南歌子

華燭下珠軿鳳簫聲動玉壺光轉
冰簟堆雲髻獸香不斷錦幄初温
東堂驀山溪　稼軒青玉案
東坡南歌子　片玉少年游

畫堂秋月佳期羅袖同心閒結徧
横槊春風百詠詩情滿眼與何長
小山清平樂　小山蝶戀花
信齋朝中措　澗泉西江月

嘉慶在今辰學雙燕同棲還並翅
喜色成春煦漸鳴禽喚友夾行輈
珠玉訴衷情　安陸雨中花令
屯田御街行　北湖木蘭花慢

輕勻兩臉花粉香生潤衣珠弄彩
小縮同心縷鑪薰欲試琴韻初調
小山生查子　安陸燕歸梁
盧川清平樂　湓皐水龍吟

卷簾花露濃春到洞房深處暖
團玉梅梢重冷浸冰壺別有香
白雲更漏子　須溪江城子
泮嘔南柯子　簫臺減字木蘭花

曙雲樓閣鮮梅花正結雙頭夢
寶篆沉煙裊蕙炷猶薰百和穠
珠玉訴衷情　夢窗風入松
淮海海棠春　東堂浣溪沙

鳳枕樂春宵金鴨香濃歎寶篆
蟻酒浮明月銀蟾光滿弄餘輝
澤民塞垣春　龍洲賀新郎
金谷南歌子　惜香念奴嬌

從此玉臺前雙彩燕共成清樂
更暖銀笙逐兩囘鸞學唱新腔
書舟菩薩蠻　東堂小重山　信齋柳梢青
小山六么令　安陸定西番　竹山柳梢青

樓閣淡春姿試與問杏梁雙燕
眉黛生秋暈終願效比翼紋禽
片玉少年游　散花鵲橋仙
東堂點絳唇　山谷兩同心

並蒂瑞芙蓉鴛鴦集仙花門影
新曲調絲管鳳凰釵繚繞香雲
簀洲訴衷情　安陸雙韻子
珠玉望仙門　東堂于飛樂

金縷鷓鴣斑合色麝囊分翠繡
絳結鴛鴦密定情螺子玉釵梁
山谷滿庭芳　草窗浣溪沙
東山菩薩蠻　乙山小重山

金勒躍花驄紅樓紫陌青春路
繡被薰蘭麝碧瓦朱窗小洞房
鄮峰教池回　順庵采桑子
東堂清平樂　東堂浣溪沙

青螺淺畫眉月波長山黛遠
香粉開妝面雲幄重寶薰濃
山谷南歌子　蕭閑鷓鴣天
橘山生查子　東之祝英臺近

盤雲髀玉螭待月度銀河半
繡被薰蘭麝愛香裊博山鑪
元膺菩薩蠻　東山辟寒金
東堂清平樂　渭川木蘭花慢

羅袖軟寶箏調金縷多情曲
秀眉青丹臉渥紅粉靚梳妝
珠玉更漏子　小山生查子
鄮峰鷓鴣天　稼軒卜算子

水外一枝斜簾下風光自足
天上雙星樣人間好月長圓
松窗昭君怨　東堂剔銀鐙
本堂卜算子　珠玉破陣子

好景良辰碧瓦籠晴煙霧繞
交杯勸酒釵頭小篆燭花紅
隨如感皇恩　石門鳳棲梧
友古鎮西　容齋臨江仙

對綠蟻翠娥冰盤同宴喜
倩嬌鶯婉燕彩筆賦陽春
屯田拋球樂　片玉花犯
書舟木蘭花慢　東堂驀山溪

煥館花濃嬌香堆寶帳
瓊窗夜暖綵勝門華鐙
竹山沁園春　安陸菩薩蠻
草窗一枝春　片玉好事近

繡閣銀屏帳掩香雲暖
寶釵瑤席酒滿玉壺冰
子清多麗　放翁隔浦蓮近拍
小山六么令　稼軒臨江仙

算只因魚鳥天然自樂
幸于飛鴛鴦未老綢繆
稼軒沁園春
淮海長相思

一段風流天付與
百年長共月團圓
蘆川天仙子
龍川天仙子

紫絲蘿帶鴛鴦結
笙歌簾幙燕鶯喧
雪厓摸魚子
澗泉虞美人

好事鐙花雙作蕊
合歡鳳子也多情
聖求浣溪沙
竹坡踏莎行

紅日闌干鴛鴦枕
綠絲步帳碧茸茵
夢窗賀新郎
東堂阮郎歸

帳底吹笙香吐麝
寶釵飛鳳鬢驚鸞
東坡蝶戀花
稼軒江神子

金屋瑤臺知姓字
碧瓦朱窗小洞房
小山玉樓春
東堂浣溪沙

同心羅帊輕藏素
裹頭新樣總宜男
竹屋思佳客
坦庵鷓鴣天

衲詞楹帖附錄

宋詞人姓氏

杭邵鋭茗生集

徽宗諱佶有宋徽宗詞一卷
欽宗諱桓
高宗諱構字德基
潘閬字逍遙有逍遙詞一卷
蘇易簡字太簡
寇準字平仲一作平叔有巴東集
王禹偁字元之有小畜集
丁謂字公言
夏竦字子喬

錢惟演字希聖有擁旄集
趙抃字閱道有清獻集
晏殊字同叔有珠玉詞一卷
陳堯佐字希元有愚邱遺興等集
賈昌朝字子明
王益字舜良
杜衍字世昌
王琪字君玉有謫仙長短句
林逋字君復有和靖詞

李遵勗字公武有間宴集
葉清臣字道卿
聶冠卿字長孺有蘄春集
韓琦字稚圭有安陽集
范仲淹字希文有范文正公詩餘一卷
李師中字誠之
宋祁字子京有西洲猥稿
吳感字應之
韓維字持國有南陽詞一卷

韓縝字玉汝
鄭獬字毅夫有鄖溪集
張昇字杲卿
楊億字大年有武夷新集
謝絳字希深
歐陽修字永叔有六一居士詞三卷
蘇舜欽字子美有滄浪集
梅堯臣字聖俞有宛陵集
石延年字曼卿
司馬光字君實號迂叟有傳家集

王安石字介甫有臨川先生歌曲一卷補遺一卷
范純仁字堯夫有忠宣公詩餘卷
晏幾道字叔原有小山詞二卷
張先字子野有子野詞一卷又名安陸詞
劉敞字原父門人私諡曰公是先生
劉几字伯壽號玉華庵主
强至字幾聖有祠部集

柳永字耆卿有樂章集九卷又名屯田詞
韋驤字子駿有韋先生詞一卷
蘇軾字子瞻有東坡居士詞二卷
蘇轍字子由有欒城集
曾鞏字子固有南豐集
曾布字子宣
黃庭堅字魯直有山谷詞二卷
蔡襄字君謨

黃知命字元明一作名大臨
秦觀字少游有淮海詞三卷
晁補之字无咎有雞肋集詞一卷琴趣外篇六卷
張耒字文潛有宛丘集
文同字與可號笑笑先生有丹淵集
陳師道字履常有後山長短句二卷
李廌字方叔有月巖集
李之儀字端叔有姑溪詞二卷

賀鑄字方回有東山寓聲樂府三卷
毛滂字澤民有東堂樂府二卷
王仲字與耆
杜安世字壽域有壽域詞一卷
李元膺
孫洙字巨源
朱服字行中
廖正一字明略號竹林居士
馬成字中玉

章楶字質夫
舒亶字信道
李清臣字邦直
王詵字晉卿
趙令畤字德麟有聊復集一卷
王安禮字和甫
王安國字平甫
曾肇字子開有曲阜集
晁沖之字叔用有具茨詞一卷
秦覯字少章

王觀字通叟號逐客有冠柳
集一卷
丁注字葆光有無悶詞
孔武仲字常父有清江集
孔平仲字毅父有清江集
裴湘字楚老有肯堂集
米芾字元章有寶晉長短句
一卷
滕宗諒字子京
鄭僅字彥能
黃裳字勉仲有演山詞二卷
張景修字敏叔

孫檥字濟師
程過字觀過
沈唐
司馬槱字才仲有夏陽集
解昉字方叔
陳亞字亞之有澄源集
張舜民字芸叟有畫墁詞一
卷
沈括字存中號夢溪
王雱字元澤
蔡挺字子政
汪輔之字正夫

蘇庠字養直有後湖詞一卷
劉涇字巨濟有前溪集
潘元質
劉頡字吉甫
俞紫芝字秀老有敝帚集
蘇過字叔黨有斜川集
秦湛字處度
許庭字伯揚
葛勝仲字魯卿有丹陽詞一
卷
李冠字世英
張表臣

查[illegible]
周紫芝字少隱有竹坡詞一
卷
謝逸字無逸有溪堂詞一卷
謝薖字幼槃有竹友詞一卷
葛郯字謙問有信齋詞一卷
趙鼎臣字承之號葦溪翁有
竹隱畸士集
周邦彥字美成有清真集二
卷後集一卷又名片玉詞
晁端禮字次膺有閒適集一
卷

晁說之字以道自號景迂生
有景迂生集
孔夷字方平號滍臯漁父
田爲字不伐有芊嘔集
曹組字元寵有箕潁集
万俟詠字雅言號詞隱有大
聲集
徐伸字幹臣有青山樂府一
卷
陳克字子高有赤城詞一卷
李祁字蕭遠
呂渭老字聖求有聖求詞一

卷
趙企字循道
李持正字季秉
王寀字道輔
韓駒字子蒼有陵陽集
徐績字仲車
何籀字子初
侯蒙字元功
蔣子雲字元龍
宋齊愈字退翁
李甲字景元
夏倪字均父有遠遊集

沈會宗字文伯
孫浩然
廖世美
林少瞻
何大圭字搢之
沈公述
魯逸仲
何㮚字子縝
陳瓘字瑩中有了齋詞一卷
王安中字履道有初寮詞一卷
楊适字時可
劉燾字無言有見南山集句一卷
方喬
李玉
波子山
蔡伸字伸道有友古詞一卷
謝克家字任伯
王之道字彥猷有相山居士詞二卷
向鎬字豐之有樂齋詞二卷
劉弇字偉明有龍雲先生樂府一卷
趙師俠字介之有坦庵長短句一卷
趙長卿號仙源居士有惜香樂府十卷
米友仁字元暉小字虎兒自稱嬾拙老人有陽春集
王灼字晦叔有頤堂詞一卷
陳濟翁
汪存字公澤學者稱四友先生
李綱字伯紀有梁溪詞一卷
趙鼎字元鎮有得全居士詞一卷

方千里有和清真詞一卷
李光字泰發有李莊簡詞一卷
歐陽澈字德明有飄然先生詞一卷
岳飛字鵬舉
胡銓字邦衡有澹庵詞一卷
向子諲字伯恭號薌林居士有酒邊詞四卷
沈與求字必先有龜溪長短句一卷
葉夢得字少蘊有石林詞一卷
沈瀛字子壽有竹齋詞一卷
李邴字漢老有雲龕草堂集
汪藻字彥章有浮溪詞一卷
曾紆字公袞有空青集
徐俯字師川有東湖集三卷
陳與義字去非號簡齋有無住詞一卷
陳偕字月境
韓世忠字良臣
劉一止字行簡有苕溪樂章一卷
王庭珪字民瞻有盧溪詞二卷
李彌遜字似之有筠溪集
朱翌字新仲有灊山詩餘一卷
張元幹字仲宗有蘆川詞一卷
洪皓字光弼有鄱陽詞一卷
呂本中字居仁有東萊集
鄧肅字志宏有栟櫚詞一卷
劉子翬字彥沖有屏山詞一卷

張掄字材甫有蓮社詞一卷
謝明遠
左譽字與言有筠翁長短句
韓璜字叔夏
胡仔字仲任一作元任號苕
溪漁隱
張綱字彥正有華陽老人長
短句一卷
江緯
潘良貴字義榮一字子賤號
默成居士有默成集
孫覿字仲益有鴻慶居士集

袁裪
唐庚字子西有眉山詞
張燾字子功
吳則禮字子副號北湖居士
有北湖詩餘一卷
曹勛字功顯有松隱樂府三
卷補遺一卷
虞允文字彬甫
李流謙字無變有澹齋詞一
卷
史浩字直翁有鄮峰真隱詞
曲二卷

梁寅
廖行之字天民有省齋詩餘
一卷
胡寅字明仲有斐然集
馮時行字當可有縉雲集
朱敦儒字希真有樵歌三卷
康與之字伯可有順庵樂府
五卷
吳億字大年有溪園自怡集
曾覿字純甫有海埜詞三卷
閻蒼舒字惠夫
陸凝之字永仲號石室

楊无咎字補之有逃禪詞三
卷
阮閱字閱休一作閎字閎休
有阮戶部詞一卷
侯寘字彥周有嬾窟詞一卷
晁公武字子止有郡齋讀書
志
俞處俊字師郝
曾慥字端伯
曾惇字谹父有詞一卷
朱雍有梅詞二卷
曾協字同季有雲莊詞一卷

李呂字濱老一字東老有澹
軒詩餘一卷
姚進道
胡舜陟字汝明自號三山老
人
陳造字唐卿有江湖長翁集
劉之翰
劉翰字武子號小山
倪偁字文舉有綺川詞一卷
韓彥古字子師
辛弃疾字幼安有稼軒長短
句十二卷

范成大字致能有石湖詞一
卷
陳三聘字夢弼有和石湖詞
一卷
黃公度字思憲有知稼翁詞
一卷
葛立方字常之有歸愚詞一
卷
姚寬字令威有西溪居士樂
府一卷
張孝祥字安國有于湖詞一
卷

王十朋字龜齡有梅溪集
程垓字正伯有書舟雅詞一
卷
韓元吉字旡咎號南澗有南
澗詩餘一卷一名焦尾集
方鄧州
聞人武子號蓬池先生
郭世模字從範
郭章字仲達
周必大字子充有平園近體
樂府一卷
高登字彥先有東溪詞

京鏜字仲遠有松坡居士樂
府一卷
尤袤字延之有梁溪集
仲并字彌性有浮山詩餘一
卷
朱熹字元晦有晦庵詞一卷
林外字豈塵號嬾窩
真德秀字景元學者稱西山
先生
魏了翁字華甫有鶴山詞一
卷
程大昌字泰之有文簡公詞

一卷
趙汝愚字子直
耿時舉一作耿元鼎字德基
朱耆壽字國賓
洪适字景伯有盤洲樂章三
卷
洪邁字景盧號野處又號容
齋
曹冠字宗臣號雙溪居士有
燕喜詞一卷
呂勝己字季克有渭川詞
姚述堯有簫臺公餘詞一卷

湯思退字進之
王之望字瞻叔有漢濱詩餘一卷
魏杞字南夫有山房集
牟巘字獻甫有陵陽詞一卷
張才翁
丘崈字宗卿有文定公詞一卷
侯彭老
姜特立字邦傑有梅山詞一卷
吳儆字益恭有竹洲詞一卷

趙磻老字渭師有拙庵詞一卷
楊萬里字廷秀有誠齋樂府一卷
袁去華字宣卿有適齋詞一卷
李處全字粹伯有晦庵詞一卷
張震字東父有無隱詞一卷
羅願字端良號存齋有鄂州小集
崔與之字正子

劉克莊字潛夫有後村長短句五卷
王樂道字泳祖
江漢字朝宗
樓鍔字巨山
吳琚字居夫有雲壑集
趙彥端字德莊有介庵詞四卷
管鑑字明仲有養拙堂詞一卷
魏子敬有雲谿樂府四卷
甄龍友字雲卿

俞國寶號醒庵
衛元卿
李石字知幾有方舟詞一卷
顏博文字持約
黃大輿字載萬自稱岷山耦耕
范周字無外
張鎡字功甫號約齋居士有南湖詩餘一卷又名玉照堂詞
杜旟字伯高號橋齋
劉儗字仙倫有招山樂府一卷
岳珂字肅之號倦翁有玉楮集
程珌字懷古有洺水詞一卷
王千秋字錫老有審齋詞一卷
程先字傳之有東隱集
蘇泂字召叟有泠然閣集
關注字子東號香巖居士有關博士集
劉子寰字圻父號篁嵲翁有麻沙集篁嵲詞
游次公字子明號西池
王質字景文有雪山詞一卷
姜夔字堯章有白石詞五卷
劉清夫字靜甫
黃師參字子魯號魯庵
袁長吉字叔巽有鷄肋集
章良謨
章良能字達之號嘉林
蔡幼學字行之有育德堂集
卓田字稼翁號西山
蔡柟字堅老號雲壑有浩歌詞一卷

范智聞。。
王嵎字秀夸一作季夷號貴
英有北海集二卷。。
歐陽珣字全美。。
胡世將字承公。。
孫肖之。。
張撝字彥實一字子微有東。
窗集
施乘之號楓溪。。
王炎字晦叔有雙溪。。詞一卷
張履信字思順號游初。。
李億號草堂。。

鄔文伯。。。
周文璞字晉仙號方泉老人
又號山楹又號埜齋
李劉字公甫號梅亭。。
游九言字誠之有默齋。。詞一
卷
俞灝字商卿號青松。。
張元祥。。
羅椅字子遠號澗谷。。
宋自遜字謙父號壺山。。有漁
樵笛譜自遜本姓壺名戲
字怡樂自號萬菊居士宋

自遜其託名也
陸游字務觀有放翁。。詞二卷
呂頤浩字元直。。
何自明。。
陳亮字同甫有龍川。。詞二卷
劉過字改之有龍洲。。詞一卷
楊炎號止濟翁有西樵。。語業
一卷
張輯字宗瑞有東澤。。綺語債
二卷
謝懋字勉仲有靜寄。。居士樂
章二卷

黃機字幾仲有竹齋詩餘一卷
劉鎮字叔安有隨如百詠
危稹字逢吉有巽齋集
吳禮之字子和有順受老人詞五卷
劉光祖字德修號後溪有鶴林詞一卷
吳泳字叔永有鶴林詞一卷
董潁字仲達有霜傑集
楊冠卿字夢錫有客亭樂府一卷
閭丘次杲
馬子嚴字莊父號古洲居士
劉宰字平國號漫堂有漫塘集
李洪字子大有芸庵詩餘一卷
李漳字子清
李泳字子永號蘭澤
李淦字子召
李浙字子秀
鄭域字中卿號松窗
許棐字忱父有梅屋詩餘一卷
王居安字資道一字東卿有方巖集
高似孫字續古號疏寮有疎寮小集
戴復古字式之有石屏詞一卷
黃銖字子厚號穀城翁有穀城集
嚴仁字次山有清江款乃詞一卷
易祓字彥祥有山齋集

趙蕃字昌甫號章泉
趙善扛字文鼎號解林居士
趙善括有應齋詞一卷
毛幵字平仲有樵隱詞一卷
洪咨夔字舜俞有平齋詞一卷
趙汝迕字叔午號寒泉
章穎字茂獻
蔡松年字伯堅號蕭閑
王楙一作或字子文號潛齋
曹豳字西士號東畝
郭應祥字承禧號遯齋有笑笑詞一卷
陸淞字子逸號雪溪
盧祖皋字申之有蒲江詞一卷
徐照字道暉又字靈暉號山民有芳蘭軒集一卷
高觀國字賓王有竹屋癡語一卷
史達祖字邦卿有梅溪詞二卷
韓淲字仲止有澗泉詩餘一卷
汪莘字叔耕有方壺詩餘二卷
吳淵字道父有退庵詞一卷
吳潛字毅夫有履齋詩餘二卷別集二卷
陳耆卿字壽老有篔窗詞一卷
王邁字實之有臞軒詩餘一卷
李昴英字俊明一云名昂英字公昂有文溪詞一卷
史隽之

章謙亨字牧叔
趙以夫字用父有虛齋樂府
二卷
姚鏞字希聲一字敬庵號雪
篷
陳經國字人傑有龜峰詞一
卷
陳從吉一作從古字晞顏有
洮湖集
方岳字巨山有秋崖詞一卷
楊伯嵒字彥瞻號泳齋
張偘字直夫有拙軒詞一卷

黃人傑字叔萬有可軒曲林
一卷
馬廷鸞字翔仲有碧梧玩芳
詩餘一卷
周晉字明叔號歗齋
楊纘字繼翁號守齋又號紫
霞翁
翁孟寅字賓暘號五峰
汪晫字處微號環谷謚康範
有康範詩餘一卷
趙汝茪字參晦號霞山又號
退齋

徐儼夫字公望號桃渚
馮去非字可遷號深居
陳合字惟善
陸叡字景思號雲西
蕭𣂏字則山號大山
蕭泰來字則陽號小山有小
山集
張榘字方叔有芸窗詞一卷
連久道字可久
徐元杰字仁伯有梅埜詞
劉之才字賓玉號藥房
趙希邁字瑞行號西里

洪瑹字叔璵有空同詞一卷
趙崇嶓字漢宗號白雲有白
雲小稿一卷
趙希彭字清中號十洲
王澡字身甫有瓦全居士詞
趙與[金+鄉]字慶御號崑崙
樓槃字考甫號曲澗
鍾過字改之號梅心
徐霖字景說號經畈
黃應武字景行
曾宏正
王柏字會之號魯齋有魯齋
集
楊澤民有續和清真詞
尹煥字惟曉有梅津集
馮取洽字熙之有雙溪詞一
卷
陳以莊字敬叟有月溪集
盧炳字叔陽號醜齋有哄堂
詞一卷
沈端節字約之有克齋詞一
卷
潘牥字庭堅有紫巖集
馮艾子字偉壽號雲月
黃昇一作晷字叔晹號玉林
有散花庵詞一卷
文及翁字時學號本心
李芸子字耘叟號芳洲
嚴羽字儀卿號滄浪逋客有
滄浪詞一卷
嚴參字少魯號三休居士
李廷忠字居厚號橘山有樂
府一卷
王以寧字周士有王周士詞
一卷
吳文英字君特有夢窗甲乙

丙丁稿四卷

蔣捷字勝欲有竹山詞一卷

陳允平字君衡號西麓有日湖漁唱一卷西麓繼周集一卷

張樞字斗南號寄閑又號雲牕有詞一卷

李演字廣翁號秋堂有盟鷗集

曾原一字子寔號蒼山

徐逸字無競號抱獨子

邵博字公濟

周密字公謹號蕭齋有草窗詞二卷一名蘋洲漁笛譜

王沂孫字聖與號中仙有碧山樂府二卷一名花外集

徐南溪

張炎字叔夏號樂笑翁有玉田詞八卷一名山中白雲詞

歐良字聖弼有撫掌詞一卷

石孝友字次仲有金谷遺音一卷

孫惟信字季蕃有花翁詞一卷

劉褒字伯寵號春卿

張榘字叔安有梅崖集

徐寶之字鼎夫號西麓

吳仲方字季仁有秋潭集

張桂字惟月號竹山

張林字去非號樗巖

張景臣字武子號雪牕一作張良臣

潘希白字懷古號漁莊

湯恢字充之號西村

張矩字子成有梅淵詞

趙者孫
韓疁字子畊號蕭閒
翁元龍字時可號處靜
鄭楷字持正號眉齋
許及之字深甫有涉齋集
盧儔字壽老有尊白堂集
徐似道字淵子號竹隱有竹隱集
薛師石字景石有瓜廬集一卷
楊子咸號學舟
李肩吾字子我號蠙洲

黃簡字元易號東浦
陳策字汝賈一作次賈號南墅
李振祖號中山
李曾伯字長孺號可齋有可齋詞七卷
薛夢桂字叔載號梯飆
毛珝字元白號吾竹
康仲伯
陳郁字仲文號藏一
覃懷高
趙旭

許玠字介之有東溪詩稿
梅扶字叔茂號梅麓
丁宥字基仲號宏庵
史介翁字吉父號梅屋
周端臣字彥良號葵窗
姚勉字成一一字述之有雪坡詞一卷
何光大字謙履號半湖
趙溍字元晉號冰壺
趙淇字元建號平遠
楊彥齡
杜良臣字子卿

李玨字元輝號鶴田
朱晞顏字子囦
傅大詢字公謀
王自中字道甫
姜特立字邦傑有梅山詞一
卷
方有聞字躬明號堂溪
利登字履道號碧澗
曹邍字擇可號松山
劉瀾字養源號江村
陳德武有白雪遺音一卷
周格非

陳襲善
趙與洽字景周號戇庵
權無染
丁羲叟
張龍榮字成子號梅深
王楙字勉夫有埜客叢書集
睫巢筆
黃巖叟
呂直夫
張端義字正夫號荃翁有荃
翁詞二百首
王武子一作子武有詞一卷

趙軏字信可
趙君舉字子發
王文甫
施樞號芸隱有芸隱橫舟稿
一卷芸隱倦游稿一卷
劉鈞國
万俟紹之字子紹有郢莊吟
稿
鄭覺齋
王月山
張紹文字庶成
陳草閣

張滋字東之
方信孺字孚若有好庵游戲詩境等集
程公許字季與一字希穎號滄洲有塵缶集
鄭清之字德源初名爕字文叔有安晚堂集
周弼字伯弼有端平集
房舜卿
林正大字敬之號隨庵有風雅遺音四卷
曾揆字舜卿號嬾翁

黃孝邁字德文號雪舟
江開字開之號月湖
文天祥字宋瑞又字履善有文山樂府一卷
汪元量字大有號水雲有水雲詞一卷
袁易字通甫有靜春詞一卷
鄧剡字光薦有中齋集
王鼎翁字炎午有梅邊詞一卷
何夢桂字巖叟有潛齋詞一卷

余玠字義夫
黃載字伯厚號玉泉
梁棟字隆吉
陳壁字雲厓亦作芸
李南金號三溪冰雪翁
儲泳字文卿號華谷
陳東甫
徐一初
史衛卿
莫崙字子山號兩山
劉辰翁字會孟有須溪詞一卷

黃公紹字直翁有在軒詞一
卷
李彭老字商隱有篔房詞
李萊老字周隱號遯翁有秋
崖詞
王億之字景陽號松澗
梁安世字次張有遠堂集
張友仁字仲父
胡翼龍字伯雨號蒙泉
余桂英字子發號埜雲
吳千能
胡仲弓字希聖號葦杭

倘希尹字莘老號畏齋
柴望字仲山號秋堂又號歸
田有秋堂詩餘一卷
王玉字寧翁
朱藻號埜逸
黃鑄字晞顏號乙山
王同祖字與之號花洲
王茂孫字景周號梅山
王易簡字理得號可竹
馮應瑞字祥父號友竹
黃時龍字同甫號野橋
王諶字子信自號畫溪吟客

有潛泉蛙吹集
唐藝孫字英發有瑤翠山房
稿
黃中號澹翁
呂同老字和甫號紫雲
蘇茂一字才叔號竹里
練恕可字行之
丁默字無隱號書塢
朱鼎孫字令則號萬山
吳大有字勉道號松壑
趙崇霄字有得號蓮礐
范晞文字景文號葯莊

鄭斗煥字丙文號松窗
曹良史字子才號梅南
董嗣杲字明德號靜傳有廬
山集五卷英溪集一卷
留元崇字積翁
留元剛字茂潛有雲麓集
李仁本字裕齋
廖瑩中字羣玉號藥洲
趙從橐
郭居安字應酉
李重元
李次山

趙與仁字元父號學舟
趙汝鈉字真卿號月洲
王奕字伯敬號斗山玉山人
又號至元逸民
唐珏字玉潛號菊山
李居仁字師呂號五松
王夢應字靜得
譚宣子字明之號在庵
陳逢辰字振祖號存熙
范端臣字元卿學者稱爲蒙
齋先生
葉閶號直庵

姚卞
趙浦夫號竹潭
趙野雲
樓采字君亮
鄧有功字子大號月巢
沈剛孫
林表民有玉溪吟稿
湯彌昌字師言
奚濊字倬然號秋崖
趙聞禮字立之有釣月軒詞
趙必𤩪字玉淵號秋曉有覆
瓿詞一卷

陳紀
陳先
李震有彭門古今集志
李霜涯
史可堂
李銓
鄭子玉
施嶽字仲山有梅川詞
韓玉字温甫有東浦詞一卷
蔡戡字定夫有定齋詩餘一
卷
徐鹿卿字德夫有徐清正公
詞一卷
徐經孫字仲立初名子柔號
矩山有矩山詞一卷
趙孟堅字子固有彝齋詩餘
一卷
夏元鼎字宗禹號雲峰散人
又號西城真人有蓬萊鼓
吹一卷
劉學箕字習之自號種春子
有方是閑居士詞一卷
陳著字子微有本堂詞一卷
衞宗武字淇父號九山有秋
聲詩餘一卷
熊禾字位辛一字去非號勿
軒又號退齋有勿軒長短
句一卷
陳深字子微號清全有寧極
齋樂府一卷
家鉉翁字則堂有則堂詩餘
一卷
汪夢斗字以南號杏山有北
游詞一卷
蒲壽宬有心泉詩餘一卷
張玉字若瓊有蘭雪詞一卷

李好古有碎錦詞一卷
無名氏章華詞一卷
黎廷瑞字祥仲有芳洲詞
徐瑞字玉山號松巢有松巢詞
蕭元之字體仁號鶴皐有鶴皐小稿
葉士則號漁村
方君遇
李宏模字希膺號敏軒
劉天游
楊韶父字季和號東窗

鄭夢協字南谷亦作鄭協
王曼之字野處
趙時奚號雲洞
趙時行字行可號石洞
趙必岊字次山號雲舍
程欽之
李元卓
李敦詩
張方仲
黃廷璹號雙溪
史深字蘖泉
程武字楚客

鄭熏初字幼霞號小山
石正倫字瑤林
張艾號船窗
曾棟字原隆又字子隆號月朋
杜龍沙
王大簡字敬子
陳坦之字行簡
魏庭玉字句濱
施翠巖
續雪谷
朱埴字堯章

補詞楹帖附錄

鞠花翁
陳抑齋
李子酉號冰壺
雷春伯
鄭雪巖
陸象澤一作東澤
李好古字仲敏
陳成之字伯可
王公明
李鼐字仲鎮
王蒼字蕢洲
孫居敬

宋自道字吉甫號蘭室
薛子新
檠樵仲
宋德廣
王師錫
徐夢龍字叔柔
雷北湖
朱用之
錢厶孫字若洲
得趣居士周氏
周容字子寬
張湟字清源

陳若晦
張顧
姚孝寧
俞克成
錢繼卓
鄭澈
何守謙
李璮小字松壽

方外

惠洪字覺範姓喻氏有筠溪集石門文字禪
祖可字正平有東溪詞

揮字仲殊姓張氏有寶月詞
七卷
皎字如晦
張伯端有紫陽真人詞一卷
葛長庚自名白玉蟾號瓊琯
有海璚詞二卷
釋晦庵
張繼先字嘉聞有虛靖真君
詞一卷
徐沖淵字叔靜自號棲霞子
有西游集
龔大明號山隱

朱真靜字雪崖
閨媛
盧氏
舒氏適王齊叟
魏氏曾紆之母封魯國夫人
蘇氏世稱延安夫人
楊妹子宋寧宗后妹凡御府
馬遠畫多命題詠後攦楊
娃之章小方印
李清照號易安居士適趙明
誠有漱玉詞一卷
阮氏阮逸之女

幼卿
吳淑姬適楊子治有詞五卷
名楊春白雪
朱淑真有斷腸詞一卷
蔣氏蔣興祖女
鄭氏名意娘楊思厚妻
慕容嵒卿妻
孫道絢號沖虛居士黃銖母
蟾英諸葛章妻
孫氏鄭文妻
紫竺適方喬
王瑩卿字嬌娘又號百一姐

王氏妾名飛紅
劉彤字文美適章文虎
胡夫人號惠齋
陶氏
范仲允妻
陸氏姬名美奴陸藻侍兒
陸游妾
徐君寶妻
金淑柔
張淑芳賈似道妾
章麗真宋宮人
袁正真

金德淑宋宮人
王清惠宋昭儀入元爲女道
士號沖華

妓女

琴操
盼盼
聶勝瓊
洪惠英
僧兒
尹温儀
嚴蕊字幼芳
朱秋娘字希真

女仙

玉英蓬萊仙人
吳城小龍女
衞芳華
紫姑
邱氏
珍娘

衲詞楹帖
杭邵鋭集
定價四元

編委寄言

雖然格律詩已經退出當今文學的主流舞臺，但一直以來仍然擁有爲數衆多的愛好者。近年來隨着新媒體的發展，唐代格律詩原有的重要功能——社交，在新的環境下又煥發出勃勃生機。對現代人來説，寫好格律詩的難點之一是如何構造嵌在首句和尾句之間的兩聯——我曾戲言『攢詩先做第三句，畫水後添雁兩行』，説的就是第二聯在格律詩中的重要作用。這套《楹聯秘本》的出版，爲格律詩愛好者提供了非常實用的工具，可稱得上『開卷有益』。

于清渤

今人没有古人的語言環境，更没有接受過舊時文人的語言訓練，如果没有通達的知識結構是無法與古人比肩的，與其摸索撞墻而不自知，不如尋古人踏好的路走下去，《楹聯秘本》就是一條學習詩詞楹聯的陽關大道。

張家源

作爲編委會最年輕的成員，雖然無緣面承啓功先生，却有幸參與啓先生舊藏的整理工作，甚感榮幸。啓功先生的藏書很多，這些關於楹聯的書，很多都是不常見的，如其中的《椗鞠録》二卷和《衲詞楹帖》四卷，我在别的老先生家也見過，却未得借之一觀，可見舊文人對於這類書的重視。今日《楹聯秘本》付梓，希望當代學者能

從先生的舊藏中，探尋傳統文化之精華，爲時代所用。先生精神永傳！

趙巖

在整理此批楹聯典籍中，深刻感受到古人在詩文聲律上的匠心獨運。中國文化博大精深，楹聯作爲古代文人雅士的藝術創作，講究對仗工整、平仄相宜，既能集知識與趣味於一體，又能將文化與藝術熔一爐，真正做到雅俗共賞、妙趣横生。

衛兵

對對子這種舊時文人的平常功夫，細分有多種玩法，其中一種叫集句聯，集句聯中再因難見巧，有集某時段句聯，集某文體句聯，甚至集某家句聯。好的集句聯，似舊時包辦婚姻中成功的那種，雖然將兩個素未謀面、毫不相干的人拉了郎配，却過出了感情，活出了滋味，真令人生天造地設、天生絶配之嘆。讀者諸君讀此六種楹聯秘本，當不河漢斯言。

劉石